CB015258

BIBLIOTECA

STEP

HEN

NG

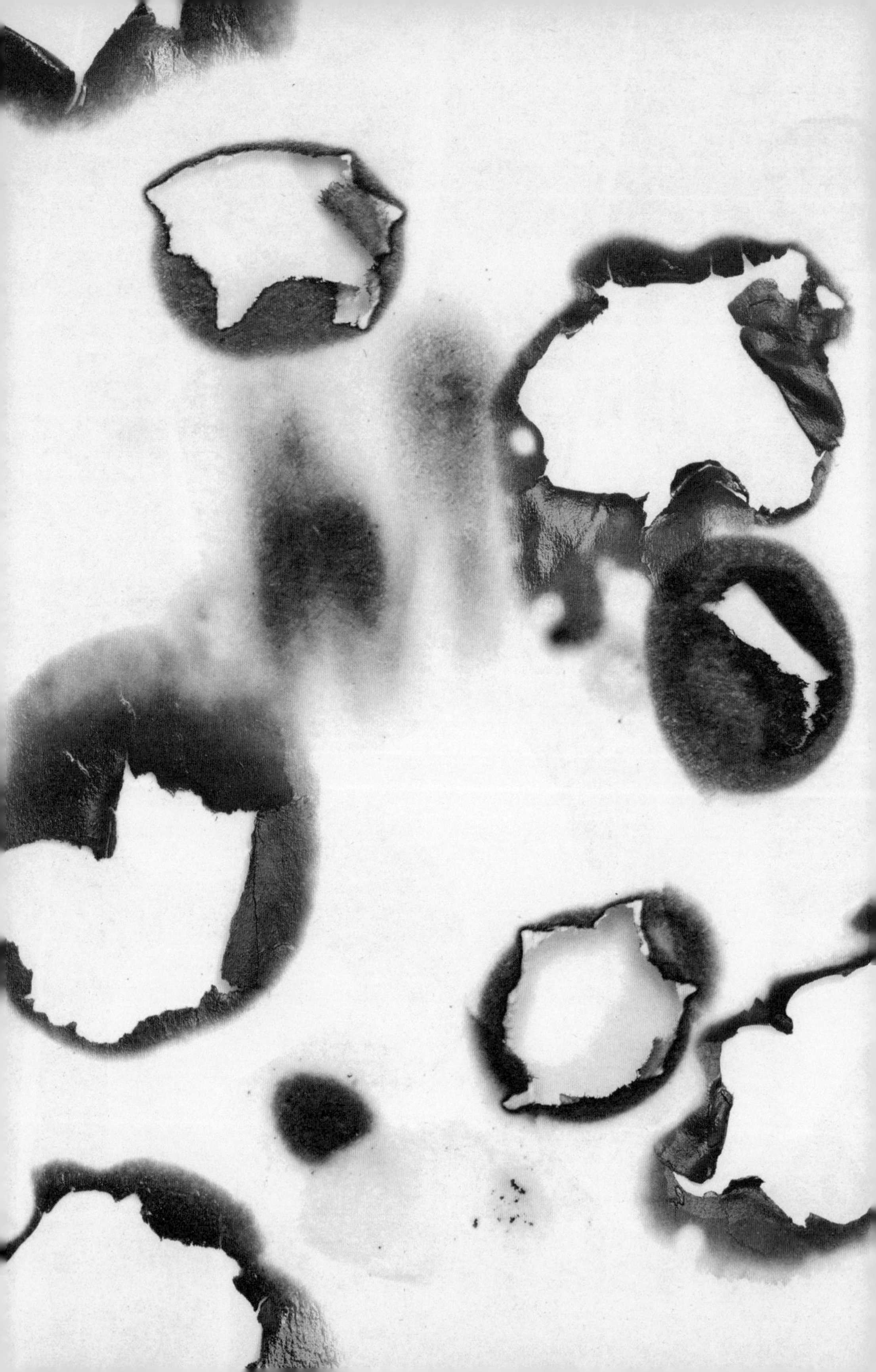

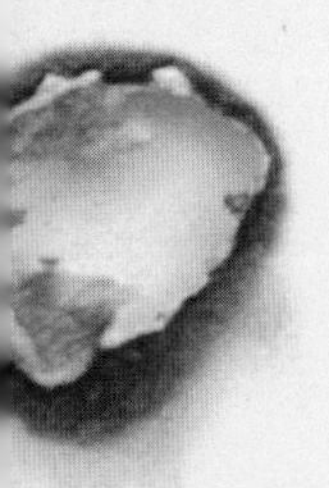

A INCENDIÁRIA

STEPHEN KING

TRADUÇÃO
Regiane Winarski

5ª reimpressão

SUMA

Publicado mediante acordo com o autor através da The Lotts Agency.

Grafia atualizada segundo o Acordo Ortográfico da Língua Portuguesa de 1990, que entrou em vigor no Brasil em 2009.

Título original
Firestarter

Capa
Alceu Chiesorin Nunes

Foto de capa
Jonathan Kitchen/ Getty Images

Projeto gráfico
Bruno Romão

Preparação
Emanuella Feix

Revisão
Thaís Totino Richter
Márcia Moura

Dados Internacionais de Catalogação na Publicação (CIP)
(Câmara Brasileira do Livro, SP, Brasil)

King, Stephen
A incendiária / Stephen King ; tradução Regiane Winarski. – 1ª ed. – Rio de Janeiro : Suma, 2018.

Título original: Firestarter.
ISBN 978-85-5651-061-7

1. Ficção de suspense 2. Ficção norte-americana. I. Título.

18-12641 CDD-813

Índice para catálogo sistemático:
1. Ficção de suspense : Literatura norte-americana 813

EDITORA SCHWARCZ S.A.
Praça Floriano, 19, sala 3001 — Cinelândia
20031-050 — Rio de Janeiro — RJ
Telefone: (21) 3993-7510
www.companhiadasletras.com.br
www.blogdacompanhia.com.br
facebook.com/editorasuma
instagram.com/editorasuma
twitter.com/Suma_BR

Em memória de Shirley Jackson, que nunca precisou erguer a voz.

A assombração da Casa da Colina
A loteria
Sempre vivemos no castelo
The Sundial

NOVA YORK/ALBANY

1

— Papai, estou cansada — disse com agitação a garotinha de calça vermelha e blusa verde. — A gente não pode parar?

— Ainda não, querida.

Ele era um homem grande de ombros largos, vestindo um paletó de veludo gasto e puído e uma calça marrom de sarja. Ele e a garotinha estavam de mãos dadas, andando pela Terceira Avenida em Nova York. Caminhavam rápido, quase correndo. Ele olhou para trás, e o carro verde ainda estava lá, seguindo lentamente junto ao meio-fio.

— Por favor, papai. *Por favor*.

Ele olhou para ela e viu como seu rosto estava pálido. Havia círculos escuros embaixo dos olhos da menina. Ele a pegou no colo e a apoiou na dobra do braço, mas não sabia por quanto tempo conseguiria seguir assim. Também estava cansado, e Charlie não era mais tão leve.

Eram cinco e meia da tarde, e a Terceira Avenida estava lotada. Os dois agora estavam atravessando ruas de número sessenta e tantos, e essas ruas transversais eram mais escuras e menos movimentadas... Mas isso era do que ele menos tinha medo.

Os dois esbarraram em uma senhora empurrando um carrinho cheio de compras.

— Olhe por onde anda, hein! — disse ela, e foi em frente, engolida pela multidão apressada.

Seu braço estava ficando cansado, e ele trocou Charlie para o outro. Lançou mais um olhar para trás, e o carro verde continuava lá, ainda acompanhando, meio quarteirão para trás. Havia dois homens no banco da frente, e parecia haver um terceiro no de trás.

O que eu faço agora?

Não tinha a resposta para isso. Estava cansado, com medo e com dificuldade de pensar. Foi pego em um momento ruim, e os filhos da mãe provavelmente sabiam. Só queria se sentar no meio-fio sujo e chorar toda a frustração e medo que sentia. Mas isso não era solução. Ele era um adulto. Teria que pensar pelos dois.

O que a gente faz agora?

O dinheiro tinha acabado. Esse talvez fosse o maior problema, além dos homens no carro verde. Não dava para fazer nada sem dinheiro em Nova York. As pessoas sem dinheiro desapareciam em Nova York; caíam nas calçadas e nunca mais eram vistas.

Ele olhou para trás e viu que o carro estava ligeiramente mais próximo. O suor começou a escorrer pelas costas e pelos braços um pouco mais rápido. Se os homens soubessem tanto quanto ele desconfiava que sabiam, se soubessem como ele àquela altura tinha pouco impulso, talvez tentassem pegá-lo ali e agora. E sem se importar com a multidão. Em Nova York, se não é com você que algo está acontecendo, uma cegueira esquisita se desenvolve. *Eles andam me monitorando?*, perguntou-se Andy com desespero. Se estivessem, eles sabiam, e tudo tinha acabado, exceto os gritos. Se o estavam monitorando, eles conheciam o padrão. Depois que Andy conseguia um pouco de dinheiro, as coisas estranhas paravam de acontecer por um tempo. As coisas nas quais eles estavam interessados.

Continue andando.

Claro, chefe. Podexá, chefe. Pra onde?

Ele tinha ido ao banco ao meio-dia porque seu radar estava em alerta, aquele pressentimento esquisito de que eles estavam se aproximando de novo. Tinha dinheiro no banco, e ele e Charlie poderiam usar para fugir, se precisassem. Mas olha que engraçado. Andrew McGee não possuía mais conta no Chemical Allied Bank of New York, nem conta pessoal, nem conta profissional, nem poupança. Todas haviam sumido, e foi então que Andrew percebeu que eles realmente pretendiam partir para cima com tudo daquela vez. Aquilo tudo havia mesmo acontecido apenas cinco horas e meia atrás?

Mas talvez houvesse um restinho do impulso. Um pouquinho mesmo. Fazia quase uma semana desde a última vez que o usara — precisou usar com aquele homem suicida no Confidence Associates que foi à sessão de terapia das noites de quinta e começou a falar com uma calma sinistra sobre o suicídio de Hemingway. E, na saída, com o braço casualmente em torno do ombro do homem suicida, Andy deu uma impulsionadinha nele. Agora, com amargura, esperava que tivesse valido a pena. Porque estava parecendo que ele e Charlie pagariam por isso. Ele quase esperava que um eco...

Mas não. Ele afastou o pensamento, horrorizado e enojado consigo mesmo. Não era coisa que se desejasse a *ninguém*.

Um restinho, ele orou. *Só isso, Deus, só um restinho. O suficiente para tirar a mim e Charlie dessa confusão.*

E, caramba, sei que vou pagar por isso... fora o fato de que vou estar morto um mês depois, como um rádio com fusível queimado. Talvez em seis semanas. Ou talvez morto mesmo, com meu cérebro inútil vazando pelas orelhas. O que vai acontecer com Charlie nesse caso?

Os dois estavam chegando perto da rua Setenta, a luz na direção oposta deles. O trânsito estava carregado, e os pedestres se amontoavam na esquina em um gargalo. De repente, Andy soube que era ali que os homens do carro verde os pegariam. Vivos se pudessem, claro, mas, se parecesse que fosse dar confusão... bem, eles provavelmente também tinham sido informados sobre Charlie.

Talvez eles nem queiram mais nos levar vivos. Talvez tenham decidido manter o status quo. O que se faz com uma equação defeituosa? Apaga do quadro.

Uma faca nas costas, uma pistola com silenciador, possivelmente um método mais antigo — uma gota de um veneno raro na ponta de uma agulha. Convulsões na esquina da Terceira Avenida com a rua Setenta. "Policial, esse homem parece ter sofrido um ataque cardíaco."

Ele teria que tentar usar aquele resquício do impulso. Não havia mais nada.

Os dois se uniram aos pedestres esperando na esquina. Do outro lado, PARE estava aceso, parecendo eterno. Ele olhou para trás. O carro verde tinha parado. As portas do lado do meio-fio se abriram, e dois homens de terno saíram. Eles eram jovens, com a pele do rosto lisa. Pareciam consideravelmente mais energizados do que Andy McGee se sentia.

Andy começou a abrir caminho pelo amontoado de pedestres, os olhos procurando desesperadamente um táxi vazio.

— Ei, cara...

— Pelo amor de Deus, amigo!

— Moço, você pisou no meu *cachorro*...

— Com licença... com licença... — disse Andy em desespero, enquanto procurava um táxi. Não havia nenhum. Em qualquer outro momento, a rua estaria lotada de táxis. Ele sentia os homens do carro verde indo em sua direção, querendo pôr as mãos nele e em Charlie, levá-los para Deus sabia onde, para a Oficina, algum lugar qualquer, ou fazer alguma coisa bem pior...

Charlie apoiou a cabeça no ombro dele e bocejou.

Andy viu um táxi vazio.

— Táxi! Táxi! — gritou, fazendo loucamente sinal com a mão livre.

Atrás dele, os dois homens pararam de disfarçar e saíram correndo.

O táxi parou.

— Espere! — gritou um dos homens. — Polícia! Polícia!

Uma mulher perto da parte de trás da multidão na esquina gritou, e todos começaram a correr.

Andy abriu a porta de trás do táxi, jogou Charlie dentro e mergulhou atrás dela.

— Para La Guardia, vai com tudo — ordenou.

— Espere, taxista. Polícia!

O motorista virou a cabeça para a voz, e Andy deu um impulso de leve. Uma adaga de dor pareceu perfurar bem o meio da testa dele e logo sumiu, deixando uma vaga sensação de dor, como uma enxaqueca matinal, o tipo que se tem quando se dorme com o pescoço torto.

— Estão correndo atrás daquele sujeito negro de boné xadrez — mentiu ele para o taxista.

— Certo — disse o motorista, se afastando serenamente do meio-fio e dobrando na rua Setenta.

Andy olhou para trás. Os dois homens estavam parados sozinhos na calçada, e os outros pedestres evitavam se aproximar deles. Um dos homens pegou um walkie-talkie no cinto e começou a falar. E logo eles sumiram.

— Aquele sujeito negro, o que foi que ele fez? — perguntou o motorista. — Roubou uma loja de bebidas, por acaso? O que você acha?

— Não sei — respondeu Andy, tentando pensar em como ir em frente com aquilo, como tirar o máximo daquele motorista com o menor esforço.

Será que tinham conseguido anotar a placa do táxi? Supunha que sim. Mas não iam querer procurar a guarda municipal nem a polícia. Ficariam desnorteados e perdidos, ao menos por um tempo.

— São todos drogados, os negros desta cidade — afirmou o motorista. — Nem me fala, eu mesmo digo.

Charlie estava pegando no sono. Andy tirou o paletó de veludo, dobrou e fez de travesseiro para ela. Começava a sentir uma leve esperança. Se conseguisse agir do jeito certo, talvez funcionasse. A sorte lhe trouxera uma pessoa que ele via (sem preconceito nenhum) como uma facilidade. O motorista era do tipo que, de todas as formas, parecia mais fácil de impulsionar: era branco (os orientais eram os mais difíceis, por algum motivo); era bem jovem (pessoas velhas eram quase impossíveis) e de inteligência média (pessoas inteligentes eram as mais fáceis, as burras as mais difíceis, e com os deficientes mentais era impossível).

— Mudei de ideia — disse Andy. — Nos leve para Albany, por favor.

— *Para onde?* — O motorista olhou para ele pelo retrovisor. — Cara, não posso fazer uma viagem até Albany, você ficou louco?

Andy pegou a carteira, que tinha só uma nota de um dólar. Agradeceu a Deus por não ser um daqueles táxis com divisória à prova de balas, que não permitia contato entre passageiro e motorista, exceto por uma abertura para o dinheiro. Contato direto sempre facilitava o impulso. Nunca conseguiu descobrir se era algo psicológico ou não, e agora não importava.

— Vou dar a você quinhentos dólares — informou Andy, baixinho —, para você levar a minha filha e eu até Albany. Certo?

— Jeee-*sus*, moço...

Andy colocou a nota na mão do taxista, e quando o sujeito olhou, Andy deu outro impulso... com força. Por um segundo terrível, teve medo de não dar certo, de não haver mais nada lá, de ele ter raspado o fundo do tacho quando deu um impulso que fez o motorista ver o homem negro inexistente com boné xadrez.

Mas a sensação veio, como sempre acompanhada por aquela adaga de aço de dor. No mesmo momento, seu estômago pareceu receber um peso, e seu intestino travou com uma dor intensa e aguda. Ele levou uma mão trêmula ao rosto e se perguntou se ia vomitar... ou morrer. Naquele momento, *quis* morrer, como sempre desejava quando exagerava (*use, não abuse*, o slogan de um DJ antigo ecoou de maneira doentia em sua mente) no que quer que aquela coisa fosse. Se naquele momento alguém tivesse colocado uma arma em sua mão...

Ele olhou de esguelha para Charlie, que dormia. A menina confiava nele para tirá-los daquela confusão, como havia feito em todas as outras, e acreditava que ele estaria lá quando ela acordasse. Sim, todas as confusões. Era sempre a mesma confusão, a mesma porra de confusão, e eles já estavam fugindo de novo. Um desespero sombrio pressionou a parte de trás de seus olhos.

O sentimento passou... mas a dor de cabeça, não. Ela ficaria cada vez pior até se tornar um peso sufocante, espalhando uma dor vermelha pela cabeça e pelo pescoço a cada pulsação. Luzes brilhantes o fariam lacrimejar sem parar e gerariam pontadas de dor atrás dos olhos. Suas narinas ficariam obstruídas, e ele teria que respirar pela boca. Sentiria pressão nas têmporas. Pequenos barulhos se amplificariam, ruídos comuns soariam altos como britadeiras, sons altos se tornariam insuportáveis. A dor de cabeça pioraria até ele ter a impressão de que seu crânio estava sendo esmagado por um instrumento de tortura da inquisição. E tudo acabaria se firmando naquele nível por seis, oito, talvez dez horas. Desta vez, ele não sabia. Nunca havia forçado tanto quando estava tão perto do esgotamento. Ficaria quase inútil durante o período em que estivesse abatido pela dor de cabeça. Charlie teria que cuidar dele. Deus sabia que ela já tinha feito isso... Mas eles tiveram sorte. Quantas vezes era possível ter sorte?

— Nossa, moço, não sei...

Isso só podia significar que o taxista acreditava se tratar de algum problema com a lei.

— O acordo só fica valendo se você não mencionar nada para a minha garotinha — exigiu Andy. — Nas duas últimas semanas, ela ficou comigo, e agora tem que voltar para a casa da mãe até amanhã de manhã.

— Direitos de visita — comentou o taxista. — Sei bem como é.

— É que eu tinha que levar ela de avião.

— Até Albany? Devia ser para Ozark, não?

— É. A questão é que eu morro de medo de avião. Sei que parece loucura, mas é verdade. Normalmente, eu levo ela de carro, mas desta vez a minha ex-mulher começou a pegar no meu pé, e... sei lá. — Na verdade, Andy não sabia mesmo. Tinha inventado a história na hora, e agora parecia estar chegando em um beco sem saída. Em boa parte por pura exaustão.

— Então eu deixo você no antigo aeroporto de Albany. Até onde a mãe dela sabe, você foi de avião, né?

— Isso mesmo. — Sua cabeça estava latejando.

— Além disso, até onde a mãe dela sabe, você não é cagão, certo?

— Certo. — Cagão? O que aquilo queria dizer? A dor estava piorando.

— Quinhentas pratas pra fugir de um voo de avião — refletiu o taxista.

— Pra mim, vale — respondeu Andy, dando um último impulso. Com voz muito baixa, falando quase no ouvido do motorista, acrescentou: — E deve valer pra você.

— Escuta — disse o motorista com voz sonhadora. — Eu que não vou recusar quinhentos dólares. Não me fala, eu mesmo digo.

— Tudo bem — assentiu Andy, e se encostou. O motorista estava satisfeito. Não estava pensando na história enrolada do passageiro. Não estava questionando o que uma garotinha de sete anos estava fazendo visitando o pai por duas semanas em outubro, época de aulas. Não estava pensando no fato de que nenhum dos dois possuía bagagem. Não estava preocupado com nada. Ele tinha sido impulsionado.

Agora, Andy pagaria o preço.

Ele pôs a mão na perna de Charlie, que dormia profundamente. Os dois haviam passado a tarde fugindo, desde o momento em que Andy chegou na escola dela e a tirou da aula da segunda série com uma desculpa qualquer... avó muito doente... ligou para casa... desculpe por ter que levá-la no meio do dia. E, por trás de tudo isso, sentia um alívio enorme e crescente. Como ele teve medo de chegar na sala da sra. Mishkin e ver a cadeira de Charlie vazia, os livros empilhados embaixo: *Não, sr. McGee... ela saiu com seus amigos duas horas atrás... eles tinham um bilhete seu... não era pra autorizar?* Lembranças de Vicky voltando, o terror repentino da casa vazia naquele dia. Sua caçada insana atrás de Charlie. Porque eles já a haviam capturado antes.

Mas Charlie ainda estava lá. O quão perto eles haviam chegado? Andy chegara na frente deles em meia hora? Quinze minutos? Menos? Não gostava de pensar nisso. Ele e a filha almoçaram tarde no Nathan's e passaram o resto do dia se movimentando (agora Andy podia admitir para si mesmo que estivera em um estado de pânico cego), andando de metrô, de ônibus, mas, na maior parte do tempo, a pé. E agora ela estava exausta.

Ele lhe lançou um olhar longo e amoroso. O cabelo dela ia até os ombros, era de um louro perfeito, e quando ela dormia tinha uma beleza calma. Charlie se parecia tanto com Vicky que doía. Ele fechou os olhos.

No banco da frente, o motorista olhou com uma expressão sonhadora para a nota de quinhentos dólares que o passageiro havia lhe dado. Guardou na pochete especial onde colocava todas as suas gorjetas. Não achava estranho o fato de aquele sujeito no banco de trás estar andando por Nova York com uma garotinha e uma nota de quinhentos dólares no bolso. Não se questionou como ia acertar as coisas com a central de táxis. Ele só pensava em como sua namorada, Glyn, ficaria empolgada. Glynis ficava dizendo que dirigir um táxi era um trabalho sem graça e deprimente. Bom, ela que esperasse para ver aquela nota de quinhentos sem graça e deprimente.

No banco de trás, Andy estava sentado com a cabeça encostada e os olhos fechados. A dor de cabeça estava chegando, chegando, tão inexorável quanto um cavalo negro sem cavaleiro em um cortejo funerário. Ele ouvia os cascos do cavalo nas têmporas: *tum... tum... tum.*

Em fuga. Ele e Charlie. Ele tinha trinta e quatro anos, e até o ano anterior era professor de inglês na Harrison State College em Ohio. Harrison era uma cidadezinha universitária tranquila. A boa e velha Harrison, no coração dos Estados Unidos. O velho Andrew McGee, um jovem bom e íntegro. Lembra-se da charada? Por que um fazendeiro é o pilar de sua comunidade? Porque ele é sempre o melhor em seu campo.

Tum, tum, tum, o cavalo negro sem cavaleiro e com olhos vermelhos descia pelos corredores de sua mente, os cascos com ferraduras afundando em massa cinzenta macia, deixando pegadas que se encheriam com crescentes místicos de sangue.

O motorista foi fácil. Claro. Um incrível motorista de táxi.

Ele cochilou e viu o rosto de Charlie. E o rosto de Charlie se transformou no rosto de Vicky.

Andy McGee e sua esposa, a linda Vicky. Arrancaram as unhas dela, uma a uma. Tiraram quatro, e ela falou. Isso, pelo menos, foi o que ele deduzira. Polegar, indicador, médio, anelar. E então: Parem. Eu falo. Vou contar qualquer coisa que vocês queiram saber. Mas parem de me torturar. Por favor. E ela contou. E então... talvez tenha sido acidente... mas sua esposa morreu. Bem, algumas coisas são maiores do que nós dois, e outras coisas são maiores do que todos nós.

Coisas como a Oficina, por exemplo.

Tum, tum, tum, o cavalo negro sem cavaleiro continuava vindo, vindo e vindo: vejam, um cavalo negro.

Andy dormiu.

E lembrou.

2

O homem no comando do experimento era o dr. Wanless. Ele era gordo e calvo e tinha pelo menos um hábito um tanto bizarro.

— Senhoras e senhores, nós vamos aplicar uma injeção em cada um de vocês doze — informou ele, rasgando um cigarro no cinzeiro à frente. Seus dedinhos rosados puxaram o papel fino do cigarro, espalhando pequenos cones de tabaco dourado-amarronzado. — Seis dessas injeções conterão água, e seis irão conter água misturada com uma pequena quantidade de um composto químico que chamamos de Lote Seis. A exata natureza desse composto é confidencial, mas trata-se essencialmente de um hipnótico e alucinógeno moderado. Portanto, vocês entendem que o composto será administrado pelo método duplo-cego... Isso significa que, até mais tarde, nem vocês nem nós saberemos quem recebeu a dose limpa e quem recebeu a outra. Os doze permanecerão sob supervisão intensa durante quarenta e oito horas após a injeção. Perguntas?

Houve várias, a maioria relacionada com a exata composição do Lote Seis; aquela palavra, *confidencial*, era como colocar cães farejadores na trilha de um condenado. Wanless desviou das perguntas com habilidade. Ninguém fez a pergunta na qual Andy McGee, de vinte e dois anos, estava mais interessado. Ele pensou em levantar a mão no hiato que tomou conta do auditório quase deserto do prédio de psicologia e sociologia da Harrison e perguntar: "Por que você está estragando cigarros perfeitamente bons como esses?". Mas era melhor ficar calado. Melhor deixar a imaginação correr livre enquanto seu tédio aumentava. O homem devia estar tentando parar de fumar. Os retentivos orais fumavam; os retentivos anais rasgavam. (Isso gerou um leve sorriso nos lábios de Andy, que logo cobriu a boca com a mão.) O irmão de Wanless devia ter morrido de câncer de pulmão, e o cientista devia estar simbolicamente despejando sua raiva da indústria do cigarro. Ou talvez fosse apenas um daqueles tiques exagerados que os professores universitários sentiam que precisavam exibir e não reprimir. Andy teve um professor de inglês no segundo ano na Harrison (o homem agora estava aposentado, felizmente) que ficava cheirando a gravata o tempo todo enquanto dava aula sobre William Dean Howells e a ascensão do realismo.

— Se não há mais perguntas, pedirei que vocês preencham esses formulários, e espero vê-los pontualmente às nove na terça que vem.

Dois ajudantes distribuíram fotocópias com vinte e cinco perguntas ridículas para responder "sim" ou "não". *8 — Você já fez tratamento psiquiátrico? 14 — Você acredita ter vivido uma experiência mediúnica verdadeira? 18 — Você já usou drogas alucinógenas?* Depois de uma breve pausa, Andy marcou "não" nessa, pensando: *Neste ano de 1969, quem* não *usou?*

Ele foi parar ali por causa de Quincey Tremont, o sujeito com quem dividia o quarto na faculdade. Quincey sabia que a situação financeira de Andy não era muito boa. Era maio do último ano de Andy; ele se formaria em quadragésimo lugar, em uma turma de quinhentos e seis alunos, o terceiro do grupo de inglês. Mas isso não comprava batatas, como ele disse para Quincey, que estudava psicologia. Andy tinha uma monitoria prometida para o semestre seguinte, junto com uma bolsa acadêmica da Harrison, que seria suficiente para se alimentar e fazer mestrado. Mas tudo isso ocorreria depois das férias, e no meio disso haveria o verão. O melhor que ele tinha conseguido até o momento era um responsável e desafiador emprego como frentista do posto Arco no turno da noite.

— O que você acha de ganhar duzentas pratas fácil? — perguntara Quincey.

Andy tirou o cabelo comprido e escuro da frente dos olhos verdes e sorriu.

— Em que banheiro masculino tenho que montar minha barraquinha?

— Não, é uma experiência de psicologia — explicou Quincey. — Mas está sendo organizada pelo dr. Louco. Esteja avisado.

— Quem é?

— É Wanless, o Tonto. Um sujeitinho importante no departamento de psicologia.

— Por que chamam ele de dr. Louco?

— Bem, ele é ao mesmo tempo um homem-rato e um homem de Skinner. Um behaviorista. Os behavioristas não andam recebendo muito amor ultimamente — respondeu Quincey.

— Ah — disse Andy, intrigado.

— Além disso, ele usa óculos de armação muito grossa, o que faz ele parecer um pouco aquele cara que encolhia as pessoas em *Delírio de um sábio*. Já viu esse filme?

Andy, que era viciado em filmes da madrugada, já tinha visto e se sentiu em terreno mais seguro. Mas não sabia se queria participar de um experimento conduzido por um professor que era classificado como a) homem-rato e b) dr. Louco.

— Não estão tentando encolher gente, estão? — indagou.

Quincey riu com gosto.

— Não, isso é coisa do pessoal de efeitos especiais que trabalha em filmes B de terror. O departamento de psicologia está testando uma série de alucinógenos de grau baixo. Estão trabalhando com o Serviço de Inteligência americano.

— CIA? — perguntou Andy.

— Não a CIA, nem a DIA, nem a NSA — disse Quincey. — Uma mais discreta do que todas essas. Você já ouviu falar sobre a Oficina?

— Talvez em um suplemento de domingo, eu acho. Não tenho certeza.

Quincey acendeu um cachimbo.

— Essas coisas trabalham do mesmo jeito em todos os lados — falou. — Psicologia, química, física, biologia... até o pessoal da sociologia recebe um pouco de grana. Alguns programas são subsidiados pelo governo. Qualquer coisa desde o ritual de acasalamento da mosca tsé-tsé até o possível descarte de cartuchos de plutônio usados. Uma unidade como a Oficina precisa gastar todo o orçamento anual para justificar uma quantia similar no ano seguinte.

— Essa merda me perturba imensamente — comentou Andy.

— Perturba quase qualquer ser pensante — respondeu Quincey com um sorriso calmo e imperturbável. — Mas o trem segue em frente. O que o nosso ramo da inteligência quer com alucinógenos de grau baixo? Quem é que sabe? Eu não sei. Nem você. Provavelmente, eles também não. Mas, quando chega a época da renovação do orçamento, os relatórios fazem bonito em bancas confidenciais. Eles têm seus preferidos em cada departamento. Na Harrison, o preferido do departamento de psicologia é Wanless.

— A administração não se importa?

— Não seja ingênuo, meu garoto. — Com o cachimbo aceso, Quincey baforava grandes nuvens fedorentas de fumaça pela sala do apartamento velho. Sua voz ficou mais grave e mais pomposa, mais estilo Buckley. — O que é bom para Wanless é bom para o departamento de psicologia da Harrison, que no ano que vem vai ter seu próprio prédio e não vai mais precisar se juntar com aquela gente da sociologia. E o que é bom para o departamento é bom para a faculdade. E para Ohio. E todo aquele blá-blá-blá.

— Você acha que é seguro?

— Não testam em voluntários estudantes se não for seguro — afirmou Quincey. — Se tiverem a menor das dúvidas, testam em ratos, depois em presidiários. Pode ter certeza de que o que vão aplicar em você já foi dado a trezentas pessoas antes, cujas reações foram cuidadosamente monitoradas.

— Não estou gostando dessa história de CIA...

— Oficina.

— Qual é a diferença? — perguntou Andy com morosidade. Ele olhou para o pôster que Quincey tinha de Richard Nixon. Em frente a um carro amassado, Nixon estava sorrindo, fazendo com os dedos gordos das duas mãos um V da vitória. Andy mal conseguia acreditar que aquele sujeito havia sido eleito presidente menos de um ano antes.

— Bom, eu achei que os duzentos dólares seriam úteis, só isso.

— Por que estão pagando tanto? — questionou Andy com desconfiança.

Quincey levantou as mãos.

— Andy, é bondade do governo! Não dá pra aceitar isso? Dois anos atrás, a Oficina pagou uns trezentos mil dólares por um estudo de viabilidade de bicicletas explosivas produzidas em grandes volumes, e *isso* saiu no *Times* de domingo. Era só mais uma coisa relacionada ao Vietnã, eu acho, mas ninguém tem certeza. É como Fibber McGee dizia, "Pareceu uma boa ideia na ocasião". — Quincey apagou o cachimbo com movimentos rápidos e trêmulos. — Para homens assim, um campus universitário dos Estados Unidos é como uma Macy's enorme. Eles escolhem alguma coisa aqui, olham as vitrines ali. Mas, se você não quiser...

— Bom, pode ser que eu queira. Você vai participar?

Quincey sorriu. Seu pai era dono de uma rede de lojas de roupas masculinas de muito sucesso em Ohio e Indiana.

— Não preciso tanto assim de duzentas pratas. Além do mais, eu odeio agulhas.

— Ah.

— Olha, não estou tentando vender nada, pelo amor de Deus. Você só parecia meio desesperado. De qualquer modo, você tem cinquenta por cento de chances de estar no grupo de controle. Duzentas pratas para receber água. E não vai ser nem da torneira, veja bem. Água *destilada*.

— Você pode arranjar isso?

— Eu estou saindo com uma das assistentes de Wanless, uma mestranda — disse Quincey. — Vão receber uns cinquenta candidatos, muitos deles são puxa-sacos que querem ganhar ponto com o dr. Louco...

— Eu queria que você parasse de chamar ele assim.

— Wanless, então — Quincey corrigiu, rindo. — Ele vai cuidar para que os puxa-sacos fiquem de fora. Minha garota vai cuidar para que a sua ficha vá parar na pilha dos escolhidos. Depois disso, meu querido, você está por sua conta.

Assim, quando o pedido de voluntários foi pendurado no quadro de avisos do departamento de psicologia, ele preencheu a ficha. Uma semana depois de entregá-la, uma jovem monitora (a namorada de Quincey, até onde Andy sabia) ligou para ele para fazer mais algumas perguntas. Ele disse a ela que seus pais estavam mortos; que seu tipo sanguíneo era O; que ele nunca havia participado de nenhum experimento do departamento de psicologia; que estava mesmo matriculado na graduação da Harrison, na turma que se formaria em 1969 e, na verdade, com os mais de doze créditos necessários para classificá-lo como estudante em tempo integral. E, sim, ele tinha mais de vinte e um anos e estava legalmente apto a assinar qualquer contrato, público ou particular.

Uma semana depois, ele recebeu uma carta pelo correio do campus informando que tinha sido aceito e pedindo a assinatura dele em um formulário. Ele precisava levar o formulário assinado para a sala 100, Jason Gearneigh Hall, no dia 6 de maio.

E ali estava ele: o formulário entregue, o destruidor de cigarros Wanless já longe (e ele realmente se parecia um pouco com o doutor louco naquele filme), respondendo a perguntas sobre suas experiências religiosas junto com onze outros alunos da graduação. Tinha epilepsia? Não. Seu pai morrera subitamente de um ataque cardíaco quando Andy tinha onze anos. Aos dezessete, perdera sua mãe em um acidente de carro; foi um acontecimento horrível, traumático. A única pessoa próxima da família era a irmã de sua mãe, tia Cora, que já estava em idade avançada.

Ele desceu pela coluna de perguntas marcando *não, não, não*. Marcou SIM em apenas uma pergunta: *Você já sofreu fratura ou torção séria? Se sim, especifique.* No espaço oferecido, ele rabiscou que quebrara o tornozelo esquerdo deslizando para a segunda base em um jogo da Liga Infantil, doze anos antes.

Revisou as respostas, movendo a ponta da Bic para cima, lentamente. Foi nesse momento que uma pessoa deu um tapinha leve em seu ombro, e uma voz de garota, doce e um pouco rouca, pediu:

— Você pode me emprestar a caneta se já tiver terminado? A minha secou.

— Claro — ele respondeu, se virando para entregar a caneta para ela. Garota bonita. Alta. Cabelo castanho-claro, uma pele maravilhosamente alva. Usava um suéter azul-claro e uma saia curta. Pernas bonitas. Sem meia-calça. Avaliação casual positiva da futura esposa.

Ele entregou a caneta para ela, que sorriu em agradecimento. As luzes do teto provocavam brilhos acobreados no cabelo dela, que estavam casualmente presos com uma fita larga branca, quando voltou a se inclinar para a frente, sobre o formulário.

Ele levou o formulário para a monitora na frente da sala.

— Obrigada — agradeceu, parecendo ter sido programada como um robô. — Sala setenta, sábado de manhã, às nove. Por favor, seja pontual.

— Qual é a contrassenha? — sussurrou Andy com voz rouca.

A monitora riu com educação.

Andy saiu do auditório, seguiu caminhando pelo saguão na direção da porta dupla (lá fora, a praça estava verde por causa do verão que se aproximava, com alunos andando para lá e para cá) e se lembrou da caneta. Quase deixou pra lá; era só uma Bic de dezenove centavos, e ele ainda precisava estudar para as provas. Mas a garota era bonita, talvez valesse uma cantada. Ele não tinha ilusões sobre sua aparência e seu papo, comuns demais, nem sobre o status provável da garota (se era comprometida ou noiva), mas o dia estava bonito e ele estava se sentindo bem. Assim, decidiu esperar. No mínimo, poderia dar outra olhada naquelas pernas.

Ela saiu três ou quatro minutos depois, com alguns cadernos e um livro embaixo do braço. Era mesmo muito bonita, e Andy concluiu que as pernas valeram a espera. Eram mais do que bonitas; eram espetaculares.

— Ah, aí está você — ela observou, sorrindo.

— Aqui estou eu — afirmou Andy McGee. — E aí, qual é a sua impressão sobre tudo isso?

— Não sei — respondeu ela. — Minha amiga disse que fazem experimentos assim o tempo todo. Ela participou de um desses no semestre passado, com aquelas cartas de percepção extrassensorial de J. B. Rhine, e recebeu cinquenta dólares, apesar de ter errado a maioria. Então, eu achei... — Ela terminou o pensamento com um movimento de ombros e jogou o cabelo acobreado por cima dos ombros.

— É, eu também — disse ele, pegando a caneta de volta. — Sua amiga é do departamento de psicologia?

— É — confirmou ela —, e o meu namorado também. Ele é aluno do dr. Wanless, então não pôde participar. Conflito de interesses, eu acho.

Namorado. Fazia sentido que uma beleza alta de cabelo de cobre como aquela tivesse namorado. Era assim que o mundo girava.

— E você? — perguntou ela.

— Mesma coisa. Amigo no departamento de psicologia. Eu sou Andy, aliás. Andy McGee.

— Eu sou Vicky Tomlinson. Estou um pouco nervosa com isso, Andy McGee. E se eu entrar em uma bad trip ou algo parecido?

— Acho que a coisa vai ser leve. E, mesmo que seja ácido, bem... ácido de laboratório é diferente do que se compra na rua, pelo que ouvi falar. É suave, é leve, e administrado sob circunstâncias muito tranquilas. É provável que coloquem Cream ou Jefferson Airplane para tocar. — Andy sorriu.

— Você sabe muita coisa sobre LSD? — perguntou ela com um sorrisinho de canto de boca do qual ele gostou muito.

— Muito pouco — admitiu ele. — Experimentei duas vezes. A primeira há dois anos, e outra no ano passado. De certa maneira, fez com que eu me sentisse melhor. Esvaziou a minha cabeça... ao menos, a sensação foi essa. Depois, boa parte das chateações antigas pareceu sumir. Mas eu não gostaria que se tornasse um hábito. Não gosto de me sentir tão fora de controle. Posso te oferecer uma coca?

— Tudo bem — ela aceitou, e eles saíram juntos do prédio.

Ele acabou pagando duas cocas, e eles passaram a tarde juntos. Naquela noite, beberam algumas cervejas no bar próximo. Vicky e o namorado estavam tendo problemas, e ela não sabia lidar muito bem com isso. Ela contou para Andy que o namorado parecia achar que eles eram casados e a proibiu de participar do experimento de Wanless. Foi só por esse motivo que ela assinou os formulários e, apesar de estar com certo medo, agora estava determinada a ir até o fim.

— Aquele Wanless realmente parece um doutor louco — comentou ela, fazendo círculos na mesa com o copo de cerveja.

— O que você achou daquele truque com os cigarros?

Vicky riu.

— É um jeito estranho de parar de fumar, né?

Ele perguntou se podia buscá-la em casa na manhã do experimento, e ela aceitou com gratidão.

— Seria bom ir com um amigo — disse ela, e o encarou com aqueles olhos azuis. — E eu estou mesmo com um pouco de medo, sabe. George foi tão... sei lá, *taxativo*.

— Por quê? O que ele disse?

— A questão é essa — respondeu Vicky. — Ele não quis me contar nada, só disse que não confiava em Wanless. Falou que quase ninguém no departamento confia nele, mas muitas pessoas se inscrevem nos testes porque ele é o responsável pelo programa de mestrado. Além do mais, sabem que é seguro, porque só precisam comparecer lá uma vez.

Ele esticou o braço por cima da mesa e tocou a mão dela.

— Nós dois provavelmente vamos receber a água destilada — disse ele. — Não fique preocupada. Tudo vai ficar bem.

Mas, no fim das contas, nada ficou. Nada.

3

albany

aeroporto de albany, moço

ei, moço, é aqui, chegamos

A mão de alguém o sacudindo. Fazendo sua cabeça balançar. Uma dor de cabeça terrível, meu Deus! Dores latejantes, lancinantes.

— Ei, moço, aqui é o aeroporto.

Andy abriu os olhos, mas voltou a fechá-los devido à luz branca de uma lâmpada de sódio acima. Um som agudo terrível crescia sem parar, e ele fez uma careta. Parecia que agulhas de aço estavam sendo enfiadas em seus ouvidos. Aviões. Decolando. Tudo começou a ficar claro em meio à névoa vermelha de dor. Ah, sim, doutor, tudo voltou agora.

— Moço? — O taxista parecia preocupado. — Moço, você está bem?

— Dor de cabeça. — A voz dele pareceu vir de longe, mergulhada no som de motor a jato que felizmente começava a ficar mais baixo. — Que horas são?

— Quase meia-noite. O trajeto foi lento até aqui. Nem me fala, eu mesmo digo. Não vai ter ônibus nenhum, se esse era o seu plano. Tem certeza de que não quer que eu leve vocês para casa?

Andy procurou na mente a história que tinha contado ao taxista. Era importante que se lembrasse, independentemente da intensidade da dor de cabeça. Por causa do eco. Se ele contradissesse a história anterior de alguma forma, poderia haver um efeito ricochete na mente do taxista. Poderia simplesmente passar, na verdade; provavelmente passaria, mas talvez não. O motorista poderia se concentrar em um ponto da história e desenvolver uma fixação; em pouco tempo, fugiria ao controle, e seria a única coisa em que o taxista conseguiria pensar. Depois, acabaria destruindo sua mente. Já tinha acontecido antes.

— Meu carro está no estacionamento — respondeu ele. — Está tudo sob controle.

— Ah. — O taxista sorriu, aliviado. — Glyn não vai acreditar nisso, sabe. Ei! Nem me fala, eu m…

— Claro que vai acreditar. Você acredita, não é?

O taxista abriu um sorriso largo.

— Eu tenho a nota para provar, moço. Obrigado.

— Eu que agradeço a *você* — disse Andy. Lutando para ser educado. Lutando para seguir em frente. Por Charlie. Se ele fosse só ele, teria se matado muito tempo antes. Um ser humano não nasceu para aguentar um sofrimento assim.

— Tem certeza de que está bem, moço? Você está pálido demais.

— Eu estou bem, obrigado. — Ele começou a sacudir Charlie. — Ei, garota. — Ele teve o cuidado de não pronunciar o nome dela. Provavelmente não importaria, mas ter cautela era tão natural quanto respirar. — Acorde, chegamos.

Charlie murmurou e tentou rolar para longe dele.

— Vamos, boneca. Acorde, querida.

Os olhos dela se abriram, os olhos azuis diretos que herdou da mãe, e Charlie se sentou, esfregando o rosto.

— Papai? Onde estamos?

— Em Albany, querida. No aeroporto. — E, chegando mais perto, ele murmurou: — Não diga nada ainda.

— Tá. — Ela sorriu para o taxista, e o taxista sorriu para ela. Ela saiu do táxi e Andy foi atrás, tentando não cambalear.

— Obrigado mais uma vez, cara — o taxista agradeceu. — Escuta, ei. Foi uma viagem das boas. Nem me fala, eu mesmo digo.

Andy apertou a mão estendida.

— Se cuida.

— Pode deixar. Glyn não vai acreditar nisso tudo.

O taxista voltou para o carro e se afastou do meio-fio pintado de amarelo. Outro avião estava decolando, o motor acelerando e acelerando até Andy sentir como se sua cabeça fosse se partir em dois pedaços e cair no asfalto como uma carcaça vazia. Ele cambaleou um pouco, e Charlie colocou as mãos no braço dele.

— Ah, papai — disse ela, e sua voz estava distante.

— Pra dentro. Eu tenho que me sentar.

Eles entraram, a garotinha de calça vermelha e blusa verde, o homem grande de cabelo preto desgrenhado e os ombros caídos. Um carregador de bagagens os viu entrar e achou um pecado que, àquele horário, depois da meia-noite, uma menininha que devia estar na cama horas antes estivesse levando o pai como se fosse seu cão-guia, um homem grande daquele, bêbado como um gambá. Pais assim deviam ser esterilizados, pensou o carregador.

Eles passaram pelas portas automáticas, e o carregador de malas os esqueceu até quarenta minutos mais tarde, quando o carro verde parou junto à calçada e dois homens saíram para falar com ele.

4

Era meia-noite e dez. O saguão do terminal tinha sido entregue ao pessoal da madrugada: funcionários encerrando turnos, mulheres com aparência atormentada cuidando de crianças que tinham ficado acordadas até tarde demais, empresários com bolsas de cansaço embaixo dos olhos, jovens viajantes de galochas e cabelos compridos, alguns com mochilas nas costas, dois com raquetes de tênis dentro de bolsas. O sistema de alto-falantes anunciava chegadas e partidas e chamava pessoas como uma voz onipotente em um sonho.

Andy e Charlie sentaram lado a lado em cadeiras com TVS aparafusadas na frente. As TVS estavam arranhadas e amassadas, e as telas, pretas. Para Andy, pareciam najas sinistras e futuristas. Ele colocou suas duas últimas moedas de vinte e cinco centavos nelas para que não pedissem que eles saíssem dos assentos. A de Charlie exibia uma reprise de *The Rookies*, e Johnny Carson estava fazendo palhaçadas com Sonny Bono e Buddy Hackett na televisão de Andy.

— Papai, eu tenho mesmo que fazer isso? — perguntou Charlie pela segunda vez. Ela estava à beira das lágrimas.

— Querida, estou exausto — disse ele. — Nós não temos dinheiro. E não podemos ficar aqui.

— Aqueles homens maus estão chegando? — indagou ela, a voz em um sussurro.

— Não sei. — *Tum, tum, tum* em seu cérebro. Não mais um cavalo negro sem cavaleiro; agora eram sacos de correspondência cheios de pedaços afiados de ferro, jogados de uma janela de quinto andar em cima dele. — Nós temos que supor que sim.

— Como eu posso conseguir dinheiro?

Ele hesitou e disse:

— Você sabe.

As lágrimas vieram e escorreram pelas bochechas dela.

— Não é certo. Não é certo roubar.

— Eu sei — concordou ele. — Mas também não é certo eles ficarem atrás de nós. Eu já expliquei pra você, Charlie. Ou pelo menos tentei.

— Sobre o mal pequeno e o mal grandão?

— É. Sobre o mal menor e o maior.

— Sua cabeça está doendo mesmo?

— Muito — respondeu Andy. Não adiantava dizer que em uma ou talvez duas horas estaria tão mal que não conseguiria mais pensar com coerência. Não adiantava deixá-la mais assustada do que ela já estava. Não adiantava dizer que ele achava que não iam conseguir escapar daquela vez.

— Eu vou tentar — ela anunciou, saindo da cadeira. — Tadinho do papai — disse ela, e deu um beijo nele.

Ele fechou os olhos. A TV estava ligada à sua frente, uma falação distante no meio da dor crescente em sua cabeça. Quando abriu os olhos de novo, ela era apenas uma figura distante, muito pequena, usando vermelho e verde como um enfeite de Natal, andando em meio às pessoas espalhadas no local.

Por favor, Deus, que ela fique bem, pensou ele. *Não deixe que ninguém se meta com ela e nem a assuste mais do que ela já está assustada. Por favor e obrigado, Deus. Tá?*

Ele fechou os olhos novamente.

5

Uma garotinha de legging vermelha e blusa verde de raiom. Cabelo louro até os ombros. Acordada àquela hora e aparentemente sozinha. Estava em um dos poucos lugares em que uma garotinha sozinha podia passar despercebida depois da meia-noite. Ela passou por pessoas, mas ninguém a viu de verdade. Se estivesse chorando, um segurança talvez se aproximasse para perguntar se estava perdida, se sabia qual era a companhia aérea da mãe e do pai, quais eram os nomes deles para que pudessem ser chamados. Mas ela não estava chorando e parecia saber aonde estava indo.

Ela não sabia exatamente, mas tinha uma boa ideia do que estava procurando. Eles precisavam de dinheiro; foi o que seu pai falou. Os homens maus estavam chegando, e seu pai sentia dor. Quando ele sentia dor daquela maneira, era difícil para ele pensar. Ele tinha que se deitar e ficar o mais quietinho possível. Precisava dormir até a dor passar. E os homens maus podiam estar chegando... os homens da Oficina, os homens que queriam separar os dois e ver a coisa que ela e o pai faziam, saber o que essa coisa provocava e se eles podiam ser usados para fazer outras coisas.

Ela avistou uma sacola de papel para fora de uma lata de lixo e a pegou. Um pouco mais à frente, encontrou o que estava procurando: uma série de telefones públicos.

Charlie ficou olhando para os aparelhos e sentiu medo, pois seu pai tinha dito várias vezes que ela não devia fazer aquilo... desde que ela era bem pequena, era a Coisa Ruim. Ela nem sempre conseguia controlar a Coisa Ruim. Podia se machucar, machucar outra pessoa, ou várias pessoas. Aquela vez

(*ah mamãe desculpa o machucado o curativo os gritos ela gritou eu fiz minha mamãe gritar e nunca mais vou fazer isso... nunca... porque é uma Coisa Ruim*)

na cozinha, quando ela era pequena... mas doía demais pensar nisso. Era uma Coisa Ruim porque, quando solta, ela ia... pra todos os lados. E isso era assustador.

Havia outras coisas. O *impulso*, por exemplo; era assim que o papai chamava, impulso. Ela conseguia impulsionar com bem mais força do que o pai, e nunca sentia dores de cabeça depois. Mas, às vezes, depois... havia fogo.

A palavra para a Coisa Ruim estalou na mente dela enquanto olhava com nervosismo para as cabines telefônicas: *pirocinese*.

— Esquece isso — disse seu pai quando eles ainda estavam em Port City, ingenuamente acreditando que estavam em segurança. — Você é uma incendiária, querida. É como um isqueiro Zippo enorme. — Isso pareceu engraçado, e ela riu, mas agora não tinha mais graça.

O outro motivo para ela não dar o impulso era porque *eles* podiam descobrir. Os homens maus da Oficina.

— Eu não sei o quanto eles sabem sobre você — explicou seu pai —, mas não quero que descubram mais nada. Seu impulso não é que nem o meu, querida. Você não consegue fazer as pessoas... bom, fazer que elas mudem de ideia, consegue?

— Nãão...

— Mas consegue fazer coisas se moverem. E, se eles começarem a perceber um padrão e ligarem esse padrão a você, nós estaremos ainda mais encrencados do que estamos agora.

E era roubar, e roubar também era uma Coisa Ruim.

Não importava. A cabeça do papai estava doendo, e eles precisavam encontrar um lugar tranquilo e aquecido, antes que ficasse tão ruim a ponto de ele não conseguir pensar. Charlie seguiu em frente.

Havia umas quinze cabines telefônicas, com portas deslizantes circulares. Dentro da cabine, parecia que se estava em uma cápsula enorme com um telefone dentro. Ao passar por elas, Charlie viu que a maioria estava escura. Uma moça gorda de terninho estava espremida em uma delas, falando muito e sorrindo. E, a três cabines do final, um homem jovem de uniforme estava sentado no banquinho com a porta aberta e as pernas para fora. Ele falava rápido.

— Sally, olha, eu entendo o que você sente, mas posso explicar tudo. Claro. Eu sei... eu sei... mas, se você me deixar... — Ele olhou para a frente, viu a garotinha olhando para ele, encolheu as pernas e fechou a porta circular, tudo em um movimento só, como uma tartaruga que se encolhe para dentro do casco. *Brigando com a namorada*, pensou Charlie. *Deve ter dado um bolo nela. Eu nunca deixaria um cara me dar um bolo.*

O alto-falante ecoou. O medo no fundo de sua mente parecia um rato roendo. Todos os rostos eram estranhos. Ela se sentiu solitária e muito pequena, sofrendo ainda por causa da mãe. Aquilo era roubo, mas que importância tinha? Roubaram a vida da mãe dela.

Ela entrou na última cabine, a sacola de compras fazendo barulho. Tirou o fone do gancho, fingiu estar falando — oi, vovô, sim, o papai e eu chegamos agora, estamos bem — e olhou pelo vidro para ver se alguém a espiava. Ninguém. A única pessoa próxima era uma mulher negra comprando seguro de voo em uma máquina, e estava de costas para Charlie.

Charlie olhou para o telefone público e de repente o *impulsionou*.

Ela deixou escapar um grunhido de esforço e mordeu o lábio inferior, gostando da sensação quando o espremeu com os dentes. Não, não havia dor envolvida. Era *bom* impulsionar coisas, e esse era outro detalhe que a assustava. E se ela passasse a *gostar* dessa coisa perigosa?

Ela deu outro impulsozinho no telefone público, bem de leve, e de repente um fluxo prateado saiu do orifício de devolução de moedas. Ela tentou posicionar a sacola embaixo, mas, quando conseguiu, a maioria das moedas de vinte e cinco, de dez e de cinco já havia se espalhado pelo chão. Charlie se inclinou e colocou o máximo que conseguiu na sacola, olhando repetidamente pelo vidro.

Com as moedas apanhadas, ela foi para a cabine ao lado. O homem ainda estava falando no telefone seguinte da fileira. Ele abrira a porta de novo e estava fumando.

— Sal, estou sendo sincero, eu fiz! Pergunte ao seu irmão se não acredita em mim! Ele vai...

Charlie fechou a porta, que abafou um pouco o som chato da voz dele. Só tinha sete anos, mas reconhecia uma mentira. Ela olhou para o telefone, e um momento depois o aparelho entregou as moedas. Desta vez, a sacola estava perfeitamente posicionada, e as moedas cascatearam até o fundo com uma música metálica.

O homem tinha ido embora quando ela saiu, e Charlie entrou na cabine dele. O assento ainda estava quente, e o ar estava com um cheiro terrível de fumaça de cigarro, apesar da ventilação.

O dinheiro caiu na sacola, e ela seguiu em frente.

6

Eddie Delgardo estava sentado em um banco de plástico duro, olhando para o teto e fumando. *Piranha*, ele estava pensando. *Vai pensar duas vezes em ficar com as malditas pernas fechadas da próxima vez.* Eddie isso e Eddie aquilo e Eddie, eu nunca mais quero ver você, e Eddie, como você pôde ser tão *crueeeel*. Mas ele havia tirado férias de trinta dias e estava indo agora para Nova York, a Grande Maçã, para ver as coisas e passear pelos bares de solteiros. E, quando voltasse, Sally estaria como uma maçã madura, madura e pronta para cair. Nada daquele papo de "você não tem respeito por mim" colava com Eddie Delgardo de Marathon, Flórida. Sally Bradford teria que transar com ele e, se ela realmente acreditasse naquela mentira sobre ele ter feito vasectomia, bem feito para ela. Ela que fosse correndo para o irmão professor de ensino médio, se quisesse. Eddie Delgardo ia dirigir um caminhão de suprimentos do exército em West Berlin. Ia...

A sequência ressentida e ao mesmo tempo prazerosa de devaneios de Eddie foi interrompida por uma sensação estranha de calor vinda dos pés. Era como se o chão de repente tivesse esquentado mais de dez graus. E, junto com isso, ele sentiu um cheiro estranho, mas não completamente desconhecido... não era de uma coisa queimando, mas... de uma coisa *chamuscada*, talvez?

Ele abriu os olhos, e a primeira coisa que viu foi aquela garotinha que estava andando pelas cabines telefônicas, uma garotinha de sete ou oito anos de idade, parecendo suja. Agora ela carregava uma sacola de papel, segurando-a pelo fundo, como se estivesse cheia de compras, talvez.

Mas seus pés, essa era a questão.

Eles não estavam mais aquecidos. Estavam *quentes*.

Eddie Delgardo olhou para baixo e gritou:

— *Deus Todo-Poderoso!*

Seus sapatos estavam em chamas.

Eddie deu um pulo. Cabeças se viraram. Uma mulher viu o que estava acontecendo e gritou, alarmada. Dois seguranças que estavam conversando com uma funcionária da Allegheny Airlines olharam para ver o que estava acontecendo.

Nada daquilo fazia sentido para Eddie Delgardo. Pensamentos em Sally Bradford e sua vingança amorosa eram a coisa mais distante que se passava na sua cabeça. Seus sapatos do exército queimavam alegremente. As barras da calça verde estavam começando a pegar fogo. Ele corria pelo saguão, espalhando fumaça, como se tivesse sido disparado por uma catapulta. O banheiro feminino era o mais próximo, e Eddie, cujo senso de autopreservação era extremamente definido, bateu na porta com o braço esticado e entrou correndo sem hesitar.

Uma jovem estava saindo de uma das cabines, a saia levantada até a cintura, ajeitando a meia-calça. Ela viu Eddie, a tocha humana, e soltou um grito que as paredes de azulejo do banheiro amplificaram enormemente. Houve comentários de "O que foi isso?" e "O que está acontecendo?" vindos das poucas cabines ocupadas. Eddie segurou a porta da cabine paga antes que ela pudesse bater e se trancar. Segurou-se no alto dos dois lados da divisória e se ergueu para enfiar os pés dentro da privada. Houve um chiado e uma quantidade enorme de fumaça.

Os dois seguranças entraram.

— Pare, você aí! — gritou um deles. — Saia daí com as mãos unidas na cabeça!

— Vocês podem esperar até eu tirar os pés daqui de dentro? — rosnou Eddie Delgardo.

7

Charlie estava de volta. Chorando de novo.

— O que aconteceu, meu amor?

— Eu consegui o dinheiro, mas... escapou de novo, papai... tinha um homem... um soldado... eu não consegui controlar...

Andy sentiu um medo surgir. Foi sufocado pela dor na cabeça que descia pelo pescoço, mas continuava lá.

— Teve... teve fogo, Charlie?

Ela não conseguiu falar, mas assentiu. Lágrimas escorreram pelas bochechas.

— Ah, meu Deus — sussurrou Andy, e se obrigou a se levantar.

Isso fez a menina desabar. Ela escondeu o rosto nas mãos e soluçou descontroladamente, se balançando para a frente e para trás.

Um grupo de pessoas havia se reunido em volta do banheiro feminino. A porta estava aberta, mas Andy não conseguia ver... De repente, conseguiu: os dois seguranças que passaram correndo para lá estavam tirando um jovem com cara de durão e uniforme do exército de dentro do banheiro, levando-o na direção do escritório da segurança. O jovem estava gritando alto com eles, e a maior parte das coisas que dizia era de uma profanidade criativa. O uniforme estava quase todo destruído dos joelhos para baixo, e ele levava duas coisas pretas e encharcadas que pareciam ter sido sapatos. Os três entraram no escritório e fecharam a porta. Um falatório animado se espalhou pelo terminal.

Andy se sentou novamente e passou o braço em volta de Charlie. Estava muito difícil pensar agora; seus pensamentos eram peixinhos prateados nadando em um mar negro e enorme de dor latejante. Mas ele precisava fazer o melhor que pudesse. Precisava da filha, se queriam sair daquela situação.

— Ele está bem, Charlie. Ficou tudo bem com ele. Só levaram o homem para o escritório da segurança. Agora, o que aconteceu?

Por entre um resquício de lágrimas, Charlie contou para o pai. Sobre ter ouvido o soldado falar ao telefone. Sobre ter pensamentos aleatórios sobre ele, uma sensação de que ele estava tentando enganar a garota com quem estava conversando.

— E aí, quando eu estava voltando pra você, eu vi ele... e antes de conseguir segurar... aconteceu. Escapou. Eu podia ter machucado ele, papai. Eu podia ter machucado ele muito. Eu botei *fogo* nele!

— Fala baixo — preveniu ele. — Quero que você me escute, Charlie. Acho que essa é a coisa mais encorajadora que aconteceu nos últimos tempos.

— A-acha? — Ela olhou para ele com surpresa franca.

— Você diz que escapou — disse Andy, forçando as palavras. — E foi mesmo. Mas não como antes. Só escapou um pouquinho. O que aconteceu foi perigoso, querida, mas... você podia ter posto fogo no cabelo dele. Ou no rosto.

Horrorizada, ela fez uma careta ao ouvir a ideia. Andy virou o rosto dela delicadamente para si.

— É uma coisa subconsciente, e sempre escapa em direção a alguém de quem você não gosta — ele explicou. — Mas... você não machucou o homem pra valer, Charlie. Você... — Mas o resto das palavras desapareceu, e só sobrou dor. Ele ainda estava falando? Por um momento, nem soube mais.

Charlie ainda sentia aquela coisa, a Coisa Ruim, em disparada na cabeça, querendo escapar de novo, fazer outra coisa. Era como um animal pequeno, cruel e um tanto burro. Era preciso deixar que ele saísse da jaula para fazer alguma coisa como pegar dinheiro dos telefones... mas era capaz de fazer outras coisas, coisas muito ruins

(*como a mamãe na cozinha ah mamãe desculpa*)

antes de voltar para dentro. Mas agora não importava. Ela não pensaria nisso agora, ela não pensaria

(*os curativos a minha mamãe tem que usar curativos porque eu machuquei ela*)

em nada daquilo agora. Seu pai era o que importava agora. Ele estava sentado na cadeira em frente à TV, o rosto uma máscara de dor. Estava branco como papel. Os olhos estavam vermelhos.

Ah, papai, pensou ela, *eu trocaria de lugar com você se pudesse. Você tem uma coisa que dói, mas nunca sai da jaula. Eu tenho uma coisa que não me machuca, mas, ah, às vezes eu sinto tanto medo...*

— Eu peguei o dinheiro — afirmou ela. — Não passei em todos os telefones porque a sacola estava ficando pesada e eu estava com medo de que rasgasse. — Ela olhou para ele com ansiedade. — Pra onde a gente pode ir, papai? Você precisa se deitar.

Andy enfiou a mão na sacola e começou a transferir lentamente as moedas para os bolsos do paletó de veludo. Ele se perguntava se a noite chegaria ao fim. Só queria pegar outro táxi e ir até a cidade e entrar no primeiro hotel que encontrasse... mas estava com medo. Táxis podiam ser rastreados. E ele tinha a sensação forte de que as pessoas do carro verde ainda estavam chegando.

Ele tentou lembrar o que sabia sobre o aeroporto de Albany. Primeiro de tudo, era o Aeroporto do Condado de Albany; não era exatamente em Albany, mas na cidade de Colonie. Terra de shakers; seu avô não tinha dito uma vez que ali era terra dos shakers? Ou essa moda já tinha passado? Havia estradas? Rodovias? A resposta veio devagar. Havia uma estrada... alguma coisa com way. Northway ou Southway, achava ele.

Ele abriu os olhos e se virou para Charlie.

— Você consegue andar, garota? Alguns quilômetros, talvez?

— Claro. — Ela havia dormido e se sentia relativamente renovada. — E você?

Essa era a pergunta. Ele não sabia.

— Eu vou tentar — respondeu ele. — Acho que devíamos caminhar pela estrada principal e tentar pegar uma carona, querida.

— Pegar carona? — ela repetiu.

Ele assentiu.

— Rastrear uma pessoa que pediu carona é bem difícil, Charlie. Se tivermos sorte, podemos pegar carona com alguém que vai estar em Buffalo de manhã. — *E, se não tivermos, ainda vamos estar no acostamento com os polegares esticados quando o carro verde aparecer.*

— Se você acha que tudo bem — respondeu Charlie, em dúvida.

— Venha — disse ele. — Me ajude.

A pontada de dor foi enorme quando ele se levantou. Oscilou um pouco, fechou os olhos e abriu de novo. As pessoas pareciam surreais. As cores pareciam muito fortes. Uma mulher passou por eles de saltos altos, e cada estalo no piso do aeroporto era como o som de uma porta de cofre sendo batida.

— Papai, tem certeza que consegue? — A voz dela soou baixa e muito assustada.

Charlie. Só Charlie ele parecia ver direito.

— Acho que sim — respondeu ele. — Vamos.

Eles saíram por uma porta diferente da que entraram. O carregador de malas que havia reparado neles quando saíram do táxi estava ocupado descarregando a bagagem do porta-malas de um carro e não os viu sair.

— Pra que lado, papai? — perguntou Charlie.

Ele olhou para os dois lados e viu a Northway, fazendo uma curva para longe à direita do terminal. A questão era: como chegar lá? Havia ruas para todo o lado: viadutos, passagens subterrâneas, PROIBIDO VIRAR À DIREITA, PARE, MANTENHA-SE À ESQUERDA, PROIBIDO ESTACIONAR. Sinais de trânsito piscavam na escuridão da madrugada como espíritos inquietos.

— Por aqui, eu acho — disse ele, e saíram andando ao longo do terminal, ao lado da rua que tinha placas de EMBARQUE E DESEMBARQUE. A calçada ia até o final do terminal. Um Mercedes prateado grande passou por eles com indiferença, e o brilho refletido da lâmpada acima na superfície do carro o levou a fazer uma careta.

Charlie estava olhando para ele com dúvida.

Andy assentiu.

— Fique o máximo para o lado que conseguir. Está com frio?

— Não, papai.

— Graças a Deus a noite está quente. Sua mãe...

Ele se calou antes de terminar.

Os dois caminharam na escuridão, o homem grande de ombros largos e a garotinha de calça vermelha e blusa verde, de mãos dadas, ela quase parecendo puxá-lo.

8

O carro verde apareceu cerca de quinze minutos depois e estacionou no meio-fio amarelo. Dois homens saíram, os mesmos que correram atrás de Andy e Charlie até o táxi em Manhattan. O motorista permaneceu no volante.

Um guarda do aeroporto apareceu.

— Você não pode estacionar aqui — informou. — Faça o favor de ir até...

— Claro que posso — disse o motorista, mostrando a identidade para o guarda, que olhou para o documento, olhou para o motorista, olhou novamente para a foto na identidade.

— Ah, me desculpe, senhor. É algo que devíamos saber?

— Nada que afete a segurança do aeroporto — afirmou o motorista —, mas talvez você possa ajudar. Viu alguma dessas duas pessoas hoje? — Ele entregou ao guarda uma foto de Andy e uma foto meio indefinida de Charlie. O cabelo estava mais comprido e preso em duas tranças. Na época em que fora tirada, a mãe ainda estava viva. — A garota está um ano mais velha, mais ou menos — completou ele. — O cabelo está um pouco mais curto. Na altura dos ombros.

O guarda examinou as fotos com atenção, olhando de uma para a outra.

— Sabe, acho que vi sim essa garotinha — disse ele. — O cabelo é bem clarinho, não é? Na foto, fica difícil perceber.

— Isso mesmo, o cabelo é bem clarinho.

— O homem é pai dela?

— Não me faça perguntas e não vou precisar mentir.

O guarda do aeroporto sentiu uma onda de aversão pelo jovem de expressão vazia que estava no volante do carro comum. Já havia se envolvido indiretamente com o FBI, com a CIA e com o departamento que chamavam de Oficina. Os agentes eram todos iguais, inexpressivamente arrogantes e condescendentes. Eles viam qualquer um de uniforme azul como policial mirim. Mas, quando houve o sequestro de avião ali, cinco anos antes, foram os "policiais mirins" que tiraram o cara carregado de granadas do avião, e foi sob a custódia dos policiais "de verdade" que o homem cometeu suicídio ao abrir a carótida com as próprias unhas. Muito bem, rapazes.

— Olha... senhor. Eu perguntei se o homem era pai dela para tentar descobrir se há semelhança familiar. Essas fotos não são muito claras.

— Eles são um pouco parecidos. A cor do cabelo é diferente.

Isso eu consigo ver, babaca, pensou o guarda do aeroporto.

— Eu vi os dois — afirmou o guarda para o motorista do carro verde. — Ele é um sujeito grande, maior do que parece na foto. Parecia doente ou algo assim.

— Parecia? — O motorista pareceu satisfeito.

— Nós tivemos uma noite agitada aqui. Um idiota conseguiu atear fogo nos próprios sapatos.

O motorista se sentou ereto atrás do volante.

— *O quê?*

O guarda do aeroporto assentiu, feliz de ter conseguido mudar o semblante entediado do motorista. Ele não teria ficado tão feliz se o motorista tivesse lhe dito que ele tinha acabado de ganhar uma entrevista na sede da Oficina em Manhattan. E provavelmente levaria uma surra de Eddie Delgardo, porque, em vez de passear pelos bares de solteiros (e pelas casas de massagem e pelas sex shops da Times Square) durante o período da licença que passaria na Grande Maçã, o rapaz agora ia permanecer boa parte dela em um estado de relembrança total induzido por drogas, descrevendo sem parar o que aconteceu antes e logo depois que os sapatos esquentaram.

9

Os outros dois homens do carro verde estavam conversando com funcionários do aeroporto. Um deles descobriu o carregador de malas que reparara em Andy e Charlie saindo do táxi e entrando no terminal.

— Claro que vi. Achei uma pena um homem bêbado daquele jeito na rua com uma garotinha a essa hora.

— Pode ser que eles tenham pego um avião — sugeriu um dos homens.

— Pode ser — concordou o carregador de malas. — Fico pensando o que se passa na cabeça da mãe daquela criança. Se ela sabe o que está acontecendo.

— Duvido que saiba — respondeu o homem de terno azul-marinho da Botany 500. Ele falou com grande sinceridade. — Você não viu eles saindo?

— Não, senhor. Até onde eu sei, eles ainda estão por aí... a não ser que o voo tenha decolado, claro.

10

Os dois homens fizeram uma varredura rápida do terminal principal e nos portões de embarque, mostrando a identidade nas mãos em concha para os guardas verem. Depois se encontraram perto do balcão da United Airlines.

— Nada — disse o primeiro.

— Será que eles pegaram um avião? — perguntou o segundo, o que usava o terno elegante da Botany 500.

— Acho que aquele filho da mãe não tinha mais de cinquenta dólares... talvez até bem menos.

— É melhor a gente verificar.

— É. Mas rápido.

United Airlines. Allegheny. American. Braniff. Linhas menores. Nenhum homem de ombros largos que parecesse doente havia comprado passagens. Mas o despachante de bagagens da Albany Airlines achava que tinha visto uma garotinha de calça vermelha e blusa verde. Cabelo louro bonito, na altura dos ombros.

Os dois homens se encontraram novamente perto das cadeiras onde não muito tempo antes Andy e Charlie estavam sentados.

— O que você acha? — perguntou o primeiro.

O agente de terno azul-marinho pareceu empolgado.

— Acho que devíamos fazer um pente-fino na região — afirmou. — Acho que eles saíram a pé.

Eles voltaram para o carro verde quase correndo.

11

Andy e Charlie caminharam pela escuridão no acostamento da estrada de acesso ao aeroporto. Um carro comum passou por eles. Era quase uma da madrugada. Um quilômetro e meio atrás deles, no terminal, os dois homens tinham se juntado ao terceiro no carro verde. Andy e Charlie estavam agora andando em paralelo à Northway, que se encontrava à direita e abaixo, iluminada pelo brilho sem profundidade das lâmpadas de sódio. Seria possível descer pela grama e tentar pedir uma carona no acostamento, mas, se a polícia passasse, isso acabaria com qualquer chance que eles ainda tinham de escapar. Andy se perguntava quanto tempo precisariam andar até chegar a uma rampa. Cada vez que seu pé batia no chão, um baque ressoava horrivelmente em sua cabeça.

— Papai? Você ainda está bem?

— Até agora, tudo bem — afirmou ele. Mas não estava tão bem assim; não estava enganando a si mesmo e duvidava que estivesse enganando Charlie.

— Quanto falta?

— Está ficando cansada?

— Ainda não... mas, papai...

Ele parou e olhou solenemente para ela.

— O que foi, Charlie?

— Estou sentindo que aqueles homens maus estão por perto de novo — sussurrou ela.

— Tudo bem — disse ele. — É melhor a gente pegar um atalho, querida. Você consegue descer sem cair?

Ela olhou para o declive, que estava coberto de grama morta de outono.

— Acho que sim — respondeu, hesitante.

Ele pulou a mureta de segurança e ajudou Charlie a pular também. Como costumava acontecer em momentos de extrema dor e tensão, sua mente tentou fugir para o passado, para escapar do estresse. Houve bons anos, alguns momentos ótimos, antes de a sombra começar a encobrir gradualmente a vida deles — primeiro, só ele e Vicky, depois chegou Charlie —, bloqueando aos poucos a felicidade dos três, de maneira tão inexorável quanto um eclipse lunar. Foi...

— *Papai!* — gritou Charlie, alarmada. Ela havia pisado em falso. A grama seca era escorregadia, traiçoeira. Andy tentou segurar o braço dela, mas não conseguiu e perdeu o equilíbrio. O impacto de sua queda no chão provocou uma dor tão forte na cabeça que ele gritou. Logo estavam rolando e deslizando pelo declive na direção da Northway, onde os carros passavam voando, rápidos demais para parar se um deles, ele ou Charlie, caísse no asfalto.

12

A monitora passou uma borracha em volta do braço de Andy, logo acima do cotovelo, e disse:

— Feche a mão, por favor.

Andy fez o que ela mandou, e a veia saltou, obediente. Ele afastou o olhar, um pouco enjoado. Duzentos dólares ou não, ele não queria ver a agulha entrar.

Vicky Tomlinson estava no leito ao lado, vestindo uma camisa branca sem mangas e uma calça cinza. Deu um sorriso tenso, e ele pensou de novo em como o cabelo castanho dela era bonito, como combinava bem com os olhos azuis... e logo sentiu a picada, seguida de um calor no braço.

— Pronto — disse a monitora, reconfortante.

— Pronto mesmo — repetiu ele, sem se sentir reconfortado.

Eles estavam na sala 70 do Jason Gearneigh Hall, no andar de cima. Doze leitos tinham sido montados lá, por cortesia da enfermaria da faculdade, e os doze voluntários estavam deitados sobre travesseiros de espuma hipoalergênica, ganhando seu dinheiro. O dr. Wanless não aplicara nenhuma das injeções, mas caminhava entre os leitos dizendo alguma coisa para todos, com um sorrisinho gelado. *Vamos começar a encolher a qualquer momento*, pensou Andy com morbidez.

Wanless fez um breve discurso quando estavam todos prontos. O que tinha a dizer, em resumo, era: *Não tenham medo. Vocês estão aconchegados nos braços da Ciência Moderna*. Andy não tinha muita fé na ciência moderna, que dera ao mundo a bomba H, o napalm e o rifle com mira laser, ao mesmo tempo em que havia criado a vacina contra a poliomielite e creme contra acne.

A monitora agora estava dobrando o tubo intravenoso.

Wanless informara que a solução intravenosa era de cinco por cento de glicose em água… o que se chamava soro glicosado. Abaixo da dobra, uma pontinha saía do tubo. Se Andy recebesse o Lote Seis, seria administrado por uma seringa por aquela ponta. Se estivesse no grupo de controle, também dali sairia uma solução salina normal. Cara ou coroa.

Ele olhou novamente para Vicky.

— Como você está, garota?

— Bem.

Wanless se aproximou. Parou entre os dois, olhou primeiro para Vicky e depois para Andy.

— Estão sentindo uma leve dor, não é? — Ele não tinha nenhum sotaque, muito menos regional, mas construía as frases de uma maneira que fazia Andy deduzir que seu inglês havia sido aprendido como segunda língua.

— Pressão — respondeu Vicky. — Uma leve pressão.

— É? Vai passar. — Ele deu um sorriso benevolente para Andy. Com o jaleco branco, ele parecia muito alto. Os óculos pareciam muito pequenos. Pequeno e alto.

Andy perguntou:

— Quando a gente começa a encolher?

Wanless continuou sorrindo.

— Você sente que vai encolher?

— Encolheeeeeerrrr — respondeu Andy, e sorriu como um bobo. Tinha alguma coisa acontecendo com ele. Por Deus, estava ficando alterado. Estava doidão.

— Tudo vai ficar bem — afirmou Wanless, abrindo um sorriso mais largo e seguindo em frente. *Cavaleiro, siga em frente*, pensou Andy com surpresa. Ele olhou para Vicky de novo. Como o cabelo dela era brilhoso! Por um motivo louco, o fez pensar nos fios de cobre no núcleo de um motor… gerador… alternador… falador…

Ele riu alto.

Sorrindo um pouco, como se compartilhasse uma piada, a monitora dobrou o tubo e injetou um pouco mais do conteúdo da seringa no braço de Andy, depois se afastou. Andy agora conseguia olhar para a agulha intravenosa sem se incomodar. *Eu sou um pinheiro*, pensou ele. *Vejam minhas lindas agulhas.* Ele riu de novo.

Vicky estava sorrindo para ele. Deus, ela era linda. Ele queria dizer para ela o quanto ela era linda, como seu cabelo parecia cobre em chamas.

— Obrigada — disse ela. — Que elogio legal. — Ela falou mesmo isso? Ou ele imaginou?

Agarrando-se ao que restava de pensamento sensato, ele disse:

— Acho que não rolou a água destilada pra mim, Vicky.

Ela respondeu placidamente:

— Pra mim também não.

— Legal, né?

— Legal — concordou ela em tom sonhador.

Em algum lugar, alguém estava chorando e tagarelando histericamente. O som aumentava e diminuía em ciclos interessantes. Depois do que pareceram milênios de contemplação, Andy virou a cabeça para ver o que estava acontecendo. Era interessante. Tudo tinha ficado mais interessante. Tudo parecia acontecer em câmera lenta. *Slo-mo*, como o crítico de filmes avant-garde da Harrison sempre escrevia nas colunas. *Neste filme, como em outros, Antonioni exibe alguns dos seus efeitos mais espetaculares com o uso de filmagem slo-mo*. Que palavra interessante e inteligente; tinha o som de uma cobra deslizando de dentro de uma geladeira: *slo-mo*.

Muitos monitores estavam correndo em câmera lenta na direção de um dos leitos, posicionado perto do quadro-negro da sala 70. O jovem no leito parecia estar fazendo alguma coisa com os olhos. Sim, ele estava mesmo fazendo alguma coisa com os olhos, pois o rapaz havia enfiado os dedos neles e parecia estar arrancando os globos oculares da cabeça. As mãos estavam curvadas em garras, e sangue jorrava dos olhos. Jorrava em câmera lenta. A agulha balançava no braço dele em câmera lenta. Wanless estava correndo em câmera lenta. Os olhos do garoto no leito agora pareciam ovos poché murchos, Andy reparou clinicamente. De verdade.

De repente, todos os jalecos brancos estavam em volta do leito, e Andy não conseguia mais ver o garoto. Logo atrás dele, havia um diagrama grande pendurado, mostrando os quadrantes do cérebro humano. Andy olhou para a imagem com grande interesse por um tempo. *Muuuito interessaaaante*, como Arte Johnson dizia em *Laugh-in*.

Uma mão sangrenta apareceu no meio do amontoado de jalecos brancos, como a mão de um homem se afogando. Os dedos estavam sujos, e havia pedaços de tecido pendurados. A mão bateu no diagrama, deixando uma marca de sangue que lembrava uma grande vírgula. O diagrama balançou e se enrolou fazendo um barulho alto.

O leito foi erguido (ainda era impossível ver o garoto que tinha arrancado os olhos) e levado rapidamente para fora da sala.

Alguns minutos (horas? dias? anos?) depois, um dos monitores foi até o leito de Andy, examinou o soro e injetou mais um pouco de Lote Seis em sua mente.

— Como está se sentindo, cara? — perguntou o monitor, mas estava claro que ele não era um monitor nem um estudante. Nenhum deles era. Primeiro porque o cara parecia ter uns trinta e cinco anos, um pouco velho para um aluno de mestrado. Além disso, aquele cara trabalhava para a Oficina. Andy soube de repente. Era absurdo, mas ele sabia. E o nome do homem era...

Andy procurou e encontrou. O nome do homem era Ralph Baxter.

Ele sorriu. Ralph Baxter. Legal.

— Estou bem — respondeu ele. — Como está aquele outro cara?

— Que outro cara é esse, Andy?

— O que arrancou os olhos — afirmou Andy serenamente.

Ralph Baxter sorriu e deu um tapinha na mão de Andy.

— Suas alucinações estão bem visuais, hein, cara?

— Não, é sério — falou Vicky. — Eu também vi.

— Vocês acham que viram — disse o monitor que não era monitor. — Vocês só compartilharam da mesma ilusão. Um cara perto do quadro-negro teve uma reação muscular... tipo uma câimbra. Nada de olhos arrancados. Nada de sangue.

E começou a se afastar.

Andy comentou:

— Meu amigo, é impossível compartilhar uma ilusão sem conversa prévia. — Ele se sentiu imensamente inteligente. A lógica era impecável, indiscutível. Ele pegou o velho Ralph Baxter de calças curtas.

Ralph sorriu para ele, inabalado.

— Com essa droga é bem possível — assegurou. — Eu volto daqui a pouco, o.k.?

— Certo, Ralph — assentiu Andy.

Ralph parou e voltou para o leito de Andy. Voltou em câmera lenta. Em *slo-mo*. Olhou pensativo para Andy, que sorriu para ele, um sorriso largo, tolo, drogado. Peguei você, Ralph, amigão. Peguei você de calças curtas. De repente, uma avalanche de informações sobre Ralph Baxter caiu em cima dele, toneladas de coisas: o homem tinha trinta e cinco anos, estava na Oficina havia seis, antes disso havia passado dois anos no FBI, ele...

Ele matou quatro pessoas ao longo de sua carreira, três homens e uma mulher. E estuprou a mulher depois que ela estava morta. Ela era colaboradora da Associated Press e sabia sobre...

Aquela parte não estava clara. E não importava. De repente, Andy não quis mais saber. O sorriso sumiu dos lábios dele. Ralph Baxter ainda estava olhando, e Andy foi tomado por uma paranoia obscura que o fazia se lembrar das duas viagens anteriores de LSD... mas essa era mais profunda e muito mais assustadora. Ele não tinha ideia de como podia saber aquelas coisas sobre Ralph Baxter, nem como sabia o nome dele. E, se dissesse o que sabia, tinha muito medo de acabar desaparecendo da sala 70 do Jason Gearneigh com a mesma rapidez com que o garoto que arrancara os olhos. Ou talvez tudo tivesse sido mesmo alucinação; não parecia real agora.

Ralph ainda estava olhando para ele. Aos poucos, começou a sorrir.

— Está vendo? Com o Lote Seis, todos os tipos de coisas loucas acontecem — disse ele suavemente. E foi embora.

Andy soltou um suspiro longo de alívio. Olhou para Vicky, que também estava olhando para ele, os olhos arregalados e assustados. *Ela está captando suas emoções*, pensou ele. *Como um rádio. Pegue leve com ela! Lembra que ela está doidona, seja lá o que for essa merda estranha!*

Ele sorriu para ela, e depois de um momento, Vicky sorriu para ele com hesitação. Ela perguntou a ele qual era o problema. Ele disse que não sabia, que provavelmente não era nada.

(*mas nós não estamos falando, sua boca não está se mexendo*)

(*não está?*)

(*vicky? é você?*)

(*isso é telepatia, andy? é?*)

Ele não sabia. Era alguma coisa. Ele deixou seus olhos se fecharem.

Eles são mesmo monitores?, ela perguntou a ele, perturbada. *Não parecem ser os mesmos. É a droga, Andy? Não sei*, ele respondeu, com os olhos ainda fechados. *Eu não sei quem eles são. O que aconteceu com aquele garoto? O que eles levaram?* Ele abriu os olhos de novo e a encarou, mas Vicky estava balançando a cabeça. Ela não lembrava. Andy ficou surpreso e consternado ao perceber que também quase não lembrava. Parecia ter acontecido anos antes. Teve uma câimbra, não foi? Um tremor muscular, só isso. Ele...

Arrancou os próprios olhos.

Mas que importância tinha?

A mão saía do amontoado de jalecos brancos como a mão de um afogado.

Mas aconteceu muito tempo atrás. Tipo no século XII.

Mão ensanguentada. Acertando o diagrama. O diagrama balançando e se enrolando com um barulho alto.

Era melhor flutuar. Vicky parecia perturbada de novo.

De repente, começou a sair música dos alto-falantes do teto, e foi legal... bem mais legal do que pensar em câimbras e globos oculares sangrando. A música era suave, mas majestosa. Bem mais tarde, Andy concluiu (em consulta com Vicky) que era Rachmaninoff. E depois, sempre que ele ouvia Rachmaninoff, tinha lembranças vagas e sonhadoras daquelas horas infinitas e atemporais na sala 70 do Jason Gearneigh Hall.

O quanto havia sido real e o quanto havia sido alucinação? Doze anos de reflexões ocasionais não responderam essa pergunta para Andy McGee. Em determinado ponto, objetos pareceram voar pela sala como se um vento invisível soprasse: copos de papel, toalhas de papel, um medidor de pressão, uma chuva mortal de canetas e lápis. Em outro momento, um tempo depois (ou foi antes? Não havia sequência linear), um dos voluntários do teste sofreu um espasmo muscular e uma parada cardíaca em seguida, ou foi o que pareceu. Houve esforços desesperados de trazê-lo de volta usando ressuscitação boca a boca, depois aplicaram uma injeção de alguma coisa diretamente na cavidade torácica, e finalmente uma máquina com duas conchas pretas presas a fios grossos soltou um apito alto. Andy parecia se lembrar de um dos "monitores" gritando "Dá o choque! Dá o choque! Ah, passa pra mim, seu merda!".

Em outro momento, ele dormiu. Ficou cochilando, entrando e saindo de um estado de consciência. Vicky e ele conversaram, contando um para o outro sobre si. Andy contou sobre o acidente de carro que tirou a vida de sua mãe e que passou o ano seguinte com a tia em um semicolapso nervoso de sofrimento. Ela contou que, quando tinha sete anos, foi abusada por um babá adolescente, e ela agora morria de medo de sexo, e tinha mais medo ainda de ser frígida; e que, mais do que tudo, esse havia sido o motivo para o rompimento entre ela e o namorado. Ele ficava... pressionando.

Eles confidenciaram coisas um para o outro que um homem e uma mulher só contam depois de se conhecerem por anos... coisas que um homem e uma mulher muitas vezes não conversam, nem mesmo na cama escura depois de décadas casados.

Mas eles *falaram*?

Isso, Andy não sabia.

O tempo parou, mas de alguma forma passou.

13

Ele despertou aos poucos. O Rachmaninoff tinha parado de tocar... se é que tinha tocado. Vicky estava dormindo tranquilamente no leito ao lado do dele, as mãos cruzadas entre os seios, as mãos simples de uma criança que adormecera enquanto fazia suas orações. Andy olhou para ela e simplesmente se deu conta de que, em algum momento, havia se apaixonado por ela. Era um sentimento profundo e completo, acima (e abaixo) de qualquer dúvida.

Depois de um momento, ele olhou em volta. Vários leitos estavam vazios. Havia talvez cinco voluntários na sala, e alguns estavam dormindo. Um deles estava sentado no leito, e um monitor, de uns vinte e cinco anos, estava fazendo perguntas e escrevendo em uma prancheta. O voluntário devia ter dito alguma coisa engraçada, porque os dois riram, mas do jeito baixo e respeitoso quando as pessoas à volta estão dormindo.

Andy se sentou e fez um inventário de si mesmo. Sentia-se bem. Tentou sorrir e viu que conseguia mexer o rosto com perfeição. Os músculos estavam relaxados e se movimentavam em conjunto. Ele se sentia ansioso e renovado, com todas as percepções apuradas e um tanto inocentes. Conseguia se lembrar de sentir o mesmo quando era criança, ao acordar em uma manhã de sábado e saber que a bicicleta estava apoiada no descanso na garagem, sentindo que o fim de semana o aguardava como um parque de diversões dos sonhos em que todos os brinquedos eram de graça.

Um dos monitores se aproximou e disse:

— Como está se sentindo, Andy?

Andy olhou para ele. Era o mesmo homem que havia aplicado a injeção… quando? Um ano antes? Ele passou a palma da mão na bochecha e ouviu o barulho de barba por fazer.

— Me sinto o próprio Rip van Winkle — disse ele.

O monitor sorriu.

— Só quarenta e oito horas se passaram, não vinte anos. Como você está realmente se sentindo?

— Bem.

— Normal?

— Seja lá o que essa palavra possa significar, sim. Normal. Onde está Ralph?

— Ralph? — O monitor ergueu as sobrancelhas.

— É, Ralph Baxter. Uns trinta e cinco anos. Sujeito grandão. Cabelo claro.

O monitor sorriu.

— Ele estava nos seus sonhos — afirmou.

Andy olhou para o monitor com insegurança.

— Estava onde?

— Nos seus sonhos. Foi uma alucinação. O único Ralph que eu conheço envolvido nos testes do Lote Seis é um representante da Dartan Pharmaceutical chamado Ralph Steinhan. E ele tem uns cinquenta e cinco anos.

Andy olhou para o monitor por um tempo sem dizer nada. Ralph, ilusão? Bom, talvez tivesse sido. Tinha todos os elementos de paranoia de um sonho drogado, sem dúvida; Andy parecia se lembrar de achar que Ralph era uma espécie de agente secreto que fez um monte de gente sumir. Ele deu um sorrisinho. O monitor também sorriu… um pouco rápido demais, pensou Andy. Ou isso também seria paranoia? Sem dúvida era.

O homem que estava sentado e falando quando Andy acordou estava sendo agora conduzido para fora da sala, bebendo suco de laranja em um copo de papel.

Com cautela, Andy perguntou:

— Ninguém se machucou, não é?

— Machucou?

— Bom... ninguém teve convulsão, teve? Ou...

O monitor se inclinou para a frente com ar preocupado.

— Andy, espero que você não espalhe nada assim pelo campus. Seria um inferno para o programa de pesquisa do dr. Wanless. Nós temos os Lotes Sete e Oito no semestre que vem e...

— Aconteceu alguma coisa?

— Um garoto teve uma reação muscular, pequena, mas doeu — respondeu o monitor. — Os efeitos passaram em menos de quinze minutos e não deixaram sequelas. Mas agora está um clima de caça às bruxas aqui. Querem acabar com o recrutamento, banir o ROTC, expulsar os recrutadores da Dow Chemical porque eles produzem napalm... As coisas perdem a proporção, e eu realmente acredito que essa pesquisa seja muito importante.

— Quem foi o cara?

— Eu não posso dizer. Só estou pedindo para você lembrar que estava sob influência de um alucinógeno moderado. Não misture suas fantasias induzidas pela droga com a realidade para depois sair espalhando a combinação das duas.

— Eu poderia fazer isso? — perguntou Andy.

O monitor pareceu intrigado.

— Não vejo como poderíamos impedir. Qualquer programa experimental de faculdade está à mercê de seus voluntários. Por míseros duzentos dólares, nós não podemos esperar que vocês assinem um tratado de lealdade, podemos?

Andy se sentiu aliviado. Se aquele cara estivesse mentindo, estava fazendo um trabalho excelente. Foi tudo alucinação. E, no leito ao lado, Vicky estava começando a se mexer.

— E agora, vamos em frente? — perguntou o monitor, sorrindo. — Acho que eu que devia estar fazendo as perguntas.

E ele fez. Quando Andy terminou de responder, Vicky estava desperta, parecendo descansada, calma e radiante, sorrindo para ele. As perguntas eram detalhadas. Muitas eram questões que o próprio Andy teria feito.

Então, por que ele tinha a sensação de que todos estavam fingindo?

14

Sentado em um sofá em uma das salas menores do grêmio naquela noite, Andy e Vicky compararam alucinações.

Ela não tinha lembrança da visão que mais perturbara Andy: a mão ensanguentada se balançando acima do amontoado de jalecos brancos, esbarrando no diagrama e desaparecendo. Já ele não se lembrava da visão que era mais vívida para Vicky: um homem de cabelo louro comprido havia montado uma mesa dobrável ao lado do leito dela, na altura dos olhos. Ele posicionou dominós grandes em uma fileira sobre a mesa e disse: "Derrube todos, Vicky. Derrube todos". Ela levantou as mãos para impulsionar as peças de dominó, querendo obedecer, e o homem empurrou as mãos dela de volta sobre o peito de forma gentil, mas com firmeza. "Você não precisa das mãos, Vicky", dissera ele. "Apenas derrube." Ela olhou para as peças de dominó e cada uma delas caiu, uma após a outra. Umas doze no total.

— Aquilo me deixou muito cansada — disse ela para Andy, com seu sorrisinho torto. — E eu fiquei com a ideia de que estávamos falando do Vietnã, sabe. Eu disse alguma coisa do tipo "É, isso prova, se o Vietnã do Sul for, todos vão". E ele sorriu e bateu nas minhas mãos e falou: "Por que você não dorme um pouco, Vicky? Você deve estar cansada". E eu dormi. — Ela balançou a cabeça. — Mas agora, não parece real. Eu acho que devo ter inventado tudo ou construído uma alucinação em torno de um teste perfeitamente normal. Você não se lembra de ter visto esse homem, né? Um cara alto com cabelo louro no ombro e uma cicatriz pequena no queixo?

Andy balançou a cabeça.

— Mas eu ainda não entendo como pudemos compartilhar uma alucinação — comentou Andy —, a não ser que tenham desenvolvido uma droga que, além de alucinógena, seja telepática. Sei que houve um falatório sobre isso nos últimos anos... a ideia parece ser de que, se os alucinógenos podem apurar a percepção... — Ele deu de ombros e sorriu. — Carlos Castaneda, onde está você quando precisamos?

— Não é mais provável que a gente tenha discutido a mesma fantasia e acabamos esquecendo a conversa? — perguntou Vicky.

Ele concordou que era uma forte possibilidade, mas ainda se sentia inquieto em relação à experiência toda. Como diziam, um saco.

Agarrando-se a toda sua coragem, ele disse:

— A única coisa de que tenho certeza é que parece que estou me apaixonando por você, Vicky.

Ela deu um sorriso nervoso e beijou o canto de sua boca.

— Isso é fofo, Andy, mas...

— Mas você tem um pouco de medo de mim. Dos homens em geral, talvez.

— Talvez eu tenha — ela confirmou.

— Só estou pedindo uma chance.

— Você vai ter sua chance — disse ela. — Eu gosto de você, Andy. Muito. Mas lembra que eu sinto medo. Às vezes eu simplesmente... sinto medo. — Ela tentou dar de ombros, mas o gesto virou um tremor.

— Eu vou me lembrar — ele respondeu, a tomou nos braços e a beijou. Por um momento ela hesitou, mas acabou retribuindo, segurando as mãos dele com firmeza.

15

— *Papai!* — gritou Charlie.

O mundo girou terrivelmente aos olhos de Andy. As lâmpadas de vapor de sódio da Northway estavam abaixo dele, o chão estava acima e o sacudia. De repente, ele estava caído sentado, deslizando pela parte de baixo do declive como um garoto em um escorrega. Charlie estava abaixo, rolando sem controle.

Ah, não, ela vai cair no meio do tráfego...

— Charlie! — gritou ele com voz rouca, fazendo a garganta e a cabeça doerem. — Cuidado!

Ela parou no acostamento, iluminada pelas luzes fortes de um carro passando, e começou a chorar. Um momento depois, ele caiu ao lado dela com uma batida sólida que subiu pela coluna até a cabeça. A visão duplicou, depois triplicou, mas foi gradualmente se acomodando.

Charlie estava sentada com a cabeça aninhada nos braços.

— Charlie — ele chamou, tocando no braço da menina. — Está tudo bem, querida.

— Eu queria ter caído na frente dos carros! — gritou ela, a voz aguda e torturada com uma repulsa por si mesma que fez o coração de Andy doer no peito. — Eu mereço, por ter botado fogo naquele homem!

— Shhh — disse ele. — Charlie, não precisa mais pensar nisso.

Ele a abraçou. Os carros passavam. Qualquer um podia ser da polícia, e isso seria o fim. Àquela altura, seria quase um alívio.

Os soluços dela diminuíram aos poucos. Uma parte era puro cansaço, a mesma coisa que estava aumentando sua dor de cabeça para além do limite e trazendo aquele fluxo indesejado de lembranças. Se eles pudessem ir para algum lugar e se deitar...

— Você consegue se levantar, Charlie?

Ela ficou de pé lentamente, secando o resto das lágrimas. O rosto era uma lua pálida na escuridão. Ao olhar para ela, ele sentiu uma intensa pontada de culpa. Ela devia estar deitada em uma cama, em uma casa com a hipoteca sendo paga, abraçando um ursinho de pelúcia, pronta para ir à escola na manhã seguinte e batalhar por Deus, pelo país e pela segunda série. Mas estava no acostamento de uma estrada do estado de Nova York à uma e quinze da madrugada, fugindo, consumida de culpa porque herdou algo da mãe e do pai, algo que não pôde escolher da mesma maneira que não pôde escolher o azul dos olhos. Como é que se explica para uma menininha de sete anos que o papai e a mamãe uma vez precisaram de duzentos dólares e que algumas pessoas ofereceram ajuda, dizendo que não tinha problema — mas que era mentira?

— Nós vamos pegar uma carona — afirmou Andy, sem saber ao certo se havia passado os braços nos ombros dela para consolá-la ou para se apoiar. — Nós vamos para um hotel e vamos dormir. Depois, vamos pensar no que fazer. Parece bom?

Charlie assentiu desanimada.

— Tudo bem — disse ele, e esticou o polegar. Os carros passaram direto, alheios, e a menos de três quilômetros dali o carro verde estava seguindo caminho. Andy não sabia disso; sua mente aflita tinha se voltado para a noite com Vicky no grêmio. Ela estava morando em um dos alojamentos, e ele a levou até lá. Ela passou os braços com hesitação pelo pescoço dele, aquela garota que ainda era virgem. Eles eram jovens. Como eram jovens.

Os carros passaram direto, o cabelo de Charlie voando e caindo a cada fluxo de ar, e ele se lembrou do resto do que acontecera naquela noite, doze anos antes.

16

Andy seguiu pelo campus após deixar Vicky no alojamento dela, indo em direção à rodovia, onde pediria carona até a cidade. Apesar de conseguir sentir apenas de leve no rosto, o vento de primavera batia com força nos olmos da alameda, como se um rio invisível corresse pelo ar logo acima dele, cuja agitação na superfície ele só conseguia detectar um pouco.

O Jason Gearneigh Hall ficava no caminho, e ele parou na frente da silhueta escura do prédio. Ao redor, as árvores com folhagem nova dançavam sinuosamente na corrente invisível do rio de vento. Um arrepio gelado desceu pela coluna de Andy e se acomodou no estômago, causando um pouco de frio. Ele tremeu, apesar de a noite estar quente. Uma lua grande como uma moeda de prata de um dólar surgiu entre as nuvens, barcos de quilha disparavam no vento, correndo no rio escuro de ar. O luar se refletia nas janelas do prédio, fazendo com que os vidros brilhassem como olhos vazios e antipáticos.

Alguma coisa aconteceu lá dentro, pensou ele. *Algo que foi mais do que nos disseram e nos fizeram acreditar. O que terá sido?*

Em pensamento, ele viu de novo a mão ensanguentada do afogado, só que desta vez ele a visualizou acertando o diagrama, deixando uma mancha na forma de uma vírgula... e o diagrama balançando e se fechando com um ruído alto e metálico.

Ele caminhou na direção do prédio. *Loucura. Não vão deixar você entrar em uma sala de aulas depois das dez horas. E...*

E eu estou com medo.

Sim. Era isso. As lembranças parciais eram inquietantes demais. Era fácil persuadir a si mesmo que haviam sido apenas fantasias; Vicky já estava a caminho de conseguir isso. Um voluntário arrancando os próprios olhos. Alguém gritando que queria estar morta, que estar morta seria melhor do que aquilo, mesmo que significasse ir para o inferno e arder lá por toda a eternidade. Outra pessoa tendo uma parada cardíaca e sendo levada embora com um profissionalismo indiferente. *Mas, vamos falar a verdade, meu velho Andy, pensar em telepatia não assusta você. O que assusta é pensar que uma dessas coisas pode ter acontecido.*

Com os sapatos estalando, ele caminhou até a enorme porta dupla e tentou abrir. Trancada. Por ela, ele via o saguão vazio. Bateu no vidro e, quando viu alguém saindo das sombras, quase fugiu correndo. Quase fugiu correndo porque o rosto que ia aparecer das sombras poderia ser o de Ralph Baxter, ou o de um homem alto com cabelo louro nos ombros e uma cicatriz no queixo.

Mas não foi um e nem outro. O homem que foi até a porta do saguão e a destrancou, exibindo o rosto lamuriante, era o de um segurança típico de faculdade: uns sessenta e dois anos, bochechas e testa enrugadas, olhos azuis cautelosos, úmidos de tanto tempo passado com uma garrafa. Tinha um relógio grande preso no cinto.

— O prédio está fechado! — informou ele.

— Eu sei — respondeu Andy —, mas eu participei de um experimento na sala 70 que acabou hoje e...

— Isso não importa! O prédio fecha às nove durante a semana! Volte amanhã!

— ...eu acho que esqueci meu relógio lá — continuou Andy, que não tinha relógio. — Ei, o que você me diz? Só uma olhadinha rápida.

— Eu não posso permitir — disse o vigia noturno, ao mesmo tempo parecendo estranhamente vacilante.

Sem pensar direito no que estava fazendo, Andy disse em voz baixa:

— Claro que pode. Só vou dar uma olhada e vou embora. Você nem vai lembrar que estive aqui, certo?

Um sentimento estranho surgiu na cabeça dele de repente: foi como se tivesse esticado o braço e dado um *impulso* naquele segurança noturno idoso, só que com a cabeça em vez das mãos. O guarda deu dois ou três passos inseguros para trás, soltando a porta.

Andy entrou, um pouco preocupado. Uma dor forte surgiu de repente em sua cabeça, mas diminuiu para um latejar baixo que sumiu meia hora depois.

— Você está bem? — ele perguntou ao segurança.

— Hã? Claro, estou bem. — A desconfiança do segurança tinha passado; ele deu um sorriso totalmente simpático para Andy. — Pode ir procurar seu relógio se quiser. Não precisa correr. Eu provavelmente nem vou lembrar que você está aqui.

E saiu andando.

Andy olhou para ele sem acreditar e massageou distraidamente a têmpora, como se para aliviar a dor leve ali. O que tinha feito com o coroa? *Alguma coisa*, isso era certo.

Ele se virou, foi até a escada e começou a subir. O corredor do andar de cima era estreito e estava escuro; uma sensação irritante de claustrofobia o envolveu e pareceu apertar sua respiração, como uma coleira invisível. Lá em cima, o prédio estava mergulhado naquele rio de vento, e o ar deslizava pelos beirais, chiando baixo. A sala 70 tinha duas portas duplas, as metades de cima eram dois quadrados de vidro jateado. Andy parou na frente e ficou escutando o vento se mover pelas calhas e dutos, sacudindo as folhas enferrujadas de anos mortos. Seu coração batia forte.

Ele quase foi embora nessa hora; de repente, pareceu que seria mais fácil não saber, apenas esquecer. Mas acabou esticando a mão e segurando uma das maçanetas, dizendo para si mesmo para não se preocupar, pois a maldita sala estaria trancada e seria melhor assim.

Só que não estava. A maçaneta girou com facilidade, e a porta se abriu.

A sala estava vazia, iluminada apenas pelo luar hesitante que passava pelos galhos em movimento dos velhos olmos lá fora. Havia luz suficiente para ele ver que os leitos haviam sido retirados, e o quadro-negro, apagado e lavado. O diagrama estava enrolado como uma persiana inteiriça, só o aro para desenrolá-lo pendurado. Andy andou na direção do diagrama e depois de um momento levantou a mão levemente trêmula e o puxou.

Quadrantes do cérebro; a mente humana cortada e marcada como o mapa do boi em um açougue. Só de olhar, Andy teve aquela sensação de viagem de novo, como uma lembrança do ácido. Não havia nada de divertido nesse sentimento; era doentio, e um gemido saiu por sua garganta, tão delicado quanto um fio prateado de teia de aranha.

A mancha de sangue estava lá, uma vírgula preta na luz fraca da lua. Uma legenda impressa que antes do experimento do fim de semana sem dúvida dizia *CORPUS CALLOSUM* agora dizia *COR OSUM*, a mancha em forma de vírgula atrapalhando.

Uma coisa tão pequena.

Uma coisa tão grande.

Ele ficou parado no escuro, olhando, começando a tremer de verdade. O quanto aquilo tornava tudo verdade? Uma parte? A maior parte? Nada? Todas as opções anteriores?

Atrás, ele ouviu um som, ou achou ter ouvido: o estalar furtivo de passos.

Suas mãos tremeram, e uma delas acertou o diagrama com aquele mesmo barulho horrível, balançando no suporte e fazendo um som terrivelmente alto naquela sala escura.

Na janela mais distante, banhada de luar, houve uma batida repentina; um galho, ou talvez dedos mortos sujos de sangue e tecido: *me deixa entrar eu esqueci meus olhos aí dentro ah me deixa entrar me deixa entrar…*

Ele se virou em um sonho de câmera lenta, um sonho *slo-mo*, com uma certeza horrível de que veria aquele rapaz, um espírito de camisola branca, buracos pretos ensanguentados onde antes ficavam os olhos. Seu coração era uma coisa viva na garganta.

Ninguém ali.

Nada ali.

Mas seus nervos estavam abalados, e o galho começou a bater implacavelmente de novo. Ele fugiu sem se dar o trabalho de fechar a porta da sala ao sair. Deslizou pelo corredor estreito, e de repente *havia* passos o seguindo, ecos dos seus pés correndo. Desceu a escada dois degraus de cada vez e foi parar no saguão, arquejando, o sangue latejando nas têmporas. O ar na garganta arranhava como feno cortado.

Ele não viu o segurança por perto. Saiu e, ao passar, fechou uma das portas grandes de vidro do saguão, voltando para a calçada até a praça como o fugitivo que mais tarde se tornaria.

17

Cinco dias depois e muito contra a vontade dela, Andy arrastou Vicky Tomlinson até o Jason Gearneigh Hall. Ela já havia decidido que nunca mais iria pensar no experimento. Pegara o cheque de duzentos dólares no departamento de psicologia e sacara o dinheiro com a intenção de esquecer de onde ele tinha vindo.

Usando uma eloquência que não sabia que tinha, Andy a persuadiu a ir, e os dois foram durante o intervalo entre as aulas às duas e cinquenta; os sinos da Capela Harrison tocaram um carrilhão no ar sonolento de maio.

— Nada pode nos acontecer à luz do dia — afirmou ele, se recusando com inquietação a esclarecer, mesmo pra si, do que exatamente poderia ter medo. — Não com dezenas de pessoas ao redor.

— Eu só não quero ir, Andy — disse ela. Mas foi.

Dois ou três alunos saíam da sala de aula, com livros embaixo do braço. O sol pintava as janelas com um tom mais comum do que o pó-diamante do luar do qual Andy se lembrava. Quando Andy e Vicky entraram, alguns outros estavam saindo para a aula de biologia das três horas. Um deles começou a falar baixo e com sinceridade com mais dois outros sobre uma passeata contra o ROTC que ia acontecer naquele fim de semana. Ninguém prestou a menor atenção em Andy e Vicky.

— Tudo bem. Veja o que acha. — A voz de Andy soou grave e nervosa.

Ele puxou o anel pendurado do diagrama, revelando a imagem de um homem nu sem pele com os órgãos rotulados. Os músculos pareciam fios entrelaçados de lã vermelha. Algum engraçadinho o batizara de Oscar, o Ranzinza.

— Jesus! — exclamou Andy.

Ela segurou o braço dele; sua mão estava quente, e a perspiração, nervosa.

— Andy — disse ela. — Por favor, vamos. Antes que alguém reconheça a gente.

Sim, ele estava pronto para ir embora. O fato de o diagrama ter sido trocado o assustava mais do que qualquer outra coisa. Ele puxou o anel com força e soltou, fazendo o mesmo barulho alto de quando o puxou para abrir.

Um diagrama diferente. O mesmo som. Doze anos depois, quando sua cabeça dolorida permitia, ele ainda conseguia ouvir. Andy nunca mais pisou na sala 70 do Jason Gearneigh Hall depois daquele dia, mas conhecia o som muito bem.

Ele ouvia com frequência nos sonhos… e via a mão ensanguentada, afogada, determinada.

18

O carro verde zumbiu pela via de acesso do aeroporto em direção à rampa de entrada da Northway. Norville Bates segurava o volante com as mãos firmes, o rádio FM tocando música clássica em um fluxo baixo e suave. O cabelo dele agora estava curto e penteado para trás, mas a cicatriz pequena e semicircular no queixo não havia mudado; era o lugar onde ele tinha se cortado com o caco de uma garrafa de coca quebrada, quando criança. Se Vicky ainda estivesse viva, o teria reconhecido.

— Uma unidade nossa está a caminho — informou o homem de terno azul-marinho. O nome dele era John Mayo. — O sujeito é freelancer. Um caipira que trabalha para o DIA e para nós.

— Só uma prostituta qualquer — comentou o terceiro homem, e os três riram, nervosos e tensos. Eles sabiam que estavam se aproximando; quase conseguiam sentir o cheiro de sangue. O nome desse terceiro homem era Orville Jamieson, mas ele preferia ser chamado de OJ, ou melhor ainda, Suco. Assinava todos os memorandos de trabalho como OJ. Certa vez assinou um como Suco, e o maldito capitão o repreendeu. Não foi só uma repreensão oral; mas uma escrita, registrada na ficha dele.

— Você acha que é na Northway, né? — perguntou OJ.

Norville Bates deu de ombros.

— Ou eles estão na Northway ou foram para Albany — afirmou. — Mandei o caipira daqui olhar os hotéis, porque aqui é a cidade dele, né?

— É — respondeu John Mayo.

Ele e Norville se davam bem. Já se conheciam havia muito tempo, desde a sala 70 do Jason Gearneigh Hall. E *aquilo*, meu amigo, se alguém perguntasse, foi *cabeludo*. John nunca mais queria passar por nada tão cabeludo. Ele foi o homem que deu o choque no garoto que sofreu a parada cardíaca. Havia sido paramédico no Vietnã e sabia como usar o desfibrilador, ao menos em teoria. Na prática, não se saiu tão bem, e o garoto não resistiu. Doze jovens haviam recebido o Lote Seis naquele dia. Dois morreram: o garoto que sofreu a parada cardíaca e uma garota que faleceu seis dias depois no alojamento, aparentemente de uma repentina embolia cerebral. Dois outros ficaram irreversivelmente loucos; um, o garoto que cegou a si mesmo, e uma garota que mais tarde desenvolveu paralisia total do pescoço para baixo. Wanless disse que foi psicológico, mas quem tinha certeza? Foi um bom dia de trabalho mesmo.

— O caipira está levando a esposa junto — disse Norville. — Vão fingir que estão procurando a neta. O filho fugiu com a filhinha, num caso feio de divórcio, essas coisas. Ela vai dizer que não quer notificar a polícia a não ser que precise, mas está com medo de o filho estar ficando louco. Se ela agir direitinho, não tem um recepcionista noturno da cidade que não vá dizer se os dois tiverem feito check-in.

— Se ela agir direitinho — repetiu OJ. — Com esses frilas, nunca se sabe.

John perguntou:

— Nós vamos pegar a primeira rampa de acesso, certo?

— Certo — confirmou Norville. — Faltam só três ou quatro minutos agora.

— Eles tiveram tempo para chegar lá?

— Se tiverem corrido, sim. Talvez a gente consiga encontrar os dois pedindo carona bem na rampa. Ou pode ser que eles tenham pegado um atalho e descido para o acostamento. Seja como for, só precisamos rodar até encontrar.

— Para onde você está indo, amigão, pode entrar — disse Suco, rindo. Ele carregava uma Magnum .357, que chamava de Windsucker, em um coldre embaixo do braço esquerdo.

— Se eles já tiverem conseguido uma carona, estamos ferrados, Norv — observou John.

Norville deu de ombros.

— É questão de probabilidade. Agora é uma e quinze da madrugada. Com o racionamento, o tráfego está mais fraco do que nunca. O que o sr. Empresário vai pensar se vir um sujeito grandão e uma garotinha tentando pegar carona?

— Ele vai achar que é algo ruim — refletiu John.

— É isso aí.

Suco riu de novo. À frente, o sinal que indicava a rampa para a Northway brilhou no escuro. Suco colocou a mão no cabo de nogueira da Windsucker. Só por garantia.

19

A van passou por eles, soprando um ar frio... as luzes de freio brilharam com intensidade, e o veículo desviou para o acostamento uns cinquenta metros à frente.

— Graças a Deus — murmurou Andy. — Deixe que eu falo, Charlie.

— Tudo bem, papai. — Ela parecia apática. Os círculos escuros tinham aparecido novamente embaixo dos olhos. A van dava ré enquanto eles andavam. A cabeça de Andy parecia um balão inflando lentamente.

Havia uma imagem das Mil e Uma Noites pintada na lateral: califas, donzelas escondidas por máscaras finas, um tapete voando misticamente no ar. O tapete era para ser vermelho, mas na luz das lâmpadas da rodovia adquiria um tom marrom de sangue seco.

Andy abriu a porta do passageiro, colocou Charlie dentro do veículo e entrou logo atrás.

— Muito obrigado, moço — agradeceu ele. — Salvou nossas vidas.

— É um prazer — respondeu o motorista. — Oi, pequena.

— Oi — disse Charlie com voz baixa.

O motorista olhou pelo retrovisor do lado esquerdo, seguiu cada vez mais rápido pelo acostamento e voltou para a pista principal. Ao olhar por cima da cabeça ligeiramente abaixada de Charlie, Andy sentiu uma pontada de culpa: o motorista era exatamente o tipo de jovem pelo qual ele sempre passava direto quando via no acostamento com o polegar esticado. Alto e magro, com uma barba preta e densa que descia até o peito e um chapéu grande de feltro que parecia o adereço de um filme sobre caipiras em guerra do Kentucky. Um cigarro que parecia caseiro estava pendurado no canto da boca, soltando fumaça. Pelo cheiro, era só cigarro; não havia o odor adocicado de cannabis.

— Para onde você está indo, amigão? — perguntou o motorista.

— Para duas cidades adiante — respondeu Andy.

— Hastings Glen?

— Isso mesmo.

O motorista assentiu.

— Fugindo de alguém, imagino.

Charlie ficou tensa, e Andy colocou uma mão tranquilizadora nas costas dela, fazendo uma massagem delicada até ela relaxar de novo. Ele não detectou ameaça na voz do motorista.

— Tinha um oficial de justiça no aeroporto — comentou.

O motorista sorriu, um sorriso que ficou quase escondido embaixo da barba densa. Tirou o cigarro da boca e ofereceu delicadamente para o vento fora da janela entreaberta, deixando o fluxo levar a guimba embora.

— Alguma coisa a ver com a pequena aqui, imagino.

— Não está longe da verdade — disse Andy.

O motorista ficou em silêncio. Andy se acomodou e tentou suportar a dor de cabeça, que parecia ter parado em um ponto agudo extremo. Já tinha ficado tão ruim? Era impossível dizer. Cada vez que ele exagerava, ela parecia piorar. Demoraria um mês para ele ousar usar dar um impulso de novo. Sabia que ir para duas cidades adiante não era longe o suficiente, mas era o que conseguiria naquela noite. Ele estava mal. Hastings Glen teria que servir.

— Quem você acha melhor, cara? — perguntou o motorista.

— Hã?

— Na Series. Os San Diego Padres na World Series, o que você acha?

— Acho incrível — concordou Andy. A voz soou distante, um sino tocando no fundo do mar.

— Você está bem, cara? Está pálido.

— Dor de cabeça — respondeu Andy. — Enxaqueca.

— Pressão demais — observou o motorista. — Eu entendo. Você está em um hotel? Precisa de dinheiro? Posso te dar cinco pratas. Queria poder dar mais, mas estou indo para a Califórnia, e tenho que tomar cuidado. Que nem os Joads de *As vinhas da ira*.

Andy deu um sorriso agradecido.

— Acho que estamos bem.

— Tudo bem. — Ele olhou para Charlie, que tinha cochilado. — Ela é uma garotinha bonita, amigão. Você está cuidando dela?

— Da melhor forma que posso — disse Andy.

— Tudo bem — disse o motorista. — É assim que se fala.

20

Hastings Glen era pouco mais do que um alargamento da estrada; àquela hora, todos os sinais da cidade estavam só piscando. O motorista barbado de chapéu de feltro os levou pela rampa de saída, passando pela cidade adormecida e pela Route 40 até o Slumberland Motel. O estabelecimento possuía sequoias com os restos de um milharal pós-colheita nos fundos e um letreiro de néon vermelho-rosado na fachada, que piscava as letras H V GAS. Quando o sono se aprofundou, Charlie foi pendendo cada vez mais para a esquerda, até a cabeça cair apoiada na coxa de calça jeans do motorista. Andy sinalizou puxá-la de volta, mas o motorista fez que não.

— Ela está bem, cara. Deixe ela dormir.

— Você se importa de nos deixar um pouco à frente? — perguntou Andy. Estava difícil pensar, mas a cautela veio de forma quase intuitiva.

— Não quer que o recepcionista saiba que você não tem carro? — O motorista sorriu. — Claro. Mas, em um lugar assim, não vão dar a menor bola se você tiver vindo pedalando de monociclo. — Os pneus da van fizeram barulho no acostamento de cascalho. — Tem certeza de que não precisa de cinco pratas?

— Acho que preciso — Andy admitiu com relutância. — Você pode escrever seu endereço para mim? Vou enviar pelo correio depois.

O sorriso do motorista reapareceu.

— Meu endereço é "em trânsito" — respondeu ele, pegando a carteira. — Mas talvez você veja meu rosto feliz e sorridente novamente, não é? Quem sabe. Pode ficar, cara. — Ele deu a nota de cinco para Andy, que de repente começou a chorar. Não muito, mas chorou. — Não, cara — disse o motorista com gentileza. Ele tocou a nuca de Andy de leve. — A vida é curta e a dor é longa, e fomos postos na terra para ajudar uns aos outros. A filosofia de gibis de Jim Paulson resumida. Cuide bem da pequena.

— Claro — respondeu Andy, secando os olhos e guardando a nota de cinco no bolso do paletó de veludo. — Charlie? Querida? Acorde. Só falta um pouquinho agora.

21

Três minutos depois, a sonolenta Charlie se apoiava no pai enquanto ele via Jim Paulson seguir pela rua até um restaurante fechado, dar meia-volta e passar por eles na direção da Interestadual. Andy ergueu a mão. Paulson levantou a dele. A velha van Ford com as Mil e Uma Noites na lateral, gênios e vizires e um tapete voador místico. *Espero que a Califórnia seja boa para você, cara*, pensou Andy, e os dois andaram até o Slumberland Motel.

— Quero que você me espere aqui fora, escondida — orientou Andy. — Tudo bem?

— Tá, papai. — Muito sonolenta.

Ele a deixou junto a um arbusto de sempre-vivas, caminhou até a recepção e tocou a campainha noturna. Após dois minutos, um homem de meia-idade vestindo roupão apareceu, limpando os óculos. Abriu a porta e deixou Andy entrar sem dizer nada.

— Eu gostaria de saber se posso ficar com a unidade no final da ala esquerda — indagou. — Eu estacionei lá.

— Nesta época do ano, você poderia ficar com a ala oeste *toda*, se quisesse — respondeu o recepcionista, sorrindo com uma dentadura amarelada. Ele entregou a Andy uma ficha impressa e uma caneta com a estampa de uma loja de materiais de escritório. Um carro passou lá fora, com faróis silenciosos que surgiram e sumiram.

Andy assinou o cartão como Bruce Rozelle. Bruce estava dirigindo um Vega 1978, placa de Nova York LMS 240. Ele olhou para o espaço marcado ORGANIZAÇÃO/EMPRESA por um segundo e, em um momento de inspiração (tanto quanto sua cabeça dolorida permitiu), escreveu United Vending Company of America. E marcou DINHEIRO na parte de forma de pagamento.

Outro carro passou.

O recepcionista rubricou a ficha e a guardou.

— São dezessete dólares e cinquenta centavos.

— Você se importa que eu pague em moedas? — perguntou Andy. — Não tive a chance de trocar em notas, e estou arrastando por aí uns dez quilos de moedas. Odeio essas viagens de trabalho pelo interior.

— O valor é o mesmo. Eu não me importo.

— Obrigado. — Andy enfiou a mão no bolso do paletó, empurrou a nota de cinco dólares para um canto e pegou um punhado de moedas de vinte e cinco, de dez e de cinco centavos. Contou catorze dólares, pegou mais moedas e completou o que faltava. O recepcionista separou as moedas em pilhas e as jogou no compartimento correto da gaveta.

— Sabe — ele começou, fechando a gaveta e olhando com esperança para Andy —, eu daria um desconto de cinco pratas se você consertasse minha máquina de cigarros. Está sem funcionar há uma semana.

Andy foi até a máquina, que ficava no canto, fingiu olhar e voltou.

— Não é nossa marca — afirmou ele.

— Ah. Merda. Tudo bem. Boa noite, amigão. Tem um cobertor adicional na prateleira do armário, se você quiser.

— Tudo bem.

Ele saiu. O cascalho fez barulho embaixo dos seus pés, horrivelmente amplificado aos seus ouvidos, parecendo cereais de pedra. Ele andou até o arbusto de sempre-vivas onde havia deixado Charlie, mas a menina não estava lá.

— Charlie?

Nenhuma resposta. Ele mudou a chave do quarto com a plaquinha de plástico verde de uma mão para a outra. As duas mãos ficaram suadas de repente.

— Charlie?

Ainda nenhuma resposta. Ele pensou bem, e agora parecia que o carro que passara quando ele estava preenchendo a ficha tinha reduzido a velocidade. Talvez tivesse sido um carro verde.

Seus batimentos começaram a acelerar, gerando pontadas de dor no crânio. Ele tentou pensar no que deveria fazer se sua filha tivesse sumido, mas não conseguiu. Sua cabeça doía muito. Ele...

Ouviu um som alto e ressonado vindo de trás dos arbustos. Um som que ele conhecia muito bem. Ele pulou na direção do som, espalhando o cascalho embaixo dos sapatos. Galhos de sempre-viva arranharam suas pernas e se agarraram na parte de trás do paletó de veludo.

Charlie estava deitada de lado quase no gramado do hotel, os joelhos encolhidos até o queixo, as mãos entre eles. Adormecida. Andy ficou de olhos fechados por um momento e a acordou pelo que esperava ser a última vez naquela noite. Naquela noite muito longa.

As pálpebras dela tremeram, e ela olhou para ele.

— Papai? — disse ela, a voz arrastada, ainda meio enfraquecida. — Eu fiquei escondida, como você mandou.

— Eu sei, querida — respondeu ele. — Sei que ficou. Venha. Vamos para a cama.

22

Vinte minutos mais tarde, os dois estavam na cama de casal da unidade 16, Charlie dormindo pesado e respirando regularmente, Andy ainda desperto, mas adormecendo, acordado apenas pelo latejar ritmado na cabeça. E pelas perguntas.

Havia quase um ano que eles estavam fugindo. Era quase impossível acreditar, talvez porque não *parecesse* tanto com uma fuga quando estavam em Port City, Pensilvânia, cuidando do programa de perda de peso. Charlie frequentou a escola em Port City, e como alguém podia estar fugindo quando tinha um emprego e sua filha frequentava a primeira série? Eles quase foram pegos lá, não por seus perseguidores serem particularmente bons (embora eles fossem terrivelmente obstinados, e isso deixava Andy com muito medo), mas porque Andy cometeu um erro crucial: ele se permitiu esquecer temporariamente que eles eram fugitivos.

Não havia chance para isso agora.

Quão próximos estariam os homens? Ainda em Nova York? Se ao menos Andy pudesse acreditar nisso — que eles não tinham conseguido o número do taxista, que ainda o estavam procurando. Era mais provável que estivessem em Albany, se arrastando como larvas em uma pilha de restos de carne. Hastings Glen? Talvez de manhã. Mas talvez não. Hastings Glen ficava a vinte e cinco quilômetros do aeroporto. Não havia necessidade de deixar a paranoia dominar o bom senso.

Eu mereço! Eu mereço cair na frente dos carros por ter botado fogo naquele homem!

Sua voz respondendo: *Podia ter sido pior. Podia ter sido o rosto dele.*

Vozes em um quarto assombrado.

Outra questão lhe ocorreu: em teoria, ele estava dirigindo um Vega. Quando a manhã chegasse e o recepcionista da noite notasse que não havia um Vega estacionado na frente da unidade 16, ele suporia que o funcionário da United Vending Company tinha ido embora? Ou sairia para investigar? Não havia nada que Andy pudesse fazer agora. Estava acabado.

Eu achei que havia alguma coisa estranha com ele. Ele parecia pálido, doente. E pagou com moedas. Disse que trabalhava para uma empresa de máquinas de vendas, mas não conseguiu consertar a máquina de cigarros no saguão.

Vozes em um quarto assombrado.

Ele se virou de lado, ouvindo a respiração lenta e regular de Charlie. Achou que a menina havia sido levada, mas ela só tinha se escondido mais atrás dos arbustos, fora do campo de visão. Charlene Norma McGee, Charlie desde... bom, desde sempre. *Se tivessem levado você, Charlie, eu não sei o que faria.*

23

Uma última voz, a voz do seu colega de quarto Quincey, de seis anos antes.

Charlie tinha um ano na época, e claro que eles sabiam que ela não era normal. Sabiam disso desde que a filha tinha uma semana de idade, quando Vicky a levou para a cama deles pois, quando ficava sozinha no berço, o travesseiro começava a... bem, começava a fumegar. Naquela noite, eles aposentaram o berço para sempre; sentiram medo, um medo grande e estranho demais para ser articulado, a ponto de Vicky ter ficado com uma marca na bochecha por chorar boa parte da noite, apesar do Solarcaine que Andy encontrou no baú de remédios. Que hospício foi aquele primeiro ano, sem dormir, com um medo infinito. Incêndios nas lixeiras quando a mamadeira dela atrasava; uma vez, as cortinas pegaram fogo, e se Vicky não estivesse no quarto...

Foi quando a filha caiu da escada que Andy decidiu ligar para Quincey. Ela estava engatinhando, e era boa em subir a escada de quatro e descer da mesma maneira. Ele estava tomando conta dela naquele dia; Vicky tinha ido fazer compras no Senter's com uma amiga. Ela hesitara em ir, e Andy quase a empurrou porta afora. A esposa estava com a aparência péssima ultimamente, cansada demais. Havia um brilho vidrado nos olhos dela que fizeram Andy pensar naquelas histórias de fadiga de combate que se ouviam durante a guerra.

Ele estava lendo na sala, perto do pé da escada, enquanto Charlie estava subindo e descendo. Na escada havia um urso de pelúcia. Ele devia tê-lo tirado dali, claro, mas, cada vez que subia, Charlie o contornava, e ele se acostumou... tanto quanto se acostumou com o que pareceu ser uma vida normal em Port City.

Quando ela desceu a terceira vez, os pés se embolaram no urso e ela foi caindo até o chão, tum, bum, berrando de raiva e medo. A escada tinha carpete, o que fez com que Charlie não tivesse nem um hematoma ("Deus cuida dos bêbados e das crianças pequenas", era uma das frases de Quincey, e aquele foi seu primeiro pensamento consciente em Quincey naquele dia). Andy correu até ela, pegou a filha no colo, a abraçou e falou um monte de baboseiras enquanto fazia uma inspeção rápida, procurando sangue, algum membro quebrado, sinais de concussão. E...

E ele *sentiu* aquilo passar — o incrível e invisível raio mortífero saído da mente da sua filha. Pareceu o sopro de ar quente de um metrô a toda a velocidade, quando é verão e se está um pouco perto demais da plataforma. Uma passagem suave e silenciosa de ar quente... e de repente o urso de pelúcia estava em chamas. O bichinho machucou Charlie; Charlie machucaria o bichinho. As chamas arderam, e por um momento, enquanto queimava, Andy ficou olhando para os olhos pretos de botão através de uma camada de fogo, e as chamas se espalharam para o carpete no degrau em que o urso tinha caído.

Andy colocou a menina no chão e correu até o extintor de incêndio na parede perto da TV. Ele e Vicky não conversavam sobre a coisa que a filha deles era capaz de fazer. Houve ocasiões em que Andy quis falar, mas Vicky nem queria saber; ela evitava o assunto com uma teimosia histérica, dizendo que não havia nada de errado com Charlie, *nada de errado*. Mas os extintores apareceram silenciosamente, sem discussão, quase com a mesma sutileza com que dentes-de-leão apareciam durante aquele período entre a primavera e o verão. Eles não conversavam sobre o que Charlie era capaz de fazer, mas havia extintores de incêndio por toda a casa.

Sentindo o odor forte de carpete frito, ele pegou um dos extintores e correu para a escada... e ainda teve tempo de pensar naquela história que lera na infância, "It's a *Good* Life", escrita por um cara chamado Jerome Bixby, que contava a história de um garoto que usou terror psicológico para escravizar os pais, um pesadelo de mil mortes possíveis, e nunca se sabia... nunca se sabia quando a criança ia sentir raiva...

Sentada no pé da escada, Charlie berrava.

Andy girou o botão do extintor com desespero e borrifou espuma no fogo, que apagou. Pegou o urso, o pelo cheio de pontinhos de espuma, e o levou pela escada até o térreo.

Odiando a si mesmo, mas de alguma maneira primitiva sabendo que tinha que ser feito, que um limite tinha que ser imposto, a lição aprendida, ele enfiou o urso na cara assustada e manchada de lágrimas de Charlie, que ainda estava aos berros. *Ah, seu filho da mãe*, pensou ele com desespero, *por que você não vai até a cozinha, pega uma faca e corta uma linha em cada bochecha? Por que não marca ela assim?* E sua mente se concentrou nisso. Cicatrizes. Sim. Era o que ele precisava fazer. Marcar a filha. Fazer uma cicatriz na alma dela.

— Gostou de como Teddy está agora? — gritou ele. Teddy estava queimado, preto e ainda quente como um pedaço de carvão. — Gostou do Teddy todo queimado, a ponto de você não poder mais brincar com ele, Charlie?

Charlie chorava alto e soluçava; sua pele toda era febre vermelha e morte pálida, os olhos nadando em lágrimas.

— *Paaaai! Ted! Ted!*

— É, o Teddy — continuou ele com voz sombria. — O Teddy está todo queimado, Charlie. Você queimou ele. E, se você queimou o Teddy, pode queimar a mamãe. O papai. Agora... *não faça mais isso!* — Ele se inclinou para perto dela, sem pegá-la no colo, ainda sem tocar nela. — Não faça mais isso porque *é uma Coisa Ruim!*

— *Paaaaaaaaaa...*

E esse foi todo o sofrimento, todo o horror, todo o medo que ele aguentou provocar. Andy pegou a filha no colo, a abraçou e andou de um lado para outro até, muito tempo depois, os soluços passarem e se tornarem tremores irregulares do peito e fungadas. Quando ele olhou para ela, Charlie estava dormindo com a bochecha em seu ombro.

Ele a colocou no sofá, foi até o telefone da cozinha e ligou para Quincey.

Quincey não queria conversar. Estava trabalhando para uma corporação grande de aeronaves naquele ano de 1975, e nos bilhetes que acompanhavam cada um de seus cartões de Natal para os McGee, ele descrevia seu cargo como Vice-Presidente Encarregado de Carinho. Quando os homens que construíam aviões tinham problemas, procuravam Quincey. Ele os ajudava em diversas questões (sentimentos de alienação, crises de identidade, talvez só uma sensação de que o trabalho os estava desumanizando), e os funcionários voltavam ao trabalho sem trocar a rebimboca pela parafuseta, garantindo que os aviões não caíssem e que o mundo continuasse seguro para a democracia. Para fazer isso, Quincey ganhava trinta e dois mil dólares por ano, dezessete mil a mais do que Andy. "Não sinto culpa nenhuma", ele escrevera. "Considero o salário pequeno para quem mantém os Estados Unidos no ar quase sozinho."

Aquele era Quincey, engraçado e sardônico, como sempre. Só que ele não foi sardônico nem engraçado naquele dia em que Andy ligou de Ohio enquanto a filha dormia no sofá e sentia o cheiro de ursinho queimado e carpete chamuscado nas narinas.

— Eu ouvi histórias — comentou Quincey depois de um tempo, quando viu que Andy não ia deixar que ele desligasse sem dizer *alguma coisa*. — Mas às vezes os telefones são grampeados, amigão. Estamos na era de Watergate.

— Estou com medo — disse Andy. — Vicky está com medo. E Charlie também está com medo. O que você ouviu, Quincey?

— Era uma vez um experimento do qual doze pessoas participaram — começou Quincey. — Uns seis anos atrás. Se lembra disso?

— Eu me lembro — respondeu Andy, com a voz sombria.

— Não sobraram muitas dessas doze pessoas. Pelo que eu soube, sobraram apenas quatro. E duas delas se casaram.

— É — disse Andy, sentindo por dentro um horror crescente. Sobraram apenas quatro? O que Quincey queria dizer com isso?

— Eu soube que uma consegue entortar chaves e fechar portas sem sequer tocar nelas. — A voz de Quincey, distante, vinda por mais de três mil quilômetros de cabo telefônico, chegava por centrais telefônicas, pelos pontos de passagem, por caixas de distribuição em Nevada, Idaho, Colorado, Iowa. Um milhão de lugares por onde grampear a voz de Quincey.

— É? — perguntou ele, se esforçando para manter a voz firme. E pensou em Vicky, que às vezes conseguia ligar o rádio ou desligar a TV sem chegar perto dos aparelhos, aparentemente sem nem perceber que estava fazendo aquelas coisas.

— Ah, é, é real — respondeu Quincey. — Ele é... como a gente diz? Caso documentado. A cabeça dele dói se faz isso com muita frequência, mas ele consegue. Deixam ele em um quartinho com uma porta que ele não consegue abrir e uma tranca que não consegue entortar. Fazem testes com ele. Ele entorta chaves. Ele fecha portas. E eu soube que está quase maluco.

— Ah... meu... Deus — disse Andy com voz fraca.

— Ele é parte das tentativas de paz, então não tem problema se ele ficar maluco — prosseguiu Quincey. — Ele vai ficar maluco para que duzentos e vinte milhões de americanos possam ficar em segurança e livres. Entendeu?

— Entendi — sussurrou Andy.

— E as duas pessoas que se casaram? Nada. Até onde eles sabem. Eles estão na deles, moram em um estado tranquilo no meio do país, como Ohio. Talvez até haja uma verificação anual deles. Só para ver se estão fazendo alguma coisa como entortar chaves ou fechar portas sem tocar nelas ou fazendo showzinhos de mentalismo na feira anual de distrofia muscular da região. Que bom que essas pessoas não são capazes de fazer nada assim, não é, Andy?

Andy fechou os olhos e sentiu cheiro de tecido queimado. Às vezes Charlie abria a porta da geladeira, olhava dentro e saía engatinhando. Se Vicky estava passando roupa, ela olhava para a porta da geladeira, que se fechava, tudo sem perceber que estava fazendo algo de estranho. Isso acontecia às vezes. Em outras vezes, não parecia funcionar, e ela deixava as roupas de lado e ia fechar a porta da geladeira (ou desligar o rádio ou ligar a TV). Vicky não conseguia entortar chaves, ler pensamentos, voar, atear fogo nas coisas nem prever o futuro. Às vezes ela conseguia fechar uma porta do outro lado da sala, e só isso. Às vezes, depois de ter feito várias dessas coisas, Andy reparava que ela reclamava de dor de cabeça ou de dor no estômago, mas ele não sabia se era uma reação física ou um aviso do subconsciente. A capacidade dela de fazer essas coisas ficava um pouco mais forte perto do período menstrual, talvez. Coisas tão pequenas, com tão pouca frequência, que Andy passou a encará-las como normais. Quanto a si mesmo... bom, ele podia *impulsionar* as pessoas. Não havia nome para isso; talvez auto-hipnose fosse o que chegava mais perto. E ele não fazia com frequência, porque sentia dor de cabeça. Na maior parte dos dias, conseguia esquecer completamente que não era normal e que deixara de ser desde aquele dia na sala 70 do Jason Gearneigh.

Ele fechou os olhos, e no campo escuro do interior das pálpebras viu aquela mancha de sangue em forma de vírgula e a não palavra *COR OSUM*.

— Sim, é uma coisa boa — prosseguiu Quincey, como se Andy tivesse concordado. — Ou eles podiam colocar os dois em quartinhos onde cada um pudesse trabalhar em tempo integral para manter duzentos e vinte milhões de norte-americanos seguros e livres.

— É uma coisa boa — concordou Andy.

— Aquelas doze pessoas — continuou Quincey — talvez tenham recebido uma droga que não conheciam completamente. Pode ter sido que uma pessoa, um tal dr. Louco, tenha enganado elas deliberadamente. Ou talvez ele tenha achado que estava enganando, mas talvez ele estivesse sendo deliberadamente iludido. Não importa.

— Não.

— Então essa droga foi dada a elas, e talvez tenha mudado um pouco os cromossomos dessas pessoas. Ou muito. Quem sabe. E talvez dois tenham se casado e decidido ter um bebê, e talvez o bebê tenha herdado mais do que os olhos dela e a boca dele. Não ficariam interessados nessa criança?

— Aposto que sim — refletiu Andy, agora com tanto medo que sentia dificuldade de falar. Ele já havia decidido que não ia contar para Vicky sobre a ligação para Quincey.

— É como quando a gente tem limão, é gostoso, e a gente tem merengue, e *isso* também é gostoso. Mas quando juntamos os dois, temos... um gosto totalmente novo. Aposto que iam querer ver o que essa criança seria capaz de fazer. Podem só querer pegar ela e deixar em um quartinho para ver se ela poderia ajudar a deixar o mundo seguro para a democracia. E eu acho que não quero dizer mais nada, amigão, só que... fique na sua.

24

Vozes em um quarto assombrado.

Fique na sua.

Ele virou a cabeça no travesseiro do hotel de beira de estrada e olhou para Charlie, que dormia profundamente. *Charlie, minha criança, o que nós vamos fazer? Para onde podemos ir e ficar em paz? Como isso vai terminar?*

Não havia resposta para nenhuma daquelas perguntas.

E ele finalmente adormeceu. Enquanto isso, não muito longe, um carro verde andava pela escuridão, ainda com esperança de encontrar um homem grande de ombros largos e paletó de veludo, e uma garotinha de cabelo louro, calça vermelha e blusa verde.

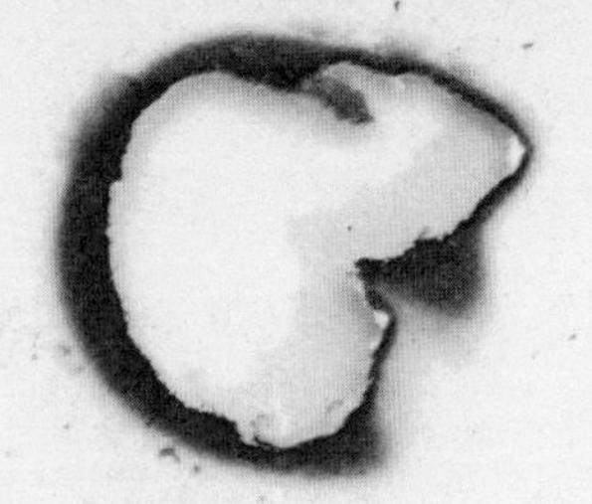

LONGMONT, VIRGINIA: A OFICINA

1

Duas lindas fazendas do Sul ficavam de frente uma para a outra em um campo comprido e verde, que era cortado por algumas ciclovias sinuosas e uma rua de cascalho de duas pistas que seguia pela colina da estrada principal. De um lado de uma das casas, havia um celeiro grande, pintado de vermelho e com contornos de um branco impecável. Perto da outra, havia um estábulo comprido, pintado no mesmo vermelho lindo com contornos brancos. Alguns dos melhores cavalos do Sul viviam ali. Entre o celeiro e o estábulo ficava um laguinho de patos, largo e raso, refletindo calmamente o céu.

Na década de 1860, os proprietários originais daquelas casas partiram para a guerra e morreram, e todos os herdeiros das duas famílias também estavam mortos agora. As duas fazendas tornaram-se uma unidade do governo em 1954. Era o quartel-general da Oficina.

Às nove e dez em um dia ensolarado de outubro — o dia seguinte ao que Andy e Charlie haviam partido de Nova York para Albany em um táxi —, um homem idoso com olhos gentis e brilhantes, usando um gorro de lã, pedalava em uma bicicleta na direção de uma das casas. Atrás dele, no segundo outeiro, ficava o ponto de verificação pelo qual ele passou após ter a digital de seu polegar reconhecida por um sistema de identificação computadorizado. O ponto de verificação localizava-se entre dois muros de arame farpado. O de fora, com dois metros de altura, a cada vinte metros exibia placas que diziam: CUIDADO! PROPRIEDADE DO GOVERNO. A CERCA POSSUI UMA CARGA ELÉTRICA BAIXA! Durante o dia, a carga era realmente baixa. À noite, o gerador da propriedade a aumentava para uma voltagem letal, e todas as manhãs um grupo de cinco zeladores percorria o local em carrinhos elétricos de golfe, recolhendo os corpos de coelhos, toupeiras, pássaros, marmotas, um ocasional gambá e às vezes até cervos, caídos em uma poça de fedor. E, duas vezes, encontraram seres humanos, igualmente fritos. O vão entre as cercas externa e interna de arame farpado era de três metros. Durante o dia e a noite, cães de guarda contornavam a instalação naquele espaço. Os cães de guarda eram dobermanns que tinham sido treinados para se manterem longe da cerca elétrica. Em cada canto da instalação havia torres de guarda, também feitas em tábuas pintadas de vermelho com contornos brancos e ocupadas por uma equipe experiente no uso de vários itens de aparelhagem mortal. O lugar todo era monitorado por diversas câmeras de TV, e as imagens que elas apresentavam eram constantemente verificadas por computador. A instalação de Longmont era segura.

O idoso continuou pedalando, sorrindo para as pessoas por quem passava. Um homem velho e careca com boné de beisebol estava passeando com um potro de pernas finas. Ele levantou a mão e gritou:

— Oi, capitão! O dia não está lindo?

— Está mesmo maravilhoso — concordou o idoso na bicicleta. — Tenha um ótimo dia, Henry.

Ele chegou à frente da casa mais ao norte, desceu da bicicleta e puxou o descanso. Inspirou fundo o ar fresco matinal, subiu os degraus largos da varanda e deu uma corridinha vigorosa entre as amplas colunas dóricas. Abriu a porta e entrou no saguão espaçoso, onde havia uma jovem de cabelo ruivo atrás de uma escrivaninha, com um livro de análise estatística aberto na frente. Uma das mãos estava marcando o lugar no livro. A outra estava na gaveta, tocando de leve em uma Smith & Wesson .38.

— Bom dia, Josie — disse o cavalheiro mais velho.

— Olá, capitão. Está um pouco atrasado, não? — Garotas bonitas podiam falar uma coisa assim sem problemas; se fosse Duane na recepção, ele não responderia nada. O capitão não apoiava a emancipação feminina.

— Minha marcha mais alta está emperrada, querida. — Ele falou enquanto colocava o polegar na reentrância adequada. Alguma coisa no visor estalou alto, e uma luz verde piscou e ficou acesa no painel de Josie. — Seja boazinha agora.

— Bom, vou tomar cuidado — disse ela com astúcia e cruzou as pernas.

O capitão deu uma gargalhada e saiu caminhando pelo corredor. Ela o viu se afastar e se questionou por um momento se devia ter avisado a ele que Wanless, aquele velho sinistro, tinha chegado uns vinte minutos antes. Mas concluiu que ele logo descobriria e deu um suspiro. Ter que falar com um sujeitinho bizarro como Wanless era uma bela maneira de estragar o começo de um dia perfeitamente bom. Mas ela achava que uma pessoa como o capitão, com sua posição de grande responsabilidade, tinha que tomar fel com mel.

2

A sala do capitão ficava nos fundos da casa. Um janelão amplo oferecia uma vista magnífica do gramado, com o celeiro e o laguinho parcialmente escondidos por amieiros. Rich McKeon estava no meio do gramado, montado em um cortador de grama que lembrava um trator em miniatura. O capitão ficou olhando para ele com os braços cruzados nas costas por um momento, depois foi buscar café no canto da sala. Serviu um pouco em uma caneca do USN, acrescentou uma pequena quantidade de Cremora, se sentou e apertou o botão do interfone.

— Oi, Rachel — disse ele.

— Oi, capitão. O dr. Wanless está...

— Eu sabia — interrompeu o capitão. — Eu *sabia*. Senti cheiro dessa puta velha assim que entrei.

— Devo informar que você está muito ocupado hoje?

— Não diga nada do tipo — respondeu o capitão, com firmeza. — Só deixe que ele fique sentado na sala amarela a manhã toda. Se ele não decidir ir embora, acho que posso recebê-lo antes do almoço.

— Certo, senhor.

Problema resolvido... para Rachel, pelo menos, pensou o capitão com um toque de ressentimento. Wanless não era problema dela. E a verdade era que Wanless estava se tornando um constrangimento. Tinha vivido além de sua utilidade e de sua influência. Bem, sempre havia o complexo de Maui. E também havia Rainbird.

O capitão sentiu um tremor interno ao pensar isso... e ele não era um homem que tremesse com facilidade.

Ele apertou o botão do interfone de novo.

— Rachel, quero todo o arquivo McGee de novo. E às dez e meia quero ver Al Steinowitz. Se Wanless ainda estiver aqui quando eu terminar com Al, pode mandá-lo entrar.

— Certo, capitão.

O capitão se encostou na cadeira, cruzou os dedos e olhou para o outro lado da sala, para a imagem de George Patton na parede. Patton estava montado em um tanque como se achasse que era Duke Wayne ou alguém assim.

— A vida é difícil se você não cede — ele falou para a imagem de Patton e tomou um gole do café.

3

Dez minutos depois, Rachel levou o arquivo em um carrinho de rodinhas silenciosas. Eram seis caixas de papéis e relatórios, e quatro de fotografias. Também havia transcrições telefônicas. O telefone dos McGee era grampeado desde 1978.

— Obrigado, Rachel.

— De nada. O sr. Steinowitz estará aqui às dez e meia.

— Claro que estará. Wanless já morreu?

— Infelizmente, não — respondeu ela, sorrindo. — Só está sentado lá fora vendo Henry passear com os cavalos.

— Destruindo os malditos cigarros?

Como uma estudante, Rachel cobriu a boca com a mão, riu e assentiu.

— Ele já destruiu meio maço.

O capitão grunhiu. Rachel saiu, e ele se voltou para os arquivos. Quantas vezes já os havia examinado nos últimos onze meses? Doze? Vinte e quatro? Sabia o conteúdo quase de cor. E, se Al estivesse certo, até o final da semana ele teria sob custódia os dois McGee que restavam. O pensamento provocou um formigar de empolgação em seu estômago.

Ele começou a mexer aleatoriamente no arquivo McGee, puxando uma folha aqui, lendo um trecho ali. Era seu jeito de se conectar novamente com a situação. Sua mente consciente estava em ponto morto, seu subconsciente em marcha acelerada. O que ele queria agora não eram detalhes, mas colocar a mão na coisa toda. Como os jogadores de beisebol diziam, ele precisava encontrar a pega.

Ali estava um memorando do próprio Wanless, um Wanless bem mais jovem (ah, mas eles eram bem mais jovens na época), datado em 12 de setembro de 1968. Metade de um parágrafo chamou a atenção do capitão:

> ... de enorme importância na continuidade do estudo de fenômenos psíquicos controláveis. A realização de mais testes em animais seria contraproducente (vide verso 1) e, como enfatizei na reunião de grupo no verão, testar em presidiários ou em qualquer personalidade com transtornos poderia nos levar a sérios problemas se o Lote Seis tiver o poder que desconfiamos que tenha (vide verso 2), ainda que apenas uma fração. Portanto, continuo recomendando...

Você continua recomendando que testemos em grupos controlados de universitários, sob todos os incríveis planos de contingências de fracasso, o capitão pensou. Wanless não usava evasivas naquela época. Não mesmo. Seu lema naqueles dias era: velocidade máxima, e o diabo que chegue por último. Doze pessoas haviam sido testadas. Duas morreram: uma durante a aplicação do teste, outra logo depois. Duas ficaram irremediavelmente loucas, com danos físicos: uma se cegou, e outra teve uma paralisia psicótica; ambas foram confinadas no complexo de Maui, onde permaneceriam até o fim de suas infelizes vidas. Sobraram oito. Uma morreu em um acidente de carro em 1972, uma ocorrência que quase certamente não fora acidental, mas suicídio. Outra se jogou do telhado dos Correios de Cleveland em 1973, sem deixar dúvidas a respeito: o rapaz deixou um bilhete dizendo que "não conseguia suportar mais as imagens que surgiam em sua cabeça". A polícia de Cleveland diagnosticou como depressão suicida e paranoia. O capitão e a Oficina diagnosticaram como ressaca letal do Lote Seis. Assim, restaram seis.

Três outros cometeram suicídio entre 1974 e 1977, resultando em um total confirmado de quatro suicídios e um total provável de cinco. Quase metade do grupo, podia-se dizer. Os quatro suicidas confirmados pareciam perfeitamente normais até o momento de usarem a arma, a corda ou pularem de um lugar alto. Mas quem podia saber pelo que eles poderiam estar passando? Quem sabia de verdade?

Assim, sobraram três. Desde 1977, quando o adormecido projeto do Lote Seis voltou à tona de repente, um sujeito chamado James Richardson, que agora morava em Los Angeles, era constantemente vigiado. Em 1969, ele participara do experimento do Lote Seis, e durante o período em que ficou sob influência da droga, demonstrou a mesma variedade impressionante de talento que os outros: telecinese, transferência de pensamentos e talvez a manifestação mais interessante de todas, ao menos do ponto de vista especializado da Oficina: dominação mental.

No entanto, como também aconteceu com os outros, os poderes induzidos pela substância em James Richardson aparentavam ter desaparecido completamente quando o efeito da droga passou. Avaliações em 1971, 1973 e 1975 não demonstraram nada. Até Wanless precisou admitir isso, e ele era fanático quando o assunto era o Lote Seis. Leituras computadorizadas aleatórias (bem menos aleatórias desde o surgimento do caso dos McGee) não deram nenhuma indicação de que Richardson estava usando poder psíquico, consciente ou inconscientemente. Ele se formou em 1971, foi para o Oeste atuar em alguns empregos administrativos de baixo escalão (nada de dominação mental ali), e agora trabalhava para a Telemyne Corporation.

Além disso, era veado.

O capitão suspirou.

Eles continuavam de olho em Richardson, mas o capitão estava pessoalmente convencido de que o sujeito era uma decepção. E com isso restavam dois, Andy McGee e sua esposa. A casualidade do casamento deles não passou despercebida pela Oficina nem por Wanless, que começou a bombardear os superiores com memorandos, sugerindo que qualquer prole daquela união deveria ser monitorada de perto (contando com o ovo no cu da galinha, podia-se dizer). Em mais de uma ocasião o capitão brincou com a ideia de dizer para Wanless que eles descobriram que Andy McGee havia feito vasectomia. Isso teria calado o filho da mãe. Àquela altura, Wanless tinha sofrido um derrame e estava inútil, não passando de uma chateação.

Foi realizado apenas um experimento do Lote Seis, e os resultados foram tão desastrosos que houve uma ação generalizada e completa para encobrir o trabalho... uma ação cara. A ordem veio do alto, de impor uma moratória indefinida a testes assim. *Wanless teve muito do que reclamar naquele dia*, pensou o capitão... e reclamou mesmo. Mas não havia sinal nenhum de que os russos ou nenhuma outra nação estivessem interessados em psiônica, e o oficial de alto escalão concluiu que, apesar de alguns resultados positivos, o Lote Seis era um beco sem saída. Ao analisar os resultados de longo prazo, um dos cientistas que trabalharam no projeto afirmou que o teste era como colocar um motor de jato em um Ford velho: deixava o veículo disparado, claro... até chegar no primeiro obstáculo.

— Nos deem mais dez mil anos de evolução — disse o sujeito — e podemos tentar de novo.

Parte do problema devia-se ao fato de que, quando os poderes psíquicos induzidos pelas drogas estavam no ápice, os voluntários estavam viajando como loucos. Nenhum controle era possível. E, do outro lado da operação, o alto escalão estava morrendo de medo. Encobrir a morte de um agente ou até de um observador de uma operação era uma coisa. Mas encobrir a morte de um estudante que sofreu ataque cardíaco, o desaparecimento de dois outros e traços prolongados de histeria e paranoia em mais outros eram coisas completamente diferente. Todos possuíam amigos e colegas, mesmo que uma das exigências para a escolha dos voluntários tivesse sido a falta de familiares próximos. Os custos e os riscos foram enormes; envolveram quase setecentos mil dólares em dinheiro silenciador e na eliminação de pelo menos uma pessoa: o padrinho do rapaz que arrancou os próprios olhos. O padrinho não desistia. No fim das contas, ele só conseguiu chegar ao fundo do porto de Baltimore, onde ainda devia estar, com dois blocos de cimento em volta do que restava das pernas.

Ainda assim, boa parte de tudo (muito, na verdade) foi sorte.

Desse modo, o projeto do Lote Seis foi engavetado com parte do orçamento anual ainda designada a ele. O dinheiro era usado para continuar com a observação aleatória dos sobreviventes, caso alguma coisa aparecesse, algum padrão.

E um acabou aparecendo.

O capitão procurou em uma pasta de fotografias e acabou encontrando uma da garota em preto e branco de vinte por vinte e cinco centímetros, tirada três anos antes, quando ela tinha quatro e frequentava a Free

Children's Nursery School em Harrison. A fotografia havia sido tirada com uma lente potente, a partir da traseira de uma van de padaria, e depois foi ampliada e cortada para transformar a imagem de vários meninos e meninas brincando no retrato de uma garotinha sorridente com marias-chiquinhas balançando, que segurava as duas extremidades de uma corda com as mãos.

O capitão olhou para a foto com sentimentalismo por um tempo. Wanless, após o derrame, descobriu o medo, e agora acreditava que a garotinha teria que ser liquidada. E, apesar de Wanless estar de fora agora, algumas pessoas concordavam com a opinião dele, algumas dentre os chefes. O capitão esperava não chegar a esse ponto. Ele tinha três netos, dois mais ou menos da idade de Charlene McGee.

Claro que eles teriam que separar a garotinha do pai, provavelmente de maneira permanente. E ele quase certamente precisaria ser eliminado... depois de ter cumprido seu propósito, claro.

Eram dez e quinze. O capitão chamou Rachel pelo interfone.

— Albert Steinowitz já chegou?

— Acabou de chegar, senhor.

— Que bom. Mande-o entrar, por favor.

4

— Quero que você assuma pessoalmente o desfecho da história, Al.

— Pode deixar, capitão.

Albert Steinowitz era um homem pequeno de pele amarelada pálida e cabelo muito preto; em seus anos de juventude, ele às vezes era confundido com o ator Victor Jory. O capitão e ele trabalhavam juntos ocasionalmente havia quase oito anos; na verdade, os dois haviam vindo da marinha juntos. E, para ele, Al sempre parecia um homem prestes a dar entrada no hospital para uma internação permanente. Ele fumava constantemente, menos dentro da Oficina, onde não era permitido. Andava com passos lentos e imponentes que lhe conferiam um estranho tipo de impenetrável dignidade, um atributo raro a qualquer homem. O capitão, que tinha acesso a todos os registros médicos dos agentes da Seção Um, sabia que a dignidade no andar de Albert era falsa; o colega sofria de hemorroidas e já havia sido operado duas vezes. Recusou-se a fazer uma terceira cirurgia porque ela poderia significar um saco de colostomia pendurado na perna pelo resto da vida. Sua caminhada digna sempre fazia o capitão pensar no conto de fadas sobre a sereia que queria ser mulher e o preço que pagava para ter pernas e pés. O capitão imaginava que o andar dela também devia ser digno.

— Em quanto tempo você consegue chegar em Albany? — perguntou ele a Al agora.

— Uma hora depois que sair daqui.

— Que bom. Não vou segurar você por muito tempo. Qual é a situação lá?

Albert cruzou as mãos pequenas e um pouco amareladas no colo.

— A polícia estadual está cooperando bem. Todas as estradas que saem de Albany foram bloqueadas. Os bloqueios foram montados em círculos concêntricos, com o Aeroporto do Condado de Albany no centro. Um raio de sessenta quilômetros.

— Você está supondo que eles não pegaram carona.

— Nós temos que supor isso mesmo — considerou Albert. — Se eles pegaram carona com alguém que os levou por mais de trezentos quilômetros, vamos ter que começar tudo de novo. Mas estou apostando que estejam dentro do círculo.

— É? E por que isso, Albert? — O capitão se inclinou para a frente. Albert Steinowitz era, sem dúvida nenhuma, o melhor agente a serviço da Oficina, perdendo talvez apenas para Rainbird. Ele era inteligente, intuitivo... e implacável quando o trabalho exigia.

— Em parte é palpite — respondeu Albert. — E também devido ao que obtivemos do computador quando inserimos tudo que sabemos sobre os três últimos anos da vida de Andrew McGee. Nós pedimos que a máquina verificasse qualquer padrão que pudesse se aplicar a essa capacidade que ele supostamente tem.

— Ele tem, Al — falou o capitão com gentileza. — É isso o que torna essa operação tão delicada.

— Tudo bem, ele tem — disse Al. — Mas as leituras do computador sugerem que a capacidade que ele tem em usá-la é extremamente limitada. Se abusar, ele passa mal.

— Certo. Estamos contando com isso.

— Ele estava trabalhando em uma operação em Nova York, um tipo de coisa no estilo Dale Carnegie.

O capitão assentiu. Era o Confidence Associates, uma atividade direcionada a executivos tímidos. Bastava para que ele e a filha tivessem pão, leite e carne, mas não muito mais do que isso.

— Nós interrogamos a última turma dele — contou Albert Steinowitz. — Eram dezesseis, e cada um pagou uma tarifa em duas parcelas, cem dólares na matrícula e mais cem no meio do curso, se eles achassem que a ação estava ajudando. Claro que todos pagaram.

O capitão assentiu. O talento de McGee era admiravelmente adequado para dar confiança às pessoas. Ele literalmente as *impulsionava* a ter mais confiança em si mesmos.

— Nós alimentamos o computador com as respostas que as pessoas deram a várias perguntas-chave. As perguntas eram: você se sentiu melhor em relação a si mesmo e em relação ao curso da Confidence Associates em momentos específicos? Consegue se lembrar dos dias de trabalho após frequentar as reuniões da Confidence Associates em que se sentiu como um tigre? Você...

— Se sentiu como um tigre? — perguntou o capitão. — Meu Deus, vocês perguntaram se eles se sentiram como *tigres*?

— O computador sugere a escolha de palavras.

— Certo, continue.

— A terceira pergunta era: você teve algum sucesso específico e mensurável no trabalho desde que fez o curso da Confidence Associates? Essa foi a pergunta a que todos responderam com mais objetividade e confiabilidade, pois as pessoas costumam se lembrar dos dias em que receberam aumento ou um tapinha nas costas dado pelo chefe. Eles estavam ansiosos para falar. Achei meio sinistro, capitão. Ele fazia o que prometia. Dos dezesseis, onze foram promovidos. *Onze*. Dos outros cinco, três estão em empregos em que promoções só acontecem em momentos específicos.

— Ninguém está questionando a capacidade de McGee — observou o capitão. — Não mais.

— Certo. Estou chegando ao ponto aqui. Era um curso de seis semanas. Usando as respostas dadas às perguntas-chave, o computador chegou a quatro datas de pico... ou seja, dias em que McGee provavelmente complementou o discurso motivacional com um impulso caprichado. As datas que temos são 17 de agosto, 1º de setembro, 19 de setembro e... 4 de outubro.

— E isso prova o quê?

— Bom, ele deu o impulso no taxista naquela noite. Com força. Aquele sujeito ainda está abalado. Achamos que Andy McGee passou do limite. Deve estar se sentindo mal, talvez imobilizado. — Albert olhou para o capitão com firmeza. — O computador nos deu vinte e seis por cento de probabilidade de ele estar morto.

— *O quê?*

— Bom, ele já exagerou antes e acabou ficando de cama. Está fazendo alguma coisa com o cérebro... Deus sabe o quê. Gerando pequenas hemorragias, talvez. Pode ser algo progressivo. O computador acredita que exista uma chance, de um pouco mais de uma em quatro, de ele estar morto, de ataque cardíaco ou mais provavelmente de derrame.

— Ele teve que usar o impulso antes de descansar — disse o capitão.

Albert assentiu e tirou do bolso um objeto que estava enrolado em plástico. Ele entregou para o capitão, que olhou e devolveu.

— E o que isso quer dizer? — perguntou ele.

— Não muita coisa — respondeu Al, olhando para a nota no saco plástico com expressão meditativa. — Foi o que McGee usou para pagar a viagem de táxi.

— Ele pegou um táxi de Nova York até Albany com uma nota de um dólar? — O capitão pegou o saco plástico de volta e olhou com interesse renovado. — As tarifas de táxi devem ser... puta merda! — Ele largou a nota envolta em plástico na mesa como se ela estivesse quente e se encostou na cadeira, piscando.

— Você também, é? — disse Al. — Você viu?

— Meu Deus, eu não sei o que eu vi — respondeu o capitão, esticando a mão para a caixa de cerâmica onde guardava seu antiácido. — Por um segundo, não pareceu uma nota de um dólar.

— E agora, parece?

O capitão olhou para a cédula.

— Claro que parece. É George... *Cristo!* — Ele se sentou com tanta força que quase bateu com a cabeça no painel de madeira atrás da mesa. E olhou para Al. — O rosto... pareceu mudar por um segundo. Eu vi óculos, alguma coisa assim. É um truque?

— Ah, é um truque bom pra caramba — comentou Al, pegando a cédula de volta. — Eu também vi, apesar de agora não ter mais certeza. Acho que me ajustei agora... mas não faço ideia de como. Não existe, claro. É só uma espécie maluca de alucinação. Mas até eu vi o rosto. É Ben Franklin.

— Você pegou isso com o taxista? — perguntou o capitão, olhando para a cédula, fascinado, esperando a mudança de novo. Mas era só George Washington.

Al riu.

— Foi — confirmou. — Nós pegamos a cédula e demos um cheque de quinhentos dólares. Foi melhor para ele.

— Por quê?

— Ben Franklin não está na nota de quinhentos, mas na de cem. Aparentemente, McGee não sabia.

— Me deixe olhar de novo.

Al entregou a nota de um dólar para o capitão, que olhou fixamente por quase dois minutos inteiros. Quando estava prestes a devolver, a imagem piscou de novo. Era perturbador. Mas ao menos desta vez ele sentiu que a mudança ocorreu na mente dele, não na nota.

— Vou dizer outra coisa — continuou o capitão. — Não tenho certeza, mas acho que Franklin não está de óculos no retrato dele que estampa o dinheiro. Fora isso, é... — Ele parou de falar, sem saber como completar o pensamento. "Muito estranho" surgiu em sua mente, mas ele dispensou a ideia.

— É — disse Al. — Seja o que for, o efeito está se dissipando. Hoje de manhã, eu mostrei para umas seis pessoas. Duas acharam ter visto alguma coisa, mas não como o taxista e a garota que mora com ele.

— E então você acha que ele forçou demais?

— Acho. Duvido que tenha conseguido ir muito além. Eles podem ter dormido na floresta ou em um hotel pequeno de beira de estrada. Podem ter invadido um chalé de verão da região. Mas acho que estão por lá e que vamos poder alcançar os dois sem muita dificuldade.

— De quantos homens você precisa para o serviço?

— Nós temos o número de que precisamos — respondeu Al. — Se contarmos a polícia estadual, temos mais de setecentas pessoas nessa festinha.

Prioridade máxima. Estão indo de porta em porta, de casa em casa. Nós já verificamos todos os hotéis e hotéis de beira de estrada na área imediata de Albany, foram mais de quarenta. Estamos nos espalhando pelas cidades vizinhas agora. Um homem e uma garotinha... eles se destacam. Nós vamos pegá-los. Ou a garotinha, se ele estiver morto. — Albert se levantou. — E acho que eu tenho que ir para lá. Gostaria de estar perto quando acontecer.

— Claro que gostaria. Traga os dois para mim, Al.

— Pode deixar — garantiu Albert, caminhando na direção da porta.

— Albert?

Ele se virou, um homem pequeno com pele amarelada nada saudável.

— *Quem* está na nota de quinhentos? Você verificou?

Albert Steinowitz sorriu.

— McKinley — respondeu. — Ele foi assassinado.

Ele saiu e fechou a porta ao passar, deixando o capitão mergulhado em pensamentos.

5

Dez minutos depois, o capitão pegou o interfone de novo.

— Rainbird já voltou de Veneza, Rachel?

— Ontem mesmo — confirmou Rachel, e o capitão achou ter percebido a repulsa até mesmo no tom cuidadoso de secretária que ela usava.

— Ele está aqui ou em Sanibel? — A Oficina possuía um local de descanso na ilha Sanibel, na Flórida.

Houve uma pausa enquanto Rachel verificava no computador.

— Está em Longmont, capitão. Desde as seis horas da tarde de ontem. Dormindo para compensar o fuso horário, talvez.

— Peça que alguém o acorde — ordenou o capitão. — Eu gostaria de vê-lo quando Wanless sair... supondo que ainda esteja aqui.

— Eu o vi uns quinze minutos atrás.

— Tudo bem... marque Rainbird para meio-dia.

— Sim, senhor.

— Você é uma boa menina, Rachel.

— Obrigada, senhor.

Ela pareceu emocionada. O capitão gostava dela, gostava muito.

— Mande o dr. Wanless entrar, Rachel.

Ele se encostou, juntou as mãos na frente do corpo e pensou: *pelos meus pecados.*

6

O dr. Joseph Wanless sofreu o derrame no mesmo dia em que Richard Nixon anunciou a renúncia à presidência: 8 de agosto de 1974. Foi um acidente vascular cerebral de severidade moderada, e ele nunca teve uma recuperação física total. Nem mental, na opinião do capitão. Só depois do derrame foi que o interesse de Wanless pelo experimento do Lote Seis e por suas consequências se tornou constante e obsessivo.

Ele entrou na sala se apoiando em uma bengala, a luz do janelão batendo nos óculos redondos e sem aro, fazendo as lentes brilharem com um vazio. A mão esquerda lembrava uma garra encolhida. O lado esquerdo da boca se erguia em uma expressão constante de desprezo glacial.

Por cima do ombro de Wanless, Rachel olhou com solidariedade para o capitão, que fez sinal de que ela podia sair. Ela saiu e fechou a porta sem fazer barulho.

— Grande doutor — disse o capitão sem humor na voz.

— Como está progredindo? — perguntou Wanless, sentando-se com um grunhido.

— É confidencial — respondeu o capitão. — Você sabe disso, Joe. O que posso fazer por você hoje?

— Eu vi a atividade por aqui — começou Wanless, ignorando a pergunta do capitão. — O que mais havia para fazer enquanto descansava os pés a manhã toda?

— Você vem sem marcar hora...

— Você acha que está quase pegando os dois de novo — sugeriu Wanless. — Que outro motivo há para chamar aquele assassino do Steinowitz? Bom, talvez seja isso mesmo. Talvez. Mas você já achou isso antes, não foi?

— O que você quer, Joe? — O capitão não gostava de ser lembrado dos fracassos passados. Eles de fato pegaram a garota por um tempo. Os homens envolvidos na operação não eram capacitados para o serviço e talvez nunca fossem.

— O que eu sempre quero? — perguntou Wanless, apoiado na bengala. *Ah, Cristo*, pensou o capitão, *o filho da mãe está se tornando retórico.* — Por que eu continuo vivo? Para persuadir você a eliminar os dois. Eliminar também aquele James Richardson. Eliminar os de Maui. Eliminação extrema, capitão Hollister. Acabe com eles. Apague da face da Terra.

O capitão suspirou.

Com a mão em forma de garra, Wanless indicou o carrinho de biblioteca e disse:

— Estou vendo que você andou olhando de novo os arquivos.

— Eu já sei tudo quase de cor — o capitão afirmou e deu um sorrisinho. Ele vinha comendo e bebendo o Lote Seis no último ano; e já era um item constante na agenda de todas as reuniões por dois anos antes disso. Então, na verdade, talvez Wanless não fosse o único obsessivo por ali.

A diferença é que sou pago para isso. Para Wanless, trata-se de um hobby. Um hobby perigoso.

— Você lê, mas não aprende — disse Wanless. — Me deixe tentar mais uma vez converter você à verdade, capitão Hollister.

O capitão começou a protestar, mas pensou em Rainbird, e o compromisso do meio-dia surgiu na mente, fazendo seu rosto relaxar. Ele ficou calmo, até mesmo solidário.

— Tudo bem — disse ele. — Dispare quando quiser, Gridley.

— Você ainda acha que sou maluco, não acha? Lunático?

— Você que disse isso, não eu.

— Seria bom você lembrar que eu fui o primeiro a sugerir um programa de testes com ácido triuno di-lisérgico.

— Tem dias em que desejo que você não tivesse feito isso — refutou o capitão. Se fechasse os olhos, ele ainda conseguia ver o primeiro relatório de Wanless, um prospecto de duzentas páginas sobre a droga que ficou conhecida primeiro como DLT e depois, entre os técnicos envolvidos, como "ácido amplificador", e finalmente como Lote Seis. O predecessor do capitão autorizou o projeto original; esse cavalheiro foi enterrado em Arlington com honras militares completas, seis anos antes.

— Só estou dizendo que minha opinião devia ter algum peso — argumentou Wanless. Ele parecia cansado naquela manhã; suas palavras estavam lentas e arrastadas. A expressão de desprezo no lado esquerdo da boca não se movia conforme ele falava.

— Estou ouvindo — disse o capitão.

— Até onde eu sei, sou o único psicólogo ou profissional da área médica que você ainda escuta. Seu pessoal está cego por um motivo só: o que esse homem e essa garota podem significar para a segurança dos Estados Unidos… e possivelmente para o futuro equilíbrio de poder. Pelo que pudemos perceber ao seguir os rastros desse McGee, ele é uma espécie de Rasputin do bem. Ele pode fazer…

Wanless continuou falando, mas o capitão perdeu o fluxo das palavras por um tempo. *Rasputin do bem*, pensou ele. Por mais floreada que a ideia fosse, ele gostou. Perguntou-se o que Wanless diria se soubesse que o computador calculara uma chance em quatro de McGee ter liquidado a si mesmo ao sair de Nova York. Provavelmente, explodiria de alegria. E se ele mostrasse a Wanless a estranha cédula? *Provavelmente teria outro derrame*, pensou o capitão, e cobriu a boca para esconder um sorriso.

— É com a garota que estou mais preocupado — disse Wanless pela vigésima? trigésima? quinquagésima vez? — O fato de McGee e Tomlinson terem se casado… uma chance em mil. Isso devia ter sido impedido a todo custo. Mas quem poderia ter previsto…

— Vocês todos foram a favor na época — lembrou o capitão. — Acho que você teria entrado com a noiva na igreja se tivessem pedido — acrescentou secamente.

— Nenhum de nós se deu conta — murmurou Wanless. — Foi preciso um derrame para que eu percebesse. O Lote Seis afinal não passava de uma cópia sintética de um extrato pituitário… um analgésico-alucinógeno incrivelmente poderoso que nós não entendemos na época e não entendemos agora. Nós sabemos, ou ao menos temos noventa e nove por cento de certeza, que o correspondente natural dessa substância é responsável de alguma maneira pelos momentos ocasionais de capacidade paranormal que quase todos os seres humanos demonstram de tempos em tempos. Uma gama surpreendentemente grande de fenômenos: precognição, telecinese, dominação mental, explosões de força sobre-humana, controle temporário sobre o sistema nervoso simpático. Você sabia que a glândula pituitária se torna hiperativa de repente em quase todos os experimentos de biofeedback?

O capitão sabia. Wanless já havia dito isso e o resto incontáveis vezes. Mas não havia necessidade de responder; a retórica de Wanless estava a toda naquela manhã, o sermão bem encadeado. E o capitão estava disposto a ouvir... essa última vez. Que o idoso tivesse a sua vez de pegar o taco de beisebol. Para Wanless, era o final da última entrada na partida.

— Sim, é verdade — continuou Wanless. — Fica ativa no biofeedback, fica ativa no sono REM, e as pessoas com problemas na pituitária raramente sonham com regularidade. As pessoas com pituitárias danificadas têm uma incidência tremendamente alta de tumores cerebrais e leucemia. A glândula pituitária, capitão Hollister. Em termos de evolução, é a glândula endócrina mais antiga do corpo humano. Durante o início da adolescência, ela muitas vezes expele o equivalente ao próprio peso em secreções glandulares no fluxo sanguíneo. É uma glândula muito importante, muito misteriosa. Se eu acreditasse em alma humana, capitão Hollister, eu diria que a alma reside na glândula pituitária.

O capitão grunhiu.

— Nós sabemos essas coisas — prosseguiu Wanless —, e sabemos que o Lote Seis mudou a composição física das glândulas pituitárias das pessoas que participaram do experimento. Até a de James Richardson, que você chama de "quieto". O mais importante é que, pela garota, podemos deduzir que a substância também muda a estrutura cromossômica de alguma forma... e que a mudança na pituitária pode ser uma mutação genuína.

— O fator X foi passado adiante.

— Não — negou Wanless. — Essa é uma das muitas coisas que vocês não compreendem, capitão Hollister. Andrew McGee se tornou um fator X na vida pós-experimento. Victoria Tomlinson, também afetada, se tornou um fator Y, mas não da mesma forma que o marido. A mulher manteve um poder telecinético de limite baixo. O homem ficou com uma capacidade de dominação mental de nível médio. Mas a garotinha... a garotinha, capitão Hollister... o que ela é? Nós não sabemos. Ela é o fator Z.

— Nós pretendemos descobrir — disse o capitão baixinho.

Agora, os dois lados da boca de Wanless fizeram expressão de desprezo.

— Vocês pretendem descobrir — repetiu ele. — Sim, se vocês persistirem, podem descobrir… seus tolos cegos e obsessivos.

Ele fechou os olhos por um momento e colocou a mão sobre eles. O capitão o observou com calma.

— Uma coisa vocês já sabem. Ela provoca incêndios — disse Wanless.

— Sim.

— Vocês supõem que ela herdou a capacidade telecinética da mãe. Na verdade, desconfiam fortemente.

— Sim.

— Quando bem pequena, ela era totalmente incapaz de controlar esses… esses talentos, por falta de palavra melhor…

— Uma criança pequena é incapaz de controlar o esfíncter — respondeu o capitão, usando um dos exemplos citados no estudo. — Mas, conforme a criança cresce…

— Sim, sim, estou familiarizado com a analogia. Mas uma criança mais velha ainda pode provocar acidentes.

Sorrindo, o capitão respondeu:

— Nós vamos deixar a menina em um aposento à prova de fogo.

— Uma cela.

Ainda sorrindo, o capitão disse:

— Se você preferir.

— Eu proponho a seguinte dedução — sugeriu Wanless. — Ela não gosta de usar essa habilidade que tem. Ela tem medo, e esse medo foi incutido nela de forma deliberada. Vou dar um exemplo paralelo. O filho do meu irmão. Havia fósforos em casa. Freddy queria brincar com eles. Acender e apagar. "Bonito, bonito", ele dizia. E assim, meu irmão decidiu elaborar um plano de aversão. Assustaria o menino de tal maneira que ele nunca mais brincaria com fósforos. Ele disse para Freddy que as cabeças dos fósforos eram de enxofre, que fariam seus dentes apodrecerem e caírem. Que olhar para fósforos acesos o deixaria cego. E finalmente, ele segurou a mão de Freddy em cima de um fósforo aceso e o queimou de leve.

— Seu irmão — murmurou o capitão — parece um verdadeiro príncipe.

— Melhor uma marquinha vermelha na mão do garoto do que uma criança na unidade de queimados, coberta de ataduras, com queimaduras de terceiro grau em sessenta por cento do corpo — observou Wanless com tom sombrio.

— Melhor ainda seria deixar os fósforos fora do alcance da criança.

— Dá para deixar os fósforos de Charlene McGee fora do alcance dela? — perguntou Wanless.

O capitão assentiu lentamente.

— De certa forma você tem razão, mas...

— Pergunte-se o seguinte, capitão Hollister: como deve ter sido para Andrew e Victoria McGee quando essa criança era um bebezinho? Depois que eles começaram a fazer as conexões necessárias? A mamadeira demora. O bebê chora. Ao mesmo tempo, um dos bichos de pelúcia *dentro do berço com ela* começa a pegar fogo. A fralda está suja. O bebê chora. Um momento depois, as roupas sujas no cesto começam a queimar espontaneamente. Você tem os registros, capitão; sabe como era naquela casa. Um extintor de incêndio e um detector de fumaça em cada aposento. E uma vez foi o *cabelo* dela, capitão Hollister. Eles entraram no quarto dela e a viram de pé no berço, gritando, com o *cabelo* em chamas.

— Sim — concordou o capitão —, deve ter deixado os dois muito nervosos.

— Então — disse Wanless —, eles treinaram a menina para usar o banheiro... e treinaram em relação ao fogo.

— Treinaram em relação ao fogo — refletiu o capitão.

— O que só quer dizer que, como meu irmão e o filho dele, Freddy, eles criaram um plano de aversão. Você citou a analogia, capitão Hollister, vamos examiná-la por um momento. O que é ensinar alguém a usar o banheiro? É pura e simplesmente a criação de um plano de aversão.

E de repente, surpreendentemente, a voz do homem se elevou a um tom agudo e trêmulo, imitando a voz de uma mulher repreendendo um bebê. O capitão olhou com surpresa enojada.

— Bebê malvado! — gritou Wanless. — Olha o que você fez! É errado, bebê, está vendo como é errado? É errado fazer nas calças! Os adultos fazem nas calças? Faça no penico, bebê, no *penico*.

— Por favor — disse o capitão, sofrendo.

— É criar um plano de aversão — concluiu Wanless. — Ensinamos a usar banheiro concentrando a atenção da criança no próprio processo eliminatório de uma forma que não consideraríamos saudável se o objeto de fixação fosse uma coisa diferente. Você pode se perguntar o quanto a aversão imposta à criança é forte. Richard Damon, da Universidade de Washington, se perguntou a mesma coisa e realizou um experimento para descobrir. Ele fez um anúncio convocando cinquenta estudantes voluntários. Encheu os jovens de água, refrigerante e leite até todos precisarem muito urinar. Depois que um certo tempo passou, ele orientou que todos podiam fazer suas necessidades... se fizessem nas calças.

— Que nojento! — comentou o capitão em voz alta. Ele estava chocado e repugnado. Aquilo não havia sido um experimento, e sim um exercício de degeneração.

— Está vendo como a aversão se instalou bem na sua psique? — disse Wanless baixinho. — Você não achava tão nojento quando tinha doze meses de idade. Naquela época, quando precisava fazer, você fazia. Você teria feito no colo do Papa se alguém tivesse colocado você lá numa hora em que lhe desse vontade. O resultado do experimento de Damon, capitão Hollister, foi o seguinte: a maioria deles não *conseguiu*. Eles entendiam que as regras básicas de comportamento haviam sido deixadas de lado, pelo menos durante o experimento; cada um estava sozinho em um ambiente com a mesma privacidade de um banheiro normal... mas oitenta e oito por cento deles não *conseguiram*. Por mais forte que a necessidade física fosse, o complexo incutido pelos pais era mais forte.

— Isso não passa de falação sem objetivo — replicou o capitão secamente.

— Não é, não. Eu quero que você considere o paralelo entre ensinar a usar o banheiro e ensinar a controlar o fogo... e considere a única diferença importante, que é a grande diferença que existe entre a *urgência* de conseguir fazer o primeiro e o segundo. Se a criança demora para aprender a usar o banheiro, quais são as consequências? Alguns incômodos menores. O quarto fica fedendo se não for constantemente arejado. Os pais ficam sujeitos à máquina de lavar. Talvez seja preciso chamar profissionais para lavar o tapete depois que a criança aprenda. Na pior das hipóteses, o bebê pode ter assaduras constantes, que só vão acontecer se a pele for muito sensível ou se os pais forem descuidados com a limpeza da criança. Mas as consequências de uma criança capaz de criar *fogo*...

Os olhos dele brilharam. O lado esquerdo da boca continuou em expressão de desprezo.

— Minha estima pelos McGee como pais é muito alta — afirmou Wanless. — Eles conseguiram. Imagino que tenham começado o trabalho bem antes de os pais normais começarem a ensinar um bebê a usar o banheiro; talvez até mesmo antes de ela começar a engatinhar. O bebê não pode! O bebê vai se machucar! Não, não, não! Menina malvada! Menina malvada! Menina *mal-va-da!*

"Mas seu próprio computador sugere, pelas leituras, que ela está superando a aversão, capitão Hollister. Ela está em posição invejável de fazer isso. É nova, e o complexo ainda não teve oportunidade de se acomodar por muitos anos até se fixar como cimento. E ela tem o pai! Você entende a importância desse fato simples? Não entende, não. O pai é a figura de autoridade. Ele segura as rédeas psíquicas de todas as fixações da filha menina. Oral, anal, genital; por trás de cada uma, como uma silhueta escura por trás de uma cortina, está a figura de autoridade paterna. Para a filha menina, ele é Moisés; as leis são as leis dele, passadas ela não sabe como, mas nas mãos dele. Ele talvez seja a única pessoa na face da terra capaz de remover o bloqueio. Nossos complexos, capitão Hollister, sempre nos dão o maior sofrimento e perturbação psicológica quando os que os incutiram morrem e ficam além do argumento... e da misericórdia."

O capitão olhou para o relógio e viu que Wanless estava ali havia quase quarenta minutos. Pareciam horas.

— Você está terminando? Tenho outro compromisso...

— Quando os complexos somem, eles se vão como represas explodindo depois de chuvas torrenciais — prosseguiu Wanless suavemente. — Nós temos uma garota promíscua com dezenove anos. Ela já teve trezentas relações sexuais. O corpo dela está tão infectado por doenças sexualmente transmissíveis quanto o de uma prostituta de quarenta anos. No entanto, até os dezessete anos, ela era virgem. O pai era pastor e dizia repetidamente quando ela era garotinha que o sexo no casamento era um mal necessário, que o sexo fora do casamento era o inferno e a danação, que o sexo era a maçã do pecado original. Quando um complexo desses passa, é como uma barragem se partindo. Primeiro, há uma rachadura ou duas, como filetes de água tão pequenos que sequer são notados. E, de acordo com as informações do seu computador, é aí que estamos agora com essa garotinha. Sugestões de que ela usa a habilidade para ajudar o pai, a pedido dele. De repente, tudo explode de uma vez, jorrando milhões de litros de água, destruindo tudo no caminho, afogando todo mundo que encontrar, mudando a paisagem para sempre!

A voz grunhida de Wanless tinha subido do tom original para o grito de um velho rouco, mas era mais irritante do que maléfica.

— Escute — disse ele para o capitão. — Só desta vez, me escute. Tire a venda dos olhos. O homem não é perigoso por si só. Ele tem pouco poder, é um brinquedo, uma besteira. E ele entende isso. Não conseguiu usar seu poder para ganhar um milhão de dólares. Ele não comanda homens e nações, mas precisa usar a influência para ajudar mulheres gordas a perderem peso. Para ajudar executivos tímidos a ganharem confiança. Não consegue usar o poder com frequência e bem... há algum fator fisiológico interno que o limita. Mas a garota é incrivelmente perigosa. Ela está fugindo com o pai, enfrentando uma situação de sobrevivência. Está muito assustada. E ele também está assustado, o que o torna perigoso. Não por si só, mas porque vocês estão obrigando ele a reeducar a garotinha. Vocês estão obrigando ele a mudar os conceitos dela sobre o poder que tem. Vocês estão fazendo com que ele obrigue a filha a *usar esse poder*.

Wanless estava respirando com dificuldade.

Imaginando o cenário, o final visível agora, o capitão disse calmamente:

— O que você sugere?

— O homem precisa ser morto. Rapidamente. Antes que possa trabalhar mais no complexo que ele e a esposa construíram na garotinha. E acredito que a garota também precise ser morta. Para o caso de o dano já estar feito.

— Ela é só uma garotinha, Wanless. É verdade que pode acender fogos. Chamamos isso de pirocinese. Mas você está fazendo parecer que é o fim do mundo.

— Talvez seja — respondeu Wanless. — Você não pode deixar a idade e o tamanho dela enganarem você para que esqueça o fator Z... e é exatamente o que você está fazendo, claro. Imagine que acender fogos seja apenas a ponta do iceberg. Imagine que o talento cresça. Ela tem sete anos. Quando John Milton tinha sete anos, ele devia ser um garotinho segurando um pedaço de carvão e sentindo dificuldade para escrever o próprio nome com letras que a mãe e o pai conseguissem entender. Ele era um bebê. John Milton cresceu e escreveu *Paraíso perdido*.

— Não sei que diabos você está dizendo — disse o capitão secamente.

— Estou falando de potencial de destruição. Estou falando sobre um talento ligado à glândula pituitária, uma glândula quase adormecida em uma criança da idade de Charlene McGee. O que você acha que vai acontecer quando ela for adolescente, quando essa glândula despertar do sono e se tornar por vinte meses a força mais poderosa do corpo humano, ordenando tudo, desde a maturação das características sexuais primárias e secundárias até uma produção cada vez maior de rodopsina nos olhos? E se você tiver uma criança capaz de provocar até uma explosão nuclear *só com a força da mente*?

— É a coisa mais maluca que eu já ouvi.

— É? Então me deixe passar da maluquice para o puro desvario, capitão Hollister. E se tiver uma garotinha por aí hoje que carrega consigo o poder, adormecido no momento, de um dia partir o planeta no meio como um prato de porcelana em uma galeria de tiro?

Eles se olharam em silêncio. De repente, o interfone tocou.

Depois de um instante, o capitão se inclinou e apertou um botão.

— Sim, Rachel? — O maldito conseguira fisgá-lo por um momento. Wanless parecia um corvo mórbido, e esse era outro motivo para o capitão não gostar dele. O capitão era pragmático, e se havia uma coisa que não suportava era um pessimista.

— Tem uma ligação codificada para o senhor — informou Rachel. — Do departamento de serviços.

— Certo, querida. Obrigado. Peça para aguardarem alguns minutos, por favor.

— Sim, senhor.

Ele se encostou na poltrona.

— Eu preciso encerrar esta conversa, dr. Wanless. Pode ter certeza de que vou pensar bem sobre tudo o que você falou.

— Vai? — perguntou Wanless. O lado paralisado da boca parecia continuar fazendo uma careta de desprezo cínico.

— Vou.

Wanless disse:

— A garota... McGee... e esse tal de Richardson... eles são os últimos três itens de uma equação morta, capitão Hollister. Apague os três. Comece de novo. A garota é muito perigosa.

— Vou pensar em tudo o que você falou — repetiu o capitão.

— Faça isso. — E Wanless finalmente começou a lutar para se levantar, se apoiando na bengala. Demorou um longo tempo, mas acabou conseguindo.

— O inverno está chegando — informou ele ao capitão. — Esses ossos velhos o temem.

— Você vai passar esta noite em Longmont?

— Não, em Washington.

O capitão hesitou e disse:

— Fique no Mayflower. Talvez eu queira fazer contato com você.

Alguma coisa surgiu nos olhos do homem. Gratidão? Sim, era quase certo de que era isso.

— Certo, capitão Hollister — disse ele, e seguiu até a porta com a ajuda da bengala. Um velho que no passado abriu a caixa de Pandora e agora queria atirar em todas as coisas que saíram voando de dentro em vez de colocá-las para trabalhar.

Quando a porta se fechou novamente, o capitão deu um suspiro de alívio e pegou o telefone codificado.

7

— Com quem estou falando?

— Orv Jamieson, senhor.

— Pegou os dois, Jamieson?

— Ainda não, senhor, mas descobrimos uma coisa interessante no aeroporto.

— O que foi?

— Todos os telefones públicos foram esvaziados. Encontramos algumas moedas no chão, embaixo de alguns deles.

— Arrombados?

— Não, senhor. Foi por isso que liguei. Não foram arrombados, só estão vazios. A companhia telefônica está furiosa.

— Certo, Jamieson.

— Isso simplifica as coisas. Nós achamos que talvez o homem tenha escondido a garota do lado de fora e feito check-in sozinho. Mas, seja como for, achamos agora que estamos procurando um homem que tenha feito o pagamento com muitas moedas.

— Se eles estiverem em um hotel de beira de estrada, e não escondidos em um chalé de verão em algum canto.

— Isso, senhor.

— Continue o trabalho, OJ.

— Sim, senhor. Obrigado. — Ele pareceu absurdamente satisfeito de seu apelido ter sido lembrado.

O capitão desligou. Ficou sentado com os olhos entrefechados por cinco minutos, pensando. A luz suave de outono entrava pelo janelão e iluminava o escritório, aquecendo o ambiente. Ele se inclinou para a frente e chamou Rachel de novo.

— John Rainbird está aí?

— Está, sim, capitão.

— Me dê mais cinco minutos e peça para ele entrar. Quero falar com Norville Bates do departamento de serviço. É ele quem manda até Al chegar lá.

— Sim, senhor — respondeu Rachel com certo tom de dúvida. — Vai ter que ser por linha aberta. Uma conexão de walkie-talkie. Não muito...

— Sim, tudo bem — interrompeu ele com impaciência.

Dois minutos se passaram. A voz de Bates estava fraca e falhando. Ele era um bom homem; não muito criativo, mas eficiente. O tipo de homem que o capitão queria protegendo o local até Albert Steinowitz poder chegar lá. Finalmente, Norville estava na linha e informou ao capitão que eles estavam começando a se espalhar pelas cidades próximas: Oakville, Tremont, Messalonsett, Hastings Glen e Looton.

— Certo, Norville, está ótimo — disse o capitão. Ele pensou em Wanless dizendo "Vocês estão obrigando ele a reeducar a garotinha". Pensou em Jamieson dizendo que todos os telefones estavam vazios. McGee não fez aquilo. Foi a garotinha. E depois, como ela ainda devia estar a toda, queimou os sapatos do soldado, provavelmente sem querer. Wanless ficaria satisfeito de saber que o capitão seguiria cinquenta por cento do conselho dele, afinal; o velho chato foi incrivelmente eloquente naquela manhã.

— As coisas mudaram. Temos que eliminar o garotão. Eliminação sumária. Entendeu? — instruiu o capitão.

— Eliminação sumária — disse Norville secamente. — Sim, senhor.

— Muito bem, Norville — o capitão falou com voz baixa. Ele desligou o telefone e esperou John Rainbird entrar.

A porta se abriu um momento depois, e ali estava Rainbird, tão grande quanto a vida e bem mais feio. Aquele sujeito metade índio cherokee era tão naturalmente silencioso que, se estivesse olhando para a mesa, lendo ou respondendo correspondência, não perceberia que havia alguém no aposento. O capitão sabia como isso era raro. A maioria das pessoas conseguia sentir a presença de outra pessoa em um cômodo; Wanless chamou uma vez essa habilidade não de sexto sentido, mas de sentido básico, um conhecimento nascido de dados elementares oferecidos pelos cinco sentidos normais. Mas, com Rainbird, não era possível saber. Nenhum dos gatilhos sensoriais vibrava. Al Steinowitz falou uma coisa estranha sobre Rainbird, com taças de vinho do porto na mesa da sala do capitão: "Ele é o único ser humano que conheci que não desloca ar quando anda". E o capitão estava feliz de Rainbird estar do lado deles, porque era o único humano que *ele* conhecia capaz de lhe causar pavor.

Rainbird era um troll, um ork, um balrog. Tinha pouco mais de dois metros de altura e usava o cabelo preto brilhoso puxado para trás, preso em um rabo de cavalo. Dez anos antes, uma mina Claymore explodiu no rosto dele durante sua segunda ida ao Vietnã, e agora sua fisionomia era um show de horrores de cicatrizes e pele derretida. O olho esquerdo não existia mais. Não havia nada no lugar além de um buraco. Ele não quis fazer cirurgia plástica nem usar um olho artificial pois alegava que, quando chegasse ao terreno de caça feliz do além, pediriam que ele mostrasse suas cicatrizes de batalha. Quando ele dizia essas coisas, ninguém sabia se duvidava ou não; não dava para saber se ele estava falando sério ou te sacaneando por motivos que só ele conhecia.

Ao longo dos anos, Rainbird se provou um agente surpreendentemente bom, em parte porque a última coisa que ele parecia na face da Terra era um agente, e também porque, por trás daquela máscara de pele, havia uma mente apta e incrivelmente inteligente. Ele falava quatro línguas fluentemente e entendia mais três. Estava fazendo um curso de russo enquanto dormia. Quando falava, sua voz era grave, musical e civilizada.

— Boa tarde, capitão.

— Já é tarde? — perguntou o capitão, surpreso.

Rainbird sorriu, mostrando um conjunto de dentes perfeitamente brancos… *Dentes de tubarão*, pensou o capitão.

— Há catorze minutos — respondeu ele. — Comprei um relógio digital Seiko no mercado ilegal de Veneza. É fascinante. Tem numerozinhos pretos que mudam constantemente. Um feito da tecnologia. Eu costumo pensar, capitão, que nós lutamos na guerra do Vietnã não para vencer, mas para realizar feitos de tecnologia. Nós lutamos para poder criar o relógio digital de pulso barato, o pingue-pongue de jogar na TV, a calculadora de bolso. Eu olho para meu relógio de pulso novo na escuridão da noite. Ele me diz que estou mais próximo da morte, segundo a segundo. É uma boa notícia.

— Sente-se, velho amigo — disse o capitão. Como sempre, quando falava com Rainbird, sentia a boca seca e precisava controlar as mãos, que queriam se entrelaçar e se retorcer na superfície da mesa. Tudo isso porque ele acreditava que Rainbird *gostava* dele, isso se pudesse ser dito que Rainbird gostava de alguém.

Rainbird se sentou. Estava usando uma calça jeans velha e uma camisa de cambraia desbotada.

— Como estava Veneza? — perguntou o capitão.

— Afundando — respondeu Rainbird.

— Eu tenho um serviço para você. É pequeno, mas pode levar a uma tarefa que você vai achar consideravelmente mais interessante.

— Me conte.

— Estritamente voluntário — insistiu o capitão. — Você ainda está em período de descanso.

— Me conte — repetiu Rainbird delicadamente, e o capitão contou. Os dois conversaram durante apenas quinze minutos, mas o encontro pareceu ter durado uma hora. Quando o grande índio saiu, o capitão deu um longo suspiro. Wanless e Rainbird em uma manhã só, isso tiraria a graça do dia de qualquer pessoa. Mas a manhã já tinha acabado, muita coisa havia sido feita, e quem sabia o que podia acontecer ainda naquela tarde? Ele chamou Rachel pelo interfone.

— Sim, capitão?

— Eu vou comer aqui, querida. Você pode trazer alguma coisa do refeitório? Não importa o quê. Qualquer coisa. Obrigado, Rachel.

Sozinho, enfim. O telefone codificado estava silencioso na base pesada, cheio de microcircuitos e chips de memória e só Deus sabia mais o quê. Quando tocasse de novo, provavelmente seria Albert ou Norville, para dizer que tudo estava encerrado em Nova York, que a garota havia sido capturada, o pai dela morto. Isso seria uma boa notícia.

O capitão fechou os olhos de novo. Pensamentos e frases voavam por sua mente como pipas grandes e preguiçosas. Dominação mental. Os rapazes da inteligência diziam que as possibilidades eram enormes. Imagine alguém como McGee próximo a Castro ou ao Aiatolá Khomeini. Imagine alguém como McGee se aproximando o suficiente daquele esquerdista do Ted Kennedy para sugerir em uma voz baixa totalmente convicta que o suicídio era a melhor solução. Imagine um homem como aquele jogado contra os líderes dos vários grupos de guerrilha comunista. Era uma pena que tivessem que perdê-lo. Mas... o que pôde ser feito uma vez podia ser feito de novo.

A garotinha. Wanless falou "O poder de um dia partir o planeta no meio como um prato de porcelana em uma galeria de tiro"... ridículo, claro. O velho estava tão obcecado quanto aquele garotinho na história de D. H. Lawrence, o que era capaz de identificar os vencedores na pista de corrida. O Lote Seis tornara-se ácido de bateria para Wanless; abriu uma série de buracos enormes no bom senso do sujeito. Ela era uma *garotinha*, não uma arma do fim do mundo. E eles precisavam ficar com ela ao menos por tempo suficiente para documentar o que ela era e para avaliar o que poderia ser. Só isso bastaria para reativar o programa de testes do Lote Seis. Se ela pudesse ser persuadida a usar os poderes para o bem do país, melhor ainda.

Muito melhor, pensou o capitão.

O telefone de repente deu seu grito longo e rouco.

Com a pulsação subitamente disparada, o capitão atendeu.

O INCIDENTE NA FAZENDA DOS MANDERS

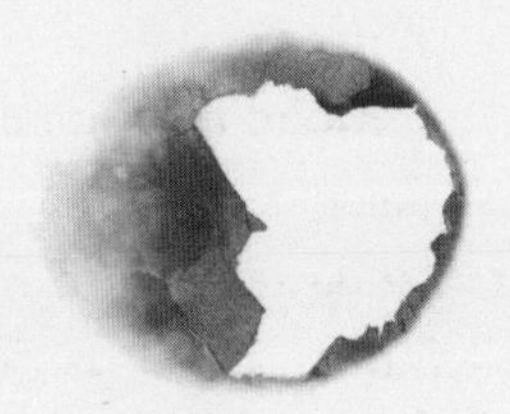

1

Enquanto o capitão discutia o futuro da menina com Al Steinowitz em Longmont, Charlie McGee estava sentada na beira de uma cama, bocejando e se espreguiçando no quarto 16 do Slumberland Motel. O sol forte da manhã entrava inclinado pela janela, vindo de um céu de um azul profundo e inocente. As coisas pareciam muito melhores na luz do dia.

Ela olhou para o pai, que não passava de um montinho imóvel embaixo do cobertor. Um tufo de cabelo preto estava aparecendo, e só. Ela sorriu. Seu pai sempre fazia o melhor que podia. Se ele estivesse com fome e ela estivesse com fome e só houvesse uma maçã para os dois, ele daria uma mordida e a faria comer o resto. Quando estava acordado, ele sempre fazia o melhor que podia.

Mas, quando estava dormindo, ele roubava todo o cobertor.

Ela foi até o banheiro, tirou a roupa e abriu a torneira do box. Usou a privada enquanto a água esquentava e depois entrou no chuveiro. A água quente bateu nela, e Charlie fechou os olhos, sorrindo. Nada no mundo era melhor do que o primeiro minuto debaixo de um chuveiro quente.

(*você foi malvada ontem à noite*)

A testa dela se franziu.

(*não. papai disse que não.*)

(*botou fogo nos sapatos do homem, menina malvada, muito malvada, você gostou do ursinho todo preto?*)

A testa se franziu ainda mais. A inquietação agora estava misturada com medo e vergonha. A memória do ursinho de pelúcia nunca surgia completamente; era um pensamento inferior, e como acontecia com frequência, sua culpa parecia se resumir em um odor, de queimado e chamuscado. Pano e espuma soltando fumaça. E esse cheiro gerava imagens embaçadas da mãe e do pai inclinados sobre ela; eles eram pessoas *grandes*, gigantes; estavam com medo; estavam com raiva, as vozes altas e roucas, como rochas pulando e descendo pela encosta de uma montanha em um filme.

("menina malvada! muito malvada! você não pode fazer isso, Charlie! nunca! nunca! nunca!")

Quantos anos devia ter? Três? Dois? A partir de que idade uma pessoa conseguia ter lembranças? Ela perguntou isso ao pai uma vez, e ele respondeu que não sabia. Disse que se lembrava de uma ferroada de abelha que sua mãe afirmava ter acontecido quando ele tinha menos de um ano e meio.

Essa era a lembrança mais antiga de Charlie: os rostos gigantes acima dela; as vozes altas como pedras descendo uma encosta; e um cheiro de waffle queimado. O cheiro era do cabelo dela. Ela ateou fogo no próprio cabelo e queimou quase tudo. Foi depois que o papai mencionou "ajuda" e a mamãe ficou esquisita, primeiro rindo, depois chorando, depois rindo de novo com voz tão aguda e estranha que papai deu um tapa na cara dela. Ela se lembrava disso porque foi a única vez que ela soube que o pai fez uma coisa assim com a mãe. "Talvez nós devêssemos pensar em pedir 'ajuda' para ela", disse seu pai. Eles estavam no banheiro, e a cabeça dela estava molhada porque o pai a tinha colocado embaixo do chuveiro. "Ah, sim", disse sua mãe, "vamos ver o dr. Wanless, ele vai nos dar muita 'ajuda', como fez antes"... e começou a rir, a chorar, a rir mais, e então veio o tapa.

(*você foi tão MALVADA ontem à noite*)

— Não — murmurou ela no chuveiro. — Papai disse que não. Papai disse que podia ter... sido... o rosto... dele.

(*VOCÊ FOI MUITO MALVADA ONTEM À NOITE*)

Mas eles precisavam de moedas dos telefones. O papai disse.

(*MUITO MALVADA!*)

Charlie começou a pensar de novo na mãe, na época em que estava com cinco anos, quase seis. Não gostava de pensar nisso, mas a lembrança agora estava presente, e ela não conseguia afastá-la. Aconteceu antes de os homens maus aparecerem e machucarem a mamãe

(*matarem, você quer dizer, eles mataram ela*)

sim, tudo bem, antes de eles a *matarem* e levarem Charlie. Papai a pegou no colo para contar histórias, só que ele não estava com os livros de sempre, do Pooh e do Tigrão e do sr. Sapo e do Grande Elevador de Vidro do Willy Wonka. Ele estava com vários livros grossos sem desenhos. Ela franziu o nariz de irritação e pediu o do ursinho Pooh.

— Não, Charlie — disse ele. — Eu quero ler outras histórias, e preciso que você escute. Você já tem idade, na minha opinião, e sua mãe também acha. As histórias podem assustar um pouco, mas são importantes. São histórias reais.

Ela se lembrava dos nomes dos livros que seu pai leu, pois as histórias a deixaram *mesmo* com medo. Havia o livro *Lo!*, cujo autor era Charles Fort; um outro chamado *Stranger Than Science*, escrito por Frank Edwards; um chamado *Night's Truth*; e mais um chamado *Pyrokinesis: A Case Book*, mas sua mãe não deixou seu pai ler nada deste último. "Mais pra frente", dissera sua mãe, "quando ela for bem mais velha, Andy." E aquele livro sumiu. Charlie ficou feliz.

As histórias eram mesmo assustadoras. Uma era sobre um homem que morreu queimado em um parque. Outra era sobre uma moça que pegou fogo na sala do trailer onde morava, e na sala toda nada mais havia queimado além dela e de um pouco da cadeira onde ela estava sentada enquanto via TV. Algumas partes eram complicadas demais para ela entender, mas ela se lembrava de uma coisa: um policial dizendo "Nós não temos explicação para essa fatalidade. Não sobrou nada da vítima além de dentes e alguns pedaços queimados de osso. Seria preciso um maçarico para fazer isso com uma pessoa, mas nada em volta dela ficou chamuscado. Nós não sabemos explicar por que o local todo não explodiu como um foguete".

A terceira história era sobre um garoto grande, que devia ter uns onze ou doze anos, e pegou fogo quando estava na praia. O pai o colocou na água, se queimando bastante ao fazer isso, mas o garoto continuou em chamas até ficar todo queimado. E uma outra história era sobre uma adolescente que pegou fogo enquanto revelava seus pecados para o padre no confessionário. Charlie sabia sobre o confessionário católico porque sua amiga Deenie contara. Deenie disse que era preciso contar para o padre todas as coisas ruins feitas durante a semana. A amiga ainda não ia ao confessionário porque não tinha feito primeira comunhão, mas o irmão Carl ia.

Carl estava na quarta série e precisava contar tudo ao padre, até sobre a vez que entrou escondido no quarto da mãe e pegou alguns chocolates que ela havia ganhado de aniversário. Porque, se você não contasse ao padre, não poderia ser lavado no SANGUE DE CRISTO e iria para O LUGAR QUENTE.

O objetivo de todos esses livros não passou despercebido por Charlie. Ela ficou com tanto medo da história sobre a garota no confessionário que começou a chorar.

— Eu vou pegar fogo? — ela perguntou, chorando. — Como quando eu era pequena e meu cabelo pegou fogo? Eu vou morrer queimada?

E seus pais pareceram perturbados. Sua mãe estava pálida e ficava mordendo os lábios, mas seu pai passou o braço em volta dela e respondeu:

— Não, querida. Não se você se lembrar sempre de tomar cuidado e não pensar naquela... coisa. A coisa que você faz às vezes quando está chateada e com medo.

— O que é? — questionou Charlie, chorando. — O que é, me diz o que é, nem eu sei, eu nunca vou fazer, eu *prometo*!

Sua mãe disse:

— Até onde sabemos, querida, isso se chama pirocinese, que significa a capacidade de acender fogo às vezes só de pensar nele. Costuma acontecer quando as pessoas estão chateadas. Algumas pessoas têm esse... esse poder a vida toda e nem sabem. E algumas pessoas... bem, o poder domina elas por um minuto, e elas... — Ela não conseguiu terminar.

— Elas pegam fogo — completou seu pai. — Como quando você era pequena e seu cabelo pegou fogo, sim. Mas você pode controlar isso, Charlie. *Tem* que controlar. E Deus sabe que não é culpa sua. — Os olhos dele e da mamãe se encontraram por um momento quando ele disse isso, e alguma coisa pareceu passar entre eles.

Abraçando a filha pelos ombros, ele dissera:

— Às vezes, você não consegue evitar, eu sei. É um acidente, como quando você era menor e esquecia de ir ao banheiro porque estava brincando e fazia xixi nas calças. Nós chamávamos isso de acidente, lembra?

— Eu não faço mais isso.

— Não, claro que não. E, em pouco tempo, você vai controlar essa outra coisa da mesma maneira. Mas, por enquanto, Charlie, você precisa nos prometer que *nunca*, *nunca*, *nunca* vai se chatear daquela forma, se puder evitar. Daquela forma que faz você acender fogo. E, se você ficar chateada assim, se não conseguir evitar, empurre a chateação *para longe* de você. Para um cesto de lixo ou um cinzeiro. Tente ir para o lado de fora. Tente impulsionar para água se houver alguma por perto.

— Mas nunca para uma pessoa — completou sua mãe, com o rosto ainda pálido e sério. — Seria muito perigoso, Charlie. Seria coisa de menina malvada. Porque você poderia — ela lutou, forçou as palavras a saírem — você poderia matar uma pessoa.

Nessa hora, Charlie chorou histericamente, lágrimas de terror e de remorso, pois as mãos da mamãe estavam com curativos, e ela sabia que era por isso que o pai havia lido para ela aquelas histórias assustadoras. No dia anterior, quando a mãe dissera que ela não podia ir para a casa de Deenie porque não havia arrumado o quarto, Charlie ficou *muito* irritada, e de repente o fogo apareceu, surgindo do nada como sempre, como um palhaço mau pulando de uma caixa, balançando a cabeça e sorrindo. Charlie ficou com tanta raiva que o tirou de si e jogou na mãe, e as mãos dela pegaram fogo. E não foi *tão* ruim

(*podia ter sido pior, podia ter sido o rosto dela*)

porque a pia estava cheia de água com sabão da lavagem da louça. Não foi *tão* ruim, mas foi *MUITO RUIM*, e ela prometeu aos dois que *nunca nunca nunca...*

A água quente bateu no rosto, no peito, nos ombros, a envolvendo em um manto quente, um casulo, afastando as lembranças e as preocupações. Seu pai *disse* que não teve problema. E, se seu pai dizia que uma coisa era assim, era mesmo. Ele era o homem mais inteligente do mundo.

Sua mente voltou do passado para o presente, e ela pensou nos homens que os estavam perseguindo. Eles eram do governo, seu pai contou, mas não uma parte boa do governo. Trabalhavam para uma parte do governo chamada Oficina. Os homens ficavam sempre atrás deles. Para onde quer que eles fossem, depois de um tempo os homens da Oficina apareciam.

Será que iam gostar se eu botasse fogo neles?, uma parte dela perguntou friamente, e ela apertou bem os olhos em terror e culpa. Era horrível pensar assim. Era ruim.

Charlie esticou a mão, segurou a torneira que dizia QUENTE, e a fechou com um giro forte do pulso. Nos dois minutos seguintes, ficou tremendo e abraçando o corpo pequeno embaixo da água gelada e perfurante, querendo sair, sem se permitir.

Quando se tinha pensamentos ruins, era preciso pagar por eles.

Foi Deenie que disse.

2

Andy acordou aos poucos, percebendo vagamente o som do chuveiro. Primeiro, o barulho havia sido parte de um sonho: ele estava no lago Tashmore com o avô e tinha oito anos de novo, estava tentando enfiar uma minhoca viva no anzol sem furar o polegar. O sonho foi incrivelmente vívido. Ele podia visualizar o cesto de vime cheio de farpas dentro do barco, os remendos vermelhos de borracha de pneu nas solas das botas verdes velhas de Granther McGee, sua luva velha e enrugada de beisebol. Olhar para a luva o fazia lembrar que ele tinha treino da Liga Infantil no dia seguinte, no campo Roosevelt. Mas ainda não era o dia seguinte, a última luz do dia e a escuridão crescente se equilibravam perfeitamente no crepúsculo, o lago tão pardo que era possível ver nuvens de mosquitos aquáticos e maruins sobrevoando a superfície, que estava da cor de cromo. Relâmpagos de calor piscavam intermitentemente... ou talvez fossem relâmpagos de verdade, porque estava chovendo. As primeiras gotas escureceram a madeira do barco do vovô Granther, branco e maltratado pelo tempo, com bolotas do tamanho de moedas. Logo dava para ouvi-las no lago, um sibilar baixo e misterioso, como...

... como o som de um...

... *chuveiro, Charlie deve estar tomando banho.*

Ele abriu os olhos e observou o teto com vigas, que não lhe era familiar. *Onde estamos?*

As lembranças foram voltando aos poucos, mas houve um instante de queda livre e assustada, resultado de ter estado em tantos lugares ao longo do último ano, de ter passado perto tantas vezes e de estar sob forte pressão. Ele pensou com saudade no sonho e desejou poder estar novamente com Granther McGee, que morrera havia vinte anos.

Hastings Glen. Ele estava em Hastings Glen. *Eles* estavam em Hastings Glen.

Ele pensou na cabeça. Estava doendo, mas não como na noite anterior, quando aquele cara barbado os deixou lá. A dor tinha virado um latejar regular e fraco. Se fosse como as experiências anteriores, o latejar se manteria leve até a noite e sumiria completamente até o dia seguinte.

O chuveiro foi desligado.

Ele se sentou na cama e olhou para o relógio. Eram quinze para as onze.

— Charlie?

Ela voltou para o quarto, se secando vigorosamente com uma toalha.

— Bom dia, papai.

— Bom dia. Como você está?

— Com fome — respondeu ela. Ela foi até a cadeira onde tinha deixado as roupas e pegou a blusa verde. Cheirou-a e fez uma careta. — Preciso trocar de roupa.

— Você vai ter que aguentar essa aí mais um pouco, meu amor. Vamos comprar outra mais tarde.

— Espero que a gente não precise esperar tanto assim pra comer.

— Vamos pegar uma carona — sugeriu ele — e parar no primeiro café que encontrarmos.

— Papai, quando eu comecei na escola, você me disse para nunca andar de carro com estranhos. — Ela olhava para ele com curiosidade.

Andy saiu da cama, andou até ela e colocou as mãos nos ombros da filha.

— Às vezes um estranho é melhor que alguns conhecidos — explicou ele. — Entende o que isso quer dizer, garota?

Ela pensou com atenção. Os conhecidos eram os homens da Oficina, ela achava. Os homens que foram atrás deles na rua em Nova York no dia anterior. Os desconhecidos...

— Acho que significa que a maioria das pessoas dirigindo carros não trabalha para aquela Oficina — refletiu ela.

Ele sorriu.

— Você entendeu. E o que eu disse antes continua valendo, Charlie: quando estamos em uma situação ruim, às vezes é preciso fazer coisas que nós nunca faríamos se as coisas estivessem bem.

O sorriso de Charlie sumiu, e seu rosto ficou sério, alerta.

— Tipo fazer dinheiro sair dos telefones?

— Isso — assentiu ele.

— E não foi ruim?

— Não. Considerando as circunstâncias, não foi ruim.

— Porque, quando estamos em situação ruim, nós temos que fazer o que for preciso pra sair dela.

— Com algumas exceções, sim.

— Quais são as exceções, papai?

Ele bagunçou o cabelo dela.

— Não importa agora, Charlie. Tente se animar.

Mas ela não queria se animar.

— E eu não queria botar fogo nos sapatos daquele homem. Não fiz de propósito.

— Não, claro que não.

Nesse momento, ela realmente se animou; o sorriso, tão parecido com o de Vicky, surgiu radiante.

— Como está sua cabeça agora, papai?

— Bem melhor, obrigado.

— Que bom. — Ela olhou para ele com atenção. — Seu olho está estranho.

— Que olho?

Ela apontou para o esquerdo.

— Esse.

— É? — Ele foi até o banheiro e limpou uma parte do espelho embaçado.

Ele observou o olho por um tempo, o bom humor se dissipando. Seu olho direito estava como sempre, um verde acinzentado, a cor do oceano em um dia nublado de primavera. O olho esquerdo também possuía a mesma cor, mas a parte branca estava muito vermelha, e a pupila parecia menor do que a do olho direito. A pálpebra estava caída de um jeito peculiar que ele nunca havia notado.

A voz de Vicky surgiu de repente na sua cabeça. Foi tão clara que ela poderia estar de pé ao seu lado. *Essas dores de cabeça me assustam, Andy. Você está mexendo com a própria cabeça, não só com a das outras pessoas, quando usa aquele impulso, ou seja lá como queira chamar.*

O pensamento foi seguido da imagem de um balão sendo soprado... soprado... e soprado... até finalmente explodir com um estrondo alto.

Ele começou a examinar o lado esquerdo do rosto com atenção, tocando em todas as partes com as pontas dos dedos direitos. Parecia um homem em um comercial de TV, maravilhado com a qualidade do barbeador. Percebeu que havia três pontos — um embaixo do olho esquerdo, um na bochecha esquerda e um abaixo da têmpora esquerda — onde não havia sensação nenhuma. O medo surgiu nas partes vazias do corpo dele com uma neblina noturna silenciosa. O medo não era tanto por si, mas por Charlie, pelo que aconteceria se ela ficasse sozinha.

Como se ele a tivesse chamado, ele enxergou a filha atrás de si pelo espelho.

— Papai? — Ela parecia com medo. — Você está bem?

— Estou — respondeu ele. Sua voz soou boa. Não havia tremor nela; nem estava confiante demais, falsamente alta. — Só estou pensando no quanto preciso me barbear.

Ela cobriu a boca com a mão e riu.

— Arranhando que nem esponja. Eca. Que nojo.

Ele correu atrás dela pelo quarto e esfregou a bochecha áspera no rosto macio dela. Charlie riu e se debateu.

3

Enquanto Andy fazia cócegas na filha com sua barba crescida, Orville Jamieson, também conhecido como OJ, e outro agente da Oficina chamado Bruce Cook estavam saindo de um Chevy azul-claro em frente ao Hastings Diner.

OJ parou por um momento e olhou para a Main Street: as vagas inclinadas, a loja de materiais de construção, o mercado, dois postos de gasolina, uma farmácia, o prédio municipal com uma placa na frente comemorando um evento histórico com o qual ninguém se importava. A Main Street também era a Route 40, e os McGee não estavam nem a seis quilômetros de onde OJ e Bruce Cook se encontravam agora.

— Olhe este burgo — disse OJ, enojado. — Eu cresci perto daqui, em uma cidade chamada Lowville. Já ouviu falar de Lowville, Nova York?

Bruce Cook balançou a cabeça.

— Fica perto de Utica. Onde fabricam a cerveja Utica Club. Eu nunca fui tão feliz na vida quanto no dia em que saí de Lowville. — OJ enfiou a mão embaixo do paletó e ajustou a Windsucker no coldre.

— Ali estão Tom e Steve — comentou Bruce. Do outro lado da rua, um Pacer marrom-claro estacionou em uma vaga que uma caminhonete de fazendeiro tinha acabado de desocupar. Dois homens de ternos escuros estavam saindo do Pacer. Pareciam banqueiros. Mais ao longe, no sinal, dois outros agentes da Oficina conversavam com a velha que ajudava as crianças a atravessarem a rua na hora do almoço. Eles estavam mostrando a foto para ela, e ela estava balançando a cabeça. Havia dez agentes da Oficina em Hastings Glen, todos coordenados com Norville Bates, que estava novamente em Albany, esperando o agente pessoal do capitão, Al Steinowitz.

— É, Lowville. — OJ suspirou. — Espero que a gente pegue os dois escrotos até o meio-dia. E que minha próxima missão seja em Karachi. Ou na Islândia. Em qualquer lugar, desde que não seja no norte do estado de Nova York. Aqui é perto demais de Lowville. Perto demais para eu ficar tranquilo.

— Você acha que vamos pegar os dois até meio-dia? — perguntou Bruce.

OJ deu de ombros.

— Nós vamos estar com eles até o entardecer. Pode contar com isso.

Eles entraram na lanchonete, se sentaram ao balcão e pediram café. Uma garçonete jovem de corpo bonito os serviu.

— Há quanto tempo você está no serviço, mana? — perguntou OJ.

— Se você tem uma irmã, tenho pena dela — respondeu a garçonete. — Se ela tiver qualquer semelhança física com você, claro.

— Não seja assim, mana — refutou OJ, mostrando sua identificação. Ela olhou por muito tempo. Atrás dela, um delinquente juvenil já meio velho usando uma jaqueta de couro apertava os botões de um jukebox Seeberg.

— Estou de serviço desde as sete — informou ela. — Assim como em todas as manhãs. Você deve querer falar com Mike. Ele é o dono. — A garçonete começou a se virar, e OJ segurou o pulso dela com força. Não gostava de mulheres que debochavam de sua aparência. A maioria das mulheres era piranha, sua mãe estava certa sobre isso, mesmo não estando certa sobre quase mais nada. E sua mãe saberia o que pensar de uma escrota arrogante como aquela.

— Eu falei que queria falar com o dono, mana?

Ela estava começando a sentir medo agora, e OJ não se importava com isso.

— N-não.

— Isso mesmo. Porque eu quero falar com você, e não com um cara que está na cozinha preparando ovos e hambúrguer de ração de cachorro a manhã toda. — Ele tirou do bolso a foto de Andy e Charlie e mostrou para ela, sem soltar seu pulso. — Reconhece esses dois, mana? Serviu café da manhã pra eles hoje, talvez?

— Solta. Você está me *machucando*. — Toda a cor do rosto dela havia sumido, exceto pelas bolotas de blush de piranha que ela usava. Devia ser líder de torcida no ensino médio. O tipo de garota que ria de Orville Jamieson quando ele a convidava para sair porque ele era presidente do Clube de Xadrez em vez de *quarterback* no time de futebol americano. Um bando de vagabundas de Lowville. Deus, ele odiava Nova York. Até a cidade de Nova York era perto demais.

— É só me dizer se atendeu esses dois ou não. Depois, eu solto. *Mana*.

Ela olhou brevemente para a foto.

— Não! Não servi. Agora solta...

— Você não olhou direito, *mana*. É melhor olhar de novo.

Ela olhou de novo.

— Não! Não! — exclamou ela em voz alta. — Eu nunca vi esses dois! Me solta, fazendo o favor?

O delinquente juvenil idoso de jaqueta vagabunda Mammoth Mart se aproximou, os zíperes tilintando, os polegares enfiados nos bolsos da calça.

— Você está incomodando a moça — ele advertiu.

Bruce Cook olhou para ele com desprezo evidente e respondeu:

— Tome cuidado para que a gente não decida incomodar você depois, cara de pizza.

— Ah — disse o garoto velho de jaqueta de couro, abaixando a voz de repente. Ele se afastou com rapidez, aparentemente lembrando que tinha um assunto urgente na rua.

Duas senhoras em um compartimento estavam observando com nervosismo a ceninha no balcão. Um homem grande com um uniforme branco de cozinheiro razoavelmente limpo (presumivelmente Mike, o dono) estava na porta da cozinha, também observando. Ele carregava uma faca grande na mão, mas não a segurava com muita autoridade.

— O que vocês querem? — perguntou ele.

— Eles são federais — afirmou a garçonete com nervosismo. — Estão...

— Você não atendeu esses dois? Tem certeza? — perguntou OJ. — *Mana?*

— Tenho certeza — garantiu ela. Estava quase chorando agora.

— É melhor ter mesmo. Um erro pode levar você para a cadeia por cinco anos, *mana.*

— Tenho certeza — sussurrou ela. Uma lágrima desceu pela curva inferior de um olho e escorreu pela bochecha. — Por favor, me solte. Não me machuque mais.

OJ apertou mais por um breve momento, gostando da sensação dos ossos pequenos se movendo debaixo de sua mão, gostando de imaginar que poderia apertar com mais força e quebrá-los... e depois soltou. A lanchonete estava silenciosa, exceto pela voz de Stevie Wonder saindo da Seeberg, cantando para os clientes assustados do Hastings Diner. As duas idosas se levantaram e saíram apressadas.

OJ pegou a xícara de café, se inclinou sobre o balcão, virou o café no chão e depois soltou a xícara, que se espatifou. Cacos de porcelana grossa se espalharam em dez direções diferentes. A garçonete estava chorando abertamente agora.

— Café de merda — disse OJ.

O dono fez um gesto desanimado com a faca, e o rosto de OJ pareceu se iluminar.

— Pode vir, cara — ele falou, quase rindo. — Pode vir. Quero ver você tentar.

Mike deixou a faca ao lado da torradeira e de repente gritou, com vergonha e fúria:

— Eu lutei no Vietnã! Meu irmão lutou no Vietnã! Vou escrever para o meu congressista sobre isso! Espere para ver se não vou escrever!

OJ olhou para ele. Depois de um tempo, Mike baixou o olhar, com medo.

Os dois saíram da lanchonete.

A garçonete se abaixou e começou a pegar os cacos da xícara de café, chorando.

Do lado de fora, Bruce perguntou:

— Quantos hotéis de beira de estrada?

— Três hotéis e seis conjuntos de chalés turísticos — respondeu OJ, olhando para o sinal. O objeto o fascinava. Na Lowville de sua juventude, havia uma lanchonete que, acima da chapa dupla Silex, ostentava uma placa com os dizeres: SE NÃO GOSTA DA NOSSA CIDADE, É SÓ OLHAR OS HORÁRIOS DOS ÔNIBUS. Quantas vezes ele desejou arrancar aquela placa da parede e enfiar na goela de alguém?

— Tem gente olhando todos eles — disse ele enquanto os dois caminhavam de volta até o Chevrolet azul-claro, parte da frota de carros do governo paga e mantida com o dinheiro do contribuinte. — Vamos saber em breve.

4

John Mayo estava com um agente chamado Ray Knowles, indo pela Route 40 em direção ao Slumberland Motel. Viajavam em um Ford marrom de modelo novo, e quando subiam a última colina que os impedia de avistar o motel, um pneu estourou.

— Puta *merda* — disse John quando o carro começou a sacudir e se inclinar para a direita. — Material do governo é sempre essa merda. Porcaria recauchutada. — Ele parou no acostamento e ligou o pisca-alerta do Ford. — Vá andando, eu troco o maldito pneu.

— Eu ajudo — afirmou Ray. — Não vamos levar nem cinco minutos.

— Não, pode ir. Fica logo depois da colina, ou deveria ficar.

— Tem certeza?

— Tenho. Eu pego você lá. A não ser que o estepe esteja baixo. Não me surpreenderia.

Uma caminhonete barulhenta passou, a mesma que OJ e Bruce Cook viram saindo da cidade quando estavam na porta do Hastings Diner.

Ray sorriu.

— É melhor que não esteja. Você teria que fazer uma requisição em quatro vias para receber um novo.

John não sorriu.

— E eu não sei? — respondeu ele com uma voz sombria.

Eles foram até o porta-malas e Ray o destrancou. O estepe estava bom.

— Certo — disse John. — Pode ir.

— A gente só levaria mesmo cinco minutos pra trocar essa porcaria.

— Claro, e aqueles dois não estão nesse hotel. Mas vamos fingir que estão. Afinal, eles têm que estar em algum lugar.

— Tudo bem.

John tirou o macaco e o estepe do porta-malas. Ray Knowles o observou por um momento e saiu caminhando pelo acostamento na direção do Slumberland Motel.

5

Andy e Charlie McGee estavam parados no acostamento da Highway 40, logo depois do hotel de beira de estrada. As preocupações de Andy, de que alguém pudesse reparar que ele não tinha carro, se mostraram sem sentido, pois a mulher na recepção só estava interessada na pequena televisão Hitachi no balcão. Um Phil Donahue em miniatura tinha sido capturado lá dentro, e a mulher o assistia com avidez. Ela pegou a chave que Andy entregou e enfiou no buraco de correspondência sem nem desviar o olhar da imagem.

— Espero que tenha gostado da sua estada — disse ela, que consumia uma caixa de donuts de chocolate com coco e já havia chegado à metade.

— Sem dúvida — Andy respondeu e saiu.

Charlie estava esperando do lado de fora. A mulher deu a Andy uma cópia em papel carbono da conta, que ele enfiou no bolso lateral do paletó enquanto descia os degraus. As moedas dos telefones de Albany tilintaram de leve.

— Tudo bem, papai? — perguntou Charlie quando eles se afastaram na direção da estrada.

— Tudo — afirmou ele e passou o braço pelos ombros da filha. À direita deles e colina adiante, o pneu do carro de Ray Knowles e John Mayo tinha acabado de furar.

— Aonde nós vamos, papai? — perguntou Charlie.

— Não sei — respondeu ele.

— Não estou gostando. Estou nervosa.

— Acho que estamos bem à frente deles. Não se preocupe — garantiu ele. — Eles ainda devem estar procurando o motorista de táxi que nos levou até Albany.

Mas Andy estava sendo otimista demais; ele sabia, e Charlie também devia saber. Ele se sentia exposto só de ficar parado no acostamento, como um bandido de desenho animado, com roupa listrada. *Pare*, ele disse a si mesmo. *Daqui a pouco você vai começar a achar que eles estão em toda parte, um atrás de cada árvore e um bando depois da próxima colina.* Alguém não disse que a paranoia perfeita e a percepção perfeita eram a mesma coisa?

— Charlie... — começou ele.

— Vamos para a casa de Granther — disse ela.

Ele olhou para ela, assustado. Seu sonho voltou com tudo, o sonho de pescar na chuva, a chuva que se transformou no som do chuveiro de Charlie.

— O que fez você pensar nisso? — perguntou ele. Granther tinha morrido bem antes de Charlie nascer. Ele passara a vida inteira em Tashmore, Vermont, uma cidade a oeste da fronteira de New Hampshire. Quando Granther morreu, a casa do lago ficou para a mãe de Andy e, quando a mãe morreu, ele a herdou. A prefeitura já teria tomado a propriedade dele por falta de pagamento de impostos anos antes, mas Granther havia deixado uma pequena soma em juízo para cobri-los.

Andy e Vicky iam para lá uma vez por ano durante as férias de verão, até Charlie nascer. Ficava a trinta quilômetros da estrada mais próxima, em uma área de florestas, pouco habitada. No verão, havia todo tipo de gente no lago Tashmore, um lago que ficava entre Tashmore e a cidadezinha de Bradford, New Hampshire. Mas, naquela época do ano, todas as casas de veraneio estariam vazias. Andy duvidava que a neve fosse removida da estrada no inverno.

— Não sei — respondeu Charlie. — Só... apareceu na minha cabeça. Agorinha mesmo. — Do outro lado da colina, John Mayo estava abrindo o porta-malas do Ford e inspecionando o estepe.

— Eu sonhei com Granther hoje de manhã — disse Andy lentamente. — Acho que foi a primeira vez que pensei nele em mais de um ano. Por isso, acho que dá pra dizer que ele apareceu na minha cabeça também.

— O sonho foi bom, papai?

— Foi — ele respondeu e sorriu um pouco. — Foi, sim.

— E o que você acha?

— Acho uma ótima ideia — considerou Andy. — Nós podemos ir pra lá, ficar um tempo e pensar no que devemos fazer. Em como lidar com isso. Eu estava pensando se podíamos procurar um jornal e contar nossa história, assim muita gente saberia, e eles teriam que parar.

Uma caminhonete velha de fazendeiro estava se aproximando, e Andy esticou o polegar. Do outro lado da colina, Ray Knowles andava pelo acostamento da estrada.

A caminhonete parou, e um homem de macacão e um boné do New York Mets olhou para eles.

— Que mocinha bonita — disse ele, sorrindo. — Qual é seu nome, mocinha?

— Roberta — respondeu Charlie na mesma hora. Roberta era o nome do meio dela.

— Bem, Bobbi, para onde você está indo hoje? — perguntou o fazendeiro.

— Nós estamos indo para Vermont — informou Andy. — St. Johnsbury. Minha esposa foi visitar a irmã e teve um probleminha.

— Ah, foi? — o motorista questionou e depois ficou calado, olhando astutamente com o rabo de olho para Andy.

— Trabalho de parto — respondeu Andy, abrindo um largo sorriso. — Essa mocinha aqui ganhou um irmãozinho. À uma e quarenta e um dessa madrugada.

— O nome dele é Andy — complementou Charlie. — Não é um nome bonito?

— Acho perfeito — afirmou o homem. — Podem entrar, eu levo vocês para dezesseis quilômetros mais perto de St. Johnsbury, pelo menos.

Eles entraram, a caminhonete avançou e voltou para a estrada, na direção do sol forte matinal. No mesmo momento, Ray Knowles estava chegando no alto da colina. Ele viu uma estrada vazia que se esticava até o Slumberland Motel. Depois do hotel, avistou a caminhonete, que havia passado pelo carro deles alguns minutos antes, desaparecer.

Não viu necessidade de se apressar.

6

O nome do fazendeiro era Irv Manders. Ele havia acabado de levar um carregamento de abóboras para a cidade, onde tinha um acordo com o sujeito que gerenciava o mercado A&P. O fazendeiro disse que costumava negociar com o First National, mas o sujeito de lá não entendia nada de abóboras e, na opinião de Irv Manders, era um cortador de carne arrogante. O gerente do A&P, por outro lado, era formidável. Ele também contou que, durante o verão, sua esposa tinha uma espécie de lojinha para turistas; ele montava uma barraca de beira de estrada, e os dois estavam se saindo bem.

— Você não vai gostar que eu meta a minha colher no seu angu — Irv Manders disse para Andy —, mas você e sua gatinha aqui não deviam pedir carona. Meu Deus, não. Não com o tipo de gente que vem rodando as estradas nos dias de hoje. Tem um terminal da Greyhound atrás da farmácia, em Hastings Glen. É pra lá que você devia ir.

— Bem… — começou Andy. Ele ficou atrapalhado, mas Charlie falou bem na hora certa.

— Papai está sem trabalho — afirmou ela. — Foi por isso que a mamãe teve que ir ficar com a tia Em pra ter o bebê. E a tia Em não gosta do papai. Por isso, a gente ficou em casa. Mas agora, a gente vai ver a mamãe. Não é, papai?

— Essas coisas são particulares, Bobbi — disse Andy, parecendo pouco à vontade. Ele *estava* pouco à vontade. Havia mil buracos na história de Charlie.

— Não digam nem mais uma palavra — respondeu Irv. — Entendo de problemas de família. As coisas ficam feias às vezes. E sei como é estar em dificuldades. Não é vergonha nenhuma.

Andy limpou a garganta, mas não disse nada. Não conseguiu pensar em nada para dizer. Eles seguiram em silêncio por um tempo.

— Por que vocês dois não vão lá em casa almoçar comigo e minha esposa? — convidou Irv de repente.

— Ah, não, nós não poderíamos…

— Ia ser ótimo — interrompeu Charlie. — Não é, papai?

Ele sabia que as intuições de Charlie costumavam ser boas, e estava exausto demais mental e fisicamente para ir contra ela agora. Ela era uma garotinha independente e ousada, e mais de uma vez Andy se perguntou quem é que comandava aquele show.

— Se você tiver certeza de que há o bastante… — disse ele.

— Sempre tem o bastante — garantiu Irv Manders, finalmente passando a caminhonete para a terceira marcha. Eles estavam seguindo entre árvores coloridas de outono: bordos, olmos, choupos. — Vamos ficar felizes em receber vocês.

— Muito obrigada — agradeceu Charlie.

— É um prazer, gatinha — respondeu Irv. — Minha esposa também vai gostar de conhecer você.

Charlie sorriu.

Andy massageou as têmporas. Embaixo dos dedos da mão esquerda estava um daqueles pontos onde as terminações nervosas pareciam ter morrido. Ele não estava gostando disso. A sensação de que os homens estavam se aproximando ainda o incomodava muito.

7

A mulher que havia recebido a chave de Andy no Slumberland Motel menos de vinte minutos antes estava ficando nervosa. Ela já tinha se esquecido de Phil Donahue.

— Tem certeza de que era esse o homem? — perguntou Ray Knowles pela terceira vez. Ela não gostou daquele sujeito pequeno, esguio, meio rígido. Talvez ele trabalhasse para o governo, mas isso não significava nada para Lena Cunningham. Ela não gostou do rosto fino, das linhas em volta dos olhos azuis frios e, mais do que tudo, não gostou da maneira como ele ficava enfiando aquela foto embaixo do nariz dela.

— Tenho. Era ele — repetiu ela. — Mas não tinha garotinha nenhuma com ele. De verdade, senhor. Meu marido vai dizer o mesmo. Ele trabalha à noite. Chegou ao ponto de nós quase não nos vermos, só no jantar. Ele vai dizer…

O outro homem voltou, e com alarme crescente, Lena viu que ele estava com um walkie-talkie em uma das mãos e uma pistola grande na outra.

— Eram eles — afirmou John Mayo, quase histérico de raiva e decepção. — Duas pessoas dormiram naquela cama. Tem cabelos louros em um travesseiro, e pretos no outro. Maldito pneu furado! Que inferno! Tem toalhas molhadas penduradas no banheiro! A porra do chuveiro ainda está pingando! Nós perdemos eles por uns cinco minutos, Ray!

Ele enfiou a pistola no coldre de ombro.

— Vou chamar meu marido — anunciou Lena com a voz fraca.

— Não precisa — disse Ray. Ele pegou John pelo braço e o levou para fora. John ainda estava xingando por causa do pneu furado. — Esqueça o pneu, John. Você falou com OJ na cidade?

— Eu falei com ele, e ele com Norville. Norville está vindo de Albany, com Al Steinowitz junto. Ele pousou há menos de dez minutos.

— Isso é bom. Escute, pense um pouco, Johnny. Eles devem estar pedindo carona.

— Eu também acho. A não ser que tenham roubado um carro.

— O cara é professor de inglês. Ele não saberia roubar uma barra de chocolate em uma lojinha de instituto de cegos. Eles pegaram carona, sim. Pegaram carona de Albany para cá ontem e pegaram carona hoje de manhã. Eu apostaria meu salário deste ano que eles estavam no acostamento com o polegar esticado quando eu estava subindo aquela colina a pé.

— Se não fosse aquele pneu furado... — Os olhos de John estavam infelizes por trás dos óculos de armação de metal. Ele viu sua promoção voando para longe, batendo as asas lenta e preguiçosamente.

— Que se foda o pneu! — exclamou Ray. — O que passou por nós? Depois que o pneu furou, o que passou por nós?

John pensou na resposta enquanto prendia o walkie-talkie no cinto.

— Uma caminhonete de fazendeiro — respondeu.

— Eu também me lembro disso — afirmou Ray. Ele olhou ao redor e viu a cara redonda de Lena Cunningham espiando pela janelinha do escritório do hotel. Ela viu que eles olhavam para ela, e a cortina voltou para o lugar. — Era uma caminhonete bem velha. Se eles não tiverem saído da estrada principal, a gente consegue alcançar.

— Vamos, então — disse John. — Nós podemos manter contato com Al e Norville através do walkie-talkie de OJ.

Eles voltaram para o carro e entraram. Um momento depois, o Ford marrom saiu do estacionamento, jogando cascalho branco para trás com os pneus traseiros. Lena Cunningham ficou aliviada ao vê-los sair. Cuidar de um hotel de beira de estrada não era mais como antigamente.

Ela entrou para acordar o marido.

8

Quando o Ford, com Ray Knowles no volante e John Mayo ao lado, seguia pela Route 40 a mais de cento e dez quilômetros por hora (e enquanto uma caravana de dez ou onze carros modernos comuns similares seguia para Hastings Glen, vindos de áreas próximas de busca), Irv Manders ligou a seta para a esquerda e saiu da rodovia para um caminho de asfalto esburacado que seguia na direção nordeste. A caminhonete foi sacudindo e estalando. A pedido do motorista, Charlie cantou quase todas as músicas do seu repertório de nove, incluindo sucessos como "Parabéns pra você", "Este homem velho", "Jesus Loves Me" e "Camptown Races". Irv e Andy cantaram junto essa última.

A estrada era sinuosa e passava por uma série de aclives ladeados de floresta, depois começou a descer em direção a um terreno mais plano que era cultivado e colhido. Em um determinado momento, uma perdiz saiu de trás de uma pilha de arnica e feno velho no lado esquerdo da estrada, e Irv gritou:

— Pega ele, Bobbi!

Charlie apontou com o dedo e cantarolou "*Bam-ba-DAM!*" e riu pra caramba.

Alguns minutos mais tarde, Irv entrou em uma estrada de terra, e um quilômetro e meio depois eles chegaram a uma caixa de correspondência velha vermelha, branca e azul, com MANDERS pintado na lateral. Irv pegou um caminho cheio de raízes de quase oitocentos metros.

— Deve custar um braço e uma perna deixar tudo limpo no inverno — observou Andy.

— Eu mesmo limpo a neve — afirmou Irv.

Eles chegaram a uma casa branca grande, com três andares e contornos verdes. Para Andy, parecia o tipo de construção que devia ter começado como uma casa comum e foi se tornando excêntrica ao longo dos anos. Havia dois barracões na parte de trás, um inclinado para cá e outro inclinado para lá. No lado sul, uma estufa tinha sido acrescentada, e uma varanda grande de tela se destacava no lado norte como uma saia engomada.

Atrás da casa havia um celeiro vermelho que já tinha visto dias melhores, e entre a casa e o celeiro havia o que os habitantes da Inglaterra chamavam de pátio, um pedaço plano de terra onde algumas galinhas cacarejavam e ciscavam. Quando a caminhonete se aproximou, elas correram, gritando e batendo as asas inúteis, passando por um bloco de cortar lenha com um machado enfiado.

Irv conduziu a caminhonete até o celeiro, que tinha um cheiro doce de feno que Andy lembrava dos verões em Vermont. Quando o fazendeiro desligou o motor, eles ouviram um mugido baixo e musical vindo do interior escuro do celeiro.

— Você tem uma *vaca* — disse Charlie, e algo parecido com êxtase surgiu no rosto dela. — Estou *ouvindo*.

— Nós temos três — respondeu Irv. — A que você está ouvindo é Bossy. Um nome muito original, você não acha, gatinha? Ela acha que precisamos tirar leite dela três vezes por dia. Você pode ver ela depois, se seu pai deixar.

— Eu posso, papai?

— Acho que sim — assentiu Andy, se rendendo mentalmente. De alguma forma, eles saíram para pedir carona na estrada e acabaram sequestrados.

— Venham conhecer minha esposa.

Eles andaram pelo pátio, deixando Charlie examinar o máximo de galinhas das quais conseguiu se aproximar. A porta dos fundos se abriu, e uma mulher de uns quarenta e cinco anos apareceu no alto dos degraus. Ela protegeu os olhos da luz e falou:

— Aí está você, Irv! Quem trouxe pra casa?

Irv sorriu.

— A gatinha aqui é Roberta. Esse sujeito é o pai dela. Ainda não sei o nome dele, então não sei se somos parentes.

Andy se adiantou e se apresentou:

— Sou Frank Burton, senhora. Seu marido nos convidou para almoçar, se não houver problema. Estamos felizes de conhecer você.

— Eu também — complementou Charlie, ainda mais interessada nas galinhas do que na mulher, ao menos por enquanto.

— Sou Norma Manders — disse ela. — Entrem, sejam bem-vindos. — Andy, porém, viu o olhar intrigado que ela lançou para o marido.

Os quatro entraram por uma passagem onde havia lenha empilhada até o alto, seguiram até uma cozinha enorme ocupada por um fogão a lenha e uma mesa comprida coberta com uma toalha impermeável quadriculada vermelha e branca. Havia um aroma elusivo de fruta e parafina no ar. *O cheiro de conservas*, pensou Andy.

— O Frank aqui e a gatinha estão indo para Vermont — informou Irv. — Achei que não faria mal desviar um pouco para fazer uma refeição quente.

— Claro que não — concordou ela. — Onde está seu carro, sr. Burton?

— Bem... — começou Andy. Ele olhou para Charlie, mas ela não ajudaria em nada; estava andando pela cozinha com passos pequenos, olhando tudo com a curiosidade franca das crianças.

— Frank teve um probleminha — afirmou Irv, olhando diretamente para a esposa. — Mas não precisamos falar disso. Pelo menos, não agora.

— Tudo bem — respondeu Norma, que tinha um rosto doce e direto, uma mulher bonita acostumada a trabalhar arduamente. As mãos estavam vermelhas e machucadas. — Eu tenho frango e posso fazer uma boa salada. Tem muito leite. Você gosta de leite, Roberta?

Charlie não olhou. *Ela esqueceu o nome*, pensou Andy. *Ah, Jesus, as coisas só vão melhorar.*

— Bobbi! — disse ele em voz alta.

Ela olhou ao redor e abriu um sorriso um pouco largo demais.

— Ah, claro — respondeu ela. — Eu adoro leite.

Andy viu um olhar de alerta passar de Irv para a esposa: *Nada de perguntas, não agora.* E sentiu um desespero crescente. O que tinha sobrado da história deles tinha acabado de desmoronar. Mas não havia nada a fazer além de se sentar para almoçar e esperar para ver o que Irv Manders tinha em mente.

9

— A que distância estamos daquele hotel? — perguntou John Mayo.

Ray olhou para o odômetro.

— Vinte e sete quilômetros — informou ele, parando no acostamento.

— Já é longe o suficiente.

— Mas talvez...

— Não, se fosse para pegar eles, já teríamos pegado. Vamos voltar e nos encontrar com os outros.

John bateu com o punho fechado no painel.

— Eles entraram em algum lugar — ele supôs. — Aquele maldito pneu furado! Esse trabalho está azarado desde o começo, Ray. Um intelectual e uma garotinha. E a gente perde os dois o tempo todo.

— Não, eu acho que a gente pegou os dois — disse Ray, tirando o walkie-talkie. Ele puxou a antena e a posicionou fora da janela. — Podemos fazer um cordão em volta da área toda em meia hora. E aposto que, depois de perguntar em menos de dez casas, alguém vai reconhecer a caminhonete. Uma International Harvester verde-escura do final dos anos 1960, com anexo para limpar neve na frente, estacas de madeira na caçamba para segurar um carregamento alto. Ainda acho que vamos pegar eles antes de escurecer.

Um momento depois, ele estava falando com Al Steinowitz, que se aproximava do Slumberland Motel. Al informou seus agentes. Bruce Cook se lembrou da caminhonete na cidade, estacionada na frente do A&P. OJ também se lembrou.

Al os mandou de volta à cidade, e meia hora depois todos sabiam que a caminhonete que quase certamente havia parado para dar carona a dois fugitivos pertencia a Irving Manders, situado na RFD nº 5 em Baillings Road, Hastings Glen, Nova York.

Passava de meio dia e meia.

10

O almoço estava muito bom. Charlie comeu como um boi, três porções de frango com molho, dois pãezinhos quentinhos de Norma Manders, um pratinho de salada e três picles caseiros. Finalizaram com fatias de torta de maçã decoradas com pedaços de queijo cheddar. Irv deu sua opinião, de que "uma maçã sem um pedaço de queijo é como um beijo sem um apertão", o que o fez receber uma cotovelada carinhosa da esposa e ele revirar os olhos em resposta, fazendo Charlie rir. O apetite de Andy o surpreendeu. Charlie arrotou e cobriu a boca com expressão de reprimenda.

Irv sorriu para ela.

— Melhor pra fora do que pra dentro, gatinha.

— Se eu comer mais, acho que vou explodir — respondeu Charlie. — Era o que minha mãe sempre dizia... quer dizer, sempre diz.

Andy sorriu com cansaço.

— Norma — disse Irv, se levantando —, por que você e Bobbi não vão lá fora dar comida para as galinhas?

— Bom, o almoço ainda está todo espalhado aqui — observou Norma.

— Eu tiro a mesa — garantiu Irv. — Quero ter uma conversinha com o Frank aqui.

— Quer alimentar as galinhas, querida? — perguntou Norma a Charlie.

— Quero muito. — Os olhos dela estavam brilhando.

— Então vamos. Você tem casaco? Está um pouco frio.

— Hã... — Charlie olhou para Andy.

— Pode pegar um suéter meu emprestado — disse Norma, novamente trocando olhares com Irv. — Só vai precisar enrolar um pouco as mangas.

— Está bem.

Norma pegou uma jaqueta velha e desbotada no corredor de entrada e um suéter branco desfiado que ficou muito folgado em Charlie, mesmo com as mangas dobradas três ou quatro vezes.

— Elas bicam? — perguntou Charlie com certo nervosismo.

— Só a comida, querida.

Elas saíram, e a porta se fechou. Charlie ainda estava falando sem parar. Andy olhou para Irv Manders, que olhou para ele com calma.

— Quer uma cerveja, Frank?

— Meu nome não é Frank — afirmou Andy. — Acho que você sabe disso.

— Acho que sim. Como você se chama?

Andy disse:

— Quanto menos você souber, melhor pra você.

— Certo — assentiu Irv. — Vou chamar você de Frank.

Ao longe, eles ouviram Charlie dar gritinhos de alegria lá fora. Norma disse alguma coisa, e Charlie concordou.

— Acho que uma cerveja cairia bem — disse Andy.

— Certo.

Irv pegou duas Utica Club na geladeira, abriu, pôs a de Andy sobre a mesa e a dele na bancada. Pegou um avental pendurado em um gancho ao lado da pia e o vestiu. O avental era vermelho e amarelo com um babado na barra, mas de alguma maneira não ficava ridículo em Irv.

— Posso ajudar? — perguntou Andy.

— Não, eu sei onde fica tudo — respondeu Irv. — Quase tudo, pelo menos. Ela muda as coisas de lugar toda semana. Nenhuma mulher quer que um homem se sinta em casa na cozinha. Elas gostam de ajuda, claro, mas se sentem melhor quando você precisa perguntar onde colocar o prato de ensopado ou onde elas guardaram a esponja.

Andy, lembrando-se de seus dias como aprendiz de cozinha de Vicky, sorriu e assentiu.

— Me meter na vida dos outros não é meu ponto forte — continuou Irv, enchendo a pia de água e acrescentando detergente. — Sou fazendeiro, e como falei, minha esposa tem uma lojinha onde a Baillings Road cruza com a Albany Highway. Nós estamos aqui há quase vinte anos.

Ele olhou para Andy.

— Mas eu soube que havia algo de errado no momento em que vi vocês dois parados na estrada. Um homem adulto e uma garotinha não são o tipo de dupla que se costuma ver pedindo carona nas estradas. Sabe o que eu quero dizer?

Andy assentiu e tomou um gole da cerveja.

— Além do mais, pareceu que você tinha acabado de sair do Slumberland, mas não carregava nada de viagem, nem uma bolsa pequena. Eu já tinha praticamente decidido passar direto. Mas parei, porque… bom, há uma diferença entre não me meter na vida das pessoas e fingir não ver uma coisa que parece errada.

— É assim que nós parecemos para você? Uma coisa errada?

— Naquela hora — afirmou Irv —, não agora. — Ele estava lavando os pratos velhos de conjuntos diferentes com cuidado, empilhando no escorredor. — Já agora, não sei como interpretar vocês dois. Meu primeiro pensamento é que eram vocês as pessoas que os policiais estavam procurando. — Ele viu a mudança aparecer no semblante de Andy e o jeito repentino como ele colocou a lata de cerveja na mesa. — Acho que é mesmo — disse ele baixinho. — Eu estava esperando que não fosse.

— Que policiais? — perguntou Andy rapidamente.

— Eles bloquearam todas as estradas de Albany, nas duas direções — informou Irv. — Se tivéssemos seguido mais dez quilômetros pela Route 40, nós teríamos encontrado um bloqueio onde ela cruza com a Route 9.

— Por que você não foi em frente? — indagou Andy. — Teria sido o fim da história pra você. Estaria livre de tudo isso.

Irv estava começando a lavar as panelas agora, parando para remexer nos armários acima da pia.

— Está vendo o que quero dizer? Não consigo encontrar a palha de aço... Espere, aqui está... Por que eu não segui pela estrada até a polícia? Vamos dizer que eu queria satisfazer minha curiosidade natural.

— Você tem perguntas, é?

— De todos os tipos — respondeu Irv. — Um homem adulto e uma garotinha pegando carona, a garotinha não tem mala e a polícia está atrás deles. Eu tive um palpite. Não é muito absurdo. Acho que talvez tenhamos um pai que queria a guarda da gatinha e não conseguiu. Então, sequestrou ela.

— Me parece uma ideia bem absurda.

— Acontece o tempo todo, Frank. E eu acho que a mãe não gostou muito disso e emitiu um mandado atrás do pai. Isso explicaria os bloqueios. Só existe cobertura desse tipo para um roubo grande... ou sequestro.

— Ela é minha filha, mas a mãe dela não botou a polícia atrás de nós — disse Andy. — A mãe dela morreu há um ano.

— Bom, eu já tinha jogado a ideia na privada — comentou Irv. — Não preciso de detetive para perceber que vocês dois são bem próximos. Independentemente do que esteja acontecendo, não parece que você pegou a menina contra a vontade dela.

Andy ficou calado.

— Aqui estamos, no meu problema — prosseguiu Irv. — Eu ofereci carona a vocês dois porque achei que a garotinha podia precisar de ajuda. Agora, não sei o que pensar. Você não me parece fora da lei. Mas, ao mesmo tempo, você e sua garotinha estão usando nomes falsos, contando uma história sem pé nem cabeça, e você parece doente, Frank. Você parece tão doente quanto um homem pode estar e ainda aguentar ficar de pé. Então, essas são as minhas perguntas. Se você puder responder qualquer uma, já vai ser bom.

— Nós fomos de Nova York a Albany e de lá pegamos carona até Hastings Glen de madrugada — começou Andy. — É ruim saber que eles estão aqui, mas acho que eu sabia. Acho que Charlie sabia também. — Ele mencionou o nome de Charlie e logo percebeu o erro, mas, àquela altura, pareceu não se importar.

— Por que querem pegar você, Frank?

Andy pensou por muito tempo e encarou os olhos francos e cinzentos de Irv.

— Você veio da cidade, não foi? Viu pessoas estranhas lá? Gente da cidade grande? Homens vestindo uns ternos arrumados e comuns que a gente esquece assim que eles saem de vista? Dirigindo carros modernos que meio que se misturam à paisagem?

Foi a vez de Irv pensar.

— Havia homens assim no A&P — afirmou ele. — Falando com Helga, uma das caixas. Parecia que estavam mostrando alguma coisa para ela.

— Provavelmente, nossa foto — disse Andy. — São agentes do governo. Estão trabalhando com a polícia, Irv. O mais correto seria dizer que a polícia está trabalhando para eles. A polícia não sabe por que somos procurados.

— De que tipo de agência do governo estamos falando? FBI?

— Não. Da Oficina.

— O quê? A unidade da CIA? — Irv parecia não acreditar.

— Eles não têm nada a ver com a CIA — explicou Andy. — A Oficina é na verdade o DSI, um departamento de inteligência científica. Eu li em um artigo uns três anos atrás que um sabichão qualquer escolheu o nome Oficina no começo dos anos 1960, em homenagem a uma história de ficção científica chamada "The Weapon Shops of Isher", de um autor chamado Van Vogt, eu acho, mas isso não importa. Eles estão envolvidos em projetos científicos internos que podem ter aplicações, presentes e futuras, em questões relacionadas à segurança nacional. Essa é a definição oficial, e no geral, quando se fala neles, as pessoas se lembram da pesquisa de energia que estão custeando e supervisionando, pensam em coisas eletromagnéticas e energia de fusão. Eles estão envolvidos em bem mais. Charlie e eu somos parte de um experimento que aconteceu muito tempo atrás. Antes mesmo de Charlie nascer. A mãe dela também estava envolvida. Ela foi assassinada. A Oficina foi responsável.

Irv ficou em silêncio por um tempo. Deixou a água escorrer pelo ralo da pia, secou as mãos e se aproximou para limpar a toalha impermeável que cobria a mesa. Andy pegou sua lata de cerveja.

— Não vou dizer exatamente que não acredito em você — disse Irv por fim. — Não com algumas das coisas que aconteceram escondidas neste país e depois foram reveladas. Gente da CIA dando bebidas batizadas com LSD para as pessoas, um agente do FBI acusado de matar pessoas durante as marchas de Direitos Civis, dinheiros em sacos pardos, tudo isso. Então, não posso dizer exatamente que não acredito em você. Vamos apenas dizer que você ainda não me convenceu.

— Eu acho que não é mais a mim que eles querem — afirmou Andy. — Talvez já tenha sido. Mas eles mudaram de alvo. É Charlie que eles querem pegar agora.

— Você está dizendo que o governo nacional está atrás de uma garotinha da primeira ou segunda série por motivos de segurança nacional?

— Charlie não é uma garotinha comum — explicou Andy. — A mãe dela e eu fomos injetados com uma droga que era chamada de Lote Seis. Até hoje, eu não sei exatamente o que era. Meu palpite é que seja algum tipo de secreção glandular sintética. Mudou os meus cromossomos e os da moça com quem depois me casei. Nós passamos esses cromossomos para Charlie, e eles se misturaram de uma forma totalmente nova. Se ela puder passar para os filhos, acho que seria considerada "mutante". Se por algum motivo ela não puder, ou se a transformação tiver feito com que ela seja estéril, acho que ela seria chamada de "desvio" ou de "híbrida". Seja como for, eles querem minha filha. Querem estudar ela, ver se conseguem entender o que torna ela capaz de fazer o que faz. E, mais ainda, acho que querem ela para exposição. Querem usar Charlie para reativar o programa do Lote Seis.

— O que ela é capaz de fazer? — perguntou Irv.

Pela janela da cozinha, eles viram Norma e Charlie saindo do celeiro. O suéter branco envolvia o corpo da menina e ia até as panturrilhas. As bochechas estavam coradas, e ela conversava com Norma, que sorria e assentia.

Andy disse baixinho:

— Ela consegue acender fogos.

— Bom, eu também consigo — respondeu Irv. Ele se sentou novamente, olhando para Andy de uma maneira peculiar, cautelosa. A maneira como se olha para alguém que se desconfia ter enlouquecido.

— Ela é capaz de fazer isso só de pensar — replicou Andy. — O nome técnico é pirocinese. É um talento psíquico, como telepatia, telecinese ou precognição. Charlie tem um pouco de todas essas coisas, aliás, mas a pirocinese é bem mais rara... e bem mais perigosa. Ela tem muito medo do que faz, e está certa de ter medo. Nem sempre consegue controlar. Ela pode atear fogo na sua casa, no seu celeiro ou no seu pátio se cismar com isso. Ou pode acender seu cachimbo. — Andy deu um sorriso fraco. — Só que, enquanto estivesse acendendo seu cachimbo, também poderia atear fogo na sua casa, no seu celeiro e no seu pátio.

Irv terminou a cerveja e disse:

— Acho que você devia ligar para a polícia e se entregar, Frank. Você precisa de ajuda.

— Acho que soa como loucura, né?

— É — respondeu Irv com seriedade. — É a coisa mais louca que eu já ouvi. — Ele estava sentado de leve, um tanto tenso na cadeira, e Andy pensou: *ele está esperando que eu cometa uma loucura assim que tiver oportunidade.*

— Acho que não tem muita importância — considerou Andy. — Eles logo estarão aqui. Acho até que a polícia seria melhor. Pelo menos uma pessoa não deixa de ser considerada um ser humano assim que a polícia põe as mãos em você.

Irv ia começar a responder, mas a porta se abriu. Norma e Charlie entraram. O rosto de Charlie estava iluminado, seus olhos cintilando.

— Papai! — exclamou ela. — Papai, eu dei comida pra...

Ela parou de falar. Uma parte do rubor sumiu de suas bochechas, e ela olhou com atenção de Irv Manders para o pai e novamente para Irv. O prazer sumiu de seu rosto e foi substituído por uma expressão de infelicidade atormentada. *A mesma cara que ela fez ontem à noite*, pensou Andy. *A mesma cara que ela fez ontem quando eu a busquei na escola. Isso não termina nunca, onde está o final feliz dela?*

— Você contou — disse ela. — Ah, papai, por que você contou?

Norma se adiantou e passou um braço protetor em volta dos ombros de Charlie.

— Irv, o que está acontecendo aqui?

— Não sei — respondeu Irv. — O que você quer dizer com "ele contou", Bobbi?

— Esse não é meu nome — afirmou ela, lágrimas surgindo em seus olhos. — Você sabe que esse não é meu nome.

— Charlie — falou Andy. — O sr. Manders sabia que tinha alguma coisa errada. Eu contei para ele, mas ele não acreditou. Se você pensar bem, vai entender por quê.

— Eu não entendo nad... — começou Charlie, a voz soando estridente. Mas ela ficou quieta de repente. Sua cabeça se inclinou para o lado em um gesto peculiar de quem estava ouvindo algo. Porém, na percepção dos outros, não havia nada para escutar. Enquanto eles a olhavam, o rosto de Charlie ficou completamente pálido; foi como ver um líquido de cor intensa ser retirado de uma jarra.

— Qual é o problema, querida? — perguntou Norma, e lançou um olhar preocupado para Irv.

— Eles estão vindo, papai — sussurrou Charlie. Seus olhos eram círculos arregalados de medo. — Estão vindo atrás da gente.

11

Eles tinham se reunido na esquina da Highway 40 com a estrada sem nome em que Irv tinha entrado; no mapa da cidade de Hastings Glen, ela estava marcada como Old Baillings Road. Al Steinowitz finalmente alcançara o resto de seus homens e assumiu a operação rapidamente e de maneira decidida. Eles eram dezesseis em cinco carros. Seguindo pela estrada na direção da casa de Irv Manders, pareciam uma procissão funerária acelerada.

Norville Bates tinha entregado as rédeas (e a responsabilidade) da operação para Al com alívio genuíno e com uma pergunta sobre as polícias municipal e estadual que estavam envolvidas na força-tarefa.

— Nós estamos deixando tudo no escuro agora — afirmou Al. — Se pegarmos eles, vamos autorizar que removam os bloqueios nas estradas. Se não conseguirmos, vamos ordenar que comecem a se deslocar para o centro do círculo. Mas, cá entre nós, se com dezesseis homens nós não conseguirmos lidar com esses dois, nós não vamos conseguir lidar com eles, Norv.

Norv sentiu a censura leve e não respondeu nada. Ele sabia que seria melhor pegar os dois sem interferência externa, pois Andrew McGee sofreria um acidente desagradável assim que o pegassem. Um acidente fatal. Sem policiais por perto, tudo poderia acontecer bem mais rápido.

À frente dele e de Al, as luzes de freio do carro de OJ se acenderam brevemente, e o carro entrou em uma estrada de terra. Os outros foram atrás.

12

— Não estou entendendo nada — começou Norma. — Bobbi... Charlie... você pode se acalmar?

— Você não entende — respondeu Charlie. A voz dela estava aguda e estrangulada. Olhar para ela deixou Irv tenso. O rosto parecia o de um coelho pego em uma armadilha. Ela se soltou do braço de Norma e correu para o pai, que colocou as mãos nos ombros dela. — Eu acho que eles vão matar você, papai.

— O quê?

— Matar você — repetiu ela. Seus olhos estavam arregalados e vidrados de pânico. Sua boca se mexia freneticamente. — Nós temos que fugir. Nós temos que...

Está quente demais aqui.

Ele olhou para a esquerda. Na parede entre o fogão e a pia havia um termômetro, do tipo que se comprava por catálogo. Na parte de baixo dele, um demônio vermelho de plástico com um tridente estava sorrindo e secando a testa. A frase embaixo dos cascos fendidos era: QUENTE O SUFICIENTE?

O mercúrio no termômetro estava subindo lentamente, como um dedo vermelho acusador.

— Sim, é o que eles querem fazer — respondeu ela. — Matar você, matar você como fizeram com a mamãe e me levar. Mas eu não vou, eu não vou deixar acontecer, *eu não vou deixar...*

A voz dela estava subindo. Subindo como a coluna de mercúrio.

— *Charlie!* Preste atenção no que está fazendo!

Os olhos dela ficaram um pouco mais lúcidos. Irv e a esposa estavam juntos agora.

— Irv… o quê…?

Mas Irv tinha visto o olhar de Andy em direção ao termômetro, e de repente acreditou. Estava quente lá dentro. Quente o suficiente para eles suarem. O mercúrio no termômetro passava dos trinta e dois graus.

— Meu Jesus Cristo — disse ele com voz rouca. — Ela fez isso, Frank?

Andy o ignorou. Suas mãos ainda estavam nos ombros de Charlie. Ele a olhou nos olhos.

— Charlie… você acha que é tarde demais? O que você sente?

— Acho — começou ela. Toda cor tinha sumido de seu rosto. — Eles estão vindo pela estrada de terra agora. Ah, papai, estou com medo.

— Você pode impedir eles, Charlie — afirmou ele baixinho. Ela olhou para o pai. — Sim — disse ele.

— Mas… papai… é ruim. Eu sei que é. Eu posso matar eles.

— É — confirmou ele. — Talvez agora seja matar ou morrer. Talvez tenha chegado a isso.

— Não é ruim? — A voz dela estava quase inaudível.

— É — respondeu Andy. — É, sim. Nunca se engane achando que não é. E não faça se não for aguentar, Charlie. Nem por mim.

Eles se encararam, olhos nos olhos; os de Andy cansados e vermelhos e assustados, os de Charlie arregalados, quase hipnotizados.

— Se eu fizer… alguma coisa… você ainda vai me amar?

A pergunta ficou no ar entre os dois, esperando preguiçosamente.

— Charlie. Eu sempre vou amar você. Aconteça o que acontecer.

Irv estava na janela, e então andou até eles.

— Acho que tenho um grande pedido de desculpas a fazer — disse ele. — Tem uma fila longa de carros vindo pela estrada de terra. Vou ficar do seu lado se você quiser. Tenho minha arma de caça. — Mas ele de repente pareceu assustado, quase adoecido.

Charlie respondeu:

— Não precisa pegar sua arma.

Ela se soltou das mãos do pai e andou até a porta de tela, com o suéter branco de Norma Manders fazendo com que parecesse ainda menor do que era. E saiu.

Depois de um momento, Andy se recompôs e foi atrás da filha. Seu estômago estava congelado, como se tivesse ingerido uma casquinha enorme do Dairy Queen em três mordidas. Os Manders ficaram para trás. Andy deu uma última olhada no rosto atordoado e assustado do fazendeiro, e um pensamento aleatório — *agora você vai aprender a não dar mais carona* — passou pela cabeça dele.

Ele e Charlie estavam na varanda, vendo o primeiro dos carros entrar pelo caminho comprido. As galinhas batiam asas e cacarejavam. No celeiro, Bossy mugiu de novo para alguém ir tirar leite dela. E o sol suave de outono caía sobre as colinas e campos marrons daquela pequena cidade do norte de Nova York. Estavam há quase um ano fugindo, e Andy ficou surpreso ao descobrir uma sensação estranha de alívio misturada com o terror intenso. Tinha ouvido falar que, em momentos extremos, até um coelho às vezes se virava para enfrentar os cachorros, levado de volta a uma natureza primitiva e menos dócil no instante antes de ser destruído.

De qualquer modo, era bom não estar fugindo. Ele ficou ao lado de Charlie, a luz do sol suave batendo no cabelo louro dela.

— Ah, papai — gemeu ela. — Nem consigo ficar em pé direito.

Ele passou o braço em volta dos ombros da filha e a puxou com força contra si.

O primeiro carro parou antes do pátio e dois homens saíram.

13

— Oi, Andy — Al Steinowitz o cumprimentou, sorrindo. — Oi, Charlie. — Suas mãos estavam vazias, mas o casaco estava aberto. Atrás dele, o outro homem mantinha-se alerta ao lado do carro, as mãos nas laterais do corpo. O segundo carro parou atrás do primeiro, e quatro homens saíram. Todos os carros estavam parando, todos os homens saindo. Andy contou até doze e parou.

— Vão embora — disse Charlie. A voz dela soou fina e aguda no fresco começo de tarde.

— Você nos obrigou a fazer uma caçada e tanto — afirmou Al para Andy. Ele olhou para Charlie. — Querida, não precisa…

— *Vai embora!* — gritou ela.

Al deu de ombros e abriu um sorriso enternecedor.

— Infelizmente, não posso fazer isso, querida. Eu tenho ordens. Ninguém quer fazer mal a você e nem ao seu pai.

— *Seu mentiroso! Você veio matar ele! Eu sei!*

— Eu aconselho vocês a fazerem o que minha filha manda. Devem saber o motivo de ela estar sendo procurada. Sabem sobre o soldado no aeroporto — Andy falou, um pouco surpreso de perceber que sua voz estava completamente firme.

OJ e Norville Bates trocaram um olhar repentino de inquietação.

— Se vocês entrarem no carro, podemos discutir isso — disse Al. — Sinceramente, não há nada acontecendo aqui exceto...

— Nós sabemos o que está acontecendo — respondeu Andy.

Os homens que estavam nos últimos dois ou três carros começaram a se espalhar e a se aproximar quase casualmente da varanda.

— Por favor — pediu Charlie para o homem com o rosto estranhamente amarelo. — Não me obriga a fazer nada.

— Não adianta, Charlie — comentou Andy.

Irv Manders apareceu na varanda.

— Vocês estão invadindo propriedade particular — afirmou. — Eu quero que vocês saiam da minha propriedade.

Três dos homens da Oficina haviam subido os degraus da varanda e estavam agora a menos de dez metros de Andy e Charlie, à esquerda. Charlie lançou um olhar desesperado de aviso para eles, que pararam por um instante.

— Nós somos agentes do governo, senhor — informou Al Steinowitz com voz baixa e educada. — Essas pessoas são procuradas para interrogatório. Mais nada.

— Não quero saber se são procuradas por assassinar o presidente — respondeu Irv. A voz dele estava aguda, falhando. — Me mostre um mandado ou saia da minha propriedade.

— Nós não precisamos de mandado — asseverou Al, e sua voz parecia de aço agora.

— Precisam, sim, a não ser que eu tenha acordado na Rússia hoje — replicou Irv. — Estou mandando vocês sumirem daqui, e é melhor vocês darem o fora, moço. É minha palavra final.

— Irv, entre! — gritou Norma.

Andy sentiu algo crescendo no ar, crescendo em volta de Charlie como uma carga elétrica. Os pelos dos braços dele começaram a se mexer, como algas em uma maré invisível. Ele olhou para ela e viu seu rosto, tão pequeno, agora tão estranho.

Está vindo, pensou ele com impotência. *Está vindo, ah, meu Deus, está mesmo.*

— Saiam daqui! — ele gritou para Al. — Vocês não entendem o que ela vai fazer? Não conseguem sentir? Não seja estúpido, cara!

— Por favor — disse Al. Ele olhou para os três homens na extremidade da varanda e assentiu para eles imperceptivelmente. Então olhou de novo para Andy. — Se pudermos discutir isso...

— Cuidado, Frank! — gritou Irv Manders.

Os três homens na extremidade da varanda de repente correram para cima deles, puxando as armas no caminho.

— Parados, parados! — gritou um deles. — Fiquem parados! Mãos na...

Charlie se virou na direção deles. Ao fazer isso, outros seis homens, inclusive John Mayo e Ray Knowles, correram para a escada de trás da varanda com as armas nas mãos.

Os olhos de Charlie se arregalaram um pouco, e Andy sentiu algo quente passar por ele em uma lufada de ar.

Os três homens na frente da varanda tinham chegado na metade do caminho até eles quando o cabelo de todos começou a pegar fogo.

Uma arma explodiu fazendo um barulho ensurdecedor, e uma lasca de madeira de aproximadamente vinte centímetros pulou de uma das vigas de suporte da varanda. Norma Manders gritou, e Andy se encolheu. Mas Charlie não pareceu notar. Seu rosto estava sonhador e pensativo. Um pequeno sorriso de Mona Lisa tocava os cantos dos lábios dela.

Ela está gostando, pensou Andy com certo horror. *É por isso que tem tanto medo? Porque* gosta?

Charlie estava se virando de volta para Al Steinowitz. Os três homens que ele ordenou irem para cima de Andy e Charlie na frente da varanda tinham esquecido seu dever perante Deus, o país e a Oficina. Batiam nas chamas na cabeça e gritavam. O odor pungente de cabelo queimado de repente ocupou a tarde.

Outra arma foi disparada. Uma janela se estilhaçou.

— Não a garota! — gritou Al. — *Não a garota!*

Andy foi agarrado com brutalidade, e a varanda tomada por uma confusão de homens. Ele foi arrastado pelo caos na direção da amurada. Alguém tentou puxá-lo em uma direção diferente, fazendo com que se sentisse uma corda de cabo de guerra.

— Soltem ele! — gritou Irv Manders, corajoso. — Soltem…

Outra arma foi disparada, e de repente Norma estava gritando de novo, gritando o nome do marido sem parar.

Charlie estava olhando para Al Steinowitz, e de repente a expressão fria e confiante sumiu do rosto dele, que se sentiu apavorado. Sua pele amarelada ficou ainda mais doentia.

— Não, não faça isso — pediu ele em tom quase de conversa. — Não…

Era impossível dizer onde as chamas começaram. De repente, havia labaredas na calça e no paletó. O cabelo parecia um arbusto pegando fogo. Ele recuou aos gritos, esbarrou na lateral do carro e se virou para Norville Bates, os braços esticados.

Andy sentiu outra vez aquele movimento quente, um deslocamento de ar, como se um tiro de calor tivesse passado na frente dele.

O rosto de Al Steinowitz pegou fogo.

Por um momento, ele ficou gritando silenciosamente debaixo de uma camada transparente de chamas, e as feições começaram a se misturar, a se mesclar, a escorrer como sebo. Norville se afastou. Al Steinowitz era um espantalho em chamas. Ele cambaleou cegamente pelo caminho de entrada da propriedade, balançando os braços, e caiu de cara ao lado do terceiro carro. Não parecia um homem; parecia um monte de trapos em chamas.

As pessoas na varanda estavam paralisadas, olhando com expressões pasmas para aquele desenvolvimento incendiário inesperado. Os três homens em cujo cabelo Charlie havia ateado fogo tinham conseguido apagá-lo. Eles certamente teriam uma aparência estranha no futuro (por mais curto que esse futuro fosse); o cabelo, cortado de acordo com o padrão, agora era um emaranhado enegrecido de cinzas no alto da cabeça.

— Saiam daqui — ordenou Andy com a voz rouca. — Saiam rápido. Ela nunca fez nada assim antes *e eu não sei se consegue parar.*

— Eu estou bem, papai — afirmou Charlie. A voz dela estava calma, controlada e estranhamente indiferente. — Está tudo bem.

E foi nessa hora que os carros começaram a explodir.

Começaram na parte de trás; mais tarde, quando Andy repassasse o incidente na fazenda dos Manders em pensamento, teria certeza disso. Eles começaram a pegar fogo na traseira, onde se localizavam os tanques de gasolina.

O Plymouth verde-claro de Al foi primeiro, explodindo com um som abafado. Uma bola de fogo subiu da traseira do carro, clara demais para que olhassem. O para-brisa traseiro estourou para dentro. O Ford em que John e Ray haviam ido até lá explodiu em seguida, menos de dois segundos depois. Ganchos de metal voaram pelo ar e caíram no telhado.

— Charlie! — gritou Andy. — *Charlie, pare!*

Ela disse com a mesma voz calma:

— Não consigo.

O terceiro carro explodiu.

Alguém correu. Outra pessoa foi atrás. Os homens na varanda começaram a recuar. Andy foi puxado de novo, resistiu, e de repente ninguém mais o segurava. De uma hora para outra, estavam todos correndo, os rostos pálidos, os olhos cegos de pânico. Um dos homens com cabelo queimado tentou pular por cima da amurada, prendeu o pé e caiu de cabeça no jardim lateral onde Norma plantara feijão no começo do ano. As hastes para dar apoio ao crescimento da planta ainda estavam lá, e algumas entraram na garganta do sujeito, saindo pelo outro lado e produzindo um som úmido que Andy nunca esqueceu. Ele se contorceu no jardim como uma truta largada em terra firme, a haste de feijão saindo do pescoço como uma flecha, sangue escorrendo pela frente da camisa enquanto emitia sons gorgolejados fracos.

O resto dos carros explodiu nessa hora como uma série de fogos de artifício de romper os tímpanos. Dois dos homens que fugiam foram projetados para o lado como bonecas de pano pelo impacto da explosão, um deles em chamas da cintura para baixo, o outro polvilhado de fragmentos de vidro.

Uma fumaça escura e oleosa subia no ar. Além da entrada de carros da fazenda, as colinas e campos serpenteavam no brilho do calor como quem treme de horror. As galinhas corriam como loucas para todos os lados, cacarejando sem parar. De repente, três delas explodiram em chamas e saíram correndo, bolas de fogo com patas, para desmoronar do outro lado do pátio.

— Charlie, pare agora! Pare!

Uma linha de fogo atravessava o pátio na diagonal, a própria terra em chamas em linha reta, como se uma trilha de pólvora tivesse sido instalada ali. As chamas alcançaram o bloco de cortar lenha com o machado enfiado, fizeram um anel em volta e desabaram para dentro. O bloco pegou fogo.

— CHARLIE, PELO AMOR DE DEUS!

A pistola de algum agente da Oficina estava caída na faixa de grama entre a varanda e a fila de carros em chamas. De repente, as balas começaram a disparar em uma série de explosões altas e estaladas. A arma pulou e se revirou bizarramente na grama.

Andy deu nela o tapa mais forte que conseguiu.

A cabeça de Charlie foi jogada para trás, os olhos azuis e vazios, e imediatamente ela olhou para o pai, surpresa, magoada e atordoada. Ele se sentiu envolto em uma crescente cápsula de calor e respirou um ar que parecia vidro pesado. Os pelos das narinas pareciam estar chamuscados.

Combustão espontânea, pensou ele. *Eu vou arder em combustão espontânea...*

Mas, subitamente, passou.

Charlie cambaleou e levou as mãos ao rosto. Por entre as mãos dela soou um grito agudo e crescente de tamanho horror e consternação que Andy temeu que a filha tivesse enlouquecido.

— PAPAAAAAAAAAAAIIIIII...

Ele a tomou nos braços e a abraçou.

— Shhh — disse ele. — Ah, Charlie, querida, shhhh.

O grito cessou e ela ficou inerte nos braços dele. Charlie tinha desmaiado.

14

Andy a pegou nos braços, e a cabeça da menina rolou inerte até o peito dele. O ar estava quente e carregado do cheiro de gasolina queimada. Chamas já se espalhavam pelo gramado até as treliças de hera; dedos de fogo começaram a subir pelas plantas com a agilidade dos de um garoto em suas atividades noturnas. A casa ia pegar fogo.

Irv Manders estava encostado na porta de tela da cozinha, Norma ajoelhada ao seu lado. Ele havia levado um tiro acima do cotovelo, e a manga da camisa azul estava manchada de vermelho. Norma rasgara uma tira do vestido, na barra, e estava tentando dobrar a manga da camisa dele para enrolar o ferimento. Os olhos do fazendeiro estavam abertos; seu rosto estava acinzentado, e os lábios meio azulados. Ele respirava com rapidez.

Andy deu um passo na direção deles, e Norma Manders recuou, ao mesmo tempo protegendo o marido com o próprio corpo. Ela encarou Andy com olhos brilhantes e duros.

— Vá embora — sibilou ela. — Pegue seu monstro e vá embora.

15

OJ correu.

A Windsucker balançava embaixo do braço enquanto ele corria. OJ ignorou a estrada e correu pelo campo. Caiu, se levantou e continuou correndo. Torceu o tornozelo no que podia ser um buraco e caiu de novo, dando um grito até chegar ao chão. Ele se levantou e continuou correndo. Às vezes, sentia que estava correndo sozinho, e às vezes parecia que alguém estava correndo com ele. Não importava. O que importava era fugir, ir para longe daquele amontoado de trapos em chamas que dez minutos antes era Al Steinowitz, para longe da fila de carros queimando, para longe de Bruce Cook, que estava caído em uma área de jardim com uma estaca na garganta. Só ir para longe. A Windsucker escapou do coldre, bateu no joelho dele provocando dor e caiu em uma área de mato, esquecida. OJ então chegou em uma floresta. Tropeçou em uma árvore caída e se esparramou no chão. Ficou deitado ali, respirando com dificuldade, uma das mãos na lateral do corpo, onde uma fisgada dolorosa surgira. Ele permaneceu ali, chorando lágrimas de choque e medo. E pensou: *chega de missões em Nova York. Nunca mais. Já chega. Todo mundo pra fora da piscina. Nunca mais vou pôr os pés em Nova York, mesmo se viver até duzentos anos.*

Depois de um tempo, OJ se levantou e saiu mancando na direção da estrada.

16

— Vamos tirar ele daqui — disse Andy. Ele colocou Charlie na grama que ficava mais adiante do pátio. A lateral da casa já pegava fogo agora, e fagulhas desciam até a varanda, onde Irv estava, como vagalumes grandes e lentos.

— Vá embora — repetiu ela com rispidez. — Não toque nele.

— A casa está pegando fogo — disse Andy. — Me deixe ajudar.

— Vá embora! Você já fez o bastante!

— Pare, Norma. — Irv olhou para ela. — Nada do que aconteceu foi culpa desse homem. Então, cale a boca.

Ela olhou para ele como se tivesse muitas coisas a dizer, mas fechou a boca de repente.

— Me levante — pediu Irv. — Minhas pernas parecem de borracha. Acho que posso ter mijado nas calças. Não devia ficar surpreso. Os filhos da mãe atiraram em mim. Não sei qual deles. Me ajude, Frank.

— É Andy — corrigiu ele, e passou o braço pelas costas de Irv. Aos poucos, Irv se levantou. — Não culpo sua esposa. Você devia ter passado direto por nós hoje de manhã.

— Se eu tivesse que fazer tudo de novo, faria da mesma forma — afirmou Irv. — Essas malditas pessoas entrando armadas na minha propriedade. Malditos filhos da mãe, uma porra de prostitutas do governo e... ahhhhh, *Cristo*!

— Irv? — gritou Norma.

— Quieta, mulher. Já ouvi. Venha, Frank, Andy, sei lá qual é seu nome. Está ficando quente.

E estava. Um sopro de vento levou fagulhas para a varanda enquanto Andy arrastava Irv pelos degraus até o pátio. O bloco de cortar lenha tinha virado um cotoco preto. Não havia mais nada das galinhas em que Charlie ateara fogo, exceto alguns ossos chamuscados e cinzas densas e peculiares que podiam ser de penas. Elas não foram assadas; foram cremadas.

— Me ponha perto do celeiro — ofegou Irv. — Quero falar com você.

— Você precisa de um médico — respondeu Andy.

— É, vou chamar meu médico. E a sua garota?

— Desmaiou. — Ele colocou Irv no chão com as costas encostadas na porta do celeiro. Irv estava olhando para Andy. Um pouco de cor havia lhe voltado ao rosto, e o tom azulado estava sumindo dos lábios. Ele estava suando. Atrás dele, a casa grande e branca localizada na Baillings Road desde 1868 agora ardia em chamas.

— Nenhum ser humano devia ser capaz de fazer o que ela faz — observou Irv.

— Pode até ser — disse Andy, olhando de Irv diretamente para o rosto pétreo e inclemente de Norma Manders. — Mas também, nenhum ser humano devia ter paralisia cerebral ou distrofia muscular ou leucemia. Mas acontece. E acontece com crianças.

— Ela não pôde escolher. — Irv assentiu. — É verdade.

Ainda olhando para Norma, Andy afirmou:

— Ela não é um monstro, assim como uma criança em um pulmão de aço ou em uma instituição para deficientes mentais também não é.

— Peço desculpas por ter dito isso — respondeu Norma, e seu olhar hesitou e se afastou de Andy. — Eu estava lá fora dando comida para as galinhas com ela, vendo enquanto ela fazia carinho na vaca. Mas, moço, minha casa está pegando fogo, e pessoas morreram.

— Eu sinto muito.

— A casa tem seguro, Norma — disse Irv, segurando a mão dela.

— Isso não resolve os pratos que eu herdei da minha mãe, que herdou da minha avó — respondeu Norma. — Nem minha linda escrivaninha, nem as fotos que tiramos no festival de arte de Schenectady em julho. — Uma lágrima escorreu de um olho, e ela a limpou com a manga. — Nem todas as cartas que você me escreveu quando estava no exército.

— Sua menina vai ficar bem? — perguntou Irv.

— Não sei.

— Bom, escute. Você pode fazer o seguinte, se quiser: tem um Jeep Willys velho atrás do celeiro…

— Irv, não! Não se envolva ainda mais nisso!

O fazendeiro se virou para olhar para a esposa, o rosto cinzento e cheio de rugas e suado. Atrás deles, a casa dos dois queimava. O som de telhas estalando era como o de castanhas na lareira de Natal.

— Aqueles homens vieram sem mandado e sem nenhum tipo de documento oficial, e tentaram levar os dois da nossa propriedade — afirmou ele. — Pessoas que eu teria convidado para entrar, como se faz em um país civilizado com leis decentes. Um deles atirou em mim, e um deles tentou atirar no Andy aqui. A bala passou a um centímetro da cabeça dele. — Andy se lembrou do primeiro estrondo ensurdecedor e da lasca de madeira que pulou da viga de apoio da varanda. Ele tremeu. — Eles vieram e fizeram essas coisas. O que você quer que eu faça, Norma? Que eu fique sentado aqui e entregue eles para a polícia secreta se eles conseguirem levantar o pinto o suficiente para voltarem? Que seja um bom alemão?

— Não — respondeu ela com voz rouca. — Acho que não.

— Você não precisa... — começou Andy.

— Eu acho que preciso — disse Irv. — E quando eles voltarem... eles vão voltar, não vão, Andy?

— Ah, vão. Eles vão voltar. Você acabou de comprar uma ação de uma indústria em expansão, Irv.

Irv riu, um som chiado e sem ar.

— É bem isso mesmo. Bom, quando eles aparecerem aqui, eu só sei que você levou meu Willys. Não sei mais do que isso. E que desejo o melhor a você.

— Obrigado — agradeceu Andy com voz baixa.

— Nós precisamos ser rápidos — afirmou Irv. — O caminho até a cidade é longo, mas já devem ter visto a fumaça. Os bombeiros devem estar vindo. Você disse que você e a gatinha vão para Vermont. Isso era verdade?

— Era — respondeu Andy.

Ouviram um gemido vindo do lado esquerdo.

— Papai...

Charlie estava se sentando. A calça vermelha e a blusa verde estavam sujas de terra. O rosto dela estava pálido, o olhar terrivelmente confuso.

— Papai, o que está pegando fogo? Estou sentindo cheiro de queimado. Sou eu? *O que está pegando fogo?*

Andy foi até ela e a pegou no colo.

— Está tudo bem — disse ele, se perguntando por que era preciso dizer esse tipo de coisa para crianças mesmo quando elas sabiam perfeitamente, tanto quanto você, que não era verdade. — Está tudo bem. Como está se sentindo, querida?

Charlie estava olhando por cima do ombro dele para a fila de carros em chamas, para o corpo caído no pátio e para a casa dos Manders, que estava coroada de fogo. A varanda também estava tomada de chamas. O vento carregava a fumaça e o calor para longe, mas o cheiro de gasolina e telhas quentes era forte.

— Eu fiz isso — Charlie falou quase baixo demais para ouvir. O rosto dela começou a se contorcer de novo.

— Gatinha! — exclamou Irv com severidade.

Ela olhou para ele, através dele.

— Eu — gemeu ela.

— Ponha ela no chão — pediu Irv. — Eu quero falar com ela.

Andy carregou Charlie até onde Irv estava, encostado na porta do celeiro, e a pôs no chão.

— Me escute, gatinha — disse Irv. — Aqueles homens queriam matar seu pai. Você sabia antes de mim, talvez antes dele, apesar de eu nem fazer ideia de como conseguiu saber. Estou certo?

— Está — respondeu Charlie. Os olhos dela ainda estavam fundos e infelizes. — Mas você não entende. Foi como com o soldado, mas pior. Eu não consegui... eu não consegui mais segurar. Estava indo pra todo lado. Eu queimei algumas das suas galinhas... e quase queimei meu pai. — Os olhos tristes transbordaram, e ela começou a chorar sem parar.

— Seu pai está bem — afirmou Irv. Andy ficou calado, se lembrando da sensação repentina de estrangulamento, de estar envolvido em uma cápsula de calor.

— Eu nunca mais vou fazer isso — garantiu ela. — *Nunca mais.*

— Tudo bem — disse Andy, colocando a mão no ombro dela. — Tudo bem, Charlie.

— *Nunca* — repetiu ela com ênfase discreta.

— É melhor não falar isso, gatinha — disse Irv, olhando para ela. — É melhor não se bloquear assim. Você vai fazer o que precisar fazer. Vai fazer o melhor que puder. E isso é tudo que pode fazer. Eu acredito que o Deus deste mundo adora dar trabalho para as pessoas que dizem "nunca". Entendeu?

— Não — sussurrou Charlie.

— Mas vai entender, eu acho — respondeu Irv, e olhou para Charlie com tanta compaixão que Andy sentiu sua garganta se encher de dor e medo. Irv olhou para a esposa. — Me dá essa vareta perto do seu pé, Norma.

Norma pegou a vareta, entregou ao marido e falou novamente que ele estava exagerando, que precisava descansar. E apenas Andy escutou Charlie dizer "nunca" de novo, quase inaudível, bem baixinho, como um juramento feito em segredo.

17

— Olhe aqui, Andy — disse Irv, desenhando uma linha reta na terra. — Essa é a estrada de terra por onde viemos, a Baillings Road. Se você seguir quatrocentos metros para o norte, vai alcançar uma estrada pela floresta, à direita. Um carro não consegue seguir por essa estrada, mas o Willys deve conseguir, se você mantiver engrenado e for moderado na embreagem. Duas vezes, vai parecer que a estrada acabou, mas é só seguir em frente que ela continua. Não está em nenhum mapa, entende? Em nenhum mapa.

Andy assentiu, observando a vareta desenhar a estrada pela floresta.

— Ela vai levar você por vinte quilômetros para o leste, e se você não atolar nem se perder, vai sair na Route 152, perto de Hoag Corners. Vire à esquerda, para o norte, e um quilômetro e meio depois pela 152 você vai encontrar outra estrada pelo bosque. É um terreno baixo, pantanoso, úmido. O Willys pode conseguir seguir por lá ou não. Não passo por essa estrada há cinco anos, acho, mas é a única que sei que vai para o leste na direção de Vermont e que não vai estar bloqueada. Essa segunda estrada vai levar você até a Highway 22, a norte de Cherry Plain e ao sul da fronteira de Vermont. A essa altura, você já deve estar longe do pior, se bem que é possível que eles divulguem seus nomes e fotos. Mas desejamos o melhor a vocês. Não é, Norma?

— É — confirmou Norma, e a palavra saiu quase como um suspiro. Ela olhou para Charlie. — Você salvou a vida do seu pai, garotinha. É disso que deve se lembrar.

— É? — perguntou Charlie, e a voz dela soou tão perfeitamente apática que Norma Manders se sentiu confusa e com certo medo. Mas Charlie deu um sorriso hesitante, e Norma sorriu de volta, aliviada.

— As chaves estão no Willys, e... — Ele inclinou a cabeça para o lado. — Escutem só!

Era o som de sirenes, aumentando e diminuindo em ciclos, ainda fracas, mas se aproximando.

— São os bombeiros — observou Irv. — É melhor vocês irem, se forem mesmo.

— Venha, Charlie — chamou Andy. Ela foi até o pai, os olhos avermelhados das lágrimas. O sorrisinho havia sumido como um raio de sol que hesita atrás de nuvens, mas Andy se sentiu bem encorajado de ter aparecido. O rosto da filha era o de uma sobrevivente, chocada e ferida. Naquele momento, Andy desejou ter o poder dela; ele o usaria, e sabia bem em quem.

— Obrigado, Irv — disse ele.

— Me desculpem — falou Charlie com voz baixa. — Pela sua casa e suas galinhas e... todo o resto.

— Não foi sua culpa, querida — respondeu Irv. — Eles mereceram. Cuide do seu pai.

— Tá — ela assentiu.

Andy segurou a mão dela e a conduziu para trás do celeiro, onde o Willys estava estacionado sob um abrigo.

As sirenes dos bombeiros estavam bem perto quando ele ligou o carro e atravessou o gramado até a estrada. A casa havia se tornado um inferno em chamas. Charlie não quis olhar. A última vez que Andy viu os Manders foi pelo retrovisor do Jeep com capota de lona: Irv encostado no celeiro, o pedaço de pano branco enrolado no braço ferido manchado de vermelho, e Norma sentada ao lado dele. O braço bom dele estava em volta dela. Andy acenou, e Irv retribuiu o gesto de leve com o braço ruim. Norma não assentiu, talvez pensando nos pratos da mãe, na escrivaninha, nas cartas de amor, todas as coisas que o dinheiro do seguro ignorava, sempre ignorou.

18

Eles encontraram a primeira estrada pela floresta onde Irv Manders disse que encontrariam. Andy acionou a tração nas quatro rodas do Jeep e entrou nela.

— Se segura, Charlie — advertiu ele. — A gente vai sacudir.

Charlie se segurou. O rosto dela estava pálido e abatido, e olhar para ela deixou Andy nervoso. *O chalé*, pensou ele. *O chalé de Granther McGee no lago Tashmore. Se ao menos a gente conseguir chegar lá e descansar... Ela vai se recuperar, e então vamos poder pensar no que fazer.*

Vamos pensar nisso amanhã. Como Scarlett disse, amanhã será outro dia.

O Willys roncou e seguiu pela estrada, que não passava de uma trilha para veículos de duas rodas com arbustos e até alguns pinheiros crescendo nas margens. A passagem tinha sido aberta uns dez anos antes, e Andy duvidava que tivesse sido usada depois disso, exceto por um ou outro caçador. Dez quilômetros adiante, a estrada pareceu mesmo "acabar", e Andy precisou parar duas vezes para tirar árvores caídas no caminho. Na segunda vez, ao encerrar o trabalho, ele levantou o rosto, o coração e a cabeça latejando de forma quase doentia, e viu uma gazela grande olhando para ele, pensativa. Ela ficou parada mais um momento, depois fugiu para a floresta com um movimento da cauda branca. Andy olhou para Charlie e viu que a menina estava acompanhando o progresso da gazela com certa surpresa... e se sentiu encorajado de novo. Um pouco mais à frente, eles reencontraram a estrada, e por volta das três horas saíram em uma área de asfalto com duas pistas que era a Route 152.

19

Orville Jamieson, arranhado e sujo de lama e quase sem conseguir caminhar devido ao tornozelo torcido, se sentou à beira da Baillings Road a uns oitocentos metros da fazenda dos Manders e falou no walkie-talkie. Sua mensagem foi enviada para um posto de comando temporário em uma van estacionada na rua principal de Hastings Glen. A van possuía equipamento de rádio com codificador embutido e um transmissor poderoso. O relato de OJ foi codificado, intensificado e transmitido para Nova York, onde uma estação o recebeu e o enviou para Longmont, Virginia, para o escritório do capitão.

O rosto do capitão não estava mais alegre e confiante, como quando havia chegado de bicicleta no trabalho de manhã. O relato de OJ foi quase inacreditável: eles sabiam que a garota tinha *alguma coisa*, mas aquela história de carnificina repentina e virada de jogo foi (ao menos para o capitão) como um relâmpago saindo do céu azul. Entre quatro e seis homens mortos, os outros espalhados pela floresta, seis carros e uma casa em chamas, um civil ferido e pronto para afirmar a qualquer um que quisesse ouvir que um bando de neonazistas aparecera na porta dele sem mandado e tentara sequestrar um homem e uma garotinha que ele havia convidado para almoçar.

Quando OJ terminou seu relatório (e ele nunca terminou, na verdade; só começou a se repetir em uma espécie de semi-histeria), o capitão desligou, se encostou na poltrona giratória e tentou pensar. Acreditava que uma operação secreta não fracassava tão espetacularmente desde a Baía dos Porcos... e essa de agora ainda havia sido em solo americano.

Agora que o sol tinha ido para o outro lado do prédio, o escritório estava escuro e cheio de sombras densas, mas o capitão não acendeu as luzes. Rachel o chamou pelo interfone, e ele respondeu secamente que não queria falar com ninguém, ninguém mesmo.

Sentia-se estranho.

Ele ouviu Wanless dizendo: *Estou falando de potencial de destruição.* Bom, não era mais só questão de potencial, era? *Mas nós vamos pegá-la*, pensou ele, olhando com expressão vidrada para o outro lado da sala. *Ah, sim, nós vamos pegá-la.*

Chamou Rachel.

— Quero falar com Orville Jamieson assim que ele puder ser trazido para cá — ordenou. — E quero falar com o general Brackman em Washington, prioridade absoluta. Temos uma situação potencialmente constrangedora no estado de Nova York, e quero contar para ele de uma vez.

— Sim, senhor — confirmou Rachel respeitosamente.

— Quero uma reunião com todos os seis subdiretores às dezenove horas. Também prioridade absoluta. E quero falar com o chefe da polícia estadual de Nova York. — Eles tinham participado da busca, e o capitão queria lembrar isso a ele. Se alguém fosse jogar lama no ventilador, era bom que guardassem um balde grande. Mas ele também queria lembrar que, com uma frente unida, eles ainda poderiam sair daquela situação com uma reputação razoavelmente decente.

Ele hesitou e disse:

— E, quando John Rainbird chegar, diga que quero falar com ele. Tenho outro serviço para ele.

— Sim, senhor.

O capitão soltou o botão do interfone. Encostou-se na poltrona e observou as sombras.

— Não aconteceu nada que não possa ser consertado — disse ele para as sombras. Esse foi seu lema a vida toda. Não estava bordado e pendurado em um quadro, tampouco entalhado em uma placa de cobre na mesa, mas estava impresso no coração como uma verdade.

Nada que não possa ser consertado. Até aquela noite, até receber o relatório de OJ, ele acreditava nisso. Era uma filosofia que havia levado um filho de mineiro pobre da Pensilvânia a percorrer um longo caminho. E ele ainda acreditava, embora de uma maneira um pouco abalada no momento. Irv e a esposa deviam ter parentes espalhados da Nova Inglaterra até a Califórnia, e cada um era um possível recurso. Havia arquivos confidenciais suficientes ali em Longmont para garantir que qualquer audiência no Congresso sobre os métodos da Oficina fosse... bem, um pouco silenciada. Os carros e até os agentes eram apenas material, embora o capitão ainda precisasse de bastante tempo para se acostumar à ideia de que Al Steinowitz tinha morrido. Quem poderia substituir Al? Aquela garotinha e o pai dela iam pagar pelo que fizeram a Al, no mínimo. Ele cuidaria disso.

Mas a garota. A garota poderia ser consertada?

Havia meios. Havia métodos de contenção.

Os arquivos McGee ainda estavam no carrinho de biblioteca. Ele se levantou, foi até eles e começou a mexer nos documentos com inquietação. Perguntou-se onde estaria John Rainbird naquele momento.

WASHINGTON, DC

1

No momento em que o capitão Hollister pensou nele, John Rainbird estava sentado no quarto do Mayflower Hotel assistindo a um programa de televisão chamado *The Crosswits*. Estava nu, na cadeira, com os pés descalços unidos, vendo TV e esperando que escurecesse. Depois que escurecesse, ele começaria a esperar que ficasse tarde. Depois que ficasse tarde, ele começaria a esperar que chegasse a madrugada. Quando chegasse a madrugada e a movimentação no hotel fosse a menor de todas, ele pararia de esperar, subiria até o quarto 1217 e mataria o dr. Wanless. Depois, desceria outra vez, pensaria nas palavras que Wanless diria antes de morrer e, um tempo depois que o sol nascesse, dormiria brevemente.

John Rainbird era um homem em paz. Estava em paz com quase tudo: com o capitão, com a Oficina, com os Estados Unidos. Estava em paz com Deus, com Satanás e com o universo. Só ainda não estava completamente em paz consigo mesmo porque sua peregrinação ainda não tinha acabado. Ele sofrera muito, carregava muitas cicatrizes honradas. Não importava que as pessoas virassem o rosto para não olhar para ele, por medo e repulsa. Não importava que tivesse perdido um olho no Vietnã. O que lhe pagavam tampouco importava. Ele recebia e boa parte gastava em sapatos. Tinha uma grande paixão por sapatos. Tinha uma casa em Flagstaff e, apesar de raramente ir lá, era para onde enviava todos seus pares. Quando tinha chance de passar um tempo em casa, admirava os sapatos: Gucci, Bally, Bass, Adidas, Van Donen. Sapatos. Sua casa era uma floresta estranha: árvores de sapatos cresciam em todos os aposentos, e ele ia de um em um, admirando cada fruta-sapato que crescia nos galhos. Mas, quando estava sozinho, ficava descalço. Seu pai, um autêntico cherokee, foi enterrado descalço. Alguém havia roubado seus mocassins funerários.

Além de sapatos, John Rainbird só se interessava por mais duas coisas. Uma delas era a morte. Sua própria morte, claro: estava se preparando para esse fato inevitável havia vinte anos ou mais. Lidar com a morte sempre foi seu trabalho, e era o único ofício em que tinha excelência. Ele foi se tornando cada vez mais interessado à medida que envelhecia, como um artista que se tornasse mais interessado na essência e nos matizes de luz, como escritores que procurassem personagens e nuances como cegos lendo braile. O que mais o interessava era o momento da *partida*... a verdadeira libertação da alma... a saída do corpo e do que os seres humanos conheciam como vida e a passagem para outra coisa. Como seria sentir que está se esvaindo? Seria como um sonho do qual era possível acordar? O diabo cristão estaria lá com seu tridente, pronto para perfurar sua alma agonizante e levá-la até o inferno como um pedaço de carne em um espeto? Haveria alegria? Seria possível saber para onde se estava indo? O que será que os olhos de quem está morrendo viam?

Rainbird esperava ter a oportunidade de descobrir por conta própria. Em sua área de atuação, a morte costumava ser rápida e inesperada, algo que acontecia em um piscar de olhos. Quando sua morte chegasse, ele esperava ter tempo de se preparar e sentir tudo. Ultimamente, observava cada vez mais o rosto das pessoas que matava, tentando descobrir o segredo nos olhos delas.

A morte o interessava.

A outra coisa que despertava seu interesse era a garotinha com quem todos estavam tão preocupados. Essa Charlene McGee. Até onde o capitão sabia, John Rainbird só tinha um vago conhecimento dos McGee e nenhum do Lote Seis. Na verdade, ele sabia quase tanto quanto o próprio capitão, algo que o faria ser indicado a uma penalidade extrema, se o capitão soubesse. Eles desconfiavam que a garota tinha algum poder grande ou potencialmente grande, talvez uma infinidade deles. Rainbird gostaria de encontrar a garota e ver quais eram esses poderes. Também sabia que Andy McGee era aquilo que o capitão chamava de "potencial dominador mental". Mas isso não era motivo de preocupação: John Rainbird ainda não tinha conhecido um homem que pudesse dominá-lo.

The Crosswits chegou ao fim. O noticiário começou. Nenhuma das notícias era boa. John Rainbird ficou sentado, sem comer, sem beber, sem fumar, limpo e vazio e nu, esperando a chegada da hora de matar.

2

Mais cedo no mesmo dia, o capitão pensou com inquietação no quanto Rainbird era silencioso. O dr. Wanless nem ouviu a chegada dele. Acordou de um sono profundo. Acordou porque um dedo estava fazendo cócegas embaixo de seu nariz. Acordou e viu o que parecia ser o monstro de um pesadelo acima da cama. Um olho brilhou com suavidade à luz do banheiro, à luz que ele sempre deixava acesa quando estava em lugar estranho. Onde devia estar o outro olho só havia uma cratera vazia.

Quando Wanless abriu a boca para gritar, John Rainbird fechou as narinas dele com os dedos de uma das mãos e cobriu sua boca com a outra. Wanless começou a se debater.

— Shhh — sussurrou Rainbird, com a mesma indulgência satisfeita da mãe que fala com o bebê na hora de trocar a fralda.

Wanless se debateu ainda mais.

— Se você quiser viver, fique parado e em silêncio — disse Rainbird.

Wanless olhou para ele, arquejou uma vez e ficou parado.

— Você vai ficar em silêncio? — perguntou Rainbird.

Wanless assentiu. Seu rosto estava ficando muito vermelho.

Rainbird afastou a mão, e Wanless começou a ofegar compulsivamente. Um filete de sangue escorreu de uma narina.

— Quem… é… você? …O capitão… mandou você?

— Rainbird — respondeu ele, com voz rouca. — O capitão me mandou, sim.

Os olhos de Wanless estavam enormes na escuridão. Sua língua saiu da boca e lambeu os lábios. Deitado na cama com o lençol na altura dos tornozelos ossudos, ele parecia a criança mais velha do mundo.

— Eu tenho dinheiro — sussurrou ele, apressadamente. — Uma conta na Suíça. Muito dinheiro. Todo seu. Nunca mais abro a boca. Juro por Deus.

— Não é seu dinheiro que eu quero, dr. Wanless — explicou Rainbird.

Wanless olhou para ele, o lado esquerdo da boca em expressão de desprezo, a pálpebra esquerda caída e tremendo.

— Se quiser estar vivo quando o sol nascer, você vai falar comigo, dr. Wanless. Vai me ensinar. Serei uma plateia de um. Vou prestar atenção e ser um bom aluno. E recompensar essa aula poupando sua vida, que você vai viver longe da vista do capitão e da Oficina. Entendeu bem?

— Sim — respondeu Wanless, com voz rouca.

— Você concorda?

— Sim… mas o quê…?

Rainbird levou dois dedos aos lábios, e o dr. Wanless parou de falar no mesmo instante. Seu peito magrelo subia e descia rapidamente.

— Vou dizer duas palavras e a aula vai começar. Você deve falar sobre tudo. Tudo o que souber, tudo o que desconfiar, tudo o que supor — orientou Rainbird. — Está pronto para essas duas palavras, dr. Wanless?

— Estou — respondeu o dr. Wanless.

— Charlene McGee — soprou Rainbird.

E o dr. Wanless começou a falar. As palavras saíram com cautela no começo, mas depois ele desatou a contar. Ele falou. Deu a Rainbird o histórico completo dos testes do Lote Seis e do experimento crucial. Muito do que ele contou, Rainbird já sabia, mas Wanless também preencheu várias lacunas. O professor repassou o sermão todo que proferiu para o capitão de manhã, só que desta vez falou para ouvidos atentos. Rainbird ouviu com interesse, franzindo a testa de vez em quando, batendo palmas de leve e rindo da metáfora de Wanless de aprender a usar o banheiro. Essa atitude encorajou Wanless a falar ainda mais rápido e, quando ele começou a se repetir, como os velhos costumam fazer, Rainbird esticou a mão, apertou de novo o nariz de Wanless com uma das mãos e cobriu sua boca com a outra.

— Desculpe — disse Rainbird.

Wanless se debateu e se agitou embaixo do peso de Rainbird, que fez mais pressão. Quando a resistência de Wanless começou a diminuir, Rainbird tirou abruptamente a mão que estava usando para fechar o nariz do doutor. O som da respiração chiada dele lembrava ar escapando de um pneu com um prego enfiado. Seus olhos giravam ensandecidamente nas órbitas, como os olhos de um cavalo enlouquecido pelo medo… mas ainda não dava para ver.

Rainbird segurou a gola da camisa do pijama de Wanless e o puxou para o lado na cama, para que a fria luz branca do banheiro batesse diretamente naquele rosto.

Ele fechou as narinas do doutor outra vez.

Um homem às vezes conseguia sobreviver por até nove minutos sem danos cerebrais permanentes se o ar era interrompido e ele ficava completamente imóvel. Uma mulher, com capacidade pulmonar um pouco maior e um sistema de liberação de dióxido de carbono um pouco mais eficiente, conseguia sobreviver por até dez ou doze. Naturalmente, a resistência e o pavor reduziam muito esse tempo de sobrevivência.

O dr. Wanless lutou bruscamente por quarenta segundos, e seus esforços de se salvar começaram a enfraquecer. Suas mãos acertaram de leve o granito retorcido que era o rosto de John Rainbird. Seus calcanhares bateram até formar um sulco no tapete. Ele começou a babar na palma da calejada mão de Rainbird.

Esse era o momento.

Rainbird se inclinou para a frente e observou os olhos de Wanless com uma ansiedade infantil.

Mas foi igual, sempre igual. Os olhos pareciam perder o medo e se encher com grande perplexidade. Nada de surpresa, de compreensão, de percepção ou de espanto, apenas perplexidade. Por um momento, os olhos perplexos se fixaram no único olho de John Rainbird, que soube que estava sendo visto. Talvez indistintamente, sumindo e aparecendo conforme a consciência do doutor ia e vinha, mas estava sendo *visto*. De repente, não houve nada além de uma expressão vidrada. O dr. Joseph Wanless não estava mais no Mayflower Hotel, e Rainbird estava sentado na cama do quarto com um boneco de tamanho real.

Rainbird permaneceu imóvel, uma das mãos ainda sobre a boca do boneco, a outra apertando as narinas com força. Era melhor ter certeza. Ficaria assim por mais dez minutos.

Ele pensou no que Wanless tinha contado sobre Charlene McGee. Era possível que uma criança pequena pudesse ter um poder assim? Rainbird achava que sim. Em Calcutá, tinha visto um homem enfiar facas no corpo, nas pernas, na barriga, no peito, no pescoço, depois tirá-las, sem deixar ferimentos. Talvez fosse possível. E com certeza era... interessante.

Pensou nessas coisas e se viu se perguntando como seria matar uma criança. Nunca tinha feito algo assim intencionalmente (apesar de uma vez ter colocado uma bomba em um avião e ter matado as sessenta e sete pessoas a bordo com a explosão — talvez um ou mais dos passageiros fosse criança —, não era a mesma coisa: era impessoal). Não era um ramo em que a morte de crianças costumava ser pedida. Afinal, eles não eram uma organização terrorista como o IRA ou o PLO, por mais que algumas pessoas, como por exemplo alguns dos covardes do Congresso, quisessem achar que sim.

No fim das contas, eles eram uma organização científica.

Talvez com uma criança os resultados fossem diferentes. Talvez existisse outra expressão nos olhos, algo além da perplexidade que o fazia se sentir tão vazio e tão (sim, era verdade), tão triste.

Ele talvez descobrisse parte do que precisava saber na morte de uma criança.

Uma criança como essa Charlene McGee.

— Minha vida é como uma estrada reta no deserto — disse John Rainbird, com voz baixa. Parecia estar prestando atenção nas bolas de gude azuis sem vida que pouco tempo atrás haviam sido os olhos do dr. Wanless. — Mas sua vida não é estrada alguma, meu amigo... meu bom amigo.

Ele beijou Wanless primeiro em uma bochecha, depois na outra. Em seguida, colocou o corpo na cama e jogou em cima um lençol, que caiu suavemente, como um paraquedas, delineando o nariz protuberante e agora imóvel em um gramado branco.

Rainbird saiu do quarto.

Naquela noite, pensou na garota que supostamente conseguia acender fogos. Pensou muito nela. Perguntou-se onde ela estaria, no que estaria pensando, sonhando. Sentiu carinho por ela, vontade de protegê-la.

Quando adormeceu, pouco depois das seis da manhã, teve certeza: a garota seria dele.

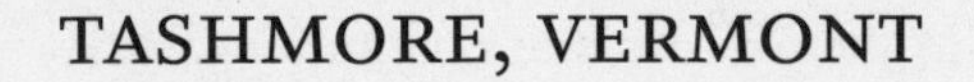
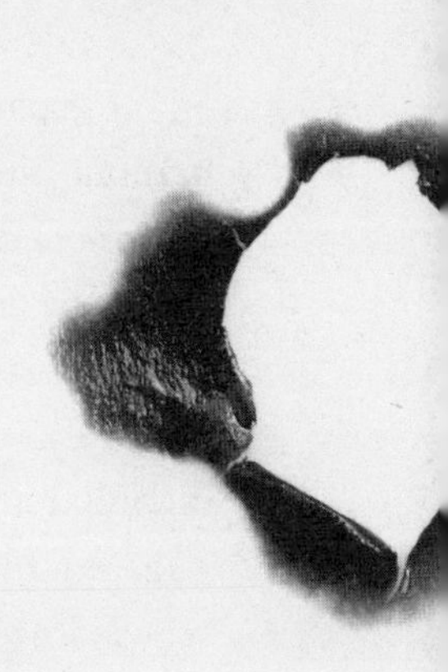

TASHMORE, VERMONT

1

Andy e Charlie McGee chegaram ao chalé à beira do lago Tashmore dois dias depois do incêndio na fazenda dos Manders. O Willys não estava em condições muito boas, e o trajeto lamacento pelas trilhas na floresta indicada por Irv não ajudou muito a melhorá-lo.

Quando chegou o entardecer daquele dia infinito que começara em Hastings Glen, eles estavam a menos de vinte metros do final da segunda (e pior) das duas estradas pela floresta. Abaixo, separada por uma parede grossa de arbustos, estava a Route 22. Apesar de não conseguirem ver a estrada, ouviam o barulho ocasional dos carros e dos caminhões passando. Dormiram aquela noite no Willys, encolhidos para se aquecerem. Partiram de novo na manhã seguinte, pouco depois das cinco, com a luz do dia não passando de um tom branco suave no leste.

Charlie estava pálida, apática e exausta. Não perguntou o que aconteceria com eles se os bloqueios tivessem sido transferidos para o leste. E era melhor assim, porque, se os bloqueios tivessem sido transferidos, eles seriam capturados. Ponto final. Também não dava para deixar o Willys para trás: Charlie não estava em condições de andar e, na verdade, ele também não.

Assim, Andy saiu para a estrada e, durante todo aquele dia de outubro, eles seguiram por estradas secundárias debaixo de um céu branco que prometia chuva, mas não entregava. Charlie dormiu muito, o que deixou Andy preocupado, preocupado de que ela estivesse usando o sono de uma forma nada saudável, para fugir do que tinha acontecido em vez de tentar superar.

Ele parou duas vezes em lanchonetes de beira de estrada e comprou hambúrgueres e fritas. Na segunda vez, usou a nota de cinco dólares que o motorista da van, Jim Paulson, lhe dera. A maioria das moedas dos telefones tinha acabado. Devia ter perdido algumas durante a confusão na casa dos Manders, mas não se lembrava. Outra coisa tinha sumido, durante a noite: aqueles pontos dormentes assustadores no seu rosto. Isso ele não se incomodou de perder.

Mal tocaram nos hambúrgueres e nas batatas que Andy comprou.

Na noite anterior, seguiram para uma área de descanso na estrada, uma hora depois de escurecer. O local estava deserto. Era outono, e a temporada de trailers só voltaria no ano seguinte. Uma placa rústica de madeira dizia: PROIBIDO ACAMPAR PROIBIDO FAZER FOGUEIRA USE COLEIRA NO SEU CACHORRO US$ 500 DE MULTA POR JOGAR LIXO NO CHÃO.

— As pessoas são tão legais aqui — murmurou Andy, dirigindo o Jeep Willys pela rampa na extremidade mais distante do estacionamento de cascalho até um pequeno bosque ao lado de um riacho.

Os dois saíram do carro e foram até a beira do riacho sem dizer nada. O tempo nublado não tinha mudado, mas era agradável. Não havia estrelas visíveis e a noite parecia extraordinariamente escura. Eles se sentaram por um tempo e escutaram o riacho contar sua história. Ele segurou a mão de Charlie, e foi nessa hora que ela começou a chorar, soltando grandes e trêmulos soluços que pareciam estar tentando parti-la ao meio.

Ele a tomou nos braços e lhe fez carinho.

— Charlie — murmurou ele. — Charlie, não. Charlie... não chore.

— Não me peça pra fazer de novo, papai — choramingou ela. — Porque, se pedisse, eu faria, mas acho que depois me mataria... Então, por favor... por favor... nunca...

— Eu amo você — disse ele. — Fique quietinha e pare de falar sobre se matar. É maluquice.

— Não — negou ela. — Não é. Promete, papai.

Ele pensou por um longo momento e disse, devagar:

— Não sei se posso, Charlie. Mas prometo tentar. Isso é o suficiente?

O silêncio perturbado dela foi a única resposta.

— Eu também fico com medo — disse ele, baixinho. — Pais também sentem medo. Acredite.

Eles também passaram aquela noite no Willys e voltaram para a estrada às seis da manhã. As nuvens tinham sumido, e às dez o dia estava perfeito, quase um verão fora de época. Não muito tempo depois de atravessarem a fronteira de Vermont, eles viram homens montados em escadas, como mastros, fazendo colheita em macieiras, e caminhões nos pomares carregados de cestas de maçãs.

Às onze e meia, saíram da Route 34 e entraram em uma estreita estrada de terra, marcada como PROPRIEDADE PARTICULAR, e Andy sentiu um aperto no peito. Eles chegaram à casa de Granther McGee. Estavam lá.

Seguiram devagar na direção do lago, uma distância de quase dois quilômetros. Folhas de outono, vermelhas e douradas, dançavam na estrada diante do Jeep. Quando os reflexos da água começaram a aparecer através das árvores, a estrada se bifurcou. Uma corrente pesada de aço bloqueava uma das saídas, a menor, e na corrente havia uma plaquinha amarela com pontos de ferrugem: PROIBIDA A ENTRADA POR ORDEM DO XERIFE DO CONDADO. A maioria dos pontos de ferrugem se formou em volta de seis ou oito amassados no metal, e Andy concluiu que algum veranista devia ter passado algum tempo matando o tédio, atirando na placa com uma arma de calibre .22. Mas isso já tinha anos.

Ele saiu do Willys e tirou o chaveiro do bolso. A tira de couro do chaveiro trazia suas iniciais, A. McG, quase apagadas. Vicky lhe dera o chaveiro de presente de Natal havia alguns anos, um Natal antes de Charlie nascer.

Ele ficou parado um momento ao lado da corrente, olhando para a tira de couro, depois para as chaves. Havia mais de vinte. Chaves eram coisas engraçadas: dava para indexar uma vida pelas chaves que acabavam se reunindo em um chaveiro. Andy achava que algumas pessoas, sem dúvida mais organizadas do que ele, simplesmente jogavam chaves antigas fora, assim como tinham o hábito de arrumar a carteira mais ou menos a cada seis meses. Ele nunca fez nenhuma das duas coisas.

Ali estava a chave que abria a porta da ala leste do Prince Hall em Harrison, onde ficava seu escritório. A chave do próprio escritório. A do escritório do Departamento de Inglês. A da casa em Harrison, que não visitava desde que a Oficina matou sua esposa e sequestrou sua filha. Mais duas ou três, que ele não conseguia identificar. Chaves eram coisas engraçadas mesmo.

Sua visão ficou borrada. De repente, sentiu saudade de Vicky como não sentia desde aquelas primeiras semanas sombrias na estrada com Charlie. Estava tão cansado, tão assustado e tão cheio de raiva. Naquele momento, se cada funcionário da Oficina estivesse enfileirado em sua frente na estrada de Granther, e se alguém lhe desse uma submetralhadora Thompson...

— Papai — chamou Charlie, com voz ansiosa. — Não está encontrando a chave?

— Encontrei, sim — disse ele.

A pequena chave Yale, na qual ele tinha rabiscado L.T. (de lago Tashmore) com o canivete, estava com as demais. A última vez que eles tinham visitado o lugar foi no ano em que Charlie nasceu, e agora Andy teve que forçar um pouco a chave para que as engrenagens endurecidas girassem. O cadeado se abriu e ele colocou a corrente no chão, no tapete de folhas de outono.

Em seguida dirigiu o Willys até depois da corrente e recolocou o cadeado.

O estado da estrada era ruim, o que deixou Andy feliz. Quando iam lá com regularidade no verão, ele ficava por três ou quatro semanas e sempre tirava dois dias para trabalhar no caminho: pegar um pouco de cascalho na pedreira de Sam Moore e colocar nos piores sulcos, cortar o matagal e levar Sam até lá com a aplainadora para ajeitar tudo. O outro lado da bifurcação levava a umas dez casas e cabanas espalhadas à beira do lago, e aqueles moradores tinham sua associação e pagavam tributos anuais. Havia uma reunião em agosto e tudo (embora essa reunião fosse só uma desculpa para encher a cara antes do Labor Day e pôr fim a outro verão), mas a casa de Granther era a única daquele lado, porque ele comprou toda a terra por uma mixaria na época da Depressão.

No passado, eles tinham um carro de família, um Ford Wagon. Ele duvidava que a velha perua fosse conseguir passar por ali agora, e mesmo o Willys, com os eixos altos, acabou batendo com o chassi uma ou duas vezes. Andy não se importou, isso tudo só queria dizer que ninguém ia lá.

— Vai ter luz, papai? — perguntou Charlie.

— Não — respondeu ele. — Nem telefone. Não podemos correr o risco de ligar a eletricidade, filha. Seria como levantar uma placa dizendo

ESTAMOS AQUI. Mas tem lampiões de querosene e dois tonéis de combustível para fogão. Se não tiverem sido roubados, claro.

Essa hipótese o preocupava um pouco. Desde a última vez que foram lá, o preço do combustível de fogão tinha aumentado o suficiente para fazer o roubo valer a pena, na opinião dele.

— Vai ter... — começou Charlie.

— Ah, merda! — esbravejou Andy, enfiando o pé no freio. Uma árvore tinha caído na estrada, uma bétula grande derrubada por alguma tempestade de inverno. — Vamos ter que ir andando a partir deste ponto. Acho que falta pouco mais de um quilômetro. Vamos.

Mais tarde, ele teria que voltar com a serra de Granther para cortar a árvore toda. Não queria deixar o Willys de Irv parado ali. O campo era aberto demais.

Ele bagunçou o cabelo de Charlie.

— Venha.

Eles saíram do Willys, e Charlie passou sem esforço por baixo da bétula, enquanto Andy passava por cima, com cuidado, tentando não se machucar. À medida que caminhavam, as folhas faziam um barulho agradável debaixo de seus pés. A mata estava com cheiro do outono. Um esquilo olhou para os dois de uma árvore, observando o progresso deles com atenção. Agora, já começavam a ver de novo trechos azuis entre as árvores.

— O que você estava começando a dizer quando encontramos a árvore caída na estrada? — perguntou Andy.

— Perguntei se ia ter combustível suficiente por bastante tempo. Para o caso de ficarmos no inverno.

— Não, mas tem o suficiente para o começo. E vou cortar muita madeira. Você vai carregar muita também.

Dez minutos depois, a estrada se alargou em uma clareira à beira do lago Tashmore, e eles chegaram. Ficaram em silêncio por um momento. Andy não sabia o que Charlie estava sentindo, mas para ele houve um turbilhão de lembranças forte demais para ser chamado de algo tão brando quanto nostalgia. Misturado com as lembranças estava seu sonho de três manhãs antes, com o barco, a minhoca e até as marcas das solas das botas de Granther.

O chalé tinha cinco aposentos, madeira sobre alicerce de pedra. Um deque se projetava na direção do lago, e um píer de pedra ia até a água. Exceto pelas folhas no chão e pelas árvores que caíram nos últimos três invernos, o local não tinha mudado nada. Andy quase esperava que o próprio Granther saísse andando, usando uma daquelas camisas xadrez verde e preto, acenando e gritando para ele ir logo, perguntando se ele ainda sabia como pescar, porque as trutas já estavam mordendo a isca no entardecer.

Era um bom lugar, um lugar seguro. Na outra margem do lago Tashmore, os pinheiros brilhavam em um cinza-esverdeado na luz do sol. *Árvores idiotas*, Andy dissera uma vez, *nem sabem a diferença entre verão e inverno*. O único sinal de civilização do outro lado continuava sendo a doca de Bradford. Ninguém tinha construído um shopping center, nem um parque de diversões. O vento ainda falava nas árvores. As telhas verdes ainda tinham uma aparência de musgo e madeira, e agulhas de pinheiro ainda se espalhavam pelo telhado e nas calhas. Ele foi garoto ali, e Granther lhe ensinou como botar isca em um anzol. Andy tinha seu próprio quarto, com painéis de bordo nas paredes, e teve sonhos de menino na cama estreita e muitas vezes acordou com o barulho da água batendo no píer. Também foi homem ali, e fez amor com a esposa na cama de casal que já tinha sido de Granther e da esposa dele, aquela mulher silenciosa e um tanto ameaçadora, integrante da Sociedade Norte-Americana de Ateus e que explicaria para quem perguntasse as Trinta Maiores Inconsistências da Bíblia do Rei James, ou, para quem preferisse, a Falácia Risível da Analogia do Relojoeiro do Universo, tudo com uma lógica insistente e irrevogável de um pregador dedicado.

— Você está com saudade da mamãe, não é? — perguntou Charlie, com voz desolada.

— Sim — confessou ele. — Estou mesmo.

— Eu também — comentou Charlie. — Vocês se divertiram aqui, não foi?

— Foi — concordou Andy. — Vamos, Charlie.

Ela ficou parada, olhando para ele.

— Papai, as coisas um dia vão se acertar pra gente de novo? Eu vou poder ir na escola e fazer coisas assim?

Ele pensou em mentir, mas mentir não era uma boa resposta.

— Não sei — respondeu, tentando sorrir. Mas o sorriso não veio, e ele percebeu que não conseguia nem esticar os lábios de modo convincente. — Não sei, Charlie.

2

As ferramentas de Granther ainda estavam arrumadas no galpão de barco que funcionava como oficina, e Andy se deparou com um bônus que tinha esperança de encontrar, mas tinha dito a si mesmo para não ter expectativas demais: uma pilha alta de lenha cortada e armazenada para aguentar a passagem do tempo no compartimento inferior da casa. Ele mesmo tinha cortado boa parte daquela lenha, que ainda estava embaixo do pedaço de lona rasgado e sujo que ele jogou por cima. Aquela quantidade não duraria o inverno inteiro, mas, quando cortasse as árvores caídas e a bétula obstruindo a estrada, a quantidade seria suficiente.

Ele levou o serrote até a árvore caída na estrada e a cortou o suficiente para passar com o Willys. Já era quase noite, e ele estava cansado e com fome. Ninguém tinha se dado ao trabalho de atacar a despensa bem guarnecida: se a região teve registro de vândalos ou ladrões de snowmobile ao longo dos seis últimos invernos, eles ficaram no lado sul e mais populoso do lago. Havia cinco prateleiras cheias de enlatados: sopas Campbell's, sardinhas Wyman's, ensopados Dinty Moore e todos os tipos de legumes. Também havia meio pacote de ração Rival no chão, legado de Bimbo, o antigo cachorro de Granther, mas Andy achava que ele e a filha não chegariam a esse ponto.

Enquanto Charlie olhava os livros nas prateleiras da sala espaçosa, Andy foi até o pequeno porão que ficava três degraus abaixo da despensa, acendeu um palito de fósforo rente a uma das vigas, enfiou o dedo no buraco em uma das tábuas que cobria as laterais do recinto com piso de terra e puxou. A tábua se soltou, e Andy olhou lá dentro. Depois de um momento, sorriu.

Dentro do buraco cheio de teias de aranha havia quatro recipientes de vidro carregados de um líquido claro e um pouco oleoso: era bebida destilada pura, cem por cento, o que Granther chamava de "coice de mula do papai".

O fósforo queimou os dedos de Andy. Ele apagou o palito e acendeu um segundo. Como os pregadores severos da Nova Inglaterra de antigamente (de quem ela era descendente direta), Hulda McGee não tinha apreço, compreensão nem tolerância pelos prazeres masculinos simples e meio idiotas. Ela fora uma ateia puritana, e aquele era o segredinho de Granther, que contou para Andy um ano antes de morrer.

Além do destilado, havia uma caixa de fichas de pôquer. Andy a pegou e procurou a abertura no alto. Depois de um estalo, ele puxou um pequeno amontoado de notas, algumas de dez e cinco e umas poucas de um. Uns oitenta dólares, talvez. A fraqueza de Granther era o jogo seven-card stud, e aquele maço era o que ele chamava de "grana de ostentação".

O segundo fósforo queimou seus dedos, e Andy o apagou. Às apalpadelas, colocou as fichas de pôquer no lugar, com o dinheiro e tudo. Era bom saber que as coisas estavam em seus lugares. Ele colocou a tábua de volta e subiu até a despensa.

— Sopa de tomate, que tal? — perguntou a Charlie.

Maravilha das maravilhas, ela tinha encontrado todos os livros do Ursinho Pooh em uma prateleira e estava agora em algum lugar do Bosque dos Cem Acres com o Ursinho Pooh e Bisonho.

— Claro — respondeu ela, sem levantar o rosto.

Ele fez uma panela grande de sopa de tomate e abriu uma lata de sardinha para cada um. Acendeu um dos lampiões de querosene depois de fechar as cortinas e colocou no meio da mesa de jantar. Eles se sentaram e comeram. Nenhum dos dois falou muito. Depois, ele fumou um cigarro, que acendeu na chaminé do lampião. Charlie descobriu a gaveta de baralhos na estante da cozinha da vovó. Havia oito ou nove baralhos ali, todos sem um coringa ou sem um dois ou sem alguma outra carta, e ela passou o resto da noite separando cada um e brincando com as cartas, enquanto Andy fazia o reconhecimento da propriedade.

Mais tarde, ao colocá-la na cama, ele perguntou como ela estava se sentindo.

— Protegida — respondeu ela, sem hesitação nenhuma. — Boa noite, papai.

Se estava bom para Charlie, estava bom para ele. Andy ficou por um tempo com a filha, que caiu no sono rapidamente e sem dificuldade. Então ele saiu, deixando a porta aberta, para ouvir se ela se agitasse à noite.

3

Antes de ir dormir, Andy voltou até o porão, pegou um dos recipientes de vidro, serviu uma pequena dose de bebida em um copo de suco, passou pela porta de correr e foi até o deque. Sentou-se em uma das cadeiras de diretor de cinema (estavam com cheiro de mofo, e ele se perguntou por um momento se alguma coisa podia ser feita) e olhou para as águas escuras e agitadas do lago. Estava um pouco frio, mas dois golinhos do coice de mula de Granther o aqueceram direitinho. Pela primeira vez desde aquela perseguição terrível na Terceira Avenida, ele se sentiu seguro e em paz.

Fumou e olhou para o outro lado do lago Tashmore.

Seguro e em paz, mas não pela primeira vez desde Nova York, e sim pela primeira vez desde que a Oficina voltara a atormentar a vida deles, naquele terrível dia de agosto, catorze meses antes. Desde então, viviam fugindo ou escondidos e, em qualquer um dos casos, não havia paz.

Ele se lembrou da conversa que tivera com Quincey ao telefone enquanto sentia o cheiro de carpete queimado. Andy em Ohio, Quincey na Califórnia, que nas poucas cartas ele chamava de Reino do Terremoto Mágico. *Sim, é uma coisa boa*, dissera Quincey. *Ou eles podiam colocar os dois em quartinhos, onde cada um pudesse trabalhar em tempo integral para manter duzentos e vinte milhões de norte-americanos seguros e livres... Podem só querer pegar ela em um quartinho para ver se ela poderia ajudar a deixar o mundo seguro para a democracia. Acho que não quero dizer mais nada, amigão, só que... fique na sua.*

Andy achava que tinha sentido medo naquela hora. Mas não sabia o que era medo. Medo era chegar em casa e encontrar a esposa morta, sem as unhas. Arrancaram as unhas dela para descobrir o paradeiro de Charlie. Charlie estava passando dois dias na casa da amiga Terri Dugan. Um mês depois, eles estavam planejando receber Terri por um período de tempo similar. Vicky chamou aquilo de a Grande Troca de 1980.

Agora, sentado no deque e fumando, Andy conseguia reconstruir o que tinha acontecido, embora na época só tivesse experimentado um borrão de dor e pânico e fúria. Por pura sorte cega (ou talvez um pouco mais do que sorte), conseguiu entender o que tinha acontecido.

Eles estavam sob vigilância, a família toda. Provavelmente havia um tempo. E, como Charlie não voltou da colônia de férias naquela tarde de quarta, e também não apareceu na quinta, nem à noite, eles deviam ter concluído que Andy e Vicky perceberam a vigilância. Em vez de descobrir que Charlie estava na casa de uma amiga a menos de três quilômetros, eles deviam ter concluído que os dois esconderam a filha.

Um erro crasso e idiota, mas não o primeiro cometido por parte da Oficina. De acordo com um artigo que Andy lera na *Rolling Stone*, a Oficina teve envolvimento e forte influência no banho de sangue ocorrido em um sequestro de avião por terroristas do Exército Vermelho (o sequestro fracassou — com um custo de mais de sessenta vidas), na venda de heroína para a organização em troca de informações sobre grupos cubano-americanos inofensivos em Miami e na dominação comunista de uma ilha caribenha, que antigamente era conhecida pelos hotéis de milhões de dólares à beira-mar e pela população praticante de vodu.

Com o lastro de gafes colossais atribuídas à Oficina, ficou menos difícil entender como os agentes que vigiavam a família McGee foram capazes de confundir duas noites de uma criança na casa de uma amiga com uma fuga. Como Quincey teria dito (e talvez tivesse dito mesmo), se os mais eficientes dos mil e poucos funcionários da Oficina tivessem que ir trabalhar no setor privado, dariam entrada no seguro-desemprego antes que o período de experiência terminasse.

Mas houve erros crassos dos dois lados, refletiu Andy. E, ainda que a amargura desse pensamento tivesse ficado um pouco vaga e difusa com a passagem do tempo, já fora afiada o suficiente para tirar sangue, uma amargura de muitas nuances, com pontas afiadas mergulhadas no veneno da culpa. Andy sentiu medo das coisas que Quincey insinuou naquele telefonema do dia em que Charlie tropeçou e caiu da escada, mas aparentemente não o suficiente. Se fosse o suficiente, talvez eles *tivessem* se escondido.

Ele descobriu tarde demais que a mente humana podia ficar hipnotizada quando uma vida, ou a vida de uma família, começava a se afastar do fluxo normal das coisas e a entrar em uma terra de fantasia intensa, cuja existência era preciso aceitar em trechos de apenas sessenta minutos de TV ou talvez de no máximo duas horas no cinema mais próximo.

Depois da conversa com Quincey, um sentimento peculiar se apossou aos poucos de seu ser: ele começou a ter a impressão de que estava drogado o tempo todo. Microfone grampeado? Pessoas vigiando? A possibilidade de todos serem capturados e levados para o porão de um complexo do governo? Havia uma tendência enorme de abrir um sorriso bobo e só ficar olhando o andamento dessas coisas, uma tendência de fazer a coisa civilizada e ignorar os próprios instintos...

As águas do lago Tashmore se agitaram de repente, e vários patos saíram voando na noite, seguindo para oeste. A meia-lua estava subindo, lançando um brilho prateado pelas asas deles. Andy acendeu outro cigarro. Estava fumando demais, mas teria chance de parar à força em breve: só havia mais quatro ou cinco no maço.

Sim, ele chegara a desconfiar que o telefone estivesse grampeado. Às vezes, havia um estranho clique duplo depois que ele atendia e dizia alô. Uma ou duas vezes, quando falava com um dos colegas ou com um aluno que tinha ligado para perguntar sobre um trabalho, a ligação era misteriosamente interrompida. Ele desconfiava que podia haver microfones espalhados na casa, mas nunca fez uma revista (seria por medo de encontrar?). E desconfiou diversas vezes, ou melhor, teve quase certeza, de que a família estava sendo observada.

Eles moravam no bairro de Harrison, em Lakeland, que era o modelo perfeito de subúrbio. Em uma noite de bebedeira, era possível rodar por seis ou oito quarteirões por horas, só procurando sua casa. Os vizinhos trabalhavam na fábrica da IBM fora da cidade, na Ohio Semi-Conductor na cidade, ou davam aula na faculdade. Caso se fizesse um gráfico com duas linhas retas indicando a renda anual de uma família — a linha inferior em dezoito mil e quinhentos dólares e a superior em uns trinta mil —, quase todo mundo na área de Lakeland ficaria entre as duas.

As pessoas passavam a se conhecer. Você cumprimentava na rua a sra. Bacon, que tinha perdido o marido e depois se casado com a vodca, como sua aparência denunciava: a lua de mel com o novo amor estava fazendo o diabo com o rosto e o corpo dela. Você fazia sinal de paz para as duas moças do Jaguar branco que alugavam a casa na esquina da Jasmine Street com a Lakeland Avenue... e se perguntava como seria passar a noite com elas. Você conversava sobre beisebol com o sr. Hammond na Laurel Lane enquanto ele podava eternamente a cerca viva. O sr. Hammond trabalhava na IBM ("Que quer dizer Idiotas Bem Maçantes", ele repetia sem parar, enquanto o podador elétrico estalava e zumbia). De Atlanta e torcedor alucinado do Atlanta Braves, ele odiava o Big Red Machine de Cincinatti, o que não contribuía para angariar a simpatia da vizinhança. Não que Hammond estivesse preocupado: ele só estava esperando que a IBM o demitisse.

Mas o sr. Hammond não era a questão. A sra. Bacon não era a questão, tampouco as duas moças sensuais no Jaguar branco com tinta vermelha em volta dos faróis. A questão era que, depois de um tempo, seu cérebro formava um subconjunto: pessoas que eram adequadas a Lakeland.

Acontece que, um mês antes do assassinato de Vicky e de Charlie ser levada da casa dos Dugan, pessoas que não pertenciam ao subconjunto circulavam por ali. Andy não deu muita atenção, dizendo para si mesmo que seria tolice alarmar Vicky só porque ele tinha ficado paranoico depois de falar com Quincey.

As pessoas na van cinza-clara. O homem de cabelo ruivo que Andy viu encolhido atrás de um AMC Matador uma noite e atrás do volante de um Plymouth Arrow em outra noite, duas semanas depois, e também no banco do passageiro da van cinza uns dez dias depois. Vendedores demais batiam à porta. Houve noites em que, ao voltarem após levar Charlie para ver o mais recente filme da Disney, Andy teve a sensação de que alguém tinha entrado em casa, de que as coisas estavam um pouco fora de lugar.

Uma sensação de estar sendo observado.

Mas ele não achou que iria além da observação. Esse foi *seu* erro crasso. Ele ainda não estava totalmente convencido de que foi caso de pânico por parte da Oficina. Eles podiam estar planejando pôr as mãos nele e em Charlie, e matar Vicky, que era relativamente inútil: quem precisava de uma paranormal de baixo grau cujo grande truque da semana era fechar a porta da geladeira estando do outro lado da sala?

Ainda assim, o trabalho tinha um tom descuidado e apressado, que o levou a pensar que o desaparecimento surpresa de Charlie acabou os fazendo agir mais rápido do que pretendiam. Eles talvez pudessem tolerar um desaparecimento de Andy, mas não o de Charlie, a única em quem estavam realmente interessados. Andy agora tinha certeza disso.

Ele se levantou e se espreguiçou, ouvindo os ossos da espinha estalarem. Era hora de ir para a cama, de parar de pensar naquelas lembranças velhas e dolorosas. Não ia passar o resto da vida se culpando pela morte de

Vicky. Só foi cúmplice antes do acontecimento, afinal. Além do mais, o resto da sua vida talvez nem fosse muito longo: os acontecimentos na varanda de Irv Manders não passaram despercebidos a Andy McGee. Pretendiam acabar com ele. Era só Charlie que queriam agora.

Ele foi para a cama e adormeceu depois de um tempo. Não teve sonhos fáceis. Várias vezes viu aquela trincheira de fogo percorrendo a terra batida do pátio, viu as chamas se abrindo para formar um círculo em volta do bloco de cortar lenha, viu as galinhas pegando fogo vivas. No sonho, sentiu o calor envolvê-lo, cada vez mais forte.

Ela disse que não ia mais fazer fogo.

E talvez fosse melhor assim.

Lá fora, a lua fria de outubro brilhava no lago Tashmore, em Bradford, New Hampshire, na água e no resto da Nova Inglaterra. Ao sul, brilhava em Longmont, Virginia.

4

Às vezes, Andy McGee tinha sensações, pressentimentos de vividez extraordinária, desde o experimento no Jason Gearneigh Hall. Ele não sabia se os pressentimentos eram do tipo precognição de baixo grau ou não, mas tinha aprendido a confiar neles.

Ao final da manhã daquele dia de agosto de 1980, ele teve um bem ruim.

Começou durante o almoço na Sala Buckeye, a sala dos professores, no andar mais alto do prédio Union. Andy até conseguia identificar o momento exato: ele estava comendo frango cremoso com arroz com Ev O'Brian, Bill Wallace e Don Grabowski, todos professores do Departamento de Inglês. Eram bons amigos, todos eles. E, como sempre, alguém contou uma piada de polonês para Don, que as colecionava. Ev falou alguma coisa sobre poder identificar uma escada polonesa em comparação a uma escada comum porque a polonesa tinha a palavra PARE escrita no último degrau. Todos estavam rindo quando uma voz baixa e muito calma falou na mente de Andy.

(*tem alguma coisa errada em casa*)

Foi só isso. Foi o suficiente. E começou a crescer quase da mesma maneira como suas dores de cabeça cresciam quando ele abusava do impulso e passava do limite. Só que não era uma sensação na cabeça; todas as suas emoções pareciam estar se misturando, de forma quase preguiçosa, como se fossem lãs e como se um gato mal-humorado tivesse sido solto em seu sistema nervoso para brincar com elas e embaraçar todas.

Ele começou a se sentir mal. O frango cremoso perdeu qualquer atração que pudesse ter tido. Seu estômago começou a se revirar, e seu coração estava batendo rápido, como se Andy tivesse acabado de levar um susto. De repente, os dedos da sua mão direita começaram a latejar, como se tivessem sido prendidos em uma porta.

Abruptamente, ele se levantou. Um suor frio tinha aparecido em sua testa.

— Não estou me sentindo muito bem — disse ele. — Você pode dar minha aula de uma hora, Bill?

— Para os aspirantes a poetas? Claro. Não tem problema. O que houve?

— Não sei. Alguma coisa que eu comi, talvez.

— Você está meio pálido — observou Don Grabowski. — É melhor ir até a enfermaria, Andy.

— Acho que vou fazer isso.

Sem intenção nenhuma de ir à enfermaria, ele foi embora. Era meio-dia e quinze, o campus sonolento durante a última semana de aulas de verão. Ele ergueu a mão para Ev, Bill e Don quando saiu e não os viu mais desde aquele dia.

Parou no térreo, entrou em uma cabine telefônica e ligou para casa. Ninguém atendeu. Não havia motivo real para que alguém atendesse; com Charlie na casa dos Dugan, Vicky podia ter saído para fazer compras, cortar o cabelo, ido visitar Tammy Upmore ou mesmo almoçar com Eileen Bacon. Ainda assim, seus nervos ficaram mais tensos. Estavam quase gritando agora.

Saiu do prédio Union e meio andou e meio correu até o carro, estacionado no Prince Hall. Dirigiu pela cidade até Lakeland. Dirigiu mal, com descuido. Furou sinais, grudou em outros carros e quase atropelou um hippie de bicicleta. O hippie mostrou o dedo do meio, mas Andy nem reparou. Seu coração estava na boca agora. Ele sentia como se tivesse tomado anfetamina.

Eles moravam na Conifer Place; em Lakeland, assim como em tantos desenvolvimentos de subúrbio construídos nos anos 1950, a maioria das ruas parecia ter sido batizada em homenagem a árvores ou plantas. No calor daquela tarde de agosto, a rua parecia estranhamente deserta, o que só aumentou seu sentimento de que alguma coisa ruim tinha acontecido. Com tão poucos carros parados no meio-fio, a rua parecia mais larga. Nem as poucas crianças brincando aqui e ali conseguiam afastar o estranho sentimento de deserção; a maioria estava almoçando ou no parquinho. A sra. Flynn, que morava na Laurel Lane, passou com uma sacola de compras em um carrinho, a barriga redonda e dura como uma bola de futebol embaixo da calça de lycra cor de abacate. Em toda a rua, sprinklers de jardim giravam preguiçosamente, jogando água na grama e criando arco-íris no ar.

Andy subiu com as rodas do carro no meio-fio e enfiou o pé no freio com tanta força que a frente do carro se inclinou na direção do asfalto. Desligou o motor com o câmbio ainda engatado, um erro que nunca cometia, e percorreu o caminho rachado de cimento que ele sempre pretendia remendar, mas nunca remendava. Seus sapatos estalaram. Ele reparou que a veneziana do janelão da sala (*janela panorâmica*, dissera o corretor que vendeu a casa para eles, *aqui tem uma janela panorâmica*) estava baixada, conferindo a casa um aspecto fechado e cheio de segredos do qual ele não gostou. Vicky normalmente fechava a veneziana? Para impedir que o calor do sol entrasse, talvez? Ele não sabia. Percebeu que havia muitas coisas que não sabia sobre a vida dela quando estava longe.

Esticou a mão para abrir a maçaneta, mas ela não girou; só escorregou nos dedos dele. Ela trancava a porta quando o marido saía? Achava que não. Não era típico de Vicky. Sua preocupação, não, seu terror, só aumentou. Mas houve um momento (que ele nunca admitiria para si mesmo mais tarde), um pequeno momento em que ele só sentiu vontade de dar as costas para a porta trancada. Só sumir. Que se danassem Vicky e Charlie, ou mesmo as justificativas fracas que viriam depois.

Só fugir.

Mas ele procurou a chave no bolso.

Em seu nervosismo, deixou o chaveiro cair e se abaixou para apanhá-lo: a chave do carro, a chave da ala leste de Prince Hall, a chave meio preta que destrancava a corrente que ele colocava no final da rua de Granther ao fim de cada visita de verão. Chaves tinham uma mania estranha de se acumular.

Ele pegou a chave da casa no meio das outras e destrancou a porta. Entrou e a fechou ao passar. A luz da sala estava fraca, de um amarelado doentio. Estava quente. E quieto. Ah, Deus, a casa estava tão quieta.

— Vicky?

Nenhuma resposta. E essa falta de resposta significava apenas que ela não estava em casa. Ela havia calçado os sapatos de dança, como gostava de dizer, e ido fazer compras ou visitar alguém. Mas Andy tinha certeza de que ela não estava fazendo nenhuma dessas coisas. E sua mão, sua mão direita... por que os dedos latejavam tanto?

— Vicky!

Ele foi até a cozinha, onde havia uma mesinha de fórmica com três cadeiras. Ele, Vicky e Charlie costumavam tomar café da manhã ali. Uma das cadeiras estava caída de lado, como um cachorro morto. O saleiro estava virado, espalhado na superfície da mesa. Sem pensar no que estava fazendo, Andy pegou uma pitada com o polegar e o indicador e jogou por cima do ombro, murmurando baixinho, como seu pai e seu avô faziam:

— Sal, sal, mal, mal, azar, pra longe daqui.

Havia uma panela de sopa no fogão. Estava fria. A lata vazia de sopa sobre a bancada. Almoço para uma pessoa. Mas onde Vicky estava?

— Vicky! — gritou ele pela escada abaixo. Estava escuro lá embaixo, onde se localizavam a lavanderia e a sala de jogos, acompanhando o comprimento da casa.

Nenhuma resposta.

Ele voltou para a cozinha. Arrumada e limpa. Dois desenhos de Charlie, feitos na colônia de férias cristã que ela frequentou em julho, presos na geladeira com pequenos ímãs em formato de legumes. Uma conta de eletricidade e uma conta de telefone estavam presas na vareta com a mensagem A PAGAR na base. Tudo no lugar, e um lugar para tudo.

Só que a cadeira estava virada. E o sal derramado.

Não havia saliva em sua boca, nenhuma. Sua boca estava tão seca e lisa quanto cromo em um dia de verão.

Andy subiu a escada, olhou o quarto de Charlie, o deles e o de hóspedes. Nada. Voltou para a cozinha, acendeu a luz do porão e desceu. A lavadora Maytag estava aberta. A secadora mirou o olho vidrado nele. Entre as duas, na parede, estava um bordado que Vicky comprara em algum lugar; dizia ROUPAS LAVADAS. Ele foi até a sala de jogos e procurou o interruptor, os dedos roçando a parede, com a certeza louca de que a qualquer momento dedos frios e desconhecidos se fechariam sobre os dele e os guiariam até o interruptor. Mas finalmente o encontrou, e as barras fluorescentes no teto ganharam vida.

Era uma boa sala. Andy passara muito tempo ali, consertando objetos, sorrindo para si mesmo o tempo todo, porque, no final, ele e Vicky tinham se tornado tudo aquilo que eles juraram que não se tornariam quando eram universitários. Os três passaram muito tempo ali. Havia uma TV embutida na parede, uma mesa de pingue-pongue, um tabuleiro enorme de gamão. Mais jogos de tabuleiro ficavam encostados em uma parede, e havia alguns livros reunidos sobre a mesinha de centro que Vicky construíra, reciclando uma tábua de celeiro. Uma parede tinha sido ocupada com livros. Vários quadradinhos de tricô de Vicky estavam emoldurados e pendurados; ela brincava que era ótima fazendo quadradinhos de tricô, mas não tinha disposição de tricotar uma colcha inteira. Os livros de Charlie ficavam em uma estante especial de tamanho infantil, todos arrumados em ordem alfabética, que Andy ensinou em uma noite tediosa de neve dois invernos antes, e ainda a fascinava.

Uma boa sala.

Uma sala vazia.

Ele tentou sentir alívio. A premonição, intuição, como se quisesse chamar, estava errada. Vicky não estava lá. Ele apagou a luz e voltou para a lavanderia.

A máquina de lavar roupa, do tipo que abria na frente e que eles compraram em uma venda de garagem por sessenta pratas, ainda estava aberta. Andy a fechou sem pensar, da mesma maneira que jogou a pitada de sal por cima do ombro. Havia sangue na portinha de vidro da lavadora. Não muito, só três ou quatro gotas. Mas era sangue.

Andy ficou parado olhando. Estava mais fresco lá embaixo, fresco demais, parecia um necrotério. Ele olhou para o chão e viu que havia mais sangue. Não estava nem seco. Um som baixo, um sussurro suave e agudo, saiu da garganta dele.

Ele começou a andar pela lavanderia, que não passava de uma pequena alcova com paredes de gesso. Abriu o cesto de roupas sujas: estava vazio, exceto por uma meia. Olhou no espaço embaixo da pia: nada além de Lestoil, Spic and Span, Tide e Biz. Olhou embaixo da escada: apenas teias de aranha e a perna de plástico de uma das bonecas mais velhas de Charlie; aquela perna desmembrada caída pacientemente no chão esperando ser redescoberta só Deus sabia havia quanto tempo.

Abriu a porta entre a lavadora e a secadora, e a tábua de passar caiu com um estrondo. Embaixo, com as pernas amarradas de forma que os joelhos estavam colados ao queixo, os olhos abertos, vidrados e mortos, estava Vicky Tomlinson McGee, com um pano de limpeza enfiado na boca. Um cheiro denso e enjoativo de cera de móveis Pledge pairava no ar.

Andy fez um som baixo de ânsia de vômito e cambaleou para trás. Suas mãos se balançaram, como se para afastar a visão terrível, e uma delas esbarrou no painel de controle da secadora, que ganhou vida. Roupas começaram a girar e estalar lá dentro. Ele gritou e saiu correndo. Correu escada acima, tropeçou ao dobrar a esquina para a cozinha, se estatelou no chão e bateu com a testa no linóleo. Ele se sentou, respirando com dificuldade.

Voltou. Voltou em câmera lenta, como um replay de futebol americano em que se vê o *quarterback* derrubado ou o passe vencedor ser pego. Aquilo assombrou seus sonhos nas noites seguintes. A porta se abrindo, a tábua de passar caindo até a horizontal com um barulho alto, lembrando uma guilhotina, sua esposa enfiada no espaço embaixo da tábua, com um pano que era usado para polir os móveis enfiado na boca. Voltou em uma espécie de lembrança impecável. Ele sabia que ia gritar de novo, então enfiou o antebraço na boca e mordeu, fazendo sair um uivo sufocado e bloqueado. Ele fez isso duas vezes, e alguma coisa saiu dele, deixando-o calmo. Era a falsa calma do choque, mas seria útil. O medo amorfo e o terror desfocado sumiram. O latejar na mão direita tinha passado. E o pensamento que invadiu sua mente foi tão frio quanto a calma que tinha se apossado dele, tão frio quanto o choque, e esse pensamento foi: *CHARLIE*.

Andy se levantou, foi na direção do telefone, mas se virou para a escada. Ficou parado no alto por um momento, mordendo os lábios, se preparando, e desceu novamente. A secadora girava sem parar. Não havia nada lá dentro além de uma calça jeans dele, e era o botão de fechar a calça que fazia o estalo quando ela girava e caía, girava e caía. Andy desligou a secadora e olhou para o armário da tábua de passar roupa.

— Vicky — sussurrou ele.

Ela ficou olhando para ele com olhos mortos. Sua esposa. Os dois haviam caminhado juntos, de mãos dadas, ele penetrara o corpo dela na escuridão da noite. Viu-se lembrando a noite em que ela bebeu demais em uma festa do corpo docente e ele segurou a cabeça dela enquanto ela vomitava. Essa lembrança passou para o dia em que ele estava lavando o carro e entrou na garagem por um momento para pegar a lata de Turtle Wax, quando ela pegou a mangueira e correu atrás dele para enfiá-la na parte de trás da sua calça. Ele se lembrou de se casar e de beijá-la na frente de todo mundo, apreciando aquele beijo, aquela boca, aquela boca madura e macia.

— Vicky — sussurrou ele novamente, soltando um suspiro longo e trêmulo.

Andy a puxou e tirou o pano de sua boca. A cabeça pendeu sobre os ombros. Ele viu que o sangue era da mão direita, onde algumas das unhas tinham sido arrancadas. Havia um filete de sangue saindo de uma narina, mas de nenhum outro lugar. Seu pescoço tinha sido quebrado por um único golpe forte.

— Vicky.

Charlie, sussurrou sua mente em resposta.

Na calma que agora ocupava sua cabeça, ele entendeu que Charlie tinha se tornado a coisa importante, a única coisa importante. As recriminações eram para o futuro.

Ele voltou para a sala de jogos, sem se dar ao trabalho de acender a luz desta vez. Do outro lado da sala, junto à mesa de pingue-pongue, havia um sofá com uma manta por cima. Andy pegou a manta, voltou para a lavanderia e cobriu Vicky. De alguma maneira, a forma imóvel da esposa embaixo da manta do sofá foi pior, e o deixou quase hipnotizado. Ela nunca mais se mexeria? Seria possível?

Ele retirou a manta do rosto dela e beijou seus lábios. Estavam frios.

Arrancaram as unhas dela, ele pensou, surpreso. *Jesus Cristo, arrancaram as unhas dela.*

E ele sabia por quê. Queriam saber onde Charlie estava. De alguma forma, quando ela foi para a casa de Terri Dugan em vez de voltar para casa depois da colônia de férias, eles a perderam de vista. Entraram em pânico, e agora a fase de vigilância chegara ao fim. Vicky estava morta, de propósito ou porque um agente da Oficina exagerou. Andy se ajoelhou ao lado da esposa e pensou que talvez, motivada pelo medo, ela tivesse feito alguma coisa mais espetacular do que fechar a porta da geladeira do outro lado da cozinha. Ela talvez tivesse empurrado ou derrubado algum deles no chão. *Pena que não teve força suficiente para jogá-los na parede a oitenta quilômetros por hora*, ele pensou.

Talvez eles soubessem só o suficiente a ponto de ficarem assustados, ele supunha. Talvez tivessem recebido ordens específicas: *a mulher pode ser extremamente perigosa. Se ela fizer alguma coisa, qualquer coisa que ponha a operação em risco, livrem-se dela. Rápido.*

Ou talvez eles não quisessem deixar uma testemunha. Afinal, estava em risco algo maior do que a verba deles garantida com os impostos dos contribuintes.

Mas o sangue. Andy devia se preocupar com o sangue, que não estava nem seco quando ele o descobriu, apenas grudento. Eles não tinham ido embora muito antes dele chegar.

Com mais insistência, sua mente disse: *Charlie!*

Ele beijou a esposa novamente e disse:

— Vicky, eu volto.

Mas ele nunca mais viu Vicky.

Andy subiu a escada, foi até o telefone e pesquisou o número dos Dugan no caderninho de Vicky. Ligou para o número, e Joan Dugan atendeu.

— Oi, Joan — disse ele, e agora o choque estava ajudando, fazendo sua voz soar perfeitamente calma, uma voz de um dia qualquer. — Posso falar com Charlie por um segundo?

— Charlie? — A sra. Dugan pareceu em dúvida. — Bom, ela foi embora com aqueles seus dois amigos. Os professores. É... não era para ir?

Alguma coisa dentro dele disparou para o alto e despencou com tudo. Seu coração, talvez. Mas não ajudaria em nada fazer aquela boa mulher, que ele só vira socialmente quatro ou cinco vezes, ficar em pânico. Não ajudaria a ele e não ajudaria a Charlie.

— Droga — respondeu ele. — Eu estava com esperança de ela ainda não ter saído. Quando eles foram embora?

A voz da sra. Dugan ficou mais baixa.

— Terri, quando Charlie foi embora?

Uma voz de criança disse alguma coisa. Ele não conseguiu entender. Seus dedos suavam.

— Ela falou que tem uns quinze minutos. — Sua voz era de quem pedia desculpas. — Eu estava lavando roupa e não tenho relógio de pulso. Um deles desceu e falou comigo. Não tinha problema, tinha, sr. McGee? Ele parecia legal...

Um impulso lunático surgiu, uma vontade de rir com leveza e dizer: *estava lavando a roupa, é? Minha esposa também. Eu encontrei ela enfiada embaixo da tábua de passar roupa. Você escapou dessa com sorte, Joan.*

Ele disse:

— Tudo bem. Eles estavam vindo direto para cá?

A pergunta foi repassada para Terri, que respondeu não saber. *Que maravilha*, Andy pensou. *A vida da minha filha está nas mãos de outra garota de seis anos.*

Ele deu um tiro no escuro.

— Eu tenho que ir até o mercado na esquina — informou ele para a sra. Dugan. — Você pode perguntar a Terri se eles estavam de carro ou de van? Para o caso de eles passarem.

Desta vez, ele ouviu Terri.

— Estavam de van. Eles foram embora em uma van cinza, parecida com a do pai de David Pasioco.

— Obrigado — disse ele, e sra. Dugan respondeu que não era nada. O impulso veio novamente, desta vez só de gritar *Minha esposa está morta!* pela linha. *Minha esposa está morta, e por que você estava lavando roupa enquanto minha filha entrava em uma van cinza com dois homens estranhos?*

Em vez de gritar isso ou qualquer outra coisa, Andy desligou e saiu. O calor o atingiu na cabeça, e ele cambaleou um pouco. Estava quente assim quando entrou em casa? Parecia bem mais quente agora. O carteiro tinha passado. Havia uma circular de propaganda da Woolco meio para fora da caixa de correspondência que não estava lá antes. O carteiro passara enquanto ele, no andar de baixo, aninhava sua esposa morta nos braços. Sua pobre Vicky morta: arrancaram as unhas dela, e era engraçado — bem mais engraçado do que a maneira como as chaves acabavam se acumulando, na verdade — como a morte voltava de lados diferentes por ângulos diferentes. Se tentava desviar, se tentava proteger de um lado, a verdade dela chegava pelo outro. *A morte é um jogador de futebol americano*, ele pensou, *uma grande mãe. A morte é Franco Harris ou Sam Cunningham ou Mean Joe Green. E fica jogando você de bunda no chão bem na linha de* scrimmage.

Mexa esses pés, ele pensou. *São quinze minutos de vantagem; não é tanto. O rastro ainda não desapareceu. A não ser que Terri Dugan não saiba a diferença entre quinze minutos, meia hora e duas horas. Mas isso não importa. Mexa-se.*

Ele se mexeu. Voltou para o carro, estacionado metade em cima da calçada e metade na rua. Abriu a porta do motorista e lançou um olhar rápido para sua casa de subúrbio com metade da hipoteca paga. O banco autorizava "férias do pagamento" de dois meses por ano, caso necessário. Andy nunca precisou. Ele olhou para a casa cochilando no sol, e mais uma vez seus olhos chocados foram atraídos pelo brilho vermelho da circular da Woolco para fora da caixa de correspondência, e *pam!*, a morte o acertou de novo, deixando seus olhos marejados e fazendo seus dentes se apertarem.

Ele entrou no carro e saiu dirigindo na direção da rua de Terri Dugan, não por uma crença real e lógica de que poderia encontrar o rastro deles, mas com uma esperança cega. Desde então não viu mais sua casa na Conifer Place, em Lakeland.

Desta vez dirigiu melhor. Agora que sabia o pior, dirigiu bem melhor. Ligou o rádio, e ali estava Bob Seger, cantando "Still the Same". Dirigiu por Lakeland, indo o mais rápido que ousou. Por um momento terrível, o nome da rua não surgiu em sua mente, mas de repente ele lembrou que os Dugan moravam na Blassmore Place. Ele e Vicky fizeram piada sobre isso: Blassmore Place, com casas criadas por Bill Blass. Ele sorriu um pouco com a lembrança, e *pam!*, a morte dela o atingiu e o abalou de novo.

Em dez minutos, chegou ao destino. Blassmore Place era uma rua curta e sem saída. Não havia saída para uma van cinza no final, só uma cerca que marcava o limite da escola de ensino médio John Glenn Junior.

Andy estacionou o carro na interseção da Blassmore Place com a Ridge Street. Havia uma casa verde e branca na esquina. Um sprinkler girava na grama. Na frente estavam duas crianças, uma garota e um garoto de aproximadamente dez anos se revezando em um skate. A garota estava de short, e seus dois joelhos estavam ralados.

Ele saiu do carro e andou até eles. Eles o olharam de cima a baixo com cautela.

— Oi! — exclamou ele. — Estou procurando minha filha. Ela passou aqui meia hora atrás em uma van cinza. Ela estava com... bom, com uns amigos meus. Vocês viram uma van cinza passar?

O garoto deu de ombros vagamente.

A garota disse:

— Está preocupado com ela, moço?

— Você viu a van, não viu? — perguntou Andy com voz agradável, dando um leve impulso mental nela. Um impulso muito forte seria contraproducente, pois ela veria a van indo na direção que ele quisesse, inclusive para o céu.

— Vi, sim, uma van — afirmou ela. Ela subiu no skate e deslizou até o hidrante na esquina, depois pulou no chão. — Foi pra lá. — Ela apontou para o outro lado da Blassmore Place. Dois ou três cruzamentos depois ficava a Carlisle Avenue, uma das vias principais de Harrison. Andy concluiu que eles teriam ido por ali, mas era bom ter certeza.

— Obrigado — disse ele, e voltou para o carro.

— Você está preocupado com ela? — repetiu a garota.

— É, um pouco — respondeu.

Deu meia-volta no carro e dirigiu por três quarteirões da Blassmore Place até o cruzamento com a Carlisle Avenue. Não havia a menor chance de ele conseguir alguma coisa. Sentiu um toque de pânico, só um pontinho quente, mas que logo se espalharia. Afastou o sentimento e se obrigou a se concentrar em seguir o máximo possível no rastro. Se precisasse usar o impulso, usaria. Podia dar vários empurrões úteis sem passar mal. Agradeceu a Deus por não ter usado o talento... ou a maldição, dependendo do ponto de vista, durante todo o verão. Estava totalmente carregado, para o que quer que fosse.

A Carlisle Avenue tinha quatro pistas e era controlada naquele ponto por um sinal de pare e siga. Havia um lava-jato à sua direita e uma lanchonete abandonada à esquerda. Do outro lado da rua havia um posto Esso e a Mike's Camera Store. Se eles tivessem virado para a esquerda, teriam seguido para o centro. Para a direita, teriam ido em direção ao aeroporto e a Interstate 80.

Andy entrou no lava-jato. Um jovem com impressionante cabelo ruivo e crespo caindo sobre a gola do macacão verde se aproximou, segurando um picolé.

— Não está funcionando, cara — ele informou antes que Andy pudesse abrir a boca. — A peça de enxague quebrou uma hora atrás. Estamos fechados.

— Não quero lavar o carro — afirmou Andy. — Estou procurando uma van cinza que passou pelo cruzamento talvez meia hora atrás. Minha filha estava dentro, e estou um pouco preocupado com ela.

— Você acha que alguém sequestrou ela? — Ele continuou tomando o picolé.

— Não, nada do tipo — respondeu Andy. — Você viu a van?

— Uma van cinza? Amigo, você faz ideia de quantos carros passam aqui só em uma hora? Em meia hora? É uma rua movimentada, cara. A Carlisle é uma rua muito movimentada.

Andy apontou com o polegar para trás.

— Veio da Blassmore Place. Lá não tem tanto movimento. — Ele se preparou para dar um impulso, mas não precisou. Os olhos do jovem de repente se acenderam. Ele quebrou o picolé no meio como se fosse um ossinho de galinha e sugou a parte roxa de um dos lados do palito de uma vez só.

— Ah, certo, já sei. Eu vi. Vou dizer por que eu reparei nela. Passou por cima do lava-jato para não parar no sinal. Eu não ligo, mas o chefe fica *puto da vida* quando fazem isso. Mas hoje não importa, com a peça quebrada. Ele tem outro motivo para se irritar.

— Então a van foi na direção do aeroporto.

O rapaz assentiu, jogou um dos pedaços do palito por cima do ombro e começou a comer o pedaço de picolé que sobrou.

— Espero que você encontre a sua filha, amigo. Se não se importar de ouvir um conselho gratuito, é bom ligar para a polícia se você estiver realmente preocupado.

— Acho que isso não adiantaria muito — respondeu Andy. — Considerando as circunstâncias.

Ele voltou para o carro, atravessou o lava-jato e entrou na Carlisle Avenue. Estava agora indo para o oeste. A área era cheia de postos de gasolina, lava-jatos, franquias de fast-food, lojas de carros usados. Um drive-in anunciava sessão dupla de *The Corpse Grinders* e *Bloody Merchants of Death*. Andy olhou para o letreiro e se lembrou do som da tábua de passar caindo do armário como uma guilhotina. Seu estômago deu um nó.

Passou embaixo de uma placa anunciando a entrada para a I-80 dois quilômetros e meio a oeste. Depois disso havia uma pequena placa com um avião. Tudo bem, ele chegara até ali. E agora?

De repente, entrou no estacionamento de um Shakey's Pizza. Não adiantava parar e perguntar ali. Como o cara do lava-jato disse, a Carlisle era uma rua movimentada. Andy podia dar empurrões até seu cérebro estar escorrendo pelos ouvidos e só acabar se confundindo. Era a rodovia ou o aeroporto. Ele tinha certeza. A dama ou o tigre.

Nunca na vida ele havia *tentado* fazer um dos palpites acontecer. Apenas os via como dons quando apareciam e costumava agir com base neles. Naquele momento, ele se encolheu ainda mais no banco do motorista, tocando de leve nas têmporas com as pontas dos dedos, e tentou fazer alguma coisa surgir. O motor estava ligado, o rádio também. Os Rolling Stones. *Dance, little sister, dance.*

Charlie, pensou ele. Sua filha havia ido para a casa de Terri com as roupas enfiadas na mochilinha que usava para ir para todo lado. Isso devia ter ajudado a enganá-los. Na última vez em que ele a viu, ela estava de calça jeans e uma camiseta bordada salmão. O cabelo estava preso em marias-chiquinhas, como quase sempre. Um "tchau, papai" despreocupado, um beijo, e meu Deus do céu, Charlie, onde você está agora?

Nada veio.

Não importa. Espere mais um pouco. Escute os Stones. Shakey's Pizza. Você faz sua escolha, massa fina ou grossa. Você paga e escolhe, como Granther McGee dizia. Os Stones mandando a irmãzinha dançar, dançar, dançar. Quincey dizendo que provavelmente a colocariam em um quartinho para que duzentos e vinte milhões de americanos pudessem estar protegidos e livres. Vicky. Ele e Vicky tiveram dificuldade com o sexo, no começo. Ela morria de medo. *Pode me chamar de Donzela de Gelo*, disse ela em meio às lágrimas depois daquela vez horrível em que deu tudo errado. Nada de sexo, por favor, nós somos britânicos. Mas, de alguma forma, o experimento do Lote Seis ajudou com isso; a totalidade do que eles compartilharam foi, de certa forma, como uma conjunção carnal. E mesmo assim foi difícil. Um pouco de cada vez. Com gentileza. Lágrimas. Vicky começando a reagir, depois enrijecendo e gritando *Não, vai doer, não, Andy, pare!* E, de alguma maneira, foi o experimento do Lote Seis, essa experiência em comum, que o permitiu continuar tentando, como um ladrão de cofres que sabe que tem um jeito, sempre tem um jeito. E chegou uma noite em que eles conseguiram ir até o fim. Depois, veio uma noite em que foi bom. E, de repente, uma noite em que foi glorioso. *Dance, little sister, dance.* Ele estava com ela quando Charlie nasceu. Foi um parto rápido e fácil. Rápido de conseguir, fácil de agradar...

Nada vinha. O rastro estava ficando mais frio, e ele não tinha nada. Aeroporto ou rodovia? A dama ou o tigre?

Os Stones terminaram. Os Doobie Brothers começaram a cantar, querendo saber sem amor onde você estaria agora. Andy não sabia. O sol ardia. As linhas do estacionamento do Shakey tinham sido pintadas recentemente. Estavam muito brancas e firmes sobre o asfalto. O estacionamento estava com mais de setenta e cinco por cento da lotação. Era hora de almoço. Será que Charlie almoçou? Dariam comida para ela? Talvez

(*talvez eles façam uma parada em um daqueles HoJos ao longo da rodovia — afinal eles não podem ir dirigindo não podem ir dirigindo não podem ir dirigindo*)

Para onde? Não podem ir dirigindo para onde?

(*não podem ir dirigindo até a Virginia sem dar uma paradinha, não é? Uma garotinha tem que parar para fazer xixi às vezes, não é?*)

Ele se empertigou, com um sentimento enorme e dormente de gratidão. Veio assim, do nada. Não era o aeroporto, que seria seu primeiro palpite, se tentasse adivinhar. Não o aeroporto, mas a rodovia. Ele não tinha total certeza de que o palpite era quente, mas tinha quase certeza. E era melhor do que não ter ideia nenhuma.

Andy passou o carro por cima da seta recém-pintada indicando a saída e entrou na Carlisle de novo. Dez minutos depois, estava na rodovia, seguindo para leste com um bilhete de pedágio preso no exemplar surrado e rabiscado de *Paraíso perdido* no banco ao lado. Dez minutos depois, deixava Harrison, Ohio, para trás e começava a viagem para leste que, depois de catorze meses, o levaria a Tashmore, Vermont.

A calma se manteve. Ele aumentou o volume do rádio, o que ajudou. Uma música ia tocando atrás da outra, e ele só reconheceu as mais antigas, pois havia parado de ouvir música pop três ou quatro anos antes. Não havia nenhum motivo específico; apenas parou. Andy pensou que eles ainda tinham vantagem, mas a calma insistiu, com sua lógica fria própria, que não era uma vantagem muito grande... e que ele estaria procurando problema se disparasse pela estrada a cento e dez quilômetros por hora.

O velocímetro se manteve a pouco mais de noventa, sob o argumento de que os homens que levaram Charlie não passariam do limite de oitenta. Eles podiam mostrar suas credenciais para qualquer guardinha que os parasse por ultrapassar a velocidade, era verdade, mas talvez tivessem alguma dificuldade para explicar uma garota de seis anos aos berros. Isso poderia atrasar a viagem e acabaria deixando eles encrencados perante seus superiores.

Eles podem ter drogado e escondido Charlie, sua mente sussurrou. *Então, se fossem parados por estarem disparados a cento e dez, até cento e vinte, eles só precisariam mostrar os documentos e seguir em frente. Um policial do estado de Ohio vai revistar uma van que pertence à Oficina?*

Andy lutou com o pensamento enquanto a parte leste de Ohio passava do lado de fora. Primeiro, eles podiam ter medo de drogar Charlie. Sedar uma criança podia ser complicado se não fosse especialista... e eles talvez não tivessem certeza do que a sedação causaria aos poderes que queriam investigar. Segundo, um policial estadual podia ir em frente e revistar a van mesmo assim, ou pelo menos contê-los no acostamento enquanto verificava se a identificação deles era válida. Terceiro, por que eles deviam se apressar? Não faziam ideia de que alguém estava atrás deles. Ainda não era nem uma hora da tarde, e Andy devia ficar na faculdade até as duas. O pessoal da Oficina não esperaria que ele chegasse em casa antes das duas e vinte no mínimo. Provavelmente achavam que podiam contar com vinte minutos até duas horas depois do ocorrido para que o alarme fosse disparado. Por que deviam estar se apressando?

Andy desacelerou de leve.

Quarenta minutos se passaram, depois cinquenta. Pareceu mais tempo. Ele estava começando a suar um pouco; a preocupação corroía a camada artificial de calma e choque. A van estava mesmo em algum lugar à frente ou a coisa toda havia sido fruto da vontade dele?

Os padrões de trânsito se formavam e se modificavam. Andy viu duas vans cinza, mas nenhuma delas parecia a que ele vira rodando por Lakeland. Uma estava sendo dirigida por um homem idoso com cabelo levemente grisalho. A outra estava cheia de malucos fumando maconha. O motorista viu o escrutínio de Andy e lhe mostrou um baseado. A garota ao lado do rapaz mostrou o dedo do meio, deu-lhe um beijo suave e virou na direção de Andy. Logo eles ficaram para trás.

Sua cabeça estava começando a doer. O tráfego estava pesado, o sol estava forte. Cada carro era cheio de cromo, e cada peça de cromo disparava uma flecha de sol direto nos olhos de Andy. Ele passou por uma placa que dizia ÁREA DE DESCANSO A 1 KM.

Ele estava na pista de ultrapassagem. Sinalizou para a direita e voltou para a pista mais lenta. Baixou a velocidade para setenta e depois para sessenta e cinco. Um carro esporte pequeno passou por ele, e o motorista buzinou irritado ao passar.

ÁREA DE DESCANSO, dizia a placa. Não era uma parada de serviços, apenas uma saída com vagas inclinadas, um bebedouro e banheiros. Havia quatro ou cinco carros parados aqui e ali e uma van cinza. *A* van cinza. Ele tinha quase certeza. Seu coração disparou. Ele entrou com um movimento rápido do volante, e os pneus fizeram um ruído baixo e agudo.

Andy dirigiu lentamente pela entrada até a van, olhando ao redor, tentando observar tudo ao mesmo tempo. Havia duas mesas de piquenique com uma família em cada uma. Um grupo recolhia suas coisas e se preparava para ir embora; a mãe colocava os restos em uma bolsa laranja, o pai e as duas crianças pegavam o lixo e o levavam até a lixeira. Na outra mesa, um rapaz e uma moça comiam sanduíches e salada de batata. Entre eles, um bebê dormia em um bebê conforto. O bebê vestia um macacão de veludo com vários elefantes dançarinos desenhados. Na grama, entre dois olmos velhos enormes, duas garotas de uns vinte anos também almoçavam. Não havia sinal de Charlie nem de nenhum homem que parecesse jovem o bastante e durão o bastante para ser da Oficina.

Andy desligou o carro. Sentia seus batimentos até nos globos oculares agora. A van parecia vazia. Ele saiu do carro.

Uma mulher idosa de bengala saiu do banheiro feminino e caminhou lentamente na direção de um Biscayne antigo cor de vinho. Um cavalheiro da idade dela saiu do banco do motorista, contornou o capô, abriu a porta dela e a ajudou a entrar. Depois voltou para o seu lugar, ligou o Biscayne, que liberou um jato de fumaça azul oleosa do escapamento, e deu ré.

A porta do banheiro masculino se abriu e Charlie saiu. À esquerda e à direita dela estavam homens de aproximadamente trinta anos de paletós esporte, camisas desabotoadas no pescoço e calças escuras. O rosto de Charlie parecia vazio e em choque. Ela olhou de um homem para outro e novamente para o primeiro. O estômago de Andy deu um nó. Ela carregava a mochilinha. Os três caminharam na direção da van. Charlie disse alguma coisa para um deles, que balançou a cabeça. Depois ela se virou para o outro, que deu de ombros e disse alguma coisa para o parceiro acima da cabeça de Charlie. O parceiro assentiu. Eles deram meia-volta e se dirigiram ao bebedouro.

O coração de Andy estava batendo mais rápido do que nunca. A adrenalina se espalhou pelo corpo dele em um fluxo amargo e agitado. Ele sentia medo, muito medo, mas outra coisa latejava dentro dele: raiva, fúria total. A fúria era ainda melhor do que a calma. Era quase doce. Aqueles eram os dois homens que haviam matado sua esposa e roubado sua filha. Se eles não estavam acertados com Jesus, Andy sentia pena dos dois.

Quando chegaram ao bebedouro com Charlie, viraram de costas para Andy. Ele se afastou do carro e foi para trás da van.

A família de quatro pessoas que tinha acabado de almoçar caminhou até um Ford novo de tamanho médio, entrou e o carro deu ré. A mãe olhou para Andy sem curiosidade nenhuma, do jeito como as pessoas se olham quando estão fazendo viagens longas, se deslocando devagar pelo trato digestivo do sistema rodoviário dos Estados Unidos. O Ford se afastou, exibindo uma placa de Michigan. Agora havia três carros, a van cinza e o carro de Andy na área de descanso. Um dos veículos era das garotas. Mais duas pessoas passeavam pelo local, e um homem na cabine de informações analisava o mapa da I-80, as mãos enfiadas nos bolsos de trás da calça jeans.

Andy não sabia o que ia fazer exatamente.

Charlie terminou de beber água. Um dos homens se inclinou e tomou um gole. Os três começaram a voltar na direção da van. Andy estava olhando para eles por trás do canto traseiro esquerdo da van. Charlie parecia sentir medo, muito medo. Ela havia chorado. Andy tentou abrir a porta de trás da van, sem saber por quê, mas não adiantou; estava trancada.

Abruptamente, ele saiu de trás da van e apareceu completamente.

Eles foram muito rápidos. Andy viu o reconhecimento surgir nos olhos deles no mesmo instante, antes mesmo de a felicidade florescer no rosto da filha, afastando aquele olhar de choque vazio e assustado.

— *Papai!* — gritou ela com voz aguda, fazendo o casal jovem com o bebê olhar ao redor. Uma das garotas embaixo dos olmos protegeu os olhos do sol para ver o que estava acontecendo.

Charlie tentou correr até ele, mas um dos homens a segurou pelo ombro e a puxou para perto, virando um pouco a mochila nas costas dela. Um instante depois, uma arma surgiu na mão dele; ele a tirou de algum lugar embaixo do paletó, como um mágico realizando um truque maligno, e encostou o cano na têmpora da menina.

O outro homem começou a andar sem pressa, se afastando de Charlie e do parceiro, e se aproximando de Andy. Sua mão estava dentro do paletó, mas o movimento dele não foi tão bom quanto o do outro; este tinha dificuldade em tirar a arma.

— Se afaste da van se não quer que nada aconteça com sua filha — ordenou o da arma.

— *Papai!* — gritou Charlie de novo.

Andy se afastou lentamente da van. O outro sujeito, que estava prematuramente calvo, agora empunhava a arma, apontada para Andy. Estava a menos de um metro e meio.

— Eu o aconselho com toda sinceridade a não se mexer — disse ele com voz baixa. — Isto é uma Colt .45, e faz um buraco *gigante*.

O jovem com a esposa e o bebê à mesa de piquenique se levantou. Usava óculos sem aros e parecia sério.

— O que exatamente está acontecendo aqui? — perguntou ele, no tom elaborado de um professor universitário.

O homem com Charlie se virou para ele. O cano da arma se afastou ligeiramente dela para que o jovem a pudesse ver.

— Assunto do governo — informou ele. — Fique onde está. Está tudo bem.

A esposa do jovem segurou o braço dele e o puxou para baixo.

Andy olhou para o agente calvo e disse com voz baixa e agradável:

— Essa arma está quente demais para você segurar.

O calvo olhou para ele, intrigado. E então, de repente, gritou e largou o revólver. A arma bateu no asfalto e disparou. Uma das garotas embaixo dos olmos soltou um grito confuso e surpreso. O calvo estava balançando o braço e pulando. Bolhas brancas surgiram na palma da mão dele, crescendo como massa de pão.

O homem com Charlie ficou olhando para o parceiro, e por um momento afastou a arma da cabecinha dela.

— Você está totalmente cego — Andy falou para ele, dando o impulso mais forte que conseguiu. Uma pontada horrível de dor percorreu sua cabeça.

O homem gritou de repente, soltou Charlie e levou as mãos aos olhos.

— Charlie — disse Andy com voz baixa.

A menina correu até ele e agarrou suas pernas em um abraço trêmulo de urso. O homem dentro da cabine de informações saiu correndo para ver o que estava acontecendo.

O calvo, ainda segurando a mão queimada, correu na direção de Andy e Charlie. Seu rosto estava se movendo de uma maneira horrível.

— Durma — Andy ordenou brevemente, dando outro impulso. O homem caiu no chão, como se tivesse levado um golpe. Sua testa bateu no asfalto. A esposa do jovem de aparência séria soltou um gemido.

A cabeça de Andy agora doía muito, e ele se sentia remotamente feliz por ser verão e por não ter usado o impulso, nem mesmo para estimular um aluno que estivesse permitindo que suas notas caíssem sem nenhum bom motivo, desde maio, talvez. Estava energizado... mas, energizado ou não, Deus sabia que ele ia pagar pelo que estava fazendo naquela tarde quente.

O homem cego estava cambaleando pela grama, gritando com as mãos no rosto. Esbarrou no cesto enorme, com a frase COLOQUEM O LIXO NO LUGAR pintada na lateral, e caiu em um amontoado virado de sacos de sanduíche, latas de cerveja, guimbas de cigarro e garrafas vazias de refrigerante.

— Ah, papai, nossa, eu senti tanto medo — disse Charlie, e começou a chorar.

— O carro está ali. Está vendo? — Andy se ouviu dizer. — Entre lá, e estarei com você em um minuto.

— A mamãe veio?

— Não. Apenas entre no carro, Charlie. — Ele não podia lidar com isso nesse momento. Agora, por algum motivo, precisava resolver o problema das testemunhas.

— O que foi isso? — perguntou o homem da cabine de informações, confuso.

— Meus olhos — gritou o homem que havia colocado a arma na cabeça de Charlie. — Meus *olhos*, meus *olhos*. O que você fez com meus olhos, seu filho da puta? — Ele se levantou. Um saco de sanduíche estava grudado em uma das mãos. Ele começou a cambalear na direção da cabine de informações, e o homem de calça jeans correu de volta para dentro.

— Vá, Charlie.

— Você vem, papai?

— Vou, mas em um segundo. Agora, vá.

Charlie foi, as marias-chiquinhas louras balançando, a mochila ainda torta.

Andy passou pelo agente adormecido da Oficina, pensou em pegar a arma dele, mas decidiu que não a queria. Dirigiu-se até os jovens à mesa de piquenique. *Não seja ambicioso*, ele disse para si mesmo. *Devagar. Aos pouquinhos. Não dispare nenhum eco. O objetivo é não machucar essas pessoas.*

A mulher tirou o bebê do bebê conforto rapidamente, acordando-o. Ele começou a chorar.

— Não chegue perto de mim, seu maluco! — exclamou ela.

Andy olhou para o homem e para a esposa.

— Nada disso é muito importante — ele afirmou e deu um impulso. Uma nova pontada de dor surgiu na parte de trás da cabeça, como uma aranha... e penetrou.

O jovem pareceu aliviado.

— Bom, graças a Deus.

A esposa dele deu um sorriso hesitante. O impulso não funcionou tão bem com ela; o instinto materno estava alerta.

— Que bebê lindo vocês têm — comentou Andy. — É menino, não é?

O homem cego desceu do meio-fio, cambaleou para a frente e bateu a cabeça na porta do Ford Pinto vermelho que devia ser das garotas. Ele gritou. Sangue escorreu pela têmpora.

— *Eu estou cego!* — gritou ele de novo.

O sorriso hesitante da mulher ficou radiante.

— Sim, menino — respondeu ela. — O nome dele é Michael.

— Oi, Mike — disse Andy. Ele fez carinho na cabeça quase toda careca do bebê.

— Não sei por que ele está chorando — observou a mulher. — Ele estava dormindo tão bem até agorinha mesmo. Deve estar com fome.

— Claro, é isso mesmo — concordou o marido.

— Com licença. — Andy caminhou na direção da cabine de informações. Não havia tempo a perder agora. Outra pessoa podia aparecer no meio da confusão a qualquer momento.

— O que foi, cara? — perguntou o sujeito de calça jeans. — Foi uma batida?

— Não, não houve nada — respondeu Andy, dando outro impulso leve. Começava a se sentir enjoado. Seu coração estava disparado, batendo forte.

— Ah — disse o sujeito. — Bom, eu só estava tentando descobrir como chegar a Chagrin Falls daqui. Com licença. — E voltou para a cabine de informações.

As duas garotas haviam se afastado até a cerca que separava a área de descanso de terras particulares e o observavam com olhos arregalados. O homem cego agora estava andando pelo asfalto em círculos, com os braços esticados rigidamente à frente do corpo. Falando palavrões e chorando.

Andy avançou lentamente na direção das garotas, esticando as mãos para mostrar que não segurava nada. Falou com elas. Uma fez uma pergunta, e ele respondeu. Em pouco tempo, as duas começaram a dar sorrisos aliviados e a assentir. Andy acenou para elas, que acenaram de volta, e depois andou rapidamente pela grama em direção ao carro. Sua testa estava coberta de suor frio, e seu estômago se revirava. Ele só podia rezar para ninguém chegar antes que ele e Charlie fossem embora, porque não conseguiria fazer mais nada. Estava completamente esgotado. Sentou ao volante e ligou o motor.

— Papai! — Charlie exclamou e se jogou nos braços do pai, enfiando o rosto em seu peito. Ele a abraçou brevemente e deu ré para sair da vaga. Virar a cabeça era puro sofrimento. O cavalo negro. Mais tarde, esse se tornou o pensamento que sempre passava pela sua cabeça: ele deixara o cavalo negro sair da baia em algum lugar do celeiro escuro do seu subconsciente, e agora o animal cavalgaria novamente por seu cérebro de um lado para outro. Andy precisava arrumar algum lugar para se deitar. E logo. Não seria capaz de dirigir por muito tempo.

— O cavalo negro — disse ele com voz rouca. Estava chegando. Não... não. Não estava chegando; já havia chegado. *Tum... tum... tum.* Sim, estava ali. Estava livre.

— *Papai, cuidado!* — gritou Charlie.

O homem cego tinha cambaleado e chegado exatamente na frente do carro. Andy freou. O homem começou a bater no capô do carro e a gritar pedindo ajuda. À direita deles, a mãe havia começado a amamentar o bebê enquanto o marido lia um livro. O homem da cabine de informações tinha saído para falar com as duas garotas do carro vermelho, talvez torcendo para ter uma experiência rapidinha e pervertida, o suficiente para que ele pudesse escrever para a seção *Fórum* da revista *Penthouse*. Deitado no chão, o calvo seguia dormindo.

O outro agente continuou batendo no capô do carro.

— Me ajudem! — gritou. — Estou cego! O filho da mãe fez alguma coisa com meus olhos! *Eu estou cego!*

— Papai — gemeu Charlie.

Por um instante insano, ele quase pisou no acelerador. Dentro da cabeça dolorida, conseguiu ouvir o som que os pneus fariam, sentiu o baque seco dos pneus passando em cima do corpo. O sujeito tinha sequestrado Charlie e apontado uma arma para a cabeça dela. Talvez tivesse sido ele quem enfiara o pano na boca de Vicky para ela não gritar enquanto arrancavam suas unhas. Seria tão bom matá-lo... mas e então, o que o tornaria diferente deles?

Andy meteu a mão na buzina, que gerou outra pontada forte de dor na cabeça. O homem cego pulou para longe do carro, como se tivesse levado uma ferroada. Andy girou o volante e passou dirigindo por ele. A última coisa que viu no retrovisor quando pegou a pista para a rodovia foi o homem cego sentado no chão, o rosto contorcido de raiva e pavor... e a mulher levantando placidamente o bebê Michael até o ombro para fazê-lo arrotar.

Ele entrou no fluxo de trânsito da rodovia sem olhar. Uma buzina soou; pneus guincharam. Um Lincoln grande desviou do carro, e o motorista sacudiu o punho para os dois.

— Papai, você está bem?

— Vou ficar — respondeu ele. Sua voz parecia vir de longe. — Charlie, olhe o bilhete do pedágio e veja qual é a próxima saída.

O tráfego ficou borrado nos olhos dele. Duplicou, triplicou, voltou a ser um só, depois voltou a ser formado por figuras prismáticas. O sol se refletia em cromo brilhante em toda parte.

— E coloque o cinto de segurança, Charlie.

A próxima saída era Hammersmith, trinta quilômetros à frente. De alguma maneira, ele conseguiu. Achou mais tarde que foi só a presença de Charlie sentada ao seu lado, dependendo dele, que o manteve na estrada. Assim como a filha o guiou por todas as coisas que vieram depois; saber que Charlie precisava dele. Charlie McGee, cujos pais em certa ocasião precisaram de duzentos dólares.

Na saída para Hammersmith havia um Best Western e, usando um nome falso, Andy conseguiu fazer check-in e pedir especificamente um quarto longe da rodovia.

— Eles virão atrás de nós, Charlie — afirmou ele. — Eu preciso dormir. Mas só até escurecer, é o tempo que nós podemos gastar... que ousamos gastar. Me acorde quando escurecer.

Ela respondeu alguma coisa, mas ele já estava caindo na cama. O mundo estava se tornando um ponto cinza, e em pouco tempo o ponto sumiu e tudo virou escuridão, onde a dor não alcançava. Não houve dor e não houve sonhos. Quando Charlie o acordou naquela noite quente de agosto, às sete e quinze, o quarto estava abafado e suas roupas estavam encharcadas de suor. Ela tentou ligar o ar-condicionado, mas não conseguiu entender o controle remoto.

— Tudo bem — disse ele. Colocou os pés no chão e levou as mãos às têmporas, apertando a cabeça para que não explodisse.

— Melhorou, papai? — perguntou ela com ansiedade.

— Um pouco — respondeu ele. E tinha mesmo melhorado... mas só um pouco. — Vamos parar daqui a pouco e comer alguma coisa. Vai ajudar.

— Aonde nós vamos?

Ele balançou a cabeça lentamente para a frente e para trás. Só tinha o dinheiro com que saiu de casa naquela manhã, uns dezessete dólares. Tinha seu Master Charge e seu Visa, mas pagou o quarto com as duas notas de vinte que sempre guardava no fundo da carteira (*meu dinheiro de fuga*, como ele às vezes dizia brincando para Vicky, como acabou se tornando uma verdade horrível) em vez de usar qualquer um dos cartões. Usá-los seria como pintar um cartaz: POR AQUI, PEGUEM O PROFESSOR FUGITIVO E SUA FILHA. Os dezessete dólares pagariam uns hambúrgueres e serviriam para encher o tanque do carro uma vez. Depois disso, ele ficaria duro como pedra.

— Não sei, Charlie — confessou. — Nós vamos pra longe.

— Quando a gente vai buscar a mamãe?

Andy olhou para ela, e sua dor de cabeça voltou a piorar. Ele pensou nas gotas de sangue no chão e no buraco da máquina de lavar. Pensou no cheiro de Pledge.

— Charlie… — começou ele, mas não conseguiu dizer mais nada. Não havia necessidade.

Ela olhou para ele, arregalando os olhos lentamente. A mão subiu até a boca trêmula.

— Ah, não, papai… por favor, diz que não.

— Charlie…

Ela gritou:

— *Ah, por favor, diz que não!*

— Charlie, aquelas pessoas que…

— Por favor, diz que ela está *bem*, diz que ela está *bem*, diz que ela está *bem*!

O quarto, o quarto estava tão quente. O ar-condicionado estava desligado, era só isso, mas o quarto estava tão *quente*, sua cabeça doendo, o suor escorrendo pelo rosto, não suor frio, mas quente, como óleo, *quente*…

— Não — Charlie estava dizendo. — Não, não, não, não, não. — Ela balançava a cabeça, e as marias-chiquinhas voavam para a frente e para trás, fazendo com que Andy pensasse absurdamente na primeira vez que ele e Vicky a levaram ao parque de diversões, ao carrossel…

Não era falta de ar-condicionado.

— Charlie! — gritou ele. — Charlie, a banheira! *A água!*

Ela gritou. Virou a cabeça em direção à porta aberta do banheiro e viu um brilho azul repentino lá dentro, como uma lâmpada queimando. O chuveiro caiu da parede dentro da banheira, retorcido e preto. Vários azulejos azuis se estilhaçaram.

Ele quase não conseguiu segurá-la quando Charlie caiu, chorando.

— Papai, desculpa, desculpa...

— Tudo bem — disse ele com voz trêmula, e a abraçou. Uma fumaça fina saía da banheira queimada. Todas as superfícies de louça tinham rachado ao mesmo tempo. Era como se o banheiro inteiro tivesse passado por um forno poderoso, mas com defeito. As toalhas soltavam fumaça.

— Tudo bem — repetiu ele, abraçando e ninando a filha. — Charlie, está tudo bem, vai ficar tudo bem, tudo vai acabar ficando bem, eu prometo.

— Eu quero a mamãe — chorou ela.

Ele assentiu. Também queria. Abraçou Charlie com força e sentiu cheiro de ozônio e de porcelana e toalhas cozidas do Best Western. Charlie quase havia fritado os dois.

— Vai ficar tudo bem — ele insistiu e a abraçou, sem acreditar de verdade, mas era o que se dizia. Era o saltério, a voz do adulto falando pelo poço negro dos anos até o buraco infeliz da infância apavorada; era o que se dizia quando as coisas davam errado; era a luz noturna que não podia tirar o monstro do armário, mas talvez mantê-lo longe por um pouco mais de tempo; era a voz sem poder que tinha que falar mesmo assim. — Vai ficar tudo bem — dizia ele, sem acreditar e sabendo, como todos os adultos sabem em seu coração secreto, que nada nunca fica bem. — Vai ficar tudo bem.

Estava chorando. Não conseguia segurar agora. As lágrimas vieram em um fluxo forte, e ele segurou Charlie contra o peito o mais forte que conseguiu.

— Charlie, eu juro pra você que, de alguma forma, vai ficar tudo bem.

5

A única coisa que não conseguiram atribuir a Andy, por mais que quisessem, foi o assassinato de Vicky. O que fizeram foi decidir simplesmente apagar o que aconteceu na lavanderia. Menos problemas para eles. Às vezes, não com frequência, Andy se perguntava o que os vizinhos de Lakeland deviam ter imaginado. Cobradores? Problemas conjugais? Talvez um vício em drogas ou um incidente de abuso infantil? Eles não conheciam bem ninguém da Conifer Place a ponto de o assunto passar de uma conversa à mesa de jantar, um mistério de nove dias logo esquecido quando o banco que cuidava da hipoteca liberou a casa deles.

Agora sentado no deque, olhando para a escuridão, Andy pensou que podia ter tido mais sorte do que imaginava (ou tinha conseguido avaliar) naquele dia. Ele chegou tarde demais para salvar Vicky, mas saiu antes de o Pessoal da Remoção chegar.

Nunca saiu nada nos jornais, nem mesmo uma noticiazinha sobre como um professor de inglês chamado Andrew McGee tinha desaparecido junto com a família. Talvez a Oficina tivesse cuidado disso também. Sem dúvida ele havia sido registrado como desaparecido; um ou todos os caras com quem ele almoçou naquele dia teria feito ao menos isso. Mas o registro não chegou aos jornais, claro, pois cobradores não faziam propaganda.

— Eles teriam botado a culpa em mim, se pudessem — afirmou ele, sem perceber que tinha falado em voz alta.

Mas não teriam conseguido. O legista poderia determinar a hora da morte, e Andy, que estava em plena vista de pessoas bem desinteressadas — no caso da disciplina Estilo e o Conto, ministrada das dez às onze e meia, eram vinte e cinco pessoas desinteressadas — durante todo o dia, não teria como levar a culpa. Mesmo que não tivesse conseguido fornecer comprovação para seus atos durante o horário crítico, não havia motivo.

Assim, os homens mataram Vicky e saíram como loucos atrás de Charlie — mas não sem notificar o que Andy chamava de Pessoal da Remoção (e, em pensamento, ele até os via assim, jovens de rostos lisos uniformizados com macacões brancos). E um tempo depois que *ele* saiu como louco atrás de Charlie, um tempo tão curto que podia chegar até a cinco minutos depois, e quase com certeza não mais do que uma hora, o Pessoal da Remoção devia ter aparecido na casa dele. Enquanto a Conifer Place fazia a sesta, Vicky era removida.

Eles talvez tivessem até argumentado — corretamente — que uma esposa desaparecida seria um problema maior para Andy do que uma esposa comprovadamente morta. Sem corpo, não havia hora estimada de morte. Sem hora estimada de morte, não havia álibi. Ele seria observado, tratado com indulgência, educadamente incapacitado. Claro que teriam passado a descrição de Charlie para a polícia — e de Vicky também, na verdade —, mas Andy não estaria livre para ir seguindo sozinho. Portanto, ela foi removida, e agora ele não sabia onde ela estava enterrada. Ou talvez tivesse sido cremada. Ou...

Ah, merda, por que você está fazendo isso consigo mesmo?

Andy se levantou abruptamente e se serviu com o resto da bebida de Granther que estava sobre a amurada do deque. Era tudo passado; nada poderia mudar; era hora de parar de pensar no assunto.

Seria um bom truque, se você pudesse mudá-lo.

Ele olhou para as formas escuras das árvores e apertou o copo com força na mão direita. O pensamento passou pela cabeça dele de novo.

Charlie, eu juro pra você, de alguma forma vai ficar tudo bem.

6

Naquele inverno em Tashmore, tanto tempo depois de seu despertar infeliz naquele hotel de beira de estrada em Ohio, parecia que sua previsão desesperada tinha finalmente se tornado realidade.

Não foi um inverno idílico para eles. Pouco depois do Natal, Charlie pegou um resfriado e teve tosse e coriza até o começo de abril, quando o tempo finalmente melhorou de vez. Por um tempo, ela teve febre. Andy lhe deu aspirinas partidas no meio e disse a si mesmo que, se a febre não passasse em três dias, seria preciso levá-la ao médico do outro lado do lago, em Bradford, fossem quais fossem as consequências. Mas a febre passou, e pelo resto do inverno o resfriado de Charlie foi apenas um incômodo constante para ela. Andy conseguiu arrumar um caso leve de geladura em uma ocasião memorável em março e quase ateou fogo nos dois quando, em uma noite terrível de temperatura negativa em fevereiro, colocou lenha demais no fogão. Ironicamente, foi Charlie quem acordou no meio da noite e descobriu que o chalé estava quente demais.

No dia 14 de dezembro, eles comemoraram o aniversário dele, e no dia 24 de março, o de Charlie. Ela completou oito anos, e às vezes Andy olhava para ela com uma espécie de surpresa, como se a estivesse vendo pela primeira vez. Ela não era mais uma garotinha; já passava da altura do cotovelo dele. O cabelo estava comprido novamente, e ela passou a trançá-lo para que não caísse nos olhos. Ela ficaria linda. Já era, mesmo com o nariz vermelho e tudo.

Eles estavam sem carro. O Willys de Irv Manders congelou em janeiro, e Andy achava que o bloco do motor havia rachado. Todos os dias ele ligava o carro, mais por um sentimento de responsabilidade do que por qualquer outra coisa, porque nem mesmo um carro com tração nas quatro rodas os tiraria da casa de Granther depois do Ano Novo. A neve, intacta exceto pelas pegadas de esquilos, alguns cervos e um gambá persistente que foi farejar cheio de esperanças a lixeira, já estava com quase sessenta centímetros.

Havia três pares de esquis antigos de cross-country no galpão atrás do chalé; nenhum deles cabia em Charlie. Mas era melhor assim. Andy a mantinha dentro de casa o máximo possível. Eles podiam viver com o resfriado dela, mas não poderiam correr o risco de a febre voltar.

Andy encontrou um par velho de botas de esqui de Granther, cheio de poeira e rachado pelo tempo, guardado em uma caixa de papelão embaixo da mesa onde o avô antes planejava janelas e fazia portas. Lubrificou as botas, flexionou-as e descobriu que não conseguia preenchê-las sem encher de jornal na frente. Havia algo de engraçado nisso, mas ele também achou um pouco sinistro. Ele pensou muito em Granther naquele longo inverno e se perguntou o que ele acharia da situação.

Umas seis vezes durante o inverno, ele calçou os esquis — não havia alças modernas neles, só um emaranhado confuso e irritante de tiras, fivelas e anéis — e percorreu o lago Tashmore, congelado e amplo, até a Doca de Bradford. De lá, uma estrada pequena e sinuosa levava ao vilarejo, escondido nas colinas três quilômetros a leste do lago.

Ele sempre saía antes do amanhecer, com a mochila de Granther nas costas, e nunca voltava antes das três da tarde. Em uma ocasião, escapou por pouco de uma tempestade de neve que o deixaria cego e desnorteado, vagando pelo gelo. Charlie chorou de alívio quando ele retornou… e teve um ataque longo e alarmante de tosse.

As idas a Bradford eram em busca de suprimentos e roupas para ele e a filha. Havia o dinheiro de jogo de Granther, e mais tarde Andy invadiu três das propriedades maiores na extremidade do lago Tashmore e roubou alguma quantia. Não sentia orgulho disso, mas era questão de sobrevivência. As propriedades que escolheu poderiam ter sido vendidas no mercado de imóveis por oitenta mil dólares cada, e ele achava que os donos podiam perder vinte ou trinta dólares em dinheiro miúdo escondido em latas de biscoito, que era exatamente onde a maioria deles o guardava. A única outra coisa em que ele tocou naquele inverno foi no grande tanque de combustível atrás do chalé grande e moderno peculiarmente chamado de ACAMPAMENTO CONFUSÃO. Desse tanque ele tirou uns quarenta galões de gasolina.

Não gostava de ir lá. Não gostava da certeza de saber que os moradores antigos ficavam sentados em volta do grande fogão à lenha perto da registradora, falando sobre o estranho hospedado em uma das propriedades do outro lado do lago. As histórias podiam acabar se espalhando, e às vezes chegar aos ouvidos errados. Não precisaria de muito, só um sussurro, para a Oficina fazer a ligação inevitável entre Andy, seu avô e o chalé do seu avô em Tashmore, Vermont. Mas não sabia o que fazer. Precisavam comer, e não podiam passar o inverno inteiro vivendo de sardinhas em lata. Ele queria frutas frescas para Charlie, comprimidos de vitaminas e roupas. Charlie chegou sem nada além de uma camisa suja, uma calça vermelha e uma única calcinha. Andy não confiava em nenhum remédio para tosse, não havia legumes e verduras, e, absurdamente, quase nenhum fósforo. Todas as casas que ele invadiu possuíam lareira, mas ele só encontrou uma caixa de fósforos Diamond.

Poderia ter ido mais longe, pois havia mais propriedades e chalés, mas muitos eram limpos e vigiados pela polícia de Tashmore. E em muitas das estradas havia pelo menos um ou dois residentes permanentes.

Na loja de artigos gerais de Bradford, ele conseguiu comprar tudo de que precisava, inclusive três calças pesadas e três camisas de lã que eram aproximadamente do tamanho de Charlie. Não havia calcinhas, e ela se virou com cuecas tamanho oito, o que a enojou e a divertiu ao mesmo tempo.

Fazer o trajeto de quase dez quilômetros de ida e volta até Bradford com os esquis de Granther era um peso e ao mesmo tempo um prazer para Andy. Ele não gostava de deixar Charlie sozinha, não por não confiar nela, mas porque vivia com medo de voltar e não a encontrar... ou de encontrá-la morta. As botas velhas faziam bolhas, não importava a quantidade de meias que ele colocasse. Se tentasse se deslocar rápido demais, sentia dor de cabeça e acabava se lembrando dos pontos sem sensibilidade no rosto;

visualizava seu cérebro como um pneu velho e careca, um pneu usado por tanto tempo e com tanta frequência que chegava à lona em alguns pontos. Se ele tivesse um derrame no meio daquele maldito lago e morresse congelado, o que aconteceria com a filha?

Mas ele pensava melhor ao percorrer esses trajetos. O silêncio era uma maneira de limpar a cabeça. O lago Tashmore em si não era largo, o caminho que Andy fazia da margem oeste até a leste tinha menos de um quilômetro e meio, mas era muito longo. Com a neve a um metro e vinte de profundidade sobre o gelo em fevereiro, ele às vezes parava no meio e olhava lentamente para a direita e para a esquerda. O lago parecia um longo corredor com piso de azulejo absurdamente branco: limpo, perfeito, que seguia até sumir de vista nas duas direções. Pinheiros polvilhados de açúcar contornavam todo o lago. Acima via-se o céu azul duro, vertiginoso e imperdoável do inverno, ou o branco baixo e disforme da neve caindo. Podia-se ouvir o grito distante de um corvo, ou o baque baixo e ondulante do gelo se prolongando, mas só isso. O exercício tonalizava seu corpo. Ele ficava com uma camada de suor entre a pele e as roupas, e era bom suar e limpar a testa. Ele havia se esquecido dessa sensação enquanto ensinava sobre Yeats e Williams e corrigia avaliações universitárias.

No silêncio e com o esforço que exauria o corpo, seus pensamentos se tornavam claros, e ele refletiu sobre o problema. Alguma coisa precisava ser feita, ou já devia ter sido feita muito tempo antes, mas isso estava no passado.

Os dois haviam ido para a casa de Granther com o objetivo de passar o inverno, mas ainda estavam fugindo. A inquietação que sentia pelos moradores da região sentados em volta do fogão à lenha com os cachimbos e olhos curiosos era suficiente para deixar isso bem claro. Ele e Charlie estavam encurralados, mas tinha que haver alguma saída.

E Andy ainda sentia raiva, porque *não era certo*. Eles *não* tinham o direito. Sua família era de cidadãos americanos, que viviam em uma sociedade supostamente livre. Sua esposa foi assassinada, sua filha foi sequestrada, os dois estavam sendo caçados como coelhos em cerca viva.

Ele pensou novamente que, se pudesse contar a história para alguém (ou para várias pessoas), a coisa toda da Oficina poderia ir por água abaixo. Não fizera isso antes porque aquela hipnose estranha, o mesmo tipo de hipnose que resultou na morte de Vicky, continuou, ao menos até certo grau. Não queria sua filha crescendo como uma aberração em um show de horrores. Não queria que ela fosse enfiada em uma instituição, nem para o bem do país e nem para o bem dela mesma. E, pior de tudo, ele continuou mentindo para si mesmo. Mesmo depois de ver a esposa enfiada no armário, embaixo da tábua de passar na lavanderia com o pano enfiado na boca, ele continuou mentindo para si mesmo e dizendo que mais cedo ou mais tarde eles seriam deixados em paz. *Só estou brincando por brincar*, eles diziam quando crianças. *Todo mundo tem que devolver o dinheiro no final.*

Só que eles não eram crianças, não estavam brincando só por brincar, e ninguém ia devolver nada a ele e a Charlie quando o jogo acabasse. Aquele jogo era para sempre.

No silêncio, Andy começou a compreender algumas verdades difíceis. De certa maneira, Charlie *era* uma aberração, não muito diferente dos bebês da talidomida dos anos 1960 ou das filhas de mulheres que tomaram DES; os médicos não sabiam que aquelas filhas desenvolveriam tumores vaginais em números anormais catorze ou dezesseis anos mais tarde. Não era culpa de Charlie, mas isso não alterava a situação. A estranheza dela, a aberração dela, só estava por dentro. O que ela fez na fazenda dos Manders foi apavorante, totalmente apavorante, e desde então Andy se viu questionando até onde a capacidade dela ia, até onde *poderia* ir. Ele leu muito sobre parapsicologia durante aquele ano em fuga, o suficiente para saber que desconfiavam que tanto a pirocinese quanto a telecinese estavam ligadas a certas glândulas que secretavam substâncias diretamente no sangue, e que ainda não eram bem compreendidas. Sua leitura também lhe informou que os dois talentos estavam relacionados, e que a maioria dos casos documentados era sobre garotas não muito mais velhas do que a idade de sua filha agora.

Charlie conseguiu iniciar aquela destruição na fazenda dos Manders com sete anos de idade. Agora, tinha quase oito. O que poderia acontecer quando completasse doze anos e entrasse na adolescência? Talvez nada. Talvez muita coisa. Ela disse que não ia mais usar o poder, mas e se fosse forçada a usar? E se começasse a acontecer espontaneamente? E se começasse a acender fogos dormindo como parte de sua estranha puberdade, uma contrapartida incendiária das poluções noturnas que a maioria dos garotos adolescentes vivenciava? E se a Oficina finalmente decidisse mandar seus cães pararem... e Charlie fosse sequestrada por alguma potência estrangeira?

Perguntas, perguntas.

Em suas viagens pelo lago, Andy tentava lidar com os questionamentos, e passou a acreditar com relutância que Charlie talvez precisasse se submeter a alguma espécie de custódia pelo resto da vida, talvez para a própria proteção. Poderia ser tão necessário para ela quanto as órteses de perna usadas pelas vítimas de distrofia muscular ou as estranhas próteses dos bebês da talidomida.

E havia também as perguntas sobre seu próprio futuro. Andy se lembrava dos pontos insensíveis, do olho vermelho. Nenhum homem quer acreditar que sua sentença de morte foi assinada e datada, e ele não acreditava completamente nisso, mas estava ciente de que mais dois ou três empurrões mais fortes poderiam matá-lo. Percebeu também que sua expectativa de vida normal podia já ter sido consideravelmente reduzida. Alguma providência devia ser tomada para Charlie caso isso acontecesse.

Mas não do jeito da Oficina.

Não o quartinho. Ele não permitiria que isso acontecesse.

Assim, ele pensou no assunto, e finalmente chegou a uma decisão dolorosa.

7

Andy escreveu seis cartas. Eram quase idênticas. Duas para senadores dos Estados Unidos do estado de Ohio. Uma para a mulher que representava o distrito do qual Harrison fazia parte na Câmara dos Representantes dos Estados Unidos. Uma para o *New York Times*. Uma para o *Tribune* de Chicago. E uma para o *Blade* de Toledo. Todas as seis cartas contavam a história do que havia acontecido, começando pelo experimento no Jason Gearneigh Hall e terminando com o isolamento forçado dele e de Charlie no lago Tashmore.

Quando terminou, ele deu uma das cartas para Charlie ler. Ela leu lentamente, com atenção, levando quase uma hora. Era a primeira vez que ela tomava conhecimento da história inteira, do começo até o final.

— Você vai enviar isso? — perguntou ela quando terminou.

— Vou — afirmou ele. — Amanhã. Acho que amanhã vai ser a última vez que vou ousar atravessar o lago. — Tinha finalmente começado a esquentar um pouco. O gelo ainda estava sólido, mas estalava constantemente, e ele não sabia por quanto tempo mais seria seguro.

— O que vai acontecer, papai?

Ele balançou a cabeça.

— Não tenho certeza. Só posso esperar que, quando a história for divulgada, aquelas pessoas que estão atrás de nós sejam obrigadas a parar.

Charlie assentiu com seriedade.

— Você devia ter feito isso antes.

— Devia — concordou ele, sabendo que ela estava pensando no quase cataclismo provocado na fazenda dos Manders, em outubro. — Talvez. Mas nunca tive chance de pensar direito, Charlie. Só conseguia pensar em como nos manter em movimento. E o tipo de reflexão que a gente tem quando está fugindo... bem, a maioria é besteira. Eu ficava torcendo para eles desistirem e nos deixarem em paz. Foi um erro terrível.

— Eles não vão me fazer ir pra longe, vão? — perguntou Charlie. — Longe de você. Nós vamos poder ficar juntos, não vamos, papai?

— Vamos — respondeu ele, sem querer contar que sua ideia sobre o que poderia acontecer depois que as cartas fossem enviadas e recebidas era tão vaga quanto a dela. Era somente um "depois".

— Então só me importo com isso. E não vou provocar mais nenhum fogo.

— Tudo bem — disse ele, acariciando o cabelo dela. Sua garganta se apertou com um medo premonitório, e algo que acontecera ali perto ocorreu a ele de repente, algo em que não pensava havia anos. Ele saíra com seu pai e Granther, e o avô deu a ele seu .22, que ele chamava de rifle de praga, quando Andy pediu. Andy tinha visto um esquilo e queria atirar nele. Seu pai começou a protestar, e Granther o fez parar de falar com um sorrisinho estranho.

Andy mirou como Granther tinha ensinado; apertou o gatilho, em vez de só dar um puxão (como Granther também tinha ensinado), e atirou no esquilo. O animal caiu como um bicho de pelúcia, e Andy correu com empolgação para pegá-lo depois de devolver a arma para o avô. De perto, ele ficou estupefato pelo que viu: o esquilo não era um bicho de pelúcia e não estava morto. Tinha acertado nas ancas, e o bicho estava caído e morrendo com gotas de sangue em volta, os olhos negros despertos, vivos, cheios de um sofrimento horrível. As pulgas do animal, já sabendo a verdade, pulavam do corpo em três filas agitadas.

Sua garganta se fechou com um estalo e, aos nove anos, Andy sentiu pela primeira vez aquele sabor forte e ácido do desprezo por si próprio. Ele olhou entorpecido para a vítima do seu gesto desastrado, ciente de que seu pai e avô estavam logo atrás, as sombras dos dois sobre ele — três gerações de McGee de pé junto a um esquilo assassinado em um bosque de Vermont. E atrás dele, Granther disse baixinho: *bom, você conseguiu, Andy. O que achou?* As lágrimas vieram de repente, sufocando-o, as lágrimas quentes de horror e percepção, a percepção de que depois que foi feito, está feito. Ele jurou de repente que nunca mais mataria nada com uma arma. Jurou perante Deus.

Eu não vou fazer mais fogos, prometera Charlie, e na mente Andy ouviu a resposta de Granther no dia em que ele atirou no esquilo, o dia em que ele jurou a Deus que nunca mais faria nada parecido. *Nunca diga isso, Andy. Deus ama fazer um homem quebrar sua promessa. Faz com que ele se mantenha humilde quanto a seu lugar no mundo e quanto a seu sentido de autocontrole.* Mais ou menos o que Irv Manders havia dito para Charlie.

Charlie encontrou uma coleção completa de livros *Bomba the Jungle Boy* no sótão e começou a ler os exemplares lentamente, mas com regularidade. Andy olhou para ela, sentada em um raio poeirento de sol na velha cadeira de balanço preta, sentada onde a avó dele sempre se sentava, normalmente com um cesto aos pés, cheio de roupas a remendar. Naquele momento, Andy lutou contra a vontade de mandar que ela voltasse atrás, que voltasse atrás enquanto ainda podia, a vontade de dizer que ela não entendia a terrível tentação: se a arma ficasse ali por tempo suficiente, mais cedo ou mais tarde você a pegava de novo.

Deus ama fazer um homem quebrar sua promessa.

8

A única pessoa que viu Andy postar as cartas foi Charles Payson, o sujeito que tinha se mudado para Bradford em novembro e desde então vinha tentando fazer prosperar a velha loja Bradford Notions 'n' Novelties. Payson era um homem pequeno de rosto triste que ofereceu uma bebida para Andy em uma de suas visitas à cidade. Na cidade em si, a expectativa era de que, se Payson não fizesse a loja dar certo no verão seguinte, a Notions 'n' Novelties teria uma placa de VENDE-SE OU ALUGA-SE na vitrine até o dia 15 de setembro. Ele era um sujeito simpático, mas estava tendo dificuldades. Bradford não era a cidade que já tinha sido.

Andy subiu a rua — tinha deixado os esquis enfiados na neve, no começo da estrada que seguia a partir da Doca de Bradford — e se aproximou da loja. Dentro, os moradores antigos o observaram com um leve interesse. Houve alguns comentários sobre Andy naquele inverno; o consenso era que ele estava fugindo de alguma coisa: falência, talvez, ou um acordo de divórcio. Talvez de uma esposa furiosa que havia sido enganada em relação à guarda da filha: as roupas pequenas que Andy comprara não passaram despercebidas. O consenso também era de que ele e a criança talvez tivessem invadido uma das propriedades do outro lado do lago e estavam passando o inverno lá. Ninguém levou essa possibilidade para o chefe de polícia de Bradford, um novato que morava na cidade havia apenas doze anos e se achava o dono do lugar. O tal sujeito vinha do outro lado do lago, de Tashmore, Vermont. Nenhum dos moradores antigos que se sentavam em volta do fogão de Jake Rowley na loja de artigos gerais de Bradford gostava muito das leis de Vermont, com seu imposto de renda, suas garrafas retornáveis e aquele maldito russo aboletado em casa como um czar, escrevendo livros que ninguém era capaz de entender. Que Vermont lidasse com os próprios problemas, essa era a visão unânime, ainda que não declarada.

— Ele não vai atravessar o lago por muito mais tempo — observou um deles. Deu outra mordida no chocolate Milky Way e começou a mastigar.

— A não ser que tenha um par de boias de braço — respondeu outro, e eles todos riram.

— Nós não vamos mais ver ele por muito mais tempo — afirmou Jake com complacência enquanto Andy se aproximava da loja. Andy estava usando o velho casaco de Granther e uma faixa azul de lã sobre as orelhas. Uma lembrança, talvez uma semelhança familiar que remontava ao próprio Granther, dançou fugidia na mente de Jake e desapareceu. — Quando o gelo começar a derreter, ele vai se arrumar e ir embora. Ele e quem quer que esteja com ele lá.

Andy parou do lado de fora, tirou a mochila das costas e pegou as cartas. Em seguida, entrou na loja. Os homens reunidos lá começaram a examinar as próprias unhas, os relógios, o velho fogão Pearl Kineo. Um deles pegou um lenço azul gigantesco e escarrou com vontade.

Andy olhou ao redor.

— Bom dia, cavalheiros.

— Bom dia para você — cumprimentou Jake Rowley. — Precisa de alguma coisa?

— Você vende selos, não vende?

— Ah, vendo. O governo confia em mim para isso.

— Eu gostaria de seis de quinze, por favor.

Jake os arrancou com cuidado de uma das folhas em seu velho livro de selos.

— Mais alguma coisa para você hoje?

Andy pensou e sorriu. Era o dia 10 de março. Sem responder, ele caminhou até a estante de cartões ao lado da moedora de grãos de café e pegou um cartão de aniversário decorado grande, onde se lia PARA VOCÊ, FILHA, EM SEU DIA ESPECIAL. Levou o cartão até o balcão e pagou.

— Obrigado — disse Jake, e somou o total.

— De nada — respondeu Andy, e saiu. Os homens reunidos o viram ajustar a faixa e colocar selo em cada uma das cartas. O ar saía enfumaçado de suas narinas. Viram Andy contornar o prédio até onde se encontrava a caixa do correio, mas ninguém sentado em volta do fogão poderia testemunhar no tribunal se ele postou as cartas ou não. Depois Andy apareceu novamente colocando a mochila nas costas.

— Lá vai ele — comentou um dos moradores antigos.

— É um sujeito educado — observou Jake, e isso encerrou o assunto. A conversa se voltou para outras questões.

Charles Payson, que não vendera nem trezentos dólares de mercadorias durante todo o inverno, ficou na porta da loja olhando Andy se afastar.

Payson poderia testemunhar que as cartas haviam sido postadas; ele ficou parado ali e o viu colocar todas de uma vez na abertura da caixa.

Quando Andy desapareceu de vista, Payson entrou na loja e, pela porta atrás do balcão onde vendia balas baratas, munição de chumbinho e chiclete, entrou no escritório que ficava nos fundos. O telefone dele tinha um dispositivo codificador conectado. Payson ligou para Virginia e pediu instruções.

9

Não havia e não há correio em Bradford, New Hampshire — e nem em Tashmore, Vermont, na verdade —; as duas cidades eram pequenas demais. A agência mais próxima de Bradford ficava em Teller, New Hampshire. À uma e quinze da tarde naquele 10 de março, o pequeno caminhão postal de Teller parou na frente da loja de artigos gerais, e o carteiro recolheu todas as cartas da caixa perto de onde Jake vendeu gasolina até 1970. A correspondência ali depositada consistia das seis cartas de Andy e um cartão-postal que a srta. Shirley Devine, uma solteirona de cinquenta anos, enviara para a irmã em Tampa, na Flórida. Do outro lado do lago, Andy McGee estava cochilando, e Charlie McGee fazia um boneco de neve.

O carteiro, Robert Everett, depositou as cartas em um saco, jogou o saco na parte de trás do caminhão azul e branco e dirigiu até Williams, outra cidade pequena de New Hampshire com o mesmo CEP de Teller. Em seguida, contornou no meio da rua que os residentes de Williams, brincando, chamavam de "avenida principal" e começou o caminho de volta até Teller, onde todas as cartas seriam separadas e enviadas por volta das três da tarde. A oito quilômetros da cidade, um Chevrolet Caprice bege estava parado atravessado na estrada, bloqueando as duas pistas estreitas. Everett estacionou perto do banco de neve e desceu do caminhão para ver se podia ajudar.

Dois homens se aproximaram dele saindo do carro. Mostraram as credenciais e explicaram o que queriam.

— Não! — exclamou Everett, tentando rir. Sua risada soava incrédula, como se alguém tivesse dito a ele que iam abrir a praia de Tashmore para quem quisesse nadar naquela tarde mesmo.

— Se você duvida que somos quem afirmamos ser... — começou um deles. Era Orville Jamieson, às vezes conhecido como OJ, às vezes conhecido como Suco. Ele não se importava em lidar com aquele carteiro caipira; não se importava com nada desde que suas ordens o mantivessem a uma distância maior do que cinco quilômetros daquela garota infernal.

— Não, não é isso. Não é isso mesmo — explicou Robert Everett. Ele estava com medo, com tanto medo quanto qualquer homem sentiria ao se confrontar de repente com a força do governo, quando a burocracia de terno subitamente ganhava rosto, como uma coisa sombria e sólida aparecendo em uma bola de cristal. Ainda assim, o carteiro estava determinado. — Mas o que tenho aqui é correspondência. Correspondência *americana*. Vocês devem entender isso.

— É uma questão de segurança nacional — informou OJ. Depois do fiasco em Hastings Glen, um cordão protetor foi erguido em volta da propriedade dos Manders. O terreno e os restos da casa receberam tratamento de pente-fino. Como resultado, OJ recuperou a Windsucker, que agora estava confortavelmente aninhada na lateral esquerda do seu peito.

— Você diz que é, mas isso não basta — respondeu Everett.

OJ desabotoou a parka Carroll Reed para que Robert Everett pudesse ver a Windsucker. Os olhos de Everett se arregalaram, e OJ sorriu um pouco.

— Você não quer que eu pegue isto, quer?

Everett não conseguia acreditar que aquilo estava acontecendo. Ele tentou a última cartada.

— Vocês sabem qual é a penalidade por roubar correspondência americana? Vocês podem ir parar em Leavenworth, Kansas, por causa disso.

— Você pode esclarecer com seu chefe quando voltar a Teller — o outro homem anunciou, falando pela primeira vez. — Agora, vamos parar com essa merda, tá? Nos dê o saco de correspondência de fora da cidade.

Everett entregou o pequeno saco com a correspondência de Bradford e Williams. Eles o abriram bem ali na estrada e remexeram o conteúdo de maneira impessoal. Robert Everett sentiu raiva e uma espécie de vergonha enojada. O que eles estavam fazendo não era certo, nem mesmo se os segredos da bomba nuclear estivessem ali dentro. Abrir a correspondência de um compatriota na beira da estrada não era certo. Absurdamente, ele se viu tendo a mesma sensação que teria se um homem estranho tivesse invadido a casa dele e tirado a roupa da sua esposa.

— Vocês vão ver só por causa disso — disse ele com voz engasgada e assustada. — Vocês vão ver.

— Aqui estão! — exclamou o outro sujeito para OJ, entregando-lhe seis cartas, todas escritas com a mesma caligrafia cuidadosa. Robert Everett as reconheceu. Haviam vindo da caixa na loja de artigos gerais de Bradford. OJ guardou as cartas no bolso, e os dois caminharam até o Caprice, deixando o saco de correspondência aberto na estrada.

— Vocês vão ver só! — gritou Everett com voz trêmula.

Sem olhar para trás, OJ disse:

— Fale com seu chefe antes de falar com qualquer outra pessoa. Se quiser permanecer no posto e garantir a aposentadoria pelo serviço, claro.

Os dois foram embora. Everett, furioso, com medo e enjoado, os viu se afastar. Finalmente, pegou o saco de cartas e o colocou de volta no caminhão.

— Roubado — disse ele, surpreso ao perceber que estava à beira das lágrimas. — Roubado, eu fui roubado, ah, caramba, eu fui roubado.

Ele voltou para Teller o mais rápido que conseguiu pelas ruas com lama de neve. Falou com seu chefe, como os homens sugeriram. O chefe da agência de Teller era Bill Cobham, e Everett ficou na sala de Cobham por mais de uma hora. Às vezes, as vozes deles passavam pela porta do escritório, altas e furiosas.

Cobham tinha cinquenta e seis anos. Trabalhava no correio havia trinta e cinco e estava morrendo de medo. Finalmente, ele conseguiu transmitir seu medo para Robert Everett. E Everett nunca disse nada, nem mesmo para a esposa, sobre o dia em que foi roubado na Teller Road entre Bradford e Williams. Mas nunca esqueceu, e nunca perdeu completamente a sensação de raiva e vergonha... e desilusão.

10

Às duas e meia, Charlie tinha terminado de fazer seu boneco de neve, e Andy, um pouco revigorado após o cochilo, havia se levantado. Orville Jamieson e seu novo parceiro, George Sedaka, estavam em um avião. Quatro horas mais tarde, quando Andy e Charlie se preparavam para jogar cartas e quando os pratos lavados do jantar secavam no escorredor, as cartas estavam na mesa do capitão Hollister.

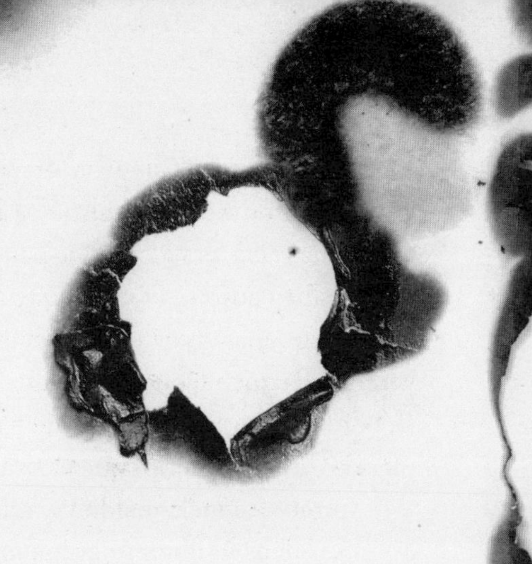

O CAPITÃO E RAINBIRD

1

No dia 24 de março, data do aniversário de Charlie McGee, o capitão Hollister estava sentado atrás de sua mesa, invadido por uma inquietação não identificada. Já o *motivo* para essa inquietação estava muito bem identificado: esperava que John Rainbird chegasse em menos de uma hora, que era o mesmo que esperar o diabo ser pontual, por assim dizer. E pelo menos o diabo cumpria um acordo depois de feito, se você acreditasse no material de divulgação dele, mas o capitão sempre achou que havia alguma coisa fundamentalmente incontrolável na personalidade de John Rainbird. No fim das contas, ele não passava de um assassino de aluguel, e assassinos de aluguel sempre acabavam se destruindo, mais cedo ou mais tarde. O capitão acreditava que, quando chegasse a hora de Rainbird, seria com um estrondo espetacular. O quanto exatamente ele sabia sobre a operação McGee? Não mais do que o necessário, claro, mas... isso o incomodava. Não pela primeira vez, ele se perguntou se, depois que esse caso McGee estivesse acabado, não seria melhor providenciar um acidente para o índio. Nas palavras memoráveis do pai do capitão, Rainbird era tão maluco quanto um homem comendo cocô de rato e dizendo que era caviar.

Ele suspirou. Do lado de fora, uma chuva fria tamborilava nas janelas, carregada por um vento forte. Seu escritório, tão claro e agradável no verão, estava agora tomado de sombras cinzentas que não estavam sendo favoráveis para ele, naqueles momentos em que estava com o arquivo McGee no carrinho à sua esquerda. O inverno o envelheceu: não era o mesmo homem confiante que foi de bicicleta até a porta naquele dia em outubro, quando os McGee haviam fugido de novo, deixando uma tempestade de fogo para trás.

Marcas em seu rosto que mal eram percebidas na época pareciam agora fissuras profundas. Ele precisou se render à humilhação de óculos bifocais (*óculos de velho*, era assim que pensava) e se acostumar com a nova realidade, que lhe causou enjoo durante as seis primeiras semanas. Essas eram as coisas pequenas, as evidências externas do jeito como as coisas se desenvolveram de maneira louca e irritantemente errada. Sobre isso, reclamava para si, porque todo seu treinamento e sua criação o prepararam para não reclamar dos assuntos sérios que estavam tão perto de virem à tona.

Como se aquela maldita garotinha tivesse lançado uma maldição nele, as únicas duas mulheres por quem o capitão realmente nutria sentimentos desde a morte de sua mãe haviam morrido de câncer no inverno: sua esposa Georgia, três dias depois do Natal, e sua secretária Rachel, havia pouco mais de um mês.

Ele sabia que Georgia sofria de uma doença grave, claro: a mastectomia realizada catorze meses antes da morte desacelerou, mas não impediu o progresso da doença. Já a morte de Rachel foi uma surpresa cruel. Perto do final, ele conseguia se lembrar (*como parecemos imperdoáveis às vezes, quando olhamos para trás*) de ficar brincando que ela precisava engordar, ao que Rachel também respondia com piadas.

Agora ele só tinha a Oficina, e talvez não por muito mais tempo. Uma espécie traiçoeira de câncer tinha acometido o capitão. Como poderia ser chamado? Câncer de confiança? Algo assim. E, nos escalões superiores, aquele tipo de câncer era quase sempre fatal. Nixon, Lance, Helms... todos vítimas de câncer de credibilidade.

Ele abriu o arquivo McGee e tirou o material mais recente: as seis cartas que Andy enviara menos de duas semanas antes. Mexeu em cada uma sem ler. Eram todas essencialmente a mesma carta, e ele sabia o conteúdo quase de cor. Abaixo havia fotografias, algumas tiradas por Charles Payson, outras por outros agentes da região de Tashmore do lago. Eram fotos de Andy andando pela rua principal de Bradford; Andy fazendo compras na loja de artigos gerais e pagando no caixa; Andy e Charlie no galpão de barco da propriedade, o Willys de Irv Manders um calombo coberto de neve ao fundo. Uma foto de Charlie escorregando por uma ladeira com uma camada lisa de neve em uma caixa de papelão, o cabelo esvoaçante sob um gorro de tricô grande demais para ela. Nessa foto, Andy estava de pé atrás da filha, as mãos enluvadas nos quadris, a cabeça inclinada para trás, gargalhando. O capitão olhava para essa foto com frequência e demoradamente, e às vezes flagrava, surpreso, um tremor nas mãos quando a colocava de lado. Ele queria muito mesmo aqueles dois.

Ele se levantou e foi até a janela por um momento. Nada de Rich McKeon cortando a grama. Os amieiros estavam desfolhados e esqueléticos, e o laguinho entre as duas casas parecia uma área como que coberta por uma placa. Havia dezenas de assuntos importantes no menu da Oficina naquele começo de primavera, um verdadeiro banquete, mas para o capitão só havia mesmo um: a questão de Andy McGee e sua filha Charlene.

O fiasco dos Manders provocou muitos estragos. Embora a Oficina e ele tivessem sobrevivido, o insucesso desencadeou uma onda crítica que quebraria em breve. O epicentro dessa onda era o jeito como os McGee foram tratados desde o dia em que Victoria McGee foi assassinada e a filha foi levada, ainda que por um breve momento. Muitas críticas estavam relacionadas ao fato de que um professor universitário que não tinha nem prestado serviço militar conseguira tirar a filha de dois agentes treinados da Oficina, deixando um deles louco e o outro em um coma que durou seis meses. Esse último agente, que nunca mais serviria para nada, caía inerte se alguém falasse a palavra "dormir" perto dele, e podia ficar assim de quatro horas a um dia inteiro. De um jeito estranho, até que era engraçado.

A outra grande crítica estava relacionada com o fato de que os McGee conseguiram ficar um passo à frente por tanto tempo. Isso manchava a imagem da Oficina, e fazia com que todos parecessem idiotas.

No entanto, a crítica mais pesada estava relacionada com o incidente na fazenda dos Manders, porque aquilo quase acabou com a Oficina. O capitão sabia que os sussurros tinham começado. Os sussurros, os memorandos, talvez até depoimentos em audiências ultrassecretas no Congresso. *Não queremos que ele siga em frente como Hoover. Essa questão cubana fracassou completamente porque ele não conseguia tirar a cabeça do maldito arquivo McGee. A esposa morreu há pouco tempo, sabe. Uma pena. O abalo foi terrível. O caso McGee não passa de um registro de inaptidão. Talvez alguém mais jovem...*

Mas nenhuma daquelas pessoas entendia o que eles estavam enfrentando. Achavam que entendiam, mas não. E mais de uma vez ele viu a negação do fato, simples, de que a garotinha era pirocinética, uma incendiária.

Dezenas de relatórios sugeriam que o fogo na fazenda dos Manders teria se iniciado por derramamento de gasolina, porque a mulher teria quebrado um lampião de querosene, causando uma porra de combustão espontânea, e só Deus sabia quais outras besteiras. Alguns daqueles relatórios haviam sido escritos por pessoas que estavam lá.

De pé em frente à janela, o capitão se viu desejando perversamente que Wanless estivesse ali. Wanless entendia. Ele poderia ter conversado com Wanless sobre essa... essa cegueira perigosa.

Ele voltou até a mesa. Não fazia sentido se iludir: quando o processo de desestabilização começava, não havia como impedir. Era mesmo como um câncer. Dava para retardar o crescimento cobrando favores (e o capitão cobrou dez anos de favores só para permanecer no controle durante o inverno); dava até para atenuar. Mas, mais cedo ou mais tarde, chegava o seu fim. Ele sentia que tinha até julho, se seguisse as regras, ou até novembro se decidisse ir fundo e com tudo. Mas isso poderia significar desestruturar a agência, algo que ele não queria fazer. Não pretendia destruir algo em que investira metade da vida. Ainda assim, faria se precisasse. Levaria a questão até o fim.

O fator mais importante que permitiu que ele continuasse no controle foi a velocidade com que eles voltaram a localizar os McGee. O capitão ficou feliz de levar os créditos por isso, pois ajudou a melhorar sua posição, mas tudo o que ele precisara fazer foi passar um tempo no computador.

Conviviam de tão longa data com o problema que já haviam tido o tempo de revirar o terreno dos McGee de uma forma ampla e irrestrita. No arquivo do computador havia fatos sobre mais de duzentos parentes e quatrocentos amigos em toda a árvore genealógica McGee-Tomlinson. Esses laços iam até a melhor amiga de Vicky no primeiro ano do ensino fundamental, uma garota chamada Kathy Smith, que agora era a sra. Frank Worthy de Cabral, Califórnia, e provavelmente não pensava em Vicky havia mais de vinte anos.

O computador recebeu os dados sobre onde os procurados foram vistos pela última vez e na mesma hora disparou uma lista de probabilidades. No topo da lista estava o nome do falecido avô de Andy, que tinha uma propriedade no lago Tashmore em Vermont. O imóvel tinha sido passado para o nome de Andy depois do falecimento. Os McGee passaram férias lá, e ficava a uma distância razoável da fazenda dos Manders, seguindo por estradas menores. O computador supunha que, se Andy e Charlie fossem para algum "lugar conhecido", seria lá.

Menos de uma semana depois que eles chegaram na casa de Granther, o capitão já sabia que estavam lá. Um grupo de agentes foi posicionado em volta da propriedade. Arranjos foram feitos para a compra da Notions 'n' Novelties em Bradford, pois o núcleo da Oficina contava com a probabilidade de que qualquer compra necessária seria feita na cidade.

Vigilância passiva, mais nada. Todas as fotografias foram tiradas com lentes teleobjetivas nas melhores condições de encobrimento. O capitão não tinha intenção de correr o risco de outra fogueira gigante.

Eles poderiam ter matado Andy silenciosamente em qualquer trajeto seu pelo lago. Poderiam ter atirado nos dois com a mesma facilidade com que tiraram a foto de Charlie escorregando na caixa de papelão. Porém, o capitão queria a garota, e agora acreditava que, se quisessem exercer algum controle sobre ela, precisariam levar também o pai.

Depois de localizá-los de novo, o objetivo mais importante foi cuidar para que os dois não se sentissem ameaçados. O capitão não precisava de um computador informando que, quanto mais assustado Andy ficasse, maiores seriam as chances de procurar ajuda externa. Antes do caso Manders, um vazamento na imprensa poderia ser resolvido. Depois, a interferência da imprensa virou um jogo completamente diferente. O capitão tinha pesadelos só de pensar no que aconteceria se o *New York Times* recebesse uma informação daquelas.

Por um breve período, durante a confusão que sucedeu o incêndio, Andy teria conseguido enviar as cartas. Mas aparentemente os McGee estavam vivendo sua própria confusão, e ele havia desperdiçado a chance de ouro de enviar as cartas ou de dar alguns telefonemas... Aliás, poderia muito bem não ter dado em nada mesmo. O mundo estava cheio de malucos hoje em dia, e os jornalistas eram tão cínicos quanto qualquer um. O trabalho deles tinha se tornado glamoroso. Estavam mais interessados no que Margaux e Bo e Suzanne e Cheryl estavam fazendo. Era mais seguro.

Agora, os dois estavam encurralados. O capitão teve o inverno inteiro para considerar as opções. Gradualmente, escolheu um plano, que agora estava preparado para pôr em ação. Payson, o homem deles em Bradford, informou que o gelo estava prestes a derreter no lago Tashmore. McGee tinha enfim postado as cartas e já devia estar ficando impaciente por uma resposta, talvez começando a desconfiar que elas nunca tivessem chegado ao destino pretendido. Os dois poderiam estar se preparando para sair de lá, e o capitão gostava deles onde estavam.

Embaixo das fotos havia um calhamaço datilografado: um relatório com mais de trezentas páginas, com uma capa azul escrito CONFIDENCIAL. Onze médicos e psicólogos montaram a combinação de relatório e prospecto, sob a direção geral do dr. Patrick Hockstetter, psicólogo clínico e psicoterapeuta. Para o capitão, Hockstetter era uma das dez ou doze mentes mais astutas à disposição da Oficina. Pelos oitocentos mil dólares que o relatório custou aos contribuintes norte-americanos, não poderia ser diferente. Ao folhear as páginas, o capitão se perguntou o que Wanless, aquele velho profeta da desgraça, teria achado do material.

Sua intuição de que a Oficina precisava de Andy vivo estava confirmada ali. A equipe de Hockstetter baseou sua lógica na ideia de que todos os poderes em que eles estavam interessados eram executados voluntariamente, tendo como primeira causa a disposição da pessoa que os controlava de usá-los... A palavra-chave era *disposição*.

Os poderes da garota, dentre os quais a pirocinese era apenas a base, tinham a característica de fugir de controle, de ultrapassar habilidosamente as barreiras da vontade. Apesar disso, o estudo, que incorporava todas as informações disponíveis, indicava que era a garota quem decidia colocar ou não as coisas em movimento, como ela fizera na fazenda dos Manders, ao perceber que os agentes da Oficina estavam tentando matar seu pai.

Ele repassou a síntese dos experimentos originais do Lote Seis. Todos os gráficos e leituras de computador se resumiam à mesma coisa: a vontade como primeira causa.

Usar a vontade como base para tudo. Hockstetter e seus colegas avaliaram um catálogo impressionante de drogas até escolher Thorazine para Andy e uma nova droga chamada Orasin para a garota. Setenta páginas de verborragia no relatório abordavam os efeitos das drogas: eles se sentiriam eufóricos, flutuando como em um sonho. Nenhum dos dois conseguiria exercitar vontade suficiente para escolher entre leite puro ou com achocolatado, e menos ainda para iniciar incêndios ou convencer pessoas de que elas estavam cegas.

Eles podiam manter Andy McGee constantemente dopado, sem utilidade real: tanto o relatório quanto a intuição do capitão sugeriam que Andy era um beco sem saída, um caso esgotado. Era a garota que interessava. *Só preciso de seis meses*, pensou o capitão, *e vamos ter o suficiente*. Apenas o bastante para fazer o mapeamento e o reconhecimento de terreno naquela cabecinha incrível. Nenhum subcomitê da Câmara ou do Senado conseguiria resistir à promessa de poderes psíquicos quimicamente induzidos, nem fechar os olhos para as enormes implicações que teriam na corrida armamentista se a garotinha fosse mesmo metade do que Wanless desconfiava.

E havia outras possibilidades, que não estavam no relatório de capa azul por serem explosivas demais até para um documento classificado como CONFIDENCIAL. Hockstetter, que foi se empolgando progressivamente, à medida que a imagem ganhava forma diante dele e de seu comitê de especialistas, mencionou uma dessas possibilidades para o capitão, uma semana antes.

— Esse fator Z — comentou Hockstetter. — Você já pensou em alguma das ramificações caso a criança não seja híbrida, e sim uma mutação genuína?

O capitão já havia pensado nisso, mas não abriu o jogo para Hockstetter. A hipótese levantava questões interessantes e potencialmente explosivas sobre eugenia, com suas conotações persistentes de nazismo e super-raças: tudo aquilo que os norte-americanos se empenharam para destruir durante a Segunda Guerra Mundial. Mas uma coisa era afundar em um poço filosófico e produzir uma série de baboseira sobre usurpar o poder de Deus; outra bem diferente era produzir provas laboratoriais comprovando que os descendentes dos pais do Lote Seis poderiam ser tochas humanas, levitadores, telepatas ou tele-empatas, ou só Deus sabia o que mais. Ideais eram coisas baratas de se ter, desde que não houvesse argumentos sólidos para que fossem descartados. Se houvesse, e então? Fazendas de criação humana? Por mais absurdo que parecesse, o capitão conseguia visualizar. Poderia ser a chave para tudo. A paz mundial... ou a dominação mundial... quando descartados os truques de espelho da retórica e da grandiloquência, não eram a mesma coisa?

Era uma caixa de Pandora. As possibilidades se prolongavam para mais de dez anos no futuro. O capitão sabia que o melhor que podia esperar de maneira realista eram seis meses, mas talvez fosse prazo suficiente para determinar a estratégia, para supervisionar a terra na qual os trilhos seriam colocados e a ferrovia poderia correr. Seria seu legado para o país e para o mundo. E, comparadas a isso, as vidas de um professor universitário foragido e sua filha maltrapilha eram menos do que poeira ao vento.

A garota não podia ser testada e observada com certo grau de rigor se estivesse constantemente dopada, mas o pai seria refém da Oficina tanto quanto possível. E, nas poucas ocasiões em que quisessem fazer exames nele, o inverso funcionaria. Era uma questão simples de alavancas. E, como Arquimedes observou, uma alavanca comprida o suficiente podia mover o mundo.

O interfone tocou.

— John Rainbird chegou — anunciou a secretária nova, cujo habitual tom vazio de recepcionista deixava transparecer seu medo.

Não posso culpar você por isso, docinho, pensou o capitão.

— Peça para ele entrar, por favor.

2

O mesmo Rainbird de sempre.

Ele entrou devagar, usando uma jaqueta de couro marrom puída por cima de uma camisa xadrez desbotada. Botas Dingo velhas e surradas apareciam sob as barras da calça jeans reta e gasta. O topo do enorme chapéu parecia quase roçar no teto. O buraco nojento do olho fez o capitão se encolher em pensamento.

— Capitão — cumprimentou Rainbird e se sentou. — Fiquei muito tempo no deserto.

— Ouvi falar da sua casa em Flagstaff — disse o capitão. — E também de sua coleção de sapatos.

John Rainbird se limitou a olhar para ele com o olho bom, sem piscar.

— Como só vejo você usando essa merda velha? — perguntou o capitão.

Rainbird abriu um sorriso leve e não disse nada. A velha inquietação se apossou do capitão, que se viu outra vez se perguntando o quanto Rainbird sabia e por que o incomodava tanto.

— Tenho um trabalho para você — avisou.

— Que bom. É o trabalho que eu quero?

O capitão olhou para ele com surpresa, pensativo, e respondeu:

— Acho que sim.

— Sou todo ouvidos, capitão.

O capitão delineou o plano que levaria Andy e Charlie McGee até Longmont. Não demorou para explicar tudo.

— Você sabe usar a arma? — perguntou ele, quando terminou.

— Eu sei usar qualquer arma. E seu plano é bom. Vai dar certo.

— Que gentileza sua dar seu selo de aprovação — disse o capitão, tentando usar uma leve ironia, mas só conseguindo parecer petulante. Maldito homem.

— E eu vou disparar a arma — prosseguiu Rainbird. — Com uma condição.

O capitão se levantou, firmou as mãos na mesa, que estava coberta com folhas do arquivo McGee, e se inclinou na direção de Rainbird.

— Não — disse ele. — Você não impõe condições a mim.

— Desta vez, sim — objetou Rainbird. — Mas você verá que é fácil de aceitar. Pelo menos é o que acho.

— Não — repetiu o capitão, que de repente sentiu o coração disparar no peito, embora não soubesse direito se era de medo ou de raiva. — Você não entendeu. Estou no comando desta agência e desta instalação. Sou seu superior. Acredito que você tenha passado tempo suficiente no exército para entender o conceito de um oficial superior.

— Claro — concordou Rainbird, sorrindo. — Matei um ou dois na minha época. Uma vez com ordens diretas da Oficina. Ordens *suas*, capitão.

— Isso é uma ameaça?! — gritou o capitão. Em parte, sabia que estava exagerando, mas parecia não conseguir se controlar. — Hein, maldito, é uma ameaça? Se for, acho que você perdeu completamente a cabeça! Se eu quiser que você não saia deste prédio, só preciso apertar um botão! Tenho mais de trinta homens que podem disparar aquele rifle...

— Mas nenhum que atire como este caolho pele-vermelha aqui — argumentou Rainbird, cujo tom gentil não tinha mudado. — Você acha que pegou aqueles dois agora, capitão, mas eles são arredios. Os deuses que existem podem não querer que vocês peguem eles. Os deuses podem não querer que você coloque eles em seus aposentos vazios de bruxaria. Você já achou antes que estava com eles na mão. — Rainbird apontou para o material empilhado no carrinho de arquivo e depois para o relatório de capa azul. — Eu li o material. E li o relatório do seu dr. Hockstetter.

— Não leu mesmo! — exclamou o capitão, mas viu a verdade no rosto de Rainbird. Ele tinha lido. De alguma forma, tinha lido. *Quem teria dado o material para ele?*, pensou o capitão, enfurecido. *Quem?*

— Ah, sim. Eu li — disse Rainbird. — Eu tenho o que quero, quando quero. As pessoas não se recusam. Acho que... deve ser meu rostinho bonito. — O sorriso dele se alargou e se tornou horrivelmente predatório de repente. Seu olho bom revirou na órbita.

— O que você está querendo me dizer? — perguntou o capitão, que queria um copo de água.

— Só que passei muito tempo no Arizona, para caminhar e sentir o cheiro dos ventos que sopram... e para você, capitão, o cheiro é acre, como o vento de uma planície alcalina. Eu tive tempo de ler muito e pensar muito. E acho que posso ser o único homem no mundo todo capaz de trazer esses dois para cá. E talvez o único homem no mundo todo capaz de fazer alguma coisa com a garotinha quando ela estiver aqui. Seu relatório volumoso, seu Thorazine e seu Orasin... talvez haja mais coisas em jogo do que drogas podem resolver. Mais perigos do que você imagina.

Ouvir Rainbird era como ouvir o fantasma de Wanless, e o capitão estava agora com tanto medo e tanta fúria que não conseguia falar.

— Eu vou fazer isso tudo — continuou Rainbird, com delicadeza. — Vou trazer eles para cá, e você vai fazer todos os seus exames. — Ele era como um pai dando permissão para o filho se divertir com um brinquedo novo. — Contanto que você me entregue a garota quando terminar seus testes, para que eu acabe com ela.

— Você é louco — sussurrou o capitão.

— Tem razão — confessou Rainbird, e riu. — Você também. Como o Chapeleiro Maluco. Fica sentado aqui, elaborando planos para controlar uma força que vai além de sua compreensão. Uma força que só pertence aos deuses... e a essa única garotinha.

— E o que me impede de apagar você? Aqui e agora?

— A minha palavra — respondeu Rainbird. — Se eu desaparecer, uma onda de repulsa e indignação vai percorrer este país dentro de um mês, fazendo Watergate parecer o roubo de uma balinha em comparação. Se eu desaparecer, a Oficina vai deixar de existir em seis semanas, e em seis meses você estará diante de um juiz, para ser sentenciado por crimes graves o suficiente para passar o resto da vida atrás das grades. Dou minha palavra. — Ele sorriu de novo, mostrando dentes tortos como lápides. — Não duvide de mim, capitão. Meus dias neste buraco fedorento e podre foram longos, e a vingança seria muito amarga.

O capitão tentou rir. O que saiu foi um rosnado engasgado.

— Nos últimos dez anos, juntei nozes e gravetos — prosseguiu Rainbird, com serenidade —, como qualquer animal que já viveu um inverno e tem essa lembrança. Sabe, capitão, tenho uma variedade tão grande... Fotos, fitas, cópias de documentos que fariam sua boa amiga opinião pública gelar.

— Impossível — disse o capitão, mas sabia que Rainbird não estava blefando, e sentiu como se uma mão fria e invisível estivesse apertando seu peito.

— Ah, não. Possível, muito possível — rebateu Rainbird. — Nos últimos três anos, fiquei em um ritmo de compartilhar informações, porque nos últimos três anos consegui entrar no seu computador sempre que queria. Em um esquema de time sharing, claro, o que torna tudo mais caro, mas consegui pagar. Meus honorários têm sido bons, e com investimento só cresceram. Estou de pé na sua frente, capitão, ou melhor, sentado, para ser mais exato e menos poético, como um exemplo triunfante de livre iniciativa privada norte-americana em ação.

— Não — disse o capitão.

— Sim — respondeu Rainbird. — Sou John Rainbird, mas também sou o U. S. Bureau for Geological Understudies. Verifique se quiser. O código do meu computador é AXON. Veja os códigos de time sharing no seu terminal principal. Vá de elevador. Eu espero.

Rainbird cruzou as pernas, e a barra da perna direita da calça subiu, revelando um corte e um volume na lateral da bota. Parecia um homem disposto a esperar séculos, se necessário.

A mente do capitão estava em turbilhão.

— Acesso ao computador em um esquema de time sharing, talvez. Mas isso ainda não dá acesso a...

— Por que não fala com o dr. Noftzieger? — sugeriu Rainbird, com delicadeza. — Pergunte a ele quantas maneiras há de entrar em um computador quando se tem acesso com time sharing. Dois anos atrás, um geniozinho de doze anos invadiu o computador da USC. A propósito, eu sei a *sua* senha, capitão. Este ano é SOBRANCELHA. Ano passado era ASPEREZA. Achei bem mais apropriado.

O capitão ficou olhando para Rainbird. Sua mente parecia ter se dividido, se tornado um circo de três picadeiros. Uma parte estava impressionada por nunca ter ouvido John Rainbird falar tanto de uma vez só. Uma parte estava tentando aceitar a ideia de que aquele maníaco sabia todos os negócios da Oficina. Uma terceira parte estava se lembrando de uma maldição chinesa, uma maldição que parecia traiçoeiramente agradável até se sentar e pensar bem a respeito dela. *Que você viva em tempos interessantes.* Durante o último ano e meio, ele viveu em tempos extremamente interessantes. Sentia que uma coisa interessante a mais o deixaria totalmente maluco.

E então ele pensou de novo em Wanless, com horror crescente. Sentiu quase como se... como se... estivesse se transformando em Wanless. Cercado de demônios por todos os lados, mas impotente para lutar ou até para pedir ajuda.

— O que você quer, Rainbird?

— Já falei, capitão. Não quero nada além da sua palavra de que meu envolvimento com essa garota Charlene McGee não vai terminar na captura, e sim começar ali. Eu quero... — O olhar de Rainbird ficou sombrio, pensativo, introspectivo. — Eu quero conhecer ela intimamente.

O capitão olhou para ele horrorizado.

Rainbird entendeu de repente e balançou a cabeça para o capitão.

— Não *tão* intimamente. Não no sentido bíblico. Mas quero conhecer ela. Ela e eu seremos amigos, capitão. Se ela é tão poderosa como tudo indica, ela e eu seremos grandes amigos.

O capitão não conteve um som de humor: não exatamente uma gargalhada, mais uma risadinha aguda.

A expressão de desprezo no rosto de Rainbird não mudou.

— Não, claro que você não acha que isso seja possível. Você olha meu rosto e vê um monstro. Olha para as minhas mãos e vê cada uma coberta do sangue que você me mandou derramar. Mas estou dizendo, capitão, vai acontecer. A garota não teve nenhum amigo durante quase dois anos. Só teve o pai e mais nada. Você enxerga ela como me enxerga, capitão. Esse é seu grande defeito. Você olha e vê um monstro. Só que, no caso da garota, um monstro com utilidade. Talvez seja porque você é um homem branco. Homens brancos enxergam monstros em toda parte. Homens brancos olham para os próprios paus e enxergam monstros — disse Rainbird, rindo de novo.

O capitão tinha enfim começado a se acalmar e a pensar de modo racional.

— Por que eu deveria aceitar sua condição, mesmo que tudo que você falou seja verdade? Seus dias estão contados e nós dois sabemos. Você está perseguindo sua morte há vinte anos. Qualquer outra coisa foi acidental, um hobby. Você vai encontrar o que procura em breve. E vai ser o fim para todos nós. Então, por que eu deveria dar a você o prazer de ter o que deseja?

— Talvez seja como você diz. Talvez eu esteja perseguindo minha própria morte, uma expressão mais criativa do que eu esperaria de você, capitão. Talvez você devesse temer a Deus com mais frequência.

— Você não é minha ideia de Deus — afirmou o capitão.

Rainbird sorriu.

— Estou mais para diabo cristão, claro. Mas garanto para você: se eu estivesse perseguindo minha própria morte, acredito que já teria encontrado há muito tempo. Talvez eu esteja perseguindo de brincadeira. Mas não desejo derrubar você, capitão, nem a Oficina, nem o serviço de inteligência que cuida das questões internas do país. Não sou idealista. Só quero essa garotinha. E você talvez perceba que precisa de mim. Talvez perceba que sou capaz de alcançar coisas que todas as drogas no armário do dr. Hockstetter não conseguirão.

— E em troca?

— Quando essa história dos McGee terminar, o U.S. Bureau for Geological Understudies vai deixar de existir. Seu responsável pelos computadores, Noftzieger, pode mudar todas as senhas. E você, capitão, vai para o Arizona comigo, em voo comercial. Nós apreciaremos um belo jantar no meu restaurante favorito de Flagstaff e depois voltaremos para a minha casa. Atrás dela, no deserto, vamos acender uma fogueira e queimar muitos papéis e fitas e filmes. Posso até mostrar minha coleção de sapatos, se você quiser ver.

O capitão pensou bem. Rainbird lhe deu tempo e ficou sentado, sem pressa.

Por fim, o capitão disse:

— Hockstetter e seus colegas sugerem que pode levar dois anos para abrir a garota completamente. Depende da profundidade das inibições protetoras dela.

— E você vai ser carta fora do baralho daqui a quatro, no máximo seis meses.

O capitão deu de ombros.

Rainbird tocou na lateral do nariz com o indicador e inclinou a cabeça, um gesto grotesco de contos de fadas.

— Acho que podemos deixar você no comando bem mais tempo do que isso, capitão. Cá entre nós, sabemos onde centenas de corpos estão enterrados, tanto no sentido literal quanto no metafórico. E duvido que leve anos. Nós dois vamos ter o que queremos no final. O que você acha?

O capitão pensou no assunto. Sentia-se velho, cansado e completamente perdido.

— Eu acho que você conseguiu um acordo — respondeu.

— Ótimo — disse Rainbird, bruscamente. — Acho que vou ser o faxineiro do quarto dessa garota. Ninguém no esquema estabelecido das coisas. Isso vai ser importante para ela, que, é claro, nunca vai saber que era eu o homem com o rifle. Seria uma informação perigosa, não seria? Muito perigosa.

— Por quê? — quis saber o capitão. — Por que você se deu a esse trabalho louco todo?

— Parece louco? — perguntou Rainbird, com displicência. Ele se levantou e pegou uma das fotos na mesa do capitão: era a foto de Charlie escorregando na ladeira de neve na caixa de papelão, rindo. — Na nossa área, todos nós guardamos nozes e gravetos para o inverno, capitão. Hoover fez isso. Não foi diferente com uma infinidade de diretores da CIA. Nem com você, caso contrário estaria se aposentando agora. Quando comecei, Charlene McGee não tinha nem nascido, e eu estava só protegendo meu próprio rabo.

— Mas por que a garota?

Rainbird demorou para responder. Estava olhando para a foto com atenção, quase com carinho. Tocou nela.

— Ela é muito bonita — disse. — E muito nova. Mas dentro dela está seu fator Z. O poder dos deuses. Ela e eu vamos ser amigos. — O olhar dele ficou sonhador. — Sim, vamos ser muito amigos.

NA CAIXA

1

No dia 27 de março, Andy McGee decidiu abruptamente que ele e a filha não podiam continuar em Tashmore. Havia mais de duas semanas que tinha enviado as cartas e, se fosse para acontecer alguma coisa, já teria acontecido. O próprio silêncio contínuo ao redor da propriedade de Granther o deixava inquieto. Ele achava que em ambas as situações podia ter sido taxado de maluco, mas... não acreditava nisso.

O que ele acreditava, o que sua profunda intuição sussurrava, era que as cartas haviam sido desviadas de alguma forma.

E isso significaria que sabiam onde ele e Charlie estavam.

— Vamos embora — disse para Charlie. — Vamos recolher nossas coisas.

Ela se limitou a observá-lo com seus olhos cautelosos, um pouco assustados, e não disse nada. Não perguntou para onde iam e nem o que fariam, o que também o deixou nervoso. Em um dos armários, Andy encontrou duas malas velhas, cobertas de antigos adesivos de viagem (Grand Rapids, Cataratas do Niágara, Miami Beach), e os dois começaram a separar o que levariam e o que deixariam para trás.

Raios de sol ofuscantes se infiltravam pelas janelas do lado leste do chalé. Água pingava e gorgolejava nas calhas. Na noite anterior, ele dormira pouco. O gelo tinha cedido e ele ficou acordado ouvindo o som alto, etéreo e um tanto estranho do velho gelo amarelo se partindo e indo aos poucos para o gargalo do lago, onde o rio Great Hancock seguia para o leste por New Hampshire e por todo o Maine, ficando cada vez mais fedido e poluído até vomitar, barulhento e morto, no Atlântico. O som era como um tom prolongado de cristal ou talvez o de um arco puxado infi-

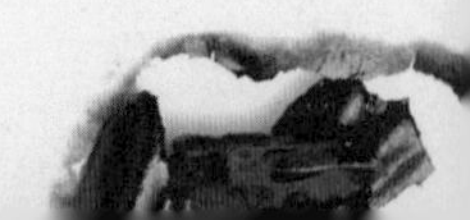

nitamente por uma corda aguda de violino, um constante *zzziiiiiinnggg* que se espalhava pelas terminações nervosas e parecia fazê-las vibrar em solidariedade. Ele nunca tinha estado ali no degelo e não sabia se gostaria de estar de novo. Havia algo de terrível e de sobrenatural no som que vibrava entre as silenciosas paredes verdes daquele vale baixo e erodido nas colinas.

Ele sentiu que os homens da Oficina estavam muito próximos de novo, como o monstro a um triz de ser visto em um pesadelo recorrente. No dia seguinte ao aniversário de Charlie, ele saiu para uma de suas caminhadas, os esquis presos com desconforto nos pés, e encontrou uma linha de pegadas de sapatos de neve indo até uma árvore alta, uma pícea. Havia marcas no contorno, como períodos em que os sapatos de neve foram tirados e enfiados na neve, virados. Havia uma confusão onde a pessoa depois voltou a prender os sapatos ("pranchas de neve", como Granther sempre chamava, segurando-os com desprezo por algum motivo obscuro). Na base da árvore, Andy encontrou seis guimbas de cigarro Vantage e um pacote amarelo amassado que já tinha guardado um filme Kodak Tri-X. Mais inquieto do que nunca, ele tirou os esquis e subiu na árvore. Na metade do caminho, descobriu-se com vista livre do chalé de Granther a um quilômetro e meio de distância. Dali, o chalé era pequeno e parecia estar vazio. Mas, com uma teleobjetiva...

Ele não mencionou sua descoberta para Charlie.

Terminaram de arrumar as malas. O silêncio prolongado da filha o levou a fazer um discurso nervoso, como se, ao não falar, ela o estivesse acusando.

— Nós vamos pegar carona até Berlin — informou ele —, depois vamos pegar um ônibus Greyhound de volta a Nova York. Vamos à sede do *New York Times*...

— Mas, papai, você mandou uma carta pra lá.

— Querida, eles podem não ter recebido.

Ela olhou para ele por um momento e disse:

— Você acha que *eles* pegaram?

— Claro que n... — Ele balançou a cabeça e começou de novo. — Charlie, eu não sei.

Charlie não respondeu. Ela se ajoelhou, fechou uma das malas e começou a mexer com dificuldade nas fivelas.

— Deixe eu ajudar, querida.

— *Eu consigo!* — gritou ela, e começou a chorar.

— Charlie, não — pediu ele. — Por favor, querida. Está quase acabando.

— Não está, não — disse ela, chorando mais. — Não vai acabar nunca.

2

Havia exatamente doze agentes em volta do chalé de Granther McGee. Assumiram posição na noite anterior. Todos usavam roupas camufladas de branco e verde. Nenhum estivera presente na fazenda dos Manders, e nenhum estava armado exceto John Rainbird, que carregava o rifle, e Don Jules, que portava uma pistola .22.

— Não quero correr riscos de alguém entrar em pânico por causa do que aconteceu em Nova York — explicara Rainbird para o capitão. — Aquele Jamieson ainda parece estar todo cagado.

De modo similar, ele não queria saber de agentes armados. As coisas tinham um jeito de acontecer, e ele não queria terminar a operação com dois cadáveres. Ele escolheu os agentes a dedo, e o que escolheu para cuidar de Andy McGee foi Don Jules. Ele era pequeno, de aproximadamente trinta anos, silencioso, moroso. Era bom no que fazia. Rainbird sabia porque Jules era o único homem com quem aceitou trabalhar mais de uma vez. Era rápido e pragmático. Não atrapalhava nos momentos críticos.

— McGee vai sair em algum momento do dia — dissera Rainbird na reunião. — A garota às vezes sai, mas McGee sai sempre. Se ele sair sozinho, vou acertar, e Jules vai tirar ele de vista de maneira rápida e silenciosa. Se a garota sair sozinha, a mesma coisa. Se os dois saírem juntos, eu cuido da garota, e Jules, de McGee. Os demais são apenas figurantes. Entenderam bem? — O olho de Rainbird observou cada um deles. — Vocês estarão lá para o caso de alguma coisa dar drasticamente errado. Nada mais. Claro que, se alguma coisa *der* drasticamente errado, a maioria de vocês vai correr para o lago com a calça pegando fogo. Vocês estão participando da operação para o caso de surgir aquela chance em cem. Claro, é de conhecimento geral que vocês sabem que estão participando como observadores e testemunhas, caso eu faça merda.

A última observação gerou uma risadinha baixa e nervosa.

Rainbird levantou um dedo.

— Se algum de vocês agir na hora errada nos revelando, vou cuidar pessoalmente para que, depois de me ferrar, a pessoa acabe na pior selva da América do Sul que eu conseguir encontrar. Podem acreditar, cavalheiros. Vocês são figurantes no meu show. Não se esqueçam disso.

Mais tarde, na "área de treinamento", um hotel de beira de estrada abandonado em St. Johnsbury, Rainbird chamou Don Jules de lado.

— Você leu o arquivo sobre esse homem — afirmou Rainbird.

Jules estava fumando um Camel.

— Li.

— Entende o conceito de dominação mental?

— Entendo.

— Entende o que aconteceu com os dois homens em Ohio? Os homens que tentaram levar a filha dele?

— Eu trabalhei com George Waring — observou Jules, com tranquilidade. — Aquele cara era capaz de queimar água ao fazer chá.

— Considerando o tipo, isso não é incomum. Só preciso que fique claro. Você vai precisar ser muito rápido.

— Tudo bem.

— Esse cara teve o inverno inteiro para descansar. Se ele tiver tempo de agir em você, você é um bom candidato a passar os próximos três anos da sua vida em uma sala acolchoada, achando que é um pássaro ou um nabo.

— Certo.

— Certo o quê?

— Eu vou ser rápido. Relaxe, John.

— Tem uma boa chance de eles saírem juntos — prosseguiu Rainbird, ignorando-o. — Você vai estar perto do canto da varanda, longe do campo de visão da porta quando eles saírem. Vai esperar que eu acerte a garota. O pai vai correr até a filha. Você vai estar atrás dele. Acerte no pescoço.

— Claro.

— Não faça merda, Don.

Jules esboçou um sorriso e deu uma tragada.

— Não — disse ele.

3

As malas estavam prontas. Charlie vestira o casaco e a calça de neve. Andy pôs o casaco, fechou o zíper e pegou as malas. Não se sentia bem, nada bem. Estava tenso. Uma de suas premonições.

— Você também está sentindo, né? — perguntou Charlie, com o rostinho pálido e sem expressão.

Andy assentiu com relutância.

— O que a gente faz?

— Vamos torcer para a sensação estar adiantada — sugeriu ele, embora seu coração não acreditasse. — O que mais podemos fazer?

— O que mais podemos fazer? — repetiu ela.

Ela foi até ele e levantou os braços para que ele a pegasse no colo, uma coisa da qual ele não se lembrava de ela ter feito havia muito tempo... talvez dois anos. Era incrível como o tempo passava agora, como uma criança podia mudar rápido, mudar diante de seus olhos de uma maneira quase terrivelmente inconspícua.

Andy colocou as malas no chão, pegou a filha no colo e abraçou. Charlie beijou a bochecha dele e o abraçou com força.

— Está pronta? — perguntou ele, colocando-a no chão.

— Acho que sim — respondeu Charlie. Ela estava quase chorando novamente. — Papai... eu não vou fazer fogo. Nem mesmo se eles chegarem antes de a gente conseguir fugir.

— Sim — consentiu ele. — Tudo bem, Charlie. Eu entendo.

— Eu amo você, papai.

Ele assentiu.

— Eu também amo você, garota.

Andy caminhou até a porta e a abriu. Por um momento, o sol pareceu tão forte que ele não conseguiu enxergar nada. Mas suas pupilas se contraíram e o dia surgiu à frente, brilhando com a neve derretida. À direita se encontrava o lago Tashmore, cintilando, com áreas irregulares de água azul aparecendo entre pedaços flutuantes de gelo. Bem à frente ficava a floresta com pinheiros. Por ela, Andy mal conseguia ver o telhado verde da propriedade ao lado, finalmente sem neve.

A floresta estava calma demais, o que intensificou a sensação de inquietação de Andy. Onde estava o canto dos pássaros, que cumprimentava as manhãs deles desde que as temperaturas de inverno começaram a subir? Não havia nada naquele dia… só o gotejar de neve derretendo dos galhos. Ele se viu desejando desesperadamente que Granther tivesse instalado um telefone na casa e precisou sufocar uma vontade de gritar *Quem está aí?*. Isso só deixaria Charlie mais assustada.

— Parece tudo bem — afirmou ele. — Acho que ainda estamos à frente deles… isso se é que eles vêm mesmo.

— Que bom — comentou ela sem alegria na voz.

— Vamos nessa, garota — disse Andy, e pensou pela centésima vez *O que mais podemos fazer?*, e de novo no quanto os odiava.

Charlie atravessou a sala até ele, passando pelo escorredor cheio dos pratos que eles haviam lavado de manhã, depois do café. Iriam deixar o chalé inteiro da mesma maneira como o encontraram ao chegar. Granther ficaria satisfeito.

Andy passou um braço em volta dos ombros de Charlie e deu mais um abraço rápido nela. Em seguida, pegou as malas, e os dois saíram no sol do começo de primavera juntos.

4

John Rainbird estava na metade de uma pícea alta, a cento e cinquenta metros de distância. Nos pés e na cintura, usava um equipamento de subir em poste que o prendia com firmeza no tronco da árvore. Quando a porta do chalé se abriu, levou o rifle ao ombro e o apoiou com firmeza, sentindo uma calma tomar conta dele como uma capa tranquilizante. Tudo ficou claro no olho bom. Quando perdeu o outro olho, Rainbird sofreu uma alteração na percepção de profundidade, mas em momentos de concentração extrema como aquele, sua visão antiga e clara voltava com tudo; era como se o olho destruído pudesse se regenerar por períodos breves.

O disparo não seria feito de longe, e ele não teria desperdiçado nenhum momento de preocupação se pretendesse acertar o pescoço da garota com uma bala. Mas ele estava lidando com uma coisa bem mais atrapalhada, uma coisa que aumentava o elemento de risco em dez vezes. Dentro do cano do rifle especialmente modificado havia um dardo com uma ampola de Orasin na ponta, e àquela distância sempre havia chances de cair ou desviar. Por sorte, o dia estava quase sem vento.

Se for a vontade do Grande Espírito e dos meus ancestrais, orou Rainbird silenciosamente, *que guiem minhas mãos e meu olho para o que o disparo seja certeiro.*

A garota saiu ao lado do pai; Jules estava na jogada, então. Pela mira telescópica, Charlie parecia ter o tamanho de uma porta de celeiro. Em frente às tábuas antigas do chalé, o casaco dela era um brilho azul intenso. Rainbird reparou nas malas nas mãos de McGee e se deu conta de que ele e seus homens haviam chegado mesmo bem na hora.

O capuz da garota estava abaixado, a ponta do zíper puxada só até o meio do peito, e o casaco se abria um pouco no pescoço. O dia estava quente, e isso também era um aspecto favorável.

Ele moveu o dedo no gatilho e posicionou a grade da mira na base do pescoço dela.

Se for a vontade...

Apertou o gatilho. Não houve explosão, apenas um som seco e um filete de fumaça saindo do rifle.

5

Charlie e Andy estavam na beirada dos degraus quando ela parou de repente e fez um som estrangulado. Andy largou as malas na mesma hora. Não ouviu nada, mas alguma coisa estava terrivelmente errada. Alguma coisa em Charlie estava diferente.

— Charlie? *Charlie?*

Ele olhou para ela. A filha estava parada como uma estátua, incrivelmente linda com o campo de neve na frente. Incrivelmente pequena. E de repente ele percebeu o que estava diferente. Era tão fundamental, tão horrível, que ele não conseguiu perceber de imediato.

Algo que parecia ser uma agulha comprida estava enfiado na garganta de Charlie, abaixo da altura do pomo de Adão. Sua mão enluvada a segurou e a girou em um ângulo estranho e grotesco, direcionado para cima. Um filete de sangue começou a escorrer do ferimento pela lateral do pescoço.

Uma flor de sangue, pequena e delicada, manchou a gola da blusa e encostou na beirada do forro de pele sintética que contornava o zíper do casaco.

— *Charlie!* — gritou ele, dando um pulo e segurando o braço dela no momento em que seus olhos reviraram e ela caiu para a frente. Andy a colocou na varanda, gritando o nome dela sem parar. O dardo no pescoço de Charlie cintilava no sol, e seu corpo frouxo e inerte dava a impressão de uma coisa morta. Ele a abraçou, a aninhou e olhou para a floresta ensolarada que parecia tão vazia... onde nenhum pássaro cantava.

— *Quem foi?* — gritou ele. — *Quem foi? Apareça para que eu possa ver você!*

Don Jules apareceu no canto da varanda. Usava tênis Adidas. Estava com a .22 em uma das mãos.

— *Quem atirou na minha filha?* — gritou Andy. Alguma coisa na garganta dele vibrou dolorosamente com a força do grito. Ele a segurou contra o corpo, tão terrivelmente frouxa e inerte dentro do casaco azul. Andy arrancou o dardo, iniciando um novo gotejar de sangue.

Levar ela para dentro, pensou ele. *Preciso levar ela para dentro.*

Jules se aproximou e deu um tiro na nuca de Andy, da mesma maneira que o ator Booth certa vez atirou em um presidente. Por um momento, Andy, de joelhos, foi impulsionado para cima, segurando Charlie com mais força contra o peito. Em seguida, caiu para a frente sobre a filha.

Jules olhou para ele mais de perto e fez sinal para os homens na floresta.

— Não foi nada — disse ele para si mesmo quando Rainbird se aproximou do chalé, andando pela neve derretida e grudenta do final de março. — Não foi nada. Para que tanto estardalhaço?

O BLECAUTE

1

A série de eventos que culminou em uma enorme destruição e na perda de muitas vidas começou com uma tempestade de verão e com a falha de dois geradores.

A tempestade aconteceu em 19 de agosto, quase cinco meses depois de Andy e Charlie terem sido capturados na casa de Granther, em Vermont. Durante dez dias, o tempo se manteve úmido e calmo. Naquele dia de agosto, nuvens pesadas começaram a surgir pouco depois do meio-dia, mas, nas duas belas casas pré-guerra de frente uma para a outra sobre o gramado verde e os canteiros de flores bem tratados, nenhum dos funcionários acreditava que as nuvens estavam dizendo a verdade: nem os zeladores em seus cortadores de grama, nem a mulher que cuidava das subseções A-E do computador (assim como da cafeteira na sala dos computadores), que pegara um dos cavalos e o levara carinhosamente para passear pelos caminhos bem cuidados em sua hora de almoço. E certamente nem o capitão, que comeu um sanduíche italiano na sala refrigerada e continuou trabalhando no orçamento do ano seguinte, alheio ao calor e à umidade lá fora.

Talvez a única pessoa na unidade da Oficina em Longmont naquele dia que acreditou que realmente choveria foi o homem batizado com um nome em homenagem à chuva. O grande índio chegou de carro trinta minutos antes da uma da tarde, quando bateria o ponto. Seus ossos e o buraco destruído onde antes ficava seu olho esquerdo doíam quando havia chuva a caminho.

Vestindo roupas brancas de faxineiro, ele estava dirigindo um Thunderbird muito velho e enferrujado, com um adesivo de estacionamento D no para-brisa. Antes de sair do carro, ele colocou um tapa-olho bordado que usava quando estava trabalhando, por causa da menina, mas só nessa situação. Aquilo o incomodava, pois somente o tapa-olho o fazia pensar no olho perdido.

Havia quatro estacionamentos no enclave da Oficina. O carro pessoal de Rainbird, um Cadillac amarelo novo movido a diesel, tinha um adesivo com a letra A, que indicava o estacionamento VIP, localizado embaixo da casa mais ao sul. Um sistema subterrâneo com túnel e elevador ligava o estacionamento VIP diretamente à sala dos computadores, às salas de reuniões emergenciais, à ampla biblioteca e sala de notícias da Oficina e, evidentemente, aos Aposentos dos Visitantes, um nome discreto para o complexo de laboratórios e apartamentos adjuntos onde Charlie McGee e o pai estavam alojados.

O estacionamento B era reservado para funcionários do segundo escalão; ficava um pouco mais distante. O estacionamento C era para secretárias, mecânicos, eletricistas e similares; ainda mais afastado. O D, para funcionários sem qualificação: figurantes, nos termos de Rainbird. Ficava a quase oitocentos metros de tudo e estava sempre cheio de uma triste e manchada coleção de ferro sobre rodas de Detroit, a poucos passos da corrida amadora semanal de Jackson Plains, a pista mais próxima de stock-car.

A hierarquia burocrática, pensou Rainbird, enquanto trancava o T-bird lata-velha e inclinava a cabeça para olhar as nuvens: a tempestade estava chegando. Ele achava que começaria às quatro.

Rainbird começou a andar na direção do pequeno barracão Quonset instalado com bom gosto em um bosque de pinheiros, onde os funcionários de categorias mais baixas, das classes V e VI, batiam o ponto. O vento fazia a roupa branca balançar em seu corpo. Montado em um dos cortadores de grama do departamento de paisagismo e protegido por um guarda-sol colorido e alegre, um jardineiro passou por Rainbird sem prestar atenção nele; isso também fazia parte da hierarquia burocrática. Se você fizesse parte da classe IV, a classe V tornava-se invisível. Nem mesmo o rosto parcialmente destruído de Rainbird instigava comentários; como toda agência do governo, a Oficina contratava veteranos suficientes com o objetivo de passar uma boa imagem. Max Factor tinha pouco a ensinar ao governo norte-americano sobre cosmética. E era de conhecimento geral que um veterano com alguma deficiência visível, como prótese de braço, cadeira de rodas motorizada ou rosto deformado, valia três veteranos com aparência "normal". Rainbird conhecia homens que tiveram a mente e o espírito tão feridos no Vietnã quanto seu rosto; homens que ficariam felizes de ter um emprego em um supermercado. Mas eles não tinham a aparência certa. Não que Rainbird tivesse solidariedade por eles. Na verdade, ele achava tudo um tanto engraçado.

Ele também não era reconhecido como ex-agente e assassino profissional da Oficina por nenhuma das pessoas com quem agora trabalhava; era capaz de jurar. Até dezessete semanas antes, era apenas uma sombra atrás do vidro escurecido do Cadillac amarelo, só uma pessoa qualquer com acesso ao estacionamento A.

— Você não acha que está exagerando um pouco com isso? — perguntara o capitão. — A garota não tem ligação com os jardineiros nem com o resto dos funcionários. Só você tem contato com ela.

Rainbird balançou a cabeça.

— Bastaria um único escorregão. Uma pessoa mencionar casualmente que o faxineiro simpático com rosto deformado estaciona na área VIP e põe o uniforme no vestiário dos executivos. O que estou tentando construir aqui é um sentimento de confiança, uma confiança baseada na ideia de que nós dois somos intrusos, aberrações, se você preferir, enfiados nas entranhas da ala americana da KGB.

O capitão não gostou do comentário; não gostava que ninguém falasse mal dos métodos da Oficina, especialmente naquele caso, em que os métodos eram reconhecidamente extremos.

— Você está se saindo muito bem — observou o capitão.

E a isso não havia resposta satisfatória, porque, na verdade, Rainbird *não estava* se saindo muito bem. A menina não chegou sequer a acender um fósforo durante todo o período em que permaneceu lá. E o mesmo podia ser dito sobre o pai dela, que não demonstrou o menor sinal de capacidade de dominação mental, se tal poder ainda existisse nele. Cada vez mais eles estavam começando a duvidar que essa capacidade existia.

A menina fascinava Rainbird. Em seu primeiro ano de trabalho na Oficina, ele fez uma série de cursos que não constavam em nenhum currículo universitário: grampos telefônicos, roubo de carro, busca discreta e vários outros. O único que lhe chamou completa atenção foi o curso sobre arrombamento de cofres, ministrado por G. M. Rammaden, um ladrão idoso. Rammaden fora liberado de uma instituição em Atlanta com o propósito específico de ensinar essa arte a novos agentes da Oficina. Supostamente, era o melhor no ramo, e Rainbird não duvidava, embora acreditasse que agora os dois estivessem quase lado a lado.

Rammaden, que havia morrido três anos antes (Rainbird enviou flores ao funeral — que comédia a vida às vezes era!), ensinou sobre trancas Skidmore, cofres mecânicos, dispositivos secundários de trancamento que podiam bloquear permanentemente os tambores de um cofre se o botão da combinação fosse arrancado com um martelo e um cinzel; ensinou sobre outros tipos de cofres, redondos e embutidos, e como fazer cópias de chaves; sobre os muitos usos de grafite; sobre como era possível fazer um molde com palha de aço, como fazer nitroglicerina na banheira e como desmontar um cofre por trás, uma camada de cada vez.

Rainbird reagiu a G. M. Rammaden com um entusiasmo frio e cínico. Rammaden certa vez afirmou que cofres eram como mulheres: com a devida ferramenta e o tempo adequado, qualquer um podia ser aberto. Ele dizia que havia os fáceis e os difíceis, mas não havia impossíveis.

Aquela menina era difícil.

Primeiro, tiveram que dar alimentação intravenosa a Charlie para que ela não morresse de inanição. Depois de um tempo, ela começou a entender que se recusar a comer não a levava a nada além de hematomas nas partes internas dos braços. Então passou a comer, não com entusiasmo, mas só porque usar a boca era menos dolorido.

Ela leu, ou ao menos folheou, alguns dos livros que lhe foram dados. Às vezes ligava a televisão em cores do quarto, apenas para voltar a desligá-la alguns minutos depois. Assistiu ao filme *Beleza Negra* inteiro em junho, transmitido em um canal local, e viu uma ou duas vezes os episódios de *The Wonderful World of Disney*. Só isso. Nos relatórios semanais, a expressão "afasia esporádica" começou a surgir cada vez com mais frequência.

Rainbird pesquisou o termo em um dicionário médico e compreendeu na mesma hora; graças às experiências como índio e guerreiro, ele compreendia aquilo melhor talvez até do que os próprios médicos. Às vezes a menina emudecia. Ela ficava ali parada, nem um pouco incomodada, a boca trabalhando sem emitir som. E às vezes usava uma palavra totalmente fora de contexto, aparentemente sem perceber. "Não gostei deste vestido, prefiro o de feno." Às vezes, ela se corrigia distraidamente — "Eu quis dizer o *verde*" —, mas normalmente o erro passava despercebido.

De acordo com o dicionário, a afasia era um esquecimento causado por algum distúrbio neurológico. Os médicos imediatamente decidiram alterar a medicação. O Orasin foi substituído por Valium, sem melhoria perceptível. Então foram prescritos em conjunto, mas uma interação não prevista entre os dois fez com que ela chorasse sem parar, de forma monótona, até a dose passar. Uma droga nova, uma combinação de tranquilizante e alucinógeno brando, foi testada e pareceu funcionar por um tempo. Mas a menina começou a gaguejar e desenvolveu uma irritação cutânea leve. Agora, estava novamente com o Orasin, mas sendo monitorada de perto para o caso de a afasia piorar.

Artigos foram escritos sobre a delicada condição psicológica da garota e sobre aquilo que os psicólogos denominaram de "conflito básico de fogo". Tratava-se de um jeito complicado de afirmar que o pai dela havia ordenado que ela não fizesse isso enquanto o pessoal da Oficina dizia para ela fazer... tudo agravado pela culpa que a menina sentia pelo incidente na fazenda dos Manders.

Rainbird não acreditava em nada daquilo. O problema não eram as drogas, não era estar presa e ser constantemente vigiada, não era estar separada do pai.

Ela era durona, só isso.

Em algum momento ela havia decidido que não ia cooperar, não importando o que acontecesse. Fim. Ponto final. Os psiquiatras podiam correr de um lado para outro mostrando borrões de tinta até a lua ficar azul, os médicos podiam brincar com a medicação e resmungar sobre a dificuldade de conseguir drogar direito uma menina de oito anos. Os papéis podiam se empilhar, o capitão podia tagarelar para sempre.

E Charlie McGee continuaria sendo durona.

Rainbird sentia isso da mesma maneira que sentia a chegada da chuva naquela tarde. E admirava a menina por isso. Ela deixou todos correndo atrás do próprio rabo, e, se dependesse deles, ainda estariam fazendo a mesma coisa no dia de Ação de Graças e depois no Natal. Mas eles não correriam atrás do rabo para sempre, e isso mais do que tudo preocupava John Rainbird.

Rammaden, o arrombador de cofres, contou uma história engraçada sobre dois ladrões que invadiram um supermercado em uma noite de sexta, quando sabiam que uma tempestade de neve impediria o carro-forte do Wells Fargo de chegar e levar o faturamento do fim de semana para o banco. O cofre era do tipo de piso. Eles tentaram arrancar o botão da combinação, mas sem sucesso. Tentaram desfazê-lo camada por camada, mas não conseguiram puxar nem um canto para começar. Finalmente, explodiram o cofre, o que foi um sucesso total. A explosão foi tão intensa que todo o dinheiro dentro também foi destruído, e o que sobrou parecia aquele papel picado que se via em festas.

— A questão — dissera Rammaden, com sua voz seca e rouca — é que aqueles dois ladrões não venceram o cofre. O objetivo é vencer o cofre. Não se vence o cofre se o que está lá dentro não é retirado em boas condições, entendem? Eles usaram explosivo demais. Mataram o dinheiro. Eram uns babacas, e o cofre venceu.

Rainbird entendeu.

Havia mais de sessenta pessoas diplomadas trabalhando naquilo, mas tudo ainda era uma questão de saber arrombar um cofre. Eles tentaram quebrar a combinação da garota com as drogas; havia psicólogos suficientes para formar um time de softball, e aqueles profissionais estavam fazendo o melhor possível para resolver o "conflito básico do fogo". Mas toda aquela pilha particular de bosta de cavalo se resumia ao fato de que estavam tentando arrancar cada camada dela.

Rainbird entrou no barracão Quonset, pegou o cartão no suporte na parede e bateu seu ponto. T. B. Norton, o supervisor do turno, ergueu o rosto do papel que estava lendo.

— Não tem hora extra pra quem bate o ponto mais cedo, índio.

— É? — disse Rainbird.

— É. — Norton olhou para ele com expressão desafiadora, cheio da segurança cruel e quase sagrada que muitas vezes acompanhava as pequenas autoridades.

Rainbird baixou os olhos e se dirigiu ao quadro de avisos. O time de boliche dos faxineiros teve uma vitória na noite anterior. Alguém queria vender "duas boas máquinas de lavar usadas". Um aviso oficial declarava que TODOS OS FUNCIONÁRIOS W-1 ATÉ W-6 PRECISAM LAVAR AS MÃOS ANTES DE SAIR DESTE LOCAL.

— Parece que vai chover — comentou ele, por cima do ombro, para Norton.

— Não vai mesmo, índio — disse Norton. — Por que você não se manda? Está deixando o ambiente fedido.

— Claro, chefe — respondeu Rainbird. — Só vim bater o ponto.

— Bom, na próxima vez, bata o ponto na hora certa.

— Claro, chefe — Rainbird disse mais uma vez, se afastando e lançando um olhar para a lateral do pescoço rosado de Norton, o ponto abaixo do maxilar. *Você teria tempo de gritar, chefe? Teria tempo de gritar se eu enfiasse meu dedo no seu pescoço nesse local? Como um espeto passando por um pedaço de carne..., chefe?*

Ele voltou para o calor abafado. As nuvens agora estavam mais perto, se aproximando devagar, baixas pelo peso da chuva. Seria uma tempestade pesada. Trovões retumbaram, ainda distantes.

A casa estava próxima. Rainbird seguiria para a entrada lateral, para o que já havia sido a despensa, pegaria o elevador C e desceria quatro andares. Hoje, ele precisava lavar e encerar todos os pisos do alojamento da menina; isso lhe daria uma boa chance. Não era que ela não estivesse disposta a falar com ele; não era isso. Ela apenas estava sempre muito distante. Ele estava tentando tirar as camadas do cofre à sua maneira, e se conseguisse fazer com que ela *risse*, se só uma vez a fizesse rir, se a fizesse achar graça de uma piada sobre a Oficina, seria como puxar um canto vital. Daria a ele um lugar onde apoiar o cinzel. Só uma gargalhada. Faria com que eles fossem cúmplices, um comitê em sessão secreta. Dois contra a casa.

Mas até o momento ele não havia conseguido arrancar essa gargalhada, e por isso a admirava mais do que era capaz de explicar.

2

Rainbird colocou sua identificação no orifício adequado e desceu até a sala dos faxineiros para tomar café antes de seguir em frente. Ele não queria parar para isso, mas ainda estava muito cedo. Não podia permitir que sua ansiedade transparecesse; já era bem ruim o fato de Norton ter percebido e comentado.

Ele se dirigiu à cafeteira, se serviu de uma caneca de café preto e se sentou para tomá-la. Pelo menos nenhum dos outros nerds tinha chegado ainda. Ele se sentou em um sofá velho de molas cinza e sorveu o café. Seu rosto deformado (pelo qual Charlie não havia demonstrado nada além de um interesse breve) estava calmo e impassível. Seus pensamentos se desenrolavam, analisando a situação atual.

A equipe que trabalhava nisso era como os arrombadores inexperientes de Rammaden no supermercado. Eles agora lançavam mão da delicadeza para lidar com a menina, mas não por amor. Mais cedo ou mais tarde decidiriam que a delicadeza não estava surtindo nenhum efeito e, quando as opções "gentis" acabassem, eles resolveriam explodir o cofre. E, quando fizessem isso, Rainbird tinha quase certeza de que "destruiriam o dinheiro", na expressão pungente de Rammaden.

Ele já tinha ouvido a expressão "tratamentos leves de choque" em dois relatórios dos médicos, e um desses médicos era Pynchot, que exercia influência sobre Hockstetter. Rainbird lera um relatório de contingência que havia sido escrito em um jargão tão enfadonho que era quase outra língua. Traduzido, se resumia a uso de violência: se a garota visse o pai sofrendo, iria ceder. Mas Rainbird acreditava que, se a garota visse o pai ligado a uma bateria Delco dançando polca com o cabelo espetado, ela iria voltar para o quarto, quebrar um copo de água e engolir os cacos de vidro.

Mas não dava para dizer uma coisa dessas para eles. A Oficina, assim como o FBI e a CIA, tinha um longo histórico de destruir o dinheiro. Para eles, se não dava para conseguir o que se queria com ajuda externa, era só ir até o local com umas Thompsons e gelatina explosiva e assassinar o filho da mãe. Era só colocar cianeto de hidrogênio nos charutos de Castro. Parecia loucura, mas não dava para dizer uma coisa dessas para eles. Eles só viam RESULTADOS, cintilando e piscando como um prêmio mítico de Las Vegas. Assim, destruíam o dinheiro e ficavam parados se perguntando o que tinha acontecido enquanto um monte de partículas verdes passava entre os dedos.

Outros faxineiros começaram a chegar, brincando, batendo na parte gorda do braço uns dos outros, falando sobre os strikes que fizeram e os spares que converteram na noite anterior, falando sobre mulheres, sobre carros e sobre encher a cara. As mesmas coisas que aconteciam até no fim do mundo, aleluia, amém. Eles se mantinham afastados de Rainbird. Ninguém gostava dele. Rainbird não jogava boliche, não queria falar sobre seu carro e parecia ter saído de um filme de Frankenstein. Ele deixava todos nervosos. Se encostassem na parte mais grossa do braço dele, Rainbird os mandaria para o hospital.

Ele pegou um saco de tabaco Red Man, tirou uma folha de papel Zig-Zag e rapidamente enrolou um cigarro. Sentado, fumou esperando a hora de descer para os aposentos da garota.

Analisando toda a conjuntura, ele se sentia melhor, mais vivo do que nos últimos anos. Percebeu isso, e era grato à garota. De uma forma que nunca saberia, ela lhe devolvera a vida por um tempo, a vida de um homem que tinha sentimentos profundos e torcia com fervor pelas coisas que podiam acontecer; o que significava um homem com preocupações vitais. Era bom que ela fosse durona. Ele acabaria chegando a ela (havia cofres difíceis e cofres fáceis, mas não impossíveis); faria com que ela dançasse a música deles, não importava quais fossem as consequências; quando a dança terminasse, ele a mataria e a olharia nos olhos, torcendo para captar aquela fagulha de compreensão, aquela mensagem, quando ela atravessasse para onde quer que fosse.

Enquanto isso, Rainbird viveria.

Ele apagou o cigarro e se levantou, pronto para ir trabalhar.

3

As nuvens foram aumentando. Às três da tarde, o céu acima do complexo de Longmont estava baixo e negro. Trovões soavam cada vez mais alto, ganhando segurança, fazendo as pessoas abaixo acreditarem. Os zeladores guardaram os cortadores de grama. As mesas nos pátios das duas casas foram levadas para dentro. Nos estábulos, dois cuidadores tentaram acalmar cavalos nervosos que se mexiam com inquietação a cada estrondo ameaçador dos céus.

A tempestade caiu às três e meia; veio tão de repente quanto um disparo de pistoleiro, e com toda fúria. Começou como chuva e logo virou granizo. O vento soprava do oeste para leste e mudou de repente para a direção oposta. Relâmpagos brilharam em rastros azuis-esbranquiçados que deixavam o ar com cheiro de gasolina fraca. Os ventos começaram a girar no sentido anti-horário, e a previsão do tempo nos jornais vespertinos mostrava imagens de um pequeno tornado passando perto do centro de Longmont e arrancando o telhado de um Fotomat de shopping center ao passar.

A Oficina resistiu bem à tempestade. Duas janelas foram quebradas pelo granizo, e o vento derrubou uma cerquinha branca em volta de um gazebo peculiar do outro lado do laguinho dos patos, jogando-a a uma distância de sessenta metros. Mas esse foi todo o dano (além de galhos que voaram e destruíram alguns canteiros de flores — mais trabalho para a equipe de jardineiros). Os cães de guarda corriam loucamente entre as cercas interna e externa no auge da tempestade, mas se acalmaram logo quando começou a passar.

O verdadeiro dano foi causado pela tempestade elétrica que veio depois do granizo, da chuva e do vento. Como resultado dos relâmpagos nas estações de força de Rowantree e Briska, partes do leste de Virginia ficaram sem energia até meia-noite. A área abastecida pela estação de Briska incluía o quartel-general da Oficina.

No escritório, o capitão Hollister olhou com irritação quando as luzes se apagaram e o contínuo e discreto zumbido do ar-condicionado sumiu. Houve talvez cinco segundos de semiescuridão cheia de sombras provocada pela falta de energia e pelas nuvens pesadas, tempo suficiente para o capitão sussurrar "Droga!" baixinho e se perguntar o que havia acontecido com o sistema elétrico de apoio.

Ele olhou pela janela e viu relâmpagos piscando quase continuamente. Naquela noite, um dos vigias da guarita contaria para a esposa que viu uma bola de fogo elétrica, que parecia ter o tamanho de duas bandejas, quicando da cerca externa com carga fraca para a cerca interna com carga mais forte e depois voltando.

O capitão esticou a mão para pegar o telefone e perguntar sobre a energia, mas as luzes voltaram. O ar-condicionado retomou seu zumbido, e, em vez de pegar o aparelho, o capitão pegou o lápis.

E então as luzes se apagaram de novo.

— Merda! — exclamou. Ele jogou o lápis na mesa e pegou o telefone, desafiando as luzes a voltarem antes de ele ter a chance de dar esporro em alguém. As luzes não aceitaram o desafio.

As duas belas casas de frente uma para outra com um gramado no meio (e todo o complexo da Oficina embaixo) eram atendidas pela Eastern Virginia Power Authority, mas havia dois sistemas de apoio alimentados por geradores a diesel. Um sistema atendia as "funções vitais": a cerca elétrica, os terminais de computador (uma falha de energia podia custar uma quantidade inacreditável de dinheiro em termos de tempo de uso) e a pequena enfermaria. Um segundo sistema atendia as funções menores do complexo: luzes, ar-condicionado, elevadores e todo o resto. Esse sistema secundário era feito para "cruzar", ou seja, para ajudar, no caso de o sistema primário mostrar sinais de sobrecarga. Já o sistema primário não ajudava se o secundário ficasse sobrecarregado. No dia 19 de abril, os dois sistemas ficaram sobrecarregados. O secundário entrou em ação quando o primeiro começou a dar sinais de sobrecarga, como os arquitetos do sistema de energia haviam planejado (embora, na verdade, eles nunca tivessem pensado que isso pudesse acontecer com o primário), e como resultado, o sistema primário operou setenta segundos mais do que o secundário. Em seguida, os geradores dos dois sistemas queimaram, um depois do outro, como uma série de bombinhas. Só que essas bombinhas custaram uns oitenta mil dólares cada.

Mais tarde, uma avaliação de rotina gerou a conclusão sorridente e benigna de "falha mecânica", embora uma análise mais precisa pudesse indicar "avareza e desonestidade". Quando os geradores de apoio foram instalados, em 1971, um senador ciente do baixo valor apresentado na licitação daquela pequena operação (assim como de dezesseis milhões de dólares em outras áreas na construção da Oficina) passou a informação a seu cunhado, que era consultor em engenharia elétrica. O consultor decidiu que poderia facilmente oferecer o valor mais baixo se cortasse uma coisinha aqui e outra ali.

Foi apenas um favor em uma área que vive de favores e informações por baixo dos panos, e só foi notado por ter sido o primeiro elo na corrente que levou à destruição final e a muitas mortes. O sistema de apoio tinha sido pouco utilizado em todos os anos desde sua implementação. Em seu primeiro grande teste, durante a tempestade que derrubou a estação de força de Briska, falhou completamente. Àquela altura, o consultor de engenharia elétrica evidentemente já havia seguido em frente e subido na vida; trabalhava na construção de um resort multimilionário na praia de Coki, em St. Thomas.

A Oficina só recuperou a energia quando a estação de força de Briska voltou a funcionar… ou seja, no mesmo instante em que o resto do leste da Virginia recuperou a energia, por volta da meia-noite.

Naquele momento, os elos seguintes já haviam sido forjados. Como resultado da tempestade e do blecaute, algo extraordinário aconteceu a Andy e a Charlie McGee, embora nenhum dos dois tivesse a menor ideia do que tinha ocorrido com o outro.

Depois de cinco meses de estagnação, as coisas começaram a andar novamente.

4

Quando a energia acabou, Andy McGee estava assistindo a *The PTL Club* na televisão. PTL era sigla de "Praise the Lord", ou "Louvado seja Deus". Em um dos canais da Virginia, o programa parecia passar ininterruptamente, vinte e quatro horas por dia. Não devia ser esse o caso, mas a percepção de Andy sobre o tempo tinha ficado tão afetada que era difícil saber.

Ele tinha ganhado peso. Às vezes, mais quando não estava sob o efeito de drogas, ele se via no espelho e pensava em Elvis Presley, em como o sujeito foi inflando suavemente perto do fim da vida. Outras vezes, pensava na forma como um gato castrado às vezes se tornava gordo e preguiçoso.

Ainda não estava gordo, mas faltava pouco. Em Hastings Glen, quando estava no Slumberland Motel, ele se pesou em uma balança de banheiro e viu que estava com setenta e três quilos. Agora, a balança chegava a oitenta e seis. Suas bochechas estavam mais cheias, e havia surgido uma leve sugestão de queixo duplo, e o que seu antigo professor de educação física do ensino médio chamava (com total desprezo) de "tetinhas masculinas". E mais do que uma sugestão de barriga. Não havia muito exercício, nem muita vontade de praticar atividades físicas quando se estava sob o efeito do Thorazine. Além disso, a comida era muito boa.

Andy não se preocupava com o peso quando estava doidão, ou seja, na maior parte do tempo. Quando estavam prontos para realizar mais testes infrutíferos, eles o deixavam sem drogas por um período de dezoito horas. Então, um médico testava suas reações físicas, um eletroencefalograma era feito para garantir que suas ondas cerebrais estivessem boas, e ele era levado para o cubículo de testes, uma pequena sala branca com painéis de cortiça na parede.

Os testes começaram em abril com voluntários humanos. Deram orientações sobre o que Andy deveria fazer e informaram que, se algum exagero fosse cometido, como deixar alguém cego, por exemplo, ele sofreria. Uma parte subentendida dessa ameaça era a de que Andy talvez não sofresse sozinho, mas essa ameaça pareceu vazia: ele não acreditava que fizessem mal a Charlie. Ela era a menina dos olhos deles. Ele estava em segundo plano.

O médico responsável por aplicar os testes nele era um homem chamado Herman Pynchot. Tinha trinta e tantos anos e era perfeitamente comum, exceto pelo fato de que sorria demais. Às vezes, tantos sorrisos deixavam Andy nervoso. Ocasionalmente, um médico chamado Hockstetter passava por lá, mas quase sempre era Pynchot.

Quando eles se aproximaram do primeiro teste, Pynchot informou que havia uma mesa na salinha branca, e que nessa mesa havia uma garrafa de Kool-Aid de uva com um rótulo escrito TINTA, uma caneta-tinteiro em um suporte, um bloco, uma jarra de água e dois copos. Pynchot disse que o voluntário não teria ideia de que o conteúdo na garrafa escrito TINTA não era tinta de verdade. Também explicou para Andy que eles ficariam agradecidos se ele conseguisse dar um "impulso" para o voluntário se servir com um copo de água, virar uma boa quantidade de "tinta" dentro e depois beber tudo.

— Tranquilo — afirmou Andy, que não estava muito tranquilo. Sentia falta do Thorazine e da paz que o remédio trazia.

— Muito tranquilo — disse Pynchot. — Você vai fazer isso?

— Por que eu deveria?

— Você vai ter algo em troca. Uma coisa legal.

— Seja um bom rato e ganhe o queijo — sugeriu Andy. — Certo?

Pynchot deu de ombros e sorriu. O jaleco era impecável; parecia feito pela Brooks Brothers.

— Tudo bem — concordou Andy. — Eu desisto. Qual é meu prêmio por fazer o pobre otário beber tinta?

— Bom, você vai poder voltar a tomar seus comprimidos, para começar.

De repente, ficou meio difícil engolir. Andy se perguntou se o Thorazine era viciante e, caso fosse, se o vício seria psicológico ou fisiológico.

— Me diga, Pynchot — disse ele. — Como é ser traficante? Está no juramento de Hipócrates?

Pynchot deu de ombros e sorriu.

— Você também vai poder dar uma volta lá fora — complementou o médico. — Acredito que você tenha expressado um interesse nisso.

Andy tinha mesmo. Seu alojamento era bom, tão bom que às vezes dava para quase esquecer que não passava de uma cela de cadeia acolchoada. A cela era composta por três aposentos e um banheiro; havia uma televisão em cores e canais a cabo, com uma seleção de filmes recentes que se renovava toda semana. Um dos médicos, possivelmente Pynchot, devia ter concluído que não adiantava tirar o cinto de Andy, permitir que ele só usasse giz de cera para escrever e colheres de plástico para comer. Se ele quisesse cometer suicídio, não havia como impedi-lo. Se ele desse impulsos fortes e frequentes o suficiente, acabaria explodindo o cérebro como um pneu velho.

Assim, o local era todo equipado, tendo até um forno de micro-ondas na pequena cozinha. Era decorado, colorido, com um tapete grosso no chão da sala e belos quadros. Mas, mesmo com tudo isso, um cocô de cachorro coberto de glacê não era um bolo de casamento; era só cocô de cachorro com cobertura. E nenhuma das portas de saída do pequeno apartamento de bom gosto tinha maçaneta por dentro. Havia olhos mágicos aqui e ali por todo o apartamento, o tipo de dispositivo que se via nas portas dos quartos de hotel. Havia um até mesmo no banheiro, e Andy calculava que ofereciam visão para qualquer ponto do apartamento. O palpite dele era de que se tratava de equipamento de monitoramento por televisão, talvez até com infravermelho, para não poder bater nem uma punheta com relativa privacidade.

Ele não era claustrofóbico, mas não gostava de permanecer em ambientes fechados por longos períodos. Ficava nervoso, mesmo com as drogas. Era um nervosismo menor, normalmente evidenciado por longos suspiros e períodos de apatia. Ele realmente tinha pedido para sair. Queria ver o sol de novo, ver a grama verde.

— Sim — respondeu ele baixinho para Pynchot. — Eu expressei interesse em sair.

Mas ele não pôde sair.

O voluntário ficou nervoso no começo, sem dúvida esperando que Andy o fizesse plantar bananeira, cacarejar como uma galinha ou alguma outra coisa igualmente ridícula. O rapaz, que se chamava Dick Albright, era torcedor de futebol americano, e Andy o fez contar sobre a última temporada de jogos: quem passou pelas eliminatórias, como foram as partidas e quem ganhou o Super Bowl.

Albright se animou. Falou durante vinte minutos, recontando toda a temporada, perdendo o nervosismo gradualmente. Estava comentando a arbitragem horrível que permitiu que os Patriots vencessem os Dolphins no jogo do AFC Championship quando Andy disse:

— Tome um copo de água, se quiser. Você deve estar com sede.

Albright olhou para ele.

— É, eu estou com um pouco de sede. Me diz uma coisa... eu estou falando demais? Você acha que está estragando o teste?

— Não, acho que não — respondeu Andy. Ele viu Dick Albright se servir de um copo de água da jarra.

— Quer um pouco? — perguntou Albright.

— Não, obrigado — disse Andy, de repente dando um impulso forte. — Tome um pouco de tinta junto, que tal?

Albright olhou para ele e esticou a mão para pegar a garrafa de "tinta". Pegou, olhou para a garrafa e a colocou de volta no lugar.

— Colocar *tinta*? Você deve estar maluco.

Depois do teste, Pynchot sorriu da mesma maneira como sorria antes, mas não estava satisfeito. Nem um pouco. Andy também não ficou satisfeito. Quando deu o impulso em Albright, não teve aquela sensação de derrapagem... aquele sentimento curioso de *duplicação* que costumava acompanhar o impulso. E nenhuma dor de cabeça. Ele concentrou toda a sua força em sugerir a Albright que colocar tinta na água seria uma coisa perfeitamente razoável de se fazer, e Albright deu uma resposta completamente lógica: que Andy estava louco. Apesar de toda a dor que seu talento já havia causado, ele sentiu um toque de pânico ao pensar que aquele dom poderia ter desaparecido.

— Por que você quer esconder? — perguntou Pynchot. Ele acendeu um Chesterfield e sorriu. — Eu não entendo você, Andy. Que *bem* isso faz a você?

— Pela décima vez — respondeu Andy. — Eu não segurei nada. Não fingi. Eu dei o maior impulso que consegui. Não aconteceu nada, só isso. — Ele queria seu comprimido. Sentia-se deprimido e nervoso. Todas as cores pareciam fortes demais, as luzes intensas demais, as vozes altas demais. Se sentiria melhor com os comprimidos. Com os comprimidos, a fúria inútil pelo que tinha acontecido, a saudade de Charlie e a preocupação pelo que podia estar acontecendo com ela... essas coisas se tornavam menores e pareciam mais sob controle.

— Infelizmente, não acredito nisso — observou Pynchot. E sorriu. — Pense bem, Andy. Não estamos pedindo para você fazer uma pessoa pular de um penhasco nem dar um tiro na própria cabeça. Acho que você não queria tanto aquele passeio quanto achava que queria.

O médico se levantou, indicando que iria embora.

— Escute — pediu Andy, sem conseguir afastar totalmente o desespero da voz. — Eu queria um daqueles comprimidos.

— Queria? — repetiu Pynchot. — Bom, talvez interesse a você saber que estou diminuindo sua dosagem... só para o caso de ser o Thorazine que está interferindo em sua habilidade. — O sorriso dele retornou. — Claro que, se sua habilidade voltasse de repente...

— Tem algumas coisas que você precisa saber — disse Andy. — Primeiro, o sujeito estava nervoso, esperando alguma coisa. Segundo, ele não era tão inteligente. É bem mais difícil dar impulso em pessoas idosas, em pessoas com QI baixo ou de baixo para normal. Com pessoas inteligentes é mais fácil.

— É mesmo? — indagou Pynchot.

— É.

— Então por que você não me dá um impulso para que eu lhe ofereça um comprimido agora? Meu QI foi avaliado em cento e cinquenta e cinco.

Andy tentou... sem resultados.

Acabou conseguindo uma caminhada do lado de fora, mas... depois que se convenceram de que ele não estava fingindo, que ele de fato estava tentando desesperadamente usar o impulso, sem sucesso, também aumentaram a dosagem de sua medicação. De maneira independente, tanto Andy quanto o dr. Pynchot começaram a se perguntar se seu limite não havia sido ultrapassado quando ele e Charlie fugiram de Nova York até o aeroporto de Albany e depois até Hastings Glen, se seu dom não havia sido simplesmente esgotado. E os dois se questionaram se não seria um tipo de bloqueio psicológico. Andy passou a acreditar que ou seu poder tinha acabado mesmo ou aquilo se tratava simplesmente de um mecanismo de defesa: sua mente se recusava a usar o dom, porque sabia que poderia acabar o matando. Ele não tinha se esquecido dos pontos dormentes na bochecha e no pescoço, nem do olho vermelho.

De qualquer modo, o resultado era o mesmo: um grande zero a zero. Pynchot, vendo escaparem seus sonhos de se cobrir de glória como o primeiro homem a conseguir dados empíricos de dominação psíquica mental, passou a aparecer lá com cada vez menos frequência.

Os testes continuaram durante maio e junho; primeiro com mais voluntários, depois com pessoas totalmente alheias. Pynchot foi o primeiro a admitir que esse último método não era exatamente ético, mas alguns dos primeiros testes com LSD também não foram. Andy se admirava ao ver que, ao igualar os dois contextos, Pynchot parecia acabar achando que estava tudo bem. Não importava, pois Andy não teve sucesso em dar o impulso em nenhum deles.

Um mês antes, logo após o Quatro de Julho, começaram a realizar testes com animais. Andy protestou, alegando que dar impulso em animais era ainda mais impossível do que em uma pessoa burra, mas seus argumentos não adiantaram nada com Pynchot e sua equipe, que àquela altura só estavam seguindo o protocolo de uma investigação científica. Assim, uma vez por semana Andy ficava em uma sala com um cachorro ou um gato ou um macaco, sentindo-se um personagem de um romance absurdista. Ele se lembrava do motorista de táxi que recebeu uma nota de um dólar e viu quinhentos. Lembrava-se dos tímidos executivos que conseguiu estimular aos poucos para que tivessem mais confiança e assertividade. Antes deles, em Port City, Pensilvânia, Andy também participou do programa de perda de peso, frequentado em sua maioria por esposas solitárias e gordas viciadas em petiscos, em Pepsi e em qualquer coisa entre duas fatias de pão. Era isso o que preenchia um pouco o vazio da vida delas. Foi necessário apenas um pouco do impulso, porque a maioria delas realmente queria perder peso, e ele as ajudou a fazer isso. Pensou também no que tinha feito aos dois cretinos da Oficina que pegaram Charlie.

Ele *havia conseguido* fazer isso, mas agora, não mais. Era difícil até lembrar qual era a sensação. Assim, ele ficava na sala com cachorros que lambiam sua mão, gatos que ronronavam e macacos que coçavam o rabo com irritação e às vezes mostravam os dentes em sorrisos largos apocalípticos obscenamente parecidos com os sorrisos de Pynchot. E, claro, nenhum dos animais fazia nada de estranho. Mais tarde Andy era levado de volta para o apartamento sem maçanetas nas portas, encontrava um comprimido azul em um prato branco na bancada da cozinha, e em pouco tempo parava de se sentir nervoso e deprimido. Começava a se sentir bem de novo. E via um dos filmes novos na TV a cabo, alguma coisa com Clint Eastwood, se houvesse, ou talvez *The PTL Club*. Não o incomodava tanto ter perdido o talento e ter se tornado uma pessoa supérflua.

5

Na tarde da grande tempestade, ele estava assistindo a *The PTL Club*. Uma mulher com penteado colmeia estava contando ao apresentador como o poder de Deus a havia curado da doença de Bright. Andy ficou fascinado por ela, cujo cabelo brilhava na luz do estúdio como uma madeira encerada. A mulher parecia uma viajante do tempo, de volta a 1963. Essa era uma das fascinações que *The PTL Club* exercia sobre Andy, junto com os discursos descarados que pediam dinheiro em nome de Deus. Andy ouvia esses discursos feitos pelos jovens de expressão pétrea com ternos caros e pensava, espantado, que Cristo tinha afastado os vendilhões do templo. E que *todas* as pessoas do *PTL* pareciam viajantes do tempo vindos de 1963.

A mulher terminou a história de como Deus a salvara de acessos de tremor. No início do programa, um ator que havia sido famoso no começo dos anos 1950 contou que Deus o salvara da bebida. A mulher com penteado colmeia então começou a chorar, e o ator que já tinha sido famoso a abraçou. A câmera se aproximou em um close e, ao fundo, o coro do *PTL* começou a cantarolar. Andy se mexeu um pouco na cadeira. Estava quase na hora do comprimido.

De uma maneira meio obscura, ele sabia que a medicação era apenas parcialmente responsável pelas mudanças peculiares que haviam acontecido com ele nos últimos cinco meses, entre as quais o ganho de peso era só um sinal externo. Quando a Oficina levou Charlie para longe, Andy perdeu o único suporte que restava em sua vida. Sem Charlie (ah, ela sem dúvida estava em algum lugar próximo, mas era o mesmo que estar na lua), parecia não haver motivo para se controlar.

Além disso, toda a fuga o induziu a uma espécie de choque nervoso. Ele viveu durante tanto tempo na corda bamba que, quando finalmente caiu dela, o resultado foi a letargia total. Na verdade, ele acreditava que havia sofrido uma espécie silenciosa de colapso nervoso. Se *visse* Charlie, não sabia se ela o reconheceria, e isso o deixava triste.

Ele nunca fez nenhum esforço para enganar Pynchot ou trapacear nos testes. Não achava que uma atitude dessas pudesse afetar Charlie, mas não gostaria de correr nem o risco mais remoto de que isso acontecesse. E era mais fácil fazer o que eles queriam. Então se tornou passivo. Tinha dado seus últimos gritos de fúria na varanda de Granther, enquanto aninhava a filha no colo com o dardo espetado no pescoço. Não havia mais fúria nele. Já tinha gastado toda.

Esse era o estado mental de Andy McGee quando ele estava vendo TV naquele dia 19 de agosto, quando a tempestade caiu nas colinas lá fora. O apresentador do *PTL* fez um discurso sobre donativos e apresentou um trio gospel. O trio começou a cantar, e de repente as luzes se apagaram.

A TV também se apagou, a imagem encolhendo até virar um pontinho. Andy ficou sentado na cadeira, imóvel, sem saber o que tinha acabado de acontecer. Sua mente teve tempo suficiente de registrar a escuridão absoluta e assustadora, mas as luzes logo voltaram. O trio gospel reapareceu, cantando "I Got a Telephone Call from Heaven and Jesus Was on the Line". Andy suspirou de alívio, mas as luzes se apagaram de novo.

Ele permaneceu sentado, segurando os braços da cadeira como se fosse sair voando se soltasse. Manteve os olhos grudados com desespero no pontinho de luz da TV, mesmo consciente de que tudo havia sumido e ele estava vendo só uma pós-imagem... ou o que queria ver.

Vai voltar em um ou dois segundos, ele afirmou para si mesmo. *Deve haver geradores secundários em algum lugar. Não se confia em eletricidade doméstica para fornecer energia a um lugar assim.*

Mesmo assim, sentiu medo. De repente, viu-se lembrando as histórias de aventura que lia na infância. Em mais de uma delas, houve um incidente em alguma caverna, onde as luzes ou as velas se apagavam. E parecia que o autor sempre caprichava na hora de descrever a escuridão como "palpável" ou "absoluta" ou "total". Havia até aquela velha máxima batida da "escuridão viva", como em "a escuridão viva engoliu Tom e seus amigos". Se tudo aquilo era para impressionar o Andy McGee de nove anos, não adiantou. No que dizia respeito a ele, se quisesse ser "engolido pela escuridão viva", bastava entrar no armário e enfiar um cobertor na fresta embaixo da porta. Escuridão era escuridão, afinal.

Agora, ele percebia que estava enganado quanto a isso; não era a única coisa sobre a qual ele havia se enganado quando criança, mas talvez a última a ser descoberta. Preferia ter deixado a descoberta passar, porque a escuridão *não era* escura. Ele nunca tinha estado em uma escuridão como aquela na vida. Exceto pela sensação da cadeira embaixo da bunda e das mãos, era possível estar flutuando em um golfo Lovecraftiano sem luz entre as estrelas. Andy ergueu uma das mãos, que flutuou na frente dos olhos. E apesar de conseguir sentir a palma tocando o nariz, não conseguia vê-la.

Ele tirou a mão do rosto e segurou novamente o braço da cadeira. Seu coração tinha assumido um batimento rápido e oscilante. Lá fora, alguém gritou com voz rouca: "Richie! Onde você está, porra?", e Andy se encolheu na cadeira, como se tivesse sido ameaçado. Lambeu os lábios.

Vai voltar em um ou dois segundos, pensou ele, mas uma parte assustada de sua mente, que se recusava a ser reconfortada por meras racionalidades, perguntou: *Quanto tempo dura um ou dois segundos, ou um ou dois minutos, na escuridão total? Como se mede o tempo na escuridão total?*

Do lado de fora, fora do seu "apartamento", alguma coisa caiu, fazendo alguém gritar de dor e surpresa. Andy se encolheu novamente e deu um gemido trêmulo. Não estava gostando. Aquilo não estava bom.

Bem, se levarem mais de alguns minutos para consertar, para reiniciar os disjuntores, sei lá, vão aparecer aqui e me soltar. Vão ter que fazer isso.

Até a parte assustada da mente, a parte que estava perto de começar a choramingar, reconheceu a lógica desse pensamento, e Andy relaxou um pouco. Afinal, era só *escuridão*; não passava disso, de ausência de luz. Não havia *monstros* na escuridão nem nada do tipo.

Ele sentia muita sede. Perguntou-se se ousaria se levantar e pegar uma garrafa de ginger ale na geladeira. Decidiu que poderia fazer isso se tomasse cuidado. Então se levantou, deu dois passos arrastados para a frente e bateu com a canela na mesa de centro. Inclinou-se e massageou o local, os olhos lacrimejando de dor.

Isso também lembrava a infância. Andy brincava de um jogo chamado "cabra-cega" — provavelmente todas as crianças brincavam. O jogo consistia em tentar ir de um lado a outro da casa com um lenço ou alguma outra coisa cobrindo os olhos. E todas as pessoas achavam engraçado quando a "cabra-cega" caía por cima de um pufe ou tropeçava no degrau entre a sala de jantar e a cozinha. O jogo podia ensinar uma dolorosa lição sobre como lembrávamos mal da disposição da mobília da nossa casa, supostamente familiar, e sobre como nós contávamos mais com os olhos do que com a memória. Essa lição fazia com que refletíssemos como viveríamos se ficássemos cegos.

Mas eu vou ficar bem, pensou Andy. *Vou ficar bem se for devagar e com calma.*

Contornou a mesinha de centro e começou a seguir lentamente pelo espaço aberto da sala com as mãos esticadas à frente. Era engraçado como um espaço aberto podia parecer ameaçador no escuro. *É provável que as luzes voltem agora e eu acabe rindo da minha cara. Dando uma boa garg...*

— *Ai!*

Seus dedos esticados bateram na parede e se dobraram dolorosamente. Alguma coisa caiu, provavelmente o quadro do celeiro e do campo de feno no estilo Wyeth que ficava pendurado perto da porta da cozinha. O quadro passou por Andy fazendo um som terrível de espada no escuro e estilhaçou no chão. O som foi chocantemente alto.

Andy ficou parado, segurando os dedos doloridos, sentindo o latejar da canela batida. Sua boca estava seca de medo.

— Ei! — gritou. — Ei, não se esqueçam de mim, pessoal!

Esperou e prestou atenção. Não houve resposta. Ainda havia sons e vozes, mas distantes. Se ficassem mais distantes, ele estaria em silêncio total.

Esqueceram de mim, pensou ele, e seu medo aumentou.

Seu coração estava disparado. Andy sentia o suor nos braços e na testa, e se lembrou da vez em que estava no lago Tashmore: ele foi muito para o fundo, sentiu o corpo cansado e começou a se debater e gritar, com a certeza de que morreria... mas, quando esticou os pés, o chão estava lá, a água só na altura do peito. Onde estava o chão agora? Ele lambeu os lábios secos, mas a língua também estava seca.

— *EI!* — gritou ele o mais alto que conseguiu, e o som do terror em sua voz o apavorou ainda mais. Precisava se controlar. Estava próximo do pânico total agora, só se debatendo no mesmo lugar, sem pensar e gritando o mais alto que conseguia. Tudo porque alguém queimou um fusível.

Ah, merda, por que isso tinha que acontecer justo na hora do meu comprimido? Se eu tivesse tomado meu comprimido, estaria bem. Estaria tranquilo. Cristo, parece que minha cabeça está cheia de cacos de vidro...

Ele permaneceu parado, a respiração pesada. Tinha se dirigido à porta da cozinha, mas perdeu o rumo e deu de cara com a parede. Agora, sentia-se desorientado e não conseguia nem lembrar se a porcaria da gravura do celeiro estava pendurada à direita ou à esquerda da porta. Desejou com infelicidade não ter saído da cadeira.

— Se controla — murmurou ele em voz alta. — Se controla!

Não era *apenas* pânico, ele percebeu. Era o comprimido que tinha passado da hora, o comprimido do qual ele agora era dependente. Não era justo que aquilo tivesse acontecido na hora de tomar o comprimido.

— Se controla — murmurou ele de novo.

Ginger ale. Tinha se levantado para pegar ginger ale e faria isso de qualquer jeito. Precisava se concentrar em algo. Era isso que importava, e ginger ale funcionaria tão bem quanto qualquer outra coisa.

Andy começou a se mover de novo, agora para a esquerda, e na mesma hora caiu em cima do quadro que tinha despencado da parede. Ele gritou e desabou, balançando os braços como louco e sem equilíbrio. Bateu a cabeça com força e gritou outra vez.

Agora, sentia muito medo. *Me ajudem*, pensou ele. *Alguém me ajude, traga uma vela, pelo amor de Deus, alguma coisa, estou com medo...*

E começou a chorar. Os dedos agitados encontraram uma umidade densa na lateral da cabeça — sangue —, e com um terror cego ele se perguntou o quanto estaria ferido.

— *Onde vocês estão?* — gritou ele. Não houve resposta. Ouviu (ou achou ter ouvido) um único grito distante, e em seguida silêncio. Seus dedos encontraram o quadro no qual ele tropeçou, e Andy o jogou do outro lado da sala, furioso porque o objeto o machucara. Bateu na mesinha ao lado do sofá, e o abajur agora inútil que ficava ali caiu. A lâmpada explodiu com um som seco, e Andy gritou de novo. Passou a mão na lateral da cabeça, mais sangue ali agora. Estava descendo sem parar pela bochecha.

Ofegante, começou a engatinhar, uma das mãos esticada para encontrar a parede. Quando sua solidez sumiu abruptamente no nada, ele inspirou fundo e recolheu a mão de volta, como se esperasse que uma coisa horrenda saísse da escuridão e a segurasse. Um som baixo de respiração passou pelos seus lábios. Por um segundo, a totalidade da infância voltou com tudo, e ele ouviu o sussurro de trolls se aproximando com avidez.

— É só o piso da cozinha, porra — murmurou ele com voz rouca. — Só isso.

E seguiu engatinhando. A geladeira ficava à direita, e ele começou a seguir para lá, engatinhando devagar e respirando rápido, as mãos frias no piso.

Em algum lugar no andar de cima, alguma coisa caiu fazendo um estrondo alto. Andy ficou de joelhos. O nervosismo explodiu. Ele perdeu a cabeça e começou a gritar "*Socorro! Socorro! Socorro!*" sem parar até perder a voz. Não fazia ideia de por quanto tempo podia ter gritado, de quatro na cozinha negra.

Finalmente, parou e tentou se acalmar. Suas mãos e braços tremiam sem parar. A cabeça doía por causa da batida, mas o fluxo de sangue parecia ter parado, o que era um pouco tranquilizador. Sua garganta estava quente e arranhada de tanto gritar, e isso o fez pensar no ginger ale de novo.

Andy voltou a engatinhar e encontrou a geladeira sem nenhum outro incidente. A abriu (esperando ridiculamente que a luz interior se acendesse com seu brilho branco fosco) e mexeu lá dentro até encontrar uma lata com um anel em cima. Fechou a porta da geladeira e se encostou nela. Abriu a lata e tomou metade do ginger ale de uma vez. Sua garganta agradeceu.

Em seguida, surgiu um pensamento que fez sua respiração parar.

Este lugar está pegando fogo, sua mente anunciou com uma falsa calma. *Foi por isso que ninguém veio buscar você. Estão evacuando. Você agora... é dispensável.*

Esse pensamento gerou uma explosão de terror claustrofóbico que ia além do pânico. Andy simplesmente se encolheu para mais perto da geladeira, os lábios repuxados sobre os dentes em uma careta. A força sumiu de suas pernas. Por um momento, ele até imaginou sentir cheiro de fumaça, e o calor pareceu atingi-lo. A lata de refrigerante escorregou dos dedos e virou no chão, molhando sua calça.

Andy ficou sentado gemendo no chão molhado.

6

John Rainbird mais tarde pensou que as coisas não podiam ter funcionado melhor se eles tivessem planejado... e que, se aqueles psicólogos metidos valessem alguma coisa, eles *teriam* planejado. Mas, no fim das contas, a feliz casualidade do blecaute acontecer naquele momento foi o que o permitiu finalmente enfiar o cinzel em um canto do aço psicológico que protegia Charlie McGee. Sorte e sua intuição inspirada.

Ele entrou nos aposentos de Charlie às três e meia, no momento em que a tempestade estava começando a cair lá fora. Empurrava um carrinho que não era diferente daqueles que as camareiras de hotel em geral empurravam quando iam de quarto em quarto. Continha roupa de cama limpa, lustra-móveis e um produto parar tirar manchas de carpete, além de um balde, um esfregão e um aspirador pendurado na ponta.

Charlie estava sentada no chão de frente para o sofá e usava apenas um body azul Danskin. As pernas compridas estavam cruzadas em posição de lótus. Ela sempre se sentava assim. Alguém de fora poderia achar que estava sob o efeito de medicamentos, mas Rainbird sabia que não. Ela ainda recebia medicação leve, mas agora a dosagem era pouco mais que um placebo. Todos os psicólogos concordavam decepcionados que ela estava falando sério quando afirmou que nunca mais acenderia fogos. As drogas tinham originalmente a intenção de impedir que ela usasse o fogo para fugir, mas agora parecia haver a certeza de que ela não faria isso... e nem mais nada.

— Oi, garota — disse Rainbird, soltando o aspirador do carrinho.

Ela olhou para ele, mas não respondeu. Ele enfiou o aspirador na tomada e, quando o ligou, Charlie se levantou graciosamente e foi para o banheiro. E fechou a porta.

Rainbird começou a aspirar o tapete. Não havia nenhum plano em mente. Era um caso de procurar pequenos indícios e sinais, captá-los e ir atrás deles. Sua admiração pela menina era total. O pai dela estava se tornando um pudim gordo e apático — os psicólogos tinham termos próprios para isso ("choque de dependência", "perda de identidade", "fuga mental" e "disfunção leve da realidade") —, mas tudo se resumia ao fato de ele ter desistido e agora poder ser cancelado da equação. A garota não fez isso; ela simplesmente se escondeu. E Rainbird nunca se sentia tão índio como nos momentos em que estava com Charlie McGee.

Ele continuou aspirando e esperando que ela saísse... talvez. Achava que ela estava saindo do banheiro com um pouco mais de frequência ultimamente. No começo, ela sempre se escondia lá até ele ir embora. Agora, às vezes saía e o observava. Talvez saísse hoje. Talvez não. Ele aguardaria. E observaria em busca de sinais.

7

Charlie se sentou no banheiro com a porta fechada. Teria trancado se pudesse. Antes do faxineiro entrar para limpar o quarto, ela estava fazendo exercícios simples que encontrara em um livro. Então o faxineiro chegou, e agora o assento do vaso embaixo dela estava gelado. A luz branca das lâmpadas fluorescentes que contornavam o espelho do banheiro fazia tudo parecer frio e claro demais.

No começo, uma "companheira" morava com ela, uma mulher de uns quarenta e cinco anos. Ela devia ser "maternal", mas a "companheira maternal" tinha olhos verdes duros com pontinhos que pareciam gelo. Aquelas eram as pessoas que haviam matado sua mãe, e agora queriam que ela morasse ali com uma "companheira maternal". Charlie disse que não queria aquela mulher. Eles sorriram. Charlie parou de falar e não disse mais nenhuma palavra até que a "companheira maternal" fosse embora, levando os olhos verdes com lascas de gelo junto. A menina fez um acordo com o tal sujeito Hockstetter: responderia as perguntas dele, só dele, se a "companheira maternal" saísse de lá. A única companhia que ela queria era do pai e, se não pudesse tê-lo, preferia ficar sozinha.

De muitas maneiras, ela sentia que os últimos cinco meses (haviam dito que foram cinco meses; não parecia nada) tinham sido um sonho. Não havia como marcar a passagem de tempo, rostos vinham e iam sem nenhuma lembrança ligada a eles, como balões sem corpos, e a comida não tinha gosto de nada. Ela mesma às vezes se sentia um balão, como se estivesse flutuando. Mas, de certa forma, sua mente dizia com perfeita segurança que era justo. Ela era uma assassina. Tinha violado o pior dos Dez Mandamentos e com certeza estava condenada ao inferno.

Charlie pensava nisso à noite, com as luzes tão fracas que o apartamento parecia um sonho.

E via tudo. Os homens na varanda usando suas coroas de chamas. Os carros explodindo. As galinhas pegando fogo. O cheiro de queimado que era sempre o cheiro de enchimento queimado, o cheiro do ursinho de pelúcia.

(*e ela gostou*)

Era isso; esse era o problema. Quanto mais ela fazia, mais gostava; quanto mais fazia, mais conseguia sentir o poder, uma coisa viva, ficando cada vez mais forte. Era como uma pirâmide de cabeça para baixo, apoiada na pontinha: e quanto mais você fazia, mais difícil era de parar. *Doía* fazer parar

(*e era divertido*)

e então ela nunca mais ia fazer. Morreria ali antes de fazer de novo. Talvez até quisesse morrer aqui. A ideia de morrer em um sonho não era nada assustadora.

Os únicos dois rostos que não eram totalmente dissociados eram o de Hockstetter e o do faxineiro que ia limpar o apartamento todos os dias. Charlie certa vez perguntou por que ele ia todos os dias, já que não estava sujo.

John — esse era o nome dele — tirou um bloco velho do bolso de trás e uma caneta esferográfica barata do bolso da camisa. E disse: "É meu trabalho, garota". E no papel escreveu *Porque eles são cheios de merda, oras.*

Ela quase riu, mas se segurou a tempo, pensando em homens com coroas de fogo, homens que tinham cheiro de ursos de pelúcia queimados. Rir poderia ser perigoso. Assim, ela simplesmente fingiu que não viu o bilhete ou que não entendeu. O rosto do funcionário era horrível. Ele usava tapa-olho. Charlie sentia pena dele, e uma vez quase perguntou o que tinha acontecido, se ele tinha sofrido um acidente de carro ou alguma coisa do tipo, mas isso teria sido ainda mais perigoso do que rir do bilhete. Ela não sabia por quê, mas sentia em todas as células.

O rosto dele era horrível de olhar, mas o homem parecia agradável. E não era pior do que o rosto do pequeno Chuckie Eberhardt, em Harrison. Quando Chuckie tinha três anos, sua mãe estava fritando batatas quando ele puxou a panela de óleo fervente do fogão em cima de si mesmo e quase morreu. Depois, as outras crianças às vezes o chamavam de Chuckie Hambúrguer ou Chuckie Frankenstein, fazendo o menino chorar. Era maldade. As outras crianças não pareciam entender que uma coisa assim podia acontecer com qualquer pessoa. Quando se tinha três anos, ninguém era muito bom no departamento inteligência.

O rosto de John era todo deformado, mas isso não a assustava. Era o de Hockstetter que a assustava. E o rosto dele, exceto pelos olhos, era comum, como o de qualquer pessoa. Os olhos eram ainda piores do que os olhos da "companheira maternal". Ele sempre os usava para xeretar. Hockstetter pediu várias vezes que ela fizesse fogo; a levava para uma sala, onde às vezes havia pedaços de jornal amassado, pratinhos de vidro cheios de óleo e às vezes havia outras coisas. Mas, com todas as perguntas e toda a solidariedade falsa, no fim era sempre a mesma coisa: Charlie, faça isso pegar fogo.

Hockstetter a assustava. Ela sentia que ele tinha todos os tipos de... de

(*coisas*)

que podia usar nela para fazê-la atear fogo. Ela não faria isso, mas tinha medo de acabar fazendo. Hockstetter usaria qualquer artifício, pois não jogava limpo. Uma noite ela sonhou que colocava fogo em Hockstetter e acordou com as mãos apertando a boca para segurar um grito.

Certa vez, para adiar o pedido inevitável, ela perguntou quando poderia ver o pai. Aquilo não saía de sua cabeça, mas ela nunca perguntava, porque sabia qual seria a resposta. Mas naquele dia ela estava se sentindo especialmente cansada e desanimada, e a pergunta escapou.

— Charlie, acho que você sabe a resposta — afirmara Hockstetter. Ele apontou para a mesa da salinha. Sobre ela, havia uma bandeja de aço, cheia de montinhos de raspas de madeira. — Se você puser fogo nisso, eu levo você para ver seu pai agora mesmo. Você vai poder estar com ele em dois minutos. — Embaixo dos olhos frios e atentos, a boca se abriu em um sorriso amigável. — E agora, o que me diz?

— Me dá um fósforo — respondera Charlie, as lágrimas ameaçando sair. — Eu acendo.

— Você consegue acender só de pensar. Você sabe disso.

— Não consigo, não. E, mesmo que conseguisse, eu não faria isso. É errado.

Hockstetter olhou para ela com tristeza, o sorriso amigável sumindo.

— Charlie, por que você se maltrata assim? Você não quer ver seu pai? Ele quer ver você. Ele me disse que era para dizer para você que tudo bem.

E ela *realmente* chorou, chorou muito e por muito tempo, pois queria vê-lo. Não passava um minuto do dia sem que os pensamentos se voltassem para ele, sem que sentisse falta dele, sem que quisesse sentir os braços sólidos dele ao seu redor. Hockstetter a viu chorar sem demonstrar solidariedade, nem tristeza, nem gentileza. Mas havia uma avaliação cuidadosa. Ah, ela o odiava.

Isso acontecera três semanas antes. Desde então, por teimosia, ela não mencionou o pai, embora Hockstetter falasse nele constantemente. Informava que seu pai estava triste, que seu pai afirmara que não haveria problema se ela fizesse fogo, e, pior de tudo, que seu pai dissera para Hockstetter que achava que Charlie não o amava mais.

No espelho do banheiro, ela olhou para o próprio rosto pálido enquanto ouvia o zumbido regular do aspirador de John. Quando terminasse, ele trocaria a roupa de cama dela. Em seguida, limparia o quarto. Depois, iria embora. De repente, ela não quis que ele fosse embora, e sim ouvi-lo falar.

No começo, Charlie sempre ia para o banheiro e ficava lá até ele sair. Certa vez ele desligou o aspirador e bateu na porta do banheiro, perguntando com preocupação:

— Garota? Está tudo bem? Você não está passando mal, está?

A voz dele soou tão gentil, e era tão difícil de encontrar gentileza pura e simples naquele local que ela precisou se esforçar para manter a voz calma e fria, porque as lágrimas estavam ameaçando cair de novo.

— Sim... estou bem.

Ela esperou, se perguntando se ele tentaria levar a conversa mais longe, se tentaria atingi-la como os outros, mas ele simplesmente se afastou e ligou o aspirador novamente. De certa forma, ela ficou decepcionada.

Outra vez, ele estava lavando o chão. Quando ela saiu do banheiro, ele disse sem levantar o rosto:

— Cuidado com o piso molhado, garota, você não vai querer quebrar o braço. — Foi tudo o que ele disse, mas mais uma vez ela foi quase surpreendida com lágrimas. Era preocupação, tão simples e direta, que chegava a ser inconsciente.

Ultimamente, ela vinha saindo do banheiro com mais frequência para observá-lo. Observá-lo... e ouvi-lo. Ele às vezes fazia perguntas, mas nunca eram ameaçadoras. Ainda assim, na maior parte das vezes ela não respondia, só de maneira evasiva. Isso não intimidava John, que falava com ela mesmo assim. Falava sobre sua pontuação no boliche, sobre seu cachorro, sobre o fato de sua TV ter quebrado e eles precisarem esperar algumas semanas pelo conserto porque as peças eram muito caras.

Charlie achava que ele era solitário. Com um rosto daquele, ele não devia ter esposa nem nada. Ela gostava de ouvi-lo porque era como um túnel secreto para o lado de fora. A voz dele era grave, musical, às vezes sonhadora. Nunca incisiva e interrogativa, como a de Hockstetter. E aparentemente ele não exigia resposta.

Ela desceu da privada e caminhou até a porta, e foi nesse momento que as luzes se apagaram. Ela ficou ali parada, intrigada, uma das mãos na maçaneta, a cabeça inclinada para o lado. Na mesma hora pensou que era algum tipo de truque. Ela ouviu o zumbido do aspirador de John morrer e a voz dele exclamando:

— Poxa, mas que *droga*!

As luzes voltaram. Mas Charlie não saiu. O aspirador voltou a funcionar, passos se aproximaram da porta, e John perguntou:

— As luzes se apagaram aí dentro por um segundo?

— Sim.

— Acho que é a tempestade.

— Que tempestade?

— Parecia que ia cair uma tempestade quando eu cheguei aqui no serviço. Tinha umas nuvens pretas no céu.

Parecia que ia cair uma tempestade. Lá fora. Ela queria poder ir lá fora ver as nuvens pretas. Sentir o cheiro engraçado que pairava no ar antes de uma tempestade de verão. Era um cheiro de chuva e de molhado. Tudo ficava esc...

As luzes se apagaram de novo.

O aspirador morreu. A escuridão era total. Sua única conexão com o mundo era a mão na maçaneta de cromo polido. Pensativa, ela começou a passar a língua no lábio superior.

— Garota?

Charlie não respondeu. Seria um truque? Tempestade, ele dissera. E ela acreditava. Acreditava em John. Era surpreendente e assustador descobrir que depois de tanto tempo ela acreditava no que alguém dizia.

— *Garota?* — Era ele de novo. E desta vez ele parecia... assustado.

O medo de escuro que ela sentia, que tinha começado a aparecer, foi sublimado pelo dele.

— John, qual é o problema? — Ela abriu a porta e tateou à frente. Não saiu, não ainda. Estava com medo de tropeçar no aspirador.

— O que aconteceu? — Agora, havia um toque de pânico na voz dele. Isso a assustou. — Onde estão as luzes?

— Se apagaram — respondeu ela. — Você disse... a tempestade...

— Eu não suporto o escuro — disse ele. Havia terror em sua voz, e uma espécie de pedido de desculpas grotesco. — Você não entende. Eu não consigo... eu tenho que sair... — Ela o ouviu fazer um movimento desastrado pela sala, e de repente houve um estrondo alto e assustador quando ele caiu por cima de alguma coisa, provavelmente a mesa de cabeceira. Ele gritou, infeliz, o que a assustou ainda mais.

— John? John! Você está bem?

— Eu tenho que sair! — gritou ele. — Manda eles me deixarem sair, garota!

— O que houve?

Por um longo tempo, não houve resposta. Ela ouviu um som baixo e engasgado, e entendeu que ele estava chorando.

— Me ajuda — pediu ele, e Charlie ficou parada na porta do banheiro, tentando decidir. Parte de seu medo já havia se transformado em solidariedade, mas parte permanecia questionadora, implacável e alerta.

— Me ajuda, ah, alguém me ajuda — continuou ele com voz baixa, tão baixa que era como se esperasse que ninguém ouvisse ou atendesse. Isso a fez decidir. Lentamente, ela começou a atravessar a sala na direção dele, as mãos esticadas à frente do corpo.

8

Rainbird a ouviu se aproximando e não conseguiu conter um sorriso no escuro; um sorriso duro e sem humor que ele cobriu com a palma da mão, caso a energia voltasse naquele exato instante.

— John?

Ele fez uma voz de sofrimento em meio ao sorriso.

— Desculpa, garota. Eu... é o escuro. Eu não suporto o escuro. Parece o lugar onde me colocaram depois que fui capturado.

— Quem colocou você?

— Os vietcongues.

Ela estava mais perto agora. O sorriso sumiu do rosto, e ele começou a entrar no personagem. *Com medo. Você está com medo porque os vietcongues colocaram você em um buraco no chão depois que uma das minas explodiu boa parte da sua cara... e eles deixaram você lá... e agora você precisa de uma amiga.*

De certa forma, o papel veio naturalmente. Só precisava fazê-la acreditar que aquela empolgação extrema pela oportunidade inesperada era *medo* extremo. E claro que Rainbird *estava* com medo: medo de fazer besteira. Isso fazia o tiro da árvore com a ampola de Orasin parecer brincadeira de criança. As intuições dela eram aguçadas. Um suor nervoso escorria intensamente pelo corpo dele.

— Quem são os vietcongues? — perguntou ela, muito perto agora. A mão de Charlie passou de leve pelo rosto dele, e ele a segurou. Ela ofegou com nervosismo.

— Ei, não tenha medo — disse ele. — É só que...

— Você... isso dói. Você está me machucando.

Era exatamente o tom certo. Ela também estava com medo, com medo do escuro e com medo dele... mas também preocupada. Ele queria que Charlie sentisse que havia sido agarrada por um homem se afogando.

— Me desculpe, garota. — Ele afrouxou o aperto, mas não a soltou. — Só... você pode se sentar do meu lado?

— Claro. — Ela se sentou, e ele se sobressaltou ao ouvir o som do corpo dela no chão. Do lado de fora, ao longe, ouviram uma voz gritando alguma coisa para outra pessoa.

— Nos tirem daqui! — gritou Rainbird na mesma hora. — Nos tirem daqui! Ei, nos tirem daqui! Tem gente aqui!

— Pare — disse Charlie, alarmada. — Nós estamos bem... quer dizer, não estamos?

A mente de Rainbird, aquela máquina extremamente precisa, estava trabalhando em alta velocidade: escrevendo o roteiro, sempre três ou quatro falas à frente, o suficiente para estar em segurança, mas não o suficiente para destruir a espontaneidade do momento. Mais do que tudo, ele se perguntou quanto tempo possuía, quanto tempo demoraria para as luzes se acenderem. Ele se aconselhou a não esperar nem torcer por muita coisa. Tinha apoiado o cinzel embaixo da beirada da caixa. Qualquer outra coisa seria lucro.

— É, acho que estamos — disse ele. — É a escuridão, só isso. Eu nem tenho uma porra de fósforo, nem... Ah, garota, desculpa. Saiu sem querer.

— Tudo bem — assentiu Charlie. — Às vezes meu pai diz essa palavra. Uma vez, quando estava consertando meu carrinho na garagem, ele martelou o dedo e disse isso cinco ou seis vezes. Aquelas outras palavras também. — Esse foi o discurso mais longo que ela já tinha feito na presença de Rainbird. — Eles vão vir pegar a gente logo?

— Não podem fazer isso enquanto a energia não voltar — respondeu ele, infeliz por fora, vibrante por dentro. — Essas portas, garota, todas têm trancas elétricas. São feitas para travar se a energia acabar. Colocaram você em uma por... colocaram você em uma cela, garota. Parece um apartamento legal, mas é a mesma coisa que estar na prisão.

— Eu sei — concordou ela em voz baixa. Ele ainda estava segurando a mão dela com força, mas Charlie não parecia se importar muito agora. — Mas você não devia dizer isso. Acho que eles escutam.

Eles!, pensou Rainbird, com uma alegria quente e triunfante percorrendo seu corpo. Estava levemente ciente de que não sentia uma emoção com aquela intensidade havia uns dez anos. *Eles! Ela estava falando "eles"!*

Ele sentiu o cinzel escorregar mais fundo embaixo do canto da caixa que era Charlie McGee, e apertou a mão dela involuntariamente.

— Ai!

— Desculpa, garota — disse ele, relaxando. — Eu sei bem que eles escutam. Mas não estão escutando agora, sem energia. Ah, garota, não estou gostando disso, eu tenho que sair daqui! — Ele começou a tremer.

— Quem são os vietcongues?

— Você não sabe?... Não, você é nova demais, eu acho. Eu lutei na guerra, garota. A guerra do Vietnã. Os vietcongues eram os maus. Eles usavam uniformes pretos. Na selva. Você sabe sobre a guerra do Vietnã, não sabe?

Ela sabia... vagamente.

— Nós estávamos fazendo uma patrulha e fomos parar em uma emboscada — continuou ele.

Isso era verdade, mas foi neste ponto em que John Rainbird e a verdade se separaram. Não havia necessidade de confundi-la contando que estavam todos drogados, que a maioria dos soldados tinha fumado maconha do Camboja, e que o tenente deles de West Point, que estava a um passo do limite entre a sanidade e a loucura, mascava gomos de peiote sempre que saíam em patrulha. Rainbird viu uma vez aquele louco atirar em uma grávida com uma metralhadora semiautomática e o feto de seis meses da mulher ser arrancado do corpo dela em pedaços desintegrados. O louco mais tarde contou que esse fato ficou conhecido como Aborto de West Point. E lá estavam eles, voltando para a base, quando realmente caíram em uma emboscada. Só que a armadilha havia sido feita pelo próprio pessoal, ainda mais drogado do que eles, e quatro caras foram metralhados. Rainbird não viu necessidade de contar isso para Charlie, nem que o Claymore que pulverizou metade do seu rosto havia sido feito em uma fábrica de munição em Maryland.

— Só seis de nós fugiram. Nós corremos. Corremos pela selva, e acho que eu fui para o lado errado. Lado errado? Lado certo? Naquela guerra maluca ninguém sabia que lado era o certo porque não havia limites reais. Eu me separei dos meus companheiros. Ainda estava tentando encontrar alguma coisa familiar quando pisei em uma mina terrestre. Foi isso o que aconteceu com o meu rosto.

— Sinto muito — disse Charlie.

— Quando eu acordei, *eles* tinham me pegado — prosseguiu Rainbird, agora voando na terra do nunca da ficção. Ele tinha sido levado para o hospital do exército de Saigon com soro intravenoso no braço. — Não me dariam nenhum tratamento médico, nada do tipo, a não ser que eu respondesse às perguntas deles.

Agora, cuidado. Se agisse com cautela, tudo sairia certo; ele sabia.

A voz dele ficou mais alta, confusa e amarga.

— Perguntas, o tempo todo perguntas. Eles queriam saber sobre movimentos das tropas... suprimentos... distribuição de infantaria leve... tudo. Nunca desistiam. Sempre estavam em cima de mim.

— Sim — disse Charlie com fervor, fazendo o coração dele se alegrar.

— Eu ficava dizendo que não sabia de nada, que não podia contar nada, que não passava de um soldado inferior, só um número com uma mochila nas costas. Eles não acreditaram. Meu rosto... a dor... eu fiquei de joelhos e implorei por morfina. Eu poderia ser tratado em um bom hospital... depois que contasse pra eles.

Agora, era o aperto de Charlie que estava ficando mais forte. Ela pensou nos olhos cinzentos e frios de Hockstetter, nele apontando para a bandeja de aço cheia de raspas de madeira. *Acho que você sabe a resposta... se você puser fogo nisso, eu levo você para ver seu pai agora mesmo. Você vai poder estar com ele em dois minutos.* O coração dela se solidarizava com aquele homem de rosto ferido, aquele homem adulto que tinha medo do escuro. Ela achava que conseguia entender o que ele tinha vivido. Conhecia a dor dele. E, na escuridão, ela começou a chorar silenciosamente por ele, e de certa forma as lágrimas também eram por ela... todas as lágrimas não derramadas dos últimos cinco meses. Lágrimas de dor e raiva por John Rainbird, por seu pai, por sua mãe e por ela mesma. Ardiam e maltratavam.

As lágrimas não foram silenciosas o suficiente para passarem despercebidas pelos radares dos ouvidos de Rainbird. Ele precisou se esforçar para segurar outro sorriso. Ah, sim, o cinzel estava bem colocado. Havia cofres difíceis e cofres fáceis, mas não impossíveis.

— Eles nunca acreditavam em mim. Finalmente, me jogaram em um buraco no chão, e lá era sempre escuro. Tinha um pouco de... espaço, acho que dá para dizer isso, com raízes saindo das paredes de terra... às vezes eu conseguia ver um pouco de luz do sol, uns três metros acima. Eles vinham, e acho que o comandante deles que me perguntava se eu já estava pronto para falar. Dizia que eu estava ficando branco lá embaixo, como um peixe. Que meu rosto estava ficando infeccionado, que eu teria gangrena no rosto e depois ela entraria no meu cérebro e faria apodrecer e me deixaria louco e eu morreria. Ele me perguntava se eu gostaria de sair da escuridão e ver o sol de novo. E eu implorava com ele... suplicava... jurava pelo nome da minha mãe que não sabia de nada. Eles riam e colocavam as tábuas no lugar e cobriam com terra. Era como ser enterrado vivo. A escuridão... como essa aqui...

Sua garganta emitiu um som engasgado, e Charlie apertou a mão de Rainbird com mais força para mostrar que estava lá.

— Tinha o buraco e um túnel pequeno de uns dois metros. Eu precisava ir até o fim do túnel para... você sabe. O ar fedia, e eu ficava pensando que ia sufocar naquele escuro, que ia me asfixiar com o fedor da minha própria m... — Ele grunhiu. — Me desculpe. Não é coisa que se diga a uma criança.

— Tudo bem. Se faz você se sentir melhor, tudo bem.

Ele refletiu e decidiu ir um pouco mais longe.

— Eu fiquei cinco meses lá embaixo até me trocarem.

— O que você comia?

— Eles jogavam arroz podre. E às vezes aranhas. Aranhas vivas. Umas grandes, acho que aranhas de árvore. Eu tentava pegar as que apareciam na escuridão, sabe, pra matar e comer.

— Ah, que *nojo*.

— Eles me transformaram em um animal — afirmou ele, ficando em silêncio por um momento, respirando alto. — Você está melhor do que eu, garota, mas no fim das contas é mais ou menos a mesma coisa. Um rato em uma armadilha. Você acha que a luz vai voltar logo?

Ela permaneceu calada por muito tempo, e ele sentiu um medo gelado de ter ido longe demais. Mas Charlie respondeu:

— Não importa. Nós estamos juntos.

— Tudo bem — assentiu ele. E acrescentou correndo: — Você não vai contar, vai? Eles me mandariam embora por tudo que eu falei. Eu preciso desse emprego. Quando se tem a aparência que eu tenho, um bom emprego é fundamental.

— Eu não vou contar.

Ele sentiu o cinzel escorregar mais um pouco. Agora eles compartilhavam um segredo.

Ele tinha Charlie nas mãos.

No escuro, ele imaginou como seria colocar as mãos em volta do pescoço dela. Esse era o objetivo final em vista, claro. Não eram os testes idiotas nem os joguinhos de playground. Era ela... e talvez fosse ele também. Gostava de Charlie, gostava de verdade. Podia até estar se apaixonando por ela. Chegaria o momento em que a enviaria para o além, olhando com atenção nos olhos dela o tempo todo. E então, se os olhos dela dessem o sinal que ele procurava havia tanto tempo, talvez ele fosse com ela. Sim. Talvez eles fossem juntos para a verdadeira escuridão.

Lá fora, depois da porta trancada, uma agitação passava de um lado para outro, às vezes perto, às vezes longe.

Rainbird cuspiu mentalmente nas mãos e voltou a trabalhar.

9

Andy não fazia ideia de que não haviam ido buscá-lo porque o blecaute tinha trancado as portas automaticamente. Ele permaneceu sentado em uma quase vertigem de pânico durante um tempo desconhecido, com a certeza de que o local estava pegando fogo, imaginando o cheiro de fumaça. Do lado de fora, a tempestade tinha passado, e o sol do fim da tarde estava virando crepúsculo.

De repente, o rosto de Charlie surgiu em sua mente, com a mesma clareza de como se ela estivesse parada na frente dele.

(*ela está em perigo; Charlie está em perigo*)

Era um dos seus pressentimentos, o primeiro desde aquele último dia em Tashmore. Ele achava que tinha perdido isso junto com a capacidade de dar seu impulso, mas aparentemente não, pois ele nunca tinha tido um pressentimento tão claro como aquele, nem mesmo no dia em que Vicky foi assassinada.

Isso significava que o impulso também estava presente? Que não tinha sumido, apenas se escondido?

(*Charlie está em perigo!*)

Que tipo de perigo?

Ele não sabia. Mas o pensamento e o medo fizeram o rosto dela surgir com clareza na frente dele, delineado naquela escuridão com todos os detalhes. E a imagem do rosto de Charlie, os olhos azuis e o cabelo louro fino, trouxeram junto a culpa, como um gêmeo... só que culpa era uma palavra muito branda para o que Andy sentia; o que ele sentia era algo parecido com horror. Ele estava em uma onda de pânico desde que as luzes se apagaram, e esse pânico era direcionado apenas a si mesmo. Não chegou a imaginar que sua filha também pudesse estar no escuro.

Não, eles vão aparecer para tirar ela de lá, já devem ter ido pegar ela há muito tempo. É Charlie que eles querem. Charlie é o bilhete premiado.

Fazia sentido, mas ele ainda sentia uma certeza sufocante de que Charlie estava correndo um perigo terrível.

O pressentimento com a filha teve o efeito de afastar o pânico que ele estava sentindo antes, ou ao menos de torná-lo mais contornável. A percepção de Andy se voltou novamente para fora e se tornou mais objetiva. A primeira coisa da qual ficou ciente foi que estava sentado em uma poça de ginger ale. A calça estava molhada e grudenta, e ele emitiu um som baixo de nojo.

Movimento. Movimento era a cura do medo.

Ele ficou de joelhos, procurou a lata de Canada Dry virada e a empurrou para longe, fazendo-a sair estalando e rolando pelo piso. Pegou outra lata na geladeira; sua boca ainda estava seca. Puxou o anel, o jogou para dentro da lata e bebeu. O pedacinho de metal tentou fugir para dentro de sua boca, mas ele o cuspiu de volta sem prestar atenção, sem parar e refletir que um momento antes esse pequeno detalhe teria sido motivo para mais quinze minutos de medo e tremedeira.

Andy começou a sair da cozinha, passando a mão livre pela parede. Aquele pavimento agora estava em silêncio total, e apesar de ele ocasionalmente escutar um grito distante, parecia não haver nada de nervoso nem de apavorado no som. O cheiro de fumaça era alucinação. O ar estava um pouco parado, pois todos os climatizadores haviam deixado de funcionar quando a energia acabou, mas era só isso.

Em vez de atravessar a sala, Andy virou para a esquerda e engatinhou até o quarto. Tateando pela cama, colocou a lata de ginger ale na mesa de cabeceira e se despiu. Dez minutos depois, estava com roupas limpas e se sentindo bem melhor. Passou por sua cabeça o fato de ele ter feito tudo isso sem nenhuma dificuldade, enquanto na hora que a luz se apagou, atravessar a sala pareceu atravessar um campo minado.

(*Charlie — qual é o problema com Charlie?*)

Mas não era exatamente uma sensação de que havia algo de *errado* com ela, só uma sensação de que ela corria um perigo iminente. Se pudesse vê-la, se pudesse perguntar o que...

Andy deu uma gargalhada amarga na escuridão. *Ah, claro. E a vaca vai tossir.* Era o mesmo que desejar guardar a lua em um potinho. Era o mesmo...

Por um momento, seus pensamentos pararam completamente, mas logo seguiram em frente. Só que mais lentos e sem amargura.

Era o mesmo que desejar fazer executivos sentirem mais confiança.

Era o mesmo que pensar em mulheres gordas ficando magras.

Era o mesmo que cogitar cegar um dos cretinos que sequestraram sua filha.

Era o mesmo que querer que o impulso voltasse.

Suas mãos estavam ocupadas na colcha, puxando, retorcendo, sentindo — era a necessidade que sua mente sentia de maneira quase inconsciente, buscando alguma espécie de alimentação sensorial constante. Não fazia sentido torcer para que o impulso voltasse. O impulso tinha acabado. Ele não tinha mais como impulsionar pessoas para chegar a Charlie, da mesma maneira que não podia ser jogador dos Reds. Tinha acabado.

(*acabou mesmo!*)

De repente, ele não teve tanta certeza. Parte dele, uma parte bem profunda, talvez só tivesse decidido não acreditar na decisão consciente de seguir o caminho mais fácil e dar a eles o que queriam. Talvez uma parte profunda dele tivesse desejado não desistir.

Ele ficou sentado sentindo a colcha, passando as mãos por ela.

Isso era verdade ou apenas a vontade gerada por um pressentimento repentino e não comprovado? O pressentimento em si podia ser tão falso quanto a fumaça cujo cheiro ele imaginou ter sentido, gerado por simples ansiedade. Não havia como verificar o pressentimento, e não havia ninguém ali para impulsionar.

Ele bebeu ginger ale.

E se o impulso *tivesse* voltado? Não seria a solução universal de tudo; ele sabia muito bem disso. Podia dar vários pequenos impulsos ou três ou quatro maiores até chegar ao limite. Poderia chegar a Charlie, mas não tinha chance nenhuma de sair dali com ela. Só conseguiria chegar mais perto do túmulo por meio de uma hemorragia cerebral (e, ao pensar isso, seus dedos foram automaticamente para o rosto, onde ficavam os pontos dormentes).

Havia a questão do Thorazine que estavam dando a ele. A falta da droga, o atraso da dose quando as luzes se apagaram, exerceu um papel importante no pânico, ele sabia. Mesmo agora, sentindo-se mais no controle, ele *queria* o sentimento tranquilo e relaxante que o Thorazine gerava. No começo, o deixaram até dois dias sem a droga antes de testá-lo. O resultado foi um nervosismo constante e uma depressão baixa, como nuvens densas que nunca pareciam se dissipar... e, na época, ele não estava usando doses tão pesadas, como agora.

— Aceite, você está viciado — sussurrou ele.

Andy não sabia se era verdade. Sabia que havia vícios físicos como o de nicotina e heroína, que causavam mudanças no sistema nervoso central. E havia os vícios psicológicos. Quando lecionava, ele tinha um colega chamado Bill Wallace que ficava muito, muito nervoso se não tomasse três ou quatro cocas por dia, e seu antigo amigo Quincey era maluco por batata chips, mas tinha que ser da Humpty Dumpty, uma marca obscura da Nova Inglaterra. Ele alegava que nenhuma outra o satisfazia. Andy achava que ambas as coisas podiam ser consideradas vícios psicológicos. Ele não sabia como qualificar seu desejo pelo comprimido; só sabia que precisava dele, precisava *mesmo*. Ficar sentado pensando no comprimido azul sobre o pratinho branco o deixou com a boca toda seca de novo. Não o deixavam mais de quarenta e oito horas sem a droga antes de testá-lo, embora ele não soubesse se era o procedimento padrão dos testes ou se era porque achavam que ele não conseguia ficar tanto tempo sem começar a gritar.

O resultado era um problema cruelmente simples e sem solução: ele não podia dar o impulso se tivesse tomado Thorazine, mas não tinha força de vontade para recusá-lo (e, claro, se eles o *pegassem* recusando a droga, uma nova caixa de Pandora se abriria para eles, não? — uma verdadeira caraminhola). Quando levassem o comprimido azul no pratinho branco quando aquilo tudo acabasse, ele aceitaria. E, pouco a pouco, voltaria ao estado firme e calmamente apático em que estava quando a energia acabou. Tudo aquilo era só um sustinho de nada. Ele voltaria a assistir a *PTL*

Club e Clint Eastwood na televisão em pouco tempo, e voltaria a beliscar coisas demais na geladeira bem guarnecida. Voltaria a ganhar peso.

(*Charlie Charlie está em perigo Charlie está correndo todo tipo de perigo está em um mundo de sofrimento*)

Se fosse verdade, não havia nada que ele pudesse fazer.

E, mesmo que houvesse, mesmo que ele conseguisse de alguma maneira dominar o monstro que o atormentava e sair dali com ela (a vaca vai tossir, por que não?), qualquer solução essencial em relação ao futuro de Charlie estaria tão distante quanto sempre esteve.

Ele se deitou na cama, com pernas e braços abertos. O pequeno departamento da mente dele que agora lidava exclusivamente com o Thorazine continuava a clamar sem parar.

Não havia soluções no presente, e assim ele vagou para o passado. Andy se viu com Charlie fugindo pela Terceira Avenida em uma espécie de pesadelo em câmera lenta, um homem grande em um paletó de veludo puído e uma garotinha de vermelho e verde. Ele viu Charlie, o rosto tenso e pálido, lágrimas escorrendo pelas bochechas depois de ela ter tirado todas as moedas dos telefones públicos do aeroporto... ela pegou as moedas e ateou fogo nos sapatos de um soldado.

A mente dele voltou ainda mais, agora para a sala em Port City, Pensilvânia, e para a sra. Gurney. A triste e gorda sra. Gurney, que foi ao escritório da Weight-Off usando um conjunto de moletom verde, segurando uma placa com o slogan escrito cuidadosamente, um slogan que na verdade havia sido ideia de Charlie: *Se você não perder peso, nós fazemos suas compras nos próximos seis meses.*

A sra. Gurney e o marido, um despachante de caminhões, tiveram quatro filhos entre 1950 e 1957. Agora, os filhos estavam crescidos e sentiam repulsa dela. O marido também sentia repulsa e vivia com outra mulher. E ela compreendia, pois Stan Gurney ainda era bonito, vital e viril aos cinquenta e cinco anos, e ela fora lentamente ganhando mais de setenta quilos ao longo dos anos desde que o penúltimo filho foi para a faculdade. Dos sessenta e três que pesava quando se casou, ela passou aos cento e quarenta. Ela chegou lá, plácida, enorme e desesperada, vestida em um conjunto de moletom verde, e sua bunda era quase da mesma largura da mesa de um presidente de banco. Quando olhou na bolsa para procurar o talão de cheques, seus três queixos viraram seis.

Andy a colocou em um grupo com outras três mulheres gordas.

O programa contemplava exercícios e uma dieta leve, ambos resultados da pesquisa que Andy fez na biblioteca pública; havia conversas motivacionais moderadas, que ele rotulava de "aconselhamento". E de vez em quando havia um impulso de mediano a forte.

A sra. Gurney passou de cento e quarenta a cento e trinta, depois a cento e vinte, confessando com uma mistura de medo e prazer que não parecia mais querer repetir a comida. O segundo prato não parecia ter um gosto bom. Antes, ela sempre guardava tigelas de petiscos na geladeira (e donuts na caixa de pão, e dois ou três cheesecakes no freezer) para quando assistia TV à noite, mas agora, de alguma forma... bom, parecia quase loucura, mas... ela vivia *esquecendo* que aquelas coisas estavam por perto. E ela sempre ouviu falar que, quando se estava de dieta, só se *conseguia* pensar em petiscos. Com certeza não foi daquela forma quando ela tentou o Vigilantes do Peso, disse.

As outras três mulheres do grupo reagiram com a mesma avidez. Andy ficou só observando, sentindo-se absurdamente paternal. As quatro ficaram atônitas e extasiadas com a simplicidade da experiência. Os exercícios de tonificação, que sempre pareceram chatos e dolorosos, agora pareciam quase agradáveis. E havia uma compulsão estranha de *caminhar*. Todas concordavam que, se não tivessem feito uma boa caminhada até o final do dia, elas se sentiam incomodadas ou inquietas. A sra. Gurney confessou que tinha adquirido o hábito de caminhar até o centro e de volta para casa todos os dias, apesar de o trajeto todo ter mais de três quilômetros. Antes, ela sempre ia de ônibus, que era a coisa mais sensata a fazer, pois o ponto era na frente da sua casa.

Mas, no dia em que voltou de ônibus, porque os músculos da coxa estavam doendo *muito*, ela teve uma sensação tão incômoda e inquieta que acabou descendo no segundo ponto. As outras concordaram. E todas abençoaram Andy McGee por isso, mesmo com músculos doloridos.

Na terceira pesagem, a sra. Gurney baixou para cento e treze, e quando o curso de seis semanas terminou, ela estava pesando cento e dois quilos. Ela disse que o marido estava perplexo com o que tinha acontecido, principalmente depois de ela ter fracassado em incontáveis dietas e modas. Ele queria que ela fosse ao médico, pois estava com medo de ela ter algum câncer. Não acreditava que era possível perder trinta e oito quilos em seis semanas de uma maneira que fosse natural. Ela mostrou os dedos, que estavam vermelhos e calejados de ficarem apertando as roupas com linha e agulha. Em seguida, passou os braços em volta de Andy (e quase quebrou a coluna dele) e chorou no seu pescoço.

Suas alunas costumavam voltar, assim como seus universitários mais bem-sucedidos voltavam pelo menos uma vez, alguns para agradecer, outros só para exibir o sucesso; na verdade para dizer "Olha aqui, o aluno superou o professor...", algo que não era tão incomum quanto eles pareciam imaginar, pensava Andy às vezes.

Mas a sra. Gurney fazia parte do primeiro grupo. Ela voltou para dizer "oi" e agradecer, uns dez dias antes de Andy começar a ficar nervoso e se sentir observado em Port City. Foi antes do final daquele mês que ele e Charlie foram para Nova York.

A sra. Gurney ainda era uma mulher grande; só quem já a tinha visto antes reparava a diferença, como em uma daquelas propagandas de antes e depois nas revistas. Quando ela o visitou pela última vez, estava com oitenta e oito quilos. Mas, claro, não era o peso exato dela que importava. O que importava era que estava emagrecendo no mesmo ritmo controlado de três quilos por semana, mais ou menos, e continuaria emagrecendo dessa maneira até estar com sessenta quilos, com variação de uns três para mais ou para menos. Não haveria descompressão explosiva nem uma ressaca permanente de horror a comida, o tipo de coisa que leva à anorexia nervosa. Andy queria ganhar dinheiro, mas não queria matar ninguém no processo.

— Você devia ser decretado patrimônio nacional pelo trabalho que realiza — declarara a sra. Gurney depois de contar a ele que havia conseguido se reaproximar dos filhos e que sua relação com o marido estava melhorando. Andy sorriu e agradeceu, mas agora, deitado na cama no escuro, ficando sonolento, ele pensou que foi basicamente isso o que aconteceu com ele e Charlie: eles foram declarados patrimônios nacionais.

Ainda assim, o talento não era de todo ruim. Não quando se podia ajudar uma sra. Gurney.

Ele sorriu um pouco.

E, sorrindo, dormiu.

10

Ele nunca mais conseguiria se lembrar dos detalhes do sonho. Estava procurando alguma coisa em um labirinto de corredores, iluminado apenas por luzes vermelhas de emergência. Abria portas de aposentos vazios e as fechava. Alguns dos quartos estavam cheios de bolinhas de papel amassado, e em um deles havia um abajur virado e um quadro caído no estilo de Wyeth. Ele achou que estava em algum tipo de instalação que havia sido fechada e esvaziada apressadamente.

Mas finalmente encontrou o que estava procurando. Era... o quê? Uma caixa? Um baú? O que quer que fosse, era terrivelmente pesado e estava marcado com uma caveira e ossos brancos cruzados, como um vidro de veneno de rato guardado em uma prateleira alta do armário. De alguma maneira, apesar do peso (devia pesar pelo menos o mesmo que a sra. Gurney), Andy conseguiu carregar. Conseguia sentir todos os seus músculos e tendões esticados, mas não sentia dor.

Claro que não, ele disse para si mesmo. *Não há dor porque é um sonho. Você vai pagar por isso depois. Vai sentir a dor mais tarde.*

Andy carregou a caixa para fora do quarto. Havia um lugar para onde precisava levá-la, mas ele não sabia o que ou onde era...

Você vai saber quando encontrar, sua mente sussurrou.

Assim, ele carregou a caixa ou baú por corredores infinitos, o peso forçando seus músculos sem provocar dor, enrijecendo sua nuca; e, apesar de seus músculos não reclamarem, ele estava começando sentir dor de cabeça.

O cérebro é um músculo, censurou sua mente, e a censura se transformou em um cantarolar, como uma música infantil, uma rima de garotinha pulando corda: *o cérebro é um músculo que pode mover o mundo. O cérebro é um músculo que pode mover...*

Agora, todas as portas eram como portas de metrô, um pouco curvadas para fora, com janelas grandes no meio; todas as janelas tinham cantos arredondados. Por essas portas (se é que eram portas), ele viu uma confusão de imagens. Em uma sala, dr. Wanless tocava um enorme acordeão. Parecia um Lawrence Welk amalucado, com uma caneca de lata cheia de lápis na frente e um cartaz no pescoço escrito O PIOR CEGO É

AQUELE QUE NÃO QUER VER. Por outra janela, Andy viu uma garotinha de túnica branca voando, gritando, quase batendo nas paredes. Ele passou por essa rapidamente.

Por outra, ele viu Charlie e se convenceu novamente de que era uma espécie de sonho pirata — tesouro enterrado, yo-ho-ho, essa coisa toda —, pois a menina parecia estar falando com Long John Silver, um personagem de *A ilha do tesouro*. O homem tinha um papagaio no ombro e um tapa-olho na cara. Sorria para Charlie com uma cordialidade falsa e aduladora que deixou Andy nervoso. Como se confirmando isso, o pirata de um olho só passou um braço pelos ombros da menina e com voz rouca disse: "Nós ainda vamos pegar eles, garota!".

Andy queria parar ali e bater na janela até que a filha pudesse vê-lo, pois Charlie olhava para o pirata como se estivesse hipnotizada. Ele queria ter certeza de que ela via quem o homem estranho era de verdade, para ter certeza de que ela entendia que ele não era o que parecia ser.

Mas Andy não conseguiu parar de andar. Estava com a maldita

(*caixa? baú?*)

para

(*???*)

para quê? O que ele tinha que fazer com aquilo?

Mas ele saberia o que fazer quando chegasse a hora.

Andy passou por dezenas de outros quartos — não conseguia se lembrar de todas as coisas que viu — e de repente estava em um corredor comprido e vazio que dava para uma parede vazia. Mas não totalmente: havia algo no centro exato dela, um retângulo grande de aço, como um buraco para correspondência.

Ele viu a palavra que tinha sido carimbada ali com letras em relevo e entendeu.

DESCARTE, dizia.

E, de repente, a sra. Gurney estava ao lado dele, uma sra. Gurney magra e bonita, com corpo em forma e belas pernas que pareciam feitas para dançar a noite toda, dançar em um terraço até as estrelas empalidecerem no céu e o alvorecer chegar ao leste como uma música suave. Ninguém nunca adivinharia, pensou ele, pasmo, que as roupas dela antes eram grandes como lonas de circo.

Ele tentou levantar a caixa, mas não conseguiu. De repente, ficou pesada demais. Sua dor de cabeça aumentou. Era como um cavalo negro, um cavalo sem cavaleiro com os olhos vermelhos. Com horror crescente, Andy percebeu que o animal estava solto, em algum lugar daquela instalação abandonada, e corria atrás dele, a galope, a galope...

— Vou ajudar você — disse a sra. Gurney. — Você me ajudou; agora, eu vou ajudar você. Afinal, você é o patrimônio nacional, não eu.

— Você está tão bonita — comentou ele. Sua voz parecia vir de longe, pela dor de cabeça crescente.

— Tenho a sensação de que me libertei de uma prisão — respondeu a sra. Gurney. — Me deixe ajudar você.

— É que minha cabeça está doendo...

— Claro que está. Afinal, o cérebro é um músculo.

Ela o ajudou ou ele agiu sozinho? Não conseguia lembrar. Mas lembrava ter pensado que agora entendia o sonho: era do impulso que ele estava se livrando, de uma vez por todas, do impulso. Lembrou-se de virar a caixa na direção do buraco onde estava escrito DESCARTE, de inclíná-la, perguntando-se como ficaria quando saísse, aquela coisa que estava dentro do cérebro dele desde a época da faculdade. Mas não foi o impulso que saiu; ele sentiu surpresa e medo quando a tampa se abriu. O que saiu no buraco foi um fluxo de comprimidos azuis, os comprimidos *dele*, e Andy sentiu medo, sim. De repente ele estava, nas palavras de Granther McGee, se cagando de medo.

— Não! — gritou ele.

— Sim — respondeu a sra. Gurney com firmeza. — O cérebro é um músculo que pode mover o mundo.

Ele viu as coisas pela perspectiva dela.

Parecia que, quanto mais ele jogava, mais sua cabeça doía, e quanto mais sua cabeça doía, mais escuro ficava, até que não havia luz e a escuridão era total, uma escuridão viva. Alguém tinha estourado todos os fusíveis em algum lugar e não havia luz. Não havia caixa, não havia sonho, só sua dor de cabeça e o cavalo sem cavaleiro com olhos vermelhos vindo e vindo.

Tum, tum, tum...

11

Ele devia estar acordado havia muito tempo quando percebeu que de fato estava acordado. A falta total de luz dificultou a visibilidade de uma linha divisória exata. Alguns anos antes, ele lera sobre um experimento no qual um número de macacos foi colocado em ambientes elaborados para isolar todos os sentidos. Todos os macacos enlouqueceram. Andy entendia por quê. Não tinha ideia de quanto tempo havia dormido, não tinha informação concreta, exceto...

— Ai, Jesus!

O ato de se sentar gerou pontadas monstruosas de dor na cabeça. Ele levou as mãos ao crânio e o balançou para a frente e para trás, e a dor foi diminuindo aos poucos até chegar em um nível mais tolerável.

Não tenho nenhuma informação sensorial concreta, exceto essa maldita dor de cabeça. Eu devo ter dormido com o pescoço torto, pensou ele. *Devo...*

Não. Ah, não. Ele conhecia aquela dor de cabeça, conhecia bem. Era o tipo que sentia depois de dar um impulso de médio a forte... mais forte do que os que usou nas moças gordas e nos executivos tímidos, mas não tão forte quanto os que usou com os caras na área de descanso daquela vez.

As mãos de Andy foram até o rosto e tatearam por toda a extensão, da testa ao queixo. Não havia nenhum ponto de dormência. Quando sorria, os dois cantos da boca subiam, como sempre. Ele desejou um pouco de luz para poder olhar nos próprios olhos no espelho do banheiro e ver se algum dos dois estava vermelho...

Impulsionar? Um impulso?

Era ridículo. Quem havia para impulsionar?

Quem, exceto...

Sua respiração parou na garganta e voltou lentamente.

Ele tinha pensado nisso antes, mas nunca tinha experimentado. Achava que seria como sobrecarregar um circuito ao carregá-lo infinitamente. Teve medo de tentar.

Meu comprimido, pensou ele. *Meu comprimido está atrasado e eu quero ele, quero muito, preciso muito. Meu comprimido vai fazer com que fique tudo bem.*

Era só um pensamento. Não trazia desejo nenhum. A ideia de tomar um Thorazine tinha todo o gradiente emocional de *passe a manteiga, por favor.* O fato era que, exceto pela maldita dor de cabeça, ele se sentia bem. E também era fato que ele já tinha sofrido com dores de cabeça piores; a do aeroporto de Albany, por exemplo. Essa era um bebê em comparação àquela.

Eu impulsionei a mim mesmo, pensou ele, impressionado.

Pela primeira vez, ele conseguiu entender o que Charlie sentia, porque pela primeira vez teve medo do seu talento psíquico. Pela primeira vez, ele percebeu como entendia pouco sobre o que era e sobre o que tinha capacidade de fazer. Por que tinha sumido? Ele não sabia. Por que tinha voltado? Também não sabia. Era algo relacionado com o medo intenso na escuridão? Com o repentino pressentimento de que Charlie estava sendo ameaçada — ele teve uma lembrança fantasma do homem pirata de um olho, mas a imagem logo sumiu — e o desprezo que sentira por si mesmo ao ter se esquecido da filha? Possivelmente até com a batida na cabeça que sofreu quando caiu?

Ele não sabia; só sabia que dera um impulso em si mesmo.

O cérebro é um músculo que pode mover o mundo.

De repente ocorreu a ele que, enquanto estava dando pequenos impulsos em executivos e mulheres gordas, poderia ter se tornado sozinho um centro de reabilitação, e foi tomado por um êxtase trêmulo de novas suposições. Andy pegou no sono pensando que um talento que podia ajudar a coitada e gorda sra. Gurney não podia ser de todo ruim. E como seria um talento que pudesse libertar do vício todo pobre drogado de Nova York? Que tal *isso*, galera?

— Meu Deus — sussurrou ele. — Estou mesmo limpo?

Não havia desejo. Thorazine, a imagem do comprimido azul no prato branco... esse pensamento tinha se tornado inconfundivelmente neutro.

— Eu estou limpo — ele respondeu a si mesmo.

Pergunta seguinte: ele conseguiria *se manter* limpo?

Mas mal Andy fez essa pergunta e outras surgiram. Ele conseguiria descobrir exatamente o que estava acontecendo com Charlie? Tinha usado o impulso em si mesmo no sono, como uma espécie de auto-hipnose. Conseguiria usar em outras pessoas estando acordado? Em Pynchot, com seu sorriso eterno e repulsivo, por exemplo? Pynchot saberia o que estava acontecendo a Charlie. Poderia ser obrigado a contar? Poderia até tirá-la dali, afinal? Havia um jeito de fazer isso? E, se eles saíssem, o que aconteceria? Primeiro de tudo, nada de fugir. Não era a solução. Precisava haver um lugar para ir.

Pela primeira vez em meses, ele sentiu empolgação e esperança. Começou a tentar elaborar planos, aceitando, rejeitando, questionando. Pela primeira vez em meses, ele se sentiu à vontade na própria cabeça, cheio de vida e energia, capaz de agir. E, acima de tudo, havia o seguinte: se ele conseguisse enganá-los para que acreditassem que ainda estava drogado e que ainda era incapaz de usar o talento de dominação mental, ele talvez, quem sabe, tivesse chance de fazer alguma coisa. *Alguma coisa.*

Andy ainda estava avaliando a ideia quando as luzes voltaram. No outro cômodo, a TV começou a mesma falação de "Jesus vai cuidar da sua alma e nós vamos cuidar da sua conta bancária".

Os olhos, os olhos elétricos! Eles estão espiando novamente, ou logo estarão... Não se esqueça disso!

Por um momento, tudo voltou a ele: os dias e semanas de evasivas que estariam à frente se ele quisesse ter alguma chance, e a quase certeza de que seria pego em algum momento. A depressão veio com tudo... mas não trouxe nenhum desejo de comprimido, e isso o ajudou a se controlar.

Ele pensou em Charlie, e isso ajudou mais.

Ele se levantou lentamente da cama e caminhou até a sala.

— O que aconteceu? — gritou ele em voz alta. — Eu fiquei com medo! Cadê minha medicação? Alguém traga minha medicação!

Ele se sentou na frente da TV, o rosto frouxo e vazio e pesado.

E, por trás do rosto insosso, seu cérebro (o músculo capaz de mover o mundo) trabalhava cada vez mais rápido.

12

Assim como o sonho que o pai tivera na mesma hora, Charlie nunca conseguiria se lembrar dos detalhes da longa conversa com John Rainbird, só de algumas partes. Ela nunca teve certeza de como acabou contando a história de como foi parar lá, nem de como foi falar sobre a intensa saudade que sentia do pai e seu pavor de que encontrassem uma forma de enganá-la para que usasse a capacidade pirocinética novamente.

Parte foi o blecaute, claro, e o fato de saber que *eles* não estavam escutando. Parte foi o próprio John; ele tinha passado por tanta coisa, sentia um medo tão patético do escuro e das lembranças no terrível buraco em que os "vietcongues" o tinham colocado... Ele perguntou a Charlie de uma maneira quase indiferente por que a trancaram, e ela começou a contar só para distraí-lo. Mas logo se tornou mais do que isso. Começou a sair mais rápido, tudo o que ela deixava guardado, até que as palavras começaram a se embolar, confusas. Uma vez ou duas ela chorou, e ele a abraçou, desajeitado. Ele era um homem doce... de várias formas, ele lembrava seu pai.

— Se descobrirem que você sabe de tudo isso — informou ela —, acho que vão trancar você também. Eu não devia ter contado.

— Me trancariam mesmo — concordou John, animado. — Eu tenho permissão D, garota. Isso é permissão para abrir embalagem de cera e só. — Ele riu. — Vai ficar tudo bem se você não contar que me contou, eu acho.

— Eu não vou contar — garantiu Charlie com ansiedade. Ela estava um pouco inquieta, pensando que, se John contasse, eles talvez o usassem contra ela. — Estou morrendo de sede. Tem água gelada na geladeira. Quer?

— Não me deixe — pediu ele na mesma hora.

— Vamos juntos. De mãos dadas.

Ele pareceu considerar a ideia.

— Tudo bem.

Eles atravessaram a cozinha juntos, as mãos dadas com força.

— É melhor você não falar nada, garota. Principalmente sobre isso. Um índio grandão com medo do escuro. O pessoal ia rir de mim pra sempre.

— Não iam rir de você se soubessem...

— Talvez não. Talvez sim. — Ele riu um pouco. — Mas prefiro que ninguém descubra. Só agradeço a Deus de você estar aqui, garota.

Charlie ficou tão tocada que seus olhos se encheram de lágrimas de novo, e ela teve que lutar para se controlar. Eles chegaram à geladeira, e ela tateou até encontrar a jarra de água. Não estava mais tão gelada, mas acalmou sua garganta. Com nova inquietação, ela se perguntou por quanto tempo tinha falado, mas não sabia. Só sabia que tinha contado... tudo. Até as partes que pretendia esconder, como o que aconteceu na fazenda dos Manders. Claro que as pessoas como Hockstetter sabiam, mas ela não se importava com eles. Se importava com John... e com a opinião dele sobre ela.

Mas ela contou. Ele fazia uma pergunta que ia ao cerne da questão e... ela contava, muitas vezes com lágrimas. E em vez de mais perguntas, de interrogatórios e desconfiança, só houve aceitação, calma e solidariedade. Ele parecia entender o inferno pelo qual ela passou, talvez porque tivesse passado por um inferno também.

— Toma a água — disse ela.

— Obrigado. — Ela o ouviu beber, e a jarra foi colocada de volta nas mãos dela. — Muito obrigado.

Ela guardou a jarra.

— Vamos voltar pra sala — pediu ele. — Eu queria saber se vão fazer a luz voltar. — Estava impaciente para que a energia voltasse logo. Pelos seus cálculos, estavam sem luz havia mais de sete horas. Ele queria sair dali e pensar em tudo aquilo. Não no que ela contara, pois já sabia aquilo tudo, mas em como usar.

— Tenho certeza de que vão fazer voltar logo — afirmou Charlie.

Eles foram até o sofá e se sentaram.

— Não contaram nada sobre seu pai?

— Só que ele está bem — respondeu ela.

— Aposto que consigo ir lá dar uma olhada nele — sugeriu Rainbird, como se essa ideia tivesse acabado de lhe ocorrer.

— Consegue? Acha mesmo que consegue?

— Eu posso trocar com Herbie um dia. Pra dar uma olhada nele. Dizer que você está bem. Bom, não dizer, mas dar um bilhete, algo assim.

— Ah, mas não seria perigoso?

— Seria perigoso se fosse sempre, garota. Mas eu te devo uma. Vou ver como ele está.

Ela passou os braços em volta dele e o beijou. Rainbird deu um abraço afetuoso nela. Do seu jeito, ele a amava, agora mais do que nunca. Charlie era dele agora, e ele achava que era dela. Por um tempo.

Eles ficaram sentados juntos, sem falar muito, e Charlie cochilou. Então ele disse alguma coisa que a acordou tão de repente quanto uma água gelada jogada no rosto.

— Merda, você devia acender os fogos pra eles, se consegue mesmo.

Charlie inspirou fundo, chocada, como se ele tivesse dado um tapa nela.

— Eu já *falei* — disse ela. — É como deixar... um animal selvagem sair da jaula. Eu prometi pra mim mesma que nunca mais ia fazer isso. Aquele soldado no aeroporto... e os homens na fazenda... Eu matei eles... botei *fogo* neles! — O rosto dela estava quente, ardendo, e mais uma vez ela estava à beira das lágrimas.

— Do jeito que você falou, pareceu legítima defesa.

— É, mas isso não é desculpa...

— Também pareceu que você salvou a vida do seu pai.

Silêncio da parte de Charlie. Mas ele conseguiu sentir incômodo, confusão e infelicidade vindo dela em ondas. Ele prosseguiu, sem querer que ela se lembrasse agora de como também chegara perto de matar o pai.

— Quanto ao tal sujeito Hockstetter, eu já vi ele por aí. Vi gente como ele na guerra. Todos são prodígios passageiros, o rei de merda da montanha de cocô. Se ele não conseguir o que quer de você de um jeito, vai tentar de outro.

— É isso que mais me dá medo — admitiu ela em voz baixa.

— Além do mais, ele é o tipo de cara que merecia um fósforo aceso no sapato.

Charlie ficou chocada, mas riu muito, do jeito que uma piada com palavrão às vezes a fazia rir só porque não era certo contá-la. Quando as risadas passaram, ela disse:

— Não, eu não vou acender nada. Eu prometi. É ruim, e eu não vou.

Bastava. Era hora de parar. Ele sentiu que poderia continuar baseado em intuição, mas reconhecia que podia ser um sentimento falso. Estava cansado agora. Trabalhar na garota foi tão exaustivo quanto trabalhar em um dos cofres de Rammaden. Seria fácil cometer um erro que não poderia ser desfeito.

— Tudo bem. Acho que você está certa.

— Você vai mesmo ver meu pai?

— Vou tentar, garota.

— Sinto muito que você tenha ficado preso aqui comigo, John. Mas também fico feliz.

— É.

Eles conversaram sobre trivialidades, e ela apoiou a cabeça no braço dele. Rainbird sentiu que ela cochilou de novo, pois estava bem tarde agora, e quando as luzes voltaram, uns quarenta minutos depois, ela dormia profundamente. A luz no rosto a fez se mexer e virar a cabeça para a sombra do corpo dele. Ele olhou pensativamente para aquele pescoço gracioso, para a curva suave do crânio. Tanto poder naquela pequena estrutura óssea. Poderia ser verdade? Sua mente ainda rejeitava a ideia, mas seu coração sentia que sim. Era estranho e um tanto maravilhoso o sentimento de estar tão dividido. Seu coração sentia que era verdade até um ponto que eles não acreditariam, verdade talvez até o ponto dos delírios do louco Wanless.

Ele a pegou no colo, a levou até a cama e a ajeitou entre os lençóis. Ao puxar o lençol até o queixo dela, Charlie despertou de leve.

Ele se inclinou impulsivamente e a beijou.

— Boa noite, garota.

— Boa noite, papai — disse ela com voz rouca e sonolenta. Em seguida, rolou para o lado e ficou imóvel.

Ele ficou olhando para ela por vários minutos e voltou para a sala. O próprio Hockstetter entrou dez minutos depois.

— Falha de energia — disse ele. — Tempestade. Malditas trancas elétricas, todas emperradas. Ela está...?

— Ela vai ficar bem se você mantiver a porra da sua voz controlada — respondeu Rainbird com voz baixa. Suas mãos enormes subiram, seguraram Hockstetter pelas lapelas do jaleco branco e o puxaram para perto, de modo que o rosto apavorado do homem de repente ficou a menos de três centímetros do dele. — E se você voltar a se comportar como se me conhecesse aqui dentro, se você se comportar comigo como se eu fosse alguma coisa além de um faxineiro com permissão D, eu vou matar você, depois vou cortar você em pedaços, passar no processador e transformar em comida de gato.

Hockstetter gaguejou com impotência. Os cantos da boca ficaram cheios de cuspe.

— Entendeu? Eu mato você. — Ele sacudiu Hockstetter duas vezes.

— E-e-eu e-entendi.

— Então vamos sair daqui — disse Rainbird, empurrando um Hockstetter pálido e de olhos arregalados para o corredor.

Ele deu uma última olhada ao redor, empurrou o carrinho para fora e fechou a porta de tranca automática ao passar. No quarto, Charlie continuou dormindo, com mais tranquilidade do que tivera em meses. Talvez anos.

PEQUENOS FOGOS, GRANDE IRMÃO

1

A tempestade violenta passou. O tempo passou... três semanas. O verão, úmido e sufocante, ainda massacrava o leste da Virginia; as aulas voltaram, e ônibus amarelos lentos seguiam pelas estradas rurais bem cuidadas da área de Longmont. Não muito longe, em Washington, DC, começava outro ano de legislação, boatos e insinuações, marcado pela atmosfera de show de horrores de sempre, engendrada pela televisão nacional, por vazamentos planejados de informação e por dominadoras nuvens de fumaça de uísque.

Nada disso afetava os aposentos frios e controlados das duas casas com corredores e andares construídos no subsolo. A única correlação que podia ser estabelecida era que Charlie McGee também estava estudando. Foi ideia de Hockstetter que ela tivesse aulas particulares. Charlie não quis, mas John Rainbird a convenceu a concordar.

— Que mal vai fazer? — perguntou ele. — Não faz sentido uma garota inteligente como você ficar pra trás. Merda... desculpa, Charlie, mas eu queria às vezes ter mais do que até o oitavo ano. Eu não estaria esfregando o chão agora, pode apostar. Além do mais, vai ajudar a passar o tempo.

Então, ela aceitou... por John. Os professores apareceram: o jovem que dava aula de inglês, a mulher mais velha que dava aula de matemática, a mulher mais jovem de óculos de lentes grossas que começou a ensinar francês, o homem de cadeira de rodas que dava aula de ciências. Ela os ouvia, achava que aprendia, mas fazia tudo isso por John.

Em três ocasiões, John arriscou o emprego para entregar bilhetes ao pai dela. Ela se sentia culpada por isso e se tornou mais disposta a fazer o que achava que agradaria a John. E ele levou notícias do pai para ela: disse que Andy estava bem, que estava aliviado de saber que Charlie também estava bem, e que estava cooperando com os testes. Isso a incomodou um pouco, mas agora ela tinha idade suficiente para entender, ao menos um pouco, que o que era melhor para ela talvez não fosse o melhor para seu pai. E ultimamente ela vinha cada vez mais se questionando se John podia saber melhor o que era bom para ela. Com seu jeito sincero e engraçado (ele sempre falava um palavrão e depois pedia desculpas, o que a fazia rir), ele era muito persuasivo.

Ele não falou mais nada sobre fazer fogo durante quase dez dias depois do blecaute. Sempre que eles conversavam sobre essas coisas, iam para a cozinha, onde ele disse que não havia "escuta", e ele sempre falava em voz baixa.

Naquele dia, ele perguntara:

— Pensou melhor naquela coisa de fogo, Charlie? — A pedido dela, agora ele sempre a chamava de Charlie em vez de "garota".

Ela começou a tremer. Desde o episódio na fazenda dos Manders, o simples ato de pensar em fazer fogo causava esses sintomas. Ela ficava fria, tensa e trêmula; nos relatórios de Hockstetter, isso era chamado de "reação fóbica leve".

— Eu já falei — disse ela. — Não posso fazer isso. Não quero fazer isso.

— Não poder e não querer não são a mesma coisa — refutou John. Ele estava lavando o chão, mas muito devagar, para poder conversar com ela. O esfregão ia de um lado para outro. Ele falava como os condenados faziam na prisão, mal movendo os lábios.

Charlie não respondeu.

— É que pensei um pouco nisso — continuou ele. — Mas, se você não quiser saber, se você já tem certeza, eu calo a boca.

— Não, tudo bem — assentiu Charlie com educação. Na verdade queria mesmo que ele calasse a boca, que não falasse nada, que sequer pensasse, porque ela se sentia mal. Mas John fez tanto por ela... e não queria ofendê-lo nem magoar seus sentimentos. Precisava de um amigo.

— Bom, eu estava pensando que eles devem saber que a coisa fugiu do controle na fazenda — disse ele. — Eles devem tomar muito cuidado. Acho que não fariam testes com você em um aposento cheio de papéis e trapos molhados de óleo, não é?

— Não, mas...

Ele levantou a mão do esfregão.

— Me escute, me escute.

— Tá.

— E eles sabem que foi a única vez que você provocou um verdadeiro... como é que se diz? Incêndio. Fogos pequenos, Charlie. Esse é o caminho. Fogos pequenos. Se alguma coisa acontecer, o que eu duvido, pois acho que você se controla melhor do que imagina, mas digamos que alguma coisa *acontecesse*... Quem eles culpariam, hein? Você? Depois que os escrotos passaram metade de um ano obrigando você a fazer exatamente aquilo? Ah, inferno, desculpa.

As coisas que ele falava estavam deixando Charlie assustada, mas ela ainda precisou levar a mão à boca e rir pela expressão aborrecida no rosto dele.

John sorriu um pouco e deu de ombros.

— A outra coisa que eu estava pensando é que você não vai poder aprender a controlar se não praticar e praticar.

— Não ligo se vou controlar ou não, porque não vou fazer mais isso.

— Talvez sim, talvez não — insistiu John, torcendo o esfregão. Ele parou no canto e jogou a água na pia. Começou a encher o balde de água limpa para enxaguar. — Você talvez se *surpreenda* e tenha que usar.

— Ah, acho que não.

— Imagine que você tenha febre alta um dia. De gripe ou laringite ou, sei lá, de alguma infecção. — Essa foi uma das poucas linhas vantajosas que Hockstetter lhe ofereceu. — Você já tirou o apêndice, Charlie?

— Não...

John começou a enxaguar o chão.

— Meu irmão já foi operado do apêndice, mas estourou primeiro, e ele quase morreu. Isso porque éramos índios da reserva e ninguém dava a... ninguém se importava se vivíamos ou morríamos. Ele teve febre alta, de quarenta graus, e ficou completamente delirante, dizendo palavrões horríveis e falando com gente que não existia. Sabe, ele achou que nosso pai era o Anjo da Morte, que tinha aparecido para levar ele embora, e tentou enfiar uma faca que estava na mesa de cabeceira. Eu já contei essa história, não contei?

— Não — respondeu Charlie, sussurrando agora não para não ser ouvida, mas com uma fascinação horrorizada. — É mesmo?

— É — afirmou John. Ele torceu o esfregão de novo. — Não foi culpa dele. Foi a febre. As pessoas dizem ou fazem qualquer coisa quando estão delirantes. *Qualquer coisa.*

Charlie entendeu o que ele estava dizendo e sentiu um medo crescente. Essa era uma coisa que ela nunca tinha considerado.

— Mas, se você tivesse controle dessa piro-coisa...

— Como eu poderia ter controle se estivesse delirante?

— Você apenas *tem*. — Rainbird voltou à metáfora original de Wanless, a que tanto enojara o capitão quase um ano antes. — É como aprender a usar o banheiro, Charlie. Quando você aprende a controlar a bexiga e o intestino, passa a controlar isso para sempre. Pessoas delirantes às vezes ficam com os lençóis molhados de suor, mas raramente mijam na cama.

Hockstetter tinha observado que isso não era invariavelmente verdade, mas Charlie não tinha como saber.

— Bom, só quero dizer que, se você tiver *controle*, não precisaria mais se preocupar com isso, percebe? Você seria quem manda. Mas, para ter controle, você tem que treinar e treinar. Da mesma forma que você aprendeu a amarrar os sapatos ou a escrever na escola.

— Eu... eu só não quero fazer fogo! E não vou! *Não vou!*

— Olha só, eu chateei você — disse John, abalado. — Não queria fazer isso. Me desculpe, Charlie. Não vou dizer mais nada. Eu e minha boca enorme.

Mas, na vez seguinte, três ou quatro dias depois, foi Charlie quem tocou no assunto. Ela havia refletido sobre as coisas que ele dissera... e acreditava que tinha encontrado uma falha.

— Não acabaria nunca — afirmou ela. — Eles sempre iam querer mais e mais. Se você soubesse como nos *perseguiram*, eles *nunca* desistiam. Quando eu começasse, eles iam querer fogos cada vez maiores e ainda maiores, e depois fogueiras, e... não sei... mas tenho medo.

Ele a admirou de novo. Charlie tinha uma intuição e uma percepção narrativa incrivelmente precisas. Ele se perguntou o que Hockstetter pensaria quando ele, Rainbird, contasse que Charlie McGee tinha uma ideia bem clara de qual era o plano secreto deles. Todos os relatórios sobre Charlie teorizavam que a pirocinese era apenas a peça central de muitos talentos psiônicos relacionados, e Rainbird acreditava que a intuição era um deles. O pai dela havia contado para eles várias vezes que Charlie *sabia* que Al Steinowitz e os outros homens estavam indo para a fazenda dos Manders, antes mesmo de eles chegarem. Era um pensamento assustador. Se ela tivesse uma dessas intuições estranhas sobre a autenticidade *dele*... bom, diziam que não existia fúria como a de uma mulher enganada, e se metade do que ele acreditava sobre Charlie fosse verdade, ela seria perfeitamente capaz de criar o inferno, ou um similar razoável. Ele talvez se visse esquentando rápido. Essa ideia acrescentava certo tempero aos procedimentos... um tempero que lhe faltara por muito tempo.

— Charlie — disse ele —, não estou dizendo que você devia fazer nenhuma dessas coisas *de graça*.

Ela olhou para ele intrigada.

John suspirou.

— Não sei bem como dizer pra você. Acho que te amo um pouco — explicou ele. — Você é como a filha que eu nunca tive. E o jeito como deixam você presa aqui, sem poder ver seu pai e tal, sem nunca sair, perdendo todas as coisas que outras garotinhas têm... isso me deixa *péssimo*.

Ele permitiu que seu olho bom brilhasse na direção dela, assustando-a um pouco.

— Você poderia conseguir todos os tipos de coisa se fizesse o que eles querem... e incluísse algumas condições.

— Condições — repetiu Charlie, totalmente intrigada.

— É! Você pode exigir que eles deixem você sair no sol, aposto. Talvez até ir a Longmont fazer algumas compras. Você pode sair dessa maldita caixa e ir para uma casa normal. Ver outras crianças. E...

— E ver meu pai?

— Claro, isso também. — Essa, no entanto, era a única coisa que nunca aconteceria, pois, se os dois comparassem informações, perceberiam que John, o faxineiro simpático, era bom demais para ser verdade. Rainbird nunca passou um único recado para Andy McGee. Hockstetter acreditava que seria um risco sem nenhum resultado positivo, e Rainbird, que achava Hockstetter um babaca escroto na maioria das coisas, concordava.

Era mais fácil enganar uma garota de oito anos com histórias da carochinha, sobre não haver escuta na cozinha ou eles poderem conversar em voz baixa e não serem ouvidos. Mas seria bem diferente enganar o pai dela com a mesma estratégia, apesar de ele estar totalmente prostrado de drogas. McGee podia não estar entorpecido o suficiente para deixar passar o fato de que eles estavam apenas brincando de Policial Bom e Policial Mau com Charlie, uma técnica que os departamentos de polícia usavam para lidar com criminosos há centenas de anos.

Assim, Rainbird sustentou a ficção de que estava levando as mensagens dela para o pai, da mesma maneira que sustentava tantas outras mentiras. Era verdade que ele via Andy com frequência, mas só pelos monitores de TV. Era verdade que Andy estava cooperando com os testes, mas também era verdade que ele estava esgotado, sem conseguir nem forçar uma criança a comer um picolé. Ele tinha se tornado um enorme zero à esquerda, preocupado apenas com o que estava passando na televisão e com a hora do próximo comprimido, e nunca mais pedira para ver a filha. Encontrar o pai cara a cara e ver o que tinham feito com ele poderia aumentar toda a resistência dela de novo, e Rainbird agora estava bem perto de fazê-la ceder; ela *queria* ser convencida. Não, todas as coisas eram negociáveis, exceto isto: Charlie McGee nunca mais veria o pai. Rainbird concluiu que em pouco tempo o capitão colocaria Andy em um avião da Oficina, rumo ao complexo de Maui. Mas a garota também não precisava saber disso.

— Você acha mesmo que me deixariam ver ele?

— Não tenho dúvida — respondeu ele com facilidade. — Claro, não de cara. O seu pai é o trunfo deles com você, e eles sabem disso. Mas, se você chegasse a certo ponto e dissesse que pararia o que está fazendo e só continuaria se deixassem você ver ele… — Ele deixou a frase no ar. A isca tinha sido jogada, uma isca grande e colorida na correnteza. Estava cheia de anzóis e não era boa para comer, mas isso era outra coisa que aquela garotinha durona não sabia.

Pensativa, Charlie olhou para ele. Naquele dia, nada mais foi dito sobre o assunto.

Então, uma semana depois, Rainbird reverteu a tática abruptamente. Tomou essa decisão sem nenhum motivo concreto, mas sua intuição dizia que ele não iria mais longe pelo caminho da defesa. Era hora de implorar, como o Coelho Quincas implorou para Zé Grandão não o jogar no espinheiro.

— Lembra o que a gente estava conversando? — ele iniciou a conversa enquanto encerava o piso da cozinha. Charlie fingia pensar nas opções de petiscos da geladeira. Um pé limpo e rosado estava virado atrás do outro, de modo que ele podia ver a sola. Era uma pose que ele achava curiosamente evocativa do meio da infância; era pré-erótica, quase mística. Seu coração se compadeceu novamente. Ela se virou para trás e olhou para ele, com dúvida. O cabelo, preso em um rabo de cavalo, estava caído sobre um ombro.

— Sim — respondeu ela. — Eu lembro.

— Bom, eu estava pensando, e comecei a me perguntar o que me torna especialista em dar conselhos — disse ele. — Eu não consigo nem arrumar um empréstimo de mil dólares no banco pra comprar um carro.

— Ah, John, isso não quer dizer nada...

— Quer, sim. Se eu soubesse de alguma coisa, seria um daqueles caras como Hockstetter. Com nível superior.

Com grande desdém, ela respondeu:

— Meu pai diz que qualquer idiota pode comprar um diploma de nível superior por aí.

Dentro do coração, ele festejou.

2

Três dias depois, o peixe mordeu a isca.

Charlie informou para ele que havia decidido deixar que eles fizessem os testes. Ela tomaria cuidado, disse. E faria com que *eles* tomassem cuidado, se não soubessem como. Seu rosto estava magro, contraído e pálido.

— Não faça — pediu John — se não tiver pensado direito.

— Eu tentei pensar — sussurrou ela.

— Você vai fazer por eles?

— *Não!*

— Que bom. Vai fazer por você?

— Sim. Por mim. E pelo meu pai.

— Certo — assentiu ele. — E, Charlie... faça com que eles joguem do seu jeito. Entende? Você mostrou como pode ser durona. Não deixe que eles vejam fraqueza agora. Se virem, vão usar. Faça jogo duro. Sabe o que quero dizer?

— Eu… acho que sim.

— Se eles ganharem alguma coisa, você também ganha alguma coisa. Todas as vezes. Sem exceção. — Os ombros dele haviam murchado um pouco, e o fogo sumira do seu olho. Ela odiava vê-lo assim, parecendo deprimido e derrotado. — Não deixe que tratem você como me trataram. Eu dei quatro anos da minha vida e um olho para o meu país. Um desses anos eu passei dentro de um buraco no chão, comendo insetos, com febre, sentindo o cheiro da minha própria merda o tempo todo e tirando piolho do cabelo. E, quando eu saí, disseram "Obrigado, John" e botaram um esfregão na minha mão. Roubaram de mim, Charlie. Entende? Não deixe que façam isso com você.

— Entendo — confirmou ela com voz solene.

Ele se animou um pouco e sorriu.

— E quando é o grande dia?

— Vou ver o dr. Hockstetter amanhã. Vou dizer para ele que decidi cooperar… um pouco. E vou… vou dizer para ele o que *eu* quero.

— Bom, só não peça coisa demais logo de cara. É como uma feira, Charlie. Você tem que mostrar seu talento antes de arrancar a grana deles.

Ela assentiu.

— Mas mostre quem está no comando, tá? Mostre quem é que manda.

— Certo.

Ele deu um sorriso mais largo.

— Boa menina! — exclamou ele.

3

Hockstetter ficou furioso.

— Que *porra* de jogo você está fazendo? — gritou ele com Rainbird.

Estavam na sala do capitão. Rainbird pensou que Hockstetter ousou gritar porque o capitão estava ali para bancar o juiz. Mas, ao olhar os olhos azuis e quentes de Hockstetter, as bochechas vermelhas, os dedos esbranquiçados, admitiu que devia estar errado. Havia ousado passar pelo portão e entrar no jardim sagrado de privilégios de Hockstetter. O sacode que dera nele depois do fim do blecaute foi uma coisa; Hockstetter tinha falhado perigosamente e sabia disso. Mas agora era diferente, Rainbird achava.

Rainbird apenas o encarou.

— Você criou isso tudo em torno de uma impossibilidade! Você sabe muito bem que ela não vai ver o pai! "Se eles ganharem alguma coisa, você também ganha alguma coisa" — Hockstetter imitou furiosamente. — Seu imbecil!

Rainbird continuou olhando para ele.

— Não me chame de imbecil de novo — respondeu ele, em tom perfeitamente neutro. Hockstetter se encolheu... mas só um pouco.

— Por favor, cavalheiros — interferiu o capitão, com a voz cansada. — Por favor.

Havia um gravador sobre a mesa dele. Tinham acabado de ouvir a conversa que Rainbird tivera com Charlie naquela manhã.

— Aparentemente, o dr. Hockstetter deixou passar o detalhe de que ele e sua equipe irão finalmente ter *alguma coisa* — considerou Rainbird. — Que vai melhorar seu arquivo de conhecimentos práticos em cem por cento, se minha matemática estiver correta.

— Como resultado de um acidente totalmente imprevisto — complementou Hockstetter, mal-humorado.

— Um acidente que vocês foram míopes demais para criar a favor de vocês mesmos — rebateu Rainbird. — Talvez estivessem ocupados demais brincando com seus ratos.

— Cavalheiros, chega! — disse o capitão. — Não estamos aqui para nos perder em recriminações. Não é o objetivo deste encontro. — Ele olhou para Hockstetter. — Você vai finalmente poder jogar. Devo dizer que sua gratidão está sendo incrivelmente pequena.

Hockstetter resmungou.

O capitão olhou para Rainbird e continuou:

— Mesmo assim, acho que você levou seu papel de *amicus curiae* um pouco longe demais no final.

— Acha? Então você ainda não entendeu. — Ele olhou do capitão para Hockstetter e novamente para o capitão. — Acho que vocês dois demonstraram uma falta de compreensão quase paralisante. Vocês têm dois psiquiatras infantis à disposição, mas se eles forem uma representação precisa da qualidade nessa área de atuação, muitas crianças perturbadas por aí estão com um grande problema.

— Fácil falar — disse Hockstetter. — Isso...

— Vocês não entendem o quanto ela é *inteligente* — interrompeu Rainbird. — Vocês não entendem o quanto... o quanto ela está acostumada a ver as causas e os efeitos das coisas. Trabalhar com ela é abrir caminho em um campo minado. Eu apontei a ideia da cenoura pendurada em uma vareta para ela porque ela teria pensado nisso sozinha. Ao pensar para ela, eu aumentei a confiança que ela tem em mim... na verdade, transformei uma desvantagem em vantagem.

Hockstetter abriu a boca. O capitão levantou uma das mãos, se virou para Rainbird e falou em um tom suave e conciliatório que não usava com todo mundo... Mas John Rainbird não era todo mundo.

— Isso não muda o fato de que você parece ter limitado até onde Hockstetter e o pessoal dele podem ir. Mais cedo ou mais tarde, ela vai entender que o pedido mais importante, o de ver o pai, não vai ser concedido. E todos concordamos que permitir isso pode acabar para sempre com a utilidade que ela tem para nós.

— Exatamente — concordou Hockstetter.

— E se ela for tão inteligente quanto você diz — continuou o capitão —, será capaz de fazer o pedido que não pode ser concedido mais cedo, e não mais tarde.

— Ela vai fazer — concordou Rainbird —, e vai acabar com tudo. Pra começar, assim que encontrasse ele, ela perceberia que eu menti sobre a condição dele. Isso faria Charlie concluir que eu estava jogando no time de vocês o tempo todo. Portanto, a questão é apenas por quanto tempo vocês podem fazer ela colaborar. — Rainbird se inclinou para a frente. — Duas coisinhas: primeiro, vocês precisam se acostumar com o fato de que ela não vai acender fogos para vocês *ad infinitum*. Ela é um ser humano, uma garotinha que quer ver o pai, e não uma cobaia de laboratório.

— Nós já... — começou Hockstetter com impaciência.

— Não. Não fizeram. Tudo se resume à base do sistema de recompensas em experimentação. A cenoura na vareta. Ao acender fogos, Charlie acha que está mostrando a cenoura para vocês, e acredita que vai acabar fazendo vocês levarem ela até o pai. Mas nós sabemos que não vai ser assim. Na verdade, o pai dela é a cenoura, e nós é que estamos guiando. Uma mula pode arar um terreno inteiro tentando pegar a cenoura pendurada na frente dela, isso porque a mula é burra. *Mas essa garotinha não é.*

Ele olhou para o capitão e para Hockstetter.

— Eu continuo dizendo isso. É como martelar um prego em carvalho, um carvalho de primeiro corte. É difícil, sabe? Vocês dois parecem se esquecer disso o tempo todo. Mais cedo ou mais tarde ela vai se tocar e mandar vocês enfiarem a cenoura no rabo. Porque ela não é uma mula. Nem uma cobaia de laboratório.

E você quer que ela pare, pensou o capitão com uma repulsa lenta. *Você quer que ela pare para poder matá-la.*

— Então, comecem com esse fato básico — continuou Rainbird. — É o começo. Depois, comecem a pensar em formas de prolongar a cooperação dela o máximo possível. Quando acabar, escrevam seu relatório. Se tiverem dados suficientes, vocês serão recompensados com uma grande quantia em dinheiro. Vão poder comer a cenoura. E depois, podem começar a injetar seu feitiço em pobres ignorantes novamente.

— Você nos insulta — disse Hockstetter com voz trêmula.

— É um caso de idiotice irreversível — respondeu Rainbird.

— Como você propõe que prolonguemos a cooperação dela?

— Vocês vão conseguir ir conquistando ela se concederem pequenos privilégios — afirmou Rainbird. — Um passeio no gramado. Ou... toda garotinha ama cavalos. Aposto que vocês conseguem arrancar uns seis episódios de fogo só em deixar um treinador fazer um passeio com ela em um cavalo. Deve ser o suficiente para manter uma dezena de burocratas como Hockstetter fazendo análises inúteis por uns cinco anos.

Hockstetter se afastou da mesa.

— Eu não tenho que ficar aqui ouvindo isso.

— Sente-se e cale a boca — ordenou o capitão.

O sangue quente subiu ao rosto de Hockstetter, e ele pareceu pronto para discutir; mas o rubor sumiu tão rapidamente quanto surgiu, fazendo-o agora parecer prestes a chorar. Em seguida, ele se sentou novamente.

— Deixem que ela vá à cidade fazer compras — sugeriu Rainbird. — Talvez possam arrumar uma entrada no Seven Flags, na Geórgia, e deixar que ela ande na montanha-russa. Quem sabe até com o bom amigo faxineiro John.

— Você acha mesmo que só essas coisas… — começou o capitão.

— Não acho, não. Não por muito tempo. Mais cedo ou mais tarde, ela vai voltar a pedir para ver o pai. Mas ela é humana, quer coisas para si também. E, pensando consigo mesma, dizendo para si mesma que está mostrando o talento antes de arrancar o dinheiro, muitas vezes ela irá pela estrada que você quer que ela siga. Mas vai acabar voltando ao assunto do pai, sim. Ela não é vendida. Ela é durona.

— E esse é o fim do passeio no bonde — concluiu o capitão, pensativo. — Todos pra fora. O fim do projeto. Dessa fase, pelo menos. — De muitas maneiras, a perspectiva de um final à vista o aliviava tremendamente.

— Não aí, não — disse Rainbird, dando seu sorriso sem alegria. — Nós temos mais uma carta na manga. Quando a cenoura pequena acabar, teremos uma outra bem comprida. Não o pai, não o grande prêmio, mas uma coisa que vai fazer com que ela siga adiante mais um pouco.

— E o que seria? — perguntou Hockstetter.

— Descubram vocês — disse Rainbird ainda sorrindo, e depois ficou calado. O capitão talvez descobrisse, apesar do quanto havia se perdido nos últimos doze meses, aproximadamente. Ele tinha mais inteligência com o motor pela metade do que a maioria dos funcionários — e todos os candidatos ao trono dele — com o motor em funcionamento total. Quanto a Hockstetter, esse nunca descobriria. Hockstetter tinha subido vários andares além do seu nível de incompetência, um feito mais possível na burocracia federal do que em qualquer outro lugar. Hockstetter teria dificuldade até de seguir o faro para encontrar um sanduíche de merda com cream cheese.

Não que importasse se algum deles descobrisse qual era a cenoura final — a cenoura do jogo, podia-se dizer — naquela pequena competição; os resultados seriam os mesmos. De uma forma ou de outra, ele acabaria confortavelmente no banco do motorista. Poderia ter perguntado: *quem vocês acham que é o pai dela agora que o pai dela não está mais aqui?*

Eles que descobrissem sozinhos. Se pudessem.

John Rainbird continuou sorrindo.

4

Andy McGee estava na frente da televisão. A luz piloto da caixinha da TV a cabo brilhava na geringonça quadrada em cima da TV. Na tela, Richard Dreyfuss estava tentando construir a Torre do Diabo na própria sala de estar. Andy assistia à cena com uma expressão calma e insossa de prazer. Por dentro, estava fervendo de nervosismo. Era hoje o dia.

Para Andy, as três semanas depois do blecaute foram um período de tensão e esforço quase insuportáveis, misturados com momentos intensos de uma euforia culpada. Ele conseguia entender como a KGB russa era capaz de inspirar tanto terror e, ao mesmo tempo, como o Winston Smith de George Orwell devia ter apreciado seu breve período de rebelião maluca e furtiva. Ele tinha um segredo novamente. O segredo o corroía e lhe dava energia, como todos os segredos sérios faziam na mente de quem o guardava. Mas também o fez se sentir mais uma vez inteiro e potente. Ele ia pregar uma peça neles. Só Deus sabia por quanto tempo conseguiria fazer isso ou se resultaria em alguma coisa, mas agora ele ia *agir*.

Eram quase dez da manhã, horário em que Pynchot, o homem eternamente sorridente, chegaria. Os dois dariam uma volta no jardim para "discutir seu progresso". Andy pretendia dar um impulso nele... ou ao menos tentar. Poderia ter agido antes, mas não fez por causa dos monitores de TV e dos montes de escutas. Essa espera deu a ele tempo para pensar bem na estratégia de ataque e procurar repetidamente os pontos fracos. Na verdade, ele reescreveu em sua mente partes do plano diversas vezes.

À noite, deitado na cama no escuro, ele pensou e pensou sem parar: *o Grande Irmão está olhando. Repita para si mesmo, mantenha isso sempre no primeiro plano de pensamentos. Trancaram você no encéfalo frontal do Grande Irmão, e, se você realmente espera ajudar Charlie, vai ter que continuar a enganar eles.*

Ele vinha dormindo menos do que em qualquer outra época na vida, sobretudo porque morria de medo de falar durante o sono. Em algumas noites, ficava deitado desperto durante horas, com medo até de se virar, para o caso de se perguntarem por que um homem drogado estaria tão agitado. E, quando dormia, o sono era leve, cheio de sonhos estranhos — muitas vezes, a figura de Long John Silver, o pirata de um olho só com a perna de pau, voltava a aparecer — e segmentados.

Não tomar os comprimidos era a parte fácil, porque eles acreditavam que Andy os queria. Os comprimidos vinham quatro vezes por dia agora, e desde o blecaute não fizeram mais testes. Andy acreditava que haviam desistido e que era isso o que Pynchot queria dizer na caminhada daquele dia.

Às vezes, ele cuspia os comprimidos durante um acesso de tosse com a mão fechada na frente da boca e os colocava junto com os restos de comida que jogava mais tarde no triturador de lixo. Alguns ele descartava na privada. E outros ele fingia tomar com ginger ale. Cuspia os comprimidos nas latas pela metade, para que se dissolvessem, e deixava as latas de lado, como se esquecidas. Um tempo depois, ele as virava na pia.

Só Deus sabia que ele não era profissional nisso, e supostamente as pessoas que o estavam observando eram. Mas ele achava que não estava mais sendo monitorado tão de perto. Se estivesse, seria pego. Era simples.

Dreyfuss e a esposa — cujo filho tinha sido levado para dar um passeio com as pessoas do disco voador — estavam escalando a lateral da Torre do Diabo quando soou brevemente o zumbido que indicava a interrupção do circuito da porta. Andy não se permitiu pular.

É agora, ele disse novamente para si mesmo.

Herman Pynchot entrou na sala. Ele era mais baixo do que Andy, mas muito esguio; havia algo nele que sempre pareceu a Andy meio efeminado, embora não fosse nada que desse para identificar. Naquele dia ele estava muito elegante, usando um suéter cinza fino de gola alta e uma jaqueta leve. E, claro, estava sorrindo.

— Bom dia, Andy — disse ele.

— Ah — Andy falou e parou, como se para pensar. — Oi, dr. Pynchot.

— Você se importa de desligar isso? Nós vamos sair para dar nossa volta, sabe.

— Ah. — Andy franziu a testa, depois parou. — Claro. Eu já vi esse filme umas três ou quatro vezes. Mas gosto do final. É bonito. Os óvnis levam ele embora, sabe. Pras estrelas.

— É mesmo? — comentou Pynchot, desligando a TV. — Vamos?

— Aonde? — perguntou Andy.

— Nosso passeio — respondeu Herman Pynchot com paciência. — Lembra?

— Ah — disse Andy. — Claro. — E se levantou.

5

O corredor do lado de fora do quarto de Andy era amplo e com piso frio. A iluminação era suave e indireta. Em algum lugar não muito distante, havia um centro de comunicação ou de computadores; pessoas entravam com cartões perfurados, saíam com pilhas de papéis impressos, e ouvia-se o zumbido de maquinário leve.

Um jovem de paletó esporte — a essência do agente do governo — encontrava-se tranquilamente sentado em frente à porta do apartamento de Andy e levava um volume embaixo do braço. O agente fazia parte do procedimento padrão de operações e, enquanto Andy e Pynchot estivessem caminhando, ele se manteria um pouco atrás, observando, mas fora do alcance da conversa. Andy achava que ele não seria problema.

Andy e Pynchot caminharam até o elevador, deixando o agente para trás. Os batimentos de Andy estavam agora tão rápidos que pareciam sacudir todo o seu peito. Mas, sem parecer, ele observava tudo com atenção. Havia talvez umas dez portas sem sinalização. Durante outras caminhadas pelo corredor, ele tinha visto algumas delas abertas; uma biblioteca pequena e especializada de algum tipo, uma sala de fotocópias seguida de outra. Mas de muitas ele não fazia ideia. Charlie poderia estar atrás de qualquer uma agora... ou em uma parte completamente diferente do complexo.

Os três entraram no elevador, que era grande o suficiente para acomodar uma maca de hospital. Pynchot pegou suas chaves, girou uma na fechadura e apertou um dos botões sem marcação. As portas se fecharam, e o elevador subiu com suavidade. O agente da Oficina se posicionou nos fundos. Andy estava com as mãos nos bolsos da calça Lee Riders, um sorriso leve e insosso no rosto.

A porta do elevador se abriu para o que já havia sido um salão de festas. O piso era de carvalho encerado. Do outro lado do salão amplo, uma escadaria em espiral fazia uma volta graciosa no próprio eixo levando aos andares superiores. À esquerda, portas de vidro davam caminho para um terraço ensolarado e em seguida para um jardim de pedras. Da direita, onde portas pesadas de carvalho estavam entreabertas, vinha o estalo de um conjunto de máquinas de escrever, preparando a papelada do dia.

E de todos os lados vinha o cheiro de flores frescas.

Pynchot foi na frente pelo salão ensolarado, e como sempre Andy comentou sobre o piso de tábuas encaixadas como se nunca tivesse reparado antes. Eles passaram pelas portas de vidro, a sombra da Oficina indo logo atrás. Estava muito quente, muito úmido. Abelhas zumbiam preguiçosamente no ar. Depois do jardim de pedras, viam-se hortênsias, forsítias e azaleias. Ouvia-se o som de cortadores de grama rodando eternamente. Andy virou o rosto para o sol com uma gratidão que não foi fingida.

— Como você está se sentindo, Andy? — perguntou Pynchot.

— Bem. Bem.

— Sabe, você está aqui há quase seis meses agora — começou Pynchot com um tom de leve surpresa de "não é incrível como tempo voa quando você está se divertindo?". Eles viraram à direita por um dos caminhos de cascalho. O cheiro de madressilva e de sassafrás pairava no ar parado. Do outro lado do laguinho, perto da outra casa, dois cavalos trotavam com indolência.

— Tanto tempo — comentou Andy.

— É, é muito tempo — concordou Pynchot, sorrindo. — E concluímos que seu poder... diminuiu, Andy. Na verdade, você sabe que não tivemos nenhum resultado apreciável.

— Bom, vocês me deixam drogado o tempo todo — respondeu Andy em tom de reprovação. — Não podem esperar que eu faça meu melhor estando doidão.

Pynchot limpou a garganta, mas não observou que Andy estava totalmente limpo nas três primeiras séries de testes, e que todos eles haviam sido infrutíferos.

— Eu me esforcei, dr. Pynchot. Eu *tentei*.

— Sim, sim. Claro que tentou. E nós achamos, quer dizer, *eu* acho que você merece um descanso. A Oficina tem um pequeno complexo em Maui, no arquipélago havaiano, Andy. E eu tenho um relatório de seis meses para escrever em breve. O que você acha... — O sorriso de Pynchot se alargou e se transformou no sorriso predatório de apresentador de game show, e sua voz assumiu o tom de um homem prestes a oferecer um brinquedo incrível a uma criança. — O que você acha de eu recomendar que você seja enviado para lá em um futuro imediato?

E o futuro imediato podiam ser dois anos, pensou Andy. Talvez cinco. Eles iam querer ficar de olho nele, para o caso de a habilidade de dominação mental voltar, e talvez como uma carta na manga caso surgisse alguma dificuldade imprevista com Charlie. Mas, no final, ele não tinha dúvida de que aconteceria um acidente, uma overdose ou um "suicídio". No vocabulário de Orwell, Andy se tornaria uma impessoa.

— Eu ainda receberia minha medicação? — perguntou ele.

— Ah, claro — respondeu Pynchot.

— Havaí... — Andy falou com voz sonhadora. Olhou para Pynchot com o que esperava ser uma expressão de astúcia meio burra. — Provavelmente o dr. Hockstetter não vai me deixar ir. O dr. Hockstetter não gosta de mim. Dá pra perceber.

— Ah, gosta sim — garantiu Pynchot. — Ele gosta de você, Andy. E, de qualquer modo, você é meu bebê, não do dr. Hockstetter. Eu garanto que ele vai concordar com o que eu aconselhar.

— Mas você ainda não escreveu seu memorando sobre o assunto — lembrou Andy.

— Não, pensei em falar com você primeiro. Mas a aprovação de Hockstetter é só uma formalidade.

— Mais uma série de testes talvez seja bom — disse Andy, dando um impulso leve em Pynchot. — Só por segurança.

Os olhos de Pynchot tremeram de repente de um jeito estranho. Seu sorriso mudou, ficou intrigado, e sumiu completamente. Agora, era Pynchot que parecia drogado, e a ideia fez Andy sentir uma satisfação cruel. Abelhas zumbiam nas flores. O aroma de grama cortada, pesado e intoxicante, pairava no ar.

— Quando escrever seu relatório, sugira mais uma série de testes — repetiu Andy.

O olhar de Pynchot ficou límpido. Seu sorriso voltou, esplêndido.

— Claro que esse papo de Havaí fica só entre nós por enquanto — disse ele. — Quando eu escrever meu relatório, vou sugerir mais uma série de testes. Acho que pode ser bom. Só por segurança, sabe.

— Mas depois disso eu posso ir para o Havaí?

— Pode — afirmou Pynchot. — Depois disso.

— E a outra série de testes deve levar uns três meses?

— Sim, uns três meses. — Pynchot abriu um sorriso para Andy como se ele fosse um aluno brilhante.

Eles se aproximaram do lago, onde patos nadavam com morosidade na superfície de espelho. Andy e Pynchot pararam. Atrás deles, o jovem de paletó esporte observava um homem e uma mulher de meia-idade que caminhavam lado a lado na outra margem do lago. O reflexo deles era interrompido apenas pelo deslizar suave de um dos patos brancos. Andy achou que o casal parecia ter saído de uma propaganda de seguro com pedido por correspondência, do tipo do jornal dominical que sempre caía no seu colo... ou no seu café.

Ele sentia um pequeno latejar de dor na cabeça. Não muito ruim. Mas, em seu nervosismo, ele quase impulsionou Pynchot com mais força do que pretendia, e o jovem agente talvez tivesse percebido os resultados disso. Ele não parecia estar observando os dois, mas Andy não se deixava enganar.

— Me conte um pouco sobre as estradas e a área daqui — ele pediu baixinho para Pynchot, dando outro impulso leve. Ele sabia, por vários trechos de conversa, que não estavam muito longe de Washington, DC, mas não tão perto da base de operações da CIA em Langley. Fora isso, não sabia nada.

— É muito bonito aqui — respondeu Pynchot com voz sonhadora — desde que taparam os buracos.

— É, é bonito — Andy repetiu e depois ficou em silêncio. Às vezes, um impulso gerava um resto de memória quase hipnótico na pessoa que estava sendo impulsionada, normalmente por alguma associação obscura, e não era bom interromper o que estava acontecendo. Podia gerar um efeito de eco, e o eco podia virar um ricochete, e o ricochete podia levar a... bom, a quase qualquer coisa. Tinha acontecido com um dos executivos de Walter Mitty, e Andy ficou morrendo de medo. Acabou dando tudo certo, mas se o Pynchot amistoso de repente começasse a gritar de pavor, não estaria nada bem.

— Minha esposa ama aquela coisa — Pynchot afirmou com a mesma voz sonhadora.

— Que coisa? — perguntou Andy. — O que ela ama?

— O novo triturador de lixo. É muito...

Ele parou de falar.

— Muito bonito — sugeriu Andy. O rapaz de paletó esporte tinha se aproximado um pouco mais, e Andy sentiu um suor leve surgir sobre seu lábio superior.

— Muito bonito — concordou Pynchot, olhando vagamente para o lago.

O agente da Oficina chegou ainda mais perto, e Andy decidiu que talvez tivesse que arriscar outro impulso... bem pequeno. Pynchot estava ao lado dele como uma televisão com o tubo quebrado.

O rapaz pegou um pedacinho de madeira e jogou na água. A madeira bateu de leve e gerou ondulações cintilantes. Os olhos de Pynchot tremeram.

— A região é muito bonita por aqui — observou Pynchot. — Cheia de colinas, sabe. É bom para cavalgar. Minha esposa e eu cavalgamos aqui uma vez por semana quando conseguimos. Acho que Dawn é a cidade mais próxima a oeste... sudoeste, na verdade. É bem pequena. Dawn fica na Highway 301. Gether é a cidade mais próxima a leste.

— Gether fica na beira de uma estrada?

— Não. Só de uma rodovia menor.

— Para onde a Highway 301 vai? Além de Dawn?

— Ora, até Washington, se você for para o norte. E quase até Richmond se você for para o sul.

Andy queria perguntar sobre Charlie, era o que tinha planejado fazer, mas a reação de Pynchot o deixou um pouco assustado. A associação dele de *esposa*, *buracos*, *bonito* e — que estranho! — *triturador de lixo* foi peculiar e um tanto inquietante. Podia ser que Pynchot, embora acessível, não fosse uma boa vítima. Podia ser pelo fato de ele ter uma espécie de personalidade perturbada, presa rigorosamente à aparência de normalidade enquanto só Deus sabia que forças podiam estar delicadamente contrabalanceadas por baixo. Impulsionar pessoas mentalmente instáveis podia levar a todos os tipos de resultados imprevisíveis. Se não fosse o rapaz que os seguia como sombra, Andy talvez tivesse tentado mesmo assim — depois de tudo o que lhe aconteceu, ele não sentiria muito remorso de mexer com a cabeça de Herman Pynchot —, mas agora estava com medo. Um psicólogo com capacidade de dar impulsos podia ser uma bênção para a humanidade... mas Andy McGee não era psicólogo.

Talvez fosse tolice supor tanta coisa a partir de uma única reação de resto de memória; ele já tinha visto isso em muitas pessoas, e poucas surtaram de verdade. Mas não confiava em Pynchot. Ele sorria demais.

Uma voz fria e assassina falou de repente dentro dele, de um poço no fundo do subconsciente: *ordene que ele vá para casa cometer suicídio. E dê um impulso nele. Um impulso forte.*

Andy afastou o pensamento, horrorizado e um pouco nauseado.

— Bem — disse Pynchot, olhando em volta e sorrindo. — Vamos *retournez-vous*?

— Claro — concordou Andy.

E assim ele começou. Mas ainda não sabia nada sobre Charlie.

6

MEMORANDO INTERDEPARTAMENTAL

De: Herman Pynchot
Para: Patrick Hockstetter
Data: 12 de setembro
Re: Andy McGee

Repassei todas as minhas anotações e a maioria das minhas fitas nos últimos três dias. Também conversei com McGee. Não há mudança essencial na situação desde que discutimos o caso pela última vez (5/9), mas, no momento, eu gostaria de manter a ideia do Havaí em suspenso se não houver nenhuma objeção (como o próprio capitão Hollister disse, "é só dinheiro"!).

O fato, Pat, é que acredito que uma série final de testes possa ser boa ideia, apenas por segurança. Depois disso, podemos ir em frente e enviá-lo ao complexo de Maui. Acredito que uma série final possa levar aproximadamente três meses.

Por favor, dê sua opinião antes de eu começar a documentação necessária.

Herm

7

MEMORANDO INTERDEPARTAMENTAL

De: PH
Para: Herm Pynchot
Data: 13 de setembro
Re: Andy McGee

Não entendi! Na última vez em que nos reunimos, nós concordamos — e você tanto quanto nós — que McGee estava apagado como um fusível queimado. Você sabe que não se pode hesitar no meio da ponte!

Se quiser remarcar outra série de testes, uma série abreviada, fique à vontade. Vamos começar com a garota na semana que vem, mas graças a uma boa quantidade de interferência desastrada de certa fonte, acho que é provável que a cooperação dela não dure muito. Enquanto durar, pode não ser má ideia ter o pai por perto… como "extintor de incêndio"???

Ah, sim. Pode ser "só dinheiro", mas é dinheiro do contribuinte. E leviandade nesse assunto raramente é encorajada, Herm. Principalmente pelo capitão Hollister. Mantenha isso em mente.

Planeje ficar com ele de seis a oito semanas no máximo, a não ser que você obtenha resultados… e, se obtiver, vou lamber seus sapatos Hush Puppies.

Pat

8

— Filho de uma puta! — Herm Pynchot exclamou em voz alta quando terminou de ler o memorando. Ele releu o terceiro parágrafo: ali estava Hockstetter, o Hockstetter que era dono de um Thunderbird 1958 completamente restaurado, enchendo o saco *dele* por causa de dinheiro. Pynchot amassou o memorando, o jogou na cesta de lixo e se encostou na cadeira giratória. Dois meses no máximo! Não gostou disso. Teria sido melhor se fossem três. Ele achava mesmo que...

Espontânea e misteriosa, uma imagem do triturador de lixo que ele instalou em casa surgiu na sua mente. Ele também não gostou disso. O triturador tinha entrado em sua mente há pouco tempo, e ele não parecia conseguir tirar. Aparecia particularmente quando ele tentava lidar com a questão de Andy McGee. O buraco negro no meio da pia era protegido por um diafragma de borracha... vaginal, aquele...

Ele se encostou mais na cadeira, devaneando. Quando, com um sobressalto, saiu do estado de sonho, sentiu-se perturbado ao perceber que quase vinte minutos haviam se passado. Puxou um formulário de memorando e rabiscou um bilhete para aquele imundo do Hockstetter, caindo de pau no comentário inadequado sobre "é só dinheiro". Precisou se controlar para não repetir o pedido de três meses (e, em sua mente, a imagem do buraco negro do triturador surgiu de novo). Se Hockstetter disse dois, eram dois. Mas, se Pynchot conseguisse resultados com McGee, Hockstetter encontraria dois sapatos Hush Puppies tamanho quarenta no seu mata-borrão quinze minutos mais tarde.

Ele terminou o bilhete, escreveu *Herm* embaixo e se encostou, massageando as têmporas. Estava com dor de cabeça.

No ensino médio e na faculdade, Herm Pynchot foi travesti enrustido. Gostava de vestir roupas de mulher porque achava que o faziam ficar... bem, muito bonito. No terceiro ano de faculdade, como integrante da Delta Tau Delta, foi descoberto por dois irmãos de fraternidade. O preço do silêncio deles foi uma humilhação ritual, não muito diferente do trote do qual Pynchot tinha participado com bom humor.

Às duas da manhã, seus descobridores espalharam lixo de uma ponta da cozinha da fraternidade até a outra e forçaram Pynchot, usando só uma calcinha, meias finas e cinta-liga, com um sutiã preenchido por papel higiênico, a limpar tudo e lavar o chão, sob constante ameaça de descoberta; bastaria outro "irmão" de fraternidade entrar para fazer um lanche de madrugada.

O incidente terminou em masturbação mútua, o que Pynchot achava que devia tê-lo deixado agradecido; devia ter sido a única coisa que fez com que eles realmente mantivessem o silêncio. Mas Pynchot saiu da fraternidade, apavorado e enojado consigo mesmo... principalmente porque achou o incidente todo um tanto excitante. Ele nunca mais vestiu roupas de mulher depois disso. Não era gay. Tinha uma esposa adorável e dois filhos lindos, e isso provava que ele não era gay. Não pensava naquele incidente humilhante e nojento havia anos. Ainda assim...

A imagem do triturador de lixo, daquele buraco negro com borracha em volta, permaneceu em sua cabeça. E a dor de cabeça estava pior.

O eco disparado pelo impulso de Andy tinha começado. Pynchot agora estava preguiçoso e lento; a imagem do triturador, junto com a ideia de ser muito bonito, ainda era algo intermitente.

Mas isso aceleraria. Começaria a ricochetear.

Até se tornar insuportável.

9

— Não — disse Charlie. — É errado. — E ela se virou para sair andando da salinha novamente. Seu rosto estava pálido e tenso. Havia marcas escuras e arroxeadas embaixo dos olhos dela.

— Ei, opa, espere um minuto — pediu Hockstetter, esticando as mãos e rindo um pouco. — Qual é o problema, Charlie?

— Tudo — respondeu ela. — Tudo é o problema.

Hockstetter olhou para a sala. Em um canto, uma câmera Sony tinha sido montada. O fio passava pela parede de cortiça prensada e ia até um aparelho de videocassete na sala de observação ao lado. Na mesa no meio da sala, havia uma bandeja de aço cheia de lascas de madeira. À esquerda dela, havia um aparelho de eletroencefalografia cheio de fios. Um jovem de jaleco cuidava dele.

— Assim você não colabora — observou Hockstetter. Ele ainda estava sorrindo de forma paternal, mas sentia raiva. Não era preciso ler mentes para saber disso; bastava observar os olhos dele.

— Você não escuta — objetou ela com voz aguda. — Nenhum de vocês escuta, só...

(*só John, mas você não pode dizer isso*)

— Nos diga como resolver — sugeriu Hockstetter.

Ela não se permitiria ser apaziguada.

— Se *escutasse*, você saberia. Aquela bandeja de aço com pedacinhos de madeira, tudo bem, mas é a única coisa que está bem. A madeira da mesa, o material da parede, tudo isso pega fogo… e as roupas daquele homem também. — Ela apontou para o técnico, que se encolheu um pouco.

— Charlie…

— Aquela câmera também é.

— Charlie, aquela câmera…

— É de plástico, e se ficar quente o suficiente, vai explodir, e os pedacinhos vão voar para toda parte. E não tem água! Eu já falei, preciso desviar para a água quando começa. Meu pai e minha mãe me disseram. Eu preciso desviar para a água para apagar. Senão… Senão…

Ela caiu no choro. Queria John. Queria seu pai. Mais do que tudo, ah, mais do que *qualquer coisa*, ela não queria estar ali. Não tinha dormido nada na noite anterior.

Hockstetter olhou para ela, pensativo. As lágrimas, a agitação emocional, ele achava que essas coisas deixavam claro que a menina estava mesmo preparada para ir até o fim.

— Tudo bem — respondeu ele. — Tudo bem, Charlie. Nos diga o que fazer e nós vamos fazer.

— Vão mesmo — concordou ela. — Senão não vão ter nada.

Hockstetter pensou: *vamos ter e muito, sua putinha arrogante.*

No fim das contas, ele estava certíssimo.

10

No final daquela tarde, ela foi levada a uma sala diferente. Tinha adormecido na frente da TV quando voltara para o apartamento; seu corpo ainda era jovem o suficiente para impor suas necessidades à mente preocupada e confusa, e ela dormiu por quase seis horas. Como resultado disso — e de um hambúrguer com batata frita no almoço —, estava se sentindo bem melhor, mais no controle de si mesma.

Ela observou atentamente a sala por muito tempo.

A bandeja de lascas de madeira estava em uma mesa de metal. As paredes eram de folhas cinzentas de aço industrial, sem decorações.

Hockstetter disse:

— O técnico aqui está usando um uniforme de amianto e sapatos de amianto. — Ele falou com ela de cima, ainda com o sorriso paternal. O operador do EEG parecia sentir calor e estar pouco à vontade. Usava uma máscara branca de tecido para se proteger das fibras de amianto. Hockstetter apontou para uma vidraça comprida e retangular na parede mais distante. — Aquilo é vidro espelhado de um lado só. Nossa câmera está atrás dele. E você pode ver a banheira.

Charlie foi até ela. Era uma banheira antiquada com pés em formas de garra e parecia deslocada naquele ambiente desolado. Estava cheia de água. Ela achava que serviria.

— Tudo bem — disse ela.

O sorriso de Hockstetter se alargou.

— Que bom.

— Só que você vai para aquela outra sala lá. Não quero ter que olhar para você enquanto estiver fazendo. — Charlie olhou para Hockstetter de forma inescrutável. — Alguma coisa pode acontecer.

O sorriso paternal de Hockstetter oscilou.

11

— Ela estava certa, você sabe — comentou Rainbird. — Se tivesse *escutado* o que ela disse, você poderia ter acertado na primeira vez.

Hockstetter olhou para ele e grunhiu.

— Mas você ainda não acredita, não é?

Hockstetter, Rainbird e o capitão estavam na frente do vidro que dava para a sala. Atrás deles, a câmera espiava o cômodo, e o videocassete Sony zumbia quase sem emitir som. O vidro era levemente polarizado, deixando tudo na sala de teste com um tom meio azulado, como a paisagem vista pela janela de um ônibus Greyhound. O técnico estava conectando Charlie ao EEG. Um monitor de TV na sala de observação reproduzia as ondas cerebrais dela.

— Olhem esses alfas — murmurou um dos técnicos. — Ela está muito concentrada.

— Com medo — complementou Rainbird. — Ela está com muito medo.

— Você acredita, não é? — perguntou o capitão de repente. — Não acreditou no começo, mas agora acredita.

— Sim — respondeu Rainbird. — Eu acredito.

Na outra sala, o técnico se afastou de Charlie.

— Prontos aqui.

Hockstetter apertou um botão.

— Vá em frente, Charlie. Quando estiver pronta.

Charlie olhou para o espelho e, por um momento sinistro, pareceu estar olhando diretamente no olho único de Rainbird.

Ele olhou para ela com um sorriso fraco.

12

Charlie McGee olhou para o espelho e só viu seu próprio reflexo... mas a sensação de estar sendo observada era muito forte. Ela queria que John estivesse lá; isso a teria deixado mais à vontade. Mas não sentia a presença dele.

Ela olhou para a bandeja de lascas de madeira.

Não foi um impulso; foi quase um *golpe*. Ela pensou em fazer e ficou novamente enojada e assustada ao perceber que *queria*. Para ela a sensação era parecida com a de uma pessoa com calor e com fome ao se sentar na frente de um sorvete de chocolate e um copo de refrigerante, pensando em devorar tudo com avidez. Não havia problema nisso, mas primeiro era importante ter um momento para... saborear.

O desejo a deixou envergonhada, e ela balançou a cabeça quase com raiva. *Por que eu não deveria querer? Quando as pessoas são boas em certas coisas, elas sempre querem fazer essas coisas. Era assim com a mamãe fazendo tricô, e com o sr. Douray lá da rua em Port City, sempre fazendo pão. Quando tinha bastante pão na casa dele, ele fazia para outras pessoas. Se você é bom em alguma coisa, você quer fazer essa coisa...*

Lascas de madeira, pensou ela com certo desprezo. *Deviam ter me dado alguma coisa dura.*

13

O técnico sentiu primeiro. Ficou com calor, desconfortável e suado na roupa de amianto, e de início achou que era por isso. Em seguida, viu que as ondas alfa da garota tinham entrado em um ritmo de pico — o indicativo de concentração extrema, e também a assinatura de imaginação do cérebro.

A sensação de calor aumentou... e de repente ele se assustou.

14

— Tem alguma coisa acontecendo ali dentro — afirmou um dos técnicos na sala de observação com voz aguda e animada. — A temperatura deu um pulo de cinco graus. As ondas alfa dela parecem a porra dos Andes...

— É agora! — exclamou o capitão. — *É agora!* — A voz dele vibrou com o triunfo agoniado de um homem que durante anos esperou por aquele momento.

15

Ela *golpeou* com o máximo de força que conseguiu na direção da bandeja com lascas de madeira. Elas não se acenderam e sim explodiram. Um momento depois, a bandeja deu dois saltos, jogando pedacinhos de madeira em chamas ao redor, e bateu na parede com força suficiente para deixar um amassado na folha de aço.

O técnico que estava monitorando o EEG gritou de medo e correu repentinamente como louco em direção à porta. O som do grito dele jogou Charlie de volta no tempo, para o aeroporto de Albany. Era o grito de Eddie Delgardo, correndo para o banheiro feminino com os sapatos do exército em chamas.

Ela pensou com terror e exaltação repentinos: *ah, Deus, ficou tão mais forte!*

A parede de aço tinha desenvolvido uma ondulação estranha e escura. A sala se tornou explosivamente quente. Na outra sala, o termômetro digital, que tinha ido de vinte e um graus para vinte e seis e parado agora subiu rapidamente até trinta e quatro antes de começar a ir mais devagar.

Charlie jogou a coisa de fogo na banheira; estava quase em pânico. A água girou e explodiu em uma fúria de bolhas. Em um intervalo de cinco segundos, o conteúdo da banheira passou de frio a fervente.

O técnico havia saído, deixando a porta da sala de testes negligentemente entreaberta. Na sala de observação, houve uma agitação sobressaltada. Hockstetter gritava. O capitão estava boquiaberto olhando pela janela, vendo a água da banheira ferver. Nuvens de vapor subiam da banheira, deixando o espelho embaçado. Apenas Rainbird se mantinha calmo, sorrindo de leve, as mãos unidas nas costas. Ele parecia um professor cujo pupilo tinha usado postulados difíceis para resolver um problema particularmente irritante.

(*chega*)

Gritando na mente dela.

(*chega! chega! CHEGA!*)

E de repente sumiu. Algo desconectou, girou por um segundo ou dois, e parou. A concentração dela sumiu e deixou o fogo acabar. Charlie viu a sala outra vez e sentiu sua pele suando com o calor que havia criado. Na sala de observação, o termômetro subiu até trinta e cinco graus e depois caiu para trinta e quatro. O caldeirão borbulhante começou a ficar menos agitado, mas pelo menos metade do que havia dentro já evaporara. Apesar da porta aberta, a salinha estava quente e úmida, como uma sauna.

16

Hockstetter verificava febrilmente os instrumentos. Seu cabelo, em geral tão bem penteado e repuxado para trás a ponto de chamar atenção, estava agora desgrenhado, em pé na parte de trás. Ele parecia um pouco o Alfalfa de *Os batutinhas*.

— Pegamos! — exclamou ele, ofegante. — Pegamos, pegamos tudo... Está na fita... o gradiente de temperatura... Vocês viram a água naquela banheira ferver?... Jesus!... Nós captamos o áudio?... Captamos?... Meu *Deus*, vocês viram o que ela fez?

Ele passou por um dos técnicos, virou-se e o segurou com grosseria pela frente do jaleco.

— Você diria que houve alguma dúvida de que ela *fez* aquilo acontecer? — gritou ele.

O técnico, quase tão eufórico quanto Hockstetter, balançou a cabeça.

— Não, dúvida nenhuma, chefe. Nenhuma.

— Santo Deus — disse Hockstetter, se voltando para longe, distraído novamente. — Eu pensei que... alguma coisa... sim, alguma coisa... mas aquela bandeja... *voou*...

Ele viu Rainbird, ainda parado em frente ao vidro com as mãos cruzadas nas costas, aquele sorrisinho pasmo no rosto. Para Hockstetter, as antigas animosidades entre os dois haviam ficado para trás. Ele correu até o índio enorme, segurou a mão dele e a apertou.

— Nós pegamos — disse ele para Rainbird, com uma satisfação enlouquecida. — Nós captamos tudo, seria o suficiente para um tribunal! *Para a porra da Suprema Corte!*

— Sim, vocês pegaram — concordou Rainbird com complacência. — Agora é melhor mandar alguém para pegar *a garota*.

— Hã? — Hockstetter olhou para ele sem entender.

— Bom — começou Rainbird em seu tom mais moderado —, o cara que estava lá dentro talvez tivesse um compromisso do qual havia se esquecido, porque ele saiu correndo de lá. Deixou a porta aberta, e sua incendiária acabou de sair por ela.

Hockstetter olhou boquiaberto para o vidro: o vapor o deixara mais embaçado, mas não restavam dúvidas de que na sala não havia mais nada além da banheira, do aparelho de EEG, da bandeja de aço virada e das lascas de madeira em chamas espalhadas.

— Um de vocês, atrás dela! — gritou Hockstetter, se virando. Os cinco ou seis homens ficaram parados, imóveis, junto a seus instrumentos. Aparentemente, ninguém além de Rainbird tinha reparado que o capitão havia saído na mesma hora que a garota.

Rainbird sorriu para Hockstetter e ergueu o olhar para incluir os outros, os homens cujos rostos ficaram de repente tão pálidos quanto os jalecos que usavam.

— Claro — disse ele baixinho. — Qual de vocês quer ir pegar a garota?

Ninguém se moveu. Foi divertido, na verdade; ocorreu a Rainbird que aquela era a cara que os políticos fariam quando descobrissem que não tinha mais jeito, que os mísseis já estavam no ar, as bombas caindo, as florestas e cidades em chamas. Era tão divertido que ele teve que rir... e rir... e rir.

17

— São tão lindos — disse Charlie suavemente. — É tudo tão lindo.

Eles estavam perto do laguinho de patos, não muito longe de onde Andy e Pynchot pararam alguns dias antes. Aquele dia estava bem mais fresco do que o outro, e algumas folhas tinham começado a exibir cor. Um vento leve, só um pouco mais forte que uma brisa, enrugou a superfície do lago.

Charlie virou o rosto para o sol e fechou os olhos, sorrindo. John Rainbird, ao lado dela, tinha passado seis meses na base militar de Camp Stewart, Arizona, antes de atravessar o mar, e viu a mesma expressão no rosto de homens que saíam depois de permanecer em locais fechados por um período prolongado.

— Quer andar até o estábulo para ver os cavalos?

— Ah, sim, claro — respondeu ela imediatamente, e olhou com timidez para ele. — Quer dizer, se você não se importar.

— Me importar? Também fico feliz de estar aqui fora. Isso é descanso para mim.

— Mandaram você fazer isso?

— Não — disse ele. Os dois começaram a caminhar pela beirada do lago na direção do estábulo do outro lado. — Pediram voluntários. Acho que não houve muitos depois do que aconteceu ontem.

— Deu medo neles? — perguntou Charlie, um pouco doce demais.

— Acho que sim — respondeu Rainbird, falando a mais pura verdade. O capitão alcançou Charlie quando ela estava andando pelo corredor e a levou de volta ao apartamento. O jovem que fugiu da posição de trabalho no EEG estava sendo processado na Cidade do Panamá por não cumprimento do dever. A reunião que aconteceu depois do teste foi uma coisa de louco, com cientistas exibindo seu melhor e seu pior, gritando cem novas ideias de um lado e, de outro, se preocupando à exaustão — e consideravelmente depois do fato — sobre como controlá-la.

Foi sugerido que os aposentos dela fossem adaptados para serem à prova de fogo, que um guarda em tempo integral fosse designado, que uma série de drogas fosse reintroduzida nela. Rainbird ouviu o máximo que conseguiu suportar e começou a bater com força na beirada da mesa da sala de reuniões com o aro do anel pesado de turquesa que usava. Bateu até ter a atenção de todos os presentes. Como Hockstetter não gostava dele — e talvez "odiar" não fosse uma palavra forte demais —, seu grupo de cientistas também não gostava. Apesar disso, a estrela de Rainbird tinha subido; afinal, ele passava boa parte de cada dia na companhia daquele maçarico humano.

— Eu sugiro — dissera ele, levantando-se e olhando para todos com benevolência pela lente estilhaçada que era a sua cara — que devemos continuar exatamente como estamos fazendo. Até hoje, vocês trabalharam com a premissa de que a garota provavelmente não tinha a capacidade que todos vocês já sabiam ter sido documentada mais de vinte vezes; e que, se ela tivesse, era uma capacidade pequena; e se não fosse uma capacidade pequena, ela provavelmente nunca mais a usaria mesmo. Agora, sabem que não é assim, e querem perturbar ela novamente.

— Não é verdade — objetou Hockstetter, irritado. — Isso é simplesmente...

— *É verdade!* — berrou Rainbird, fazendo Hockstetter se encolher na cadeira. Rainbird sorriu novamente para os rostos em volta da mesa. — Agora, a garota está comendo de novo. Ganhou cinco quilos e não é mais uma sombra magrela do que deveria ser. Está lendo, conversando e colorindo kits de pintura; pediu uma casa de bonecas, que o amigo faxineiro prometeu tentar conseguir para ela. Em resumo, está com estado de espírito melhor do que em qualquer outro momento desde que chegou aqui. Cavalheiros, nós não vamos começar a alterar uma situação proveitosa, vamos?

O homem que estava monitorando o equipamento de vídeo mais cedo indagou com hesitação:

— Mas e se ela botar fogo na suíte dela?

— Se fosse fazer isso — respondeu Rainbird com voz baixa —, ela já teria feito. — A isso, não houve questionamento.

Agora, enquanto ele e Charlie se afastavam da beirada do lago e iam na direção do estábulo vermelho-escuro com contornos de tinta branca, Rainbird deu uma risada alta.

— Acho que você botou medo neles sim, Charlie.

— Mas você não ficou com medo?

— Por que eu deveria? — perguntou Rainbird, mexendo no cabelo dela. — Só viro um bebê quando está escuro e eu não consigo sair.

— Ah, John, não precisa ter vergonha disso.

— Se você fosse botar fogo em mim — disse ele, repetindo o comentário da noite anterior —, acho que já teria feito isso.

Ela enrijeceu na mesma hora.

— Eu queria que você não... que nem dissesse coisas assim.

— Charlie, desculpa. Às vezes minha boca é mais rápida que meu cérebro.

Eles se aproximaram do estábulo, que estava escuro e cheiroso. Uma luz do sol meio turva entrava pelas frestas, criando barras e listras nas quais partículas de feno dançavam com lentidão sonhadora.

Um cuidador penteava a crina de um cavalo castrado preto com uma marca branca na testa. Charlie parou e olhou para o cavalo com prazer e admiração. O cuidador olhou para ela e sorriu.

— Você deve ser a mocinha. Me disseram pra ficar esperando você.

— Ela é tão *linda* — sussurrou Charlie. As mãos estavam tremendo para tocar naquela pelagem sedosa. Uma espiada nos olhos escuros, calmos e agradáveis do cavalo e ela estava apaixonada.

— Bom, na verdade é menino — corrigiu o cuidador, dando uma piscadela para Rainbird, que ele nunca tinha visto mais gordo. — Bom, de certa forma.

— Qual é o nome dele?

— Necromancer — respondeu o cuidador. — Quer fazer carinho nele?

Charlie se aproximou com hesitação. O cavalo baixou a cabeça, e ela o acariciou; depois de alguns momentos, falou com ele. Ela não pensou que acenderia mais algumas chamas só para cavalgar nele com o amigo ao lado... mas Rainbird viu isso nos olhos dela e sorriu.

Ela olhou para ele de repente e viu o sorriso, e por um momento a mão com que estava acariciando o focinho do cavalo parou. Havia alguma coisa naquele sorriso de que ela não gostou, e achava que gostava de tudo em John. Ela tinha pressentimentos pela maioria das pessoas e não considerava isso nada de mais; fazia parte dela, como os olhos azuis e o polegar que dobrava ao meio. Costumava lidar com as pessoas com base nesses pressentimentos. Não gostava de Hockstetter porque achava que ele se importava com ela da mesma maneira como se importava com um tubo de ensaio. Ela era só um objeto para ele.

Mas com John, o sentimento dela era baseado apenas no que ele fazia, na gentileza com ela, e talvez parte fosse pelo rosto desfigurado: ela conseguia se identificar e ter solidariedade por ele por causa disso. Afinal, por qual outro motivo estava ali além do fato de ser uma aberração? Mas, fora isso, ele era uma daquelas raras pessoas como o sr. Raucher, o dono da delicatéssen em Nova York que costumava jogar xadrez com seu pai. Por algum motivo, ele era totalmente fechado para Charlie. O sr. Raucher era velho, usava aparelho de surdez e tinha um número azul apagado tatuado no antebraço. Certa vez, Charlie perguntou ao pai o que aquele número azul significava, e o pai disse, depois de pedir que ela nunca mencionasse para o sr. Raucher, que explicaria depois. Mas nunca explicou. Às vezes, o sr. Raucher levava fatias de linguiça polonesa, que ela comia enquanto assistia à TV.

E agora, ao olhar para o sorriso de John, que parecia estranho e um pouco inquietante, ela se perguntou pela primeira vez: *o que você está pensando?*

Mas esses pensamentos insignificantes foram apagados pela maravilha que era o cavalo.

— John — disse ela —, o que quer dizer "Necromancer"?

— Bom — começou ele —, até onde eu sei, quer dizer alguma coisa como "bruxo" ou "feiticeiro".

— Bruxo. Feiticeiro. — Ela repetiu as palavras baixo, saboreando-as enquanto acariciava a seda escura do focinho de Necromancer.

18

Ao voltar andando com ela, Rainbird disse:

— Você devia pedir a Hockstetter para deixar você montar naquele cavalo, se gostou tanto dele.

— Não... eu não poderia... — refletiu ela, assustada e com os olhos arregalados.

— Ah, claro que poderia — disse ele, fingindo não ter compreendido. — Não entendo muito de cavalos, mas sei que os castrados costumam ser gentis. Ele parece enorme, mas acho que não sairia correndo com você, Charlie.

— Não, não foi isso o que eu quis dizer. Eles não iam deixar.

Colocando as mãos nos ombros dela, ele a fez parar.

— Charlie McGee, às vezes você é bem burra — disse ele. — Você me ajudou muito naquela vez que faltou luz, Charlie, e não contou para ninguém. Então agora me escute, e eu vou ajudar você. Você quer ver seu pai de novo?

Ela assentiu rapidamente.

— Então você deve mostrar a eles que está levando tudo a sério. É como pôquer, Charlie. Se você não joga com vigor... bom, você não joga. Cada vez que acender chamas para eles, em um dos testes deles, você recebe alguma coisa. — Ele balançou os ombros dela de leve. — É seu tio John que está falando. Está ouvindo?

— Você acha mesmo que me deixariam? Se eu pedisse?

— Se você *pedisse*? Talvez não. Mas se você *mandasse*, sim. Eu às vezes escuto quando eles estão conversando. Entro para esvaziar a lata de lixo e os cinzeiros, e eles acham que eu sou só mais uma peça de mobília. Aquele Hockstetter está praticamente mijando na calça.

— É mesmo? — Ela abriu um sorrisinho.

— É, sim. — Eles recomeçaram a andar. — E você, Charlie? Sei o quanto você sentia medo antes. O que você sente agora?

Ela demorou para responder. Quando respondeu, foi de uma forma mais ponderada e adulta do que Rainbird já tinha ouvido vinda dela.

— Está diferente agora. Está bem mais forte. Mas... eu estava mais no controle do que antes. Aquele dia na fazenda — ela tremeu um pouco e a voz ficou mais baixa —, acabou... acabou escapando um pouco. Foi... foi para todo lado. — Seus olhos ficaram mais escuros. Ela se voltou para a memória e viu galinhas explodindo como fogos de artifício vivos e horríveis. — Mas ontem, quando eu quis que recuasse, a coisa recuou. Eu disse a mim mesma que ia ser só um foguinho. E foi. Foi como se eu tivesse soltado o fogo em linha reta.

— E depois puxou de volta pra você?

— Deus, não — respondeu ela, olhando para ele. — Eu joguei na água. Se puxasse de volta para mim… acho que *eu* pegaria fogo.

Eles andaram em silêncio por um tempo.

— Na próxima vez, tem que ter mais água.

— Mas você não está com medo agora?

— Não com tanto medo quanto antes — considerou ela, fazendo a distinção com cuidado. — Quando você acha que vão me deixar ver meu pai?

Ele passou um braço pelos ombros dela em uma camaradagem desajeitada.

— Dê corda pra eles, Charlie — aconselhou ele.

19

As nuvens se formaram naquela tarde, e à noite uma chuva fria de outono começou a cair. Em uma casa de um subúrbio muito pequeno e reservado próximo ao complexo da Oficina, um subúrbio chamado Longmont Hills, Patrick Hockstetter estava em seu ateliê construindo um barco em miniatura — os barcos e seu T-bird restaurado eram seus únicos hobbies, e havia dezenas de seus baleeiros, fragatas e paquetes por toda a casa — e pensando em Charlie McGee. Ele estava de muito bom humor. Sentia que, se conseguissem arrancar mais uns doze testes dela, até mesmo dez, seu futuro estaria garantido. Poderia passar o resto da vida investigando as propriedades do Lote Seis… e com um aumento substancial no pagamento. Ele colou com cuidado um mastro de mezena no lugar e começou a assobiar.

Em outra casa em Longmont Hills, Herman Pynchot pegara uma calcinha da esposa para vestir por cima de uma ereção gigante. Seus olhos estavam escuros e vidrados. A esposa estava em uma reunião da Tupperware. Um dos seus belos filhos estava em uma reunião de escoteiros, e seu outro belo filho estava no torneio de xadrez interclasse na escola de ensino fundamental II. Nas costas, Pynchot prendeu com cuidado um dos sutiãs da esposa, que pendeu frouxo no peito estreito. Ele se olhou no espelho e achou que estava… bom, muito bonito. Caminhou até a cozinha, indiferente às janelas desprotegidas. Andou como se estivesse sonhando. Parou ao lado da pia e olhou para a boca do recém-instalado triturador de lixo Waste-King. Depois de um tempo prolongado de reflexão, ele o ligou. Ao ouvir o ruído de dentes de aço batendo, Pynchot segurou o próprio membro e se masturbou. Depois que o orgasmo veio e passou, ele levou um susto e olhou ao redor. Seus olhos estavam cheios de terror vazio, os olhos de um homem despertando de um pesadelo. Ele desligou o triturador de lixo e correu para o quarto, se agachando ao passar pelas janelas. Sua cabeça doía e zumbia. O que estava acontecendo com ele?

Em uma terceira casa em Longmont Hill, uma casa com vista da colina que gente como Hockstetter e Pynchot não podia nem ter esperanças de pagar, o capitão Hollister e John Rainbird tomavam conhaque em copos redondos, na sala. Vivaldi tocava no aparelho de som do capitão. Vivaldi era um dos favoritos da esposa dele. Pobre Georgia.

— Eu concordo com você — disse o capitão lentamente, mais uma vez se indagando por que havia convidado o homem que odiava e temia para ir à sua casa. O poder da garota era extraordinário, e ele achava que um poder extraordinário gerava parceiros estranhos. — O fato de ela ter mencionado "próxima vez" de maneira tão casual é extremamente significativo.

— É — concordou Rainbird. — Parece que temos mesmo uma corda a tocar.

— Mas não vai durar para sempre. — O capitão girou o conhaque no copo e se obrigou a encarar o olho cintilante de Rainbird. — Acho que entendo como você pretende aumentar essa corda, mesmo que Hockstetter não entenda.

— Entende?

— Sim — disse o capitão. Ele fez uma pausa e acrescentou: — É perigoso para você.

Rainbird sorriu.

— Se ela descobrir de que lado você realmente está — explicou o capitão —, você tem uma boa chance de descobrir como um bife se sente dentro do micro-ondas.

O sorriso de Rainbird cresceu e se tornou um sorriso de tubarão, sem humor.

— E você derramaria alguma lágrima, capitão Hollister?

— Não — respondeu o capitão. — Não faz sentido mentir pra você sobre isso. Mas já faz algum tempo, desde antes de ela aceitar fazer os testes, que estou sentindo o fantasma do dr. Wanless vagando por aqui. Às vezes do lado do meu ombro. — Ele olhou para Rainbird por cima da armação dos óculos. — Você acredita em fantasmas, Rainbird?

— Acredito.

— Então sabe o que eu quero dizer. Durante meu último encontro com ele, ele tentou me alertar. Fez uma metáfora... como era mesmo?... John Milton, aos sete anos, com dificuldade para escrever o nome com letras legíveis, e o mesmo ser humano crescendo e escrevendo *Paraíso perdido*. Ele falou sobre... o potencial de destruição dela.

— Sim — assentiu Rainbird, e seus olhos brilharam.

— Ele me perguntou o que faríamos se descobríssemos que tínhamos uma garotinha capaz de fazer sua capacidade de acender fogos progredir a explosões nucleares, até partir o planeta no meio. Eu achava que ele era cômico, irritante e quase certamente louco.

— Mas agora você acha que ele podia estar certo.

— Vamos dizer que às vezes eu paro para pensar nisso às três da madrugada. Você não?

— Capitão, quando o grupo do Manhattan Project explodiu seu primeiro dispositivo atômico, ninguém sabia direito o que aconteceria. Havia uma corrente de pensamento que acreditava que a reação em cadeia não terminaria nunca, que nós teríamos um sol em miniatura brilhando no deserto até o fim do mundo.

O capitão assentiu lentamente.

— Os nazistas também foram horríveis — continuou Rainbird. — Os japoneses foram horríveis. Agora, os alemães e os japoneses são legais, e os russos são horríveis. Os muçulmanos são horríveis. Quem sabe o que vai ser horrível no futuro?

— Ela é perigosa — observou o capitão, se levantando, agitado. — Wanless estava certo quanto a isso. Ela é um beco sem saída.

— Talvez.

— Hockstetter afirma que a parte da parede onde a bandeja bateu ficou afundada. Era uma folha de aço, mas curvou com o calor. A bandeja estava retorcida e perdeu a forma. Ela a fundiu. Aquela garotinha pode ter emitido um calor de mil e quinhentos graus por uma fração de segundo lá dentro. — Ele olhou para Rainbird, que estava olhando vagamente pela sala, como se tivesse perdido o interesse. — O que estou dizendo é que o que você planeja fazer é perigoso para todos nós, não só para você.

— Ah, sim — concordou Rainbird com complacência. — Há um risco. Talvez nós não precisemos fazer isso. Talvez Hockstetter tenha o que precisa antes de ser necessário implementar... hã... o plano B.

— Hockstetter é estranho — comentou o capitão brevemente. — Ele é viciado em informação. Nunca está satisfeito. Ele poderia testar ela por dois anos e continuaria gritando que estamos sendo precipitados quando... quando levássemos ela embora. Você sabe e eu sei, então não vamos ficar de joguinhos.

— Nós vamos saber quando chegar a hora — disse Rainbird. — *Eu* vou saber.

— E o que vai acontecer?

— O faxineiro simpático John vai entrar — explicou Rainbird, sorrindo um pouco. — Vai cumprimentar ela e falar com ela, e vai fazer ela sorrir. O faxineiro simpático vai deixar ela feliz porque é a única pessoa que consegue fazer isso. E, quando John sentir que ela está em seu momento de maior felicidade, ele vai acertar o alto do nariz dela, quebrando de uma vez e jogando fragmentos de osso no cérebro. Vai ser rápido... e eu vou estar olhando no rosto dela quando acontecer.

Ele sorriu, desta vez de uma maneira nada parecida com um tubarão. O sorriso foi gentil, delicado... e *paternal*. O capitão bebeu o resto do conhaque. Estava precisando. Ele só esperava que Rainbird fosse mesmo saber a hora certa quando chegasse, senão eles talvez acabassem descobrindo como um bife se sentia dentro do micro-ondas.

— Você é maluco — disse o capitão. As palavras escaparam antes que ele conseguisse segurá-las, mas Rainbird não pareceu ofendido.

— Ah, sou — concordou ele, terminando com seu conhaque. E continuou sorrindo.

20

Grande Irmão. O Grande Irmão era o problema.

Andy foi da sala para a cozinha, obrigando-se a andar devagar pelo apartamento, a sustentar um leve sorriso no rosto, com o caminhar e a expressão de um homem agradavelmente doidão.

Até o momento, ele havia conseguido apenas permanecer naquele lugar, perto de Charlie, e descobrir que a região era bem rural, tendo a Highway 301 como estrada mais próxima. Tudo acontecera uma semana atrás. O blecaute tinha sido um mês antes, e ele ainda não tinha nenhuma informação a mais sobre a disposição da instalação do que tinha conseguido observar quando saiu para caminhar com Pynchot.

Não queria dar um impulso em ninguém em seus aposentos, pois o Grande Irmão sempre estava olhando e ouvindo. E não queria mais dar impulsos em Pynchot, porque tinha certeza de que o sujeito estava desmoronando. Desde a conversinha deles no laguinho, Pynchot tinha emagrecido. Havia olheiras escuras sob seus olhos, como se ele estivesse dormindo mal. Ele às vezes começava a falar e parava, como se tivesse perdido o rumo dos pensamentos... ou como se tivesse sido interrompido.

E tudo isso deixava a posição de Andy bem mais precária.

Quanto tempo demoraria para que os colegas de Pynchot reparassem no que estava acontecendo com ele? Podiam pensar que era só tensão nervosa, mas e se fizessem a ligação com ele? Seria o fim da pequena chance que Andy tinha de sair dali com Charlie. E seu sentimento de que Charlie estava com um grande problema só tinha ficado mais forte.

O que ele faria quanto ao Grande Irmão?

Ele pegou um Welch's Grape na geladeira, voltou para a sala e se sentou na frente da TV sem assistir ao programa, a mente trabalhando incansavelmente, procurando uma saída. Mas quando essa saída chegou, foi — como o blecaute — uma surpresa total. De certa forma, foi Herman Pynchot que abriu a porta para ele: e fez isso ao se matar.

21

Dois homens foram buscá-lo. Andy reconheceu um deles da fazenda dos Manders.

— Venha, garotão — disse o homem. — Vamos dar uma volta.

Andy deu um sorriso bobo, mas por dentro o terror estava instalado. Alguma coisa tinha acontecido. Alguma coisa ruim. Não mandariam homens daqueles se fosse uma coisa boa. Talvez ele tivesse sido descoberto. Na verdade, era o mais provável.

— Pra onde?

— Só venha.

Ele foi conduzido ao elevador, mas, quando saíram no salão de festas, seguiram para dentro da casa em vez de para fora. Passaram pelo aglomerado de secretárias e entraram em uma salinha onde uma delas estava escrevendo correspondência em uma máquina de escrever IBM.

— Podem entrar — disse ela.

Passaram à direita dela e, por uma porta, entraram em um pequeno escritório com um janelão que tinha vista para o laguinho entre uma barreira de amieiros baixos. Atrás de uma escrivaninha antiquada estava um homem idoso com rosto fino e inteligente; as bochechas estavam coradas, mas a Andy pareciam de sol e vento, e não de bebida.

Ele olhou para Andy e assentiu para os dois homens que o levaram até lá.

— Obrigado. Podem esperar lá fora.

Eles saíram.

O homem atrás da escrivaninha olhou intensamente para Andy, que retribuiu com expressão vazia, ainda sorrindo um pouco. Ele esperava não estar exagerando.

— Oi, quem é você? — perguntou ele.

— Meu nome é capitão Hollister, Andy. Pode me chamar de capitão. Dizem que sou eu que mando neste circo.

— É um prazer conhecer você — disse Andy. Ele alargou um pouco o sorriso. Por dentro, a tensão aumentou um pouco.

— Tenho uma notícia triste para você, Andy.

(*ah Deus não é Charlie aconteceu alguma coisa com Charlie*)

O capitão o observava diretamente com aqueles olhos pequenos e astutos, olhos presos tão profundamente nas redes agradáveis de pequenas rugas que quase não se podia perceber como eram frios e observadores.

— Ah?

— É — disse o capitão, e ficou em silêncio por um momento. E o silêncio se prolongou de modo agonizante.

O capitão tinha passado a observar as mãos, que estavam cruzadas no mata-borrão na frente dele. Andy mal conseguiu se controlar para não pular por cima da mesa e socar a cara do velho. O capitão levantou o olhar.

— O dr. Pynchot está morto, Andy. Ele se suicidou ontem à noite.

O queixo de Andy caiu em surpresa verdadeira. Ondas alternadas de alívio e horror percorreram seu corpo. E, no meio do turbilhão, como um céu tormentoso sobre um mar confuso, veio a percepção de que isso mudava tudo... mas como? *Como?*

O capitão o estava observando. *Ele desconfia. Desconfia de alguma coisa. Mas as desconfianças dele são sérias ou só parte do seu ofício?*

Mil perguntas. Ele precisava de tempo para pensar, mas não tinha tempo. Teria que pensar às pressas.

— Você está surpreso? — perguntou o capitão.

— Ele era meu amigo — respondeu Andy simplesmente. Precisou fechar a boca para não dizer mais nada. Aquele homem o ouviria com paciência; faria pausas longas depois de cada comentário de Andy (como estava fazendo agora) para ver se ele cairia, a boca suplantando a mente. Técnica padrão de interrogatório. E havia armadilhas naquela floresta; Andy sentia com intensidade. Foi um eco, claro. Um eco que virou ricochete. Ele impulsionou Pynchot e deu início a um ricochete, que destruiu o sujeito. E, no fim das contas, Andy não sentiu nenhum tipo de pena ou de arrependimento no coração. Havia horror... e havia um homem das cavernas pulando, feliz da vida.

— Tem certeza de que foi... quer dizer, às vezes um acidente pode parecer...

— Infelizmente, não foi acidente.

— Ele deixou algum bilhete?

(*citando meu nome?*)

— Ele vestiu a lingerie da esposa, foi para a cozinha, ligou o triturador de lixo e enfiou o braço dentro.

— Ah... meu... *Deus.* — Andy se sentou pesadamente. Se não houvesse uma cadeira perto, ele teria se sentado no chão. Toda a força tinha sumido de suas pernas. Ele olhou para o capitão Hollister com horror doentio.

— Você não teve nada a ver com isso, teve, Andy? — perguntou o capitão. — Não deu um impulso nele?

— Não — respondeu Andy. — Mesmo que eu ainda conseguisse fazer isso, por que faria uma coisa assim?

— Talvez pelo fato de ele querer mandar você para o Havaí — sugeriu o capitão. — Pode ser que você não quisesse ir para Maui porque sua filha está aqui. Talvez você tenha nos enganado o tempo todo, Andy.

E, apesar de aquele capitão Hollister estar engatinhando na superfície da verdade, Andy sentiu um relaxamento no peito. Se o capitão realmente acreditasse que ele havia dado um impulso para Pynchot se matar, a entrevista não estaria acontecendo só entre os dois. Não, ele só estava cumprindo protocolo, mais nada. Eles provavelmente tinham tudo de que precisavam para justificar o suicídio no arquivo de Pynchot, sem precisar procurar métodos arcanos de assassinato. Não diziam que os psiquiatras tinham a maior taxa de suicídio de todas as profissões?

— Não, isso não é nem um pouco verdade — respondeu Andy, parecendo com medo, confuso, quase balbuciante. — Eu *queria* ir para o Havaí. Falei isso para ele. Acho que foi por isso que ele quis fazer mais testes, porque eu queria ir. Acho que não gostava de mim em alguns aspectos. Mas não tive nada a ver com... com o que aconteceu com ele.

O capitão olhou para ele, pensativo. Seus olhos se encontraram por um momento, e Andy baixou o olhar.

— Bom, eu acredito em você, Andy — afirmou o capitão. — Herm Pynchot estava sofrendo muita pressão ultimamente. É parte dessa nossa vida, acho. Lamentável. Ainda por cima esse hábito secreto de se travestir e, bem, vai ser difícil para a esposa dele. Muito. Mas nós cuidamos dos nossos, Andy. — Andy sentiu o olhar do homem nele. — Sim, nós sempre cuidamos dos nossos. É a coisa mais importante.

— Claro — concordou Andy morosamente.

Houve um momento prolongado de silêncio. Após um instante, Andy levantou o rosto, esperando ver o capitão olhando para ele. O capitão, no entanto, estava olhando para o gramado dos fundos, para os amieiros; seu rosto estava flácido e confuso e velho, o rosto de um homem que foi seduzido a pensar em outras épocas, talvez mais felizes. Ele viu que Andy o olhava, e uma pequena ruga de repulsa surgiu no rosto e sumiu. Um ódio azedo e repentino ardeu dentro de Andy. Por que aquele Hollister não devia sentir repulsa? Ele estava vendo um viciado gordo sentado na frente dele, ou era o que achava. Mas quem dava as ordens? *E o que você está fazendo com minha filha, seu monstro?*

— Bem — disse o capitão —, fico feliz em informar que você vai para Maui de qualquer jeito, Andy; é inútil o vento que não traz boas-novas pra ninguém, não é? Nós já demos início à papelada.

— Mas... escute, você não acha que eu tive algo a ver com o que aconteceu com o dr. Pynchot, acha?

— Não, claro que não.

Veio novamente aquele tremor pequeno e involuntário de nojo. E, desta vez, Andy sentiu a satisfação doentia que imaginava ser a mesma que um homem negro devia sentir após ter esnobado um branco desagradável. Mas, acima de tudo, havia o alarme despertado pela frase "Já demos início à papelada".

— Ah, que bom. Pobre dr. Pynchot. — Ele olhou para baixo por um momento e disse com ansiedade: — Quando eu vou?

— O mais rápido possível. No final da próxima semana, no máximo.

Nove dias até a data limite! Parecia que tinha um aríete no estômago dele.

— Gostei da nossa conversa, Andy. Lamento termos que nos conhecer em uma circunstância tão triste e desagradável.

O capitão estava esticando a mão para o interfone, e Andy percebeu de repente que não podia deixar que ele continuasse. Não havia nada que pudesse fazer no apartamento com as câmeras e dispositivos de escuta. Mas, se aquele cara realmente era o peixe grande, o escritório dele pelo menos seria cego e surdo; ele devia mandar o local ser revistado regularmente em busca de escutas. Claro, ele podia ter seu próprio dispositivo de escuta, mas...

— Abaixe a mão — disse Andy, dando um impulso.

O capitão hesitou. Recolheu a mão para junto da outra no mata-borrão. Ele olhou para o gramado dos fundos com a expressão vaga de lembrança no rosto.

— Você grava as reuniões que faz aqui?

— Não — respondeu o capitão com voz firme. — Por muito tempo, tive um Uher Five Thousand ativado por voz, o mesmo que deixou Nixon encrencado, mas mandei tirar catorze semanas atrás.

— Por quê?

— Porque pareceu que eu ia perder o emprego.

Rapidamente, em uma espécie de litania, o capitão disse:

— Não está gerando resultados. Não está gerando resultados. Não está gerando resultados. Os fundos têm que ser justificados com resultados. Substituam o homem de cima. Sem fitas. Sem escândalo.

Andy tentou pensar. Isso o estava levando em uma direção que quisesse ir? Ele não sabia, e o tempo era curto. Sentia-se o garoto mais burro e lento na caçada a ovos de Páscoa. Decidiu que iria seguir um pouco mais adiante por aquele caminho.

— Por que você não estava produzindo?

— Não há mais habilidade de domínio mental em McGee. Ele está permanentemente esgotado. Todo mundo concorda com isso. A garota não queria acender fogo. Disse que não faria isso por nada desse mundo. As pessoas diziam que eu estava obcecado pelo Lote Seis, que era meu fim. — Ele sorriu. — Mas agora está tudo bem. Até Rainbird disse.

Andy renovou o impulso, e uma pequena pulsação de dor começou a bater em sua testa.

— Por que está tudo bem?

— Três testes até agora. Hockstetter está eufórico. Ontem ela botou fogo em um pedaço de folha de aço. A temperatura no local chegou a onze mil graus por quatro segundos, foi o que Hockstetter falou.

O choque piorou a dor de cabeça, tornou mais difícil entender os pensamentos enlouquecidos. *Charlie está acendendo fogos? O que fizeram com ela? O quê, em nome de Deus?*

Ele abriu a boca para fazer mais uma pergunta, mas o interfone tocou, fazendo-o dar um impulso bem maior do que ele pretendia. Por um momento, deu ao capitão quase tudo o que havia. O capitão tremeu todo, como se tivesse sido empurrado por um bastão elétrico de manejar gado, emitiu um som baixo de engasgo e seu rosto corado perdeu quase toda cor. A dor de cabeça de Andy deu um salto enorme, e ele pensou inutilmente que devia ir devagar; ter um derrame na sala daquele homem não ajudaria sua filha.

— Não faça isso — choramingou o capitão. — Dói...

— Diga que não devem ligar nos próximos dez minutos — ordenou Andy. Em algum lugar, o cavalo negro estava chutando a porta do estábulo, querendo sair, querendo correr em liberdade. Ele sentia um suor oleoso escorrendo pelas bochechas.

O interfone tocou de novo. O capitão se inclinou para a frente e apertou o botão. Seu rosto tinha envelhecido quinze anos.

— Capitão, o assistente do senador Thompson está aqui com os dados que você pediu do Projeto Leap.

— Não ligue nos próximos dez minutos — disse o capitão e desligou.

Andy estava encharcado de suor. Isso os seguraria? Ou sentiriam cheiro de problema? Não importava. Como Willy Loman gostava tanto de declarar, a floresta estava pegando fogo. Cristo, por que estava pensando em Loman? Estava enlouquecendo. O cavalo negro logo sairia da baia para poder cavalgar por ali. Ele quase riu.

— Charlie está acendendo fogos?

— Está.

— Como convenceram ela de fazer isso?

— Cenoura pendurada na vareta. Ideia de Rainbird. Ela ganhou o direito de fazer passeios lá fora pelos dois primeiros testes. Agora, vai poder andar a cavalo. Rainbird acha que isso vai segurar ela pelas próximas duas semanas. — E repetiu: — Hockstetter está eufórico.

— Quem é esse Rainbird? — perguntou Andy, sem saber que tinha acertado a pergunta premiada.

Durante cinco minutos o capitão falou em explosões curtas. Disse a Andy que Rainbird era um assassino da Oficina que se feriu horrivelmente no Vietnã, onde perdeu um olho (*o pirata de um olho só do meu sonho*, pensou Andy com torpor); que Rainbird foi o responsável pela operação da Oficina que finalmente capturou Andy e Charlie no lago Tashmore. Falou sobre o blecaute e sobre o primeiro passo inspirado que Rainbird deu para fazer Charlie começar a acender chamas em condições de teste. Finalmente, contou para Andy que o interesse pessoal de Rainbird em tudo aquilo era matar Charlie quando o processo de enganação acabasse. Falou essas coisas com uma voz sem emoção, mas um tanto urgente. Em seguida, ficou em silêncio.

Andy ouviu com fúria e horror crescentes. Seu corpo inteiro tremia quando a falação do capitão acabou. *Charlie*, pensou ele. *Ah, Charlie, Charlie.*

Seus dez minutos estavam quase terminando, e ainda havia muito que ele precisava saber. Os dois se mantiveram em silêncio por uns quarenta segundos; um observador talvez concluísse que eles eram velhos amigos que não precisavam mais falar para se comunicar. A mente de Andy estava em disparada.

— Capitão Hollister — disse ele.

— O quê?

— Quando é o enterro de Pynchot?

— Depois de amanhã — respondeu o capitão calmamente.

— Nós vamos. Você e eu. Entendeu?

— Sim, entendi. Nós vamos ao enterro de Pynchot.

— Eu pedi para ir. Comecei a chorar quando soube que ele estava morto.

— Sim, você começou a chorar.

— Eu fiquei muito perturbado.

— Sim, ficou.

— Nós vamos no seu carro particular, só nós dois. Pode ter gente da Oficina em carros na frente e atrás, em motos dos dois lados se for procedimento padrão, *mas nós vamos sozinhos*. Entendeu?

— Ah, sim. Está perfeitamente claro. Só nós dois.

— E nós vamos ter uma boa conversa. Você entende isso também?

— Sim, uma boa conversa.

— Seu carro tem escuta?

— Não.

Andy começou a impulsionar de novo, uma série de pequenos impulsos leves. Cada vez que ele fazia isso, o rosto do capitão se contorcia em uma pequena careta, e Andy sabia que havia uma excelente chance de ele poder estar dando início a um eco lá dentro. Mas precisava ser feito.

— Nós vamos conversar sobre onde Charlie está. Vamos conversar sobre maneiras de criar confusão neste lugar sem trancar todas as portas, como aconteceu no blecaute. E vamos conversar sobre maneiras para Charlie e eu podermos sair daqui. Entendido?

— Você não deve fugir — disse o capitão com voz infantil cheia de ódio. — Não está nos planos.

— *Agora, está* — respondeu Andy, e impulsionou de novo.

— *Aiiiii!* — choramingou o capitão.

— Entendido?

— Sim, entendi, não, não faz mais isso, dói!

— Esse Hockstetter, ele vai questionar minha ida ao enterro?

— Não, Hockstetter está envolvido com a garotinha. Ele não pensa em mais nada atualmente.

— Que bom. — Não era nada bom. Era desesperador. — Última coisa, capitão Hollister. Você vai esquecer que tivemos essa conversinha.

— Sim, eu vou esquecer tudo.

O cavalo preto estava solto. Estava começando a correr. *Me tirem daqui*, pensou Andy fracamente. *Me tirem daqui; o cavalo está solto e a floresta está pegando fogo.* A enxaqueca veio em um ciclo massacrante de dor latejante.

— Tudo que falei vai ocorrer naturalmente a você, como uma ideia sua.

— Sim.

Andy olhou para a mesa do capitão e viu uma caixa de lenços de papel. Pegou um e começou a secar os olhos. Não estava chorando, mas a dor de cabeça tinha feito os olhos lacrimejarem, e isso era ótimo.

— Estou pronto para ir agora — anunciou ele para o capitão.

Ele parou. O capitão olhou para os amieiros mais uma vez, com expressão pensativa e vazia. Aos poucos, seu rosto foi recuperando a vida, e ele se virou para Andy, que estava secando os olhos um pouco e fungando. Não havia necessidade de exagerar.

— Como está se sentindo agora, Andy?

— Um pouco melhor — disse Andy. — Mas... sabe... ouvir dessa forma...

— Sim, você ficou muito perturbado — comentou o capitão. — Quer um café ou alguma outra coisa?

— Não, obrigado. Eu prefiro voltar ao meu apartamento, por favor.

— Claro. Eu levo você até a porta.

— Obrigado.

22

Os dois que conduziram Andy até a sala olharam para ele com desconfiança e dúvida; o lenço de papel, os olhos vermelhos lacrimejantes, o braço paternal que o capitão tinha passado nos ombros dele. A mesma expressão surgiu nos olhos da secretária do capitão.

— Ele começou a chorar quando soube que Pynchot estava morto — informou o capitão com voz baixa. — Ficou muito perturbado. Acho que vou ver se consigo levá-lo ao enterro de Herman comigo. Você gostaria, Andy?

— Gostaria — confirmou Andy. — Por favor. Se puder fazer isso. Pobre dr. Pynchot. — E de repente começou a chorar de verdade. Os dois homens o levaram, passando pelo atordoado e constrangido assistente do senador Thompson, que tinha várias pastas azuis nas mãos. Levaram Andy para fora, ainda chorando, cada um com uma das mãos de leve nos cotovelos dele. Estavam com expressão de repulsa similar à do capitão, repulsa por aquele viciado gordo que perdeu o controle das emoções e qualquer sensação de perspectiva, e agora derramava lágrimas pelo homem que fora seu captor.

As lágrimas de Andy eram reais... mas foi por Charlie que ele chorou.

23

John sempre cavalgava com ela, mas nos sonhos Charlie cavalgava sozinha. O cuidador principal, Peter Drabble, arrumou para ela uma sela inglesa pequena, mas nos sonhos ela cavalgava sem sela. Charlie e John seguiam as trilhas de cavalgada que percorriam o terreno da Oficina, entrando e saindo da pequena floresta de pinheiros e pelos arredores do laguinho de patos, nunca indo além de um trote leve, mas nos sonhos ela e Necromancer galopavam juntos, cada vez mais rápido, por uma floresta de verdade; eles disparavam a toda por uma trilha selvagem, e a luz era verde sob os galhos entrelaçados, e o cabelo voava atrás dela.

Ela sentia a ondulação dos músculos de Necromancer embaixo do pelo sedoso e cavalgava com as mãos segurando a crina, sussurrando em seu ouvido que queria ir mais rápido... mais rápido... mais rápido.

Necromancer respondeu. Seus cascos eram como trovões. O caminho pela floresta verde e emaranhada era um túnel, e de algum lugar atrás dela veio um estalo leve e

(*a floresta está pegando fogo*)

um cheiro de fumaça. Era fogo, um incêndio que ela tinha iniciado, mas não havia culpa... só euforia. Eles conseguiriam ir mais rápido. Necromancer era capaz de ir a qualquer lugar, fazer qualquer coisa. Eles fugiriam da floresta-túnel. Ela sentia a claridade à frente.

— Mais rápido. Mais rápido.

A euforia. A liberdade. Ela não sabia mais onde suas coxas terminavam e onde o flanco de Necromancer começava. Eram uma coisa só, fundidos, tão fundidos quanto os metais que ela derretia com seu poder quando fazia os testes. À frente havia um amontoado de árvores caídas, um monte de madeira branca como um monte de ossos. Louca de alegria lunática, ela bateu de leve em Necromancer com os calcanhares descalços e sentiu as ancas dele se contraírem.

Os dois pularam, flutuando no ar por um momento. A cabeça dela estava para trás; as mãos seguravam a crina do cavalo, e ela gritava... não de medo, mas simplesmente porque não gritar, segurar a sensação, poderia fazer com que explodisse. *Livre, livre, livre... Necromancer, eu te amo.*

Eles passaram com facilidade pelas árvores caídas, mas agora o cheiro de fumaça estava mais intenso, mais claro. Houve um estrondo atrás dela, e só quando uma fagulha caiu espiralando e queimou brevemente a pele dela como urtiga foi que Charlie percebeu que estava nua. Nua e

(*mas a floresta está em chamas*)

livre, sem amarras, solta... ela e Necromancer correndo em direção à luz.

— Mais rápido — sussurrou ela. — Mais rápido, por favor.

De alguma forma, o cavalo preto conseguiu dar ainda mais velocidade. O vento nos ouvidos de Charlie era como um trovão. Ela não precisava respirar; o ar chegava à garganta pela boca parcialmente aberta. O sol brilhava pelas árvores antigas em listras poeirentas, como cobre velho.

À frente estava a luz; o final da floresta, campo aberto, onde ela e Necromancer correriam em liberdade. O fogo estava atrás deles, o cheiro odioso de fumaça, a sensação de medo. O sol estava à frente, e ela cavalgaria em

Necromancer até chegar ao mar, onde talvez encontrasse seu pai e os dois vivessem puxando redes cheias de peixes cintilantes e escorregadios.

— Mais rápido! — gritou ela em triunfo. — Ah, Necromancer, vai *mais rápido*, vai *mais rápido*, vai...

E foi nesse momento que a silhueta surgiu na parte mais ampla do funil de luz onde a floresta terminava, bloqueando a claridade com sua forma, bloqueando a passagem. No começo, como sempre acontecia naquele sonho, ela achou que era seu pai, teve *certeza* de que era ele, e sua alegria ficou quase dolorosa... antes de se transformar em puro terror.

Ela só teve tempo de registrar o fato de que o homem era grande demais, alto demais — de alguma maneira familiar, terrivelmente familiar, mesmo podendo enxergar apenas a silhueta — antes que Necromancer empinasse, gritando.

Cavalos gritam? Eu não sabia que gritavam...

Lutando para não cair, as coxas escorregando conforme as patas do cavalo se balançavam no ar, e ele não estava gritando, estava relinchando, mas era um *grito*, e havia outros relinchos gritados atrás dela, *ah, Deus*, pensou ela, *tem cavalos lá, tem cavalos lá e a floresta está pegando fogo...*

À frente, bloqueando a luz, aquela silhueta, aquela forma terrível. Então a sombra começou a ir na direção dela. Charlie tinha caído no caminho, e, com o focinho, Necromancer tocou de leve em sua barriga exposta.

— Não machuque meu cavalo! — gritou ela para a silhueta que avançava, para o pai do sonho que não era seu pai. — Não machuque os cavalos. Ah, por favor, não machuque os cavalos!

Mas a pessoa continuou vindo, e estava puxando uma arma, e era nessa hora que ela acordava, às vezes com um grito, às vezes só com um suor frio e trêmulo, sabendo que tinha tido um sonho ruim, mas sem conseguir se lembrar de nada além da corrida louca e eufórica pela trilha da floresta e o cheiro de fogo... essas coisas e um sentimento quase doentio de traição...

E, no estábulo hoje, ela tocaria em Necromancer ou talvez repousaria a lateral do rosto no ombro quente dele e sentiria um medo que não tinha nome.

FIM DE JOGO

1

Era uma sala maior.

Até a semana anterior, na verdade, era a capela da Oficina, sem denominação específica. A velocidade que as coisas estavam assumindo podia ser simbolizada pela rapidez e pela facilidade com que o capitão aceitou os pedidos de Hockstetter. Uma capela nova, e não uma sala qualquer, mas uma capela de verdade, seria construída na parte leste do terreno. Enquanto isso, o resto dos testes de Charlie McGee aconteceria lá.

Os painéis de madeira falsa e os bancos foram removidos. O piso e as paredes foram forrados com uma camada de amianto que parecia palha de aço e coberta por uma folha grossa de aço temperado. A área onde antes ficavam o altar e a nave foi dividida. Os instrumentos de monitoração de Hockstetter e um terminal de computador foram instalados. Tudo isso foi feito em uma única semana; o trabalho começou apenas quatro dias depois que Herman Pynchot deu fim à própria vida de modo tão terrível.

Agora, às duas da tarde de um dia do começo de outubro, havia um muro de concreto no meio da sala comprida. À esquerda havia um enorme e baixo tanque de água. Dentro desse tanque, que tinha um metro e oitenta de profundidade, foram colocados mais de novecentos quilos de gelo. Na frente dele estava Charlie McGee, parecendo pequena e arrumada com um macacão jeans e meias de rúgbi listradas de vermelho e preto. O cabelo estava preso em marias-chiquinhas louras, amarradas com pequenas fitas de veludo preto que caíam sobre os ombros.

— Certo, Charlie — a voz de Hockstetter soou do interfone. Como todas as outras coisas, o interfone tinha sido instalado apressadamente, e sua reprodução era baixa e ruim. — Estamos prontos quando você estiver.

As câmeras filmavam tudo em cores. Na gravação, a cabeça da garotinha se inclina de leve, e por alguns segundos nada acontece. Na esquerda da imagem vê-se um painel digital de temperatura. De repente, o número no painel começa a subir, de vinte para vinte e cinco e depois trinta graus. Depois disso, aumentam tão rápido que se tornam uma mancha vermelha; o termômetro eletrônico foi colocado no centro do muro de concreto.

O filme passa então a ser reproduzido em câmera lenta, pois é a única forma de toda a ação poder ser vista. Para os homens que estavam na sala de observação e assistiram pelos painéis de vidro de chumbo, tudo aconteceu com a velocidade de um tiro.

Em câmera lenta extrema, o muro começa a soltar fumaça; pequenas partículas de argamassa e concreto começam a pular preguiçosamente para cima, como pipoca estourando. O cimento que une os blocos pode ser visto *escorrendo*, como melado quente. Os tijolos começam a desmoronar, de dentro para fora. Borrifos de partículas, depois nuvens, voam quando os blocos explodem com o calor. Agora, o termômetro digital de calor implantado no centro desse muro paralisa em uma leitura de mais de três mil e oitocentos graus. Paralisa não porque a temperatura parou de subir, mas porque o aparelho foi destruído.

Em volta da sala de testes que antes era uma capela, há oito aparelhos de ar-condicionado Kelvinator, todos em velocidade máxima, todos despejando ar gelado na sala. Os oito entraram em operação assim que a temperatura geral da sala passou de trinta e cinco graus. Charlie aprendeu muito bem a direcionar para um único ponto o fluxo de calor que de alguma forma saía dela, mas como qualquer pessoa que já queimou a mão em um cabo de frigideira quente sabe, até mesmo as superfícies conhecidas como não condutoras eram capazes de conduzir calor... se houvesse calor suficiente para ser conduzido.

Com todos os oito Kelvinators industriais funcionando, a temperatura na sala de testes devia ter ficado em menos vinte e cinco graus Celsius, com variação de cinco graus para mais ou para menos. Mas os registros mostravam uma elevação contínua, passando de trinta e oito graus, chegando a quarenta e depois a quarenta e dois. Mas todo o suor que escorria pelo rosto dos observadores não podia ser atribuído apenas ao calor.

Nem a câmera lenta mais extrema consegue fornecer uma imagem clara do que está acontecendo, mas uma coisa fica nítida: conforme os blocos de concreto continuam a explodir para fora e para trás, não restam dúvidas de que estão pegando fogo; esses blocos estão queimando como jornais em uma lareira. Claro que um livro de ciências de oitavo ano ensina que *qualquer coisa* pega fogo se ficar quente o suficiente. Mas é uma coisa ler essa informação, e algo bem diferente é ver o concreto ardendo em chamas azuis e amarelas.

De repente, tudo é obscurecido por uma explosão furiosa de partículas desintegrando, quando o muro é vaporizado. A garotinha faz uma virada parcial em câmera lenta, e um momento depois a superfície calma da água gelada no tanque está agitada e fervendo. O calor na sala, que chegou a quarenta e cinco graus — mesmo com os oito aparelhos de ar-condicionado, está tão quente como o horário de meio-dia no verão no Vale da Morte —, começa a diminuir.

Um trabalhão para a equipe de limpeza.

2

MEMORANDO INTERDEPARTAMENTAL

De: Bradford Hyuck
Para: Patrick Hockstetter
Data: 2 de outubro
Re: Telemetria, teste mais recente de C. McGee (nº 4)

Pat, assisti ao filme quatro vezes e ainda não consigo acreditar que não se trata de algum tipo de truque com efeitos especiais. Um conselho não solicitado: quando você estiver com o subcomitê do senado que vai lidar com a destinação de verba e os planos de renovação do Lote Seis, coloque seus soldados a postos e faça mais do que se proteger: use armadura! A natureza humana sendo como é, aqueles caras vão olhar os filmes e vão ter dificuldade em acreditar que não é uma enganação pura e simples.

Ao trabalho: as leituras estão sendo entregues por mensageiro especial, e este memorando deve chegar só duas ou três horas antes. Você mesmo poderá lê-las, mas vou fazer um resumo breve do que descobrimos. Nossa conclusão pode ser sintetizada em duas palavras: estamos embasbacados. Ela estava agitada dessa vez como um astronauta indo para o espaço. Você vai observar:

1. A pressão sanguínea está dentro dos parâmetros normais para uma criança de oito anos, e mal se altera quando a parede explode como a bomba de Hiroshima.

2. Há leituras anormalmente altas de ondas alfa; o que chamaríamos de "circuito da imaginação" dela está bem engrenado. Você pode ou não concordar com Clapper e comigo sobre as ondas serem um tanto mais regulares, sugerindo uma "destreza controlada de imaginação" (essa expressão bastante bajuladora é de Clapper, não minha). Poderia indicar que ela está ficando no controle e consegue manipular a habilidade com maior precisão. Como dizem, a prática leva à perfeição. Ou pode não significar nada.

3. Toda a telemetria metabólica está dentro de parâmetros normais, não há nada de estranho ou incomum. É como se ela estivesse lendo um bom livro ou escrevendo uma redação para a escola em vez de estar criando o que você diz que podem ter sido mais de dezesseis mil graus de calor local. Para mim, a informação mais fascinante (e frustrante!) de tudo é o teste Beal-Searles CAT. Quase nenhuma queima calórica! Caso você tenha esquecido o que aprendeu nas aulas de física (risco ocupacional de vocês, psicólogos), uma caloria não passa de uma unidade de calor; a quantidade de calor necessária para elevar um grama de água em um grau centígrado, para ser preciso. Ela queimou talvez vinte e cinco calorias durante essa pequena exibição, o que nós queimaríamos fazendo meia dúzia de abdominais ou andando duas vezes em volta do prédio. Mas calorias medem calor, caramba, calor, e o que ela está produzindo é calor... será mesmo? Está vindo dela ou através dela? E, se for a segunda opção, de onde

vem? Descubra isso e você tem o Prêmio Nobel no bolso! Vou dizer uma coisa: se nossa série de testes for tão limitada quanto você diz, tenho certeza de que nunca descobriremos.

Última coisa: você tem certeza de que quer continuar esses testes? Ultimamente, basta pensar nessa garota que fico agitado. Começo a pensar em coisas como pulsares e neutrinos e buracos negros e só Deus sabe mais o quê. Há forças soltas nesse universo sobre as quais nem sabemos ainda, e algumas podemos observar só de remotos milhões de anos-luz... e dar um suspiro de alívio por isso. Na última vez em que vi o filme, comecei a pensar na garota como uma rachadura, uma fenda, se você preferir, na própria fundição da criação. Sei como isso pode soar, mas sinto que seria descuido meu não mencionar. Que Deus me perdoe pelo que vou dizer, tendo três filhas adoráveis, mas eu darei um suspiro de alívio quando ela for neutralizada. Se ela consegue produzir dezesseis mil graus de calor local sem nenhum esforço, você já pensou no que poderia acontecer se ela realmente quisesse fazer alguma coisa?

Brad

3

— Quero ver meu pai — disse Charlie quando Hockstetter entrou. Ela estava pálida e abatida. Tinha tirado o macacão e colocado uma camisola velha, e seu cabelo estava solto sobre os ombros.

— Charlie... — começou ele, mas qualquer coisa que pretendesse dizer sumiu de repente. Ele estava muito abalado pelo memorando de Brad e pelas supostas leituras de telemetria. O fato de Brad confiar aqueles dois parágrafos finais a um texto impresso dizia muito e sugeria ainda mais.

O próprio Hockstetter estava com medo. Ao autorizar a transformação da capela em sala de testes, o capitão também autorizou a instalação de mais aparelhos Kelvinator no apartamento de Charlie: não oito, mas vinte. Apenas seis haviam sido instalados até o momento, mas depois do teste nº 4, Hockstetter não se importava se seriam instalados ou não. Ele achava que poderiam colocar duzentos malditos aparelhos que não seria possível impedir o poder dela. A questão não era mais se ela podia ou não se matar; a questão era se ela teria ou não poder para destruir a instalação inteira da Oficina se quisesse… e talvez todo o leste da Virginia junto. Hockstetter agora acreditava que, se ela quisesse fazer essas coisas, seria capaz. E a última parada nessa linha de raciocínio era ainda mais assustadora: só John Rainbird tinha controle efetivo sobre ela agora. E Rainbird era louco.

— Quero ver meu pai — repetiu ela.

O pai dela estava no enterro do pobre Herman Pynchot. Ele havia ido com o capitão, que fez essa solicitação. Até mesmo a morte de Pynchot, que não tinha nenhum vínculo com o que estava acontecendo ali, parecia ter espalhado seu mal na mente de Hockstetter.

— Bom, acho que podemos planejar isso — disse Hockstetter com cautela —, se você puder nos mostrar um pouco mais…

— Eu já mostrei o suficiente — anunciou ela. — Quero ver meu pai. — O lábio inferior dela tremeu; seus olhos estavam cheios de lágrimas.

— Seu faxineiro, aquele índio, disse que você não quis sair para passear no seu cavalo hoje de manhã depois do teste. Ele pareceu preocupado com você.

— O cavalo não é meu — corrigiu Charlie, com a voz rouca. — Nada aqui é meu. Nada além do meu pai, e eu… quero… *ver ele!* — A voz dela se elevou a um grito irritado e lacrimoso.

— Não se agite, Charlie — disse Hockstetter, subitamente com medo. Estava ficando mais quente ali ou era impressão dele? — Só... Só fique calma.

Rainbird. Essa era uma tarefa para Rainbird, merda.

— Escuta, Charlie. — Ele abriu um grande e amigável sorriso. — Quer ir ao parque Six Flags na Geórgia? É o parque de diversões mais legal do Sul, talvez só perca para a Disney. Nós poderíamos alugar o parque só para você o dia inteiro. Você poderia andar na roda gigante, ir na mansão mal-assombrada, no carrossel…

— Eu não quero ir a nenhum parque de diversões, só quero ver meu pai. E vou ver meu pai. Espero que você me escute, porque eu vou ver ele!

Estava mais quente.

— Você está suando — observou Charlie.

Ele pensou no muro de concreto explodindo tão rápido que só dava para ver em câmera lenta. Pensou na bandeja de aço virando duas vezes ao voar pela sala, espalhando pedacinhos de madeira em chamas. Se ela direcionasse o poder para ele, Hockstetter seria uma pilha de cinzas e ossos fundidos quase antes de saber o que estava acontecendo.

Ah, Deus, por favor...

— Charlie, ficar com raiva de mim não vai levar a nad...

— Vai — interrompeu ela com verdade perfeita. — Vai, sim. E estou com raiva de você, dr. Hockstetter. Estou com muita raiva de você.

— Charlie, por favor...

— Eu quero ver ele — disse ela de novo. — Agora vai embora. Diz que quero ver meu pai e só depois vão poder fazer mais testes em mim se quiserem. Não me importo. Mas, se eu não puder ver meu pai, vou fazer alguma coisa acontecer. Pode dizer isso pra eles.

Hockstetter saiu. Sentia que devia dizer mais alguma coisa, algo que redimisse um pouco sua dignidade, compensasse um pouco o medo

(*"você está suando"*)

que ela viu no rosto dele... mas nada lhe ocorreu. Ele saiu, e nem mesmo a porta de aço entre os dois conseguiu aplacar completamente seu medo... nem a raiva que ele sentia de John Rainbird. Porque Rainbird previu aquilo e não disse nada. E se ele acusasse Rainbird disso, o índio só daria seu sorriso gelado e perguntaria quem afinal era o psiquiatra ali.

Os testes diminuíram o complexo dela de acender fogos até ele parecer uma barragem de terra que abriu vazamento em uns dez lugares. Também com eles, ela teve a prática necessária para refinar um poder bruto e massacrante, transformando-o em uma coisa que ela conseguia lançar com precisão mortal, como um artista de circo arremessando uma faca.

E os testes foram a lição perfeita. Mostraram para ela sem sombra de dúvida quem mandava ali: ela.

4

Quando Hockstetter saiu, Charlie caiu no sofá com as mãos no rosto, chorando. Ondas de emoções conflitantes tomavam conta dela: culpa e horror, indignação, até uma espécie de prazer furioso. Mas o medo era o maior de todos. As coisas mudaram quando ela aceitou os testes; e temia que tivessem mudado para sempre. E agora ela não só *queria* ver o pai; *precisava* dele. Precisava que ele lhe dissesse o que fazer.

No começo, houve recompensas: caminhadas lá fora com John, permissão para acariciar Necromancer, depois para montar nele. Ela amava John e amava Necromancer... se aquele homem idiota soubesse o quanto tinha feito mal a ela ao dizer que Necromancer era dela, quando Charlie sabia que nunca poderia ser... O grande cavalo só lhe pertencia nos sonhos perturbadores e mal lembrados. Mas agora... agora... os testes, a chance de usar o poder e senti-lo crescer... *isso* estava começando a ser a recompensa. Tinha se tornado um jogo terrível, mas envolvente. E ela sentia que mal tinha raspado a superfície. Ela era como um bebê que acabava de aprender a andar.

Ela precisava do pai, precisava dele para dizer a ela o que era certo, o que era errado, se devia seguir em frente ou parar para sempre. Se...

— Se eu *consigo* parar — sussurrou ela por entre os dedos.

Esta era a coisa mais assustadora de todas: não ter mais certeza se *conseguia* parar. E, se não conseguisse, o que isso significaria? Ah, o que significaria?

Ela começou a chorar de novo. Nunca tinha se sentido tão terrivelmente sozinha.

5

O enterro foi ruim.

Andy achou que ficaria bem; sua dor de cabeça tinha passado e, afinal, o enterro era apenas uma desculpa para ele ficar sozinho com o capitão. Não gostava de Pynchot, apesar de no final o homem ter provado que era pequeno demais para ser odiado. Sua arrogância mal disfarçada e o prazer aberto em estar acima de outro ser humano... por causa dessas coisas e de sua preocupação predominante com Charlie, Andy sentia pouca culpa pelo ricochete que inadvertidamente destruiu Pynchot. O ricochete que acabou destruindo a mente daquele homem.

O efeito de eco já tinha acontecido antes, mas Andy sempre tivera a chance de consertar as coisas. Era algo em que tinha ficado bom quando fugiu de Nova York com Charlie. Parecia haver minas terrestres plantadas no fundo de quase todos os cérebros humanos, medos profundos e culpas, impulsos suicidas, esquizofrênicos, paranoicos, até assassinos. Um impulso provocava um estado de extrema sugestionabilidade, e se uma sugestão seguisse um daqueles caminhos sombrios, era capaz de destruir a pessoa. Uma das donas de casa do programa Weight-Off começou a sofrer de lapsos catatônicos. Um dos executivos confessou uma vontade mórbida de pegar a pistola do tempo de exército no fundo do armário e brincar de roleta russa com ela, uma vontade que estava de alguma forma ligada na mente dele ao conto "William Wilson", de Edgar Allan Poe, que ele lera no ensino médio. Nos dois casos, Andy conseguiu fazer o eco parar antes que acelerasse e se tornasse aquele ricochete letal. No caso do executivo, um funcionário de banco de terceiro escalão calmo, de cabelo claro, só foi preciso outro impulso e a sugestão de que ele nunca tinha lido a história de Poe. A ligação, fosse qual fosse, foi rompida. A chance de quebrar o eco, porém, não aconteceu no caso de Pynchot.

O capitão falou sem parar sobre o suicídio durante o trajeto até o enterro, em uma chuva fria e agitada de outono; ele parecia estar tentando aceitar o fato. Disse que não achava possível um homem simplesmente... deixar o braço lá dentro depois que as lâminas começaram a trabalhar. Mas Pynchot deixou. De alguma forma, deixou. Foi aí que o enterro começou a ir mal para Andy.

Os dois foram apenas ao sepultamento propriamente dito e ficaram afastados do pequeno grupo de amigos e familiares de Pynchot, sob um aglomerado de guarda-chuvas pretos. Andy descobriu que era uma coisa lembrar a arrogância de Pynchot, a síndrome de pequeno poder de um homem que não tinha poder real; lembrar seu tique nervoso com o sorriso eterno e irritante. Mas uma coisa bem diferente era olhar para a esposa pálida e abatida em seu terninho preto e chapéu com véu, segurando as mãos dos dois meninos — o mais novo devia ter a idade de Charlie, e os dois pareciam perplexos e avoados, como se estivessem drogados —, imaginando, como ela devia imaginar, que os amigos e parentes provavelmente sabiam como o marido foi encontrado, usando lingerie, o braço direito corroído quase até o cotovelo, afiado como um lápis vivo, o sangue respingado na pia e nos armários da cozinha, pedaços de carne...

A garganta de Andy se contraiu de modo incontrolável. Ele se inclinou para a frente na chuva fria, lutando contra a sensação. A voz do pastor aumentava e diminuía aleatoriamente.

— Eu quero ir embora — disse Andy. — Podemos ir embora?

— Sim, claro — respondeu o capitão. Ele mesmo parecia pálido, envelhecido e não muito bem. — Já fui a enterros demais este ano para ter que ficar neste.

Os dois se afastaram do grupo em volta da grama sintética, as flores já murchando e espalhando pétalas na chuva forte, o caixão sobre as traves acima da cova no chão. Andaram lado a lado na direção do caminho sinuoso de cascalho onde o Chevy pequeno do capitão estava estacionado, próximo ao final do cortejo funerário. Andaram sob os salgueiros que pingavam e se agitavam misteriosamente. Três ou quatro outros homens, que mal apareciam, se moveram ao redor. Andy achou que devia saber agora como se sentia um presidente dos Estados Unidos.

— Que tristeza para a viúva e os garotinhos — comentou o capitão. — O escândalo, sabe.

— Vocês... hã, cuidarão dela?

— Muito bem em termos de dinheiro — respondeu o capitão em um tom quase inflexível. Estavam perto da pista. Andy viu o Vega laranja do capitão, estacionado na beirada. Dois homens entravam silenciosamente em um Biscayne na frente. Outros dois entraram em um Plymouth atrás. — Mas ninguém vai poder comprar aqueles dois garotinhos. Você viu a cara deles?

Andy não disse nada. Agora, sentia culpa; era como uma lâmina afiada se remexendo em suas entranhas. Nem convencer a si mesmo que sua posição era de desespero ajudava. Ele só conseguia visualizar o rosto de Charlie... dela e de uma figura sombria e ameaçadora atrás dela, um pirata de um olho só chamado John Rainbird, que abriu caminho pela confiança para poder chegar logo ao dia em que...

Eles entraram no Vega, e o capitão ligou o motor. O Biscayne à frente entrou em movimento, e o capitão o seguiu. O Plymouth foi atrás deles.

Andy teve uma certeza repentina e quase sinistra de que a capacidade de dar impulsos o tinha abandonado novamente; certeza de que, quando tentasse, não haveria nada. Como se fosse um castigo pela expressão na cara dos dois meninos.

Mas o que mais havia para se fazer além de tentar?

— Nós vamos ter uma conversinha — disse ele para o capitão, e impulsionou. O impulso estava lá, e a dor de cabeça começou quase imediatamente. Era o preço que ele teria que pagar por usá-lo tão rápido depois da última vez. — Não vai interferir na direção.

O capitão pareceu se acomodar no assento. A mão esquerda, que estava indo na direção da seta, hesitou por um momento, mas continuou o movimento. O Vega seguiu o carro da frente preguiçosamente entre os pilares grandes de pedra em direção à rua principal.

— Não, acho que nossa conversinha não vai interferir na direção — concordou o capitão.

Eles estavam a trinta quilômetros do complexo; Andy verificou o odômetro quando eles saíram e depois quando chegaram ao cemitério. Boa parte do caminho era feito pela rodovia que Pynchot mencionara, a 301, de alta velocidade. Ele achava que contaria com no máximo vinte e cinco minutos para planejar tudo. Nos dois dias anteriores, tinha pensado em pouca coisa além disso e achava que estava com tudo bem organizado... mas havia uma coisa que precisava muito saber.

— Por quanto tempo você e Rainbird conseguem garantir a cooperação de Charlie, capitão Hollister?

— Não muito — disse o capitão. — Rainbird planejou as coisas de forma muito inteligente para que, você estando ausente, ele seja o único no controle dela. O pai substituto. — Com voz baixa e quase cantarolada, ele complementou: — Ele é o pai dela quando o pai dela não está.

— E quando ele parar, ela vai ser morta?

— Não imediatamente. Rainbird consegue fazer ela continuar mais um pouco. — O capitão sinalizou a entrada na 301. — Ele vai fingir que nós descobrimos. Que descobrimos que os dois andaram conversando e que ele estava dando conselhos sobre como lidar com... com o problema. Que descobrimos que ele entregou bilhetes para você.

O capitão ficou em silêncio, mas Andy não precisava de mais nada. Estava enjoado. Ficou pensando se eles teriam se parabenizado entre si pela facilidade de enganar uma garotinha, de conquistar a afeição e a confiança dela em um lugar solitário e depois manipulá-la de acordo com seus propósitos. Quando mais nada funcionasse, eles diriam que seu único amigo, o faxineiro John, ia perder o emprego e talvez fosse processado por tentar ser amigo dela, acusado pelo Ato de Segredos Oficiais. Charlie faria o resto sozinha. Charlie negociaria com eles e continuaria cooperando.

Espero conhecer esse cara em breve. De verdade.

Mas não havia tempo para pensar nisso agora... e, se as coisas dessem certo, ele nunca teria que conhecer Rainbird.

— Minha viagem para o Havaí está programada para daqui a uma semana — comentou Andy.

— É, isso mesmo.

— Como?

— Em um avião de transporte do exército.

— Com quem você fez contato para planejar isso?

— Puck — respondeu o capitão na mesma hora.

— Quem é Puck, capitão Hollister?

— O major Victor Puckeridge — informou o capitão. — Da Andrews.

— A Base Andrews, da Força Aérea?

— Sim, claro.

— Ele é seu amigo?

— Nós jogamos golfe. — O capitão sorriu vagamente. — Ele dá tacadas tortas.

Que notícia maravilhosa, pensou Andy. Sua cabeça estava latejando como um dente podre.

— E se você ligasse para ele hoje à tarde e dissesse que queria adiantar o voo em três dias?

— Sim? — perguntou o capitão em tom de dúvida.

— Isso seria um problema? Muita papelada?

— Ah, não. Puck pularia toda a papelada. — O sorriso reapareceu, meio estranho e nem um pouco feliz. — Ele dá tacadas tortas. Eu já contei isso?

— Contou. Contou, sim.

— Ah. Que bom.

O carro seguiu a uma velocidade perfeitamente dentro do limite, de noventa quilômetros por hora. A chuva havia diminuído para um chuvisco. Os limpadores de para-brisa se moviam de um lado para outro.

— Ligue para ele esta tarde, capitão. Assim que você voltar.

— Ligar para Puck, sim. Eu estava pensando mesmo em fazer isso.

— Diga que devo ser transferido na quarta e não no sábado.

Quatro dias não eram muita coisa para se recuperar, três semanas teriam sido o ideal, mas as coisas estavam se deslocando rapidamente para o clímax. O fim do jogo tinha começado. O fato era esse, e Andy, por necessidade, o reconhecia. Ele não ia deixar, não podia deixar Charlie ficar no caminho daquela criatura chamada Rainbird por mais tempo do que precisasse.

— Quarta em vez de sábado.

— Sim. E diga para Puck que você vai junto.

— Junto? Eu não posso...

Andy renovou o impulso. Doeu, mas ele impulsionou com força. O capitão tremeu no banco. O carro oscilou momentaneamente na estrada, e Andy achou outra vez que estava praticamente implorando para iniciar um eco na cabeça daquele cara.

— Junto, sim. Eu vou junto.

— Isso mesmo — Andy aprovou com voz sombria. — Agora, que tipo de planejamentos você fez para a segurança?

— Não fiz nenhum planejamento específico — disse o capitão. — Você está praticamente incapacitado por causa do Thorazine. Além disso, está esgotado e não consegue usar sua capacidade de dominação mental. Está adormecida.

— Ah, sim — falou Andy, levando a mão ligeiramente trêmula à testa. — Você quer dizer que vou sozinho no avião?

— Não — respondeu o capitão imediatamente. — Acredito que eu vou junto.

— Sim, mas além de nós dois?

— Vai haver dois homens da Oficina junto, em parte para trabalhar como comissários, em parte para ficar de olho em você. Procedimento padrão, sabe? Para proteger o investimento.

— Só dois agentes estão escalados para irem com a gente? Tem certeza?

— Tenho.

— E os tripulantes do avião, claro.

— Sim.

Andy olhou pela janela. Estavam na metade do caminho. Essa era a parte crucial, e sua cabeça já doía tanto que ele teve medo de esquecer alguma coisa. Se esquecesse, o castelo de cartas desmoronaria.

Charlie, pensou ele, e tentou se segurar.

— O Havaí fica bem longe da Virginia, capitão Hollister. O avião vai fazer alguma parada para reabastecer?

— Vai.

— Você sabe onde?

— Não — respondeu o capitão serenamente, e Andy teve vontade de dar um soco no olho dele.

— Quando você falar com... — Qual era o nome? Ele procurou freneticamente na mente cansada e dolorida, e encontrou. — Quando você falar com Puck, descubra onde o avião vai pousar para reabastecer.

— Sim, tudo bem.

— Só inclua isso de maneira natural na sua conversa com ele.

— Sim, eu vou descobrir onde vai reabastecer de maneira natural na nossa conversa. — Ele observou Andy com olhos pensativos e sonhadores, e Andy se viu questionando se aquele homem teria dado a ordem de matarem Vicky. Houve uma vontade repentina de dizer para ele enfiar o pé no acelerador e dirigir direto para o estribo da ponte suspensa à frente. Mas havia Charlie. *Charlie!*, sua mente disse. *Controle-se por ela.* — Eu já falei que Puck dá tacadas tortas? — perguntou o capitão com carinho.

— Sim. Já falou. — *Pense! Pense, droga!* Algum lugar perto de Chicago ou Los Angeles parecia o mais provável. Mas não um aeroporto civil, como O'Hare ou L.A. International. O avião seria reabastecido em uma base aérea. Isso por si só não apresentava problema em seu plano maltrapilho, era uma das poucas coisas que não seria problema, desde que ele conseguisse descobrir o local antes da viagem.

— Nós gostaríamos de partir às três da tarde — ele afirmou ao capitão.

— Às três.

— Você vai providenciar que esse John Rainbird esteja em outro lugar.

— Tenho que mandar ele para longe? — perguntou o capitão com esperanças, e Andy sentiu um arrepio ao perceber que o capitão tinha medo, muito medo, de Rainbird.

— Sim. Não importa para onde.

— San Diego?

— Tudo bem.

Agora. Última volta. Ele teria que fazer isso; à frente, uma placa grande com refletor indicava o caminho da saída de Longmont. Andy enfiou a mão no bolso da frente da calça e pegou um pedaço de papel dobrado. Ficou apenas o segurando no colo, entre o indicador e o dedo médio.

— Você vai falar para os dois agentes da Oficina, os que irão para o Havaí conosco, para nos encontrarem na base aérea — orientou ele. — Eles têm que nos encontrar em Andrews. Você e eu vamos para Andrews da mesma forma como estamos agora.

— Certo.

Andy respirou fundo.

— Mas minha filha vai estar conosco.

— Ela? — O capitão exibiu verdadeira agitação pela primeira vez. — *Ela?* Ela é perigosa! Ela não pode... Nós não podemos...

— Ela não era perigosa até vocês começarem a mexer com ela — respondeu Andy com aspereza. — Agora ela vem conosco, e você não vai me contradizer de novo, *entendeu*?

Desta vez, a oscilação do carro foi mais pronunciada, e o capitão gemeu.

— Ela vem conosco — concordou ele. — Não vou mais contradizer você. Isso dói. Isso dói.

Mas não tanto quanto em mim.

Agora, a voz dele parecia estar vindo de longe, por uma rede de dor encharcada de sangue que estava apertando cada vez mais o cérebro dele.

— Você vai dar isto a ela — disse Andy, entregando o bilhete dobrado para o capitão. — Entregue para ela hoje, mas seja cuidadoso para ninguém desconfiar.

O capitão guardou o bilhete no bolso da camisa. Agora, eles estavam se aproximando da Oficina; à esquerda ficava a cerca elétrica dupla. Viam-se placas de aviso a cada cinquenta metros, mais ou menos.

— Repita os pontos importantes.

O capitão falou de forma rápida e concisa, a voz de um homem que foi treinado para relembrar desde os dias da juventude na academia militar:

— Vou planejar sua partida para o Havaí em um avião de transporte do exército na quarta e não no sábado. Eu vou com você; sua filha também vai conosco. Os dois agentes da Oficina que também vão conosco nos encontrarão na base Andrews. Vou descobrir com Puck onde o avião vai reabastecer. Vou fazer isso quando ligar para ele solicitando a mudança da data do voo. Tenho um bilhete para entregar para a sua filha. Vou entregar para ela depois que terminar de falar com Puck, e vou fazer de modo que não desperte desconfiança. E vou mandar John Rainbird para San Diego na quarta. Acredito que resumidamente seja isso.

— Sim — aprovou Andy —, acredito que sim. — Ele se encostou no banco e fechou os olhos. Fragmentos do passado e do presente voaram aleatoriamente pela mente dele, como palha soprada por vento forte. Isso tinha mesmo chance de dar certo ou ele estava comprando a morte para os dois? Os homens da Oficina agora sabiam o que Charlie era capaz de fazer; tiveram experiência direta. Se desse errado, Andy e a filha terminariam a viagem no compartimento de carga do avião. Em duas caixas.

O capitão deu uma parada na guarita, baixou o vidro da janela e entregou um cartão de plástico, que o guarda enfiou em um terminal de computador.

— Pode entrar, senhor — disse ele.

O capitão seguiu dirigindo.

— Uma última coisa, capitão Hollister. Você vai esquecer isso tudo. Vai fazer espontaneamente todas as coisas que discutimos. Não vai discutir sobre nada disso com ninguém.

— Tudo bem.

Andy assentiu. Não estava tudo bem, mas teria que servir. As chances de gerar um eco eram extraordinariamente altas, pois ele foi obrigado a impulsionar o sujeito com uma força terrível, e também porque as instruções dadas ao capitão iam contra a ordem natural das coisas. O capitão talvez conseguisse executar tudo apenas por conta de sua posição ali. Talvez não conseguisse. No momento, Andy estava cansado demais e com dor demais para se importar.

Ele mal conseguiu sair do carro; o capitão precisou segurar seu braço para ele não cair. Estava levemente ciente de que o chuvisco frio de outono provocava uma sensação boa em seu rosto.

Os dois homens do Biscayne olharam para ele com uma espécie de nojo frio. Um deles era Don Jules. Jules estava usando um suéter azul com os dizeres EQUIPE OLÍMPICA DE BEBIDA E.U.A.

Deem uma boa olhada no gordo drogado, pensou Andy, grogue. Ele estava novamente à beira das lágrimas, e sua respiração começou a falhar e entalar na garganta. *Deem uma boa olhada agora, porque se o gordo escapar desta vez, ele vai explodir essa pocilga no meio do pântano.*

— Pronto, pronto — disse o capitão, dando um tapinha no ombro dele com uma solidariedade condescendente e indiferente.

Só faça seu trabalho, pensou Andy, contendo as lágrimas com dificuldade; não choraria na frente deles de novo, de nenhum deles. *Só faça seu trabalho, seu filho da puta.*

6

De volta ao apartamento, Andy cambaleou até a cama, pouco ciente do que estava fazendo, e adormeceu. Ficou deitado como uma coisa morta por seis horas, enquanto escorria sangue de uma ruptura diminuta no cérebro e uma série de neurônios morria.

Quando acordou, eram dez horas da noite. A dor de cabeça ainda estava terrível. Ele levou as mãos ao rosto. Os pontos dormentes, um abaixo do olho esquerdo, um na bochecha esquerda e um abaixo do maxilar, tinham voltado. Desta vez, estavam maiores.

Não vou conseguir dar mais nenhum impulso sem acabar morrendo, pensou ele, sabendo que era verdade. Mas se manteria firme o suficiente para ir até o fim, para dar a Charlie uma chance, se pudesse. De alguma forma, ele se manteria firme.

Foi até o banheiro e pegou um copo de água. Em seguida, se deitou de novo, e depois de um bom tempo, o sono voltou. Seu último pensamento acordado foi de que Charlie já devia ter lido o bilhete dele.

7

O capitão Hollister teve um dia extremamente ocupado depois que voltou do enterro de Herm Pynchot. Ele mal havia se acomodado em seu escritório quando a secretária levou um memorando interdepartamental com o selo de URGENTE. Era de Pat Hockstetter. O capitão mandou que ela ligasse para Vic Puckeridge e começou a ler o memorando. *Eu devia sair com mais frequência*, pensou ele, *arejar os neurônios ou algo assim*. Ocorreu a ele, no trajeto de volta, que não fazia sentido esperar uma semana para enviar McGee para Maui; quarta-feira seria uma data conveniente.

Nesse momento, o memorando capturou sua atenção.

O texto estava a quilômetros do estilo tranquilo e um tanto barroco de Hockstetter; na verdade, estava elaborado de maneira floreada quase histérica, e o capitão pensou, achando certa graça, que a garota devia ter enchido mesmo Hockstetter de cagaço. Com força.

Em resumo, Charlie tinha batido o pé. Aconteceu mais cedo do que eles esperavam, só isso. Talvez... não, provavelmente, antes até do que Rainbird esperava. Bom, eles deixariam tudo quieto por alguns dias e então... e então...

Seu fluxo de pensamento foi interrompido. Seu olhar assumiu uma expressão distante e um pouco intrigada. Na mente, ele viu um clube de golfe, um taco de golfe voando até acertar solidamente uma bola Spalding. O capitão ouviu o zumbido baixo e agudo. A bola disparou, alta e branca no céu azul. Mas estava torta... estava torta...

Ele relaxou a testa. Em que estava pensando? Não era típico que ele desviasse do assunto daquele jeito. Charlie tinha batido o pé; era nisso que ele estava pensando. Bom, isso mesmo. Não precisava ficar nervoso. Eles a deixariam em paz por um tempo, talvez até o fim de semana, e depois poderiam usar Rainbird. A menina acenderia muitos fogos para salvar a pele de Rainbird.

Sua mão foi até o bolso da camisa, e ele sentiu o pequeno pedaço de papel dobrado lá dentro. Na mente, ouviu de novo o som suave de um taco de golfe em movimento; pareceu reverberar pela sala. Mas agora, não era um som de batida. Era um sibilar baixo, quase o som de uma... de uma cobra. Era desagradável. Ele sempre achou cobras uma coisa desagradável, desde a infância.

Fazendo esforço, ele afastou toda a tolice de seus pensamentos sobre cobras e tacos de golfe. Talvez o enterro o tivesse perturbado mais do que ele imaginava.

O interfone tocou, e sua secretária informou que Puck estava na linha um. O capitão pegou o telefone e, depois de algumas trivialidades, perguntou a Puck se haveria problema se eles adiantassem o avião para Maui de sábado para quarta. Puck verificou e disse que não via problema nenhum nisso.

— Por volta das três da tarde?

— Não vejo problema — repetiu Puck. — Só não mude mais, senão vamos estar encrencados. Este lugar está ficando pior do que a pista expressa na hora do rush.

— Não, esse horário é definitivo — confirmou o capitão. — E tem outra coisa: eu vou junto. Mas isso fica só entre nós, certo?

Puck deu uma gargalhada grave e alta.

— Um pouco de sol, um pouco de farra, umas saias havaianas?

— Por que não? — concordou o capitão. — Vou acompanhar uma carga valiosa. Acho que eu poderia me justificar perante um comitê do Senado se precisasse. E não tiro férias de verdade desde 1973. Os malditos árabes e o petróleo estragaram a última semana daquela vez.

— Não vou comentar com ninguém — concordou Puck. — Você vai jogar golfe quando estiver lá? Eu conheço pelo menos dois campos bons em Maui.

O capitão ficou em silêncio. Olhou pensativo para a mesa, através do tampo. O telefone ficou meio frouxo na orelha.

— Capitão? Está aí?

Baixo, ameaçador e definitivo na sala pequena e aconchegante: *sssssssss*...

— Merda, acho que a ligação caiu — resmungou Puck. — Capitão? Cap...

— Você ainda dá tacada torta, amigão? — perguntou o capitão.

Puck riu.

— Está brincando? Quando eu morrer, vão me enterrar nas beiradas do campo. Pensei por um minuto que tinha perdido você.

— Estou bem aqui — disse o capitão. — Puck, tem cobras no Havaí?

Então foi a vez de Puck fazer uma pausa.

— Como é?

— Cobras. Cobras venenosas.

— Eu... caramba, não faço ideia. Posso verificar, se for importante... — O tom duvidoso de Puck pareceu indicar que o capitão empregava uns cinco mil agentes só para verificar coisas assim.

— Não, tudo bem — respondeu o capitão. Ele segurou o telefone com firmeza no ouvido de novo. — Só estava pensando em voz alta, eu acho. Talvez eu esteja ficando velho.

— Não você, capitão. Tem muito de vampiro em você.

— É, talvez. Obrigado, amigão.

— Não foi nada. Fico feliz de você estar indo viajar um pouco. Depois desse seu último ano, você merece mais do que qualquer um. — Ele estava se referindo a Georgia, claro; não sabia sobre os McGee. O que significava, pensou o capitão com cansaço, que Puck não sabia da missa a metade.

O capitão começou a se despedir e acrescentou:

— A propósito, Puck, onde o avião vai pousar para reabastecer? Alguma ideia?

— Em Durban, Illinois — respondeu Puck imediatamente. — Perto de Chicago.

O capitão agradeceu, se despediu e desligou. Seus dedos foram até o bolso e tocaram o bilhete. Seu olhar pousou no memorando de Hockstetter. Parecia que a garota tinha ficado bem chateada. Talvez não fizesse mal ele ir lá falar com ela, para tentar acalmá-la um pouco.

Ele se inclinou para a frente e apertou o botão do interfone.

— Sim, capitão.

— Vou descer por um tempinho — informou ele. — Devo voltar em meia hora.

— Certo.

Ele se levantou e saiu do escritório. Ao fazer isso, a mão foi até o bolso da camisa, e ele sentiu o bilhete ali novamente.

8

Charlie se deitou na cama quinze minutos depois que o capitão saiu, a mente em um turbilhão de consternação, medo e especulação confusa. Ela literalmente não sabia o que pensar.

Ele chegara meia hora antes, às quinze para as cinco, e se apresentou como capitão Hollister ("mas pode me chamar só de capitão; todo mundo me chama assim"). Ele tinha um rosto gentil e perspicaz que a lembrava um pouco as ilustrações de *O vento nos salgueiros*. Era um rosto que ela havia visto em algum lugar recentemente, mas só conseguiu lembrar quando o capitão despertou sua memória: foi ele quem a levou de volta para o apartamento depois do primeiro teste, quando o homem de roupa branca saiu correndo e deixou a porta aberta. Naquele dia, ela estava perdida em estado de choque, culpa e, sim, triunfo eufórico. Por isso, não era de se admirar que não tivesse conseguido identificar o rosto. Se Gene Simmons, do Kiss, a tivesse levado de volta ao apartamento, ela provavelmente não teria reparado.

O capitão falava de uma maneira tranquila e convincente da qual ela desconfiou de imediato.

Ele disse que Hockstetter estava preocupado por ela ter declarado que os testes tinham terminado até que pudesse encontrar o pai. Charlie concordou que era isso mesmo e não falou mais nada, sustentando um silêncio teimoso... mais por medo. Se discutisse seus motivos com uma pessoa de fala macia como aquele capitão, ele descartaria as razões, uma a uma, até parecer que preto era branco e branco era preto. A exigência simples era melhor. Mais segura.

Mas ele a surpreendeu.

— Se é isso que você pensa, tudo bem. — A expressão de surpresa no rosto dela devia ter sido meio cômica, porque ele riu. — Vou precisar dar um jeito em algumas coisas, mas...

Ao ouvir as palavras "dar um jeito", o rosto dela se fechou.

— Não vai ter mais fogo — decretou ela. — Não vai ter mais teste. Mesmo que leve dez anos para "dar um jeito".

— Ah, acho que não vai demorar tanto tempo — respondeu ele, nem um pouco ofendido. — É só que tenho pessoas a quem responder, Charlie. E um lugar assim funciona à base de papelada. Mas você não precisa acender nem uma vela enquanto estou dando um jeito.

— Que bom — ela falou com voz pétrea, sem acreditar nele, sem acreditar que ele fosse dar um jeito. — Porque eu não vou mesmo.

— Acho que eu devo conseguir dar um jeito... até quarta. Sim, até quarta, com certeza.

Ele ficou em silêncio de repente. Inclinou a cabeça de leve, como se estivesse ouvindo algo em uma frequência que ela não conseguisse escutar. Charlie olhou desconfiada, prestes a perguntar se ele estava bem, mas fechou a boca de repente. Havia alguma coisa... alguma coisa quase familiar no jeito como ele estava sentado.

— Você acha mesmo que eu posso ver meu pai na quarta? — perguntou ela timidamente.

— Sim, acho que sim — afirmou o capitão. Ele se mexeu na cadeira e deu um suspiro profundo. Seu olhar se encontrou com o dela e ele deu um sorrisinho intrigado... também familiar. Subitamente, ele disse: — Seu pai joga golfe muito bem, pelo que eu soube.

Charlie olhou para ele sem entender. Até onde sabia, seu pai nunca havia encostado em um taco de golfe na vida. Ela estava prestes a dizer isso... quando as peças se juntaram em sua mente, e uma explosão de empolgação atordoada a percorreu.

(*Sr. Merle! Ele está como o sr. Merle!*)

O sr. Merle foi um dos executivos do pai dela quando eles estavam em Nova York. Era um homenzinho com cabelo louro-claro, que usava óculos de aro cor-de-rosa e tinha um sorriso doce e tímido. Assim como todos os outros, ele buscava mais autoconfiança. Trabalhava em uma companhia de seguros ou em um banco, algo assim, e durante um tempo Andy ficou muito preocupado com ele. Foi um "rico-chete", que vinha do uso do impulso. Estava relacionado com uma história que o sr. Merle tinha lido uma vez. O impulso que o pai dela usava para lhe dar confiança o fazia se lembrar da história, mas de um jeito ruim, um jeito que estava fazendo mal ao homem. O pai dela dizia que o "rico-chete" tinha vindo da história e ficou quicando na cabeça do sr. Merle como uma bola de tênis; só que, em vez de finalmente parar, como uma bola de tênis pararia, a lembrança da história só ficaria mais e mais forte até deixar o sr. Merle doente. Charlie ficara com a sensação de que seu pai estava com medo de fazer mais do que deixar o sr. Merle doente: ele estava com medo de que o "rico-chete" o matasse. Por isso, certa noite, depois que os outros foram embora, Andy chamou o sr. Merle e o fez acreditar que ele nunca tinha lido a história. E depois disso o sr. Merle ficou bem. Seu pai disse uma vez que esperava que o sr. Merle nunca fosse ver um filme chamado *O franco atirador*, mas não explicou por quê.

Mas antes de Andy dar um jeito nele, o sr. Merle estava com a mesma cara do capitão agora.

Ela de repente teve certeza de que seu pai havia dado um impulso naquele homem, e a empolgação a atingiu como um raio. Depois de não ter notícia dele exceto pelos relatos gerais que John às vezes fazia, depois de não o ver e não saber onde ele estava, ela sentia de um jeito estranho que seu pai estava de repente naquele aposento com ela, dizendo que estava tudo bem e que ele estava perto.

O capitão se levantou de repente.

— Bom, já vou embora. Mas vejo você em breve, Charlie. E não se preocupe.

Ela queria pedir para ele não ir, para contar sobre seu pai, dizer onde ele estava, se estava bem... mas sua língua ficou grudada no fundo da boca.

O capitão andou até a porta e parou.

— Ah, eu quase esqueci. — Ele atravessou a sala de volta até ela, tirou um pedaço de papel dobrado no bolso da camisa e entregou para Charlie. Ela pegou o papel com dedos entorpecidos, olhou e o guardou no bolso do roupão. — E quando você estiver andando naquele cavalo, tome cuidado com as cobras — alertou ele em tom confidencial. — Se um cavalo vê uma cobra, ele corre. Todas as vezes. Ele...

Ele parou de falar, levou a mão à têmpora e a massageou. Por um momento, pareceu velho e distraído. Em seguida, balançou um pouco a cabeça, como se afastasse o pensamento. O capitão se despediu e foi embora.

Charlie ficou ali parada por um longo momento depois que ele saiu. Depois, pegou o bilhete, desdobrou, leu o que estava escrito, e tudo mudou.

9

Charlie, meu bem...

Primeira coisa: quando terminar de ler, jogue este papel na privada e dê descarga, tá?

Segunda coisa: se tudo correr como estou planejando, como espero que aconteça, você vai estar longe daqui na quarta-feira. O homem que lhe deu este bilhete está do nosso lado, apesar de não saber... entendeu?

Terceira coisa: quero que você esteja no estábulo na quarta-feira, à uma hora da tarde. Não me importa como você vai conseguir isso, acenda fogo para eles se precisar. Mas esteja lá.

Quarta coisa, a mais importante: não confie no tal John Rainbird. Sei que isso pode deixar você chateada. Sei que você confia nele. Mas ele é um homem muito perigoso, Charlie. Ninguém vai culpar você por ter confiado nele; Hollister diz que ele foi convincente o bastante para ganhar um Oscar. Mas saiba o seguinte: ele estava no comando dos homens que nos pegaram na casa de Granther. Espero que isso não deixe você muito chateada, mas conhecendo você, acho que vai. Não é legal descobrir que andaram usando a gente por interesse próprio. Escute, Charlie: se Rainbird for aí, e ele provavelmente irá, é importante que ele pense que seus sentimentos não mudaram. Ele vai estar fora do caminho na tarde de quarta.

Nós vamos para Los Angeles ou Chicago, Charlie, e acho que sei de um jeito para conseguirmos uma coletiva de imprensa. Tenho um velho amigo chamado Quincey, estou contando com ele para nos ajudar e acredito (preciso acreditar) que ele vai ficar do nosso lado se eu conseguir entrar em contato com ele. Uma coletiva de imprensa significaria que o país inteiro saberia sobre nós. Podem ainda querer nos deixar presos em algum lugar, mas vamos poder ficar juntos. Espero que você ainda queira isso tanto quanto eu.

Isso não seria tão ruim se eles não quisessem que você acendesse fogos pelos motivos errados. Se você tiver dúvidas sobre fugir de novo, lembre-se que é a última vez... e que é o que sua mãe ia querer.

Sinto sua falta, Charlie, e te amo muito.

Papai

10

John?

John, no comando dos homens que atiraram dardos tranquilizantes nela e no pai?

John?

Ela balançou a cabeça de um lado para outro. O sentimento de desolação, o coração partido, tudo parecia ser grande demais para ficar guardado. Não havia resposta para aquele dilema cruel: se ela acreditasse no pai, teria que acreditar que John a enganou o tempo todo só para fazer com que ela aceitasse os testes; se continuasse acreditando em John, o bilhete que ela amassou e jogou na privada era uma mentira com o nome do pai dela no final. De qualquer forma, a dor, o *preço*, eram enormes. Ser adulta era isso? Lidar com essa dor? Com esse preço? Se fosse, ela torcia para morrer jovem.

Ela se lembrou da vez em que conheceu Necromancer, quando ergueu o rosto e viu o sorriso de John... lembrou-se de ver alguma coisa naquele sorriso, algo de que ela não gostou. Lembrava que nunca tinha percebido nenhum sentimento dele, como se ele estivesse fechado, ou... ou...

Ela tentou afastar o pensamento

(*ou morto por dentro*)

mas o pensamento não queria ser afastado.

Mas ele não era *assim*. Não *era*. O pavor no blecaute. A história sobre o que os vietcongues fizeram com ele. Podia ser mentira? Mesmo com o rosto destruído acompanhando a história?

Sua cabeça se moveu de um lado para outro do travesseiro, de um lado para outro, de um lado para outro, em um gesto infinito de negação. Ela não queria pensar no assunto, não queria, não queria.

Mas não conseguia evitar.

E se... e se eles provocaram o blecaute? E se simplesmente tivesse acontecido... *e ele aproveitou a oportunidade*?

(*NÃO! NÃO! NÃO! NÃO!*)

Mas sua mente estava agora fora de controle e girava, com uma espécie de determinação inexorável e fria, em um caminho enlouquecedor e horrível de urticária. Ela era uma garota inteligente e avaliou a cadeia de lógica com cuidado, um elo de cada vez, repetindo os fatos como uma penitente amarga devia repetir as contas terríveis da confissão e da rendição.

Ela se lembrou de um programa de TV que tinha visto uma vez, *Starsky e Hutch*. Um policial foi colocado na mesma cela de um bandido que sabia tudo sobre um assalto. Esse policial, que fingia ser presidiário, foi chamado de "infiltrado".

John Rainbird era um infiltrado?

Seu pai dizia que era. E por que ele mentiria para ela?

Em quem você acredita? Em John ou no seu pai? No seu pai ou em John?

Não, não, não, sua mente repetia com firmeza e monotonia... sem resultado nenhum. Ela ficou presa em uma tortura de dúvida que nenhuma garota de oito anos devia ter que suportar, e quando o sono veio, o sonho veio junto. Só que desta vez ela viu o rosto da silhueta que bloqueava a luz.

11

— Tudo bem, o que é? — perguntou Hockstetter, mal-humorado.

O tom dele indicava que era bom que fosse uma coisa muito boa. Ele estava em casa vendo James Bond na televisão quando o telefone tocou e uma voz informou que eles tinham um problema em potencial com a garotinha. Em linha aberta, Hockstetter não ousava perguntar qual era o problema. Ele saiu como estava, com uma calça jeans manchada de tinta e uma camisa, de tênis.

Ele saiu com medo, mastigando um Rolaid para combater a acidez no estômago. Deu um beijo de despedida na esposa, e às sobrancelhas erguidas dela respondeu dizendo que era só um probleminha com algum equipamento e que voltaria logo. Ele se perguntou o que ela diria se soubesse que o "probleminha" poderia matá-lo a qualquer momento.

Parado em frente ao fantasmagórico monitor infravermelho que eles usavam para observar Charlie quando as luzes estavam apagadas, ele desejou novamente que tudo tivesse acabado e que a garotinha estivesse fora do caminho. Não havia considerado nada disso quando tudo aquilo se resumia a um problema acadêmico delineado em uma série de pastas azuis. A verdade era o muro de concreto em chamas; a verdade era Brad Hyuck falando das forças que disparavam o motor do universo; e a verdade era que ele estava morrendo de medo. Sentia como se estivesse em cima de um reator nuclear instável.

O homem de serviço, Neary, se virou quando Hockstetter entrou.

— O capitão foi fazer uma visita a ela às cinco — informou. — Ela rejeitou o jantar. Foi para a cama cedo.

Hockstetter olhou o monitor. Charlie estava se debatendo em cima da cama.

— Ela parece estar tendo um pesadelo.

— Ou uma série de pesadelos — complementou Neary com voz sombria. — Eu liguei porque a temperatura lá dentro subiu dois graus na última hora.

— Não é muito.

— Quando o quarto tem temperatura controlada como aquele, é. Não há muita dúvida de que é ela.

Hockstetter pensou no fato, mordendo o dedo.

— Acho que alguém devia entrar lá e acordar ela — sugeriu Neary, finalmente chegando onde queria.

— Foi para isso que você me trouxe aqui? — gritou Hockstetter. — Para acordar uma garotinha e dar um copo de leite quente para ela?

— Eu não queria ultrapassar minha autoridade — respondeu Neary com voz pétrea.

— Não — disse Hockstetter, e teve que engolir o resto das palavras. A garotinha teria que ser acordada se a temperatura aumentasse, e sempre havia a chance de ela atacar a primeira pessoa que visse ao acordar se estivesse assustada o bastante. Afinal, eles andaram ocupados retirando os limites da habilidade pirocinética dela e tiveram muito sucesso.

— Onde está Rainbird? — perguntou ele.

Neary deu de ombros.

— Descabelando o palhaço em Winnipeg, até onde eu sei. Mas, para ela, ele está de folga. Acho que ela ficaria bem desconfiada se ele aparecesse ag...

O mostrador de termômetro digital no painel de controle de Neary subiu mais um grau, hesitou e subiu mais dois em rápida sucessão.

— Alguém *tem* que entrar lá — disse Neary, agora com a voz meio trêmula. — Está vinte e cinco graus lá dentro. E se ela explodir?

Hockstetter tentou pensar no que fazer, mas seu cérebro parecia congelado. Ele estava suando profusamente, mas a boca estava seca como uma meia de lã. Ele queria voltar para casa, se sentar na poltrona e ficar vendo James Bond ir atrás da SMERSH ou o que quer que fosse. Não queria estar ali. Não queria estar olhando para os números vermelhos embaixo do quadradinho de vidro, esperando que subissem de repente de cinco em cinco graus, de dez em dez, de cinquenta em cinquenta, como aconteceu com o muro de concreto...

Pense!, ele gritou para si mesmo. *O que fazer? O que...*

— Ela acabou de acordar — informou Neary em voz baixa.

Os dois olharam atentamente para o monitor. Charlie tinha colocado os pés no chão e estava sentada com a cabeça baixa, as palmas das mãos nas bochechas, o cabelo escondendo o rosto. Depois de um momento, ela se levantou e foi até o banheiro, a expressão vazia, os olhos quase fechados... mais dormindo do que acordada, achava Hockstetter.

Neary mexeu em um interruptor, fazendo aparecer o monitor do banheiro. A imagem estava clara e nítida na luz fluorescente. Hockstetter esperava que ela fosse urinar, mas Charlie permaneceu perto da porta, olhando para a privada.

— Ah, minha Nossa Senhora, olha aquilo — murmurou Neary.

A água na privada começou a soltar fumaça e continuou assim por mais de um minuto — um minuto e vinte e um segundos, no registro de Neary —, quando Charlie foi até o vaso, deu descarga, urinou, deu descarga de novo, tomou dois copos de água e voltou para a cama. Desta vez, o sono pareceu mais tranquilo, mais profundo. Hockstetter olhou o termômetro e viu que tinha caído três graus. Enquanto ele olhava, baixou mais um pouco, para vinte e um graus... apenas um grau acima da temperatura normal da suíte.

Ele ficou com Neary até depois da meia-noite.

— Vou para casa dormir. Você vai anotar tudo isso, não vai?

— É para isso que sou pago — disse Neary com apatia.

Hockstetter voltou para casa. No dia seguinte, escreveu um memorando sugerindo que qualquer ganho adicional em conhecimento que mais testes pudessem oferecer devia considerar em contrapartida os potenciais perigos, que, na opinião dele, estavam crescendo rápido demais.

12

Charlie se lembrava de pouca coisa da noite. Lembrava-se de ter sentido calor, de ter se levantado e se livrado do calor. Lembrava-se do sonho, mas só vagamente; uma sensação de liberdade

(*à frente estava a luz — o final da floresta, área aberta onde ela e Necromancer cavalgariam para sempre*) misturada com uma sensação de medo e perda. Era o rosto dele, era o rosto de John o tempo todo. E talvez ela soubesse. Talvez ela soubesse disso

(*a floresta está pegando fogo não machuque os cavalos por favor não machuque os cavalos*)

o tempo todo.

Quando acordou na manhã seguinte, seu medo, sua confusão e sua tristeza começaram a transformação, talvez inevitável, para uma pedra preciosa brilhante e dura de raiva.

É melhor ele estar fora do caminho na quarta, pensou ela. *É melhor. Se for verdade o que ele fez, é melhor ele não chegar perto de mim nem do papai na quarta-feira.*

13

No final daquela manhã, Rainbird apareceu, empurrando o carrinho com produtos de limpeza, esfregões, esponjas e panos. O uniforme branco de faxineiro estava um pouco largo.

— Oi, Charlie — disse ele.

Charlie estava no sofá, olhando um livro de figuras. Ela ergueu o rosto, a expressão pálida e séria no primeiro momento... cautelosa. A pele parecia esticada demais nas bochechas. Nesse momento, ela sorriu. Mas não foi o sorriso de sempre, pensou Rainbird.

— Oi, John.

— Você não parece estar muito bem hoje, Charlie, se você me perdoa a sinceridade.

— Eu não dormi bem.

— Ah, é? — Ele sabia que ela não havia dormido bem. Aquele idiota do Hockstetter estava quase espumando pela boca porque ela elevou a temperatura alguns graus enquanto dormia. — Sinto muito por isso. É seu pai?

— Acho que é. — Ela fechou o livro e se levantou. — Acho que vou me deitar um pouco. Não estou com muita vontade de falar nem nada.

— Claro. Eu entendo.

Rainbird viu Charlie se afastar. Quando a porta do quarto se fechou, ele foi encher o balde na cozinha. Havia alguma coisa no jeito como ela olhou para ele. No sorriso. Ele não gostou. Ela teve uma noite ruim, sim, tudo bem. Todo mundo tinha uma de tempos em tempos, e na manhã seguinte se dava uns foras na esposa ou se ficava olhando para o jornal sem ler. Claro. Mas... alguma coisa dentro dele começou a tocar um alarme. Fazia semanas que ela não olhava para ele daquele jeito. Ela não foi até ele naquela manhã, ansiosa e feliz por vê-lo, e ele não gostou disso também. Charlie manteve o próprio espaço hoje. Isso o incomodou. Talvez fosse apenas o dia seguinte de uma noite ruim, e talvez os pesadelos da noite anterior tivessem sido causados por alguma coisa que ela comeu. Mas ele estava incomodado mesmo assim.

E tinha outra coisa que o perturbava: o capitão tinha ido vê-la na tarde do dia anterior. Ele nunca tinha feito isso.

Rainbird pôs o balde no chão e enfiou o esfregão dentro. Molhou o esfregão, torceu e começou a limpar o chão em movimentos longos e lentos. Seu rosto deformado estava calmo e tranquilo.

Você anda me esfaqueando pelas costas, capitão? Achou que já tinha o bastante? Ou talvez tenha ficado com cagaço.

Se fosse verdade, ele tinha avaliado mal o capitão. Hockstetter era uma coisa. A experiência dele com os comitês e subcomitês do Senado era quase nula; uma coisinha aqui e outra ali. Questões corroborativas. Ele podia se dar ao luxo de se entregar ao medo. Já o capitão não. O capitão saberia que não existiam provas suficientes, principalmente quando se estava lidando com uma coisa tão potencialmente explosiva — e o trocadilho era *obviamente* proposital — quanto Charlie McGee. E não eram apenas fundos que o capitão pediria; quando chegasse perante aquela sessão fechada, sairia de seus lábios a mais temida e mística de todas as expressões burocráticas: *fundos de longo prazo*. E, em segundo plano, se esgueirando em silêncio, mas com potência, a implicação de eugenia. Rainbird acreditava que, no final, o capitão acharia impossível evitar a presença de um grupo de senadores lá para ver Charlie trabalhar. Talvez eles recebessem autorização para trazer os filhos, pensou Rainbird, esfregando e enxaguando. Melhor do que os golfinhos treinados do Sea World.

O capitão saberia que precisava de toda a ajuda que pudesse ter.

Então, por que ele tinha ido vê-la na noite anterior? Por que estava balançando o barco?

Rainbird torceu o esfregão e viu a água suja e cinza cair no balde. Pela porta aberta da cozinha, olhou para a porta fechada do quarto de Charlie. Ela havia se afastado, e ele não estava gostando disso.

Isso o deixava muito, muito apreensivo.

14

Naquela noite de segunda-feira no começo de outubro, um vendaval moderado chegou a Deep South, espalhando nuvens negras na frente de uma lua cheia que pairava muito redonda acima do horizonte. As primeiras folhas caíram, rolando pelos gramados e terrenos bem cuidados para que o infatigável exército de zeladores as removesse de manhã. Algumas rodopiaram até o laguinho, onde flutuaram como pequenos barcos. O outono tinha chegado novamente à Virginia.

Em seu apartamento, Andy estava assistindo à TV e ainda se recuperando da dor de cabeça. Os pontos dormentes no rosto tinham diminuído em tamanho, mas não desaparecido. Ele só podia esperar que estivesse pronto na tarde de quarta. Se as coisas corressem como tinha planejado, ele poderia manter o número de vezes em que precisaria dar impulsos a um mínimo. Se Charlie tivesse recebido o bilhete e conseguisse encontrá-lo no estábulo... *ela* seria seu impulso, sua alavanca, sua arma. Quem ia discutir com ele quando possuía o equivalente a uma bomba nuclear?

O capitão estava em casa, em Longmont Hills. Como na noite em que recebeu a visita de Rainbird, estava sentado no sofá com uma taça de conhaque e ouvindo a música que tocava no aparelho de som em volume baixo; Chopin naquela noite. Do outro lado do aposento, sob duas gravuras de Van Gogh, via-se sua bolsa de golfe, velha e surrada. Ele a pegara no porão, onde vários equipamentos esportivos foram acumulados ao longo dos doze anos em que ele morou ali com Georgia, quando não estava em missão em alguma parte do mundo. Ele levou a bolsa para a sala porque ultimamente não conseguia tirar o golfe do pensamento. Nem golfe nem cobras.

Ele levou a bolsa para lá com a intenção de pegar cada um dos tacos e os dois posicionadores de bola. Tocou neles, examinando-os, para ver se isso não acalmaria sua mente. E então, um dos tacos pareceu... bem, era engraçado — ridículo, na verdade —, mas um dos tacos pareceu se *mover*. Como se não fosse um taco de golfe, mas uma cobra, uma cobra venenosa que rastejara lá pra dentro...

O capitão largou a bolsa junto à parede e se afastou. Metade de uma taça de conhaque fez suas mãos pararem de tremer. Quando terminasse o copo, talvez pudesse dizer a si mesmo que elas nunca tinham tremido.

Ele começou a levar o copo à boca outra vez e parou. Ali estava, de novo! Movimento... ou só impressão?

Impressão, sem dúvida. Não havia cobras na bolsa de golfe, apenas tacos que ele não vinha usando com muita frequência. Andava ocupado demais. E ele era bom no golfe. Não era nenhum Nicklaus e nenhum Tom Watson, não mesmo, mas conseguia percorrer o campo muito bem. E sem tacadas tortas, como Puck. O capitão não gostava de dar tacadas tortas porque, quando se estava em grama alta, e às vezes eles jogavam em lugares assim...

Controle-se. Apenas se controle. Você ainda é o capitão ou não é?

O tremor tinha voltado aos dedos dele. O que causou aquilo? O que provocou aquilo, em nome de Deus? Às vezes parecia que havia uma explicação, um motivo perfeitamente razoável. Algo, talvez, que alguém tivesse dito e ele apenas... não conseguia lembrar. Mas, em outros momentos

(*como agora Jesus Cristo como agora*)

parecia que ele estava à beira de um colapso nervoso. Parecia que seu cérebro estava sendo repuxado como caramelo quente por aqueles pensamentos alienígenas dos quais ele não conseguia se livrar.

(*você é o capitão ou não é?*)

O capitão de repente jogou a taça de conhaque na lareira, onde o vidro se estilhaçou como uma bomba. Um som estrangulado, um soluço, escapou por sua garganta apertada como uma coisa podre que precisava ser eliminada, fosse qual fosse o preço. Em seguida, ele se obrigou a atravessar a sala — e foi com um andar bêbado, com pernas rígidas —, pegou a alça da bolsa — mais uma vez, algo pareceu se mover lá dentro... *dessssslizar*... e sssssibilar — e a colocou no ombro. Levou a bolsa para a caverna tomada de sombras do porão, seguindo apenas os instintos, gotas de suor enormes na testa. Seu rosto estava paralisado em uma careta de medo e determinação.

Não tem nada aí além de tacos de golfe, nada além de tacos de golfe, cantarolava sua mente sem parar. E, a cada passo do caminho, ele esperava que uma coisa comprida e marrom, uma coisa com olhos pretos brilhantes e dentinhos afiados pingando veneno, deslizasse de dentro da bolsa e enfiasse agulhas gêmeas e mortais em seu pescoço.

Ao voltar para a sala, ele estava se sentindo bem melhor. Fora uma dor de cabeça chata, estava se sentindo bem melhor.

Conseguia pensar com coerência novamente.

Quase.

Ele ficou bêbado.

E, de manhã, sentiu-se melhor novamente.

Por um tempo.

15

Rainbird passou aquela noite de segunda-feira de vendaval coletando informações. Informações perturbadoras. Primeiro, foi falar com Neary, o homem que estava vigiando os monitores na noite anterior, quando o capitão fez sua visita a Charlie.

— Quero ver as imagens — ordenou Rainbird.

Neary não discutiu e levou Rainbird a uma salinha no final do corredor com as fitas de domingo e um reprodutor Sony com controles de aproximação e congelamento de imagem. Neary ficou feliz em se livrar dele e só esperava que Rainbird não voltasse pedindo mais alguma coisa. A garota já era bem ruim. Rainbird, de sua forma reptiliana, era pior.

As fitas eram da marca Scotch, com três horas de duração, marcadas de 0000 a 0300, e assim por diante. Rainbird encontrou a que registrara a visita do capitão e assistiu a ela quatro vezes, se movendo apenas para rebobinar a fita no ponto em que o capitão disse: "Bom, já vou embora. Mas vejo você em breve, Charlie. E não se preocupe".

Mas havia muita coisa na fita que preocupava John Rainbird.

Ele não gostou do semblante do capitão. Parecia ter envelhecido; em alguns momentos, enquanto conversava com Charlie, ele parecia perder o fio da meada do que estava dizendo, como um homem à beira da senilidade. Seus olhos tinham uma expressão vaga e confusa, sinistramente similar à expressão que Rainbird associava com o início da fatiga de combate, que certa vez um companheiro de guerra sabiamente chamou de "diarreia cerebral".

Acho que eu devo conseguir dar um jeito... até quarta. Sim, até quarta, com certeza.

Por que ele falou isso?

Na opinião de Rainbird, criar uma expectativa assim na garota era o jeito mais seguro de acabar com qualquer possibilidade de ela aceitar mais testes. A conclusão óbvia era que o capitão estava fazendo seu joguinho... de intrigas, na melhor tradição da Oficina.

Mas Rainbird não acreditava nisso. O capitão não parecia um homem envolvido em joguinhos. Ele parecia um homem profundamente fodido. O comentário sobre o pai de Charlie jogar golfe, por exemplo. Aquilo saiu do nada. Não tinha nenhuma relação com as coisas ditas antes e nem as ditas depois. Rainbird contemplou brevemente a chance de aquilo ser algum tipo de código, mas essa ideia era ridícula. O capitão sabia que tudo o que acontecia nos aposentos de Charlie era monitorado e gravado, sujeito a uma observação quase constante, e seria capaz de disfarçar uma expressão codificada de maneira melhor do que aquela. Um comentário sobre golfe. Só ficou no ar, irrelevante e intrigante.

E houve aquela última coisa.

Rainbird repetiu a cena várias vezes. O capitão faz uma pausa. *Ah, eu quase esqueci*. E entrega uma coisa para ela, para a qual ela olha com curiosidade e guarda no bolso do roupão.

Com o dedo de Rainbird nos botões do videocassete Sony, o capitão diz *Ah, eu quase esqueci* umas seis vezes. E entrega a coisa para ela umas seis vezes. Primeiro, Rainbird achou que era um chiclete, depois usou o congelamento e a aproximação, se convencendo de que, provavelmente, era um bilhete.

Capitão, que porra você está tramando?

16

Rainbird passou o resto daquela noite e a madrugada de terça-feira adentro em frente a um computador, reunindo todas as informações em que conseguiu pensar sobre Charlie McGee, tentando identificar alguma espécie de padrão. E não havia nada. Sua cabeça começou a doer por causa do esforço da visão.

Ele estava se levantando para apagar a luz quando lhe ocorreu um pensamento repentino, uma conexão totalmente aleatória. Não estava relacionado com Charlie, mas com o zero à esquerda gordo e drogado que era o pai dela.

Pynchot. Pynchot era o responsável por Andy McGee, e na semana anterior Herman Pynchot se matou de uma das maneiras mais horríveis que Rainbird podia imaginar. Obviamente estava perturbado. Pirado. Surtado. O capitão levou Andy ao enterro, uma coisa um pouco estranha quando se parava para pensar, mas nada que chamasse muita atenção.

Depois, o capitão começou a agir de uma maneira meio esquisita, falando sobre golfe e passando bilhetes.

Isso é ridículo. Ele não presta para mais nada.

Rainbird ficou parado com a mão no interruptor de luz. A tela do computador brilhava em um tom verde, a cor de uma esmeralda recém-descoberta.

Quem disse que ele não presta para mais nada? Ele?

Havia mais algo estranho ali, Rainbird percebeu de repente. Pynchot tinha desistido de Andy e decidido enviá-lo para o complexo de Maui. Se não havia nada que Andy pudesse fazer para comprovar o poder do Lote Seis, não havia motivo para deixá-lo ali... e seria mais seguro separá-lo da filha. Certo. Mas Pynchot mudou de ideia abruptamente e decidiu marcar outra série de testes.

Em seguida, Pynchot decidiu limpar o triturador de lixo... ainda ligado.

Rainbird andou de volta até o computador. Fez uma pausa, pensou e digitou OLÁ COMPUTADOR/INVESTIGAR STATUS ANDREW MCGEE 14112/TESTES ADICIONAIS/INSTALAÇÃO DE MAUI/Q4

PROCESSANDO, piscou o computador. E, um momento depois: OLÁ RAINBIRD /ANDREW MCGEE 14112 NENHUM TESTE ADICIONAL /AUTORIZAÇÃO

"STARLING" /PARTIDA MARCADA PARA MAUI 15H00 9 DE OUTUBRO /AUTORIZAÇÃO "STARLING" /BASE ANDREWS-DURBAN (ILL) CAMPO DE POUSO BASE KALAMI (HI) /FIM

Rainbird olhou para o relógio. O dia 9 de outubro era quarta-feira. Andy partiria de Longmont para o Havaí na tarde do dia seguinte. Quem havia decidido? A Autorização Starling decidiu, o que significava o próprio capitão. Mas Rainbird ainda não tinha ouvido falar disso.

Seus dedos dançaram sobre o teclado novamente.

INVESTIGAR PROBABILIDADE ANDREW MCGEE 14112 /SUPOSTA HABILIDADE DE DOMINAÇÃO MENTAL /REFERÊNCIA CRUZADA HERMAN PYNCHOT

Ele precisou fazer uma pausa para pesquisar o número do código de Pynchot no livro de códigos gasto e manchado de suor que tinha enfiado no bolso de trás antes de ir para lá.

14409 Q4

PROCESSANDO, o computador respondeu. Tanto tempo se passou sem nenhuma informação na tela que Rainbird começou a acreditar ter programado errado e que acabaria apenas com um "609" pelo aborrecimento que causara.

De repente, o computador mostrou ANDREW MCGEE 14112 /PROBABILIDADE DE DOMINAÇÃO MENTAL 35% / REFERÊNCIA CRUZADA HERMAN PYNCHOT /FIM

Trinta e cinco por cento?

Como era possível?

Certo, pensou Rainbird. *Vamos deixar Pynchot fora da maldita equação e ver o que acontece.*

Ele digitou AVERIGUAR PROBABILIDADE ANDREW MCGEE 14112 /SUPOSTA HABILIDADE DE DOMINAÇÃO MENTAL Q4

PROCESSANDO, piscou na tela, e desta vez a resposta veio em um espaço de quinze segundos. ANDREW MCGEE 14112 /PROBABILIDADE DE DOMINAÇÃO MENTAL 2% /FIM

Rainbird se encostou e fechou o olho, sentindo uma espécie de triunfo pelo latejar seco que sentia na cabeça. Fez as perguntas importantes no sentido reverso, mas esse era o preço que os humanos pagavam pelos saltos intuitivos, sobre os quais um computador não sabia nada, apesar de ter sido programado para dizer "Olá", "Tchau", "Sinto muito, [nome do programador]", "Que pena" e "Ah, merda".

O computador não achava que havia muita probabilidade de Andy ter mantido a habilidade de dominação mental... até considerar o fator Pynchot. Aí, a porcentagem pulava até quase a lua.

Ele digitou AVERIGUAR POR QUE SUPOSTA HABILIDADE DE DOMINAÇÃO MENTAL DE ANDREW MCGEE 14112 (PROBABILIDADE) AUMENTA DE 2% PARA 35% QUANDO HÁ REFERÊNCIA CRUZADA C/ HERMAN PYNCHOT 14409 Q4

PROCESSANDO, respondeu o computador, e em seguida: HERMAN PYNCHOT 14409 DECLARADO SUICÍDIO /PROBABILIDADE LEVA EM CONTA QUE ANDREW MCGEE 14112 PODE TER CAUSADO O SUICÍDIO /DOMINAÇÃO MENTAL /FIM

Ali estava, nos dados do maior e mais sofisticado computador do hemisfério ocidental. Só esperando que alguém fizesse as perguntas certas.

E se eu o alimentasse com a minha desconfiança sobre o capitão como se fosse uma certeza?, se perguntou Rainbird, e decidiu ir em frente. Ele pegou o livro de códigos novamente e procurou o número do capitão.

ARQUIVAR, digitou ele. CAPITÃO JAMES HOLLISTER 16040/FOI AO ENTERRO DE HERMAN PYNCHOT 14409 C/ ANDREW MCGEE 14112 F4

ARQUIVADO, respondeu o computador.

ARQUIVAR, digitou Rainbird. CAPITÃO JAMES HOLLISTER 16040/ATUALMENTE EXIBINDO SINAIS DE GRANDE ESTRESSE MENTAL F4

609, respondeu o computador. Aparentemente, não sabia diferenciar "estresse mental" de "cocô de rato".

— Vai tomar no cu — murmurou Rainbird e tentou novamente.

ARQUIVAR /CAPITÃO JAMES HOLLISTER 16040 /ATUALMENTE COMPORTANDO-SE CONTRA DIRETIVAS REF. CHARLENE MCGEE 14111 F4

ARQUIVADO

— Arquive aí, sua puta — disse Rainbird. — Vamos ver agora. — Seus dedos voltaram para o teclado.

AVERIGUAR PROBABILIDADE ANDREW MCGEE 14112 /SUPOSTA CAPACIDADE DOMINAÇÃO MENTAL /REFERÊNCIA CRUZADA HERMAN PYNCHOT 14409 /REFERÊNCIA CRUZADA CAPITÃO JAMES HOLLISTER 16040 Q4

PROCESSANDO, exibiu o computador, e Rainbird se encostou para esperar, olhando a tela. Dois por cento era um número baixo demais. Trinta e cinco por cento ainda não era valor digno de aposta. Mas...

O computador agora exibiu isto: ANDREW MCGEE 14112 /PROBABILIDADE DE DOMINAÇÃO MENTAL 90% /REFERÊNCIA CRUZADA HERMAN PYNCHOT 14409 /REFERÊNCIA CRUZADA CAPITÃO JAMES HOLLISTER 16040 /FIM

Agora tinha subido para noventa por cento. E isso *era* um valor digno de aposta.

E duas outras coisas em que John Rainbird teria apostado era: o que o capitão entregou para a garota era mesmo um bilhete do pai; e o bilhete continha algum tipo de plano de fuga.

— Seu filho da puta — murmurou John Rainbird… não sem admiração. Aproximando-se do computador de novo, Rainbird digitou

600 TCHAU COMPUTADOR 600

604 TCHAU RAINBIRD 604

Rainbird desligou o teclado e começou a rir.

17

Rainbird voltou para a casa onde estava hospedado e dormiu com a mesma roupa que estava vestindo. Acordou depois do meio-dia de terça-feira e ligou para o capitão para avisar que não trabalharia naquela tarde. Estava com um resfriado forte, talvez gripe, e não queria correr o risco de passar para Charlie.

— Espero que não impeça você de ir a San Diego amanhã — comentou o capitão bruscamente.

— San Diego?

— Três arquivos — disse o capitão. — É confidencial. Preciso de um mensageiro. Seu avião sai de Andrews amanhã às sete da manhã.

Rainbird pensou rápido. Era trabalho de Andy McGee. McGee sabia sobre ele. Claro que sabia. Estava no bilhete para Charlie, junto com o plano de fuga maluco que havia elaborado. E isso explicava por que a garota tinha agido de forma tão estranha no dia anterior. No caminho de ida para o enterro de Pynchot ou no de volta, Andy deu ao capitão um impulso forte, e o capitão contou tudo. McGee tinha um voo marcado em Andrews no dia seguinte à tarde; agora, o capitão lhe informava que ele, Rainbird, viajaria naquela manhã. McGee estava usando o capitão para tirá-lo do caminho primeiro. Ele ia…

— Rainbird? Ainda está aí?

— Estou — respondeu ele. — Você não pode mandar outra pessoa? Estou me sentindo péssimo, capitão.

— Não tem ninguém em quem eu confie tanto quanto você — afirmou o capitão. — Isso é coisa séria. Nós não íamos querer... que uma cobra na grama... pegasse.

— Você disse "cobra"? — perguntou Rainbird.

— Sim! Cobras! — o capitão praticamente gritou.

McGee havia dado um impulso nele, sim, e algum tipo de avalanche em câmera lenta estava se desenvolvendo dentro do capitão Hollister. Rainbird de repente teve a sensação, não, a certeza intuitiva, de que, se ele se recusasse e continuasse insistindo, o capitão explodiria... do mesmo jeito que Pynchot explodiu. Ele queria fazer isso?

Decidiu que não.

— Tudo bem — concordou ele. — Estarei no avião, às sete horas. Vou tomar todos os malditos antibióticos que puder engolir. Você é um filho da puta, capitão.

— Posso provar quem são meus pais sem sombra de dúvida — disse o capitão, mas o gracejo foi forçado e vazio. Ele pareceu aliviado e abalado.

— É, posso apostar.

— Talvez você possa jogar um pouco de golfe quando estiver lá.

— Eu não jogo... — Golfe. O capitão tinha mencionado golfe para Charlie também, golfe e cobras. De alguma forma, as duas coisas faziam parte do estranho carrossel que McGee pôs em movimento no cérebro dele. — É, talvez eu faça isso mesmo — respondeu Rainbird.

— Esteja em Andrews às seis e meia — ordenou o capitão — e procure Dick Folsom. Ele é o assistente do major Puckeridge.

— Tudo bem — concordou Rainbird. Ele não tinha intenção de chegar nem perto da Base Aérea de Andrews no dia seguinte. — Adeus, capitão.

Ele desligou e se sentou na cama. Calçou as botas mais velhas e começou a planejar.

18

OLÁ COMPUTADOR/AVERIGUAR STATUS JOHN RAINBIRD 14222/BASE AÉREA ANDREWS (DC) PARA SAN DIEGO (CA) DESTINO FINAL/Q9

OLÁ CAPITÃO/STATUS JOHN RAINBIRD 14222/ANDREWS (DC) PARA SAN DIEGO (CA) DESTINO FINAL/PARTIDA BASE AÉREA ANDREWS 07H00/STATUS OK/FIM

Computadores são crianças, pensou Rainbird ao ler a mensagem. Ele simplesmente digitou o código novo do capitão (o capitão ficaria perplexo se soubesse que ele o tinha), e para o computador, Rainbird era o capitão. Ele começou a assobiar desafinado. O sol acabara de se pôr, e a Oficina seguia sonolenta pelos canais da rotina.

ARQUIVAR CONFIDENCIAL

CÓDIGO, POR FAVOR

CÓDIGO 19180

CÓDIGO 19180, respondeu o computador. PRONTO PARA ARQUIVAR CONFIDENCIAL

Rainbird hesitou só um segundo e digitou ARQUIVAR/JOHN RAINBIRD 14222/ANDREWS (DC) PARA SAN DIEGO (CA) DESTINO FINAL/CANCELAR/CANCELAR/CANCELAR F9 (19180)

ARQUIVADO

Em seguida, usando o livro de códigos, Rainbird orientou o computador a quem informar sobre o cancelamento: Victor Puckeridge e seu assistente, Richard Folsom. Essas novas instruções estariam no telex da meia-noite para Andrews, e o avião no qual ele viajaria decolaria sem ele. Ninguém saberia de nada, inclusive o capitão.

600 TCHAU COMPUTADOR 600

604 TCHAU CAPITÃO 604

Rainbird se afastou do teclado. Seria perfeitamente possível pôr um fim à história naquela noite mesmo, claro. Mas isso não seria conclusivo. O computador seria uma boa prova até certo ponto, mas probabilidades de computador não eram determinantes. Era melhor estragar os planos deles depois que a coisa tivesse começado, com tudo acontecendo. Também era mais divertido.

A coisa toda era divertida. Enquanto eles estavam observando a garota, o pai recuperou o poder, ou disfarçou bem o tempo inteiro. Era provável que não estivesse tomando os remédios. Agora, também estava controlando o capitão, o que significava que estava a um passo de fugir da organização que o fez prisioneiro. Era bem engraçado; Rainbird já tinha aprendido que desfechos costumavam ser assim.

Ele não sabia exatamente o que McGee estava planejando, mas era capaz de adivinhar. Eles iriam para Andrews, sim, só que Charlie estaria com eles. O capitão podia tirá-la da Oficina sem dificuldade... só ele, e provavelmente mais ninguém na face da Terra. Então iriam para Andrews, mas não para o Havaí. Talvez Andy tivesse planejado desaparecer com a filha em Washington, DC. Ou talvez fossem desembarcar do avião em Durban e o capitão estivesse programado para pedir um carro oficial. Nesse caso, eles desapareceriam no fim do mundo... e reapareceriam em manchetes gritantes do *Tribune* de Chicago alguns dias depois.

Ele brincou brevemente com a ideia de não atrapalhar nada. Seria divertido também. Achava que o capitão acabaria em uma instituição psiquiátrica, delirando sobre tacos de golfe e cobras na grama, ou morreria por obra dele próprio. Quanto à Oficina: dava muito bem para imaginar o que acontecia com um formigueiro quando um pote de nitroglicerina era colocado embaixo. Rainbird achava que menos de cinco meses depois que a imprensa descobrisse o Estranho Caso da Família de Andrew McGee, a Oficina deixaria de existir. Ele não sentia nenhuma lealdade pela Oficina. Era independente, um soldado aleijado da sorte, um anjo da morte de pele de cobre, e o status quo ali não significava nada para ele. Não era a Oficina que detinha sua lealdade naquele momento.

Era Charlie.

Os dois tinham um compromisso marcado. Ele olharia nos olhos dela, e ela olharia nos dele... e talvez eles pulassem juntos nas chamas. O fato de que Rainbird poderia estar salvando o mundo de um armageddon quase inimaginável ao matá-la não entrava em seus cálculos. Ele não devia nenhuma lealdade ao mundo, tanto quanto não devia à Oficina. Foi o mundo, assim como a Oficina, que o excluiu daquela sociedade fechada e deserta que poderia ter sido sua única salvação... ou, se não o salvasse, o transformaria em um índio inofensivo trabalhando como frentista em um posto qualquer ou vendendo bonecas falsas em uma barraquinha de beira de estrada em algum lugar entre Flagstaff e Phoenix.

Mas Charlie, Charlie!

Os dois estavam unidos em uma longa valsa da morte desde aquela noite interminável na escuridão do blecaute. O que era apenas desconfiança naquela madrugada em Washington, quando ele liquidou Wanless, se desenvolveu em uma certeza irrefutável: a garota era dele. Mas seria um ato de amor, não de destruição, porque o oposto era quase certamente verdade também.

Era aceitável. De muitas formas, ele queria morrer. E morrer nas mãos dela, nas chamas dela, seria um ato de contrição... e possivelmente de absolvição.

Quando ela e o pai estivessem reunidos, ela se tornaria uma arma carregada... ou melhor, um lança-chamas carregado.

Ele a observaria e deixaria os dois se reunirem. O que aconteceria então? Quem sabia?

E saber não estragaria a diversão?

19

Naquela noite, Rainbird foi a Washington e encontrou um advogado avarento que trabalhava até mais tarde e a quem pagou trezentos dólares em notas de valor baixo. E, no escritório desse advogado, John Rainbird organizou suas poucas coisas para estar pronto para o dia seguinte.

A INCENDIÁRIA

1

Às seis horas da manhã de quarta-feira, Charlie McGee se levantou, tirou a camisola e entrou no chuveiro. Lavou o corpo e o cabelo, fechou a torneira quente e ficou tremendo embaixo do jato frio por mais um minuto. Secou-se e se vestiu com cuidado: calcinha de algodão, camisetinha de seda, meias azul-escuras até os joelhos, o macacão jeans. Por fim calçou os mocassins surrados e confortáveis.

Ela achava que não conseguiria dormir naquela noite; foi para a cama com muito medo e uma agitação nervosa. Mas acabou dormindo. E sonhou incessantemente, não com Necromancer e a cavalgada pela floresta, mas com a mãe — o que era peculiar, pois ela não pensava mais na mãe com a mesma frequência de antes; algumas vezes, o rosto dela parecia enevoado e distante na memória, como uma foto meio apagada. Mas, nos sonhos da noite anterior, o rosto de sua mãe, seus olhos alegres, seu calor e seu sorriso generoso estavam tão claros que parecia que Charlie a tinha visto no dia anterior.

Agora, vestida e pronta para o dia, algumas das linhas não naturais de estresse tinham sumido de seu rosto, e ela parecia calma. Na parede ao lado da porta que levava à cozinha, em uma placa de cromo abaixo do interruptor, havia um botão e um microfone com alto-falante. Ela apertou o botão.

— Sim, Charlie?

Ela conhecia o dono da voz apenas como Mike. Às sete da manhã, em aproximadamente meia hora, Mike iria embora e chegaria Louis.

— Quero ir ao estábulo de tarde — informou ela —, para ver Necromancer. Você pode avisar a alguém?

— Vou deixar um bilhete para o dr. Hockstetter, Charlie.

— Obrigada. — Ela fez uma pausa. Passara a conhecer as vozes. Mike, Louis, Gary. Sua mente criava imagens de como eles deviam ser, assim como imaginava os DJs que ouvia na rádio. Passara a gostar deles. Ela percebeu de repente que era quase certo que nunca mais falasse com Mike.

— Mais alguma coisa, Charlie?

— Não, Mike. Tenha... tenha um bom dia.

— Ah, obrigado, Charlie. — Mike pareceu surpreso e satisfeito. — Você também.

Ela ligou a TV e sintonizou em um programa de desenhos que passava todas as manhãs na TV a cabo. Popeye estava aspirando espinafre pelo cachimbo e se preparando para dar uma surra em Brutus. Uma hora da tarde parecia longe demais.

E se o dr. Hockstetter dissesse que ela não podia sair?

Na tela da TV, estavam passando uma vista em corte dos músculos de Popeye. Havia umas dezesseis turbinas em cada um.

É melhor que ele não diga isso. Porque eu vou. De uma forma ou de outra, eu vou.

2

O descanso de Andy não foi tão tranquilo nem tão restaurador quanto o da filha. Ele ficou rolando de um lado para outro na cama, às vezes cochilando e despertando de repente na hora em que o cochilo começava a virar sono profundo, porque o delineado terrível de um pesadelo tocava sua mente. O único de que ele conseguia se lembrar era Charlie cambaleando pelo corredor entre as baias do estábulo, sem cabeça e com chamas vermelho-azuladas saindo do pescoço em vez de sangue.

Ele pretendia ficar na cama até as sete horas, mas quando o mostrador do relógio chegou a seis e quinze, não conseguiu mais esperar, então se levantou e foi para o chuveiro.

Na noite anterior, depois das nove horas, o antigo assistente de Pynchot, o dr. Nutter, foi até lá com os papéis da permissão de Andy para viajar. Nutter, um homem calvo de cinquenta e tantos anos, era estabanado e tinha um jeito benevolente. É uma pena estarmos perdendo você; espero que você goste da temporada no Havaí; queria poder ir com você, haha; por favor, assine aqui.

O documento que Nutter levou para ele assinar era uma lista com seus poucos itens pessoais (inclusive o chaveiro, reparou Andy com uma pontada de nostalgia). Quando chegasse ao Havaí, Andy teria que verificar tudo e rubricar outro papel confirmando que os pertences tinham sido devolvidos. Queriam que ele assinasse um papel sobre seus pertences depois que assassinaram sua esposa, perseguiram ele e a filha por metade do país, os sequestraram e os fizeram prisioneiros. Era sombriamente hilário e kafkiano. *Eu não ia querer perder nenhuma dessas chaves*, pensou ele, rabiscando sua assinatura; *posso precisar de uma delas para abrir uma garrafa de refrigerante qualquer hora dessas, não é, amigos?*

Também havia uma cópia de carbono com o cronograma de quarta-feira, rubricada pelo capitão no pé da página. O capitão buscaria Andy em seus aposentos, os dois partiriam ao meio-dia e meia, seguiriam para o ponto de verificação leste e depois para o estacionamento C, onde encontrariam uma escolta de dois carros. Iriam até Andrews e embarcariam no avião aproximadamente às quinze horas. Fariam uma parada para reabastecimento na Base Aérea de Durban, perto de Chicago.

Certo, pensou. *Tudo bem.*

Andy se vestiu e começou a se movimentar no apartamento, arrumando as duas malas Samsonite que lhe deram, colocando o equipamento de barbear, os sapatos, os chinelos. Se lembrou de fazer tudo devagar, se movendo com a concentração cuidadosa de um homem drogado.

Depois que o capitão lhe contou sobre Rainbird, seu primeiro pensamento foi uma esperança de encontrá-lo: seria um grande prazer dar um impulso no homem que atirou um dardo com tranquilizante em sua filha e mais tarde a traiu de uma maneira ainda mais terrível; fazer ele pôr a própria arma na têmpora e puxar o gatilho. Mas não queria mais conhecer Rainbird. Não queria nenhum tipo de surpresa. Os pontos dormentes no rosto haviam se reduzido bastante, mas ainda estavam ali, servindo como lembrete de que, se ele precisasse exagerar no impulso, provavelmente acabaria se matando.

Só queria que as coisas corressem tranquilamente.

Seus poucos pertences foram arrumados muito rápido, deixando-o sem nada para fazer além de ficar sentado esperando. A ideia de que veria a filha de novo em pouco tempo era uma pedrinha de carvão aceso em seu cérebro.

Para ele, uma hora da tarde parecia estar a um século de distância.

3

Rainbird não dormiu nada naquela noite. Chegou de Washington por volta das cinco e meia da manhã, guardou o Cadillac na garagem e se sentou à mesa da cozinha tomando uma xícara de café atrás da outra. Aguardava uma ligação da Andrews, e até a ligação chegar, ele não ficaria tranquilo. Ainda era teoricamente possível que o capitão descobrisse o que ele havia feito com o computador. McGee fizera um estrago no capitão Hollister, mas ainda não valia a pena subestimá-lo.

Por volta das seis e quarenta e cinco, o telefone tocou. Rainbird colocou a xícara de café na mesa, se levantou, foi até a sala e atendeu.

— Rainbird falando.

— Rainbird? Aqui é Dick Folsom, da Andrews. O assistente do major Puckeridge.

— Você me acordou, cara — disse Rainbird. — Espero que tenha piolhos do tamanho de uma laranja. É uma antiga maldição indígena.

— Sua missão foi cancelada — informou Folsom. — Acho que você já sabia.

— Sim, o próprio capitão me ligou ontem à noite.

— Desculpe — disse Folsom. — É o procedimento padrão, só isso.

— Bom, você seguiu o procedimento. Posso voltar a dormir agora?

— Pode. Tenho inveja de você.

Rainbird deu a risadinha obrigatória e desligou. Voltou para a cozinha, pegou a xícara de café, foi até a janela, olhou para fora e não viu nada.

Flutuando de maneira sonhadora em sua mente estava a Oração para os Mortos.

4

O capitão chegou ao escritório naquela manhã quase às dez e meia, uma hora e meia mais tarde do que o habitual. Antes de sair de casa, revirou o pequeno Vega de cabo a rabo, certo de que, durante a noite, o carro tinha sido infestado por cobras. A busca demorou vinte minutos, pois ele precisava ter certeza de que nenhuma cascavel ou nenhuma cabeça-de-cobre — nem algo mais sinistro e exótico — estava encolhida na escuridão do porta-malas, cochilando no calor fugidio do motor ou enrolada no porta-luvas. Apertou o botão do porta-luvas com um cabo de vassoura, sem querer chegar perto demais para o caso de algum horror sibilante saltar nele. Quando um mapa da Virginia caiu do buraco quadrado no painel, ele quase gritou.

Na metade do caminho para a Oficina, o capitão passou pelo campo de golfe Greenway e parou no acostamento para olhar, com uma concentração sonhadora, os jogadores percorrendo o oitavo e o nono buraco. Cada vez que um deles tacava a bola nas laterais, ele mal conseguia controlar a compulsão de sair do carro e gritar para a pessoa ter cuidado com cobras na grama alta.

Finalmente, a buzina de um caminhão — o capitão havia parado com as rodas esquerdas ainda no asfalto — o arrancou do torpor e ele seguiu em frente.

A secretária o cumprimentou entregando uma pilha de mensagens de telex enviadas à noite, que o capitão simplesmente pegou sem se dar ao trabalho de folhear para ver se havia algo urgente. A jovem estava repassando uma série de requisições e mensagens quando de repente olhou com curiosidade para o capitão. Ele não estava prestando atenção nela, mas olhando para a gaveta larga perto do topo da escrivaninha, com uma expressão intrigada no rosto.

— Perdão — disse ela. Ainda estava muito ciente de ser a secretária nova, mesmo depois de tantos meses, por ter substituído uma funcionária de quem o capitão era próximo. E talvez com quem estivesse dormindo, ela às vezes especulava.

— Humm? — Ele finalmente se virou para ela, ainda com um olhar vazio. Era meio chocante... era como olhar para as janelas fechadas de uma casa com reputação de ser assombrada.

Ela hesitou e decidiu arriscar.

— Capitão, você está se sentindo bem? Você está... bem, um pouco pálido.

— Estou ótimo — respondeu ele, e por um momento voltou a ser o capitão de sempre, afastando algumas das dúvidas da secretária. Seus ombros se empertigaram, a cabeça se ergueu e o vazio sumiu de seus olhos. — Uma pessoa que vai para o Havaí tem que se sentir bem, não é?

— Havaí? — perguntou Gloria, com dúvida. Era novidade para ela.

— Essas coisas não importam agora — comentou o capitão, pegando os formulários de mensagem e os memorandos departamentais e os colocando junto com as mensagens de telex. — Vou olhar depois. Aconteceu alguma coisa com algum dos McGee?

— Uma coisa — respondeu ela. — Eu já ia falar disso. Mike Kellaher diz que ela pediu para ir ao estábulo à tarde ver um cavalo...

— Sim, tudo bem — assentiu o capitão.

— ... e que voltou a chamar um pouco depois para dizer que gostaria de ir às quinze para a uma.

— Tudo bem, tudo bem.

— É o sr. Rainbird que vai levar ela?

— Rainbird está a caminho de San Diego — informou o capitão, com satisfação inconfundível. — Vou mandar um homem para levar a menina.

— Certo. Você vai querer ver o... — Ela parou de falar. O olhar do capitão havia se afastado e parecia estar examinando a gaveta larga de novo, que estava parcialmente aberta como sempre ficava, de acordo com o regulamento. Havia uma arma ali. Gloria era certeira no tiro, como Rachel também tinha sido.

— Capitão, tem certeza de que não tem nada errado?

— É melhor deixar isso aí fechado — disse o capitão. — Elas gostam de lugares escuros. Gostam de entrar e se esconder.

— Elas? — perguntou ela, cautelosa.

— As cobras — respondeu o capitão, entrando no escritório.

5

Ele se sentou atrás da mesa, as mensagens e os papéis bagunçados à sua frente. Estavam esquecidos. Tudo estava esquecido agora, exceto as cobras, os tacos de golfe e seu compromisso às quinze para a uma, quando desceria para ver Andy McGee. Tinha a sensação forte de que Andy lhe diria o que fazer em seguida. Tinha a sensação forte de que Andy faria tudo ficar bem.

Depois de quinze para a uma daquela tarde, tudo na vida dele era uma grande escuridão crescente.

Ele não se importava. Era uma espécie de alívio.

6

Às quinze para as dez, John Rainbird entrou na pequena sala de monitoramento que ficava próxima ao apartamento de Charlie. Louis Tranter, um homem enorme de gordo, cuja bunda quase transbordava da cadeira onde ele estava sentado, vigiava os monitores. O termômetro digital exibia vinte graus. Ele olhou para trás quando a porta se abriu e seu rosto se contraiu quando viu Rainbird.

— Eu soube que você ia sair da cidade — observou ele.

— Cancelaram — disse Rainbird. — E você não me viu esta manhã, Louis.

Louis olhou para ele com dúvida.

— Você não me viu — repetiu Rainbird. — Depois das cinco da tarde, estou me lixando. Mas, até lá, você não me viu. E, se eu souber que você disse que viu, venho atrás de você acertar as contas. Entendeu?

Louis Tranter ficou pálido. O bolinho Hostess Twinkie que ele estava comendo caiu de sua mão sobre o painel de aço inclinado que abrigava os monitores de TV e controles de microfone, rolou pela inclinação e caiu despercebido no chão, deixando uma trilha de migalhas. De repente, Louis não estava mais com fome. Tinha ouvido falar que aquele cara era maluco, e agora estava vendo que os boatos deviam ser verdade.

— Entendi — assentiu ele, sussurrando para aquele sorriso bizarro e para aquele olhar de um olho só.

— Que bom — disse Rainbird, avançando na direção dele. Louis se encolheu, mas Rainbird o ignorou completamente por um momento e espiou um dos monitores. Ali estava Charlie, linda como sempre com o macacão azul. Com olhar apaixonado, Rainbird reparou que ela não havia feito tranças; seu cabelo estava caído, graciosamente solto sobre o pescoço e os ombros. Ela estava sentada no sofá sem fazer nada. Sem livro. Sem TV. Parecia uma mulher esperando um ônibus.

Charlie, pensou ele com admiração. *Eu amo você. Amo mesmo.*

— O que ela vai fazer hoje?

— Não muita coisa — respondeu Louis com ansiedade, quase balbuciando. — Só vai sair às quinze pra uma, pra visitar aquele cavalo. Vamos fazer outro teste com ela amanhã.

— Amanhã, é?

— É. — Louis pouco se importava com os testes, mas achava que agradaria Rainbird, e assim ele talvez fosse embora.

O sorriso reapareceu no rosto de Rainbird. Ele parecia satisfeito.

— Ela vai ao estábulo às quinze pra uma, é?

— É.

— Quem vai com ela? Já que estou a caminho de San Diego?

Louis deu uma risadinha aguda e quase feminina para demonstrar que aprovou a piadinha.

— Seu amigo. Don Jules.

— Ele não é meu amigo.

— Não, claro que não — concordou Louis rapidamente. — Ele... ele achou as ordens meio engraçadas, mas como vieram direto do capitão...

— Engraçadas? O que ele viu de engraçado?

— Bom, as ordens foram de levar ela até lá e ir embora. O capitão disse que o pessoal do estábulo ficaria de olho nela. Mas eles não estão sabendo de nada. Don pareceu achar que seria um baita...

— É, mas ele não é pago para achar. É, gordão? — Ele bateu no ombro de Louis com força, fazendo o som de um trovão baixo.

— Não, claro que não — respondeu Louis rapidamente, agora suando.

— Vejo você mais tarde — disse Rainbird, caminhando até a porta novamente.

— Já vai? — Louis não conseguiu disfarçar o alívio.

Rainbird parou com a mão na maçaneta e olhou para trás.

— O que você quer dizer? — perguntou ele. — Eu nunca estive aqui.

— Não, senhor, nunca esteve — concordou Louis rapidamente.

Rainbird assentiu e saiu, fechando a porta ao passar. Louis ficou olhando para a porta fechada por alguns segundos e depois deu um grande suspiro de alívio. Suas axilas estavam úmidas, e a camisa branca estava grudada nas costas. Após um instante, ele pegou o bolinho caído, deu uma limpada e voltou a comê-lo. Charlie estava sentada em silêncio, sem fazer nada. Como Rainbird, logo *Rainbird*, tinha cativado a garota? Era um mistério para Louis Tranter.

7

Às quinze para a uma, uma eternidade depois que Charlie acordou, houve um zumbido breve na porta e Don Jules entrou, vestido com uma jaqueta de beisebol e uma calça velha de veludo. Ele olhou para ela friamente e sem muito interesse disse:

— Vamos.

Charlie foi com ele.

8

O dia estava fresco e lindo. Às doze e trinta, Rainbird seguiu lentamente pelo gramado ainda verde em direção ao estábulo baixo em forma de L, com suas paredes vermelho-escuras — a cor de sangue secando — e calhas brancas. Acima, nuvens suaves seguiam lentamente pelo céu. Uma brisa sacudia sua camisa.

Se morrer fosse necessário, seria um bom dia para isso.

Dentro do estábulo, ele encontrou a sala do cuidador-chefe e entrou. Mostrou sua identidade e o carimbo nível A.

— Sim, senhor? — perguntou Drabble.

— Evacue o local — ordenou Rainbird. — Todo mundo deve sair. Cinco minutos.

O cuidador não discutiu nem resmungou, e seu bronzeado disfarçou uma possível perda de cor.

— Os cavalos também?

— Só as pessoas. Por trás.

Rainbird tinha trocado suas roupas por um uniforme. Os bolsos da calça eram grandes e fundos. De um deles, ele tirou uma pistola. O cuidador o observou com olhos sábios e nada surpresos. Rainbird a segurou frouxamente, virada para o chão.

— Vai haver algum problema, senhor?

— Talvez — respondeu Rainbird em voz baixa. — Não sei. Agora faça o que tem que fazer.

— Espero que não aconteça nada de ruim com os cavalos — comentou Drabble.

Rainbird sorriu. E pensou: *ela também vai esperar isso*. Ele tinha observado o olhar de Charlie quando ela estava com os cavalos. E aquele lugar, as baias com feno solto e fardos de feno prensado, com madeira seca e placas de proibido fumar para todo lado, era um barril de pólvora.

Era como andar em uma corda bamba.

Mas, conforme os anos se passaram e ele foi ficando mais e mais descuidado com a vida, cordas cada vez mais bambas passaram a se tornar muito frequentes.

Ele se voltou para a porta dupla e olhou. Nenhum sinal de alguém. Então se virou e começou a andar entre as portas das baias, sentindo o cheiro doce, pungente e nostálgico de cavalo.

Verificou se todas as baias estavam fechadas e trancadas.

Olhou para a porta dupla de novo. Agora, alguém se aproximava. Duas pessoas. Ainda estavam do outro lado do laguinho, a uma distância de cinco minutos de caminhada. Não o capitão e Andy McGee, mas Don Jules e Charlie.

Venha até mim, Charlie, pensou ele com carinho. *Venha até mim agora*.

Rainbird observou brevemente a parte escura do segundo andar, se dirigiu à escada, simples placas de madeira pregadas em uma viga de suporte, e começou a subir com facilidade.

Três minutos depois, Charlie e Don Jules entraram no ambiente fresco, vazio e cheio de sombras do estábulo. Esperando os olhos se ajustarem à penumbra, permaneceram por um momento parados na entrada. A Mag .357 na mão de Rainbird tinha sido modificada para adaptar um silenciador criado por ele mesmo, que cobria o cano como uma estranha aranha preta. Na verdade, não era um silenciador muito silencioso; era quase impossível silenciar completamente uma arma grande assim. Quando — se — ele puxasse o gatilho, faria um ruído rouco na primeira vez, um eco baixo na segunda e depois seria inútil. Rainbird esperava não precisar usar a arma, mas mesmo assim ele a baixou com as duas mãos e apoiou para que o silenciador cobrisse um pequeno círculo no peito de Don Jules.

Jules estava analisando o ambiente ao redor com cuidado.

— Pode ir agora — disse Charlie.

— Oi! — chamou Jules, erguendo a voz sem prestar a menor atenção em Charlie. Rainbird o conhecia. Era um rapaz certinho. Quem seguia as regras ao pé da letra não se metia em encrenca. Era preciso andar na linha o tempo todo. — Ei, cuidador! Alguém! Estou com a menina aqui!

— Pode ir agora — ela repetiu, e mais uma vez Jules a ignorou.

— Venha — disse ele, fechando a mão no pulso de Charlie. — Temos que procurar alguém.

Com certo lamento, Rainbird se preparou para atirar em Don Jules. Podia ser pior; pelo menos Jules morreria seguindo as regras, andando na linha.

— Eu *falei* que você já pode ir — insistiu Charlie, e de repente Jules soltou o pulso dela. Ele não simplesmente soltou; ele afastou a mão, como se fazia quando se segurava alguma coisa quente.

Rainbird observou esse desenvolvimento interessante com atenção.

Jules tinha se virado para Charlie e a olhava enquanto massageava o pulso, mas Rainbird não conseguia ver se havia uma marca lá ou não.

— Sai daqui — disse Charlie baixinho.

Jules enfiou a mão embaixo da jaqueta, e Rainbird se preparou novamente para atirar nele. Não faria nada até a arma estar fora da jaqueta de Jules e a intenção dele de levá-la de volta para casa ficasse evidente.

Mas a arma só tinha sido parcialmente retirada quando ele a deixou cair no piso do celeiro com um grito. Com os olhos arregalados, deu dois passos para trás, se afastando da garota.

Charlie se virou para longe dele, como se Jules não a interessasse mais. Na metade do lado mais comprido do L, havia uma torneira saindo da parede, e embaixo dela havia um balde com água pela metade, do qual um vapor começou a subir preguiçosamente.

Rainbird achou que Jules não havia reparado nisso, pois seus olhos estavam grudados em Charlie.

— Sai daqui, seu filho da mãe — ordenou ela —, senão vou queimar você. Vou fritar você.

John Rainbird deu um viva silencioso a Charlie.

Jules ficou olhando para ela, indeciso. Naquele momento, com a cabeça baixa e ligeiramente inclinada, os olhos se movendo inquietos de um lado para outro, ele parecia um rato, perigoso. Rainbird estava pronto para colaborar se ela decidisse fazer uma jogada, mas esperava que Jules agisse de maneira sensata. O poder muitas vezes acabava fugindo ao controle.

— Sai agora — disse Charlie. — Volta para o lugar de onde veio. Vou ficar de olho para ver se você vai mesmo. *Anda! Sai daqui!*

A pura raiva na voz dela o fez decidir.

— Calma aí — contestou ele. — Tudo bem. Mas você não tem para onde ir, garota. Não tem nada além de um caminho bem difícil.

Enquanto falava, ele passou por ela e recuou até a porta.

— Vou ficar vigiando — informou Charlie com voz sombria. — E não vira pra cá de jeito nenhum, seu... seu cocô.

Jules saiu, respondendo alguma coisa que Rainbird não conseguiu ouvir.

— Vai *logo*! — gritou Charlie.

Ela ficou parada na entrada, de costas para Rainbird, uma pequena silhueta em um sonolento raio de luz da tarde. Mais uma vez, seu amor por ela o dominou. Aquele seria o lugar do encontro dos dois.

— Charlie — chamou ele baixinho.

Ela enrijeceu e deu um único passo para trás. Não se virou, mas ele sentiu o reconhecimento e a fúria repentina que cresceram nela, visíveis apenas no jeito lento como seus ombros se contraíram.

— Charlie — chamou ele de novo. — Ei, Charlie.

— Você! — sussurrou ela. Ele mal ouviu. Em algum lugar abaixo, um cavalo fez um ruído baixo.

— Sou eu — concordou ele. — Charlie, fui eu o tempo todo.

Ela então se virou para o lado comprido do estábulo e procurou por ele. Rainbird a viu fazer isso, mas ela não o viu; ele estava atrás de uma pilha de fardos de feno, escondido no mezanino escuro.

— Cadê você? — disse ela baixinho. — Você me enganou! Foi você! Meu pai disse que foi você na casa de Granther! — A mão dela foi inconscientemente até o pescoço, onde ele acertara o dardo. — *Cadê você?*

Ah, Charlie, você não gostaria de saber?

Um cavalo relinchou; não era um som tranquilo de satisfação, mas de medo repentino. O grito foi repetido por outro cavalo. Um dos garanhões chutou a porta travada da baia, provocando o som de um baque pesado.

— *Cadê você?* — gritou ela de novo, e de repente Rainbird sentiu a temperatura começar a subir. Logo abaixo dele, um dos cavalos, talvez Necromancer, relinchou alto, lembrando o som de uma mulher gritando.

9

A porta zumbiu breve e roucamente, e o capitão Hollister entrou no apartamento de Andy, embaixo da casa do lado norte. Não era o mesmo homem de um ano antes: o homem de outrora já era idoso, mas durão, robusto e sagaz; tinha um rosto que se podia esperar ver encolhido atrás de uma camuflagem em novembro, segurando uma arma para caçar patos com autoridade fácil. O capitão de agora era um homem que andava arrastando os pés, distraído. O cabelo, que um ano antes era de um cinza grafite intenso, agora estava quase todo branco e fino como o de um bebê. Sua boca tremia debilmente. A maior mudança, no entanto, era nos olhos, que pareciam intrigados e um tanto infantis; aquela expressão era ocasionalmente interrompida por um olhar de lado, desconfiado, temeroso e quase histérico. Suas mãos caíam frouxas nas laterais do corpo, e os dedos se balançavam aleatoriamente. O eco se tornara um ricochete e estava agora quicando dentro do cérebro com uma velocidade louca, assobiante, mortal.

Andy McGee se levantou para encontrá-lo. Estava vestido exatamente como no dia em que ele e Charlie fugiram pela Terceira Avenida em Nova York, com o sedã da Oficina no encalço. O paletó de veludo agora estava com o ombro descosturado, e a calça marrom de sarja estava surrada e gasta no traseiro.

A espera foi boa para ele. Achava que havia conseguido ficar em paz com tudo aquilo. Não que tivesse compreendido. Nunca compreenderia, mesmo que ele e Charlie conseguissem vencer as probabilidades, fugir e tocar a vida. Ele não conseguia encontrar nenhum defeito fatal na própria personalidade, algo que pudesse apontar como culpado daquela merda em proporções épicas; não havia nenhum pecado do pai que precisasse ser expiado pela filha. Não era errado precisar de duzentos dólares nem participar de um experimento controlado, da mesma maneira que não era errado querer ser livre. *Se eu conseguisse fugir*, pensou ele, *eu diria o seguinte: ensinem seus filhos, ensinem seus bebês, ensinem bem, eles dizem que sabem o que estão fazendo, e às vezes sabem mesmo, mas na maioria das vezes eles mentem.*

Mas as coisas eram assim, *n'est-ce pas?* De uma forma ou de outra, eles tentariam encontrar uma solução que os deixasse satisfeitos. Mas isso não provocava em Andy misericórdia nem compreensão com as pessoas que fizeram aquilo. Ao ficar em paz consigo mesmo, ele desviou as chamas do ódio para os burocretinos sem face que haviam feito aquilo em nome da segurança nacional ou fosse o que fosse. Só que eles não eram sem face agora: um deles estava à sua frente, com um sorriso trêmulo e vazio. Andy não sentiu pena nenhuma do estado do capitão.

Foi você quem provocou, parceiro.

— Oi, Andy — o capitão o cumprimentou. — Tudo pronto?

— Tudo — respondeu Andy. — Você pode carregar uma das minhas malas?

O vazio do capitão foi rompido por um daqueles olhares astutos falsos.

— Você olhou cada uma delas? — perguntou ele. — Conferiu se havia cobras dentro?

Andy deu um impulso, mas não com força. Queria guardar o máximo que pudesse para uma emergência.

— Pegue. — Ele indicou uma das duas malas.

O capitão se aproximou e pegou a mala. Andy pegou a outra.

— Onde está seu carro?

— Está ali fora — afirmou o capitão. — Trouxeram até aqui.

— Alguém vai nos vigiar? — O que ele queria dizer era "Alguém vai tentar nos impedir?".

— Por que fariam isso? — perguntou o capitão com surpresa genuína. — Eu estou no comando.

Andy teria que se satisfazer com isso.

— Nós vamos sair e vamos guardar essas malas no porta-malas...

— O porta-malas está seguro — interrompeu o capitão. — Eu verifiquei hoje de manhã.

— ... depois nós vamos até o estábulo buscar minha filha. Alguma pergunta?

— Não — disse o capitão.

— Ótimo. Vamos.

Os dois saíram do apartamento e caminharam até o elevador, onde algumas pessoas andavam cuidando de suas tarefas. Elas olhavam com cautela para o capitão e afastavam o olhar. O elevador os levou até o salão, e o capitão seguiu na frente por outro corredor comprido.

Josie, a ruiva que estava na recepção no dia em que o capitão mandou Al Steinowitz a Hastings Glen, tinha passado a se encarregar de questões maiores e mais importantes. Agora, um homem jovem e prematuramente calvo estava sentado lá, com a testa franzida para um livro sobre programação de computador. Ele segurava um marca-texto amarelo na mão e levantou o rosto quando eles se aproximaram.

— Oi, Richard — cumprimentou o capitão. — Sabendo tudo dos livros?

Richard riu.

— Eles estão acabando comigo. — Ele olhou para Andy com curiosidade. Andy olhou para ele discretamente.

O capitão enfiou o polegar em um buraco e alguma coisa estalou. Uma luz verde se acendeu no console de Richard.

— Destino? — perguntou Richard. Ele trocou o marca-texto por uma caneta esferográfica que estava acima de um pequeno caderno.

— Estábulo — informou o capitão bruscamente. — Vamos pegar a filha de Andy e eles vão fugir.

— Base Aérea de Andrews — Andy disse, dando um impulso. No mesmo instante uma dor surgiu em sua cabeça, como se ele tivesse sido acertado por um cutelo.

— Base Aérea de Andrews — concordou Richard, anotando no caderno, junto com o horário. — Tenham um bom dia, cavalheiros.

Eles saíram no sol e na brisa de outubro. O Vega do capitão estava parado no cascalho branco da entrada circular de carros.

— Me dê suas chaves — disse Andy. O capitão lhe entregou o chaveiro, Andy abriu o porta-malas, e eles guardaram as malas. Andy fechou a porta e devolveu as chaves. — Vamos.

O capitão dirigiu fazendo uma volta no laguinho até o estábulo. No trajeto, reparou em um homem com jaqueta de beisebol correndo para a casa de onde eles tinham saído e sentiu uma pontada de inquietação. O capitão parou na frente da porta aberta do estábulo.

Ele esticou o braço para tirar a chave da ignição, mas Andy deu um tapinha leve na mão dele, dizendo:

— Não. Pode deixar ligado. Venha. — E saiu do carro. Sua cabeça estava latejando e enviando pulsações rítmicas de dor para o fundo do cérebro, mas ainda não estava muito ruim. Ainda não.

O capitão saiu e se levantou, indeciso.

— Eu não quero entrar aí — disse ele. Seu olhar se desviou de um lado para outro. — É escuro demais. Elas gostam do escuro. Elas se escondem. Elas picam.

— Não tem cobras — respondeu Andy, dando um impulso de leve, que foi suficiente para pôr o capitão em movimento, mesmo não parecendo muito convencido. Os dois entraram no estábulo.

Por um momento insano e terrível, Andy achou que ela não estava lá. A mudança de luz para a sombra deixou sua visão temporariamente nula. Estava quente e abafado lá dentro, e alguma coisa estava deixando os cavalos agitados; eles estavam relinchando e chutando as baias. Andy não conseguia enxergar nada.

— Charlie? — chamou ele, a voz falhada e urgente. — *Charlie?*

— Papai! — gritou ela, e a felicidade explodiu nele; uma felicidade que se transformou em terror quando ele ouviu o puro medo na voz dela. — Papai, não entre! Não entre…

— Acho que está um pouco tarde demais para isso — disse uma voz de algum lugar acima.

10

— Charlie — chamou a voz suavemente. Estava em algum lugar acima, mas onde? Parecia vir de todos os lados.

A raiva se espalhou em Charlie, uma raiva alimentada pela injustiça terrível, pela maneira como a coisa não terminava nunca, pela maneira como eles estavam lá a cada passo que ela e o pai davam, bloqueando cada tentativa de fuga. Quase no mesmo instante, ela sentiu *aquilo* começar a vir de dentro dela. *Aquilo* estava tão mais perto da superfície agora... tão mais ansioso para sair explodindo, do mesmo modo que aconteceu com o homem que a levou até ali. Quando ele pegou a arma, Charlie simplesmente a deixou quente para que ele a largasse. Ele teve sorte de as balas não terem explodido dentro.

Ela já sentia o calor crescendo dentro de si e começando a irradiar quando aquela estranha bateria foi ligada. Ela observou o mezanino escuro acima, mas não conseguiu vê-lo. Havia fardos de feno demais. Sombras demais.

— Eu não faria isso, Charlie. — A voz dele estava um pouco mais alta agora, mas ainda calma. Atravessou a neblina de raiva e confusão.

— É melhor você descer aqui! — Charlie gritou. Ela estava tremendo. — É melhor você descer antes que eu decida botar fogo em tudo! Eu posso muito bem fazer isso!

— Sei que pode — respondeu a voz baixa. Flutuava do nada, vinda de todas as partes. — Mas, se você fizer isso, vai botar fogo em muitos cavalos, Charlie. Está ouvindo?

Ela estava. Quando ele chamou a atenção dela para o ruído, ela escutou: os animais estavam quase loucos de medo, relinchando e batendo nas portas fechadas. Necromancer estava em uma daquelas baias.

A respiração dela entalou na garganta. Mais uma vez, sua mente visualizou a trincheira de fogo atravessando o pátio dos Manders e as galinhas explodindo.

Charlie se virou novamente para o balde de água, agora sentindo muito medo. O poder estava no limite de sua capacidade de controlá-lo, e em mais um momento

(*chega!*)

acabaria se libertando

(*CHEGA!*)

e voando alto.

(*CHEGA, CHEGA, ESTÁ OUVINDO, CHEGA!!*)

Desta vez, o balde de água pela metade não apenas soltou fumaça; começou a ferver furiosamente. Um momento depois, a torneira de cromo acima do balde girou duas vezes como uma hélice e se soltou do cano preso à parede. A peça voou ao longo do estábulo como um foguete e bateu na parede mais distante. Água começou a jorrar do cano. Água fria; ela *sentia* a frieza. Mas instantes depois de ter começado a jorrar, a água se transformou em vapor, e uma neblina branca ocupou o corredor entre as baias. Uma mangueira verde, que estava enrolada e pendurada em um suporte ao lado do cano, derreteu.

(*CHEGA!*)

Charlie começou a controlar e a domar sua raiva novamente. Um ano antes, não teria conseguido fazer isso; a coisa teria que seguir seu rumo destrutivo. Ela agora conseguia dominar melhor ... ah, mas havia muito mais a controlar!

Ela ficou ali parada, tremendo.

— O que mais você quer? — ela perguntou em voz baixa. — Por que não pode nos deixar em paz?

Um cavalo relinchou em tom alto e assustado. Charlie entendia exatamente o que ele sentia.

— Ninguém acredita que você possa ficar em paz — respondeu a voz baixa de Rainbird. — Acho que nem seu pai acredita nisso. Você é perigosa, Charlie. E você sabe. Nós poderíamos deixar você em paz, e os próximos a te pegarem seriam os russos, os norte-coreanos ou até os chineses pagãos. Você pode achar que eu estou brincando, mas eu não estou.

— Isso não é minha culpa! — gritou ela.

— Não — concordou Rainbird em tom meditativo. — Claro que não é. Mas é uma merda mesmo assim. Não me importo com o fator Z, Charlie. Nunca me importei. Só me importo com você.

— *Ah, seu mentiroso!* — gritou Charlie com voz aguda. — Você me enganou, fingiu ser uma coisa que não era...

Ela parou. Rainbird subiu com facilidade em uma pilha baixa de fardos de feno e se sentou na beirada do mezanino, com os pés pendurados. A pistola estava em seu colo. O rosto dele parecia uma lua destruída acima dela.

— Eu menti para você? Não. Eu misturei a verdade, Charlie, só isso. E fiz isso para manter você viva.

— Mentiroso imundo — sussurrou ela, sentindo-se consternada ao perceber que *queria* acreditar nele; o ardor de lágrimas nascendo no fundo dos olhos. Ela estava tão cansada e queria acreditar nele, queria acreditar que ele gostava dela.

— Você não estava querendo fazer os testes — respondeu Rainbird. — Seu coroa também não estava fazendo os testes. O que eles iam fazer? Dizer "ah, desculpem, nós cometemos um erro" e deixar vocês saírem de novo? Você já viu esses caras trabalhando, Charlie. Viu quando eles atiraram naquele tal Manders em Hastings Glen. Eles arrancaram as unhas da sua própria mãe e depois mat...

— *Para!* — gritou ela, sofrendo, e seu poder se agitou mais uma vez, perigosamente próximo da superfície.

— Não paro, não — disse ele. — Está na hora de você ouvir a verdade, Charlie. Eu salvei você. Tornei você importante para eles. Acha que fiz isso porque é meu trabalho? Porra nenhuma. Eles são uns babacas. O capitão, Hockstetter, Pynchot, aquele tal Jules que trouxe você pra cá. Eles são todos uns babacas.

Ela olhou para ele, como se hipnotizada por aquele rosto no alto. Ele não estava com o tapa-olho, e o lugar onde antes existia um olho era um buraco retorcido e vazio, como uma lembrança de horror.

— Eu não menti para você sobre isso — continuou ele, tocando no próprio rosto. Seus dedos se moveram de leve, de forma quase amorosa, pelas cicatrizes na lateral do queixo até a bochecha marcada e a órbita queimada. — Eu distorci a verdade, sim. Não houve buraco em Hanói, nem vietcongues. Foi o meu pessoal que fez isso. Porque eram uns babacas, que nem esses caras.

Charlie não estava entendendo, não sabia o que ele queria dizer. Sua mente estava em turbilhão. Ele não sabia que ela podia torrá-lo ali mesmo, onde estava?

— Nada disso importa — disse ele. — Nada, exceto você e eu. Nós temos que ser sinceros um com o outro, Charlie. É só o que eu quero. Ser sincero com você.

E ela sentiu que ele estava falando a verdade... mas que uma verdade mais sombria estava escondida embaixo daquelas palavras. Havia alguma coisa que ele não estava contando.

— Suba aqui — pediu ele — e vamos conversar sobre isso.

Sim, era como hipnose. E, de certa forma, como telepatia. Porque, apesar de ela entender a forma daquela verdade sombria, seus pés começaram a se mover em direção à escada. Ele não estava falando sobre conversar. Era sobre dar um fim. Dar um fim à dúvida, à infelicidade, ao medo... dar um fim à tentação de criar incêndios ainda maiores até um final horrível ser a consequência disso. De seu jeito distorcido e maluco, ele estava falando sobre ser seu amigo de uma maneira como mais ninguém podia ser. E... sim, parte dela queria aquilo. Parte dela queria um fim e uma libertação.

Assim, ela começou a andar em direção à escada, e suas mãos estavam nos degraus quando seu pai entrou.

11

— *Charlie?* — chamou ele, e o feitiço foi quebrado.

Suas mãos soltaram os degraus, e uma compreensão terrível surgiu nela. Charlie se virou para a porta e o viu de pé ali. Seu primeiro pensamento

(*papai você ficou gordo!*)

surgiu na mente dela e sumiu tão rápido que ela mal teve chance de perceber. E, gordo ou não, era ele; ela o reconheceria em qualquer lugar, e seu amor pelo pai transbordou, afastando o feitiço de Rainbird, como uma névoa. E lhe ocorreu a compreensão de que, independentemente do que John Rainbird pretendesse para ela, para seu pai ele só pretendia oferecer a morte.

— Papai! — gritou ela. — Não entre!

Uma ruga súbita de irritação surgiu no rosto de Rainbird. A arma não estava mais em seu colo, mas apontada direto para a silhueta na porta.

— Acho que está um pouco tarde demais para isso — disse ele.

Ao lado de Andy, havia um homem que ela achou ser o capitão. Estava parado ali, os ombros murchos como se tivessem sido quebrados.

— Entre — disse Rainbird. Andy entrou. — Agora, pare.

Andy parou. O capitão o seguiu, alguns passos atrás, como se os dois estivessem amarrados. Os olhos do capitão iam nervosamente de um lado para outro na penumbra do estábulo.

— Eu sei o que você consegue fazer — disse Rainbird, e sua voz ficou mais leve, quase bem-humorada. — Na verdade, o que vocês dois conseguem, mas, sr. McGee... Andy? Posso chamar você de Andy?

— Como quiser — respondeu seu pai. A voz calma.

— Andy, se você tentar usar seu poder em mim, eu vou tentar resistir o suficiente para atirar na sua filha. E, claro, Charlie, se você tentar usar o seu poder em mim, quem sabe o que vai acontecer?

Charlie correu até o pai. Apertou o rosto contra o tecido áspero do paletó de veludo.

— Papai, papai — sussurrou ela com voz rouca.

— Oi, docinho — disse ele, acariciando o cabelo dela. Ele a abraçou e olhou para Rainbird. Sentado na beirada do mezanino como um marinheiro no mastro, ele era o pirata de um olho só que aparecera no sonho de Andy e agora ganhara vida. — E agora? — perguntou ele a Rainbird. Andy estava ciente de que Rainbird provavelmente conseguiria segurá-los ali até o sujeito que ele viu correndo no gramado voltar correndo com ajuda, mas não achava que era isso o que ele queria.

Rainbird ignorou a pergunta e falou:

— Charlie?

Charlie tremeu sob as mãos de Andy, mas não se virou.

— Charlie — ele repetiu, baixinho, insistente. — Olhe para mim, Charlie.

Lentamente, com relutância, ela se virou e olhou para ele.

— Venha aqui — disse ele —, como você ia fazer. Nada mudou. Vamos terminar o que temos que fazer, e vai ser o fim disso tudo.

— Não, eu não posso permitir isso — respondeu Andy de forma quase agradável. — Nós vamos embora.

— Venha aqui para cima, Charlie — insistiu Rainbird —, senão vou botar uma bala na cabeça do seu pai agora mesmo. Você pode atear fogo em mim, mas aposto que consigo puxar o gatilho antes disso acontecer.

Charlie deu um gemido do fundo da garganta, como um animal.

— Não se mexa, Charlie — ordenou Andy.

— Ele vai ficar bem — afirmou Rainbird. Sua voz estava baixa, racional, persuasiva. — Vão mandar ele para o Havaí e ele vai ficar bem. Você escolhe, Charlie. Uma bala na cabeça dele ou as areias douradas da praia de Kalani. O que vai ser? Você escolhe.

Sem tirar os olhos de Rainbird, Charlie deu um passo trêmulo se afastando do pai.

— Charlie! — gritou ele. — Não!

— Vai acabar logo — disse Rainbird. O cano da arma sequer tremia; não se afastou da cabeça de Andy. — É isso o que você quer, não é? Vou ser delicado e sem sujeira. Confie em mim, Charlie. Faça pelo seu pai e por você. Confie em mim.

Ela deu outro passo. E outro.

— Não — disse Andy. — Não escuta ele, Charlie.

Mas parecia que ele tinha dado a ela um motivo para ir. Ela andou de volta até a escada, colocou as mãos no degrau acima da cabeça e parou. Olhou para Rainbird e grudou o olhar no dele.

— *Você promete que ele vai ficar bem?*

— Prometo — respondeu Rainbird, mas de maneira repentina e completa Andy sentiu a força da mentira... de todas as mentiras.

Vou ter que dar um impulso nela, pensou com surpresa aparvalhada. *Não nele, mas nela.*

Ele se preparou para fazer isso. Charlie já estava no primeiro degrau, as mãos segurando o próximo acima da cabeça.

E foi nesse momento que o capitão — de quem eles haviam se esquecido — começou a gritar.

12

Quando Don Jules voltou para o prédio de onde o capitão e Andy tinham saído poucos minutos antes, sua aparência estava tão desvairada que Richard, o responsável pela entrada, pegou a arma na gaveta.

— O que... — começou ele.

— O alarme, o alarme! — gritou Jules.

— Você tem auto...

— Eu tenho toda a autoridade de que preciso, seu filho da puta! A garota! A garota está tentando fugir!

No console de Richard havia dois tipos simples de sintonizador, numerados de um a dez. Atordoado, Richard largou a caneta e posicionou o sintonizador da esquerda em pouco depois do sete. Jules foi até lá e posicionou o sintonizador da direita logo depois do um. Um momento depois, um ruído baixo começou a sair do console, um som que estava sendo repetido por todo o complexo da Oficina.

Jardineiros desligaram seus cortadores de grama e correram para abrigos onde havia rifles guardados. As portas dos aposentos onde ficavam terminais vulneráveis de computador se fecharam e trancaram. Gloria, a secretária do capitão, pegou sua arma. Todos os agentes disponíveis da Oficina correram para os alto-falantes aguardando instruções, desabotoando paletós para pegar armas. A carga na cerca externa foi elevada da eletricidade leve diurna para uma voltagem letal. Os dobermanns na área entre as duas cercas ouviram o zumbido, sentiram a carga conforme a Oficina se preparava para a batalha e começaram a latir e pular com histeria. Os portões entre a Oficina e o mundo externo se fecharam e se trancaram automaticamente. O para-choque traseiro de um caminhão de padaria que estava fazendo uma entrega no refeitório passou de raspão por um dos portões, e o motorista teve sorte de não ter sido eletrocutado.

O zumbido parecia infinito, subliminar.

Jules pegou o microfone no console de Richard e disse:

— Condição Luz Amarela. Repetindo: condição Luz Amarela. Isso não é simulação. Sigam para o estábulo; tenham cautela. — Ele revirou a mente buscando o código designado para Charlie McGee e não conseguiu encontrar. Mudavam as porras das coisas todos os dias, ao que parecia. — É a garota, ela está usando o poder! Repito, ela está usando o poder!

13

Orv Jamieson estava embaixo do alto-falante da sala de repouso, no terceiro andar da casa norte, com a Windsucker na mão. Quando ouviu a mensagem de Jules, se sentou abruptamente e guardou a arma.

— Ôh-ou — disse para si mesmo enquanto os três outros com quem ele estava jogando bilhar saíram correndo. — Ôh-ou, eu não, não contem comigo. — Os outros podiam ir correndo para lá como cães farejadores, se quisessem. Eles não tinham estado na fazenda dos Manders. Não tinham visto aquela garotinha em ação.

O que OJ queria, mais do que tudo naquele momento, era tempo para encontrar um buraco fundo e se enfiar nele.

14

O capitão Hollister ouviu muito pouco da conversa entre Charlie, Andy e Rainbird. Ele estava em modo suspenso; as antigas ordens foram cumpridas, nenhuma nova recebida. Os sons da conversa fluíam sem sentido pela sua cabeça, e ele estava livre para pensar no jogo de golfe, em cobras e tacos de ferro, em jiboias e no taco de número cinco, em cascavéis e no taco de número nove, em pítons grandes o suficiente para engolir um bode inteiro. Ele não gostava daquele lugar. Era cheio de feno solto que o fazia se lembrar do cheiro das margens de um campo de golfe. Foi no feno que seu irmão foi picado por uma cobra quando o capitão tinha três anos. Não era uma cobra muito perigosa, mas seu irmão mais velho *gritou*, ele *gritou*, e havia cheiro de feno, cheiro de cravo, cheiro de capim. Seu irmão mais velho era o garoto mais forte e corajoso do mundo, mas estava *gritando*, o menino grande e durão de nove anos chamado Leon Hollister estava *gritando* "Vai chamar o *papai!*", e lágrimas escorriam pelas bochechas dele enquanto suas mãos seguravam a perna inchada. Quando o capitão Hollister de três anos se virou para fazer o que o irmão estava mandando, apavorado e balbuciando, a coisa deslizou por cima do seu *pé*, do seu próprio *pé*, como uma água verde mortal — e mais tarde o médico disse que a picada não apresentava perigo, que a cobra devia ter picado alguma outra coisa um pouco antes e esvaziado sua bolsa de veneno, mas Lennie achou que estava *morrendo*. E de todos os lados vinha o cheiro doce de grama de verão, e os grilos estavam pulando, fazendo seu *cri-que-crique* eterno e cuspindo sumo de tabaco ("Se cuspir a informação eu solto você" era o que se dizia naqueles dias distantes no Nebraska); aromas bons, sons bons, aromas e sons de campo de golfe, e os *gritos* do irmão dele, a sensação seca e escamosa da cobra, e olhar para baixo e ver a cabeça chata e triangular, os olhos pretos... a cobra deslizou por cima do pé do capitão voltando para a grama alta... voltando para a vida selvagem, podia-se dizer... e o cheiro foi como aquele... e ele não gostava daquele lugar.

Quatro tacos e víboras e bolas e cabeças de cobra...

O ricochete pulava cada vez mais rápido de um lado para outro, e os olhos do capitão se moviam vazios pelo estábulo escuro enquanto John Rainbird enfrentava os McGee. Seus olhos acabaram se fixando em uma mangueira verde de plástico parcialmente derretida perto do cano estourado. Estava caída no gancho, ainda parcialmente obscurecida pelos restos de vapor.

Um terror de repente se apoderou dele, tão explosivo quanto chamas em uma tubulação de gás. Por um momento, o medo foi tão grande que ele nem conseguiu respirar, e menos ainda soltar um grito de aviso. Seus músculos estavam paralisados, travados.

De repente, eles se soltaram. O capitão inspirou ar em um movimento convulsivo e ofegante e soltou um grito repentino de estourar os tímpanos.

— *Cobra! COBRA! COOOOOOBRA!*

Mas não saiu correndo. Mesmo no estado em que estava, não era da natureza do capitão Hollister fugir. Ele deu um pulo para a frente como um autômato enferrujado e pegou um ancinho encostado na parede. Era uma cobra, e ele bateria nela, a partiria e a esmagaria. Ele... ele...

Ele salvaria Lennie!

O capitão correu até a mangueira parcialmente derretida com o ancinho na mão.

E as coisas aconteceram muito rápido.

15

Os agentes, em grande parte armados com pistolas, e os jardineiros, a maioria com fuzis, se dirigiam em um círculo irregular para o estábulo baixo em forma de L quando a gritaria começou. Um momento depois, ouviram um baque pesado e o que podia ser um grito abafado de dor. Só após um segundo ouviram um som baixo de algo arrebentando e um estrondo seco que só podia ser uma arma com silenciador.

O círculo em volta do estábulo parou e começou a se deslocar de volta para o centro.

16

O grito e o pulo repentino do capitão na direção do ancinho só interromperam a concentração de Rainbird por um momento, mas um momento foi suficiente. A arma foi desviada da cabeça de Andy para o capitão; foi um movimento instintivo, o movimento rápido e alerta de um tigre caçando na floresta. E foi assim que seus instintos apurados o traíram e fizeram com que ele caísse da corda bamba na qual ele andara durante tanto tempo.

Andy usou o impulso com a mesma rapidez e também de modo instintivo. Quando a arma se virou para o capitão, ele gritou "Pule!" para Rainbird, dando o maior impulso que já tinha dado na vida. A dor explodiu em sua cabeça como estilhaços de bala, enlouquecedora de tão forte, e ele sentiu alguma coisa *ceder*, de um jeito final e irrevogável.

Estourou, pensou ele. O pensamento foi denso e arrastado. Andy cambaleou para trás. O lado esquerdo inteiro do corpo ficou dormente. A perna esquerda não queria mais sustentá-lo.

(*finalmente chegou estourou a porcaria finalmente falhou*)

Rainbird se jogou do mezanino dando impulso com os braços. Seu rosto estava quase comicamente surpreso. Ele continuou segurando a arma; mesmo quando bateu no chão com força e caiu para a frente com a perna quebrada, ele continuou segurando a arma. Não conseguiu sufocar um grito de dor e perplexidade, mas continuou segurando a arma.

O capitão alcançou a mangueira verde e estava batendo nela insanamente com o ancinho. Sua boca estava se movimentando, mas sem emitir nenhum som, apenas um jorro fino de saliva.

Rainbird olhou para cima. Seu cabelo tinha caído sobre o rosto e ele balançou a cabeça para afastá-lo da linha de visão. Seu único olho cintilou. Sua boca estava repuxada em uma linha amarga. Ele levantou a arma e apontou para Andy.

— Não! — gritou Charlie. — Não!

Rainbird disparou, fazendo sair fumaça pelas aberturas no silenciador. A bala abriu um buraco na madeira ao lado da cabeça frouxa de Andy. Rainbird apoiou um braço no chão e atirou de novo. A cabeça de Andy voou terrivelmente para a direita, e sangue jorrou com vigor da lateral esquerda de seu pescoço.

— *Não!* — gritou Charlie outra vez, levando as mãos ao rosto. — *Papai! Papai!*

A mão de Rainbird cedeu embaixo dele; longas farpas penetraram na palma de sua mão.

— Charlie — murmurou ele. — Charlie, olhe para mim.

17

Eles formaram um círculo em volta do estábulo e pararam, sem saber como lidar com aquilo.

— A garota — disse Jules. — Um tiro de raspão...

— *Não!* — gritou Charlie lá dentro, como se tivesse ouvido o que Jules planejava. E então: — *Papai! Papai!*

Houve outro estrondo, bem mais alto, e um brilho repentino e intenso que fez todos protegerem os olhos. Uma onda de calor saiu pelas portas abertas do estábulo, fazendo os homens na frente delas recuarem.

Em seguida veio a fumaça, fumaça e o brilho vermelho de fogo.

Em algum lugar dentro daquele princípio de inferno, cavalos começaram a gritar.

18

Charlie correu em direção ao pai, a mente em um turbilhão horrorizado, e quando Rainbird falou, ela se virou para ele. Ele estava caído de bruços, tentando firmar a arma com as duas mãos.

Incrivelmente, sorria.

— Assim — gemeu ele. — Para que eu possa ver seus olhos. Eu te amo, Charlie.

E disparou.

O poder pulou como louco para fora de Charlie, totalmente descontrolado. A caminho de Rainbird, pulverizou o pedaço de chumbo que teria se enfiado no cérebro dela. Por um momento, pareceu que um vento forte havia balançado as roupas de Rainbird (e também as do capitão, atrás dele), e que mais nada estava acontecendo. Mas não eram só as roupas sendo sacudidas; a carne também ondulava, escorrendo como sebo, sendo arrancada dos ossos que já estavam queimados, pretos e em chamas.

Um brilho mudo de luz a cegou momentaneamente; ela não viu mais nada, mas ouvia os cavalos nas baias, enlouquecendo de medo... e sentiu o cheiro de fumaça.

Os cavalos! Os cavalos!, pensou ela, tateando com o brilho à frente dos olhos. Era seu sonho. Um pouco diferente, mas era o sonho. E de repente, por um momento, ela estava de volta ao aeroporto de Albany, uma garotinha cinco centímetros mais baixa, cinco quilos mais leve e muito mais inocente; uma garotinha com uma sacola de compras retirada de uma lata de lixo, indo de uma cabine telefônica a outra, dando impulsos, as moedas caindo pela abertura de devolução…

Ela deu um impulso naquele momento, quase cegamente, tateando com a mente em busca do que precisava.

Uma ondulação percorreu as portas das baias que formavam o lado comprido do L. Uma após a outra, as trancas caíram no chão de madeira soltando fumaça, retorcidas pelo calor.

Quando o poder passou pelo capitão e por Rainbird e seguiu em frente, os fundos do estábulo explodiram em um emaranhado de tábuas fumegantes, como uma coisa disparada por um canhão psíquico. Os destroços voaram por sessenta metros ou mais em uma área ampla, e os agentes da Oficina que estavam no caminho foram atingidos por uma força equivalente à de uma carga de canhão. Um sujeito chamado Clayton Braddock quase foi decapitado por um pedaço de tábua da lateral do celeiro que voou girando. O homem ao lado dele foi cortado em dois por uma viga que saiu rodando pelo ar como uma hélice fujona. Um terceiro perdeu a orelha para um pedaço fumegante de madeira e só percebeu quase dez minutos depois.

A fila de infantaria formada por agentes da Oficina se desfez. Os que não conseguiam correr engatinhavam. Apenas um homem manteve a posição, ao menos por um momento. Foi George Sedaka, o agente que estava com Orv Jamieson ao pegar as cartas de Andy em New Hampshire. Ele só estava no complexo da Oficina aguardando para ir para a Cidade do Panamá. O homem à sua esquerda estava agora caído no chão, gemendo, e o que estava à sua direita era o infeliz Clayton Braddock.

O próprio Sedaka ficou milagrosamente intacto. Fagulhas e estilhaços quentes voaram em torno dele. Um gancho de fardo de feno com beiradas afiadas e letais entrou na terra a dez centímetros de seus pés, brilhando em um vermelho intenso.

Os fundos do estábulo pareciam ter sido explodidos por mais de dez bananas de dinamite. Vigas caídas em chamas envolviam um buraco negro que devia ter aproximadamente oito metros de largura. Uma pilha grande de compostagem havia absorvido a maior parte da força extraordinária de

Charlie em sua saída explosiva; estava agora em chamas, e o que restava dos fundos do estábulo também começava a pegar fogo.

Sedaka ouviu cavalos relinchando e gritando lá dentro, viu o brilho vermelho-alaranjado intenso do fogo conforme as chamas subiam para o mezanino cheio de feno seco. Era como observar o inferno por meio de uma portinhola.

Sedaka decidiu de repente que não queria mais saber daquilo.

Era um pouco mais difícil do que abordar carteiros desarmados em estradas do interior.

George Sedaka guardou a pistola e saiu correndo.

19

Ela ainda estava tateando, sem conseguir entender tudo o que tinha acontecido.

— *Papai!* — gritou. — *Papai! Papai!*

Tudo estava embaçado, fantasmagórico. O ar estava repleto de fumaça quente e sufocante e de brilhos vermelhos. Os cavalos ainda estavam chutando as portas das baias, mas agora elas se abriam, sem tranca. Alguns dos cavalos, pelo menos, conseguiram fugir.

Charlie caiu de joelhos, procurando o pai, e os cavalos em fuga começaram a passar por ela, pouco mais do que formas indistintas e ilusórias. Acima, uma viga em chamas caiu provocando uma chuva de fagulhas e incendiando o feno em uma das baias de baixo. No lado curto do L, um barril com trinta galões de combustível para trator explodiu com um rugido seco e engasgado.

Cascos passaram voando a centímetros da cabeça de Charlie enquanto ela engatinhava com as mãos para a frente como uma criança cega. Um dos cavalos em fuga a acertou, e ela caiu para trás. Uma de suas mãos encontrou um sapato.

— Papai? — choramingou ela. — Papai?

Ele estava morto. Ela tinha certeza de que ele estava morto. Tudo estava morto; o mundo eram chamas; eles tinham matado a mãe dela e agora mataram o pai.

Sua visão estava começando a voltar, mas tudo ainda estava indistinto. Ondas de calor pulsavam acima dela. Charlie tateou pela perna dele, encontrou o cinto e foi subindo pela camisa até os dedos chegarem a uma parte molhada e grudenta que estava se espalhando. Ela fez uma pausa horrorizada, e não conseguiu seguir em frente.

— Papai — sussurrou ela.

— Charlie?

Não passou de um grunhido baixo e rouco… mas era ele. A mão de Andy encontrou o rosto dela e a puxou com fraqueza.

— Venha aqui. Chegue… chegue mais perto.

Ela ficou ao lado dele, e o rosto do pai surgiu no meio da confusão cinzenta. A lateral esquerda estava repuxada em uma careta; o olho esquerdo estava muito vermelho e fez Charlie se lembrar daquela manhã em Hastings Glen, quando os dois acordaram no hotel de beira de estrada.

— Papai, olha essa confusão — gemeu Charlie e começou a chorar.

— Não temos tempo — disse ele. — Escute. Escute, Charlie!

Ela se inclinou, suas lágrimas molhando o rosto dele.

— Isso ia acontecer, Charlie… Não desperdice suas lágrimas comigo. Mas…

— Não! Não!

— Charlie, cala a boca! — ele interrompeu com rispidez. — Vão querer matar você agora. Você entende? Chega… chega de joguinhos. Chega de cautela. — Ele pronunciou "catela" com o canto da boca cruelmente retorcido. — Não permita, Charlie. E não permita que encubram tudo. Não deixe que digam… que foi só um incêndio…

Ele havia levantado a cabeça, e depois a apoiou novamente, ofegante. Lá de fora, ainda em um volume baixo devido ao crepitar do fogo ali dentro, vieram estalos de armas, sem importância… e mais uma vez os gritos dos cavalos.

— Papai, não fale… descanse…

— Não. Tempo. — Se apoiando no braço direito, ele conseguiu se levantar parcialmente e olhar para ela. Sangue escorria dos cantos da boca. — Você precisa fugir, se puder, Charlie. — Ela limpou o sangue com a barra do macacão. O calor do fogo chegava a ela, por trás. — Fuja se puder. Se você tiver que matar quem estiver no seu caminho, Charlie, mate. É guerra. Faça com que eles saibam que estiveram em uma guerra. — A voz dele estava falhando agora. — Fuja se puder, Charlie. Faça isso por mim. Entendeu?

Ela assentiu.

Acima, perto dos fundos, outra viga caiu em um rodopio chamejante de fagulhas amarelo-alaranjadas. Agora o calor chegava neles como se tivessem aberto a porta de uma fornalha. Fagulhas pousavam na pele dela e se apagavam como insetos famintos picando.

— Faça... — ele tossiu sangue e se esforçou para completar as palavras — faça com que eles nunca mais voltem a fazer uma coisa assim. Bote fogo em tudo, Charlie. *Bote fogo em tudo.*

— Papai...

— Vá agora. Antes que o resto pegue fogo.

— Eu não posso deixar você — respondeu ela, com a voz trêmula e indefesa.

Ele sorriu e a puxou para mais perto, como se para sussurrar no ouvido dela. Mas o que fez foi beijá-la.

— ... amo você, Ch... — disse ele, e morreu.

20

Don Jules se viu sem querer no comando. Depois que o fogo começou, ele segurou os homens o máximo que conseguiu, convencido de que a garotinha sairia correndo para a linha de tiro deles. Como isso não aconteceu — e como os homens na frente do estábulo começaram a ter uma ideia do que havia acontecido com os que estavam atrás —, Don Jules decidiu que não podia esperar mais, não se quisesse segurá-los. Ele começou a avançar, e os outros foram com ele... mas seus rostos estavam tensos e contraídos. Não pareciam mais homens em posição de vantagem.

Sombras se moveram rapidamente dentro do estábulo. Ela estava saindo. Armas foram empunhadas; dois homens dispararam antes que qualquer coisa tivesse aparecido. E então...

Mas não era a garota; eram os cavalos, uns seis, oito, dez, o pelo cheio de espuma, os olhos revirados e brancos, loucos de medo.

Os homens de Jules, nervosos, abriram fogo. Mesmo os que se contiveram quando perceberam que eram cavalos e não humanos saindo do estábulo pareceram não conseguir se segurar depois que os colegas começaram a disparar. Foi um massacre. Dois cavalos caíram para a frente sobre os joelhos, um deles relinchando, infeliz. Sangue voou pelo dia claro de outono e sujou a grama.

— *Parem!* — gritou Jules. — *Parem, merda! Parem de atirar nas porras dos cavalos!*

Ele parecia o rei Canuto tentando dar ordem às marés. Os homens, com medo de algo que não conseguiam ver, apavorados com o alarme, com o alerta amarelo, com o ruído alto do barril de combustível explodindo e com o fogo que agora cuspia fumaça preta e densa para o céu, finalmente tinham alvos em movimento para atirar... e estavam atirando.

Dois cavalos caíram mortos na grama. Outro caiu metade na grama e a outra metade sobre o caminho de cascalho, resfolegando. Mais três, loucos de medo, dispararam para a esquerda e seguiram na direção dos quatro ou cinco homens próximos. Eles abriram passagem, ainda atirando. Um dos homens tropeçou nos próprios pés e foi pisoteado, gritando.

— *Parem!* — gritou Jules. — *Parem! Cessar... cessar fogo! Que droga, cessar fogo, seus babacas!*

Mas a matança continuou. Homens recarregavam as armas com expressões estranhas e vazias. Muitos deles, como Rainbird, eram veteranos da guerra do Vietnã, e seus rostos exibiam as expressões cegas e retorcidas de homens revivendo um antigo pesadelo em intensidade lunática. Alguns tinham parado de atirar, mas eram minoria. Havia cinco cavalos caídos feridos na grama e no caminho de carros. Outros haviam fugido, Necromancer entre eles, o rabo balançando como uma bandeira de batalha.

— A garota! — gritou alguém, apontando para a porta do estábulo. — *A garota!*

Era tarde demais. A matança dos cavalos mal tinha terminado quando outra coisa chamou a atenção deles. Quando se viraram para o local onde Charlie estava — a cabeça abaixada, pequena e mortal em seu macacão jeans e as meias azul-escuras até os joelhos —, as trincheiras de fogo já tinham começado a se irradiar dela na direção deles, como fios de uma teia de aranha letal.

21

Charlie estava novamente mergulhada no poder, e foi um alívio.

A perda do pai, afiada e cortante como um punhal, recuou e se transformou em uma dor entorpecida.

Como sempre, ela foi guiada pelo próprio poder, como um brinquedo fascinante e terrível cuja gama completa de possibilidades ainda esperava para ser descoberta.

Trincheiras de fogo se espalharam pela grama na direção da linha irregular de homens.

Vocês mataram os cavalos, seus filhos da mãe, pensou ela, e a voz de seu pai ecoou, como se concordando: *Se você tiver que matar quem estiver no seu caminho, Charlie, mate. É guerra. Faça com que eles saibam que estiveram em uma guerra.*

Sim, decidiu ela, faria com que eles soubessem que estiveram em uma guerra.

Alguns dos homens agora estavam se virando e fugindo. Com um movimento leve de cabeça, Charlie desviou uma das linhas de fogo para a direita, e três homens foram engolidos, as roupas se tornando trapos em chamas. Eles caíram no chão e entraram em convulsão, gritando.

Alguma coisa zumbiu perto da cabeça dela, e outra coisa gerou uma chama leve em seu pulso. Foi Jules, que pegara outra arma na estação de Richard. Ele estava parado com as pernas abertas, a arma apontada, atirando nela.

Charlie deu um impulso nele: um raio intenso e explosivo de força.

Jules foi arremessado para trás tão repentinamente e com tanta força que pareceu ter sido atingido por uma bola de demolição de um grande guindaste invisível. Ele voou doze metros, não mais homem, mas uma bola fervente em combustão.

Todos se viraram e saíram correndo. Fugiram da mesma forma que na fazenda dos Manders.

Que bom, pensou ela. *Que bom pra vocês.*

Ela não queria matar pessoas. Isso não tinha mudado. O que mudou foi que ela mataria se precisasse. Aquelas pessoas estavam em seu caminho.

Charlie começou a caminhar na direção da casa mais próxima, que estava a certa distância do celeiro, perfeita como uma imagem de calendário, de frente para a companheira, do outro lado do gramado.

Janelas se quebraram como se alvejadas por tiros. As treliças cobertas de hera que subiam pelo lado direito da casa tremeram e explodiram em artérias flamejantes. A tinta soltou fumaça, borbulhou e pegou fogo. As chamas subiram até o telhado como mãos tateando.

Uma das portas se abriu, soltando o grito alto e desesperado de um alarme de incêndio e deixando saírem mais de vinte secretárias, técnicos e analistas. Eles correram pelo gramado em direção à cerca, desviaram do arame de eletricidade mortífera e dos cachorros que latiam e pulavam, aglomerados como ovelhas assustadas. O poder queria ir na direção deles, mas Charlie se virou para longe e o jogou sobre a cerca, fazendo os elos em formato de losango escorrerem e chorarem lágrimas de metal derretido. Houve um som vibrante e grave, um som de raio baixo; a cerca ficou sobrecarregada e começou a entrar em curto, de segmento em segmento. Fagulhas roxas ofuscantes voaram. Pequenas bolas de fogo começaram a pular do alto da cerca, e condutores de porcelana branca explodiram como patos de argila em uma galeria de tiro.

Os cachorros estavam enlouquecidos. Os pelos estavam eriçados em todas as direções, e eles corriam de um lado para outro como demônios entre as duas cercas. Um deles bateu na cerca de alta voltagem e voou para o alto com as pernas esticadas e duras, caindo em uma pilha fumegante. Dois outros cachorros o atacaram com histeria selvagem.

Não havia celeiro atrás da casa onde Charlie e seu pai ficaram aprisionados, mas havia um prédio baixo e bem cuidado, também de madeira, pintado de vermelho com detalhes brancos. Aquele prédio abrigava a frota de carros da Oficina. As portas largas se abriram, e uma limusine Cadillac blindada com placas do governo saiu. O teto solar estava aberto, deixando à mostra a cabeça e o tronco de um homem. Com os cotovelos apoiados no teto, ele começou a disparar uma semiautomática na direção de Charlie. Na frente dela, a grama firme voou em tufos.

Charlie se virou para o carro e soltou o fogo na direção dele. Seu poder ainda estava crescendo; estava se tornando uma coisa flexível, mas pesada, uma coisa invisível que agora parecia estar se alimentando em uma reação em cadeia espiralada de força exponencial. O tanque de gasolina da limusine explodiu, envolvendo a traseira do carro e arremessando o escapamento para o céu como um dardo. Mas, antes mesmo de isso acontecer, a cabeça e o tronco do atirador foram incinerados, o para-brisa do carro implodiu, e os pneus especiais autovedantes começaram a escorrer como sebo.

O carro prosseguiu por seu anel de fogo, desgovernado, perdendo a forma original, derretendo e se transformando em uma coisa que parecia um torpedo. Capotou duas vezes, e foi sacudido por uma segunda explosão.

Secretárias fugiam da outra casa, correndo como formigas. Charlie poderia tê-las atingido com fogo, e parte dela *queria* fazer isso, mas com um esforço de sua vontade enfraquecida, ela concentrou o poder na edificação, na casa onde os dois tinham sido mantidos contra a vontade... a casa onde John a traiu.

Charlie soltou toda a sua força de uma vez. Por apenas um momento, pareceu que nada estava acontecendo; houve um leve cintilar no ar, como o cintilar acima de uma churrasqueira em que as pedras de carvão foram amontoadas... e de repente a casa toda explodiu.

A única imagem clara que permaneceu em sua memória — e, mais tarde, o testemunho dos sobreviventes a confirmou várias vezes — foi da chaminé da casa subindo no céu como um foguete de tijolos, parecendo intacta, enquanto embaixo a casa de vinte e cinco cômodos se desintegrava, como uma casinha de brinquedo feita de papelão na chama de um maçarico. Pedras, pedaços de tábuas, assoalho, tudo subiu no ar e voou no bafo quente de dragão que era a força de Charlie. Uma máquina de escrever IBM derreteu e se retorceu em algo que lembrava um pano de prato verde de aço amarrado em um nó, depois subiu no céu e caiu entre as duas cercas, cavando uma cratera. Uma cadeira de secretária, com seu assento giratório rodopiando loucamente, foi lançada para longe com a velocidade de uma flecha disparada de uma besta.

O calor atravessou o gramado e chegou até Charlie.

Ela olhou ao redor em busca de alguma outra coisa para destruir. Fumaça subia no ar, vinda de várias fontes: das duas lindas casas que existiam antes da guerra — só uma delas ainda estava reconhecível como casa —, do estábulo, do que havia sido uma limusine. Mesmo a céu aberto, o calor estava ficando intenso.

E o poder permanecia enorme, querendo ser espalhado, *precisando* ser espalhado, para não desabar sobre sua fonte e destruí-la.

Charlie não fazia ideia de que algo inimaginável podia acabar acontecendo. Mas, quando se virou para a estradinha que levava para fora do complexo da Oficina, ela viu pessoas se jogando na cerca em um frenesi cego de pânico. Em algumas partes, a cerca tinha entrado em curto, e as pessoas conseguiram subir. Os cachorros atacaram uma jovem de saia amarela que gritava horrivelmente. E, com a mesma clareza com que ouviria se ele ainda estivesse vivo e ao seu lado, Charlie ouviu seu pai gritar: *Chega, Charlie! Já chega! Pare enquanto ainda pode!*

Mas ela podia?

Virando-se para longe da cerca, ela procurou desesperadamente pelo que precisava, ao mesmo tempo lutando contra o poder, tentando segurá-lo e mantê-lo equilibrado e suspenso. A força começou a se deslocar sem direção, espirais loucas pela grama em um padrão cada vez mais amplo.

Nada. Nada, exceto…

O laguinho dos patos.

22

OJ ia escapar, e nenhum cachorro o impediria.

Ele tinha fugido da casa quando os outros começaram a ir para o estábulo. Sentia muito medo, mas ainda não pânico suficiente para encostar na cerca eletrificada depois que os portões se fecharam automaticamente. Ele assistiu ao holocausto todo de trás do tronco grosso e retorcido de um velho olmo. Quando a garotinha deu curto na cerca, ele esperou até que ela tivesse se movido um pouco e concentrado a atenção na destruição da casa. Em seguida, ele correu para a cerca, a Windsucker na mão direita.

Quando encontrou uma parte queimada, subiu e caiu no vão dos cachorros. Dois avançaram sobre ele, que segurou o pulso direito com a mão esquerda e atirou. Eram uns filhos da mãe bem grandes, mas a Windsucker era maior. Nenhum dos dois voltaria a comer ração, a não ser que fosse servida no paraíso dos cachorros.

Um terceiro cão chegou por trás, rasgou o traseiro da calça, arrancou um bom pedaço de sua nádega esquerda e o derrubou no chão. OJ se virou e lutou com ele com uma das mãos, segurando a Windsucker com a outra.

Ele bateu com o coldre da arma e apontou o cano quando o cachorro avançou na direção do seu pescoço. O cano deslizou para dentro da boca do dobermann, e OJ puxou o gatilho. O som foi abafado.

— Molho de cranberry! — gritou OJ, se levantando em pernas bambas. Ele começou a rir histericamente. O portão externo não estava mais eletrificado; até a carga fraca havia sofrido curto. OJ tentou abri-lo. Outras pessoas já estavam se aglomerando e empurrando. Os cachorros que sobraram tinham recuado, rosnando. Alguns dos agentes sobreviventes seguravam suas armas e atiravam a esmo na direção dos animais. A disciplina havia retornado aos homens que carregavam armas, permitindo que eles se posicionassem em torno das secretárias, dos analistas e dos técnicos desarmados.

OJ jogou seu peso contra o portão. Não abriu. Estava trancado, assim como todo o resto. Ele olhou ao redor, sem saber direito o que fazer. Uma espécie de sanidade tinha voltado; sair correndo quando se estava sozinho, sem ser observado, era uma coisa, mas agora havia testemunhas demais por perto.

Se é que aquela garota dos infernos ia deixar alguma testemunha.

— Vocês vão ter que pular! — gritou ele. A voz se perdeu na confusão geral. — *Pulem, porra!* — Não houve resposta. As pessoas só se encostavam na cerca externa, os rostos idiotas e emanando pânico.

OJ segurou uma mulher encolhida junto ao portão ao lado dele.

— *Nããããão!* — gritou ela.

— Pule, sua vaca! — gritou OJ, e a empurrou para que ela se movesse.

Outros a viram e começaram a imitá-la. A cerca interna ainda estava soltando fumaça e fagulhas em alguns pontos. Um homem gordo, que OJ reconheceu como um dos cozinheiros do refeitório, estava agarrado em uns dois mil volts. Ele tremia e sacolejava, os pés fazendo uma dança veloz na grama, a boca aberta, as bochechas ficando pretas.

Outro dobermann pulou e arrancou um pedaço da perna de um jovem magrelo de óculos e jaleco. Um dos outros agentes deu um tiro no cachorro, errou e estraçalhou o cotovelo do homem. O técnico de laboratório caiu no chão e começou a rolar, segurando o cotovelo e berrando pela ajuda da Virgem Maria. OJ atirou no cachorro antes que arrancasse a garganta do rapaz.

Que merda, ele gemeu por dentro. *Ah, meu bom Deus, que merda.*

Agora eram uns doze escalando o portão. A mulher que OJ pôs em movimento tinha chegado ao alto, passado para o outro lado e caído na parte externa com um grito estrangulado. Ela começou a berrar na mesma hora. O portão era alto, e na queda de quase três metros ela caiu mal e quebrou o braço.

Ah, Jesus Cristo, que merda.

Escalando o portão, eles pareciam produto da imaginação de um lunático que vislumbrava como seriam exercícios em um campo de treinamento de fuzileiros.

OJ se virou novamente, tentando enxergar Charlie, tentando ver se ela estava indo para cima deles. Se estivesse, as testemunhas que se virassem; ele ia pular o portão e fugir para longe.

Um dos analistas gritou:

— O quê, em nome de *Deus*…

O som sibilante aumentou na mesma hora, encobrindo a voz dele. OJ diria depois que a primeira coisa em que pensou foi na avó fritando ovos, só que aquele som era um milhão de vezes mais alto, como se uma tribo de gigantes tivesse decidido que todos fritariam ovos de uma vez.

O som cresceu ainda mais, e de repente o laguinho entre as duas casas sumiu em meio ao vapor branco. O lago todo, com uns quinze metros de largura e um metro e meio de profundidade, estava fervendo.

Por um momento, OJ viu Charlie a uns vinte metros do lago, de costas para quem ainda estava tentando sair, mas logo ela sumiu no vapor. O som chiado continuou. Uma neblina branca se espalhou pelo gramado verde, e o sol claro de outono gerou arcos loucos de arco-íris na umidade de algodão. A nuvem de vapor oscilou e se deslocou. Os pretensos fugitivos ficaram agarrados na cerca como moscas, as cabeças viradas para olhar.

E se não houver água suficiente?, pensou OJ de repente. *E se não for o bastante para apagar o fósforo ou a tocha dela, seja lá o que for? O que vai acontecer nesse caso?*

Orville Jamieson decidiu que não queria ficar para descobrir. Ele já havia bancado o herói por tempo suficiente. Enfiou a Windsucker no coldre de ombro e subiu o portão quase correndo. No alto, ele pulou por cima e caiu agachado perto da mulher que ainda estava gritando e segurando o braço quebrado.

— Eu aconselho você a poupar o fôlego e sair daqui — disse OJ para ela, e logo seguiu o próprio conselho.

23

Charlie estava em seu próprio mundo branco, jogando o poder no laguinho dos patos, lutando contra ele, tentando sufocá-lo e fazê-lo parar. A vitalidade do poder parecia infinita. Ela o tinha sob controle agora, sim; ele seguia tranquilamente para o lago como se por um cano invisível. Mas o que aconteceria se toda a água fervesse antes que ela conseguisse acabar com a força dele e dispersá-la?

Bastava de destruição. Charlie deixaria que o poder recaísse sobre ela mesma e a destruísse antes de permitir que se espalhasse e começasse a se alimentar de novo.

(*Chega! Chega!*)

Agora, ao menos, ela o sentia perdendo um pouco da urgência, da... da capacidade de permanecer inteiro. Estava desmoronando. Havia vapor branco e denso para todos os lados, e cheiro de lavanderia. O sibilar gigantesco e borbulhento do lago que ela não conseguia mais ver.

(*!!CHEGA!!*)

Ela pensou novamente no pai, e uma nova dor a perfurou: morto. Ele estava morto. O pensamento pareceu dissipar o poder mais um pouco, e então, enfim, o sibilar começou a diminuir. O vapor passou majestosamente por ela. No céu, o sol era uma moeda prata embaçada.

Eu mudei o sol, pensou ela, confusa. E então: *Não, não de verdade, é o vapor, a neblina, vai passar...*

Com uma certeza repentina que veio de dentro, no entanto, ela soube que *poderia* mudar o sol se quisesse... com o tempo.

O poder ainda estava crescendo.

Aquele ato de destruição, aquele apocalipse, tinha chegado ao limite atual.

O *potencial* não foi controlado.

Charlie caiu de joelhos na grama e começou a chorar, lamentando a perda do pai, lamentando as outras pessoas que ela havia matado, até mesmo John. Talvez o que Rainbird queria para ela tivesse sido melhor, mas com o pai morto e aquela chuva de destruição na cabeça, ela sentiu sua resposta à vida, uma busca desesperada e muda pela sobrevivência.

E talvez, mais do que tudo, ela lamentasse por si mesma.

24

Charlie não sabia por quanto tempo havia permanecido sentada na grama com a cabeça aninhada nos braços; por mais impossível que parecesse, achava que talvez tivesse até cochilado. Mesmo sem saber, quando voltou a si ela percebeu que o sol estava mais forte e localizado um pouco mais para o oeste no céu. O vapor do lago fervente tinha sido espalhado pela brisa e sumido.

Lentamente, Charlie se levantou e olhou em volta.

O lago foi o que chamou sua atenção primeiro. Ela viu que havia sido por pouco… muito pouco. Apenas poças de água restaram, brilhando com a luz do sol como pedras preciosas na lama densa do fundo. Havia ninfeias e outras plantas aquáticas destruídas, espalhadas aqui e ali como joias corroídas; em alguns pontos, a lama estava começando a secar e rachar. Charlie viu algumas moedas na lama e um objeto enferrujado que parecia uma faca muito comprida ou talvez uma lâmina de cortador de grama. A grama em volta do lago estava queimada, preta.

Um silêncio mortal dominava o complexo da Oficina, interrompido apenas pelo crepitar brusco do fogo. Seu pai falou pra ela deixar claro que eles haviam vivido uma guerra, e o que sobrou parecia mesmo um campo de batalha abandonado. O estábulo, o celeiro e a casa de um lado do lago ardiam furiosamente. E tudo que restou da casa do outro lado foram destroços fumacentos; parecia que o local tinha sido atingido por uma bomba enorme ou por um míssil da Segunda Guerra Mundial.

Linhas pretas queimadas se espalhavam em todas as direções na grama, formando aqueles desenhos idiotas em espiral, ainda soltando fumaça. A limusine blindada tinha queimado completamente no final de uma trincheira de terra. Não parecia mais um carro; era só uma pilha de ferro-velho aleatória.

A cerca era o pior.

Havia corpos espalhados na parte interna, uns seis. No vão entre as duas cercas, havia mais dois ou três corpos, além de vários cachorros mortos.

Como se em um sonho, Charlie saiu andando naquela direção.

Outras pessoas se moviam pelo gramado, mas não muitas. Duas a viram se aproximando e correram. As outras pareciam não ter ideia de quem ela era, nem de que ela havia provocado aquilo tudo. Caminhavam com aqueles passos sonhadores e hesitantes de sobreviventes em estado de choque.

Charlie começou a subir a cerca interna.

— Eu não faria isso — advertiu um homem com uniforme branco de faxineiro em tom casual. — Os cachorros vão pra cima de você, garota.

Charlie não deu atenção. Os cachorros que restavam rosnaram para ela, mas não chegaram perto. Ao que parecia, eles também tinham chegado ao limite. Ela escalou o portão externo, se deslocando com lentidão e cuidado, se segurando bem e prendendo a ponta da frente dos mocassins nos buracos da cerca. Ao chegar ao alto, passou uma perna com cuidado, depois a outra. Em seguida, se movendo com o mesmo cuidado, desceu e, pela primeira vez em seis meses, pisou em um terreno que não pertencia à Oficina. Por um momento, ela ficou parada, como se em choque.

Estou livre, pensou ela estupidamente. *Livre.*

Ao longe, mas se aproximando, sirenes soavam.

A mulher com o braço quebrado ainda estava sentada na grama, a aproximadamente vinte passos da guarita vazia. Parecia uma criança gorda cansada demais para se levantar. Sob os olhos dela, havia círculos brancos de choque. Seus lábios tinham um tom azulado.

— Seu braço — observou Charlie com voz rouca.

A mulher olhou para Charlie, e o reconhecimento surgiu em seus olhos. Ela começou a rastejar para longe, choramingando de medo.

— Não chegue perto de mim — sibilou ela com desespero. — Todos aqueles testes! Todos aqueles testes! Eu não preciso de testes! Você é uma bruxa! Bruxa!

Charlie parou.

— Seu braço — repetiu ela. — Por favor. Seu braço. Me desculpe. Por favor? — Seus lábios estavam tremendo de novo. Tinha a impressão de que o pânico da mulher, o jeito como seus olhos se reviravam, o jeito como ela curvava inconscientemente os lábios sobre os dentes... essas eram as piores coisas de todas.

— Por favor! — gritou ela. — Me desculpe! Eles mataram meu pai!

— Deviam ter matado você também — respondeu a mulher, ofegante. — Por que você não bota fogo em si mesma se está tão arrependida?

Charlie deu um passo na direção dela, e a mulher se moveu novamente, gritando ao cair em cima do braço quebrado.

— Não chegue perto de mim!

E, de repente, toda a dor e sofrimento e raiva de Charlie encontraram voz.

— *Nada disso foi minha culpa!* — gritou ela para a mulher. — *Nada foi minha culpa; eles mereceram! Eu não aceito a culpa e não vou me matar! Está ouvindo? Está?*

A mulher se encolheu, resmungando.

As sirenes estavam mais próximas.

Charlie sentiu o poder crescendo com avidez junto com suas emoções.

Mas o sufocou, fazendo com que sumisse.

(*e também não vou fazer isso*)

Ela andou pela estrada, deixando a mulher encolhida e resmungando para trás. Do outro lado havia um campo, com feno e capim na altura da coxa, prateado no tom de outubro, mas ainda perfumado.

(*aonde estou indo?*)

Ela ainda não sabia.

Mas nunca mais voltariam a pegá-la.

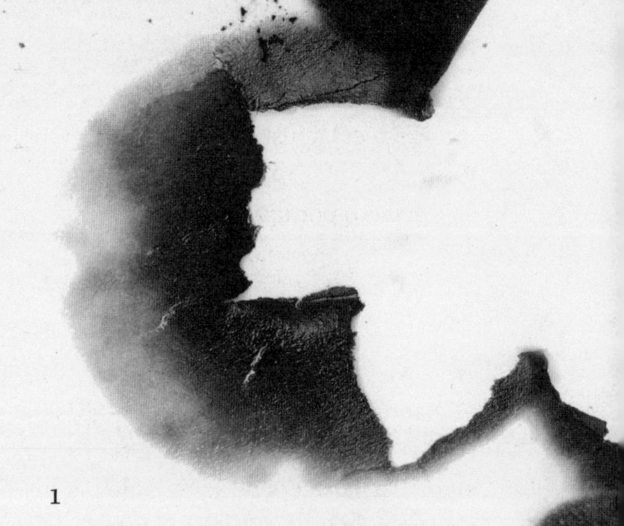

CHARLIE SOZINHA

1

Naquela noite de quarta-feira, a notícia saiu em fragmentos na televisão, e os norte-americanos só tiveram acesso à história inteira na manhã do dia seguinte. Até então, todos os dados disponíveis haviam sido coordenados para atender àquilo que os espectadores realmente desejam quando exigem "as notícias": e o que eles realmente desejavam era "me contem uma história e cuidem para que ela tenha começo, meio e algum tipo de fim".

A história que o país recebeu enquanto tomava seu café da manhã — pelo *Today*, pelo *Good Morning, America* e pelo *The CBS Morning News* — foi a seguinte: um centro de inteligência em Longmont, Virginia, sofrera um ataque terrorista com bombas. O grupo terrorista ainda não havia sido identificado, mas três já tinham se apresentado para assumir a responsabilidade: um grupo do Exército Vermelho Japonês, a facção do Setembro Negro de Khadafi e um grupo doméstico que atendia pelo suntuoso e maravilhoso nome Meteorologistas Militantes do Meio-Oeste.

Embora ninguém tivesse certeza do que exatamente havia por trás do ataque, os relatos pareciam claros sobre sua execução. Um agente chamado John Rainbird, um índio e veterano do Vietnã, atuava como agente duplo e colocou as bombas em nome da organização terrorista. Ele se matou sem querer ou cometeu suicídio no estábulo, onde estava uma das bombas. Uma fonte alegou que Rainbird foi asfixiado pelo calor e pela fumaça enquanto tentava tirar os cavalos do estábulo em chamas, o que ocasionou mais ironia nos noticiários sobre terroristas de sangue frio que se importavam mais com animais do que com pessoas. Vinte pessoas morreram na tragédia; quarenta e cinco ficaram feridas, dez delas em estado grave. Os sobreviventes foram todos "isolados" pelo governo.

Essa era a história. O nome da Oficina nem apareceu. Foi bem satisfatório.

Exceto por uma ponta solta.

2

— Não importa onde ela está — disse a nova chefe da Oficina, quatro semanas depois do incidente e da fuga de Charlie. Os dez primeiros dias, quando a garota poderia ter sido facilmente engolida pela rede da Oficina, haviam sido uma grande confusão, e eles ainda não tinham voltado ao normal. A nova chefe estava instalada em uma mesa improvisada; a dela só seria entregue três dias depois. — E também não importa o que ela é capaz de fazer. Ela é uma garota de oito anos, não a Mulher Maravilha. Não tem como ela ficar longe de vista muito tempo. Quero que seja encontrada e depois que seja morta.

Ela estava falando com um homem de meia-idade que parecia um bibliotecário de cidade pequena. Evidentemente, essa não era a profissão dele.

O homem deu um tapinha em uma pilha de folhas impressas sobre a mesa da chefe. Os arquivos do capitão não tinham sobrevivido ao incêndio, mas boa parte da informação estava arquivada na memória dos computadores.

— Qual é o status disso?

— As propostas do Lote Seis foram adiadas por um prazo indefinido — respondeu a chefe. — É tudo política, claro. Onze idosos, um jovem e três senhoras de cabelo lilás que devem ter ações de uma clínica de glândulas de bode na Suíça... todos com suor nas bolas pelo que aconteceria se a garota aparecesse. Eles...

— Duvido muito que os senadores de Idaho, Maine e Minnesota tenham suor nas bolas — murmurou o homem que não era bibliotecário.

A chefe ignorou o comentário.

— Eles estão interessados no Lote Seis. Claro que estão. Eu diria que tudo ainda pode acontecer. — Ela começou a mexer no cabelo, que era comprido e um tanto volumoso, de um castanho escuro e bonito. — "Adiadas por um prazo indefinido", quer dizer, até trazermos a garota com uma etiqueta pendurada no dedo do pé.

— Nós devemos fazer o papel de Salomé — murmurou o homem do outro lado da mesa. — Mas a bandeja ainda está vazia.

— De que porra você está falando?

— Não importa — disse ele. — Nós parecemos ter voltado ao zero.

— Não exatamente — respondeu a chefe com voz sombria. — Ela não tem mais o pai para cuidar dela. Está sozinha. E quero que seja encontrada. Logo.

— E se a menina falar tudo antes de conseguirmos encontrar ela?

A chefe se encostou na cadeira e entrelaçou as mãos atrás do pescoço. O homem que não era bibliotecário observou com apreciação o jeito como o suéter se esticou em volta dos seios. O capitão nunca foi assim.

— Se ela fosse bater com a língua nos dentes, acho que já teria falado. — Ela se inclinou para a frente e bateu no calendário de mesa. — Cinco de novembro e nada. Enquanto isso, acho que já tomamos todas as precauções lógicas. O *Times*, o *Washington Post*, o *Chicago Tribune*... estamos de olho nos grandes, mas até agora, nada.

— E se ela decidir procurar um dos menores? O *Times* de onde o vento faz curva em vez do *Times* de Nova York? Nós não podemos vigiar todos os órgãos de notícias do país.

— Isso lamentavelmente é verdade — concordou a chefe. — Mas nenhum noticiou nada, o que significa que ela não disse nada.

— Alguém realmente acreditaria em uma história tão absurda vinda de uma garotinha de oito anos?

— Se ela acendesse uma chama no final da história, acho que ficariam dispostos a acreditar — respondeu a chefe. — Mas posso mostrar o que o computador diz? — Ela sorriu e tocou as folhas de papel. — O computador diz que há oitenta por cento de chance de levarmos o corpo dela ao comitê sem precisamos mover um dedo... exceto para identificar a menina.

— Suicídio?

A chefe assentiu. A perspectiva parecia agradá-la muito.

— Que bom — disse o homem que não era bibliotecário, se levantando. — Da minha parte, devo lembrar que o computador também afirmou que Andrew McGee estava quase certamente desprovido de poder.

O sorriso da chefe oscilou um pouco.

— Tenha um bom dia, chefe — falou o homem que não era bibliotecário, e saiu andando.

3

No mesmo dia de novembro, um homem de camisa de flanela, calça de flanela e botas verdes altas estava cortando madeira sob um tranquilo céu nublado. Nesse dia ameno, a perspectiva de outro inverno ainda parecia distante; a temperatura estava em agradáveis dez graus. O casaco do homem, que a esposa o mandara vestir, estava pendurado em uma haste da cerca. Atrás dele, encostada na lateral do antigo celeiro, havia uma quantidade espetacular de abóboras-laranja, algumas delas já começando a apodrecer, infelizmente.

O homem posicionou outra tora no bloco de cortar lenha, ergueu o machado e o baixou. Depois de um baque satisfatório, dois pedaços caíram, um para cada lado do bloco. Ele estava se inclinando para pegá-los e jogá-los para junto dos outros quando uma voz disse atrás dele:

— Você tem um bloco novo, mas a marca ainda está aí, não está? É, ainda está aí.

Sobressaltado, ele se virou. O que viu o fez dar um passo para trás involuntariamente, derrubando o machado no chão, onde ficou caído em cima da profunda e indelével marca na terra. Primeiro, achou que estava vendo um fantasma, um espectro horrível de uma criança, saído do cemitério de Dartmouth Crossing, a cinco quilômetros dali. Ela estava parada, pálida, suja e magra, os olhos fundos e brilhando nas órbitas, o macacão sujo e rasgado. Seu braço direito tinha um arranhão que ia quase até o cotovelo e parecia infeccionado. Seus pés calçavam mocassins, ou o que já tinham sido mocassins. Agora, era difícil ter certeza.

De repente, ele a reconheceu. Era a garotinha de um ano antes; ela dissera que seu nome era Roberta e tinha um lança-chamas na cabeça.

— Bobbi? — perguntou ele. — Meu Deus do céu, você é a Bobbi?

— Sim, a marca ainda está aí — ela repetiu como se não o tivesse ouvido, e ele percebeu de repente o que era o brilho nos olhos dela. Ela estava chorando.

— Bobbi, querida, qual é o problema? Onde está seu pai?

— Ainda está aí — ela falou uma terceira vez, e caiu para a frente em um desmaio. Irv Manders quase não conseguiu segurá-la. Com a menina nos braços, ajoelhado na terra perto da porta, Irv Manders começou a gritar chamando a esposa.

4

O dr. Hofferitz chegou no fim da tarde e ficou no quarto dos fundos com a garota durante uns vinte minutos. Irv e Norma Manders permaneceram na cozinha, mais olhando o jantar do que comendo. De vez em quando, Norma olhava para o marido, não com acusação, mas como quem fazia uma pergunta; havia um sinal de medo, não nos olhos dela, mas ao redor... eram olhos de uma mulher lutando contra uma dor de cabeça tensional ou talvez contra uma dor na lombar.

No dia seguinte ao grande incêndio, um homem chamado Tarkington foi ao hospital onde Irv estava e mostrou seu cartão, que dizia somente WHITNEY TARKINGTON CONCILIAÇÃO DO GOVERNO.

— É melhor você sair daqui — disse Norma. Seus lábios estavam apertados e pálidos, e seus olhos tinham a mesma expressão de dor de agora. Ela apontara para o braço do marido, enrolado em volumosos curativos; drenos haviam sido inseridos, fazendo com que ele sofresse consideravelmente. Irv comentara com ela que passou por boa parte da Segunda Guerra Mundial sem nenhum problema além de um caso terrível de hemorroidas; foi preciso estar em casa, em Hastings Glen, para levar um tiro. — É melhor você ir embora — repetiu Norma.

Mas Irv, que talvez tivesse tido mais tempo para pensar, apenas falou:

— Diga o que tem para dizer, Tarkington.

Tarkington pegou um cheque de trinta e cinco mil dólares, não do governo, mas da conta de uma empresa grande de seguros. Não era uma empresa com a qual os Manders tivessem feito negócio.

— Nós não queremos seu dinheiro para calar a nossa boca — dissera Norma com rispidez, e esticou a mão para tocar o botão de chamar a enfermeira, acima da cama de Irv.

— Acho melhor vocês me ouvirem antes de agirem de alguma maneira que possa fazê-los se arrepender depois — respondera Whitney Tarkington com voz baixa e educada.

Norma olhou para Irv, e ele assentiu. A mão dela se afastou do botão, com relutância.

Tarkington segurava uma pasta, que colocou sobre os joelhos, abriu e retirou um arquivo com os nomes MANDERS e BREEDLOVE escritos na aba.

Norma arregalou os olhos, sentindo seu estômago se revirar: Breedlove era seu nome de solteira. Ninguém gostava de ver uma pasta do governo com seu nome; havia algo de terrível em imaginar algum tipo de vigilância e talvez alguns segredos descobertos.

Tarkington falou por uns quarenta e cinco minutos com voz baixa e moderada. Ocasionalmente, ilustrava o que dizia com fotocópias do arquivo Manders/Breedlove. Norma passava os olhos pelas folhas de papel com lábios tensos e as entregava para Irv, na cama do hospital.

— Estamos em uma situação de segurança nacional — dissera Tarkington naquela noite horrível. — Vocês precisam entender isso. Nós não gostamos de fazer isso, mas a questão é que vocês precisam dar ouvidos à razão. Há coisas sobre as quais sabem muito pouco.

— O que eu sei é que vocês tentaram matar um homem desarmado e a filhinha dele — respondera Irv.

Tarkington dera um sorriso frio, um sorriso reservado para pessoas que acreditavam tolamente que sabiam como o governo trabalhava para proteger seus ônus, e respondeu:

— Vocês não sabem o que viram nem o que aquilo significa. Meu trabalho não é convencer vocês desse fato, mas tentar convencê-los a não falarem sobre ele. Agora, vejam bem, isso não precisa ser tão sofrido. O cheque é isento de impostos. Vai pagar a reforma da casa, a conta do hospital e ainda vai sobrar uma boa quantia. E uma boa quantidade de coisas desagradáveis vai ser evitada.

Coisas desagradáveis, pensou Norma agora, enquanto ouvia o dr. Hofferitz se mexendo no quarto dos fundos e olhava para o jantar quase intocado.

Depois que Tarkington saiu, Irv olhou para ela, e sua boca estava sorrindo, mas os olhos estavam doentes e feridos.

— Meu pai sempre disse que, quando se entra em uma competição de arremesso de merda, não importa o quanto de merda você arremessa, mas sim o quanto de merda acerta você — ele dissera.

Os dois vinham de famílias grandes. Irv tinha três irmãos e três irmãs; Norma tinha quatro irmãs e um irmão. Cada um tinha inúmeros tios, sobrinhas, sobrinhos e primos. Havia os pais, os avós, os sogros… e, como em todas as famílias, alguns proscritos.

De acordo com os papéis de Tarkington, um dos sobrinhos de Irv, um garoto chamado Fred Drew, que ele só vira três ou quatro vezes, tinha uma plantaçãozinha de maconha no quintal, no Kansas. Um dos tios de Norma, um empreiteiro, estava com dívidas até o pescoço e envolvido em negócios de risco na costa do Golfo do Texas. Esse sujeito, que se chamava Milo Breedlove, sustentava uma família de sete pessoas, e um sussurro do governo derrubaria o castelo de cartas dele, deixando todos em estado de falência. Uma prima de Irv — de segundo grau, que ele achava ter visto uma vez, mas não se lembrava de como era — tinha desviado uma pequena quantia do banco onde trabalhava, uns seis anos antes. O banco descobriu e deixou passar, decidindo não processá-la para evitar uma publicidade negativa. Ela restituiu a instituição ao longo de dois anos e agora tinha um sucesso moderado com um salão de beleza próprio em North Fork, Minnesota. Mas o crime não havia prescrito, e ela podia ser processada em instância federal sob alguma lei relacionada com práticas bancárias. O FBI tinha um arquivo sobre Don, o irmão mais novo de Norma. Don integrara o movimento SDS em meados dos anos 1960 e talvez tivesse se envolvido brevemente com um plano para explodir uma bomba na sede da Dow Chemical Company, na Filadélfia. A prova não era forte o suficiente para ser aceita em tribunal — e Don mesmo havia dito para Norma que, quando soube o que estava acontecendo, ele abandonou o grupo, horrorizado —, mas, se uma cópia do arquivo fosse enviada para a empresa na qual ele trabalhava, ele sem dúvida seria demitido.

A coisa continuou, a voz de Tarkington em cadência monótona no quarto pequeno. O homem guardara o melhor para o final. O sobrenome da família de Irv era Mandroski quando seus bisavós foram da Polônia para os Estados Unidos, em 1888. Eram judeus, e o próprio Irv era meio judeu, embora não houvesse intenção de judaísmo na família desde a época de seu avô, que se casou com uma mulher não judia; os dois viveram em feliz agnosticismo para sempre. As origens se dispersaram ainda mais quando o pai de Irv fez a mesma coisa — assim como o próprio Irv ao se casar com Norma Breedlove, uma metodista ocasional. Mas ainda havia os Mandroskis na Polônia, e a Polônia estava atrás da Cortina de Ferro. E, se a CIA quisesse, podia desencadear uma curta série de eventos que acabaria tornando a vida muito, muito difícil para aqueles parentes que Irv nunca viu. Os judeus não eram amados atrás da Cortina de Ferro.

A voz de Tarkington parou. Ele guardou os arquivos, fechou a pasta, posicionou-a novamente entre os pés e olhou para eles com alegria, como um bom aluno que acabou de fazer uma apresentação campeã.

Irv permaneceu deitado sobre o travesseiro, sentindo-se exausto. Sentiu os olhos de Tarkington sobre ele e não se importou muito com isso. Mas os olhos de Norma estavam sobre ele também, ansiosos e questionadores.

Você tem parentes no antigo continente, não é?, pensou Irv. Era um clichê tão grande que chegava a ser engraçado, mas ele não sentiu vontade nenhuma de rir. *Quantos graus de distância são necessários para que a pessoa não seja mais parente? Quatro? Seis? Oito? Meu Deus do céu. E se batermos de frente com esse maldito e mandarem aquelas pessoas para a Sibéria, o que eu faço? Envio um cartão-postal dizendo que elas estão trabalhando em minas de sal porque eu dei carona para uma menininha e o pai dela na estrada de Hastings Glen? Meu Deus do céu.*

O dr. Hofferitz, que tinha quase oitenta anos, saiu lentamente do quarto dos fundos, ajeitando o cabelo branco com a mão retorcida. Irv e Norma, os dois felizes de terem suas lembranças arrancadas do passado, olharam para ele.

— Ela está acordada — informou o dr. Hofferitz dando de ombros. — Não está muito bem, essa coisinha maltrapilha, mas também não corre perigo. Ela tem um corte infeccionado no braço e outro nas costas, e disse que se machucou quando passou embaixo de uma cerca de arame farpado para fugir de "um porco que estava com raiva dela".

Hofferitz se sentou à mesa da cozinha com um suspiro, pegou um maço de Camel e acendeu um cigarro. Tinha fumado a vida toda e às vezes dizia para os colegas que, na sua opinião, o ministro da saúde podia ir se foder.

— Quer comer alguma coisa, Karl? — perguntou Norma.

Hofferitz olhou para os pratos.

— Não... mas, se eu fosse comer, parece que você não precisaria fazer um prato novo pra mim — ele observou secamente.

— Ela vai ficar de cama por muito tempo? — perguntou Irv.

— Ela devia ser levada para Albany — respondeu Hofferitz. Havia um prato de azeitonas na mesa, e ele pegou algumas. — Ficar em observação. Ela está com febre de trinta e oito graus, por causa da infecção. Vou deixar penicilina e uma pomada antibiótica. O que ela precisa mais é de comer, se hidratar e descansar. Desnutrição. Desidratação. — Ele pôs uma azeitona na boca. — Você fez certo ao dar um caldo de galinha para ela, Norma. Qualquer outra coisa e ela teria vomitado, quase com certeza. Não dê nada além de líquidos amanhã. Caldo de carne, caldo de frango, muita água. E muito gim, claro. É o melhor de todos os líquidos. — Ele riu da antiga piada, que Irv e Norma já o tinham ouvido contar várias vezes, e comeu outra azeitona. — Eu devia notificar a polícia sobre isso, sabe.

— Não — disseram Irv e Norma ao mesmo tempo e se olharam, tão obviamente surpresos que o dr. Hofferitz riu de novo.

— Ela está encrencada, não está?

Irv pareceu pouco à vontade. Ele abriu a boca e voltou a fechá-la.

— Tem a ver com aquela confusão do ano passado, talvez?

Desta vez, Norma abriu a boca, mas antes que pudesse falar, Irv disse:

— Eu achei que você só precisasse notificar tiros de arma de fogo, Karl.

— Por lei, por lei — Hofferitz comentou com impaciência e apagou o cigarro. — Mas você sabe que existe o espírito da lei além do que está no papel, Irv. Aqui tem uma garotinha, e você diz que o nome dela é Roberta McCauley. Eu acredito nisso tanto quanto acredito que um porco possa cagar dólares. Ela diz que arranhou as costas passando embaixo de arame farpado, e eu só consigo pensar que é uma coisa curiosa de acontecer quando se está indo visitar parentes, mesmo com a gasolina cara como está. Ela diz que não se lembra muito da semana passada, e nisso eu acredito. Quem é ela, Irv?

Norma olhou para o marido, assustada. Irv se balançou na cadeira e olhou para o dr. Hofferitz.

— É, ela é parte daquela confusão do ano passado — disse ele por fim. — Foi por isso que eu liguei pra você, Karl. Você já viu confusão, tanto aqui quanto lá na guerra. Sabe como é confusão. E sabe que às vezes as leis prestam tanto quanto as pessoas encarregadas delas. Só estou dizendo que, se você soltar que a garotinha está aqui, vai ter problema para muita gente que não merece. Norma e eu, vários dos nossos parentes... e para ela, lá dentro. E só consigo pensar nisso para te contar. Nós nos conhecemos há vinte e cinco anos. Você vai ter que decidir o que vai fazer.

— E se eu ficar de boca calada — sugeriu Hofferitz, acendendo outro cigarro —, o que você vai fazer?

Irv olhou para Norma e ela o olhou de volta. Após um momento, ela balançou a cabeça com perplexidade e baixou o olhar para o prato.

— Sei lá — respondeu Irv baixinho.

— Vai ficar com ela como se fosse um papagaio em uma gaiola? — perguntou Hofferitz. — Nossa cidade é pequena, Irv. Eu posso ficar de boca fechada, mas sou parte da minoria. Sua esposa e você frequentam a igreja. Fazem parte da Granja. As pessoas vêm e vão. Inspetores vão passar aqui para vistoriar suas vacas. O agente da receita vai passar um belo dia, aquele filho da mãe careca, para reavaliar suas construções. O que você vai fazer? Construir um quartinho para ela no porão? Que vida boa para uma garotinha, não acha?

Norma parecia cada vez mais incomodada.

— Sei lá — repetiu Irv. — Acho que vou ter que pensar um pouco. Entendo o que você está dizendo… mas se você conhecesse as pessoas que estavam atrás dela…

Hofferitz ficou mais alerta ao ouvir isso, mas não comentou nada.

— Eu tenho que pensar um pouco. Mas você pode não falar nada sobre ela por enquanto?

Hofferitz colocou a última azeitona na boca, suspirou e se levantou, apoiado na beirada da mesa.

— Posso — respondeu ele. — Ela está estável. Aquele V-Cillin vai acabar com as bactérias. Eu vou ficar calado, Irv. Mas é melhor você pensar bem. Direitinho. Porque uma garota não é um papagaio.

— Não — concordou Norma baixinho. — Claro que não.

— Tem alguma coisa estranha nela — observou Hofferitz, pegando a valise preta. — Tem alguma coisa bem estranha nela. Não consegui ver e não consegui identificar… mas senti.

— É — confirmou Irv. — Tem alguma coisa estranha nela mesmo, Karl. É por isso que ela está com problemas.

Ele levou o médico até a porta, na noite quente e chuvosa de novembro.

5

Depois que o médico terminou de examiná-la com as mãos velhas, retorcidas e maravilhosamente gentis, Charlie caiu em um sono leve e febril, mas não desagradável. Ela ouviu a voz deles no outro aposento e entendeu que estavam falando sobre ela, mas tinha certeza de que só estavam falando… não elaborando planos.

Os lençóis estavam frescos e limpos; o peso da colcha era reconfortante sobre o peito. Antes de cochilar, ela se lembrou da mulher que a chamou de bruxa. Lembrou-se de sair andando. Lembrou-se de pegar carona com uma van cheia de hippies, todos fumando maconha e bebendo vinho, e que todos a chamaram de irmãzinha e perguntaram aonde ela estava indo.

— Para o Norte — respondera ela, gerando uma gritaria de aprovação.

Depois disso, ela se lembrava de muito pouco até o dia anterior e o porco que a atacou, aparentemente querendo comê-la. Não conseguia se lembrar de como havia chegado à fazenda dos Manders e por que fora para lá, se por uma decisão consciente ou outra coisa.

Ela cochilou. O cochilo foi ficando mais profundo. Ela dormiu. E, no sonho, eles estavam de volta a Harrison, ela acordando sobressaltada, o rosto molhado de lágrimas, gritando de pavor, quando sua mãe entrou correndo, o cabelo castanho ofuscante e doce na luz matinal.

— Mamãe, eu sonhei que você e o papai estavam mortos! — ela disse, chorando.

Sua mãe acariciou sua testa quente com a mão fria e disse:

— Shhh, Charlie, shhh. Já é de manhã, foi só um sonho bobo.

6

O sono foi pouco para Irv e Norma Manders naquela noite. Os dois ficaram acordados assistindo a uma sucessão de séries bobas no horário nobre da televisão, depois as notícias, depois o *Tonight*. E, a cada quinze minutos, Norma se levantava, saía da sala em silêncio e ia dar uma olhada em Charlie.

— Como ela está? — perguntou Irv por volta de quinze para a uma.

— Bem. Dormindo.

Irv grunhiu.

— Você pensou na situação, Irv?

— Nós temos que ficar com ela até que ela melhore — respondeu Irv. — Depois, vamos conversar com ela. Perguntar sobre o pai. Só consigo pensar até aí.

— Se eles voltarem…

— Por que voltariam? — perguntou Irv. — Eles nos calaram. Acham que nos assustaram...

— Eles me assustaram *mesmo* — comentou Norma baixinho.

— Mas não foi certo — argumentou Irv, também com voz baixa. — Você sabe disso. Aquele dinheiro... aquele "dinheiro de seguro"... Eu nunca me senti bem com ele, e você?

— Não — disse ela, se mexendo com inquietação. — Mas o que o dr. Hofferitz disse é verdade, Irv. Uma garotinha tem que ter pessoas... e ela tem que ir à escola... e ter amigos... e... e...

— Você viu o que ela fez daquela vez — interrompeu Irv secamente. — Aquela pirocoisa. Você chamou ela de monstro.

— Me arrependi dessa palavra cruel desde aquele dia. O pai dela... ele parecia um homem tão bom. Se ao menos nós soubéssemos onde ele está agora.

— Está morto — afirmou uma voz atrás deles, e Norma deu um gritinho ao se virar e ver Charlie de pé na porta, agora limpa e parecendo ainda mais pálida assim. A testa brilhava como uma lâmpada. Ela parecia perdida em uma das camisolas de flanela de Norma. — Meu pai está morto. Mataram ele, e agora eu não tenho para onde ir. Vocês podem me ajudar, por favor? Eu sinto muito. Não é minha culpa. Eu falei pra eles que não era minha culpa... eu falei... mas a moça disse que eu era uma bruxa... ela disse... — As lágrimas estavam jorrando, descendo pelas bochechas, e a voz de Charlie se perdeu em soluços incoerentes.

— Ah, querida, venha aqui — disse Norma, e Charlie correu até ela.

7

O dr. Hofferitz foi visitá-los no dia seguinte e declarou que Charlie estava melhor. Voltou dois dias depois e a declarou bem melhor. Voltou no fim de semana e a declarou bem.

— Irv, você decidiu o que vai fazer?

Irv balançou a cabeça negativamente.

8

Norma foi à igreja sozinha naquela manhã de domingo e disse às pessoas que Irv tinha "pegado alguma virose". Irv ficou em casa com Charlie, que ainda se sentia fraca, mas já conseguia caminhar pela casa. No dia anterior, Norma comprara muitas roupas para ela, não em Hastings Glen, onde uma compra assim geraria comentários, mas em Albany.

Irv estava sentado ao lado do fogão, esculpindo alguma coisa, e Charlie se aproximou e se sentou com ele.

— Você não vai querer saber? — perguntou ela. — Não vai querer saber o que aconteceu depois que pegamos seu carro e fomos embora daqui?

Ele levantou o olhar e sorriu para ela.

— Achei que você ia me contar quando estivesse pronta, gatinha.

O rosto dela, pálido, tenso e sério, não mudou.

— Você não tem medo de mim?

— Devia ter?

— Não tem medo de eu botar fogo em você?

— Não, gatinha. Acho que não. Vou dizer uma coisa: você não é mais uma garotinha. Talvez ainda não seja uma garota grande. Você está em algum ponto no meio, mas já está grande o bastante. Uma garota da sua idade, qualquer criança, poderia pegar uma caixa de fósforos se quisesse e botar fogo na casa. Mas não são muitas que fazem isso. Por que iam querer fazer? Por que você ia querer fazer isso? Uma garota da sua idade já tem capacidade para pegar uma faca ou uma caixa de fósforos sem problemas. Então, não. Eu não tenho medo.

Ao ouvir isso, o rosto de Charlie relaxou; uma expressão de alívio quase indescritível surgiu nele.

— Eu vou contar — disse ela. — Vou contar tudo. — Ela começou a falar e ainda estava falando quando Norma voltou, uma hora depois. Norma parou na porta, ouvindo, desabotoou o casaco lentamente e o tirou. Colocou a bolsa de lado. E a voz de Charlie, jovem, mas de alguma maneira mais velha, continuou falando, falando, contando tudo.

Quando ela terminou, os dois entenderam o que estava em jogo e como tudo tinha atingido proporções enormes.

9

O inverno chegou e nenhuma decisão foi tomada. Irv e Norma voltaram a frequentar a igreja, deixando Charlie sozinha em casa com instruções de não atender o telefone se tocasse e de ir para o porão se alguém aparecesse lá quando eles estivessem fora. As palavras de Hofferitz, *como um papagaio em uma gaiola*, assombravam Irv. Ele comprou vários livros escolares (em Albany) e começou a dar aulas para Charlie. Apesar de ela ser rápida, ele não era muito bom nisso; Norma era um pouco melhor. Mas, às vezes, os dois estavam sentados à mesa da cozinha, lendo uma história ou um livro de geografia, e Norma olhava para ele com uma pergunta nos olhos... uma pergunta para a qual Irv não tinha resposta.

O Ano-Novo chegou; fevereiro; março. O aniversário de Charlie. Presentes foram comprados em Albany. Como um papagaio em uma gaiola. Charlie não parecia se importar muito, e de certa maneira, Irv argumentava consigo mesmo nas noites em que não conseguia dormir, talvez aquilo fosse a melhor coisa do mundo para ela, aquele período de longa convalescença, de cada dia seguindo seu ritmo lento de inverno. Mas o que viria em seguida? Ele não sabia.

Em um dia no começo de abril, após uma chuva forte de dois dias, a maldita lenha estava tão úmida que ele não conseguiu acender o fogão da cozinha.

— Vá um pouco para trás — pediu Charlie, e ele obedeceu de forma automática, achando que ela queria olhar alguma coisa dentro do fogão. Ele sentiu uma coisa passar no ar, uma coisa densa e quente, e um momento depois a lenha estava ardendo em chamas.

Irv se virou para ela com olhos arregalados e viu Charlie olhando de volta com uma espécie de esperança nervosa e culpada no rosto.

— Eu ajudei, não ajudei? — perguntou ela com uma voz não muito firme. — Não foi ruim, foi?

— Não — respondeu ele. — Não se você puder controlar, Charlie.

— Eu posso controlar os pequenos.

— Só não faça isso perto de Norma, garota. Ela teria um troço.

Charlie deu um sorrisinho.

Irv hesitou e disse:

— Por mim, sempre que você quiser me dar uma mãozinha e poupar meu tempo com essa porcaria de lenha, pode ficar à vontade. Eu nunca fui bom nisso.

— Pode deixar — disse ela, sorrindo mais agora. — E vou tomar cuidado.

— Claro. Claro que vai — assentiu ele, e só por um momento visualizou aqueles homens na varanda outra vez, batendo no cabelo em chamas, tentando apagar o fogo.

A recuperação de Charlie estava sendo rápida, mas ela ainda tinha pesadelos, e o apetite continuava fraco. Norma Manders dizia que o que ela fazia era "beliscar".

Às vezes, ela acordava desses pesadelos de repente, tremendo, não despertada do sono, mas arrancada, como um piloto de avião de caça da aeronave. Foi o que aconteceu uma noite durante a segunda semana de abril; em um momento ela estava dormindo, e no seguinte estava bem desperta na cama estreita do quarto dos fundos, o corpo coberto de suor. Por um instante, o pesadelo permaneceu com ela, vívido e terrível — naquela época a seiva já corria livremente dos bordos, e Irv a levara naquela tarde para trocar os baldes; no sonho, estavam extraindo seiva quando ela ouviu alguma coisa atrás, olhou e viu John Rainbird se aproximando deles, correndo de uma árvore à outra, quase imperceptível; o único olho cintilava sem piedade, e a arma, com a qual ele atirara no pai dela, estava em uma de suas mãos, e ele estava cada vez mais perto. De repente, o sonho sumiu. Misericordiosamente, ela não conseguia se lembrar dos pesadelos por muito tempo, e raramente gritava ao despertar deles. Quando o fazia, assustava Irv e Norma a ponto de irem ao quarto dela ver o que havia de errado.

Charlie os ouviu conversando na cozinha. Procurou o Big Ben em cima da cômoda e o aproximou do rosto. Eram dez horas. Ela só tinha dormido uma hora e meia.

— ... vamos fazer? — perguntou Norma.

Era errado xeretar, mas como ela podia não ouvir? E eles estavam falando sobre ela; Charlie sabia.

— Não sei — respondeu Irv.

— Você pensou mais sobre o jornal?

Jornais, pensou Charlie. *Papai queria falar com os jornais. Papai disse que tudo ficaria bem depois.*

— Qual? — perguntou Irv. — O *Bugle*, de Hastings? Eles podem botar ao lado da propaganda do A&P e da lista semanal de filmes no Bijou.

— Era o que o pai dela planejava fazer.

— Norma — disse ele. — Eu poderia levar ela a Nova York. Poderia levar ela até o *Times*. E o que aconteceria se quatro caras puxassem armas e começassem a atirar no saguão?

Charlie era toda ouvidos agora. Os passos de Norma atravessaram a cozinha; houve o barulho da tampa do bule de chá, e o que ela disse em resposta se perdeu no barulho da água da torneira.

Irv disse:

— É, acho que pode acontecer. E vou dizer o que poderia ser ainda pior, por mais que eu ame essa menina. Ela poderia se virar contra *eles*. E, se fugisse de controle, como aconteceu naquele lugar onde ela ficou presa... bom, tem uns oito milhões de pessoas em Nova York, Norma. Me sinto velho demais para correr um risco assim.

Os passos de Norma voltaram até a mesa, e o piso velho da casa estalou confortavelmente.

— Mas, Irv, me escute agora — pediu Norma. Ela falou devagar e com cuidado, como se tivesse pensado nisso por um longo período. — Mesmo um jornal pequeno, mesmo um semanário pequeno como o *Bugle*, eles estão conectados com a Associated Press. As notícias vêm de todas as partes hoje em dia. Ora, dois anos atrás um jornalzinho do sul da Califórnia ganhou o prêmio Pulitzer por um artigo, e a circulação deles era de menos de mil e quinhentos exemplares!

Ele riu, e Charlie soube de repente que estava segurando a mão dela por cima da mesa.

— Você andou estudando, não foi?

— Andei, sim, e não tem motivo para rir de mim por isso, Irv Manders! É uma coisa muito, muito séria! Nós estamos em um beco sem saída! Quanto tempo podemos ficar com ela aqui até que alguém descubra? Você levou ela para o bosque hoje à tarde mesmo...

— Norma, eu não estava rindo de você, e a criança precisa sair algumas vezes...

— E você acha que eu não sei disso? Eu não falei que não, falei? Mas a questão é essa! Uma criança em crescimento precisa de ar fresco, de exercício. É preciso ter essas coisas para se ficar com apetite, e ela...

— Ela só belisca, eu sei.

— Ela está pálida e só belisca, isso mesmo. Por isso eu não disse que não. Fiquei feliz de você ir lá para fora com ela. Mas, Irv, e se Johnny Gordon ou Ray Parks estivessem por aí hoje e tivessem por acaso vindo ver o que você estava fazendo, como eles fazem às vezes?

— Querida, eles não vieram. — Mas Irv pareceu inquieto.

— Não desta vez! Não da última vez! Mas, Irv, não pode continuar assim! Nós já tivemos muita sorte, e você sabe!

Os passos de Norma atravessaram a cozinha, e houve o som de chá sendo servido.

— É — disse Irv. — É, eu sei que tivemos. Mas... obrigado, querida.

— De nada — respondeu ela, se sentando novamente. — E deixe os mas para lá. Você sabe que basta uma pessoa, talvez duas. Vai se espalhar. Vai sair a notícia *por aí*, Irv, de que tem uma garotinha aqui. Não importa o que está fazendo a ela; o que vai acontecer se chegar a *eles*?

Na escuridão do quarto dos fundos, os braços de Charlie ficaram arrepiados.

Lentamente, Irv respondeu:

— Eu sei o que você quer dizer, Norma. Nós temos que fazer alguma coisa, e eu fico repassando isso na cabeça sem parar. Um jornalzinho... bom, não é *garantia* suficiente. Você sabe que precisamos divulgar essa história direito se queremos deixar a garota em segurança pelo resto da vida. Para ela ficar protegida, muita gente tem que saber que ela existe e o que ela é capaz de fazer... não é? *Muita* gente.

Norma Manders se mexeu inquieta, mas não disse nada.

Irv insistiu.

— Temos que fazer tudo certo por ela, e temos que fazer tudo certo por nós. Porque nossas vidas podem estar em jogo também. Eu já levei um tiro. Acredito nisso. Eu amo Charlie como se fosse minha filha e sei que você também, mas precisamos ser realistas, Norma. A gente pode acabar morrendo por ela.

Charlie sentiu o rosto ficar quente de vergonha... e pavor. Não por si, mas por eles. O que ela havia levado para aquela casa?

— E não somos só nós e ela. Você se lembra do que aquele tal Tarkington disse. Dos arquivos que mostrou pra nós. Tem seu irmão, tem meu sobrinho Fred, e Shelley, e...

— ... e todas aquelas pessoas na Polônia — completou Norma.

— Bom, talvez ele estivesse blefando sobre aquilo. Eu rezo a Deus para que estivesse. Tenho dificuldade em acreditar que alguém possa ser tão baixo.

Norma observou com voz sombria:

— Eles já foram muito baixos.

— De qualquer modo — disse Irv —, nós sabemos que eles vão até o fim o máximo que puderem, os filhos da mãe imundos. A merda vai voar. O que quero dizer, Norma, é que não quero que a merda voe sem um bom motivo. Se formos fazer alguma coisa, que seja uma coisa boa. Não quero ir a um semanário de interior e acabar vendo que vão abafar a notícia. Eles podem fazer isso. Podem.

— Mas o que resta, então?

— É isso que estou tentando descobrir — disse Irv pesadamente. — Um jornal ou uma revista, mas um que eles não tenham considerado. Precisa ser honesto e precisa ter circulação nacional. E, acima de tudo, não pode ter ligação nenhuma com o governo nem com as ideias do governo.

— Você quer dizer a Oficina — disse ela secamente.

— É. Foi o que eu quis dizer. — Houve o som baixo de Irv sorvendo o chá. Charlie ficou na cama, ouvindo, esperando.

... nossas vidas podem estar em jogo também... Eu já levei um tiro... Eu amo Charlie como se fosse minha filha e sei que você também, mas precisamos ser realistas, Norma... A gente pode acabar morrendo por ela.

(não, por favor, eu)

(a gente pode acabar morrendo por ela, como a mãe morreu)

(não, por favor, por favor, não, não diga isso)

(como o pai morreu)

(por favor, pare)

Lágrimas escorreram pelas laterais do rosto, caindo nas orelhas, molhando o travesseiro.

— Bom, vamos pensar mais um pouco — Norma encerrou. — Tem uma resposta pra isso, Irv. Em algum lugar.

— É. Espero que sim.

— E, enquanto isso — continuou ela —, temos que torcer para ninguém saber que ela está aqui. — A voz dela de repente se encheu de animação. — Irv, e se a gente arrumasse um advogado...

— Amanhã — respondeu ele. — Estou exausto, Norma. E ninguém sabe que ela está aqui ainda.

Mas uma pessoa sabia. E a notícia já tinha começado a se espalhar.

10

Até estar com sessenta e muitos anos, o dr. Hofferitz, um solteirão inveterado, dormia com Shirley McKenzie, sua empregada de longa data. A parte do sexo foi morrendo aos poucos; a última vez, até onde Hofferitz lembrava, havia sido uns catorze anos antes, e foi uma espécie de anomalia. Os dois, no entanto, permaneceram próximos; na verdade, sem o sexo, a amizade se aprofundou e perdeu certa tensão que parecia estar no centro da maioria dos relacionamentos românticos. A amizade deles se tornou do tipo platônico que parecia acontecer genuinamente só nos muito jovens e nos muito velhos do sexo oposto.

Ainda assim, durante uns três meses Hofferitz não revelou o que sabia sobre a "hóspede" dos Manders. Uma noite em fevereiro, porém, os dois estavam assistindo televisão e, depois de três taças de vinho, ele contou a história toda para Shirley — que tinha feito setenta e cinco anos em janeiro —, depois de fazê-la jurar que guardaria segredo.

Segredos, como o capitão poderia ter dito ao dr. Hofferitz, eram ainda mais instáveis do que o urânio-235, e a estabilidade diminuía proporcionalmente conforme o segredo ia sendo contado. Shirley McKenzie guardou o segredo por quase um mês até contar para a melhor amiga, Hortense Barclay. Hortense guardou o segredo por uns dez dias até contar para a melhor amiga *dela*, Christine Traegger. Christine contou para o marido e para as melhores amigas — todas — quase imediatamente.

Era assim que a verdade se espalhava em cidades pequenas. Naquela noite de abril em que Irv e Norma tiveram a conversa que Charlie escutou, uma boa quantidade de habitantes de Hastings Glen já sabia que eles haviam acolhido uma garota misteriosa. A curiosidade aumentou. As línguas se agitaram.

A notícia acabou chegando aos ouvidos errados. Uma ligação foi feita a partir de um telefone codificado.

Os agentes da Oficina se aproximaram da fazenda dos Manders pela segunda vez no último dia de abril; desta vez, atravessaram os campos ao amanhecer em meio a uma neblina de primavera, como invasores horrendos do Planeta X usando trajes resistentes a chamas. Como apoio, havia uma unidade da Guarda Nacional, que não sabia que porra estava fazendo nem por que havia sido enviada para a pacífica cidadezinha de Hastings Glen.

Encontraram Irv e Norma Manders sentados na cozinha, atordoados, segurando um bilhete. Irv o encontrou naquela manhã quando se levantou, às cinco horas, para tirar leite das vacas. *Acho que sei o que fazer agora. Com amor, Charlie.*

Ela escapou da Oficina novamente... mas, onde quer que estivesse, estava sozinha.

O único consolo era que desta vez não precisava pegar carona para muito longe.

11

O bibliotecário era um homem jovem de vinte e seis anos, barbudo e de cabelo comprido. Em frente à sua mesa, havia uma garotinha de blusa verde e calça jeans. Em uma das mãos ela segurava uma sacola de compras de papel. Era muito magra, e o homem se perguntou o que os pais dela estavam dando para ela comer... isso se estavam dando alguma coisa.

Ele ouviu a pergunta dela com atenção e respeito. Ela falou que seu pai havia dito que, se tinha uma pergunta muito difícil, deveria ir à biblioteca para procurar a resposta, porque em uma biblioteca sabiam as respostas para quase todas as perguntas. Atrás deles, o grande saguão da Biblioteca Pública de Nova York ecoava de leve; do lado de fora, os leões de pedra mantinham a vigília eterna.

Quando ela terminou, o bibliotecário recapitulou tudo, marcando os pontos com os dedos.

— Honesto.

Ela assentiu.

— Grande... ou seja, de circulação nacional.

Ela assentiu de novo.

— Sem ligação com o governo.

Pela terceira vez, a garotinha magra assentiu.

— Você se importa se eu perguntar por quê?

— Eu... — Ela fez uma pausa. — Eu tenho que contar uma coisa pra eles.

O homem refletiu por um longo momento. Pareceu prestes a falar, mas levantou um dedo e foi se consultar com outro bibliotecário. Ele voltou até a garotinha e disse duas palavras.

— Você poderia me dar o endereço? — pediu ela.

Ele encontrou o endereço e escreveu com cuidado em um quadrado de papel amarelo.

— Obrigada — disse a garota, e se virou para ir embora.

— Escute — chamou ele —, quando foi a última vez que você comeu, garota? Quer uns dólares pra almoçar?

Ela sorriu, e seu sorriso foi incrivelmente doce e gentil. Por um momento, o jovem bibliotecário quase se apaixonou.

— Eu tenho dinheiro — ela respondeu e abriu a sacola para que ele pudesse ver.

A sacola de papel estava cheia de moedas de vinte e cinco centavos.

Antes que ele pudesse dizer alguma coisa, perguntar se ela tinha quebrado o porquinho, por exemplo, ela foi embora.

12

A garotinha pegou o elevador e subiu até o décimo sexto andar do arranha-céu. Vários homens e mulheres que subiram com ela olharam com curiosidade; era apenas uma garotinha de blusa verde e calça jeans, segurando uma bolsa de papel amassada em uma das mãos e uma garrafa de Sunkist de laranja na outra. Mas eles eram nova-iorquinos, e a essência da personalidade de Nova York é cuidar da própria vida e deixar que os outros façam a mesma coisa.

Ela saiu do elevador, leu as placas e virou à esquerda. Uma porta dupla de vidro dava para uma vistosa recepção no final do corredor. Abaixo das duas palavras que o bibliotecário dissera para ela, estava escrito o slogan: "Todas as notícias que couberem".

Charlie parou do lado de fora por um momento.

— Eu vou fazer isso, papai — sussurrou ela. — Ah, espero estar fazendo a coisa certa.

Charlie McGee abriu uma das portas de vidro e entrou na sede da *Rolling Stone*, aonde o bibliotecário disse para ela ir.

A recepcionista era uma moça com olhos claros e cinzentos. Ela olhou para Charlie por vários segundos, em silêncio, observando a sacola amassada do Shop'n Save, o refrigerante de laranja e a magreza da garota. Ela estava magra quase ao ponto de estar esquelética, mas era alta para uma criança, e o rosto tinha uma espécie de brilho sereno e calmo. *Ela vai ser tão linda*, pensou a recepcionista.

— O que posso fazer por você, irmãzinha? — perguntou a recepcionista, sorrindo.

— Eu preciso falar com alguém que escreva na sua revista — respondeu Charlie. Sua voz estava baixa, mas clara e firme. — Eu tenho uma história para contar. E uma coisa para mostrar.

— Ah, um trabalho pra apresentar, né? — perguntou a recepcionista.

Charlie sorriu. Era o sorriso que tinha maravilhado o bibliotecário.

— É — confirmou ela. — Estou esperando há muito tempo.

POSFÁCIO

Apesar de *A incendiária* ser apenas um livro, uma história inventada com a qual eu espero que você, leitor, tenha passado uma ou duas boas noites, a maioria dos elementos do livro é baseada em acontecimentos reais, sejam eles desagradáveis ou inexplicáveis, ou simplesmente fascinantes. Dentre os desagradáveis está o fato inegável de que o governo dos Estados Unidos, ou agências dele, realmente administraram drogas potencialmente perigosas a pessoas alheias a isso em mais de uma ocasião. Dentre os simplesmente fascinantes, ainda que um tanto sinistros, está o fato de que tanto os Estados Unidos quanto a União das Repúblicas Socialistas Soviéticas têm programas que isolam os chamados "talentos selvagens" (um termo criado pelo escritor de ficção científica Jack Vance para nomear habilidades psiônicas)... e talvez os coloquem em uso. Experimentos custeados pelo governo nos Estados Unidos se concentraram em estudar a aura Kirlian e provar a existência de telecinese. Já os soviéticos se concentraram largamente na cura psíquica e na comunicação por telepatia. Relatos que chegaram da URSS sugerem que os soviéticos tiveram moderado sucesso com essa segunda experiência, particularmente usando gêmeos idênticos para se comunicarem.

Dois outros talentos selvagens nos quais esses governos investiram para investigação são o fenômeno da levitação... e o da pirocinese. Uma boa quantidade de incidentes de pirocinese na vida real foi relatada (Charles Fort cataloga vários em *Lo!* e em *O livro dos danados*): quase sempre esses incidentes estão relacionados com um ato de combustão espontânea que gerou temperaturas quase inimagináveis. Não estou dizendo que um talento (ou maldição) desses existe, nem dizendo que você deva acreditar que existe; só estou sugerindo que alguns casos são ao mesmo tempo bizarros e intrigantes, e eu certamente não pretendo dar a entender que a série de eventos deste livro tenha probabilidade de acontecer ou mesmo que seja possível. Se eu pretendo dar a entender alguma coisa, é apenas o fato de que o mundo, embora iluminado por lâmpadas fluorescentes, incandescentes e néon, ainda está cheio de cantos e esconderijos e buracos escuros e sombrios.

Eu também gostaria de agradecer a Alan Williams, meu editor de capa dura na Viking; a Elaine Koster, minha editora de brochura na NAL; a Russell Dorr, P.A., da Bridgton, Maine, que fez a gentileza de me ajudar com o aspecto médico e farmacêutico do livro; à minha esposa, Tabitha, que ofereceu as críticas e sugestões úteis de sempre; e à minha filha, Naomi, que ilumina tudo e que me ajudou a entender (tanto quanto um homem pode entender, eu acho) como é ser uma garota pequena e inteligente perto dos dez anos. Ela não é Charlie, mas me ajudou a ajudar Charlie a ser ela mesma.

Stephen King
Bangor, Maine

FANTASIA PARANOICA SOB O EFEITO DE SPEED

Por Grady Henderson

Quando *A incendiária* foi lançado, em 1980, Stephen King já era um legítimo fenômeno. Já morava na sua mansão agora famosa em Bangor, Maine, ganhava mais dinheiro do que sabia como gastar, e sua mudança da primeira editora, Doubleday, para a New American Library provocara um impacto positivo em tudo: a encadernação dos livros ficou melhor, as capas ficaram melhores, e ele era mais bem tratado do que jamais fora na Doubleday. Melhor de tudo, a NAL trabalhava melhor na venda dos livros dele. A Doubleday só conseguiu vender cinquenta mil exemplares de capa dura de *A dança da morte* durante o primeiro ano de publicação. A Viking, junto com a NAL, vendeu cento e setenta e cinco mil exemplares de capa dura de *A zona morta* só no primeiro ano, e *A incendiária* chegaria a duzentos e oitenta e cinco mil exemplares. Deixar a Doubleday acabou sendo a decisão que tornou King um autor campeão de vendas, e apesar do alcoolismo e do novo vício em cocaína, os livros que ele produziu durante seu período na New American Library estavam entre suas obras mais sombrias, mais enxutas e mais cruéis. Eles também revelaram um fato essencial sobre Stephen King: ele não estava escrevendo terror.

Bill Thompson, o editor da Doubleday que o descobriu, teve medo de King ser rotulado como escritor de terror quando ele enviou *Salem*, e novamente quando King contou para ele o enredo de *O iluminado*. "Primeiro, a garota com telecinese, depois vampiros, agora o hotel assombrado e o garoto telepático. Você vai ser rotulado", ele supostamente disse. Para a Doubleday, terror era brega, e eles tinham que tapar o nariz para vender King. As edições dos livros dele tinham impressão barata, capas feias, e os superiores não só nunca convidavam King para tomar um vinho e jantar como também nem lembravam o nome dele, deixando Thompson na posição constrangedora de ter que reapresentar sempre seu autor best-seller para as pessoas cujos bônus de férias eram pagos pelas vendas dele.

A New American Library era uma editora de brochuras, livros mais populares, e entendia o poder do gênero. Investiu mais pesadamente na carreira de King do que a Doubleday, não só pagando metade dos custos de propaganda do lançamento de capa dura de *Carrie*, mas também oferecendo adiantamentos volumosos de quatrocentos mil dólares por *Carrie*, quinhentos mil dólares por *Salem* e quase outros quinhentos mil por *O iluminado*, enquanto a Doubleday pagara a King um total de setenta e sete mil e quinhentos dólares pelos primeiros cinco livros juntos. Para a Doubleday, King era um constrangimento, mas para a New American Library, ele era uma marca. "*Salem* foi lido por toda a NAL com grande entusiasmo", disse King em uma entrevista. "Boa parte disso porque eles reconheceram o potencial de um nome começando a se formar."

Mas há alguma coisa além do marketing que rotula King como escritor de terror? Atualmente, ao olhar para *A zona morta* (homem com poderes psíquicos tenta assassinar candidato político), *A incendiária* (garota com poderes psíquicos fugindo do governo) e *Cujo* (cachorro com raiva encurrala mulher em um carro), percebemos que sem a explosão de terror dos anos 1970 e 1980 à qual associá-los, sem o nome de Stephen King impresso na capa, esses livros provavelmente seriam vendidos como suspense. O próprio King alega que escreve suspense. Logo antes do lançamento de *A incendiária*, ele deu uma entrevista ao *Minnesota Star* e disse: "Vejo o livro de terror como apenas um aposento de uma casa muito grande, que é o livro de suspense. Essa casa engloba clássicos como *O velho e o mar*, de Hemingway, e *A letra escarlate*, de Hawthorne". E, claro, os livros dele.

Em outra entrevista, King declarou: "Os únicos livros meus que considero terror puro e inalterado são *Salem*, *O iluminado* e agora *Christine*, porque nenhum deles oferece explicação racional para os eventos sobrenaturais que ocorrem. *Carrie*, *A zona morta* e *A incendiária*, por outro lado, estão bem mais dentro da tradição da ficção científica... *A dança da morte* tem um pé de cada lado...".

Então, por que o rótulo de terror pegou?

King escreve sobre personagens *in extremis*, as emoções dominadas pelo medo, dor e impotência, e ele é excelente em manter a tensão, dando indícios sombrios dos eventos infelizes que estão por vir, até nos momentos mais felizes de um livro. Ele também capricha nas descrições do corpo humano, relatando detalhes físicos de imperfeições e envelhecimento (manchas senis, deformidades, decomposição, acne, ferimentos), assim como revela na escrita o lado mais físico da vida (sexo, excreções, espinhas estourando). As descrições dos personagens dele são pintadas com pinceladas grossas, em geral centralizadas em um defeito físico (caspa, calvície, pele ruim, obesidade, emagrecimento excessivo), dando a muitos de seus personagens aparências grotescas. Ele também escrevia muito sobre adolescentes e crianças, e seus protagonistas costumavam ser fisicamente atraentes.

Essas cenas intensas de sexo e violência, seu elenco de pessoas jovens e atraentes e sua ênfase no medo e na tensão lembravam aos leitores aquele outro lugar em que o sexo, a violência, a tensão e a juventude se sobrepunham: o filme de terror. Enquanto King estourava, também estourava o gênero do terror em filmes (os anos entre 1973 e 1986 são considerados uma era de ouro para os filmes de terror americanos), e um acabou sendo associado ao outro. Comparar a escrita de King a filmes é algo que os críticos fazem desde o começo da carreira dele, e o próprio King atribui isso ao fato de ser um escritor extremamente visual, incapaz de colocar as palavras na página enquanto não conseguir visualizar a cena na cabeça. A ligação na mente pública entre os livros dele e os filmes de terror foi cimentada quando as adaptações cinematográficas de *Carrie* e *O iluminado* se tornaram filmes amplamente divulgados.

A resposta curta: se for comercializado como terror, se lembra às pessoas de terror, e se o autor fica à vontade em ser rotulado como escritor de terror, é terror. Embora, como King observa, ficção-científica fosse um rótulo melhor para muitos dos livros dele.

A incendiária, o livro com mais características de ficção científica dentre os de suspense de King, gerou um filme que fracassou, e sua reputação foi ficando manchada com o tempo. E isso é uma pena, porque é peculiar dentre os livros do autor por finalmente abordar seu ponto mais fraco: sexo. Iniciado em 1976, King abandonou *A incendiária* porque o lembrava demais de *Carrie*. Com uma personagem principal baseada em sua filha de dez anos, Naomi, King ficou fascinado primeiro por pirocinese e depois pela ideia de uma personagem como Carrie White passar as habilidades psíquicas para a filha. Ele também estava ficando mais e mais liberal. Descendente de gerações de republicanos de colarinho azul (ele votou em Nixon em 1968), King começou a pender para a esquerda na universidade, e acabou no lado democrático do espectro. É difícil não ver esse despertar político em *A dança da morte*, *A zona morta* e *A incendiária*, pois todos abusam de descrições amplas do complexo militar-industrial indiferente, de políticos corruptos de direita e de operações secretas de departamentos do governo que dão errado.

A incendiária, em particular, parece uma fantasia paranoica de esquerda sob o efeito de speed. Cheia de trechos de ação descritos com tanta vividez que se transformam em uma poesia surrealista (galinhas correndo por um quintal e explodindo, cães de guarda enlouquecidos pelo calor atacando pessoas que deviam proteger), a obra é também carregada de monólogos internos que alcançam a grandeza descolada da poesia beat ("Não importa. Espere mais um pouco. Escute os Stones. Shakey's Pizza. Você faz sua escolha, massa fina ou grossa"). King foi acusado de fugir do assunto sexo (Peter Straub disse uma vez: "Stevie ainda não descobriu o sexo"), mas se *A incendiária* pode ser chamado de alguma coisa, é de a história do despertar sexual de Charlie McGee.

Poucas coisas são mais frágeis do que o relacionamento entre pais e filhas, e a cultura pop dedicou uma grande quantidade de tempo e energia a mostrar o desconforto que os pais sentem com a sexualidade das filhas, desde questionar com quem elas saem a controlar o que vestem. Charlie é uma garotinha no começo do livro, de mãos dadas com o pai, sem saber direito o que fazer se não receber instruções. No final do livro, o pai dela está morto, ela não só controla plenamente a pirocinese, mas o poder está bem mais forte do que era considerado possível, e ela está a caminho de Nova York para derrubar o governo revelando tudo para a *Rolling Stone*.

Linguisticamente, sexo e fogo são gêmeos siameses ("paixão ardente", "fogoso"), e é a mais suja das piadas freudianas dizerem para Charlie que a capacidade dela de botar fogo nas coisas é a "Coisa Ruim" e que ela não deve usá-la senão vai ferir os pais. As coisas vão de implícitas para explícitas quando ela cai nas mãos do agente do governo John Rainbird, que deseja "penetrar as defesas dela", "arrombá-la como um cofre" e matá-la olhando profundamente em seus olhos. "É um relacionamento sexual", disse King mais tarde sobre os dois personagens, em uma entrevista. "Eu só queria tocar no assunto de leve, mas torna o conflito todo mais monstruoso."

Enquanto vai perdendo as inibições em torno do uso do poder, Charlie aprecia sua força recém-descoberta, que dá a ela privilégios especiais e a torna o centro das atenções de todos os homens do livro. É repetido várias vezes que, se ela não for controlada ou morta, seus poderes podem destruir o mundo, um medo clichê sobre a sexualidade feminina (quando elas começam, não conseguem parar). Quando a sexualidade de Charlie vai ficando mais e mais liberada e declarada (incluindo sonhos de andar de cavalo nua para ir ao encontro de John Rainbird), os desejos sexuais dos homens que controlam a vida dela ficam mais e mais dissimulados e autodestrutivos. Seu pai, Andy, começa a usar seus "impulsos" para tentar fugir, mas às vezes gera ricochetes nas mentes subconscientes das vítimas, libertando suas obsessões secretas e os jogando em loops autodestrutivos.

Para o dr. Pynchot, o psiquiatra encarregado de Andy e Charlie, o ricochete envolve um incidente de humilhação sexual nas mãos dos irmãos de fraternidade. Ele fica obcecado com a abertura "similar a uma vulva" do novo triturador de lixo e acaba vestindo lingerie da esposa e se matando ao enfiar o braço no dispositivo ligado. O chefe da Oficina, capitão Hollister, ganha um ricochete um tanto mais sutil, mas bem mais simbólico, que o deixa senil, distraído e obcecado com cobras deslizantes e fálicas que ele imagina estarem escondidas em toda parte, esperando para pular e mordê-lo.

Charlie, por outro lado, é obcecada, como muitas garotas pequenas, por cavalos, e a fascinação dela com a liberdade e poder deles é transmitida por sonhos de cavalgar sem sela e sem controle por uma floresta em chamas. Uma das imagens mais poderosas do livro é de Charlie em frente a um celeiro em chamas depois que cavalos enlouquecidos saíram em disparada através das paredes de madeira, destruindo o poder dos militares dos Estados Unidos, com o pai morto atrás de si, e a liberdade em algum lugar à frente. É uma das imagens mais populares e cafonas e poderosas do despertar sexual de uma jovem mulher que se pode encontrar, tão impactante que devia ser pintada no painel lateral de uma van.

Longe de ser sem graça, abordar *A incendiária* com mente aberta acaba por revelar que este é um dos livros mais fascinantes de King. Ele está fora da sua autoproclamada zona de conforto, explorando o despertar sexual de uma personagem baseada na própria filha e celebrando poder, a liberdade e a liberação em uma época em que vivenciava quantidades enormes dos três graças à sua fama e fortuna. Nada esquecível, *A incendiária* funciona como peça central de seu trio do meio de carreira — *A zona morta, A incendiária* e *Cujo* — que exibe King no ápice de sua influência e capacidade.

SOBRE O AUTOR

STEPHEN KING é autor de mais de cinquenta livros best-sellers no mundo. Os mais recentes incluem *Mr. Mercedes* (vencedor do Edgar Award de melhor romance, em 2015), *Achados e perdidos*, *Último turno*, *Belas Adormecidas*, *Escuridão total sem estrelas* (vencedor dos prêmios Bram Stoker e British Fantasy), *O bazar dos sonhos ruins*, *Sob a redoma* (que virou uma série de sucesso na TV) e *Novembro de 63* (que entrou no TOP 10 dos melhores livros de 2011 na lista do New York Times Book Review e ganhou o Los Angeles Times Book Prize na categoria Terror/Thriller e o Best Hardcover Novel Award da organização International Thriller Writers). Em 2003, King recebeu a medalha de Eminente Contribuição às Letras Americanas da National Book Foundation e, em 2007, foi nomeado Grão-mestre dos Escritores de Mistério dos Estados Unidos. Ele mora em Bangor, no Maine, com a esposa, a escritora Tabitha King.

1ª EDIÇÃO [2018] 5 reimpressões

ESTA OBRA FOI COMPOSTA POR OSMANE GARCIA FILHO EM WHITMAN
E IMPRESSA EM OFSETE PELA LIS GRÁFICA SOBRE PAPEL PÓLEN DA
SUZANO S.A. PARA A EDITORA SCHWARCZ EM MAIO DE 2024

A marca FSC® é a garantia de que a madeira utilizada na fabricação do papel deste livro provém de florestas que foram gerenciadas de maneira ambientalmente correta, socialmente justa e economicamente viável, além de outras fontes de origem controlada.